JN270031

スカラムーシュ・ムーン

海堂尊
Takeru Kaido

Scaramouch Moon

新潮社

スカラムーシュ・ムーン　目次

第四部　シロアリの饗宴

装画◆大 塚 砂 織
装幀◆新潮社装幀室
地図制作◆アトリエ・プラン

スカラムーシュ・ムーン

序章

旅人の寓話

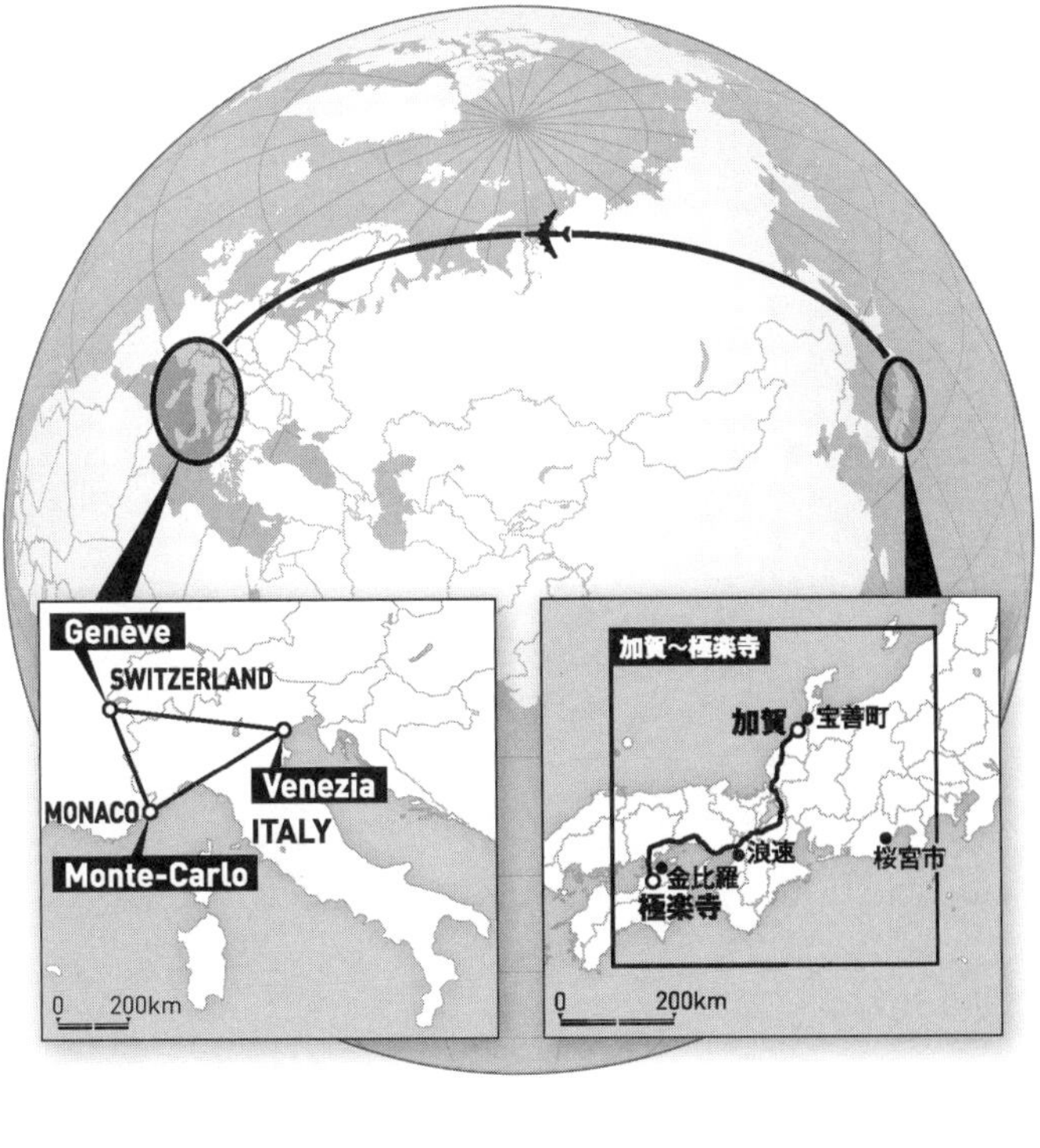
Genève
SWITZERLAND
Venezia
MONACO
ITALY
Monte-Carlo
0 200km
加賀〜極楽寺
加賀
宝善町
浪速
桜宮市
金比羅
極楽寺
0 200km

00　旅人と裁き人

みなさん、こんにちは。『寓話の時間』にようこそ。

ノルガ共和国は、かつてはノルガ王国と呼ばれて栄えていました。アフリカ大陸南端に近い内陸部にあるこの国は紙と文字の文化を持たず、語り部が口伝で歴史や寓話を伝えてきました。これはそんな物語の一篇です。

それではどうぞ、お楽しみください。

——風の音、人々のざわめき——

周囲を高い城壁で囲まれた、砂漠の中の街、ステラ。

ある日そこに、一人の旅人が杖を頼りにたどりついた。

旅人は酒場の前に立つと、女店主に言った。

「お腹がすいて死にそうです。パドレ（パンの一種）を一切れいただけませんか」

「もちろんですよ、旅のひと。アンズのジャムを載せた焼き上がったばかりの厚切りパドレを召し上がれ。一切れたったの一ノアル（ノルガ王国の通貨単位）です」

肥えた女店主の答えに、痩軀（そうく）の旅人はうつむいた。

「実は昨日追い剝（は）ぎに遭いまして、一文無しなのです」

にこやかな女店主の顔が、鬼のような形相に変わる。

「一文無しのくせに食べ物を手に入れようだなんて、図々しい」

旅人は、酒場を離れた。

——手を打って客を呼び込む声——

人々が往来する街道に面した宿屋の主人は、ちょうど店先の行灯に火を入れたところだった。

「歩き通しでくたくたです。一晩休ませてください」

「あんたはついてる。王族がお泊まりになる特上の部屋が空いている。ふだんなら三千ノアルだが、この時間なら大サービスで朝食つきで千ノアル。いかがかな？」

旅人は、悲しげに答えた。

「実は昨晩追い剝ぎに遭いまして、一文無しなのです」

宿屋の主は金歯を光らせながら、冷たい口調で言った。

「金なしで宿に泊まれるはずがないだろう。とっとと消え失せろ」

旅人は宿を立ち去った。

病院では、老いた医師が看板をしまおうとしていた。

「頭が痛くて死にそうです。診ていただけませんか？」

「旅のひと、あなたは運がいい。昨日薬売りがきたばかりだから、今ならどんな薬も手に入る」

「実は昨晩追い剝ぎに遭いまして、一文無しなのです」

医師は眉間に皺を寄せ、言った。

「申し訳ないがあんたを診てあげられん。部族間の争いが激しく、薬は品薄だ。薬を差し上げたらこの病院が潰れてしまうのだよ」

旅人は吐息をついた。

「宿も食事も医者に診てもらうのも、金がなければできないなんて、子どもでも知っている。追い剝ぎに身ぐるみはがれたあの時に、私の命は尽きていたのでしょう」

旅人は病院を離れた。


――水が流れる音――

広場には渾々と清水が湧き出る泉があった。旅人は両手で水をすくい、ひと口飲んだ。砂漠の水は貴重品だが、オアシスでは無尽蔵に湧き出していたので無料だった。

旅人は泉のほとりに身体を横たえる。瞬き始めた星宿が、旅人の呼吸が浅くなっていくのを見守っていた。


翌朝。旅人の死が裁き人に伝えられた。裁き人は酒場に行った。

「昨晩、この店に旅人がこなかったか？」

「文無しのクセに、ジャムを載せたパドレを食べたいだなんて言うもんだから叩き出しました」

「金も無いのに食事をしたいなんて、甘えた旅人だな」

裁き人は宿屋に寄った。宿屋の主人は仏頂面で答えた。

「確かにうちに泊まりたいと言いましたが、一ノアルも持ち合わせていなかったんでさ」

「貴人もお泊まりになる部屋にただで泊まろうだなんて、とんでもない旅人だな」

裁き人は、街外れの病院で老医師に会った。

「ここにきた時は具合が悪そうでしたがお引き取り願いました。ここのところ薬屋も滅多にこなくなり、無料で薬を分けてあげられなかったのです」

老医師の話を聞いた裁き人は声を荒らげた。

「この者を獄に繫げ。病気で苦しむ民草を見過ごすとは何事だ。旅人が死んだのはお前のせいだ」

「それは確かに私の罪です。でも無料で薬を分けたりしたら、病院は潰れてしまいます」

裁き人は抗議には耳を貸さず、老医師を縛り首にした。

オアシスに医師はいなくなった。


冬。

黒い災いが天から降ってきた。民草は薬を求め病院に殺到したが、そこに医師の姿はなく、人々は次々に斃れていった。街から逃げ出そうとした住人は、高い城壁に阻まれた。敵を惑わせ外部の攻撃から街を守る城壁が、人々を死の街に封じ込めたのだ。

住人の最後のひとりが、よろめきながら街の果てへとたどりついた。怒りに燃えた目をして、聳え立つ城壁を睨みつけ、そこに向かって一発の銃弾を撃ち込んだ。

その住人がこの街から逃れられたのかどうかは、誰も知らない。


――吹き荒ぶ風の音・エンディング――

第一部

ナナミエッグのヒロイン

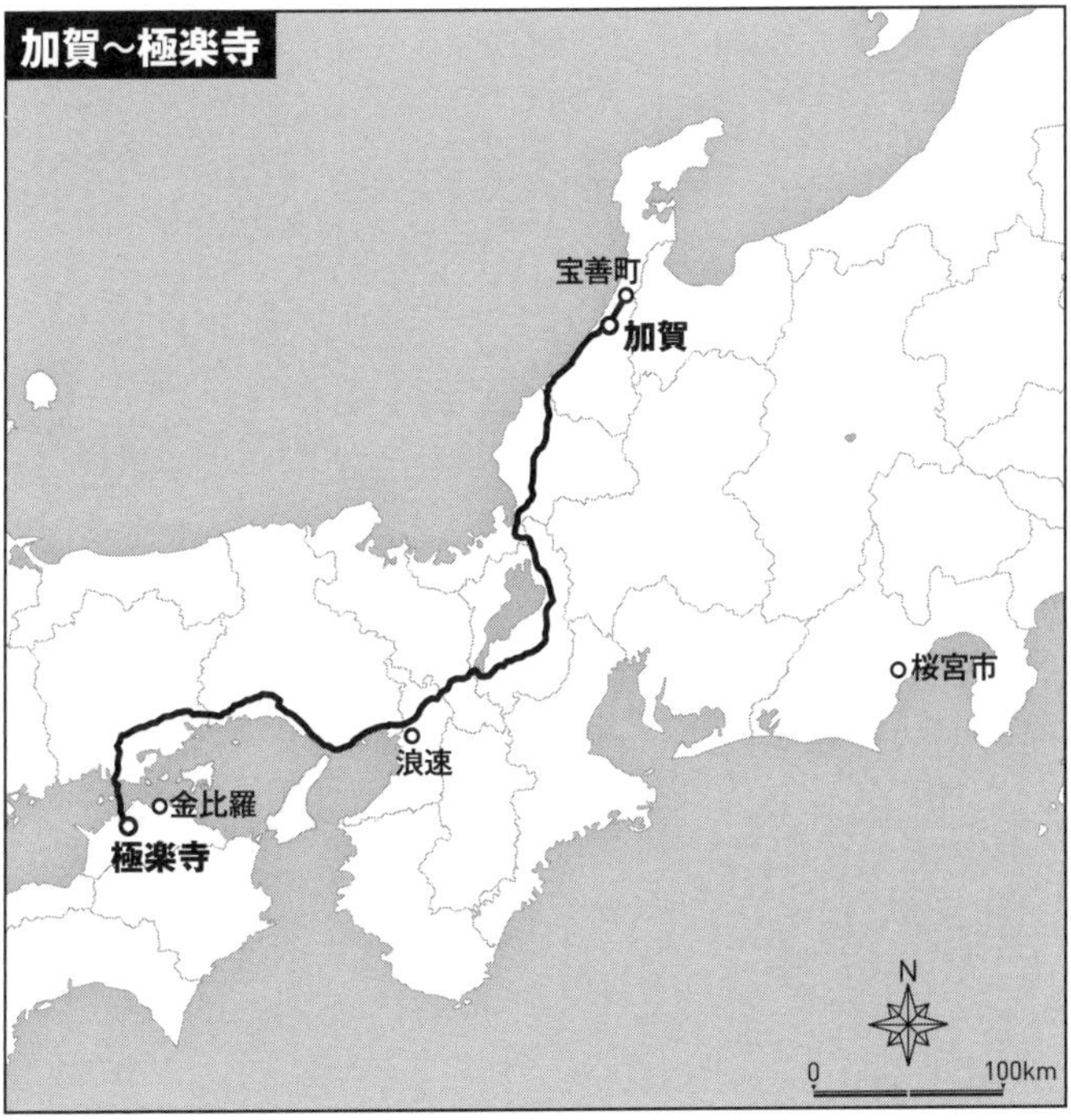

01　名波まどか

２００９年５月26日（火曜）

世の中は大きな幸運と小さな不運がペアでやってくる。

あるいは逆かもしれないけれど。

人は大きな幸運にはすぐに慣れるクセに、喉に刺さった小骨のような不運はつい気に掛けてしまう。

あたしは昨春、大学を卒業した二十四歳。恋人なし。当然独身。加賀大を選ぶ時に正門がお城の城門というお洒落なキャンパスに惹かれた志望者は、決して少なくなかったはずだ。でもあたしが受験した時には校舎の移転が決まっていて、結局一度もお城の正門をくぐれなかったのは痛恨の極みだった。

大学合格は大きな幸運、キャンパス移転は小さな不運。

あたしは四年間、キャンパス移転を愚痴り続けた。それが祟ったのか、就職戦線では全敗の憂き目にあった。

小さな不運。あ、小さくもないか。

でも人間万事塞翁（さいおう）が馬で、就職が決まらなかったおかげで大学院進学という道が開けた。

大きな幸運。

パパは当然、大学院進学に猛反対したけれども、激しい言い争いの結果、あたしが勝利した。自分の将来がかかっていたから必死だった。こうして晴れて大学院生という最高学歴を獲得したけど、そこでは女子という単語が落ちてしまった。

大学生には女子大生という言葉が対応するのに、女子大学院生という言葉が存在しないのはおかしいと思う。でも実際に口にしてみると語呂が悪すぎる。かといって女子院生なんてしてみたら、少年院の非行少女みたいで一層悪化する。なので進学時に女子という冠は諦めた。

小さな不運。

大学院生という肩書きと引き替えに養鶏場の広報活動と出店のバイト週一回を引き受けさせられた。でもパパは律儀にも広報活動と『たまごのお城』での売り子にはきちんとバイト料を出してくれるので助かっている。

大きな幸運。

そんなわけであたしはうす曇りの初夏の日の午前中、ひとりぽつんと店番をしている。で、これは小さな不運。

ほらね、幸運と不運ってペアでやってくるでしょう？

『たまごのお城』は、加賀は宝善町の養鶏ファーム、ナナミエッグのアンテナショップだ。控え室の本棚には文学全集一揃と、懐かしい絵本や童話が数冊ある。第一巻の『二葉亭四迷集』から読み始め、第十一巻『谷崎潤一郎集』を読んでいる。全二十巻だから折り返し地点だ。

壁の隅にはあたしが幼稚園の頃に描いたヒヨコの絵が残っている。他にも古い絵本や毛糸で編んだ壁掛けとか、ママとの思い出だらけだ。でもここでのバイトはあまりにも退屈すぎる。花の乙女が貴重な時間を費す価値なんてないと思う。そんな風に愚痴れば、お前の一体どこが花の乙女なんだよ、とすかさずツッコミを入れてくるのは小学校からの腐れ縁、同級生の男子ふたりだ。小、中と一緒で、高校では離れたけれど加賀大で再会し、大学院も一緒の研究室に入っている。

工学部を卒業した拓也(たくや)は地元運送業の草分け、真砂(まさご)運送のドラ息子で、大学に入ったご褒美に買ってもらったスポーツカーで事故って以来、F1ドライバーになる夢をきっぱり諦めた。潔いと言うこともできるけれども、実態はただの根性なしだ。趣味は車関連での未練を引きずりまくる自動車改造だ。

誠一(せいいち)が獣医学部に入学したのは、父親の鳩村(はとむら)獣医院を継ぐためだ。成績優秀で大学の授業だけでは飽きたらず学生のくせに研究室に入り浸っている。現在、獣医学部の六年生で、今年の冬に獣医の国家試験を受ける予定。

そしてあたし、名波(ななみ)まどかは養鶏場、ナナミエッグの跡取り娘だ。でもこんな田舎とはおさらばして、都会でＯＬをするのが夢。ニワトリは大好きで養鶏業を継いでもいいと思った時期もあるけど、今は絶対にイヤ。

小学校の頃からつかずはなれずのこんな三人が、何の因果か同じ大学院の研究室で過ごすことになったのは、「まさに天のお導き」とは拓也の弁だ。

一年と少し前。就職試験の面接に全敗し絶望していたあたしの目の前に、一筋の蜘蛛の糸が降りてきた。

加賀大に新しく大学院の研究室を作るという話がもちかけられたのだけれど、『地域振興総合研究室』の中身については、誰も見当もつかなかった。目端の利く出世頭の教授たちは尻込みした。その流れで定年寸前だったあたしの指導教官の野坂(のさか)教授に白羽の矢が立った。失敗したら責任を押しつけ、成功したら後釜に座ればいい、などと小狡(こずる)い教授連中は考えたわけだ。

そんな学内政治の力学の結果、就職試験に全部落ちて意気消沈していたあたしに救いの手が差し伸べられたのだから、世の中、何が幸いするかわからない。

　あたしにとって、新しい研究室に来ないかという指導教授の誘いは渡りに船だった。そこに似た境遇の拓也が話を聞きつけ、院生が二名になった。文学部のあたしと工学部の拓也が同じ研究室に進むのは、よくよく考えてみればおかしな話だけど『地域振興総合研究室』という看板ならアリかもしれない。

　しばらくすると、実験や実習で忙しくなった誠一も研究室に顔出しするようになった。あたしが勝手に誠一を名誉大学院生に任命して総勢三名（うち一名は仮面院生）という陣容で野坂研は立ち上がってはや一年。

　気がつくとあたしは、気心の知れた仲間と気儘に研究室で時間を潰す、自堕落な院生になっていた。

『たまごのお城』では、あたしがバイトしている火曜の午前以外は、庶務係の前田（まえだ）さんが五十メートルほど離れた事務所から駆けつけることになっている。でも、そもそも国道から外れた農道の果てにあるたまご専門店に、そうそうお客さんが来るはずもない。

　店には自信をもって勧められる商品が並んでいる。温泉タマゴも、タマゴをふんだんに使ったとろけるプリンも、ほっぺたが落ちるくらい美味しい。もちろんタマゴも売っているけど近くのスーパーよりも割高だ。お得意さまの売り上げを奪うような真似はできないというのがパパの言い分だ。そもそもパパがこの店を作ろうと思ったのは新規の顧客開拓のためだけど、たまたま通りかかった観光客がたまたまこの建物に目を留めて、たまたま時間があってたまたまタマゴを食べてみようか、なんて気分になってたまたまお買い上げ下さり、そのあまりの美味しさにたまたまリピーターになってくれるなんていう出来すぎた話が成立する確率なんて、小惑星が地球に衝突するよりも低いだろう。

　ブランド地場米の『蜃気楼』を使ったタマゴかけご飯をメニューに加えたいと提案した時は、レストラン紛（まが）いのことをするのは邪道だと一蹴されてしまった。以来、低かったあたしのバイトへのモチベーションは一層低下して、もはや墜落寸前だ。

　ナナミエッグのホームページで『たまごのひとりごと』という雑文を、内緒で書かせてもらっているけれど、それだってもしパパにバレたら大目玉だろう。

　こんなエピソードからもおわかりの通り、パパは昔ながらの一刻者で、新しいビジネスを色眼鏡で見ている。

上質のタマゴを生産しているのに、経営が苦しいのは世の中が間違っているせいだ、と言って愚痴るけど、今までと違うことを試さなければジリ貧だ。『たまごのお城』の変わらなさこそ、ナナミエッグが苦境に陥っている理由だと思うんだけど。

　こんな退屈なバイトの暇つぶしと言えば読書をするか、ラジオを聞くか、のどちらかだ。

「寓話の時間」という番組は、バイトの終わる時刻と重なるので、いつも何となく聞いてしまっている。でも紹介される寓話の当たり外れが大きすぎる。特に今日の寓話は辛気くさいばかりでちっとも面白くなかった。そもそもノルガ王国なんて国の名前は聞いたこともない。

　番組を聞き終え、伸びをする。さあ、これで今日のバイトはお終い。控え室でお茶をしてから大学に行こう。

　そう思って顔を上げると、窓の外に、一台のタクシーが土埃を上げながら近づいてきた。店の前の農道を車が通り掛かることはとても珍しい。

　ひょっとして……。

　タクシーは店の前で速度を落とし、ぱたりと停まった。

　やっぱり、とため息をつく。バイトの終了間際に、滅多にこないお客さんがやってくるなんてツイてない。

　小さな不運の積み重ね。でもこれも、大きな幸運がやってくる前触れの小さな不運、と考えればいいのかな。

「何だか辛気くさい話ですねえ。物語ってヤツは、もっと胸がスカッとしなきゃいけませんや」

　朗読劇に耳を傾けていた運転手は、番組が終るとチューナーを回した。六〇年代のアメリカンポップス。チャンネルを変えた。ハードロックのシャウト。運転手は顔をしかめてつまみを捻る。こぶしを利かせ嫋々(じょうじょう)と恋情を歌う演歌が流れ出し、ようやくチューナーから手を離す。

　　あたしはずっとかわらない。
　　いつでもあんたの側にいる。
　　あたしの想いは埋み火(うずみび)のように
　　今も静かに燃えている……。

「日本人ならやっぱり演歌ですよね」

　どうやら運転手の贔屓(ひいき)の歌手らしい。

　乗客はぼそりと、ハードロックも悪くないと言うが、鼻歌を歌う運転手の返事はない。

後部座席の客は眼鏡を外し曇りをぬぐう。

ジャケットにノーネクタイ。銀のヘッドフォンが目を惹く。気ぜわしい音楽が漏れ聞こえてくる。

「それにしてもお客さんは変わってますねえ。このあたりには観光するような名所はないですよ」

音量を下げると、客はルームミラー越しに微笑する。

「何もないということは、すべてがあるということさ」

運転手は前方に目を凝らし、肩をすくめる。

「あたしにゃ小難しいことはよくわかりませんがね。ところでお客さん、この先は高速を使いますか、それとも下で行きますか？」

「どっちが早いの？」

「この時間だと道はすいているので、どちらを使ってもあまり変わりません。ですから、下で充分でしょうね。このあたりの名所ともいえる、砂浜国道の波乗りハイウエイを通ることもできますし」

「そりゃあいい。ウワサには聞いていたから、是非一度行ってみたかったんだ」

「それじゃあ下で行くということで」

運転手は陽気に返事をすると、高速道路へと誘導する矢印とは反対方向にハンドルを切る。すると防砂林の向こうに鈍色の海原が広がった。

客が感慨深げに言う。

「太平洋とは海の色が違うね。防砂林の丈も違う。地にへばりついているみたいだ」

「よく見ると、どの松も海と逆の内陸に傾いているのがわかるでしょ。冬場の雪と海風が強くて、陸側に倒れ込んじまうんですよ」

「なるほどねえ。たとえ姿をねじ曲げてでも、風雪に耐えて生き抜いていくわけか」

客は、防砂林をしみじみ見遣る。やがて眼前の道路は次第に細くなって三叉路に分かれた。

案内標識が風に揺れる。

右が宝善町、左が波乗りハイウエイとある。左にハンドルを切ると防砂林が両側に分かれ、まっすぐな道の果てには陰鬱な曇り空と白い波頭が躍る海原が見えた。

タクシーは波打ち際を走る。締まった砂はアスファルトのように、タイヤの駆動力を受け止めている。

客は眼を細め、海上をぼんやり眺めた。

まひるの月が、大海原の上に、赤ん坊の爪のように、ほの白く光っている。

波乗りハイウエイを過ぎると青々とした水田が続き、路傍の廃屋が窓枠から後方に流れ去っていく。やがて遠目にクリーム色の丸い建物が見えてきた。カマクラみたいなその建物は単調な風景の中で異彩を放っていた。塗装は多少褪せているが手入れは行き届いている。

「あれが『たまごのお城』です。あそこで採れたてタマゴが食べられるんですよ」

「僕はナナミエッグへ、とお願いしたんだけど」

「ナナミエッグは『お城』と同じ敷地内にあるんです」

メーターの請求額を確認しながら運転手が言う。

「ところで帰りの足のアテはあるんですか？　なんならお待ちしていましょうか」

「ありがたいけど、どのくらい時間がかかるか、見当がつかないんだ」

男性の言葉に、運転手は首を振る。

「市内を流してお客を拾うよりは、確実にお戻りになるお客さんを待っていた方が、こちとら利口さね。電話をもらったら三分で駆けつけますよ」

「東京の救急車より早いね。じゃあお言葉に甘えよう。後で電話するよ」

運転手から支払いのお釣りと名刺を受け取った男性は、タクシーから降り立つと、曇り空を見上げた。


タクシーから降り立った男性は、ぼんやりと空を見上げている。タクシーを使ってわざわざこんなところまでタマゴを食べにくる人なんて、いるはずがない。

あたしは店の中からじろじろと男性を眺めた。その視線に気がついたのか、こちらを向いた。銀縁眼鏡のレンズに光が反射して、男性の目が見えないのが、ちょっと不気味な感じ。うっかりして安全地帯に逃げ込むタイミングを逸してしまった。これじゃあいつもバカにしている、裏手の野良猫と変わらないじゃないの。

からん、とドアベルを鳴らし、男性は店に入ってきた。

「ここで養鶏場のタマゴを食べられると、さっきの運転手さんに聞いたんだけど」

ヘッドフォンを外さずに話すなんて失礼ね、と思いながらも愛想良くうなずくあたしはしがない売り子だ。

「採れたてタマゴを生のまま召し上がっていただけますし、ゆでタマゴもあります。おすすめは温泉タマゴです。

どれもひとつ百円とお買い得になっています」

　近くのスーパーではゆでタマゴを一個五十円で売っているから全然お買い得ではないけど、このお客がわざわざ近くのスーパーに確かめに行くはずはないだろう。

「それじゃあ温泉タマゴをひとついただこうかな」

　あたしは小皿に温泉タマゴを割って、出汁醤油を入れて手渡した。

　男性がヘッドフォンを外し机の上に置くと、メロディのかけらが零れ落ちた。

　――あ、まひるの月。

　あたしがハマっている、昔のグループサウンズだ。何という偶然だろう。男性はタマゴをもごもごと味わい、ごくんと飲み干す。お盆を受け取りながら、「バタフライ・シャドウですね」と言ってみた。

「お嬢さんの年頃でこのグループを知っているとは、なかなか変わっていますね」

　男性がそう言った機を捉えて、質問する。

「あの、ウチに何か御用ですか？」

　男性は名刺を差し出した。『浪速(なにわ)大学医学部　社会防衛特設講座　特任教授　彦根新吾(ひこねしんご)』とある。

「十三時からの約束なんですが早く着いてしまったので、鶏舎を外から見学してきます」

「少々お待ちください」

　あたしは三角巾をはずしてショップを飛び出す。そのまま事務所に駆け込むと、庶務係の前田さんに尋ねた。

「社長はどこ？」

「今日は火曜ですから蕎麦善さんですね。一時にお約束があるのですぐお戻りになりますよ」

「そのお客さんがもう来ちゃったから、取りあえず鶏舎を案内してる。パパが戻ったら携帯に電話して」

　前田さんの返事も待たずに、あたしは外に飛び出した。


　曇天の下、彦根先生は所在なげに佇んでいた。光が弱いせいで、今にも消え入りそうに見えた。

「社長はすぐに戻りますので、よろしければ、それまであたしが養鶏場をご案内しましょうか」

「ありがたいですが、バイトの人にお手間をかけさせるのは何だかちょっと気が引けますね」

　あたしは制服の胸ポケットから名刺入れを取り出す。

「どうせ社長はあたしに案内しろって言いますのでご心配なく。ご挨拶が遅れました。ナナミエッグの広報担当、名波まどかです」

単なる売り子からいきなり会社関係者に変貌したものだから、彦根先生は少し面食らったようだ。だけど、しげしげと名刺を眺めると言った。

「そうでしたか。あなたが『たまごのひとりごと』を書いていた方だったんですね。そういうことならお言葉に甘えましょう」

うなずきながら、あたしは少しびっくりしていた。あの文章について、外部の人から何か言われたのは初めてだったからだ。


ナナミエッグのファームは五カ所に点在していて第一ファームは事務所から徒歩五分の高台にある。ここはウチが最初に立ち上げた鶏舎で本社から一番近い。小学校の体育館みたいな鶏舎が七棟並んだ様子は壮観だ。

この辺は農村地帯で、宝善町といえばナナミエッグと言われるのは少々鼻が高い。駐車場には無精卵出荷担当の当番の人たちの自家用車が数台止まっている。幼いあたしはタマゴ整理の人と呼んでいた。

「すごい施設ですね。あんなに小さなタマゴを商品として扱っているとは思えないくらいの大きさです」

「素人の方はそう感じるかもしれませんね。でもこれも、タマゴが食品として定着していることの賜物です」

あたしは何となく得意げに話した。

「日本ではタマゴの消費量が多いと聞いたんですが」

「去年、二〇〇八年の日本のタマゴの消費量は世界第二位ですね。一位はメキシコで年間ひとり当たり三百四十五個ですが、それに次いで日本では年間ひとり三百三十四個のタマゴを食べているんです」

「さすが広報さんだけあって、タマゴの基礎情報はお手の物ですね」

褒め言葉が上手な人だな、と何となく好感を持った。でも、その後が少々いただけなかった。

「一日ひとり一個弱食べているわけですか。それならひとりあと十二個、余分に食べればトップになれるんだから、大いにアピールするべきでしょうね」

何だか少し、話の方向がズレているような気がする。あたしは自分がよく知っているデータを開陳する。

「日本のタマゴの自給率は95パーセントなんですよ。これってすごいと思いませんか？」

「なるほど、確かにすごいことですけど、残り5パーセントは、一体どこから輸入されるんでしょうか。生もので割れやすい品をわざわざ海外から輸入することに、どんなメリットがあるんでしょうね」

　変なひと。

　どうしてわざわざ5パーセントに注目するかな。

　あたしは少々むっとする。どうもこの人とは波長が合わない感じがする。せっかく抱いていた淡い好意がみるみる色褪せていく。

「そうそう、輸入すると言えば、タマゴの起源って一体どこなんでしょうね」

「一説によれば、二千五百年ほど前に中国を経由して、朝鮮半島から日本に入ってきたらしいです」

「その頃からタマゴの輸入ってあったのか。あ、いや、違うか。きっとニワトリが輸入されたんだろうな。そうすると縄文時代から日本ではタマゴが食べられていた、ということになるんですか？」

「タマゴが一般的に食卓に上るようになったのは江戸時代からで、当時は卵売りという商売もあったそうです」

「ふうん。納豆売りとか金魚売りみたいなものかな。それよりここには放し飼いのニワトリがいるんですね」

　彦根先生は唐突に話題を変える。ニワトリがひしめきあう気配が正面の鶏舎から外にこぼれ落ちているのに気がついたのだろうけど、話題があちこちにころころ変わって話がとっちらかってしまう。何だかこの人の話にはついていけそうにない。

　でも聞かれたことには誠実に答える。それが広報としてのあたしのモットーだ。

「ここは職員やウチで食べる分のタマゴを採る鶏舎ですが、〝放し飼い〟ではなくて〝平（ひら）飼い〟です」

「それってどう違うんですか？」

「〝放し飼い〟は日中を屋根のない場所で過ごす場合で、屋根のある場所で自由に過ごすのは〝平飼い〟です」

　彦根先生は別の建物を指さして、あれは？と尋ねる。

「年代別自由鶏舎です。鶏舎では毎日、大量の鶏糞（けいふん）が出るので、昔は家族総出で鶏舎を掃除していました。そこでウチの社長が、鶏糞を金網張りの床下に落として回収し自動洗浄するタイプのケージを開発したんです。おかげで労力は激減するしニワトリの病気も減りました。このケージは止まり木や砂浴び場も備えた自由度の高いもので、回収した鶏糞はいい肥料になるので一石三鳥なんです」

　彦根先生はペンを片手に、あたしの話を熱心にメモしながら質問をする。

「どうしてあんなにたくさん、似たような建物が並んでいるんですか？」

「年を取るにつれて、七棟の鶏舎の左から右へ移っていくんです。一番左の小さなヒヨコ舎は生後一日からのヒヨコのお家です。生まれたてのヒヨコって綿毛みたいにふわふわしてとっても可愛いんですよ」

「ふうん、面白そうですね。そのあたり、もう少し詳しく教えてくれませんか」

あたしはうなずく。まさにこれこそが広報の仕事で、あたしの得意分野だ。

「業者から購入した生後すぐのヒヨコは、第一鶏舎のヒヨコ舎とも呼ぶ育雛舎に入れて、そこで生後四十五日まで育てます。第二鶏舎は育成舎で、あたしはヒナ鳥舎と呼んでいます。ここでは生後九十日まで過ごして体重は五〇〇グラムになります。この二カ所は幼稚園みたいな所で、その後は二カ月毎に鶏舎を移動します。第三鶏舎には九十日から百五十日、第四鶏舎には二百十日、第五鶏舎には二百七十日、第六鶏舎が三百三十日、第七鶏舎が三百九十日までと六十日ごとに移動するわけです。そのあたりは小学校みたいなもので特別な名前をつける気にはならないので第三、第四と番号で呼んでいます。その鶏舎にいる生後半年から二年くらいまでが産み盛りです。生後二年を過ぎると養老院と呼んでいる、別の場所の施設で余生を過ごします。ニワトリの寿命は十年以上ですが、そこでもタマゴは産み続けるんです」

花の命は短くて、か、とぽつんと彦根先生が呟いた。そしてペン先で一番手前を指して言った。

「手前のあの建物は少し様子が違ってみえますね」

「あれはタマゴを集めて出荷用に整える施設です。グレーディング・アンド・パッキングセンターといって、通称GPセンターと呼んでいますが、ここに各鶏舎で産まれたタマゴを集めるんです」

「そこで荷詰めされて出荷されるんですね」

彦根先生があまりにも簡単に言うので、少しむっとしてあたしは補足する。

「最後はそうなんですけど、途中でやらなければならないことがたくさんあるんです。まずは洗卵です。ブラシで擦って、お湯でよく洗うんです。それから検卵します。自動検卵装置で血卵とかヒビの入ったタマゴを除外します。それから計量してサイズ分けしてお馴染みのプラスチック製のパックに詰めます。さらにそのパックを箱詰めにしてようやく出荷されるんです。その過程はすべてオートメーション化されているんですけどね」

彦根先生の質問が、また、ころりと変わる。

「ところで、鶏舎の方には一棟に何匹くらいのヒヨコがいるんですか」

何だ、GPセンターのことはどうでもいいわけね、と苛々しながら、あたしはぶっきらぼうに答える。

「三万羽、です」

メモを取る彦根先生の手からぽろりとペンが落ちた。あわてて拾い上げ、質問を続ける。

「そりゃあすごい。時期がくると三万羽のニワトリが一斉に鶏舎を移動するのは、さぞかし壮観でしょうね」

「移動のたびにワクチンを打ったり目薬を差したりと、大変なんですよ」

「ニワトリにもワクチンを打つんですか？」

「もちろんです。感染症になったらタマゴが売り物にならなくなりますので」

「時期がきたら一斉に移動したり予防注射を打ったりなんて、確かに小学校みたいですね。三万羽のうち雄鳥は何羽いるんですか？」

「食卵は無精卵なので雄鳥はいないんです」

「有精卵って食べられないんですか？」

「食用としてはニーズはないです。ヒヨコに育っちゃうと不良品扱いになってしまうから商売になりません」

「それじゃあこのファームには無精卵しかないわけか」

彦根先生はがっかりしたような声で呟いたけど、すぐに気を取り直したように尋ねる。

「ここでタマゴは一日何個、採れるんですか」

やっと普通の質問がきた。あたしは暗記しているデータをすらすらと口にする。

「ナナミエッグ全体ではニワトリは百万羽いて、タマゴは一日八十万個採れます」

あたしの携帯が鳴った。

「あ、パパ？　今、第一ファームに案内してる。うん、わかった。今からそっちに戻ります」

携帯を切ると、彦根先生に言う。

「社長が戻ったようですので、ご案内します」

彦根先生はちらりと時計を見る。

「ありがとう。とても勉強になりました」

にこりと笑った彦根先生の銀色のヘッドフォンが、うすぐもりの中、陽光を反射してぼんやり光った。

02　頑固な男たち

5月26日（火曜）

事務所に戻ると、パパのワゴン車が停まっていた。

あたしは彦根先生に、細菌やウイルスを減らすため消毒薬入りのトレーで靴底を洗うよう指示しておいて、階段を駆け上がる。二階では経理や庶務の人たちが仕事をしている。彦根先生の名刺を見ながら、肩書きと名前を来客簿に記載すると、応接室に案内する。

扉を開けるとナナミエッグの創業者であるパパが、来客を今か今かと待ち構えていた。彦根先生の顔を見るなり立ち上がり、名刺を差し出す。

「初めまして。私がナナミエッグ社長の名波龍造（りゅうぞう）です」

名刺を交換すると、彦根先生にソファを勧め、正面に腰を下ろす。小柄で日焼けした顔は精悍だ。浪速大の教授と向き合っても位負けしていない貫禄は大したものだ。

「ほほう、お医者さまでしかも教授でしたか。そんなご立派な方が、この養鶏場に一体どんな御用ですかな」

彦根先生はヘッドフォンを外すと、「お時間を頂戴し、ありがとうございます」と丁寧に挨拶する。

なんだ、大切な話をする時はやっぱりヘッドフォンを外すんだ、と思わずむかついてしまう。

「まどか、早くお茶を出さないか。まったく、いくつになっても気が利かない娘だな」

言われてあわてて部屋を出ていこうとすると、パパは彦根先生に向かって言う。

「ウチのお転婆（てんば）が何か失礼しませんでしたか」

部屋を出て扉を閉めたあたしは、すぐさま扉にぴたりと耳をつけ、盗み聞き態勢にはいる。

「社長が開発された自由鶏舎について、素人にもわかりやすく説明していただきました」

本当に調子がいいヤツ。あたしの中で、彦根先生に感じていた違和感が、ほんのりとした反感に変わっていく。

パパのだみ声が答える。

「アレは親が勧めた農学部には行かずに文学部に行くわ、就職に失敗したら大学院に行くと言い出し学生生活を二年延長するわ、手の掛かる娘でして」

まずい。とっとと戻らないとパパの暴露話が延々と続きそうだ。急いで扉を離れるとそこでタイミングよく、お茶を運んできた前田さんと鉢合わせした。

あたしがすかさずお盆を受け取ると、前田さんは少し未練ありげに小声で言う。

「今日のお客さんは、ちょっとかっこいいですね」

はあ？

自分は平凡な女ですけど、男を見る目だけはありますから、なんていつも言っているけど、彦根先生への評価を見る限り、その自己評価はかなり甘いと思う。

扉を開けるとパパは会社のパンフレットを前に身振り手振りを交えてナナミエッグ創設秘話の佳境だった。

「昭和三十年代、先代が稲作の傍ら名波養鶏場を立ち上げた当初は家族経営でしたが、その頃、養鶏業では、平飼いからケージ飼いになるという大変革がありまして、我が名波養鶏場もその時流に乗ったわけですな。その後、昭和五十五年に私が若くして生産から販売まで手がけるナナミエッグとして会社を設立、事業拡大をはかって今日に至ったわけです」

あたしは彦根先生とパパの前にお茶を置いて、三つめの茶碗をテーブルの端っこに置くと、部屋の隅からパイプ椅子を引っ張ってきて腰を下ろす。そして彦根先生にお茶を勧めながら言った。

「早く用件を切り出した方がいいですよ。黙っていたら社長の独演会は半日は続きますから」

パパはあたしの言葉に顔をしかめて、苦労話を止めた。そして改めて渡された名刺を眺めた。

「それにしても、教授先生にわざわざこんな辺鄙（へんぴ）な場所までご足労いただき、恐縮ですな」

パパは自分の頭を叩いて、何しろ私は学がないもので、教授と聞いただけでビビってしまうものでして、と言う。

実際は、パパは学がないのではなく、学歴がないだけだ。でも中学卒という経歴にはコンプレックスがあるらしく、あたしが大学院進学を希望した時に結局最後にはしぶしぶ認めてくれたのは、自分に欠けているものに対する憧れもあったように思う。

パパの社交辞令に、彦根先生は微笑する。

「肩書きは教授ですが、大したことありません。特任教授とは学外の者に大学の講義を依頼する際に進呈する肩書きで昔の非常勤講師です。独法化した大学では教授という肩書きのバーゲン中で、おまけに外部から一定額を寄付すれば大学に講座を作ることもできる。だから今の僕は昔風に言えば寄付講座の非常勤講師で、激戦を勝ち抜いたチャンピオンである昔の教授とは違い、宝くじに当たったラッキーボーイ、あたりが妥当でしょう」

「でも、宝くじに当たれば大したものですよ。ウチの経営も厳しいですから是非あやかりたいものですな。しかし大学に寄付をしてご自分の研究講座を作るなんて、すごいお金持ちなんですね」

彦根先生は首を振る。

「自分が寄付したわけではなく、奇特な方が僕の考えに賛同し、大学に寄付講座を作ってくれたので、教授の肩書きを手に入れることができたわけです」

「ほう、漢帝国の末期では役職をカネで売買していたそうですが、言うなればそれと同じようなことですな」

「その通りです。社長は中国史に造詣が深いんですね」

顔を赤らめるパパの隣で、あたしは笑いを堪える。その教養の出所がマンガ版三国志だなんて、口が裂けても言えない。機嫌が良くなったパパが乗り出してきた。

「何だかお話がわかりにくいのですが、要するに、この、『社会防衛特設講座』というところでは一体どんな研究をなさっているのですかな」

「その名刺を出すと、どなたもたいていは同じような質問をしますね。でもそれはもっともな話で、昔は第一外科は腹部外科、第二外科は心臓外科と看板を見ただけですぐに中身がわかったんですが、今は聞いただけでは何をやっているのかわからない名称にするのが流行なんです。例えば臓器統御学教室なんて内科か外科かもよくわからないし、学内の人間でさえわからなくなってしまい、わざわざ昔の呼び方を使い始める始末なんです」

やっぱり彦根先生の話はあちこち寄り道するクセがある。仕方なく、あたしは横道に逸れた話を本道に戻すため、改めて質問し直した。

「結局、彦根先生の教室では、一体何を研究しているんですか？」

するとあたしは、ようやく彦根先生からあっさりした答えを手に入れる。

「ウイルス感染予防の研究です」

「それで今回のご用件はどういったことでしょうか」

「最初に確認させてください。ナナミエッグでは、有精卵作りはできないんですか？」

「ニワトリ関連ではナナミエッグに不可能はない」

出た、決まり文句。何百回この台詞を聞かされたことだろう。でもその言葉を言うために、パパがどれほど努力してきたか、よく知っている。加賀大の農学部の教授が、養鶏業に関してパパに相談にきたりするくらいだ。

「有精卵を作るのなんて簡単だ。鶏舎に雄鳥を交ぜればいいだけなんですからな」

　パパの言葉を聞いた彦根先生は、腕組みを解いた。

「今回の依頼の内容は、十月から、一日十万個の有精卵を用立てていただきたい、というものなんですが、いかがでしょうか」

　パパは思わず、くわえかけていた煙草をぽろりと床に落とした。あわてて拾い上げながらパパは言う。

「失礼ですが先生は、ご自分が何を言っているのか、おわかりですかな？　うちには先生が見学した第一ファームと同規模のファームが五ヵ所ありますが、十万個といえば、おおよそその一ヵ所分に相当するんですよ。そこで食用にもならん有精卵を作れというのですか」

「ニーズがあれば商売は成立するでしょう？」

　パパは気を落ち着けるように、点けたばかりの煙草をすぱすぱと吸い始める。

「そんなニーズなど、あるはずないでしょう。一日十万個もの有精卵を扱う市場なんて、三十年以上養鶏業に携わってきたこの私が、聞いたことがないんですからな」

「そうでしょうね。これは新しいビジネスで、従来は閉ざされたエリアで完結していたので。今、僕はその市場の拡大の可能性を予見し、先行投資をしようとしているんです。そういう観点で見ると、ここナナミエッグの先進性はこのニュービジネスにぴったり合致するんです」

　彦根先生は両手を広げ、大きな身振りで滔々（とうとう）と言う。なかなかの弁士だ。その言葉にパパの自尊心がくすぐられている。口がうまい男には注意しろ、と口うるさく注意するクセに、自分はそんな男に丸め込まれちゃうの、と言いたくなる。急に彦根先生が胡散（うさん）臭く見えてきた。まあ、最初からいけすかないヤツだと思ってはいたけど。

　あたしが不信の視線で見つめていることに気がつくと、パパはあわてて咳払いをして、尋ねる。

「有精卵の引き取り価格はどれくらいですかな」

　彦根先生の答えを聞いて、パパは一瞬、驚いて目を見開いた。提示された買い取り額はナナミエッグが卸に納める価格の二倍以上だったからだ。しかも価格はコンスタントに高値買い取りが維持されるのだという。

　業者にはありがたい話だ。タマゴの買い取り相場の変動は激しく、半分以下に暴落するのも日常茶飯事だ。極端な価格変動がない高値での取引、しかもナナミエッグの生産高の八分の一が保証されるのは魅力的だ。

「一年中、この価格と取引数量が保証されるのですか」

　勢い込んで尋ねたパパの声が、少し震える。

「残念ながら一年中、というわけにはいきません。二月から八月までと十月から十二月の二クールです」

パパは煙草をふかしていたが、ぼそりと言う。

「断続的でも時期がはっきりしていれば問題ありませんな。それ以外の時期は雄鳥を外せば通常の無精卵に切り替えられますからな。しかし有精卵を食べるなんて日本の食生活もずいぶん変わってきたものですなあ」

彦根先生は首を傾げる。

「いえ、食用ではありません。有精卵を培地にしてインフルエンザ・ウイルスのワクチンを作るんです」

彦根先生のその答えを耳にしたとたん、パパは耳まで真っ赤になって立ち上がる。

「ワクチンの培地だと？　冗談じゃない。ふざけるな。さっさと帰ってくれ」

うわあ。久しぶりの大噴火。

でもしょうがない。ナナミエッグの理念を知っていたら、絶対に依頼できないことだもの。

彦根先生は顔色ひとつ変えずに言う。

「まあ、社長、落ち着いて。依頼を断るのはご自由ですが、せめて理由くらい教えていただけませんか？」

立ち上がったパパは、ふうふう、と息を荒らげながら、ソファにどすんと腰を下ろす。

「ウチは代々稲作農家で、タマゴは貴重品だったから一個を大家族で分けて食べたものだ。滋養強壮の塊ともいえるタマゴを、幼くして流行病で亡くなった弟に、せめてたらふく食べさせてやれれば死なさずに済んだのに、というのが私の両親の嘆きだった。だからこそ親父は養鶏業を始めたし、それを継いだ私はタマゴの量産に努めた。そのタマゴを食用以外に使うなど許せん」

口ごもり、つっかえながら話すパパの言葉に耳を傾けていた彦根先生は、話を聞き終えると言う。

「そんな事情があったとは知らず、失礼しました。でしたら今回の依頼は撤回するしかなさそうですね」

そう言った彦根先生はスマートフォンを取り出して、タクシーを呼び出している。何だかずいぶんあっさりしているけど、まあ、今の段階なら撤退しても傷は浅いのだろう。その様子を見ながらあたしは、目の前で開いた窓が閉まっていくような感覚に囚われた。

次の瞬間、あたしは思わず声を上げていた。

「待ってください。依頼を受けるかどうか、少し考えさせてくれませんか」

自分の声を聞いて、自分で驚いている。

パパは目を見開いて、あたしを見た。

「社長が出した結論に口出しするな」

ナナミエッグの最高経営責任者の顔になったパパは、越権行為をしたあたしをにらみつける。

「だってパパはいつも言っていたじゃない。このままだとナナミエッグは潰れそうだって。これはチャンスかもしれないのよ。このままだとジリ貧なんだから、新しいことにチャレンジしないと」

「だからと言って、食用でないタマゴなんて……」

彦根先生が割り込んできた。

「乗り気でない人にお願いするのも気が引けます。そもそもこの依頼は単に有精卵を作っていただくだけでは済みません。高度に品質管理された、厳選された有精卵が必要で、難しい新技術を導入するのは普通の養鶏場にはハードルが高い。高度な依頼ですから、お断りになった社長のご判断は経営者として真っ当だと思います」

するとパパの怒声が響いた。

「難しい新技術？　高度な品質管理だと？　そんなこと、どうってことない。養鶏関連の業務でウチがやれないことなんて何ひとつないんだからな」

彦根先生はきょとんとする。それはそうだろう。パパの判断を尊重してあたしを宥めようとしたのに、弁護した当の相手から罵声を浴びせられてしまったのだから。

「ええと、じゃあ社長はどうされたいんでしょうか」

「どうされたいかって、そりゃあ、あんたね……」

パパは自分がドジを踏んだと悟る。苦虫を嚙みつぶしたような顔で、目を伏せて言う。

「身内を納得させてから最終的に判断したいので、少し考える時間をいただきたい」

彦根先生は、あたしとパパを交互に見つめて、言う。

「もちろん結構です。でもここでお引き受けいただけなかったらすぐに他を当たりたいので、来月中には諾否の回答を頂戴したいですね」

彦根先生は立ち上がると、付け加える。

「そういえばまだ依頼元をお伝えしていませんでしたね。納入先は浪速大ワクチンセンターです。社長が反対する理由はわかりました。でもこれは日本の未来が掛かっているプロジェクトなので、僕も簡単に引き下がるわけにはいかないんです」

銀縁眼鏡が光り、迷彩服を着てカービン銃を抱えたゲリラ兵士の姿と二重写しになる。ごしごしと目を擦ると、その姿は元の優男に戻っていた。

――何だったんだろう、今の。

彦根先生は武装解除したような穏やかな微笑を浮かべて、部屋を出ていった。あたしは部屋を飛び出し階段を駆け下りると、待たせたタクシーに乗り込もうとしていた彦根先生に駆け寄った。

「待ってください。父は頑固者ですが、道理はわかる人です。あたしから説得してみます」

彦根先生は振り返り、微笑した。

「まどかさんとはもう少し、きちんとお話しした方がいいかもしれませんね。よろしければ明日の夕方、ディナーでもご一緒しませんか。ご都合がつけば名刺にある携帯番号にお電話ください」

唾を飲む。こんな風に誘われるなんて思わなかった。

第一印象、いけすかないヤツ。セカンド・インプレッション、社長のパパを激怒させたとんでもないヤツ。

でも……。

気がつくとあたしはうなずいていた。彦根先生を乗せたタクシーは排気ガスを吐きながら、視界から消えた。

応接室に戻ると、パパが腕組みをして待っていた。

「まどか、ちょっとそこに座りなさい」

「あ、大学に遅れちゃう」

ひらりと身をかわし階段を駆け下りる。パパにはああ言ったけど、何だか大学へ行く気分ではなくなってしまい、ドライブがてら海辺の喫茶店にランチに行くことにした。愛車に乗り込みアクセルを踏み込む。『たまごのお城』がバックミラーの中で小さくなっていく。

ママを早くに亡くしたあたしは、ニワトリとパパの面倒を見てきた。それがママの最後の願いだったから。たぶん大学院を出たら、ナナミエッグの広報担当に就職するかもしれない。そうしたら広報とは名ばかりで、ありとあらゆる雑用を引き受ける羽目になるだろう。

真っ黒に塗り潰されたあたしの未来が見えた。

ファームは嫌いではない。単調な毎日が繰り返され、逃げ場がないのがイヤなのだ。そんなことを考えながら、ふと思う。

なぜあたしは「まどか」なのだろう。そんな名前をつけられた女の子は、窓のない世界に閉じ込められようとしているのに。

でも今、彦根先生の言葉が灰色の壁に窓を開けた。だからあたしはその誘いを断れなかったのだ。

アクセルを目一杯踏み込んで加速しながら、あたしは海岸沿いのバイパスを走り抜けた。

翌朝、五月二十七日、水曜朝八時半。

なぜあたしがモーニングコールをしなければならないのか、疑問に思いながらコールし続けて一年。十回呼び出し音が鳴るのも、電話がつながっても返事がないのもいつものこと。あたしは一方的に通話口に吹き込む。

「今から出るわよ。遅れたら置いていくからね」

これも決まり文句。ようやく相手が声を出す。

「つれないことを言うなよな。俺とまどかの仲だろ」

すうっと息を吸い込むと、携帯に怒鳴りつける。

「紛らわしい言い方はやめて。十分で着くから支度をして待ってること。以上」

電話を切り鏡に向かう。髪を梳きルージュを引く。洗いざらしのTシャツに細身のジーンズ。初夏の身支度は簡単でいい。オシャレをすれば可愛いのに、という同級生たちの評を無視していたら何も言われなくなった。赤い小型車のエンジンは一発でオン、今朝も愛車は絶好調だ。地方では車は一人一台の必需品だから、大学入学のお祝いに買ってもらっても贅沢とは言われない。大学院に登校するのは週四日。午前中は研究室でブレストという名の雑談をして午後は自由行動。こうして考えるとシンプルすぎてスケジュールと呼ぶのも気恥ずかしい。

パパはあたしが婿取りして養鶏場を継ぐことを望んでいるけど、こんな田舎に入り婿してくれる奇特な相手を探すだなんて高いハードルを、レンアイ偏差値が高いとは言えないあたしに課すなんて非現実的すぎる。

フロントガラスに広がる青空を見上げながら、ＢＧＭの〝波乗りトロピカル〟をシャウトする。人気グループ、バタフライ・シャドウは生ける化石みたいなグループだ。あ、もう音楽界にはいないから、単に化石と言った方がいいかも。〝まひるの月〟を聞いていた彦根先生のことをふと思い出す。

——明日の夕方、ディナーでも。

一晩寝たらその明日は今日になっていた。

車を走らせること五分。遠目にも目立つ黄色い看板に黒々と書かれた『真砂運送』という骨太の文字を見ると、デコトラの荷台に書かれた『追越御免・無法松』といった文句を思い出す。その下に佇む無骨な男性の姿を見て舌打ちする。

おのれ、またやりやがったな、拓也め。

あたしはブレーキを踏み、男性の側に停車すると、ウィンドウを下げ、にこやかに挨拶をする。

「おはようございます、おじさん」

「おお、まどかちゃんは相変わらず綺麗だなあ。どうだ、そろそろウチに嫁に来ないか？」

これも決まり文句だ。愛想笑いで返事は保留。

真砂運送を一代で築き上げた真砂耕司社長はパパと同級生だ。酔った勢いであたしを拓也のお嫁さんにほしいと言い、パパは拓也を婿にほしいと言い、呑み比べで決着をつけた。小学五年にして許婚を持つお嬢さまにされそうになったあたしはすぐさま断固拒否の姿勢を示し、拓也もあたしのクレームを受け入れたので事なきを得た。でも拓也のお父さんは未練がましく文句を言い続けて今日に至るというわけだ。しかし考えてみればひどい話だ。どっちが勝ってもあたしが拓也と一緒になるという結果に変わりはないのだから。でも無邪気に、にこにこ笑いかけてくる拓也のお父さんの顔を見ていると怒る気も失せてしまう。まったく、得な御仁だ。

「おじさん、拓也は？」

拓也のお父さんは頭を掻いて、言う。

「シャワーを浴びてる。わざわざ迎えに来てくれたまどかちゃんを待たせるなんてとんでもないけど、あれでも真砂運送の大事な跡取りなんで堪忍な。お詫びにウチのヤツにお茶を準備させてるんでな」

母屋を見ると、拓也のお母さんが手を振っていた。

こんな風に懐柔されたら折れるしかない。また今朝も、なれ合いのぬるま湯の中、あたしはふやけてしまう。

ため息をついて、エンジンを切った。


真砂運送では毎朝、拓也のお母さんが社員の運転手さんたちのため、簡単な朝食を用意する。あたしもたまに立ち寄りデザートをご馳走になる。素人とは思えぬ腕前で、珈琲やお茶をつければ喫茶店として開業できるレベルだから、つられて毎朝入り浸った時期もあった。家に入ると、顔なじみの運転手さんが声を掛けてきた。

「まどかちゃん。とうとう若社長の嫁になるのかな」

「やめてよ、平野さん。おばさんが本気にするでしょ」

平野さんは五十代半ば、二十歳で免許を取った頃から真砂運送に勤める古株で、運転手のまとめ役だ。シフォンケーキを持ってきた拓也のお母さんが言う。

「あら、あたしなら大歓迎よ。拓也があんなだから、渋りたくなるのもわかるけど。まどかちゃんはとても素敵なお嬢さまだから、おばさん、ちょっと心配だわ」

　そう言いながら珈琲を置くと、ペンキの有機溶剤とガソリンの匂いが漂ってきた。あくびまじりの声が言う。

「自分の息子をけなした挙げ句、よその娘の心配をするなんて、それでも母親かよ」

「ほんとのことでしょ。毎晩、使いものにならない車をいじるのは止めて、早くウチを継いでちょうだい」

「まどかが嫁に来てくれたら、いつでも継いでやるよ」

「というわけでまどかちゃん、そろそろ拓也のこと、本気で考えてくれないかしら」

　親子二人がかりの攻勢に、あたしは引き気味でうなずく。振り返るとツナギ姿の拓也に向かって小声で言う。

「いい加減にして。次は置いていくからね」

「そんなこと言うなよ、まどか。ここはお袋のシフォンケーキに免じて、ひとつなんとか」

　今どきリーゼントなどという、前世紀の遺物の髪型を整えながら、両手を揉み合わせるようにしてあたしを拝む。にらみつけていたあたしは、その顔を見ているうちにバカバカしくなって噴き出してしまう。ヤケになってシフォンケーキにかぶりつく。

　コイツがあたしの幼なじみ、小学校から大学院までほぼ一緒の腐れ縁にして真砂運送の御曹司、真砂拓也だ。

　拓也は大学の授業に出るよりも、自動車の改造に夢中で一日おきにガレージに籠もっていた。バック・トゥ・ザ・フューチャーのデロリアン顔負けにごてごてに装飾された非実用車は、改造しすぎて公道を走れなくなった上にさらに改造を重ねている。そんな拓也を、趣味も大学院までという暗黙の了解があるからか、ご両親はあきらめ顔で見守っている。

　拓也は、師匠と呼んでいる平野さんに図面を見せた。

「排気系の形状を少しいじってみたんだけど」

「これでは空気抵抗が増して、まずくないですか」

「その辺りは工学部の仲間にシミュレーションしてもらったから、たぶん大丈夫だと思うけど」

「それならいいんでしょうけど、しっくりきませんね」

　拓也はむっとした顔をしたが、平野さんは車の構造を手取り足取り教えてもらった師匠なので言い返さない。

　すると隣で黙々と食事をしていた男性が口を開いた。

「その配置だと空気抵抗は軽減しますが、放熱が問題になりませんか？」

　拓也は図面を見ていたが、そうか、と呟く。

「確かにこれだと遮熱板を取りつける場所がなくなってしまうな。柴田さん、図面見ただけでよくわかったね。そっちの仕事でもしていたの？」

　拓也が感心して言うと、中年男性は首を振る。

「カラダに置き換えてみると、消化管にあたる排気系が行き詰まっているように見えたもので」

　平野さんは納得したような、しないような声で言う。

「若社長のミスを見つけるのも大事だけど、できるだけ早く荷物を届けてくれよな。柴田さんは、仕事は丁寧なんだけどいつも時間ギリギリだからね」

　すみません、気をつけます、と男性は頭を下げた。


　拓也は助手席に乗り込むと、言われる前にシートベルトをする。走り屋を自称するだけはある。F1ドライバーは無理だけど、運転はかなりの腕だと聞かされている。

「よう、まどか。今日も綺麗だね」

　アクセルを踏んだあたしは、呆れ顔で言葉を返す。

「そりゃああたしも、最初はときめいたけど、毎日繰り返されるとさすがに飽きるわ。ちょっとは工夫したらどうなのよ」

「そんなこと言ったって綺麗なもんは綺麗なんだから仕方ないだろ。それよりいつになったら嫁に来るんだよ」

「何遍言えばわかるの。拓也は真砂運送の跡取り息子であたしはナナミエッグのひとり娘。お互い嫁取り婿取りをしなくちゃいけないんだからムリに決まってるでしょ」

「あーあ、俺たちってロミオとジュリエットだな」

　クラクションをぱっと鳴らす。

「ロミオとジュリエットは相思相愛で、両家の折り合いが悪くて悲劇になったの。あたしと拓也とは全然違うわ」

　文学的素養に乏しい拓也に言ってみたところで空しいだけだ。拓也は、グローブボックスの中の包みを開ける。

「あ、またあたしのおやつを勝手に食べてる」

「ケチなこと言うなよ、美味しいんだからいいだろ」

　満面の笑みを浮かべてゆでタマゴに頬ずりするヤツに、ロミオを名乗る資格なんてない。乱暴な言葉とは裏腹に、丁寧に殻を剝くと、ゆでタマゴにキスをする。あたしのおやつを消費しつくそうとしている拓也に尋ねる。

「ところで拓也の車はいつ社会復帰するわけ？」

　拓也は、黄身にむせながら言い返す。

「社会復帰？　冗談言うなよ。俺の一世一代のチューンナップ車を、今さらシティカーに戻せるかってんだ。だってアイツは今でも日々進化し続けているんだからな。そんなこと、言わなくたってまどかならわかるだろ」

「ええ、もちろんよーくわかってるわ。でも、その言葉を翻訳すると、チューンナップをやめるどころか一層進めて社会復帰が不可能な方向に推し進めた挙げ句、卒業まであたしの車に便乗し続けるつもりでいる、ということね」

拓也は、ち、と舌打ちをする。

「文学女子にかかったら、理系男子は敵わないよな」

そして、両手を合わせてあたしを拝む。

「なあ、まどか、今さらあの車を娑婆に戻せないのは、わかるだろ？　ガソリン代だって折半なんだし」

「でも、支払ってくれているのは拓也のお父さんよね」

そう言ったものの、生真面目な表情で頼み込む拓也をこれ以上責める気になれない。

「それならせめて、あたしの車に乗る時には作業着はやめてよ」

「バカ言うなよ。コイツは俺の正装だぜ」

どうやら拓也は何一つ譲歩するつもりはないらしい。

赤信号で車を停めると、あたしは不毛な会話を打ち切り、話題を変える。

「新しいドライバーさんを雇うなんて、真砂運送は景気がいいのね」

「加賀フェアのために雇ったけどフェアが途中で打ち切られちゃって、今や人間不良債権状態さ。ぼんやりしているけど、設計図の問題点をズバリ指摘したのは驚いたなあ。ドライバーとしては優秀らしいんだけどトロくて、いつも時間ギリギリのお届けなんだ。入社半月でドン亀なんてあだ名をつけられちゃってね」

遅配ではないなら御の字でしょ、と言いかけてやめた。あたしには関係のない話だ。信号が青に変わる。拓也の同伴通学は、拓也のお父さんがあたしに頼んできた。

なあ、まどかちゃん、頼むよ、と言う時のおじさんの口調は、拓也にそっくりだった。

――血は争えないわねえ。

あたしはくすくす笑ってしまう。得な性分は父親譲りのようだ。

03　野坂研の流儀

5月27日（水曜）

小一時間のドライブで加賀大キャンパスに到着する。かつては市街地のど真ん中にあって、お城の大学と呼ばれていた総合大学は、今では辺鄙な市街地の外れに移転してしまい、もはやかつての小洒落た雰囲気は消え失せてしまっている。

校門を通り抜けると、アスファルトで舗装された道の両脇には、灰色の集合住宅のような建物が並んでいる。アルファベットで命名された、味も素っ気も無いお役所のような建物のひとつ、F棟二階にあたしたちの大学院の研究室がある。

車を停めると拓也は、あたしを置き去りにして一足先に研究室に向かう。散々人を待たせたくせに、大学に着いた途端、自分だけさっさと先に行ってしまうその身勝手さにいらいらさせられながら、拓也の後ろ姿を追いかける。研究室へは玄関に回りエレベーターを経由する正式ルートよりも、駐車場脇の非常階段を上った方が早い。

あたしがドアの前に立つと、すかさず拓也が扉を開けてくれる。ちょっとしたお姫様気分だけど、扉の建て付けが悪くてスムースに開かないので折角の心配りも台無しだ。扉が開くとそこには午前の陽射しが眩しく差し込む部屋が広がっている。ここがあたしたちの根城、野坂研の研究室だ。

壁際に三つ机が並んでいる。窓側からあたし、拓也、誠一の机だ。その後ろには、丈が低くて広いガラステーブルがある。一人掛けのソファが三つ、三人掛けの長椅子がひとつ。あたしの机の背中には洗い場とガスコンロがあって、お湯を沸かしてお茶や珈琲が飲める。

背中合わせの本棚が中央で部屋を二つに区切っている。本棚のない部分が通路になっていて、その奥に両袖机を置き、読書に励んでいるのが野坂美代治（みよじ）教授だ。

文学部教授にして加賀歌壇の大立て者の野坂教授が昨年立ち上げた研究室の名称はなぜか、文学とは無縁そうな『地域振興総合研究室』というもので、あたしと拓也は一期生にして唯一の院生だ。

工学部出身の拓也と文学部出のあたしが同じ研究室に籍を置いているという、その謎は深いようでいて実はあっけないくらい浅い。

そもそも「学問の垣根を越えた地域振興」がこの研究室の謳い文句だ。面白そうな惹句だけど文系の院生の人気はその後のポストにつながりそうな研究室に集まるものだ。その結果、この研究室に入ったのは三名だけだ。

ただし獣医学部六年生の誠一は院生ではなく、あたしと拓也の幼なじみという理由で研究室に出入りしている。あたしが勝手に任命した名誉院生というのが非公式な肩書きだ。

三人は小学校からの腐れ縁で、地元でくすぶる地域密着型の地場産業に従事する家に育ったという共通点がある。そんなあたしたちを導くのは加賀歌壇の大御所・野坂教授だから、さぞ素晴らしい研究室になるだろう、なんて考えたあたしが浅はかだった。

野坂教授は一切指導せず野放し状態。最初の年はパラダイスでたまに三人一緒に、時には二人組で、たいていは単独で遊び回った。そんなあたしたちに野坂教授は「遊ぶことも院生の仕事です」だなんて火に油を注ぐようなアドバイスをしたものだから、本当に何もしない大学院生に成り果てた。そんなぐうたらなあたしでさえ院生生活二年目のゴールデンウイーク後の今、相当な危機感を持ち始めていた。

研究室の長椅子に、長身の男性が寝そべってマンガを読みふけっていた。

「またここに泊まったの、誠一？」

誠一は、マンガから目を離さずに答えた。

「ああ、実験が朝四時まで掛かったからね」

鳩村獣医院の長男の誠一はお父上の医院を継ぐべく獣医学部に入学し、興味半分で顔出しした実験メインの熱心な研究室で研究に嵌まってしまった。学部生なのに論文を一本書けそうだなどと、あたしみたいなスチャラカ院生が聞いたら卒倒しそうな自慢をする。

獣医学部の卒業生は患者（患獣？）を診る臨床獣医師になるのは四割くらいで、残りの卒業生は畜産業に従事したり動物園や水族館に就職する。大学の研究室に残る学生も例年数人はいるそうだから、誠一のお父さんは気を揉んでいるらしい。

「こんなところでごろごろしていないで、たまには綺麗どころを誘って飲みに行けばいいのに。この前、原口さんに探りを入れられて困ったわよ」

　文学部修士課程の才色兼備の原口さんは、なぜか誠一がお気に召したみたいだけど誠一は無関心だ。長身で甘いマスクの誠一は取り巻きの女子大生軍団に見向きもしない。すると困ったことに、側にいるあたしに非難が集中する。とんだとばっちりだ。

　あたしがそう言って誠一を詰ると、さも面倒臭いといわんばかりの顔で答える。

「しょうがないだろ、発情期のメス猫に取り合っていたら身が持たないよ」

　発情期のメス猫という言葉に特段の悪意がないことは、付き合いの長いあたしならよくわかる。獣医の息子なんだからそのまんまの意味だ。

　でもそんな風に言われては取り巻き女性たちのプライドはずたずただろう。頭がよくてルックスもいいけど、どうしてこんなデリカシーのないヤツがモテるのだろうと不思議でならない。誠一を取り巻きたがる、いわゆる〝発情期メス猫軍団〟にとってはデリカシーなんかより、シャープでハンサムであることの方が重要なんだろう。

　誠一が入り浸っているせいで、野坂研をまどか王国なんて呼ぶ人もいるらしい。でも気まぐれボヘミアンと車バカのお調子者だけの王国なんてお笑い種だ。

「だいたい誠一は学部生のクセに、どうしていつもこんな研究室に入り浸っているのよ」

「居心地がいいからに決まってるだろ」

　すると部屋の奥から男性の声がした。

「いつも言っていますけど、〝こんな研究室〟というのはやめてもらえませんか、名波さん」

　部屋の奥から黒縁眼鏡の初老の男性が顔を出した。あたしはこつんと自分の頭を叩く。

「野坂教授、いらしたんですね。以後気をつけます。でもみてください。この計画用紙を」

　あたしは壁に貼られた一枚の模造紙を、掌でばんばんと叩く。

「ここにあるのは『地域振興総合研究・野坂研』というご大層な看板と、『加賀の地場産業振興の新展開』というお題目だけであとは白紙です。それで一年以上放置ですよ。おまけに今年は院生が一人も入らなかったし、野坂教授は来年度末で定年ですから今後新メンバーが入ってくる可能性はゼロ。そう考えれば、こんな研究室、と言っても仕方がないと思うんですけど」

　謝りながらも自己弁護に走ると、野坂教授は肩をすくめて首を振る。

「名波さんがおっしゃることはごもっともですが、言葉は言霊とも言いまして、口にすると本当にそうなってしまうものです。同じことを言うにしても、もう少し別の言い方を心がけた方がよろしいかと。たとえば、〝こんな研究室〟ではなく、〝こんな素敵な研究室〟とひとつ形容詞を添えるだけで雰囲気はずいぶん変わりますよ」

さすが文学部教授にして天下の歌人、言うことが小洒落ている。野坂教授の言葉には一理ある。

ここは白紙の模造紙が一枚あるだけの空っぽの部屋だけど、それってこれから何でもできる可能性が詰まっているという、贅沢さの裏返しでもあるのだから。

二年後に定年の野坂教授は野望も気概もない好々爺だ。昔はライオン丸と呼ばれて指導が厳しかったらしい。でも今は、みそひと美代治なんてわけのわからないあだ名がつけられている。加賀風狂子（ふうきょうし）の雅号を持つ歌人として名高く、歌人にして文学部教授という文学の申し子だ。加賀の暮らしを歌った歌集が多いけど、あたしはほんの少ししか読んでいない。

文学部を志望したあたしは卒論課題も消去法で選んだ。万葉集にしたのは歌集ならひとつの歌は短いので、採りあげる歌の数を調節すれば簡単にまとめられると踏んだからだ。おかげで卒論は苦もなく仕上ったし、指導教授は名歌人の誉れ高い野坂教授だったので楽勝だった。恩返しに野坂教授の歌集くらいは読破しなくてはと思ったものの、まだ達成できていない。養鶏場のひとり娘だから、せめて名作の第二歌集『鶏鳴』くらいはと少しは齧（かじ）ってみたんだけれど……。

平成加賀歌壇の権威である野坂教授が立ち上げた研究室が『地域振興総合研究室』なのもおかしな話だが、もともと大学という組織はおかしな磁場が入り乱れている魔境だから当然かもしれない。あたしたち院生と野坂教授は干渉しあうこともなく、お互い場違いな空間で自由な時間を謳歌していた。でもさすがに大学院生活も残り一年を切った今、研究課題すらあやふやな現状には危機感を覚えて、あたしは宣言した。

「さてみなさん。修士二年目でいよいよ待ったなし。そろそろ研究課題を決めましょう」

壁に貼られた真っ白な模造紙を手のひらで叩くと、ソファで膝を抱えていた拓也が言う。

「俺がチューンナップした雷神号の製作過程にしようって言ってるじゃん。何せ成果があるんだから」

あたしは腕組みをし、吐息をつく。

「そのことについては以前も何度もちゃんと説明したはずよ。拓也の企画には地域に密着し新しい地場産業の可能性を提示するという部分がすっぽり抜け落ちているの。地場産業の振興策として、公道を走れない車の量産という主張が通用すると思っているワケ？」

拓也は肩を落とすけど、見かけほどめげていないことはわかっている。

「誠一は何かいい考えがないの？」

積極性に欠ける誠一だけど、的を射た発言が多いので頼りになる。遠慮がちに尋ねたのは正式な院生ではなく、あたしが勝手に任命した名誉院生だからだ。

誠一は寝そべってマンガから目を離さずに答える。

「僕がここにいるのは、実験や実習の空き時間に過ごす場所として便利だからだし、お得意様のお嬢さんの面倒を見ていればウチも安泰だからね。まどかのやりたいようにやればいいんじゃないかな」

頭は切れるけど積極性が不足している誠一。チャレンジ精神は旺盛だけど理詰めの論理性に欠ける拓也。足して二で割ればちょうどいいのに、といつも思う。

すると野坂教授が言った。

「焦る必要はありません。みなさんは修士号がなくても立派にやっていける人たちですから」

たった一行『地域振興総合研究』と書かれた真っ白な模造紙を前にしてはまったく説得力がない。

野坂教授は鼻を人差し指でこする。あ、出るぞ、と思ったら案の定、迷言が飛び出した。

「修士号は足の裏の米粒。取らないと気になるが取っても食えない。だからみなさんは贅沢に時を浪費していればいいんです。そうすれば修士号よりも豊かなものを手に入れられますよ」

「修士号より豊かなものって一体、何ですか？」

「名波さんはとっくに気がついているはずです」

あたしは黙り込む。そんな風に突き放されても困ってしまう。野坂教授は続けた。

「答えをお教えすると、それは徹底的に遊ぶこと、です。学校で優秀だった学生が、社会に出るとくすみ、ぼけてしまう。それは本気で遊ばなくなるからです。仕事には二種類あって、英語ではきっちりと分けられています。ビジネスとジョブ、です」

誠一がマンガをテーブルに置いて身を起こす。野坂教授の言葉に惹かれたようで、質問をした。

「どちらも直訳すれば〝仕事〟になると思うんですが、それってどこがどう違うんですか？」

「ジョブは単純作業の繰り返しですが、ビジネスには創意工夫が必要です。ビジネスは精度の高いジョブに支えられますが、ジョブを上位に置くと物事は単純化されて腐っていきます。人はたいてい、ジョブをこなすことが何よりも大切だという思い違いをしているのです」

野坂教授の言葉は、何だか耳と胸に痛い。そんな風に考えると、ナナミエッグにあたしが感じることにぴたりと当てはまる。あそこはビジネスではなくジョブで塗り固められてしまっているから、息苦しく感じてしまうのかもしれない。

「でも、このままでは何の成果も挙げられなくなってしまいます。研究室存亡の危機です」

あたしが焦ってそう言うと、野坂教授は、どこ吹く風と言わんばかりに、にこりと笑う。

「私はもう定年ですから、成果はなくてもいいんです。そしてみなさんは将来の進路がしっかり決まっている方たちばかりが揃っています。名波さんはナナミエッグの広報、真砂君は真砂運送の若専務、鳩村君は鳩村獣医院の副院長として加賀に密着した産業を支えていくわけです。ですから後はみなさんの可能性にかけてぎりぎりまで待ちますよ」

なんだか余裕綽々（しゃくしゃく）だけど、それは教官だからであって、当事者はたまったものではない。そんな切羽詰まった気持ちが伝わったのだろうか、野坂教授は口調を変えて言った。

「でも現状では新しい展開を見つけるのはかなり難しそうに見えますので、たまには指導者らしくヒントを差し上げましょうか」

あたしは大きくうなずいて、息を呑んでご託宣を待つ。

すると野坂教授は厳かに言った。

「切実に願い続けていれば機会は必ず訪れるものです。チャンスは外部から訪れるものですから、決して見逃さないようにしてくださいね」

結局、いつもの禅問答かと思いつつ、なぜかひとりの男性のイメージが脳裏をよぎった。

カービン銃を抱えた銀縁眼鏡のゲリラ兵士の面影。

二時を回ると、落ち着かない気分になった。手帳にはさんだ名刺が気になって仕方ない。

思い切ってあたしは拓也に言った。

「今夜は用があるから帰りは送れないわ。一人で帰って」

「この時間になってそんなことを言うなんて、そりゃないよ。いきなりどうしたんだよ。あ、さては昨日の浪速大のイケメン教授とデートするつもりだな」

「な、なんで拓也がそんなことを知ってるのよ」

そう言って、あたしはあわてて口を押さえたけれども、もう遅かった。拓也はふふん、と鼻先で笑う。

「ゆうべ親父さんがこぼしてたぞ。まどかがすぐ都会モンにぽっとなるのも困ったもんだって」

おのれ、パパのおしゃべり野郎め。

そんなことを、あの真砂家で話したりしたら一体どうなるか、ちょっと考えれば簡単に想像できそうなものなのに。今朝、真砂運送の食堂で受けた生温かい歓待と、意味ありげな拓也のお母さんの言葉を思い出す。

——まどかちゃんはとても素敵なお嬢さまだから、おばさん、ちょっと心配だわ。

なるほど、それでか。

腑に落ちると同時に頬が熱くなる。

——パパのヤツ、殺す。

「俺はまどか一筋なのに、そりゃないよって感じだぜ。なんで俺じゃあダメなんだよ」

拓也の声が本気で落ち込んでいるように聞こえて戸惑う。そもそも邪推なんだけど、百パーセント否定できないところもあったりする。いけすかないヤツだと思っていたのに、こんな風に言われたら、逆に意識してしまうじゃないか。

あたしは手を腰に当てて言った。

「それなら拓也が名波家に入り婿してくれる？　そうしたら真面目に検討してもいいわよ」

「そんなのは関係ないだろう。今、問題になっているのは、まどかのイケメン教授との浮気疑惑なんだから」

「はあ？　浮気って何？　確かに彦根先生と会おうと思ってるけど、それはビジネスの話よ」

でも、今日の拓也はめげずに、追い打ちをかけてくる。

「親父さんはソイツの話を断ったのに、なぜまどかが会うんだよ。それにもし本当にビジネスの話なら、俺が一緒に行っても問題はないはずだよな？」

「もちろんよ。でも、気が向いたら、という話だったから、まだアポは取っていないわ」

あたしがしどろもどろに答えたのを見て疑念を強めた拓也は、話の切り口を変えてきた。

「そもそも、その浪速大のイケメン教授の依頼って、どんなことだったんだよ？」

　どうやらパパは肝心のところは喋らなかったらしい。まったく、どんな伝え方をしたんだろう。

「有精卵を毎日十万個、納入してほしいという依頼よ。引き取り価格は通常の倍額よ」

「有精卵は食用じゃないから拒否だけど、倍額提示は悩ましいだろうな。経営は火の車だって親父さんはぼやいているからなあ」

　そんなことまで真砂家で愚痴っていただなんてびっくりだ。娘のあたしよりもパパの本音を知っている拓也にちょっぴり嫉妬した。

「おいしいタマゴを食べてもらいたいというパパの信念は尊重するけど、肝心のナナミエッグが潰れてしまうから、少しは柔軟に考えてほしいと思っているだけなの」

　寝そべっていた誠一がむくりと起き上がる。

「その話、面白そうだ。僕も会ってみたいな。おじさんが仕事を受けたら十万羽の有精卵を産むニワトリについてウチにも相談があるだろう。事前に企画を理解しておくことは鳩村獣医院にとってムダじゃないからね」

　ものぐさな誠一がこんな風に興味を示すなんて珍しい。

「誠一が一緒に行ってくれるなら心強いわ。でもこの依頼の目的は知ってるの？」

「有精卵を大量に必要とするのはインフルエンザ・ワクチンの製造くらいしかないだろ」

　あたしはまじまじと誠一を見た。たったこれだけの会話からそこまで見抜いてしまうなんてすごすぎる。

　ここまで話が煮詰まったら仕方がない。名刺の番号に電話すると呼び出し音三回で出た。隣で耳を澄ましている拓也に聞こえないように声をひそめる。

「今夜の件ですけど、興味を持った院の同級生も一緒にお話を伺いたいと申しておりまして。あ、ダメならもちろん結構ですけど」

　一気に言うと、押し当てた耳に屈託のない声が響いた。

　――僕は構いませんよ。でしたらみなさんと夕食をご一緒しましょう。たった今、込み入った案件が飛び込んできたばかりですが、たぶん大丈夫でしょう。

　男性陣にOKサインを出しながら、どうすればいいでしょうか、と尋ねる。

　――六時にエールホテルのロビーまで迎えに来てください。お店はそちらで予約していただけると助かります。もちろん、ご馳走しますよ。

　あたしはちょっぴり意地悪な気持ちになって尋ねる。

「高級料亭でもいいんですか？」

加賀百万石の時代から続く老舗料亭のイメージが浮かぶ。憎らしいことに相手はまったく動じない。

——そういう店は滅多に行かないので楽しみです。接待費で落とすのかしらなどと考えてしまうあたし。いけすかないヤツと話をしているとこっちまでイヤなヤツになってしまいそうだ。気を取り直し事務的に告げる。

「冗談です。六時にロビーにお迎えに上がります」

あたしは電話を切った。拓也の視線が頬に痛い。

誠一が選んだ居酒屋は、マスターと顔見知りなので料金は顔パスで二割引という気っ風のよさだ。食材が地元産の良品揃いで旨く、今の加賀でおすすめと言ったらこの店しかない、ということらしい。本来なら加賀の老舗料亭にも重宝されているナナミエッグのひとり娘のあたしの方が、こうした店に詳しくなくてはいけないのに。

そう言えばあたしが文学部に入学したのを農学部の教授たちがブーイングしたらしいと聞いたことがある。転部させろなんて過激なことを言う教授もいたらしい。どうもパパがことあるごとに教授たちに、娘が農学部に入学した際はよろしくと頭を下げ回っていたようだ。養鶏に関してパパは農学部の教授たちにも一目置かれていたから、その娘が文学部に入学したのは裏切りだと思ったのかもしれない。農学部だったら伝説のゆでタマゴパーティを再現できたのにと残念がる教授もいたのだという。ナナミエッグが加賀のタマゴの代表格だからって、なぜ加賀大農学部のゆでタマゴパーティと関わらなければならないのかは、まったくの謎だ。

でもそんなブーイングも野坂先生が指導教授に決まったらぱたりと止んだ。教養課程の間は転部の可能性もあるけど、専門課程になれば諦めざるを得ないということだろう。こんな風に加賀ではナナミエッグは顔だから、どこへ行っても、あたしはその呪縛を感じた。そして今、あたしはナナミエッグの社長が築き上げた創業の理念を反古(ほご)にしようとしている。とんでもない跳ね返り娘だ。

拓也と誠一が一緒に行くことになったので拓也に運転を頼んだ。拓也はアルコールがダメで、ひと口飲んだだけで蕁麻疹(じんましん)が出る。本人は百パーセント走り屋の血がアルコールを拒否するんだ、なんてかっこつけているけれど、要するに下戸だ。

あたしは振り返り、後部座席の誠一に話しかける。

「誠一は、どうして有精卵の大量発注依頼がインフルエンザ・ワクチン製造のためだってすぐわかったの？」

「種明かしすると、細胞株を使って牛用ワクチンを作るという研究に関わっているんだ。細胞株というのは自分勝手に育ち続ける人工細胞で癌細胞由来が多い。自由自在に増やせる細胞は便利でインフルエンザでも細胞株でワクチンを作ろうという研究も進められているんだけど、今のところはニワトリの有精卵が一番なんだ」

「誠一って何でもよく知ってるわね」

「今のは、たまたま指導教授が話してくれた四方山話を覚えていただけさ」

誠一を褒めたら隣の運転席で拓也がむっとした気配を感じた。あちら立てればこちらが立たず。ああ、めんどくさい。そうこうしているうちに車はホテルに到着した。

エールホテルの側に路駐し、あたしが彦根先生を迎えに行くことになった。一緒に行くと言い張る拓也を誠一が宥めてくれた。

「これから一緒に食事するんだから、あたふたしないでどんと構えていろよ」

誠一の言葉に、拓也はおとなしくなる。付き合いが長いだけあって誠一は拓也の御し方をよく知っている。

二人を残し、あたしはホテルに向かう。

ロビーのソファに座っていた彦根先生は、あたしに気づいて立ち上がる。銀のヘッドフォンが光る。理由もなく狼狽しているあたしに、彦根先生は頭を下げた。

「緊急事態で東へ向かわなくてはならなくなりました。残念ですが今夜はパスさせてください」

拍子抜けしたが、仕方がないのでうなずく。

「今から東京ですか？」

相当急いでいるのか、早くも立ち去りかけていた彦根先生は立ち止まり、首を横に振る。

「いえ、桜宮（さくらのみや）です」

桜宮……初めて耳にした都市の名だ。一体どこにあるんだろう。

用事は済んだ、急ごう、と彦根先生が声を掛けた先には小柄な女性が佇んでいた。あたしの視線に気がついた女性は会釈をした。亜麻色の髪がさらさらと揺れ、アルペジオを奏でるトライアングルのような音が響いた。

女性は高く澄んだ声で言った。

「許してくださいね。この人はスカラムーシュと呼ばれるような、いい加減な人なの」

「シオン、余計なことを言うんじゃない」

女性は微笑して彦根先生につき従う。ふたりの後ろ姿を見送りながら、ほろ苦い感情が湧き上がる。彦根先生が姿を消すと、胸にぽっかり穴が空いた気がした。

なんかむかつく、と吐き捨てたけれども空しかった。


食事会が取りやめになり、あたしは薄暮の道を車を走らせていた。拓也が助手席でぶつくさ言う。

今夜はまどかが俺をソイツに会わせたくなかっただけなんじゃないかとか、俺たちが一緒に来たからソイツが逃げ出したんじゃないかなどと勘繰った挙げ句に落ち着いた結論は、彦根先生結婚詐欺師説だった。ドタキャンは結婚詐欺師の常套手段なのだそうだ。

そんな拓也の御託を黙って聞いたのは、あたしにも多少後ろめたい気持ちがあったからだけど、あまりにもしつこいので、とうとう我慢しきれなくなって言い返す。

「彦根先生とはそんなんじゃないって言ってるでしょ。あんまりしつこいと、ここで降ろすわよ」

拓也は黙った。すると今度は誠一が口を挟む。

「彦根先生は綺麗な女性と一緒だったんだって？　僕にはそっちの方が興味深いな」

「それなら御尊顔を拝みに行く？　今すぐ引き返せば間に合うかもよ」

刺々しい言葉に誠一も黙り込む。あたしが本気でご機嫌斜めなのをようやく感じ取ったようだ。そういうところであっさり撤退できるのが誠一と拓也の違いだ。

ふたりの男子が黙り込んでしまった車中は、ちょっと重苦しい雰囲気に包まれる。こんなことなら拓也のたわごとを聞き流していた方がまだましだったかな、と後悔しながら、ふと思いついて尋ねる。

「ねえ、誠一、スカラムーシュって、どういう意味？」

誠一が眠そうな声で即答した。

「フランス語で〝道化師〟という意味だったかな。確か黒装束でホラを吹きまくる臆病者のことで、クイーンの名曲『ボヘミアン・ラプソディ』の歌詞に使われていたと思ったけど」

スカラムーシュ、ボヘミアン、ラプソディといった言葉があたしの中で核融合を起こす。

レオタード姿の曲芸団の娘が儚(はかな)げな微笑を浮かべて振り向く。その隣に佇むピエロが、カービン銃を構えてあたしに照準を合わせている。そんな支離滅裂なイメージが脳裏に浮かんで、消えた。

帰宅途上の車中で、名波まどかと幼なじみたちが小競り合いを起こしていた頃、いさかいの火種となった彦根の姿は、東へと向かう特急列車の中にあった。

「シオンが加賀に迎えに来てくれて助かった。東城大が大変な騒ぎになっている。シオンの力が必要だからスタンバっていてくれ」

「明日、私は帝華大の画像診断シンポジウムで講演をするのですが、キャンセルした方がいいですか？」

「シンポジウムは何時からだ？」

「午後一時です」

「それならパスした方がいいんだが、その会はたぶん重要な意味を持つだろうから、何とかやりくりをして講演した方がよさそうだな。まあ、明日中に桜宮に到着してくれればいいから、とりあえず明日、僕が東城大で情報収集をして判断する。連絡がいくのは早くて夕方頃になるだろう」

「そうですか。わかりました」

そう答えたシオンは窓の外を流れる灯りを見つめる。

「さっきの女性って……」

言いかけてやめたシオンに、どうした？と彦根が尋ねる。シオンは小さく首を振る。トライアングルの音色のような、かすかな音が響いた。

彦根はシオンの目を見ずに言った。

「少し眠れ。明日はタフな一日になる」

シオンはうなずいて、彦根の肩にもたれかかる。しばらくして、規則正しい寝息が聞こえてきた。

彦根は窓枠に肘をつき、暗い窓に鋭い視線を投げかけながら、一心に何事か考え込んでいた。

04　父娘対決

6月9日（火曜）

二週間後。

事務所には穏やかな午後の陽射しが差し込んでいる。

『たまごのお城』でのバイトを終えたあたしは庶務の前田さんとお喋りをしていた。パパはファームの見回り中でここにはおらず、経理の人たちが眉間に皺を寄せ、小声でぼそぼそと話しているのが漏れ聞こえてくる。どうもウチの経営状況はあまり芳しくないらしい。

窓の外で車の音がした。二階から見ると中庭にタクシーが停まっている。車から降りた男性の銀縁眼鏡が光る。その足が『たまごのお城』に向かうのを見て、あたしは階段を駆け下りた。

玄関のドアを開けると、ヘッドフォン姿の彦根先生はあたしに気がついて向きを変え、社屋の方に歩み寄ってきた。陽射しの下、銀縁眼鏡とヘッドフォンがきらりと光る。

彦根先生は爽やかな声で言う。

「先日はお約束をドタキャンしてしまってすみませんでした。桜宮でちょっとした騒動がありましてね。でもおかげであの件はケリがつきましたので、今日は改めてナナミエッグとの業務提携の可能性の有無について、まどかさんにご相談させていただこうと思いまして」

あたしは上目遣いに彦根先生を見上げながら答える。

「社長はあいにく、外出していますけど」

「構いません。今日はまず、まどかさんに、社長にどのように対応すればいいか、アドバイスを頂戴しようと思って伺ったのですから」

どくん、と心臓が鼓動を打つ。当てにされているのだと思うと、なぜか頬が熱くなる。

「それでは、こちらへどうぞ。社長もまもなく戻ると思いますので」

応接室に案内して、前田さんにお茶を頼むと応接室に舞い戻る。窓辺から『たまごのお城』を眺めていた彦根先生に、あたしは深々と頭を下げた。

「先日は、父が大変失礼しました」

彦根先生は不思議そうな顔をして首をひねる。

「まどかさんが謝る必要はないでしょう」

「いえ、礼儀を尽くしてくださった先生に、いきなりあんな風に言うなんて、父は失礼だったと思います」

「僕はちっとも気にしていませんよ。いろいろなところで、もっとひどいことを言われていますからね。それより先日伺ったお話では、名波社長は食用のタマゴに固執されているようですが、そこのところを翻意してはいただけないんでしょうか」

「社長の気持ちはたぶん変わらないと思います。何しろ三十年近く、この養鶏場を支えてきた信念ですから」

彦根先生はがっかりした顔になる。あたしはあわててつけ加える。

「でもひょっとしたら、依頼を受ける理由を納得させる方向なら何とかなるかもしれません。新しいプロジェクトで新たなマーケットが得られれば、利益を上げられるという点がポイントです。その、ウチも経営はかなり厳しいようですので」

「引き取り額の増額が必要だということですか？」

「額はあれで充分です。あとは社長が納得すれば……」

「ということは、結局は堂々巡りですね」

唇を嚙む。結局一歩も動けないことを再確認しただけだった。あたしって何て非力なんだろう。

何も言えずにいると、背中をぽん、と叩かれた。振り返ると外回りから戻ったパパだった。

密談を持ちかけておきながら、彦根先生が悪びれずにしゃあしゃあと、「実は今日はお嬢さんに、社長を説得するためのお知恵を拝借しに来たもので」と白状する。まったく、そつがないにもほどがある。

するとり腰を下ろしながらパパはうなずく。

「まあ、ひとつお手柔らかに頼みますよ。相談を持ちかける前に、娘にビジネスの厳しさを叩き込んでやってください」

「いいんですか？　僕には手加減はできませんが」

「結構です。感情と別のところで動くのがビジネスですからな。でもお話を伺ってあれから考えましたが、やはりこの依頼を受けるのは難しいと思います」

「社長はどうしてもお気持ちを変えていただけないのでしょうか」

彦根先生が尋ねるとパパは答える。

「この間、お話をお断りしたのは、私の流儀に合わないということもありますが、それだけではないんです。実はここだけの話ですが、近いうちにここを畳もうかと考えているのです」

「お宅の経営状態は、そんなに悪かったのですか？」

彦根先生が驚いて尋ねると、パパは遠い目をして一瞬、黙り込む。そしてうなずいた。

「タマゴは食品の優等生で、栄養学的にはタンパク質はもとよりビタミンA、ビタミンD、ビタミンEなどのビタミン類やミネラルもふんだんに含まれ、カルシウムは何と牛乳の一・五倍もある。他にも脳の機能維持にかかわるコリンや殺菌効果のあるリゾチーム、疲労回復のための必須アミノ酸も大量に含む。おまけに価格は安定し、廉価で、こんな素晴らしい食品は他には見当たらない。だからニーズも高く、昔は養鶏業者も相当羽振りがよかったんですわ」

「それなら、どうしてそんなことに？」

「価格面でタマゴが食品の優等生だったからですよ。昭和三十年代に平飼いからケージ飼いに移行して、経費は節減されましたが、養鶏業者はバカ正直にそれを価格を下げることで消費者に還元してきたんです。その結果、タマゴは三十年前から一個二十円という価格を維持し続けています。補助金も出ていないのに、そんな廉価で安定している食品なんて、タマゴ以外には見当たりません。消費者にとっては素晴しいことなんでしょうが、飼料などの関連商品の価格が上昇する中、タマゴは低価格を維持し続けることが困難になりつつある。かといって今さら値上げも難しい、という状況になってしまっている。つまり養鶏業というのは今や、構造不況業種なんです」

景気が悪い、とは聞いてはいたけれど、ここまで追い詰められているという実態を聞かされたのは初めてだった。思わずあたしは尋ねた。

「ウチって、今すぐ会社を畳まないといけないくらい危ないの？」

パパは首を振る。

「ウチの業績は今はまだそこまで悪くはない。頑張れば二、三年は保つさ。でもパパはまどかが一人前になるまで、と思って頑張ってきた。そのお前も大学院を卒業するからもう頑張る必要がなくなったんだ」

「それじゃあ従業員の人たちはどうするのよ？」

「このままで行くといずれは従業員を半分、切らなくてはならなくなる。でもパパにとってはみんな家族みたいな人たちだから、そんなことはできない。それならいっそみんな一緒に辞めようと思うんだ」

「おかしいわよ、そんな理屈」

「それならまどかはクビを切る人を選べるのか？」

言われて真っ先に浮かんだのは前田さんの面影だった。

仕事はお茶汲みや簡単な事務で年もそこそこだから、クビ切りの第一候補だろう。パパの問いかけは、前田さんのクビを切れるかと聞いたようなものだ。

パパは続ける。

「これはまどかの問題でもあるんだ。たったひとりの跡取り娘が、継ぐつもりもないくせに中途半端に口出しはする。そんな会社に未来があるはずないだろう？」

足元がぐらぐら揺れる。まさかパパがそんな風に考えていたなんて思いもしなかった。

彦根先生は静かに言った。

「社長のお気持ちはわかりました。可能性がゼロなら、すっぱり諦めるしかないですね」

あたしはほっとした。これであたしはこの養鶏場から解放される。そうしたらあたしはどこへでも行ける。

でも、どこへ？

灰色の壁に囲まれた監獄だと思っていたナナミエッグ。

今、壁が四方に倒れ、あたしはいきなり荒野のまっただ中に放り出されたようなものだった。

強い風があたしの身体を揺さぶる。

あたしを閉じ込める壁だと思っていたナナミエッグは、実はあたしを守ってくれた壁でもあったのだ、ということに、今初めて気がついた。

あたしが望んでいたのは、壁が壊れることではなく、壁に窓を開けることだった。

気がつくとあたしは、自分でも思ってもいなかったようなことを口にしていた。

「ちょっと待って、ウチで有精卵納入を試してみない？パパが気持ち的にムリなら、あたしがやってもいいわ」

パパは鼻で笑う。

「今のまどかに何ができる？　高校までは養鶏場を手伝ってくれていたけど、大学、大学院では養鶏の仕事は手伝わなくなった。『お城』のバイトもいやいやだし、広報業務に至っては開店休業状態だ。そんなまどかが、私でも難しいと感じている、高品質の有精卵の納入をやってみたいだと？　身の程知らずも甚だしい」

「もちろん、あたしだけじゃ無理に決まってるから、パパにも手伝ってもらいたいんだけど」

パパは、ふうん、という顔であたしを見た。

「まどかがナナミエッグを継いでくれるのか？」

「ここを継ぐ気持ちはあると言えばある。ないと言えばないわ」

「ふざけるな」

机をばしんと叩く音が響いた。びっくりしてパパを見た。小さい頃は頭を叩かれたこともあったけれど、ママが亡くなってからは怒鳴られたことすらなかった。

「そんないい加減な気持ちで仕事ができると思っているのか。身体だけはでかくなったが中身は幼稚園児だな」

「あたしだって自分の将来くらい、考えているわ」

「その挙げ句が、就職浪人で大学院に進学して先延ばしか。大学院を卒業した後はどうするつもりだ？」

言葉に詰まる。独り立ちしていないあたしが何を言っても説得力はない。でもこんな時にその話を持ち出すのはフェアじゃない。向かいに座り、あたしたち親娘のやりとりを聞いていた彦根先生は腰を上げる。

「家庭内のお話のようですので、僕は失礼した方がよさそうですね」

パパは、彦根先生を手で制した。

「先生には同席していただき、娘の提案について判断してほしいのです。先生は今の回答をどう思います？　こういう相手と一緒に仕事をしたいですか？」

彦根先生は自分にお鉢が回ってくるとは思っていなかったらしく、一瞬目を泳がせた。でもすぐにしゃあしゃあと「お話になりません」と答える。


頬がかっと熱くなった。なんなのよ、この親父たち。よってたかってあたしをバカにして。

パパは穏やかな声であたしに言った。

「これが世の中というものさ。まどかがここを継いでくれても結局は未来はない。でもそれはまどかが自分で選んだ未来なんだ。彦根先生はお前とパパのやり取りを聞いて、お前とは仕事はできそうにないとお答えになった。お前が就職に失敗したのも、案外そういうところを面接官に見抜かれたのかもしれないぞ」

容赦ないパパの言葉が、あたしのプライドを切り裂いていく。半分涙目になりながら言い返した。

「それなら言わせてもらうけど、あたしだって昔は養鶏場を継いでもいいかなと思ったこともある。でもある日イヤになったの。ママが死んで、パパが儲けばかり気にするようになったあの日からよ。たとえ養鶏場を継いだとしても、そんなパパの下では働きたくないわ」

そんなことを言いたいんじゃない、と心の奥底でもうひとりのあたしが叫んでいる。だけど傷つけられたプライドが叫び続けるのは止められない。

パパは深いため息をつくと、言った。

「残念だが今のまどかには、パパの気持ちはわかってもらえそうにない。だがまどかの言うことも一理ある。どうせなら、バカ娘の手で潰されるのは本望かもな」

　そう言って、パパは立ち上がる。

「先生の依頼については、再検討させていただきます。この依頼は私の信念、当社の理念にはそぐわない。でも当社の先行きの経営に行き詰まり感が見える今、何かしらのブレークスルーは必要だとも感じています。そこでナナミエッグの未来をふつつかな我が娘に託してみたい。というわけで、この案件における責任者は広報担当の名波まどかとさせていただきます」

　いきなりこれまでと真逆の結論になって、あたしは呆然とした。自分から言い出したことなのに、いざそうなってみると途端に窒息しそうな気分になり、半分逃げ腰で尋ねる。

「彦根先生はそれでいいんですか？」

「いいも悪いも、こちらはナナミエッグさんにお願いしたのですから、文句はありません」

　いいも悪いもってどっちなのよ、と思いながらもあたしは続けて尋ねる。

「あたしはさっきもパパが、あ、社長が言った通り、養鶏の経験がありません。こんな素人でいいんですか？」

「スーパーに並んだタマゴを誰が作ったかなんて誰も気にしません。高品質の有精卵を納入していただければ、こちらは何も言うことはありません」

　突き放され逃げ道を塞がれてしまったような気がした。

「でも失敗したら先生にも迷惑をかけちゃうし……」

「ＯＫが出たとたん逃げ腰か。まどかがやってみたいと言い出したんだから、やればいい。依頼主の彦根先生は、結果さえ出せば後はどうでもいいと言ってくれているんだ。他に何が必要なんだ？」

　追い詰められたあたしは吐き捨てる。

「ナナミエッグが潰れたら責任を押しつけるの？」

「それは違う。生き残るには若い未熟な判断が功を奏することもあると思っただけだ。潰すだけならまどかの手なんか借りずに、自分で潰すよ」

「わかった。それなら、どうなっても責めないでね」

「もちろんさ。自分にやれないことを託すんだからな」

　あたしたちのやり取りを眺めていた彦根先生が言う。

「本音を言わせていただくと、まどかさんが本腰を入れても、実現は難しいでしょう。業務を依頼する時に僕が重視するのは相手が信頼できるか、の一点だけですが、今のまどかさんでは不安は否めません」

穴があれば入りたい気分だった。あたしのことをよく知らない相手に、そこまで言われるのは心外だ。

彦根先生はあたしの中で、いけすかないヤツから、むかつくヤツにまで一気にランクアップしてしまった。

「そこまで言うのなら、あたしがプロジェクトをやり遂げたら、今の言葉を撤回し、謝罪してもらえますか」

あたしの啖呵に、彦根先生は即座に答える。

「結果さえ出してくれればこんな頭のひとつやふたつ、いくらでも下げますよ。今回は否定的なことばかり言いましたが、期待はしています。継続性や安定性は期待できませんが、プロジェクトをきっかけに未熟なまどかさんが成長するかもしれません。聡明な名波社長が未来を託そうという方ですからね。もっとも、世の中には見込み違いということもしばしば起こりますけど」

持ち上げたり突き落としたり貶したり褒めたり。彦根先生の毀誉褒貶の言葉はジェットコースターみたいだ。なるほど、スカラムーシュなどというあだ名をつけられてしまう理由がわかる。テキトーでええかっこしい。

さすが道化師。その時、拓也が言った言葉が蘇った。

——ソイツは結婚詐欺師だよ。

目の前の彦根先生の微笑が、一層胡散臭く見えた。

うやむやのうちに会議のような親子喧嘩、あるいは家庭内争議もどきの検討会が終わると、終息の気配を嗅ぎ取った彦根先生が立ち上がる。

「交渉相手はナナミエッグ広報担当の名波まどか嬢にすると承知しました。ただし今月中に回答がなかった場合は他を当たらせていただきますのでご了承ください」

彦根先生を送ろうと階下に降りる。正面玄関のドアを開けると陽射しがまぶしくて、一瞬立ちくらみがした。

光の中、『たまごのお城』の側に停まっているタクシーに向かって歩き始めた彦根先生に、待ってください、と声を掛ける。彦根先生は、立ち止まって振り返る。

「ウチの社長は、さっきはああ言いましたけど、社長に協力してもらえないと、依頼に応えることは難しいです。でも社長の信念を変えることは不可能だと思うんです」

彦根先生は微笑して答える。

「前者に関しては僕も同感です。でも後の方は多少意見が違います。社長の信念と僕の依頼は矛盾しているように見える。でも今日、僕には一条のひかりが見えました。よろしければひとつヒントを差し上げましょうか」

彦根先生は答えを知っているように見える。すがりつくような思いで言った。

「教えてください。見えない出口に向かうヒントを」

「行き詰まったら原点に戻ることです。要はパラダイムシフトすればいいんです」

「パラダイムシフト？　寄生虫が関係するんですか？」

　苦笑しながら、彦根先生は言う。

「寄生虫はパラサイトですから、発音は似ていますが全然違います。パラダイムシフトとは枠組み変換です」

「すみません。あたしおバカだから」

「まどかさんはおバカではありません。思慮が少々不足しているのと、自己中心的な性格が多少強いだけです」

　女子が自分のことをおバカと言う時は、相手の気を引きたいか、そんな言葉でコミュニケーション取れると思っているなんてバカじゃないの、と相手を罵りたいかのどちらかなんだけど。優しげな彦根先生にうっかり弱みを見せてしまった自分を、怒鳴りつけたくなる。

　彦根先生はくるりとあたしに背を向け、歩き始めた。

　それだけ？　そんなんじゃあ全然わかんないよ。

　あたしは呆然とする。彦根先生を乗せたタクシーが土埃を上げて走り去り、視界から消えた。


　翌十日水曜日。拓也を拾って大学に向かう車中でもまだ、ふつふつと怒りが煮えたぎっていた。拓也もあたしの怒気を感じ取ったらしく、黙り込んでしまった。研究室に到着すると教授への挨拶もそこそこに席に座り、昨日、彦根先生に言われたことを反芻し始める。マンガを読み出した拓也は、ちらちらとあたしに視線を投げてくるけど声を掛けてはこない。そんな緊張感を孕んだ研究室に、白衣姿の誠一があくびをしながら入ってきた。

　白衣は汚れを外に持ち出さないため、汚れがすぐわかるように白いのだから外で着たらいけないと力説していたのに珍しい。

　あたしが指摘すると誠一は肩をすくめる。

「今朝方、馬のお産実習で羊水や血を浴びて洗濯中で、これはおろしたてだから清潔なんだ」

　すると拓也が言った。

「なあ、まどか、さっきからずっと不機嫌だけど、またあの不良教授が来たんじゃないのか」

「また、パパが喋ったのね？」

拓也は首を振って胸を張る。

「俺はまどかのことなら何でもわかるんだ。思った通りだ。あの気障野郎の依頼だから一生懸命なんだな」

「いい加減にして」

まどかさんはおバカではなく思慮が少々不足しているだけです、なんて面と向かって言ったむかつき男の顔がくっきりと浮かんでむかむかする。なんであんなヤツの依頼に一生懸命にならなくちゃいけないの。

ふざけるな。

そう思いながら、確かに今朝は彦根先生の言葉ばかりを考えていたことに気づいた。言行不一致ここに極まれり。シンプルガールのあたしも地に墜ちたものだ。

そんなあたしを横目で見て、誠一がぼそりと言う。

「いちゃつくなら外でやってくれよ」

あたしは、ばんと手のひらで机を叩く。

「いちゃついてなんていません。あたしは目の前の難題を解こうとして悩んでいるだけよ」

「そうそう、そうだね、今のは完全に拓也が悪い」

誠一はあっさり謝罪し、標的を拓也に差し戻す。自分の蒔いた種をあっという間に刈り取るその手際には惚れ惚れする。でもおかげであたしは怒りをぶつける矛先を見失って、もごもごと口ごもってしまう。

ほんとに誠一の身のかわし方は天晴れだし、その分、拓也のどん臭さが際立ってしまう。これで二人とも腐れ縁の幼なじみというのだから、面白いものだ。

誠一はすかさずころりと話題を変えた。

「そんなことより、まどかが苛つく無理難題ってどんなことなんだい？　暇つぶしに考えてみようか？」

言われて、あたしは親身なアドバイスがほしかったのだとわかった。ほっとして昨日の出来事を説明する。

パパがナナミエッグを畳もうと考えていたこと。それを聞いたあたしがプロジェクトをやらせてと言ったら、いきなり責任者にされてしまったこと。彦根先生から聞いたパラダイムシフトという、得体の知れないヒント。

「あの結婚詐欺師め。もったいつけずに、とっとと答えを教えればいいものを、そんな風に四の五の言うなんて、結局は大した答えじゃない証拠さ。初めて聞いた時から胡散臭いヤツだって思っていたんだ」

まったく以てその通り。たまには拓也もいいこと言う。それにしても一度も会ったことがないヤツにも胡散臭いなんて断定されてしまうんだから、やっぱりあたしの眼力は正しいんだ、と確信する。

誠一は腕組みをして目を閉じた。

「パラダイムシフトすれば説得できる、か。立派なヒントに思えるけどなあ。シンプルすぎて、まどかが何を悩んでいるのかさっぱりわからないよ」

「そんなこと言うなら答えを教えてよ。あたし、つまらないことで時間を無駄にしたくないの」

本当に苛々する。どうして優秀な人間って、こんな風にして他人をむかつかせるのかしら。

でも誠一はまったく気に掛ける様子もなく、目を開けると淡々と説明を始めた。

「解けないのはまどかが自分の考えに囚われているからだよ。まずナナミエッグの理念は素晴らしいと彦根先生も認めているんだろ？」

あたしはうなずく。むかつくやつだけど、パパの理念をリスペクトしてくれていることだけは確かだ。

「次。彦根先生は有精卵プロジェクトをナナミエッグでやれるようにするのは簡単だと言いながら、その答えを教えてくれない。それはなぜなんだろう？」

「それがわからないから、聞いてるんじゃない」

いらいらしながら言うと、誠一は微笑する。

「だから彦根先生は答えを教えなかったんだよ。正確に言えば教えられなかったんだ。答えはまどかと親父さんの心の中にしかないんだから」

「さっぱりわからないわ。彦根先生も誠一も思わせぶりなだけじゃない」

あたしはキレかかるけれども、誠一は動じない。それどころか、逆に言い返してきた。

「じゃあ親父さんが言うナナミエッグの理念とやらを、ここに取り出して見せてくれよ」

「そんなこと、できるわけないじゃない。理念は言葉で、実体がないんだもの」

「その通り、親父さんの理念は親父さんの頭の中にしかない。そしてその理念に従うと彦根先生の申し出を受けられずナナミエッグは潰れてしまう。さて、どうすればいい？」

「わかった。親父さんを心変わりさせればいいんだ」

拓也が言うと、誠一はぱちんと手を打つ。

「ご名答」

あたしは呆れ顔で二人を見た。

「無茶苦茶なこと言わないでよね。あの頑固なパパが、自分が長年大切にしてきた信念を、ちょっと説得されたくらいで、はいそうですか、と変えるはずがないわ」

でも誠一は首をふってあっさり答える。

「これはそんなに難しいことじゃないよ。理念は言葉にすぎない。親父さんは理念に拘っているように見えるけど、本当はとっくに理念を見限っている。ただ自分でそれに気づいていないだけさ」

誠一をまじまじと見た。

何だかこの人、彦根先生みたい。

「これは隠し絵さ。僕の言葉と彦根先生の言葉を合わせて考えてみれば、簡単に解けるはずだよ」

聞けば聞くほど誠一の言葉は説得力を増してくる。昨日はもののはずみで啖呵を切ったけど、誠一に冷静に言われると、自分の未熟さが身にしみてきた。

「親父さんはまどかにナナミエッグの未来を託している。期し、彦根先生は期限ぎりぎりまで待ってくれているせずして二人とも、まどかに対しては同じ姿勢でいるということを考えてみなよ」

誠一はあたしの肩をぽん、と叩いて部屋を出て行った。

あたしの心の中には、釈然としないもやもやが、コーヒーカップの底で溶けきれないザラメのように残った。


翌十一日木曜日。パパは養鶏場を見回るため、会社にいなかった。

「ねえ、パパって、社長としてはどうなのかしら？」

前田さんに話しかけて、しまったと思う。そんな質問をしても、社長の実の娘に本音を答えるはずがない。

ところが前田さんは笑顔であっさり答えた。

「いい社長ですよ。手放しで素晴らしい、とまでは言えませんけど」

「今の答えだと、パパにはよくないところもあるみたい。それってどんなところ？」

「それはお嬢さんの方が知っているんじゃないかしら」

「でも他人から見ると、全然違うかもしれないし」

「そんなことはないです。私とお嬢さんの、社長に対する見方は、たぶんまったく同じになるはずですよ。社長はいつでもどこでもありのままの方ですもの」

前田さんに素直に同意する。そして改めて尋ねた。

「じゃあ、どんな悪いところが前田さんには見えているの？　教えてよ」

「いきなりどうしたんです？　まあ、いいですけど」

前田さんは胸に手を当てて、目を閉じる。

「社長は、怒りっぽいし、人の話を聞かないし、負けず嫌いで勝つまで勝負をやめないし、勝てないとふてくされるし、お茶を飲んだお茶碗を片付けないし……」

「もう、いい」

呆れたことにその欠点は全部思い当たることばかりだ。

「あたしが今のことをパパに言いつけたら困らない？」

前田さんはにこにこ笑う。

「ええ、困りませんね」

「それじゃあ、言っちゃうわよ」

「どうぞどうぞ」

拍子抜けして、すとんと椅子に腰を下ろす。

「あーあ、つまんない。少しはビビってほしかったな」

「ウチは家族みたいな会社だから、社長はお父さんです。お父さんになら何でも言えます。いつもお嬢さんがそうしているみたいに、ね」

う。

確かにあたしも言いたい放題で大げんかになったりするけれど、パパを怖いと思ったことはない。

「パパは会社でもパパなのか。パパはあたしにナナミエッグを継げって言うけど、あたしはみんなのママにはなれそうにないな。もし今、あたしがナナミエッグの社長になったら前田さんはどうする？」

にこにこと笑いながら前田さんはきっぱりと答えた。

「あたしもいい年ですので、お暇をもらいます」

「あたしを見捨てるの？　それってひどくない？」

「お嬢さんはいつも、いつかここを出ていってやろうとお考えです。そんな人とは家族にはなれませんよ」

穏やかだけど鋭い言葉が、あたしのこころを抉った。

「あらあら、困ったお嬢さんですこと。思っていることがすぐ顔に出てしまうところは社長そっくりですね。それより喉が渇きましたね。お茶を淹れましょうか」

給湯室に向かう前田さんの後ろ姿をじっと見つめた。


成り行きで会社の未来を託された挙げ句、古株の従業員にダメ出しされたあたしはすっかりヘコんでしまった。気分転換をしようと外へ出た。風に吹かれるままふらふら歩いていたら、第一ファームの前に来ていた。子どもの頃、パパに叱られるとここに来て、ニワトリに泣きついた。日が暮れる頃、ママがこっそり迎えに来てくれた。あの頃から全然進歩してないようだ。

でも違うこともある。戻っておいでと声を掛けてくれる優しいママはもういない。一緒に泣いてくれたニワトリも今は鶏舎の中にいて、窓のない鶏舎の白い壁があたしの前に立ちふさがる。

背の高いサイロから、さあっという音が聞こえてくる。その音と共に流れ出した穀物は、ベルトコンベアに乗って鶏舎に運ばれていく。今ではニワトリにエサをやるのはサイロに飼料を運び入れる運送会社の人と機器を自動制御するコンピューターの仕事だ。だからかなしい時でもニワトリたちと話をすることができなくなってしまった。

　駐車場にパパのワゴンが停まっていた。事務所から第一ファームへは車を使うまでもない距離なので、パパのワゴンをここで見かけることは少ない。木曜は例外で、すべてのファームを見回る日だから一番遠い第五ファームから順に事務所に近づくように巡回していく。そしてここ第一ファームは定期巡回コースの終点だ。

　休憩室をのぞき込むと、大勢の人の笑い声が響いてきた。パパは休憩中の従業員たちと世間話をしていた。

「気をつけてくれよ。夏風邪はこじらせるとややこしいんだから」

　白衣姿のおばさんが陽気に笑う。

「社長が心配してくれるなんて、さてはあたしに気があるんですね」

「誰があんたみたいなオカチメンコに手を出すかね。あんたの風邪がニワトリにうつらないか気掛かりなだけだよ」

「でも社長は、真由子（まゆこ）さんが体調を崩すと、いつも心配そうに声をかけるじゃないですか」

　指摘したのは古株の清瀬（きよせ）さんだ。パパはこの人に頭が上がらないらしい。

「参ったなあ。あんたらババア軍団にあっちゃ降参だよ。そろそろ退散するか」

　頭を掻きながら腰を上げたパパは、部屋の外に佇んでいるあたしを見つけた。

「どうしたんだ？　今日は大学の日だろう」

　扉を開け休憩室に入ると、休憩中のおばさんたちは一斉に立ち上がり部屋を出て行った。部屋にはあたしとパパの二人が残された。あたしはパパに尋ねる。

「あたしって養鶏場の人たちから嫌われているみたい」

　パパはびっくりしたような顔であたしを見た。

「どうしたんだ、急に？　何かあったのか？」

　あたしは首を振る。誰も悪くない。あたしに人を惹きつける魅力がないだけだ。

　あたしはわざと明るい口調で言う。

「だってさっきのおばさんたち、あたしが入った途端、出ていったじゃない」

「それは誤解だよ。おばさんたちは休憩時間をとっくに過ぎていることに気がついたんだ」

その通りなのかもしれない。でも、あたしがこの部屋に入った途端、社員のみんなが出ていったという事実が気に掛かってしまう。

やっぱりあたしにはナナミエッグを継ぐなんて無理だ。

昨日まで毛嫌いしていたくせに、いざ跡継ぎの資格がなさそうだとわかると、急に切なくなってしまう。

「みんなはまどかを嫌っていない。まどかがみんなと馴染もうとしなかっただけだ。でも気にすることはない。パパが潰そうと思ったナナミエッグを、まどかが頑張って生き永らえさせようとしているんだから」

前田さんの言葉とパパの言葉が重なった。胸を押さえ、痛みをこらえる。

「せっかくだから、久しぶりに一緒に昼飯でも食べるか。蕎麦善に連れて行ってやるぞ」

あたしはうなずく。しばらくパパと一緒にいたい気分だった。休憩室から出ると、青空が広がっていた。どこまでも高い空を見上げた時、彦根先生があたしに投げた謎が解けた気がした。

解けてしまえば簡単な謎だった。あたしは空を見上げて目を閉じる。そして「そうよね、パパ」とパパの背中に語りかけた。

05　キックオフ

6月12日（金曜）

翌日。あたしはいつものように大学に行くために拾った拓也にさりげなく尋ねる。

「拓也は、いずれ真砂運送を継ぐつもりなのよね」

助手席で鼻歌を歌っていた拓也はうなずく。

「まあ、俺はひとり息子だし、車は好きだからいずれ跡を継ごうとは思っているけどね」

「拓也は、運送会社の運転手さんたちとは仲良くやれてるの？」

「まあ、そこそこかな。俺が社長の息子のせいか、一部のドライバーの人は変によそよそしいけど、平野さんみたいにいろいろ教えてくれる人もいるからね」

「もしも今、拓也が社長を継ぐことになったら、その人たちは拓也の言うことを聞いてくれるかしら」

「いきなりどうしたんだよ、そんなことを聞くなんて」

拓也は顔を上げ、前方の信号を見つめた。

「そんなことはこれまで考えてみたこともないからよくわからないけど、まあ半分くらいはついてきてくれるんじゃないかな、と思うよ」

拓也の言葉を反芻する。あたしについてきてくれる社員は半分もいるだろうか。

すると拓也は口調を変えて言う。

「それよりも俺が社長の座に就くには、ひとつ大きな問題があるんだ。真砂運送の未来の社長夫人がなかなかうんと言ってくれなくてさあ」

結局またそれか。いつもとまったく同じパターンの繰り返しに、あたしはうんざりする。

でもあたしは、ちょっぴり拓也を見直していた。考えてみれば誠一もいずれは動物病院を継ぐと明言しているから、幼なじみの三人組でふわふわしているのはあたしだけだ。大学院というモラトリアムのサナトリウムにいられる期間も残り十カ月を切ってしまった。そろそろあたしも本腰を入れて自分の未来と向き合わなければならない。そんな風に考えると、実は彦根先生は、あたしに現実をつきつけるために天から遣わされた使徒なのかもしれない、と思い、すぐさま自分の考えを否定する。

ううん、使徒だなんてそんな敬虔なものじゃなくて、もっと下世話で胡散臭くって傲岸不遜（ごうがんふそん）で……。

その時、ぴったりのフレーズが思い浮かんだ。

通りすがりのスカラムーシュ。


午前中、研究室に集ったあたしと拓也、誠一の三人は誰も口を利こうとしなかった。考えてみればあたしの他の二人はいつもと変わらない態度に思えるから、今日の静寂はあたしの無口さが反映されただけだ。

でも今は、そんな静寂が快かった。

部屋には明るい陽射しがさしていた。そのひかりの中、野坂教授が本のページをめくる音だけが時々、静かに響いている。

ずっとこんな風に穏やかな気持ちで生きていけたらどんなにいいだろう、と思う。

あたしはソファに沈み込む。

目を閉じて、耳を澄ます。窓の外で、雀がちちち、と鳴いているのが聞こえた。

そしてあたしは、大きく伸びをして、自分の未来をふわりと決めた。

立ち上がると部屋中に聞こえるように声を掛けた。

「珈琲でも淹れましょうか？」

部屋にいた男三人、拓也に誠一、野坂教授はびっくりしたように目を見開く。

「今日はどうしたんだよ、まどか」

野坂研で珈琲を淹れるのは拓也の係だった。

「実は相談に乗ってもらいたいことがあるのよ」

「なんだ、それなら安心した」

部屋にほっとした空気が流れた。

拓也の言葉を聞いて、むっとする。こう見えても家ではパパの食事の面倒をみているんだからね。とはいうものの、自分の過去の振る舞いが思い起こされ、ちょっと反省した。

やがて馥郁（ふくいく）とした珈琲の香りが立ち上る。

何だかあたしが淹れると、珈琲もふだんよりずっと香りがいいように感じる。

まあ、たぶん気のせいなんだろうけど。

各自のカップに珈琲を注ぎ、テーブルに三つ置き、野坂先生の分は机に持っていく。

「名波さんの淹れてくれた珈琲を飲める日がくるなんて、夢のようです」

「野坂教授までそんなことを……あんまりです」

部屋に、笑い声があふれた。

「さて、相談って何かな？」

議事進行役になることが多い誠一が切り出した。

あたしは答えた。

「彦根先生から依頼された有精卵納入に、本気で取り組んでみようかと思っているの」

するとと拓也がすぐさま言う。

「さすが俺のまどかだぜ。でもそうするとあの結婚詐欺師の依頼を受けるわけか。少し複雑な心境だな。大体、養鶏素人のまどかにそんな大役が務まるのかよ」

俺の、は余計でしょ、と言い返す。でも拓也の言葉は、真っ当で胸に響いた。

「その通りよ。あたしには荷が重いわ。でもあたしがやらなければナナミエッグは潰れてしまう。だからパパの協力が必要なんだけど、パパの信念が邪魔をしてたの」

「で、親父さんを説得できたのかよ」

拓也の問いかけには答えず、あたしは誠一に向き合う。

「誠一はこの前、ナナミエッグの理念を見せてほしい、と言ったわよね。その言葉を考えていたらわかったの。理念を変えるのは妥協ではなくて、角度を変えて見るだけ。理念を枉げるのではなく、大きな枠組みから理念とビジネスを一致させられる角度を探せばいい。捨てるのではなく視野を広げればよかったのよ」

誠一がうなずいている隣で、拓也が尋ねる。

「でも、見方を変えるってことは、これまでの理念は捨てるってことだろ？」

「そうじゃないの。パパが信じていたナナミエッグの理念は、美味しいタマゴを食べてもらいたい、ということだった。でもその理念は表層的だったのよ」

悟りきった隠者みたいな表情の誠一の隣で、全然わかんねえ、と浮き世の煩悩の体現者みたいな拓也がわめきちらしている。

あたしはそんな拓也に質問した。

「美味しいタマゴを食べると、どうなると思う？」

「健康になる」

拓也の迷いのない即答に思わずずっこける。確かにその答えもアリだなあなんて思ったら、なんだか肩の力がすとんと抜けてしまった。

「健康になったら、その次は？」

拓也が首をひねるのを見て、誠一が答えた。

「幸せになる」

あたしは誠一を指さして言う。

「正解」

「あ、ずっけえ。俺も今、そう言おうと思ったのに」

　二人のやり取りを耳にしながら、あたしは続ける。

「ナナミエッグの理念は、多くの人に美味しいタマゴを食べてもらいたいというものよ。だけど、それは見方を変えたら、ひとりでも多くの人を幸せにしたいということじゃないかしら、とパパに言ってみたの。そうしたらパパは長いこと考えて、そうかもしれない、と言ってくれたのよ」

「親父さんを説得できたのか。そいつはよかった」

　手放しで喜んでくれる拓也の隣で、誠一が冷静に言う。

「朗報だけど、親父さんの性格を考えると信念を枉げたんじゃなく、まどかの考え方を容認してくれただけで、全面的な協力じゃないような気がするけど」

　誠一の言葉は的確だ。昨日前田さんに言われたことと か、養鶏場で働くおばさんたちが、あたしが顔を出した途端席を立ってしまったこととかを思い浮かべて切なくなる。誰でも、自分の器の小ささを見せつけられるのは切ないものだ。

　気を取り直し、あたしはうなずく。

「その通りよ。パパの協力がなければ無理よね。でも協力をお願いするにも下地がいるわ。そこでまず、ここで有精卵プロジェクトについて考えてみたいから、二人にシミュレーションに協力してほしいのよ。ちょっと甘えるけど、研究課題が見つからなくて遊んでいるならいいかな、なんて思ってさ」

「もちろん俺の方はＯＫさ。報酬はドライブ一回で手を打つぜ」

　苦笑すると誠一も言う。

「今は実習がないから協力できるよ。やる以上は結果を学会発表できるくらいに気合いを入れたいね」

　拓也がうんざりした顔で言う。

「出たよ、凝り性が。まどか、こうなると大変だぞ」

「誠一の徹底チェックは望むところよ」

　今必要なのは、チャンスがあれば貪欲に食い付いていくという蛮勇だ。後ろ向きの人についてきてくれる人なんて、どこにもいないのだから。

　コーヒーカップを片付けると、誠一がメモ用のノートをテーブルに広げる。その下側に『ナナミエッグ有精卵プロジェクト』と、右端に「有精卵納入」と書き込む。

「とりあえず全体像を描いてみよう」

　拓也がぐるぐると腕を回しながら言う。

「さあ、面白くなってきたぞ」

目を輝かせている二人の男子を頼もしく眺めた。誠一の質問に答える度に、白い頁が埋っていく。四角い枠の中に「有精卵一日十万個」と書き添えると、ひゅう、と拓也が口笛を吹く。

「一日に百万個タマゴが採れるナナミエッグ全体の一割か。ビッグ・プロジェクトだな」

「なんで拓也は、ウチの内情にそんなに詳しいのよ？」

「親父さんがウチで飲むと、いつも自慢するもんだから、耳にタコなんだよ」

正確に言えば最近は一日八十万個なんだけど、と思いつつも、酔っぱらったパパならそれくらいの誇張はいかにもやりそうだったから、訂正はしないでおいた。

「でも一割程度なら、そんな大変とは思えないけど」

拓也は首を振って答える。

「たかが一割、されど一割。真砂運送は十台のトラックと十人の運転手を抱えているから、一割は一台のトラックと一人の運転手の生活だ。ナナミエッグは規模がでかいからもっと大変だ。従業員が百人だとすると、まどかは十人の生活を支えることになるんだぜ」

急に冷や汗が流れる。そんな風に考えたことはなかった。シミュレーションでこんな重圧を感じるなら、業務が始まったら押し潰されてしまうかも。

拓也は続けた。

「大手との取引は零細企業にはちと厄介だと思うぜ。実は去年、大手の百万石デパートが、東京の二重丸デパートとタイアップして加賀フェアを三年通年でやりたいと持ち込んできたから、そのために人を雇って、冷蔵車も購入したのに、フェアは三カ月で突然打ち切りだよ。ウチに残されたのはお荷物ドライバーと巨大冷蔵車のローンだけっていう笑えないオチさ」

新人の柴田さんへの風当たりが強いのは、そのせいだったのか、と合点がいった。

ナナミエッグの仕事を自分のこととして考えたことがなかったあたしの脳裏に、「会社は家族で社長はお父さんみたいなもの」という前田さんの言葉が蘇る。そんなパパがこんなあたしに未来を託した。大丈夫だろうかと心配になりつつ、心の奥底で何かがもぞもぞと動き始めている。あたしは重圧にビビりながらもわくわくし始めていた。めざすゴールの先に見たこともない景色が広がっている。

誠一はノートの左頁に養鶏場と書き、右頁の端の「有精卵納入」という囲みに向かって横線を引く。

「一日十万個のタマゴを納入するには、ニワトリは何羽必要なのかな」

「ウチには今、百万羽のニワトリがいて、毎日八十万個のタマゴを産んでいるわ」

「一羽が一日一個産むわけじゃないんだね」

誠一は興味深げにコメントする。

当たり前の事実を言っただけなのに、妙に賢く見えるのは、秀才の得なところだ。同じような台詞を拓也が言ったら、何当たり前のこと言ってるのよ、と冷笑されるのがオチだろう。

あたしは誠一のために詳しく補足説明する。

「タマゴを産む時期に限りがあって、売り物になるタマゴを産むのは生後半年から二歳くらい。その後も飼い続けるからタマゴを産まないニワトリがいるってこと。たぶん、雌鳥は十二万羽が必要になるわ。でも有精卵だから雄鳥を交ぜないとね」

「雄鳥も同じ数だけ必要になるのかな？」

誠一の質問にあたしが答える。

「ううん、そんなことないわ。有精卵を効率的に産ませるには、雌鳥十羽に雄鳥一羽が最適の比率なのよ」

「ほえ、十人の女性をよりどりみどりだなんて有精卵作りって雄鳥のハーレムかよ」

もう、下品ね、と拓也に向かって拳を振り上げるが、誠一はどっちも相手にしないで淡々と言う。

「すると全部で十三万羽ちょっとか。無精卵よりもかなり生産効率が落ちるわけだな」

「でもその分、タマゴを高く買ってもらえるわ。センターの提示額は、かなりの高価格だったの」

「それなら利益は確保できそうだけど、まず現在のランニングコストを検討してみる必要があるな」

「そのあたりは経理の人に聞けば、すぐにわかるわ」

「すると、今の一番の問題は初期の設備投資がどのくらいになるか、だな。ウイルスフリーのタマゴが必要だから、親鳥の感染予防のため相当な設備が必要になるな」

誠一は腕組みをして言う。

「その点は大丈夫。昔、鳥インフルエンザで第一ファームの鶏舎が全滅して以来、パパはうちの感染症対策は日本一だと威張っているから、対応してくれると思うわ」

「すると問題は孵卵器（ふらんき）か。日齢何日の受精卵かによって、体制も変わるし」

「有精卵をぽんぽんって納入すればいいだけだろ」

拓也のツッコミに誠一は首を振る。

「そんな単純な話ではないんだよ。日齢九日の有精卵と日齢十日の有精卵の納入では、日齢九日の方が養鶏場にとってはありがたいのさ。日齢が一日多ければ抱える在庫が十万個増えるんだから」

「新しいことを始めるのがこんなにめんどくさいなんて、全然思わなかったわ」

あたしはしゅんとする。誠一はうなずく。

「それでもまどかは養鶏業者の跡取り娘だから、まだ有利なんだ。これだけのシミュレーションで大変だとすぐに理解できるんだからね」

拓也が隣から口を挟んだ。

「まどかは大学を卒業したらＯＬになるんだって言ってたけど、ついに撤回かあ」

「あたし、そんなこと言ってたっけ？」

「入学直後は朝のドライブの間中、ずっと言ってたぞ。覚えてないのかよ」

すっかり忘れていた。昔の自分の幼稚さが恥ずかしい。

誠一が言う。

「今すぐ対応できそうな部分と、そうでない部分がはっきりしてきたね。ここから先はワクチンセンターの現状を把握しなければ前には進めないね。すぐに見学に行かないといけないだろうな」

「引き受けるかどうかもはっきりしないのに浪速まで見学に行くなんて、大げさじゃない？」

あたしは尻込みする。何だか後戻りできなくなってしまうのがちょっと怖い。

「バカだな。そこまでやらなければシミュレーションとは呼べないよ」

どうやら誠一はあたしとは別の惑星の住人らしい。別の意味であたしと別種の拓也が嬉しそうに言う。

「となると、次は浪速で、たこ焼き試食ツアーだな」

確かに諸問題は浪速大ワクチンセンターに直接確認すれば済む。ただしたこ焼きツアーは保証の限りではないけれど。パソコンをいじっていた誠一が言った。

「ネット検索の結果、いいニュースと悪いニュースがありました。どっちから聞きたい？」

じゃあいいニュースから、とあたしが言うと、誠一はネットの情報を読み上げた。

「ワクチンセンターでは一般の見学者を受け入れています。お申し込みはウェブサイトから、だってさ。どうもかなりオープンな施設のようだから、とりあえず今、僕の名前で見学を申し込んでおいたよ。まどかの名前だと、下手をしたら有精卵プロジェクトが進行しているという誤解を与えかねないからね」

　あたしは誠一の気遣いにほっとしてうなずく。

　拓也が、悪いニュースも教えろよ、と言う。誠一はにやりと笑って言った。

「この企画遂行にあたり、浪速たこ焼き試食ツアーは催行中止となります」

「なんでだよ。それくらい、いいじゃないか」

「浪速大ワクチンセンターは浪速ではなく、四国は金比羅（こんぴら）市の近くの極楽寺（ごくらくじ）にあるんだよ」

「四国かよ。たこ焼きがダメなら俺は行かないぞ」

「仕方ないな。それならまどかとふたりで見学ツアーに行くとするか」

　ためらいもなくうなずくあたしを見て、拓也は慌てて言う。

「誠一、きたねえぞ」

　わめき立てる拓也に、誠一は笑いながら言う。

「冗談だよ。たこ焼きツアーは中止だけど、代わりにうどんツアーなんてどうかな？」

「うどんツアー？　それなら参加する。誠一は俺がうどんフリークだってこと、よく知ってたよな」

　ほっとした表情の拓也を見て、あたしと誠一は顔を見合わせて笑った。

「でも、何で浪速大のワクチンセンターが四国にあるのかしら」

「言われてみれば確かに不思議だね。あとでちょっと調べてみるよ」

　そんなやり取りをしているうちに返信メールがきて、見学は十六日の火曜日、午後二時にすんなり決まった。

　何という迅速な対応だろう。こんなところが相手だと、何だか相当しんどいことになりそうだ、とあたしはすでに半分、腰が引け始めていた。

06　四国・極楽寺

6月16日（火曜）

火曜日。六時に家を出た。『たまごのお城』のバイトはお休みさせてもらった。

車を走らせることおよそ五分。黄色い看板の下に男子二人の姿が見えた。小学校の集団登校の光景をふと思い出し、あの頃と代わり映えがしないな、なんてぼんやり考えていたら、オーバーランしてしまった。

拓也がバックミラーの中で両手を振っているのに気がついて、あわてて車をバックさせる。通り過ぎちゃった、と謝ると後部座席に乗り込みながら、拓也が言う。

「こんなイケメンコンビを見過ごすなんて、まどかってちょっとおかしくね？」

あたしは拓也の軽口をやり過ごす。

「さて、今日のこれからの予定だけど、七時三分の特急に乗れば金比羅駅でランチのうどんを食べられる。八時の電車だとうどんツアーは中止ね」

拓也は焦った声で言う。

「それなら急ごうぜ。こっちはそのためだけに時間厳守したんだから。なあ、そうだよな、誠一？」

「いや、僕はうどんはどうでもいい」

拓也はがくりと首を折る。

「誠一って、ホントつきあいが悪いヤツだよな」

後部座席の掛け合い漫才に頬を緩めたあたしは、アクセルを踏んで加賀駅をめざす。


一時間後。あたしたちは浪速行きの特急に乗っていた。混み合った朝の特急は途中駅で制服姿の学生が下車するとがらがらになった。四人掛けのボックス席を三人で占拠したあたしたちは、駅で買ったお茶を飲みながら、朝食代わりにゆでタマゴを食べた。

拓也が早くも二個目のゆでタマゴに手を伸ばしながら「まどかのゆでタマゴは絶品だぜ」と言う。これはいつもとまったく変わらない台詞だ。そして最後に必ず、こんなにおいしいゆでタマゴを毎日食べられるなんて、まどかの旦那は幸せ者だよな、と勝手にあたしの未来の花婿にエールを送って締めくくる。

でもそれって自分のことなんでしょ、とツッコめないところが何とも歯がゆい。

誠一は剝き上げたゆでタマゴを矯めつ眇めつ眺めていた。こっちは素っ気なさ過ぎて少しはお愛想を言いなさいよと詰め寄りたくなる。この二人を足して二で割るとちょうどいいんだけど。あ、でもそうしたらつまんない二人ができるだけか。

誠一は、気室の場所はまちまちだな、と呟く。

「気室って、そのへこんだ部分ね」

誠一は答えずにゆでタマゴを見つめ続けている。ほんと、何を考えているのだろう。やがて各々持参した本を読み始めた。誠一は『鳥インフルエンザの恐怖』という新書、拓也は『ガソリンの燃焼効率』という専門書、あたしは『黄金地球儀の行方』という推理小説だ。

間もなく浪速駅に到着します、という車内アナウンスを聞いて誠一は大きく伸びをし、あたしは網棚のバッグを降ろし、拓也は五つめのゆでタマゴを飲み込んだ。

浪速から四国へ渡る特急の接続が良好なのは、その経路を使う乗客が多いからだろう。加賀新幹線が開通したら人と物の流れががらりと変わるだろう。そうなったら加賀への観光は日帰りになるし、加賀に住む人たちは新幹線で浪速へ遊びに出るだけのような気がする。

浪速駅から特急で二時間。金比羅駅に到着する。拓也は駅近くのうどん屋を見つけた。あたしもお腹が空いたので拓也の提案に従う。セルフサービスのお盆を持った拓也は真っ先におでんを皿に取り行列の最後尾に並ぶ。あたしと誠一も拓也にならう。後から食べ始めたのにあっという間に食べ終えた誠一が、うどんをじっくり味わっている拓也を急かす。

誠一は正解だった。金比羅駅から極楽寺までは二駅、二十分だけど、電車は一時間に一本しかなかったからだ。

単線、二両編成の旧式列車に乗ったあたしと拓也は、退屈のあまり無口になる。誠一の顔は次第に生き生きとし始めた。獣医のタマゴはワクチンセンターの見学を楽しみにしていたのだろう。極楽寺は駅前にコンビニが一軒、「和田」という看板の小さなうどん屋が一軒あるだけの鄙びた無人駅だった。こっちの店にすればよかったと拓也がぶつぶつ言うので、理由を尋ねた。

「だって金比羅は別の機会に寄るかもしれないけど、こんな辺鄙な駅にはもう二度と来ないだろ？」

そうかもね、と相づちを打ったあたしは、まさかその後、拓也がこの店で何度もうどんを食べる羽目になろうとは思ってもいなかった。

ホームページでは駅からワクチンセンターまでは徒歩三十分と記載されていたので、あたしたち若者の足なら二十分くらいだろうとたかをくくって歩き出した。田んぼの間の国道を歩いていると、やがて平坦な田園に突然、にょきにょきと三本のビルが現れた。

拓也が手元の地図を見ながら、ビルを指さして言う。

「間違いない。あれがワクチンセンターだ」

唐突に出現したガラス張りのビルは、周囲に違和感を乱反射させていた。入口の守衛所には高速道路の入口みたいに車を止める遮断機が下り、制服姿の守衛さんがふたり座っている。守衛さんは手元のプリントをめくりながら、あたしたちの顔をちらちらと見た。

「来訪者名簿に入場者の住所、氏名、職業、年齢を漏れなく記載してください」

順番に記帳すると、首から提げる入館証を渡された。正面の、モダンな本部ビルに向かう。守衛所を振り返りながら、誠一が言う。

「米国で炭疽菌がばらまかれた事件があっただろう？　その余波で、ワクチンセンターは軍事施設並みのセキュリティが適用されているんだ」

その言葉を耳にした途端、周りの空気が重くなった。ビルの入口に立っていた女性が声を掛けてきた。

「所内見学の鳩村さんですね。ようこそ。案内係の真崎（まさき）です。ここまで遠かったでしょう？」

八重歯を見せた可憐な笑顔に、誠一は一瞬、はっとしたような表情になる。そしてほのかに頬を赤らめながらうなずく。

「いいえ、それほど大変でもありませんでした。こ、こちらこそ、お願いします」

誠一が嚙むなんて珍しい。確かに綺麗な女性だけど、周りにいる子だって同じくらい綺麗なのに、と不思議に思う。拓也は、と見ると、構内に停まっている二トントラックに気を取られている。三人三様、てんでばらばらなあたしたちは、美人広報さんに連れられ、鈍く光る高層ビルへと吸い込まれていった。

冷房が効いた本部ビルに入ると、汗ばんだ身体がひんやりした空気に包まれる。ロビーには見学者用の写真パネルが展示されていた。誠一が小声で言う。

「ウイルスをタマゴに注射して有精卵を感染させ、増やしたウイルスを不活化してワクチンにするんだ」

そのやり取りを耳に挟んだ真崎さんが言う。

「さすが獣医学部の学生さんはよくご存じですね。私のガイダンスは必要ないかもしれませんね」

「そんなことないです。是非お願いします」

真崎さんの言葉に、誠一があわてて言った。


ガラス張りのエレベーターが上昇すれば普通なら周囲の景色も変わっていくものだけど、どこまで上がっても田んぼが広がるばかりだ。最上階で扉が開くと、まっすぐな廊下が奥まで伸び、両側に左右対称に扉が並んでいる。真崎さんがカードをかざすと硝子戸が左右に開いた。廊下のつきあたりの部屋に入ると、大きな窓から陽光が燦々(さんさん)と差し込んでいる。うわあ、海だ、と拓也が子どもみたいな歓声を上げる。机の上に封筒に入った資料が三セット置かれている。着席すると真崎さんが挨拶する。

「本日は浪速大ワクチンセンターにようこそ。最初にビデオを見ていただきます。浪速大ワクチンセンターの歴史とインフルエンザ・ワクチンができるまで、です」

カーテンが引かれ、白いスクリーンが天井から降りてきた。プロジェクターが光り、軽快な音楽と共にワクチンセンターの威容がスクリーンいっぱいに広がった。


帰りの列車の中、あたしたちはぼんやりしていた。そのぼんやりの中身は三人三様だった。

拓也のぼんやりは単純だ。帰りに駅前の店「和田」でうどんを食べ、すっかり金比羅うどんのファンになってしまい、次はどのうどん屋にしようかということで深刻に思い悩んでいる。

誠一のぼんやりは意味不明だ。ビデオを見ていた時は優等生らしく熱心にメモを取っていたけれども、質疑応答になったとたん、何も聞かず説明してくれる真崎さんの横顔を見つめるばかりだった。

そしてあたしのぼんやりは重症だ。あんな近代的で立派なところの依頼に、ウチみたいな零細業者が対応していけるのかと怖じ気づいてしまったのだ。

特急が加賀駅に到着したのは夜半だった。あたしは二人を乗せて車を走らせる。ヘッドライトに照らされた闇は、どこまでも果てしなく続いている。二人を真砂運送の看板のところで降ろした。家まで送るというあたしの申し出を、誠一はやんわり断った。

「明日は朝九時集合だ。今日の問題点を詰めよう」

ヒュー、かっこいい、と拓也が冷やかした。誠一が拓也をはたこうと手を上げると、拓也はたちまち射程圏外に脱出する。車を発進させると、バックミラーの中で、じゃれ合っている拓也と誠一の姿が次第に小さくなっていった。

翌朝、十七日水曜日。モーニングコールすると、拓也は看板の下で待っているという。ふだんはずぼらな拓也が誠一の命令には妙に忠実な点がおかしい。

身支度を終えたあたしは部屋を出る。

拓也を拾い大学へ向かう。研究室では誠一が、テーブルの上に例のノートを広げてスタンバイしていた。野坂教授は相変わらず古本を眺めている。到着したあたしと拓也に早速、誠一が言う。

「ワクチンセンターへの要望事項をリストアップする前に、まずは昨日わかったことをまとめてみよう」

冷静に言う誠一に、拓也が横から口を挟んだ。

「それよりもウイルスとかワクチンの基礎知識を解説してもらえると助かるんだけど」

ナイス。実はあたしもよくわかっていなかったから、拓也の提案は渡りに船だった。

「わかった。じゃあ確認するけど、ウイルスと細菌は全然違うけど、そのくらいはわかっているよね？」

「そんなこと、小学生でも知ってるぞ。バカにするな」

「じゃあ、ウイルスの特徴を説明してくれよ。細菌との違いもね。これは中学受験レベルだからできるよな」

「ええと、ウイルスってのは小さくて、そんでもって細菌とは全然違って……」

口ごもった拓也はいきなりがばりと頭を下げた。

「悪かったよ、誠一。知ったかぶりはしないから、意地悪しないで教えてくれよ」

ふんぞり返っていた拓也がしゅんと肩をすぼめる。誠一は微笑すると、淡々と説明を始めた。

「細菌は単細胞生物で細胞中にＤＮＡやＲＮＡという遺伝子を持ち増殖は二分裂。ウイルスはＤＮＡかＲＮＡのどちらか一方とそれを包む外殻だけでできている。ウイルスが細胞に侵入すると外殻が壊れ、中から飛び出した遺伝子が宿主の増殖システムを乗っ取って自分の遺伝子と外殻を増やし、最後は細胞を壊して外に飛び出す。一匹のウイルスは数千倍、数万倍に増えるんだ」

「ウイルスってのは、とんでもないヤツなんだな」

拓也がもっともな感想を言う。あたしが質問する。

「ワクチンと抗生物質ってどう違うの？」

「抗生物質は、細菌の構造物を作れないようにする薬で、他の細菌が作るから抗生物質と呼ばれていたけど、最近は化学合成で作られるものが主流で抗菌薬と呼ばれる。要するに細胞を攻撃する毒だ。一方のワクチンは予防薬だ。ウイルスの死骸や半殺しにしたウイルスを体内に入れて免疫を獲得させるのが原理さ。あまり知られていないけど、インフルエンザ・ウイルスの培養に有精卵が最適だということを発見したのは日本人なんだ」

「有精卵はウイルスを増やす培地で、そのウイルスを元にワクチンを作るから大量の有精卵が必要なのね」

ワクチンはウイルスの死骸、と呟く。誠一が続ける。

「ワクチンセンターの製造工程はシステム化されているから合わせないといけないね。たとえばトレーは食卵では12×12で144個だけどセンターのオリジナルトレーは10×10の100個だから規格が全然違う」

「どうしてそんなことを知ってるの？　ビデオでは説明してなかったけど」

「説明はなかったけど、映像にトレーが映っていたよ」

「ビデオを見ている間に数えていたわけ？」

「プロモーションビデオを見ている時には、他にやることなんてないだろう？　あとあちらはたぶん、有精卵のサイズを揃えろと要望してくるだろうね」

どうして、と尋ねると、「ビデオに映ったタマゴの大きさが均一だったから」と答える。すかさず拓也が言う。

「それってプロモーションビデオ用に綺麗な場面を映したせいじゃねえの？」

「違うね。ビデオに映ったタマゴはばらばらの七シーン、総計五百個くらいだけど、どれも大きさが揃っていた。ビデオ用に作られた画像ではないね、あれは」

あたしと拓也は顔を見合わせた。これだから優秀な人間って……。さらに誠一は「気室を上にして納めた方が喜ばれるだろうな」と呟く。

「ウイルス培養後にタマゴ上部をカッターで切って白身を回収するとナレーションで言っていた。だから気室を上にしておけば、カッターで切った時に白身の回収量が増えるのさ。一個分は微々たる量でも、十万個だとバカにならない量だよ」

そんなことまでビデオを見てわかったのかよ、と拓也が呆れ声で言うと、ナレーションを聞いたんだってば、と言い返す。あたしはため息をつきながら言う。

「ここまでの話を整理すると、センター用のトレーを用意してタマゴの大きさを揃えて気室が上になるように納入するのね。そんなに手間が掛かるんじゃ、二倍の値段でもワリに合わないわ」

「始めからできるだけオートメーション化しておけばいいさ。問題は有精卵と無精卵の選別だね。納入前に無精卵や発育不良、発育過多なものを除外するのはタマゴの向きを揃えることより大変だ。いずれにしても大掛かりなことになりそうだね。それから孵卵器に移す手順と育成状況を確認する手法、金比羅市に運送する手段あたりかな。できるだけ今あるものを流用して慣れたシステムを使えば、効率はいいだろう」

　誠一の結論を聞いて、完全に怖じ気づいてしまった。

「さっきから効率、効率の一辺倒だけど、効率ってそんな大事なのかよ」

　拓也の質問に、誠一は即座に答えた。

「十万個は膨大な数だから、ひとつひとつはわずかなムダでも積もり積もれば大変なロスになる。だから初期設定で徹底的に効率を考えないといけない。でもこうして頭の中でこしらえた考えだけでは脆い。やっぱり実地見学しないと重要なことを見落としてしまいそうだ。というわけだから、まどか、今からナナミエッグを見学しに行くことにしよう」

「それは構わないけど、ここのところ出ずっぱりじゃないの。少しは落ち着いた方がいいんじゃないかしら」

　指導教官を見た。野坂教授は微笑して、首を振る。

「この研究室はみなさんのものなんですから遠慮は無用ですよ。みなさんのよろしいようにどうぞ」


　後ろに拓也と誠一を乗せた我が愛車は一路あたしの実家へ直行する。後部座席では誠一が自分の領域を侵していると拓也が文句を言うが、誠一は取り合わない。

「後ろにバスケットがあるから、おとなしくゆでタマゴでも食べていなさい」

　かさかさ音がして拓也はおとなしくなった。拓也の口を封じるにはゆでタマゴが一番なんて考えていたらふと、〝紛争解決には平和の使者ナナミエッグ〟というキャッチコピーが浮かんだ。どこかで使えないかななんて広報根性丸出しで考えてしまう。

　信号につかまったタイミングで事務所に電話を掛けた。

パパに代わってもらうと開口一番、「会社でパパはやめろと言っているだろう」と小言を言う。

「緊急事態なの。今から研究室仲間にナナミエッグの出荷システムについてレクチャーしてほしいの」

パパはご機嫌な声に変わった。

「研究のためなら喜んで手伝うよ。どれくらいで着くんだ？」

「今、木地ヶ浦の交差点だから五分くらいかな」

わかった、という返事と共に電話が切れた。ウソはついてないけれど、無邪気なパパを騙したみたいで、少し気が引けてしまった。ナナミエッグの玄関先で待っていたパパは、車から降り立った一行を見て言う。

「何だ、ご学友は拓也君と誠一君だったのか。それならわざわざ出迎える必要はなかったかな」

「ひでえこと言うなあ、親父さんは」

拓也がふくれている隣で誠一が言う。

「有精卵システムを導入するという浪速大プロジェクトを検討するため、見学させていただきに参りました。貴重なお時間を拝借して申し訳ありませんが、将来の顧問獣医師としてナナミエッグの現状を拝見するいい機会なのでよろしくお願いします」

パパは目を細めた。あたしもしみじみと誠一を見た。同じ幼なじみでも、どうしてこうも違うのだろう。

「誠一君が手伝ってくれるなら心強い。聞きたいことがあればなんでも聞きなさい」

「ちょっと待ってよ、親父さん。俺もいるんだけど」

「わかった、わかった。拓也君は誠一君の邪魔をしないようにしっかり頼むぞ」

拓也は思いきりふてくされてしまった。その隣であたしは笑いを堪えるのに必死だ。


第一ファームの見学を終えたあたしたちは、応接室で前田さんがいれてくれたアイスコーヒーを飲んでいた。梅雨の合間の晴れ間は夏を思わせる陽気で、戻る間に汗だくになった。拓也がストローをすすりながら言う。

「養鶏場って居心地いいっすね。俺、ニワトリになりたくなっちゃったな」

「そうだろう、何しろウチではニワトリが一番優遇されているからな」

はっはっは、と豪放に笑うパパはご満悦だ。

「クーラーが入ったのも鶏舎、事務所、鶏舎の休憩室、パパの部屋の順で、最後があたしの部屋だもんね」

「ニワトリあってのナナミエッグだから仕方ないさ」

「はいはい、ニワトリさまが一番よね。あたしはとっくの昔に諦めてますから」

　誠一があたしとパパの会話に割って入る。

「納入時には、どうやってタマゴの大きさを揃えているんですか？」

「小さい方からSS、S、MS、M、ML、L、LLの七段階に分けるけど、店頭に出るのはS、M、LとMSまでだ。Mが58グラムから64グラムの間で上下6グラム刻みで分類されるが、それを重さ別に振り分ける選別機があるんだ」

　拓也が目を丸くして言った。

「知らなかった。SSなんて見たことないよ」

「小型の規格外は値段が安すぎて利益が出ないからね。小さいタマゴは若い雌鳥が産んだヤツだから生きがいいのに、もったいない話さ」

「SSが若いニワトリのタマゴなら、スーパーでかいLLは年増が産んだんですか？」

「さすが食いしん坊の拓也君、その通りだよ」

「え？　冗談のつもりだったのに……」

「年代によってタマゴの大きさが違うから、年齢別に採卵すると効率がいいんだよ。適齢期を過ぎたニワトリは別のファームに移して余生を楽しみながらぽちぽちとスーパーでかいタマゴを産む。やがて君たちの酒のつまみになったりもするわけだ」

　焼き鳥ね、と拓也が呟くと、誠一が尋ねる。

「出荷用トレーを10×10に変更できますか？」

　それは大して難しいことではない、というパパの返事を聞いて誠一はほっとした顔をする。そして立ち上がるとパパに向かって礼儀正しく頭を下げた。

「おかげでだいたいわかりました。今後の方針の輪郭が見えてきたので、研究室に戻って検討します。今日はありがとうございました」

　あたしと拓也も立ち上がり、誠一と一緒に頭を下げた。

　ナナミエッグから研究室に戻ったあたしたちの議論は白熱した。ワクチンセンターとナナミエッグの現状を把握し、ようやくプロジェクトの輪郭がはっきりしてきたからだ。拓也が言う。

「おじさんはご機嫌だったなあ。きっとまどかがきちんと説得したからだね」

「そりゃあ、あたしだってパパに喜んでもらいたいもの、説得や説明なら一生懸命するわよ」

　そう言いながらも、どことなくあたしの歯切れが悪いのは、たぶんワクチンセンターで見たビデオのせいだ。針でタマゴにウイルスを植え付ける場面を見たあの夜、あたしは夢を見た。マスク姿のヒヨコたちが、訴えかけるようなまなざしで、じっとあたしを見つめている。それは昔、ママと一緒に読んだ、あの絵本の中のヒヨコだ。

　こんな風にささいなことを気に掛けるような、あやふやな気持ちでこのビジネスに取り組んでいていいのかな、なんてちらりと思う。

　あたしが迷いに惑っている中、誠一の発言はどんどん研ぎ澄まされていくのがわかる。

「ヒヨコは外部から購入しているから、これまでナナミエッグに導入されていなかった孵卵器システムを新たに購入しなければならない点が、当面の一番のネックになりそうだね。とにかくコストと労力がかなりかかりそうだから、影響が大きいんだ」

　たかが孵卵器くらいどうってことないだろ、と拓也が言うと誠一は首を振る。

「拓也が考えているのは小学校の理科実験に使うような小さなヤツだろう？　業務用のはもっとずっと大きくて値段が高いんだ。それに一日十万個の有精卵を十日間育てるとなると、百万個分の孵卵器が必要になるんだぞ」

　誠一は獣医学教室から持ち出してきた養鶏機器のパンフレットを開いて差し出した。五千個用の孵卵器の定価は一台百万円。二百台導入すれば二億円だ。あたしは卒倒しそうになる。絶対にムリだ。でもさすがにこれは仕方がないことだし、あたしも諦めがつくというものだ。

　でも一瞬、あたしの中で不協和音が響いた。

　――本当にそれでいいの、まどか？

　天から降り注いできたみたいな声。

　でも、こうなってしまったら、もうどうしようもないじゃない、とあたしは見えない相手に毒づいた。

　あたしは二人に向き直る。

「有精卵プロジェクトを引き受けるのはムリそうね。この依頼はナナミエッグの理念に反している上、経営的にシビアになってしまうから、断念した方がよさそう」

　我ながら妥当な判断だと思う。でも言っていて情けない気持ちになるのはなぜだろう。

　誠一も拓也も、すっかり有精卵プロジェクトに魅了されているようだ。真崎さんの言葉が蘇る。

　――ワクチンは市民を守り、国を守るのです。

　プロジェクトが社会貢献だと理解した素直な男子たち。社会貢献も大切だけどプロジェクトに関わる人たちを食べさせなければならない、と考えるとパパの気持ちがわかった。そしてあたしの気持ちも。

　誠一がマイナスイメージを払拭するような声で言う。

「待てよ。孵卵器だけなら何とかなるかもしれない。やれることをやり尽くさずに撤退するのは軽率すぎる」

「二億なんて用意できないわ。まさかワクチンセンターが出してくれるとでも言うの？」

「その可能性があるから言っているんだよ」

「そんなバカなこと……」

「ありえないと思うのかい？　でもよく考えてみろよ。有精卵が納入されなくて困るのはあっちだろ。それならこっちの申し出に応じてくれる可能性はかなりあるよ。もちろん、二億円をぽん、と出してくれるのは夢物語かもしれないけど、ひょっとしたらワクチンセンターにとってはそれって大した額ではないかもしれないし」

　リアリストの誠一の言葉とはとても思えない。常識的にこんな巨額投資をしてくれるはずがない。

「でもやっぱりあたし……」

　部屋の隅からぱちぱちぱち、とまばらな拍手がした。

振り返ると野坂教授が手を叩いている。

「みなさんがこんな活発に議論をしている姿は初めて見ました。やはり具体的な目的があると議論は白熱するものなんですね。そんなみなさんの話を伺っているうちに、実は私はとってもいいことを思いついてしまったんです。有精卵プロジェクトを、この研究室の研究課題にしてみたらいかがでしょう」

　あたしはびっくりして目を白黒させる。

「教授は話を聞いていなかったんですか？　経済的に無理だから撤退しようと思っているんですよ」

　片手を上げ、あたしの言葉を遮ると野坂教授は言う。

「名波さん、我々の研究テーマは何でしたっけ？」

「……『地域振興総合研究』です」

　野坂教授はにっこり笑う。

「地場産業を支えるナナミエッグが新しい第一歩を踏み出すというのはまさに『地域振興総合研究室』における『加賀の地場産業振興の新展開』というサブタイトルにぴったりでしょう？　そこで指導教授として提案します。『ナナミエッグにおける有精卵納入事業の展開について』をわが野坂研の研究課題としませんか」

「大賛成、異議なし」と拓也が即座に賛同すると、その隣で誠一も首を縦に振る。

「部外者ですが僕も賛成します」

「ちょっと待って。これはあたしの個人的な問題よ」

「でも公益性は高いよ。少なくとも俺の車の改造計画よりはずっと」

あたしは拓也の思わぬ返しにしどろもどろになる。

「みんなの自由な時間で個人の問題を修士論文にしようだなんて虫が良すぎるわ。大体、今からやるようじゃあ、とても期日に間に合いっこないわ」

「有精卵の納入開始は十月だそうですね。それまでにプロジェクトに目鼻がついていれば、論文は充分間に合いますよ」

「でも、もし失敗したら」

「その時は失敗した過程を考察すればいいでしょう。そういう研究も面白いですよ」

誠一が手を打つ。

「指導教授のお墨付きがあれば孵卵器の資金調達にも新たな道が見えてくる。科学研究費の申請や、加賀県庁の地域振興基金あたりもターゲットになるかもしれない」

しかしまあ、よくもこう次から次へいろんなことを思いつくものだ、と呆れ顔で優秀な幼なじみの顔を見つめていると、拓也は拓也で、いかにも拓也らしい現金なコメントを述べる。

「それに今からじゃあ、もう新しい研究課題なんて、とても見つかりそうにないしな」

野坂教授は壁に貼られた模造紙を剝がして、テーブルの上に広げた。真白い大海原みたいに見えた。そして『地域振興総合研究』というタイトルの下に達筆で『ナナミエッグ有精卵納入プロジェクト』と黒々と書き添えた。

「どうです、なかなかイケてるでしょう？」

あたしの足元はなんだかふわふわしていた。

頼りがいのある仲間がビジネスを手伝ってくれて、研究室のメインテーマにまでなってしまうなんて、こんな幸運があっていいものだろうか。

あたしは気弱に口走る。

「学生三人でワクチンセンターからの依頼を引き受けるなんて大それたことじゃないのかしら」

すると野坂教授が言った。

「明治維新の志士はすごい人たちだと思いますか？」

いきなり何を言い出すのだろう、と怪訝に思いながら、皆は顔を見合わせて、うなずく。

「松下村塾に集ったのは十代後半から二十代前半の若者ばかり。そんな彼らが山口は萩という小藩の城下町に集まり維新の立役者となった。それを単なる偶然だと思いますか？」

野坂教授の問いかけに、誠一が答える。

「明治維新は、日本史における奇蹟だと思います」

野坂教授は首を振る。

「確かにその通りなんですが、それでは小藩から志士が輩出したこととの説明にはなりません。実はあれは奇蹟ではなく、日本全国で起こりうることだったのです。優秀な若者は年寄りに潰され、芽を出せずに終わる。それがあの時代、旧体制が壊れて若者が表に出た。そこに嫉妬心の薄い優れた指導者が存在し、適切に指導しただけなのです」

あたしたち三人は顔を見合わせた。

「この教室に三人が居合わせたのも奇蹟ではなく、必然です。でも、その程度の幸運は頻繁に起こりますが、それが大樹にまで育つのはやはり奇蹟なのです。願わくは奇蹟の出現をこの目で見てみたいものです」

「でも、こんな大変なこと、あたしにはとても……」

あたしの肩を、野坂教授はぽん、と叩いた。

「困難というものは、乗り越えられる人のところにしか訪れないものです。その壁を乗り越えさえすれば、その先に必ずゴールが見えてくる。成功するために必要なものは三つだけ。先を見通す視野、流れに身を任す度量、世のため人のためになりたいと願う素直なこころ、です」

でも、となおも逡巡するあたしに、眼鏡の奥に優しい光を湛(たた)えた視線を投げかける。

「大げさに考えることはありません。英語では仕事という言葉はビジネスとジョブという二通りあることは、以前も申し上げましたよね。名波さんが今、取り組もうとしているこの課題はまさしくビジネスなんです。こうしたことを遊びだとか個人的な業務だと貶めて学問の場から排斥し続けた結果、学生たちは学ぶ楽しさを忘れ、日本の仕事道はやせ衰えてしまったのです。こんな絶好のチャンスに恵まれた幸運を最大限味わうために、名波さんは一生懸命、このビジネスで遊べばいい。それがたぶん、閉塞した大学の再生にもつながってくるはずです」

野坂教授のその話はあたしには何だか難しすぎて、あまりよくわからなかった。でも、自信を持っていいんですよ、と言われたことだけは感じた。

野坂教授は立ち上がると冷蔵庫からビール瓶を取り出し栓を開けた。コップを四つ並べ、とくとくと注ぐと、ひとりひとりに手渡しながら言った。

「一年と少々、ようやく本日、野坂研の旗揚げです。そうと決まれば祝杯を上げましょう」

「教授、まだ真っ昼間ですよ」

「名波さん、野暮なことは言いっこナシ。めでたい席なんですからここは眼をつむってご一緒に。あ、でも真砂君は無理をしないで。乾杯ですから形だけ」

指導教授にそこまで言われては断れない。野坂教授はコップを掲げ、高らかに言う。

「加賀の未来、有精卵プロジェクトの旗揚げ、そして野坂研の船出を祝って、乾杯」

全員唱和してコップを触れあわせた。あたしと誠一が一気に飲み干す隣で、拓也がぺろりとビールの泡を舐め、うげっという顔でコップを置く。空いたコップになみなみとビールが注がれていく。野坂教授の晴れやかな声が、酔いが回り始めたあたしの中で心地よく響いた。

「まずはワクチンセンターからできるだけ支援を分捕りましょう。ワクチンセンターの運営資金はかなりの部分が税金から拠出されています。税金というものは人々を幸せにするために使われるべきものです。そしてみなさんのプロジェクトはめぐりめぐって人々の幸せに直結しているのですから、これはちっとも後ろめたいことではありません」

野坂教授の、滔々と続く名演説を耳にしながら、気がつくとあたしは何杯もコップのビールを空にしていた。

すっかり酔ったあたしを、拓也が送ってくれた。拓也はアルコールが苦手でひと口も飲めないから、飲み会の時は運転手をしてくれる。ヘッドライトが暗い夜道を照らし出す。ずっと先は闇の中だ。ふだんと同じ景色をぼんやりと眺めながら、あたしは拓也がしみじみと話すのを聞いていた。

「よかったな、まどか。俺も呑みたかったな、祝杯」

あたしはまどろんだふりをして、ほんの少しだけ拓也に身をもたせかけた。

07　スカラムーシュ

6月18日（木曜）

　翌朝。家から出てきた拓也にクラクションを鳴らす。

拓也は助手席に乗り込んでくると、シートベルトを着けながら、今日は早いんだな、と言う。

「協力してもらうんだもん、それくらい当然よ。それよりそのバスケットの中を開けてみて」

　バスケットの中を覗いた拓也は目を瞠る。

「俺の大好物の玉子サンドじゃん」

「それは御礼の気持ち」

　拓也はあたしの横顔を見つめて潤んだ声で言う。

「まどかの気持ち、しかと受け取った。愛してるぜ」

　抱きついてきた拓也の手をぴしゃりとはたく。

「調子に乗らないで。そこまではOKしてないわ」

　拓也はしゅんとして玉子サンドを食べ始める。

「おいしいよ、まどか。まどかはいい嫁さんになるよ」

　いつもと同じ褒め言葉なのに頬が熱くなる。赤くなった顔を見られないように窓の外を見る。お間抜けな拓也は、自分の口説き文句が絶大な効果を上げていることに気づかず、無邪気に玉子サンドを頬張っていた。


　二時間後。野坂研のメンバーはテーブルに広げた模造紙に、ワクチンセンターから分捕る予算、ではなくて援助をお願いしたいリストを書き込んでいた。孵卵器、特別仕様二百台。集卵器、特別仕様一台。有精卵確認システム、一台。コンピューター制御集卵トレー配置器、一台。そんな風に書き加えていったら、真っ白だった模造紙がどんどん黒くなっていった。総額四億円に届きそうだとわかり愕然としていると誠一が言う。

「今からビビっててどうするんだよ。それが無理なら全額ナナミエッグが引き受けるということになるんだぜ」

「それは絶対ムリ。ナナミエッグが潰れちゃうわ」

「だろ？　それなら設備に充てる資金を負担してほしい、と淡々とお願いするべきだ」

　誠一の考えは理詰めで隙がない。だけどほんとにできるんだろうか。今朝、通り過ぎた宝くじ売り場の幟が目に浮かぶ。この売り場から一等三億円が出ました。お金というものはあるところにはあるものだ。ただしあたしとは縁が薄い。

誠一は模造紙に書き込み終えると立ち上がって、腰をとんとんと叩く。

「とりあえず要望は固まったようだな。次はこいつを先方に突きつける、じゃなくて依頼する段だ。こういう交渉事の窓口はこの間アポをドタキャンした、得体の知れない特任教授さんでいいのかな？」

たぶん、とうなずくと、拓也が嬉しそうに言う。

「誠一もアイツは得体の知れないヤツって思うよな」

まだ根に持っているわけね。直接会ってもいないのにほんと、しつこい。あたしが部屋から出ていこうとすると拓也が見咎めて「どこへ行くんだよ」と声を掛けた。

「彦根先生に電話するに決まってるでしょ」

「それならここから掛ければいいだろ。ビジネス以外の話があるんなら外で掛けてもいいけどさ」

ほんと、細かいところまで気が回ること。

「わかったわよ。ここから掛けるわよ。そうすれば、何かあったらすぐに誠一に相談できるもんね」

ソファに座り直すと携帯のメモリから彦根先生の電話番号を呼び出す。拓也の余計なひと言のせいで妙に意識してしまい、指先が震える。数回の呼び出し音の後、声が聞こえた。


——これは、まどかさん。どうしました？

胸の鼓動が高まる。背後に風の音が聞こえる。

「あれから検討してみたのですが、ワクチンセンターにお願いしたいことがいくつか出てきましたのでご相談したいと思ったのですが、ご都合はいかがでしょうか」

しばらく返事がなかった。耳を澄ますとエンジン音が聞こえる。どうやら車で移動中らしい。

やがて彦根先生の声がした。

——グッドタイミングです。今、僕たちはワクチンセンターに向かっていて、午後から会議に出席するので、スケジュールを確定して夕方にはご連絡します。

「事前にこちらの要望をお伝えした方がいいですか？」

——そうしてください。名刺にあるアドレスにメールしてくれれば結構です。では。

彦根先生が電話を切ろうとしたので、あたしは言う。

「どんな要望か、聞かないのですか？」

——ええ、取りあえず言うのは自由ですから。

風の音に紛れ、電話はぷつりと切れた。不通音が空しく響く。胸にちくりと言葉の切れ端が刺さる。「僕たち」という複数形が示す同伴者の存在。脳裏でさらさらと亜麻色の髪が揺れ、アルペジオのような音を奏でた。

やっぱりいけすかないヤツ。

「何だって、あのキザ野郎は？」

会ったこともない彦根先生に対する敵意剝き出しの拓也から目をそらし、誠一に伝える。

「夕方に返事するって。誠一のおかげで一歩前進ね」

「まどか、俺に感謝の言葉はないのかよ」

拓也の抗議に、あたしはあっさり答えた。

「感謝はしてるけど、先生の悪口を言ったから帳消し」

「そんな殺生な」

あたしは笑った。緊張が解け、体が軽くなった。

「返事は夕方だから、三時まで自由行動ね」

「ありがたい。昨夜は徹夜だったから、ひと眠りする」

長椅子に身を沈めた誠一はたちまち寝息を立て始めた。

拓也はマンガ本を読み始める。何も言わないのは拗(す)ねている証拠だ。あたしは要望事項を打ち込んで送信すると、ふてくされている拓也を無視して外に出る。

心地よい風が髪をなびかせていく。

夏が近いせいか、空の青が濃い。

有精卵プロジェクトを受けるか拒否するか。受けた場合、成功するかどうか。思いは千々に乱れ、あたし自身、自分の気持ちがすっかりわからなくなっていた。


「あ、切れた」

片腕で運転していた彦根は、トンネルに入った途端に切れてしまった携帯を助手席のシオンに渡す。そして開け放った窓の枠に肘をのせて、目を細めて進行方向の先に見える光の出口をじっと見つめる。

「例のたまごのプリンセスがこちらに連絡してくるタイミングは実に絶妙だよ。まるでこっちを盗聴しているんじゃないかと思うくらいだ」

「きっと相性がいいんでしょうね」

受け取ったスマートフォンを弄(もてあそ)びながら、シオンは穏やかに答える。穏やかに聞こえるように、努めて言った言葉を口の中で反芻しながら、ホテルのロビーでちらりと見た〝たまごのプリンセス〟の横顔を思い出す。

きりりとした細い眉は強い意志を感じさせた。戸惑いと悪意と反感を隠すことなく周囲にまき散らすことができるのは、若く美しい女性に特有の傲慢さだろう。

もっとも彦根は、何も気づいていないようだが……。

シオンは大きくため息をついた。

風に乱れる細い髪から鈴の音のような和音が響く。彦根に呼び出され、極楽寺への道行きに同行していたシオンは、風に吹かれながら目を閉じる。

「動く時は一斉に動き出す。これもシオンの力だな」

シオンは首を振る。彦根は前を見据えながら続ける。

「ワクセンの首脳陣に呼び出された日にお姫さまからのコールとはまさにドンピシャのタイミングだ。おかげで加賀の件は発動済みだとハッタリをかませられる」

「でも説得は難しいのではないでしょうか。中央の指令もなくワクチン生産を二倍に増量するなんて無茶です」

彦根はうっすらと笑う。

「シオンは正しいが、今のワクセンならハッタリが通る。何せ今のトップは反骨精神の固まりだからね」

視線を車に伴走する海岸線に向け、語気を強めた。

「この案件の重要性を理解している人間は、今は僕とシオンだけだが、半年もすれば僕たちの行動は賞賛されるだろう。そのためにも今、動かなければならない。この道の果てに西日本独立という怪物が姿を現すのだから」

シオンは運転席の横顔を盗み見る。

——私は振り回されてばかり。壮大な未来を語るこの人に魅せられ、こんなところまで連れ去られてしまった。


そんな彦根をスカラムーシュと人は呼び、シオンはそのあやつり人形(パペット)と目されている。シオンにとってそのことは辛くもあり、また嬉しくもあった。


浪速大学ワクチンセンター、通称〝ワクセン〟は四国の要衝、金比羅市の外れの極楽寺に建設された。

極楽寺は稲作主体の農村地帯で養鶏も盛んな小村だ。古くからかの地ではタマゴの消費が飛び抜けていたらしいが、それは主食のうどんにタマゴをからめて食べていたため、というのは俗説だが、かなり説得力がある。

浪速大学医学部付属微生物研究所が創立されたのは戦後間もない一九四〇年代後半だ。創設者、宗像修三(むなかたしゅうぞう)博士が目指したのは発疹チフスのワクチン作製だ。今ではほぼ撲滅された疾患が主目的であるあたり、公衆衛生の進歩が見て取れる。やがて微生物研究所は研究部門とワクチン部門に分離され、前者は浪速大学医学部微生物学教室の傘下に収まった。彦根が特任教授を務めている講座はその末端だ。一方後者は、より高品質のワクチンを製造すべく独自路線を走り始める。ウイルスを増やすためのタマゴは当時貴重品だったため、質の高い有精卵を大量確保することが、ワクチン量産のネックとなった。

微生物研究所二代目所長に就任した鴨川秀明教授は輸送経路を勘案し、タマゴの生産地である四国・極楽寺にワクチン生産部門を移した。英断だったが、これが当時の浪速大の権力闘争に火を点け、鴨川の分派活動とみなされる。微生物研究所の面々は浪速大医学部の主流から外され、左遷同然に極楽寺に追われた。これを受け鴨川所長は施設を浪速大ワクチンセンターと改称し初代総長に就任。以後ワクセンは不遇をかこつが、国立大学が独法化された時に様相は一変する。浪速大が弱体化し、傘下への拘束力が低下した機を捕らえ、ワクチンセンターが独立を宣言したのだ。その仕掛人こそ鴨川総長の秘蔵っ子にして浪速大ワクチンセンター二代目総長を拝命した宇賀神義治だ。もはや浪速大にその動きを咎め立てする力もなく独立は容認された。上納義務がなくなったワクセンは国から独占受注したワクチンの収益を、より良質なワクチン作りの投資に振り向けた。このためワクセンのワクチンは高品質だという評判が高まっていく。

敬礼した警備員を横目に、彦根は本部ビルに向かう。助手席のシオンが「すごい警備ですね」と目を見張った。

彦根は苦笑する。

「あの検問はハリボテさ。テロリストが侵入してくる可能性より、内部の人間がウイルスを持ち出す方が危険だから、外部チェックより内部チェックを厳しくしなければ意味がない。プラグマティストの宇賀神総長はよくわかっているから、検問と入館チェックという仰々しい見せかけで最大限の効果を上げているわけさ」

彦根とシオンは車から降りエレベーターに乗り込む。最上階に到着すると、突き当たりの部屋の扉を開け放つ。窓に田園風景が広がる。

会議に眺望は無用という宇賀神総長のポリシーで、景色のよくない部屋で行なうのが通例になっていた最高運営会議のメンバーは、総長と副総長、事務長、広報の四名だったが、しばしば総長自らが相手の部屋に直接出向いて直談判しその場で解決してしまうことが多かった。それは会議嫌いの宇賀神による自然淘汰だが、数少ない例外が外部からの要請に正式回答する場合と、ルール違反が発覚した時の処分を決定するケースだ。

今日の会議は、その例外的な事項の要件を両方とも満たしていたので、会議嫌いの宇賀神総長といえども、会議室にメンバー招集せざるを得なかったのだ。

　会議室では宇賀神総長が新聞片手にぼやいていた。彦根が部屋に入ると、ちらりと背後のシオンを見遣ったが、何もコメントせずに話を続けた。

「記者の不勉強にも困ったもんや。ポリオは生ワクチンで危険だから不活化ワクチンを輸入せよだなんて、今頃そんなぬるいことを言い出しおってからに。ウチでは五十年前、ポリオの不活化ワクチンをとっくに開発しとる。生ワクにしたのは厚生省の国策で、ポリオが大流行した時、冷戦真っ只中のソ連で生ワクが余ったから押しつけられたって言うのにや。そうやって国産の不活化ワクチンを潰しておきながら、ワクセンを非難するなんて、先代の総長が知ったら墓の下で真っ赤になって怒るで」

　宇賀神総長の長広舌に耳を傾けていた副総長の樋口（ひぐち）は、話の切れ目を捉えてうなずいた。

「帝華大は、他所から手に入れた情報を、時宜に合わせて声高に喧伝するのが上手ですからね」

　宇賀神は我が意を得たりと手を打つ。

「それはかまへんのや。いつまでも危険な生ワクに頼っておるのが問題なんは確かやからな。けどワクセンの頑張りを貶（おとし）めるなってことよ。戦い続けてきた歴史に触れんと自分たちだけいい子ぶるんが嫌いなんや。そういうとこはちいとも直らへんなあ、あっこは」

　若手として抜擢された実働部隊の樋口にはそんな宇賀神の鬱屈はよく理解できる。だが厚労省から派遣された日高（ひだか）事務長には、受注ワクチンの生産をこなし評価を上げることだけが関心事で他には興味はない。だがそんな日高事務長ですら今日の宇賀神には同情的だ。今春、浪速大の圧力で特別採用枠に押しつけられた特任教授が暴走し、有精卵を無断発注したというウワサが流れていた。そのための査問会議に張本人が遅刻してきた上に、こともあろうに女連れで現れたのだから無理もない。

　樋口は会議に堂々と遅刻してきた彦根を盗み見、背後の女性を見て眼を細める。

　宇賀神が彦根を気に入ったのは、彦根が浪速大学上層部で持て余されているフシがあったからだ。独法化の際に浪速大がワクセンに行なった数々の嫌がらせは直情径行の宇賀神を百万回激怒させても余りあるくらい酷いものだった。

　ワクセンこそ浪速大の独立不羈（ふき）の精神を体現した本流で、霞が関の出先機関に成り果てた浪速大はまがい物だと公言して憚らない宇賀神からすれば、浪速大の上層部から疎（うと）まれた彦根は、自分同様の硬骨漢に思えたのだ。

　だが樋口は彦根を信頼していなかった。弁舌爽やかで論陣は派手だが、どこか地に足がついていない感じがする。まさに巧言令色鮮し仁、を地で行くような男だ。無断発注などというとんでもないことをやったと聞かされても、あり得ることだと思えてしまう。

　世人はそんな彦根を評してスカラムーシュと呼ぶ。そのあだ名がすべてを物語っているように思える。

　そんな涼しい顔をしていられるのも今日までだ。今回の企みが露見し、徹底的な吊るし上げを食えば化けの皮も剝がれるだろう。樋口は底意地悪い気持ちで、彦根への審問が始まるのを待ち構えていた。

　彦根が会議室にシオンを伴って入った時、水面下ではこんな想いが錯綜していたのだった。


　言いたいことを言い終えた宇賀神総長は正面を見据えた。両脇を副総長の樋口と事務長の日高が固めている。美人の誉れ高い広報担当は本日は不在だ。

　なるほど、叱責と問責を兼ねる会に広報は無用というわけだな、と彦根は合点する。

　宇賀神は彦根を睨みつけるといきなり怒声を上げた。

「最高運営会議の議決なしに勝手に有精卵を発注するなぞ、越権行為も甚だしいわな。君もそう思うやろ？」

「ええ、思います。でもこのタイミングで動けば日本を救えるという、大局的な見地に立って差配しました」

　宇賀神は眼を細め、しゃあしゃあと答えた彦根をまじまじと見た。そして隣の樋口に言う。

「おい、樋口の読みは外れたな。言い訳するのか思うたらいきなりゲロしとるで」

　樋口は面を伏せた。宇賀神は滔々と続ける。

「潔く認めたまではなかなか清々しくてよろしいが、だからというて見逃すわけにはいかへんで。そもそも彦根クンの言うことはわけがわからへんことがようけあるけど今回は特にそうや。俺にとっては日本の未来を救うなんて大それたことより、このワクセンをきっちり運営することの方が重大事でな」

「あれ、そうだったんですか？　僕はてっきりワクセンの運営は日本のためだと思っていたんですが、どうやら総長を買いかぶっていたようですね」

　宇賀神はぐうの音も出ない顔になる。この人は何でもすぐに顔に出るから御しやすいな、と彦根は思う。宇賀神はてかてか光っている禿頭をつるりと撫でた。

「今のは失言や。俺も日本のために働いてる。お詫びにほれ、こうして頭を丸めて、一から出直すつもりや」

元々丸めているクセに食えないジジイめ、と彦根は苦笑する。宇賀神は笑顔を吹き消した。

「でもな、だからこそワクセンをきちんと運営することが俺の本筋なのや。だから俺に背くヤツは成敗せにゃならん。その辺の理屈は彦根クンもわかるやろ？」

「もちろんです。トップがボンクラだと組織が腐る実例をイヤになるほど見てきましたから。みんな日本の未来のためと言いながら、自分の将来しか考えない下司な連中ばかり。願わくば総長は例外でありますように」

「今の発言は無礼です。撤回してください」

樋口のクレームを宇賀神は片手を上げて制する。

「かまへんかまへん。トップなんて悪口を言われてなんぼや。聞き捨てならんのは、日本の未来が危ういということや。そのあたりをきちんと説明してもらわんとな」

彦根は腕組みをして目をつむる。そろそろいい頃合いかな、とひと言呟いて目を開けると宇賀神を見た。

「僕がしたことを報告します。全国各地を巡り良質の有精卵を一日十万個、供給してくれる養鶏業者を見つけ、十月からの納入を依頼しました」

日高事務長がぎょっとして、尋ねる。

「まさか、ワクチンセンターとして、正式に依頼したわけではないでしょうね」

「もちろん正式な依頼であるはずがありません。ですが向こうはそう感じたかもしれませんね」

「つまり、彦根先生は独断で正式依頼とも取れるような思わせぶりな依頼をした、というわけですね」

抜け穴をふさぐように追及する日高事務長に、彦根はあっさりうなずいた。事務長は驚愕の表情を浮かべた。

「彦根先生の行動は、許しがたい越権行為です。実はあの依頼は冗談でした、なんてことになればワクセンの信頼はガタ落ちになってしまいます」

「確かに今さらキャンセルしたりしたら、大スキャンダルになってしまうでしょうね」

彦根は居直り強盗のような脅迫めいた笑みを浮かべる。そして後ろに控えたシオンに目配せする。

「シオン、先ほど届いた要望事項を映してくれ」

シオンは小型プロジェクターにスマートフォンを接続し、受け取ったメールを呼び出す。

「これは何や？」

「加賀・宝善町の養鶏業者、ナナミエッグに毎日十万個の有精卵納品を依頼したら、返ってきた要望事項です」

涼しい顔で答える彦根に、宇賀神総長は目を細めて丁寧な口調で尋ねた。

「なるほど。書類の出自はよくわかったけれど、その前にひとつお聞きしたいことがあるのや。一日十万個の有精卵ゆうと、三カ月で九百万人分のワクチンに当たるが、そんな大量発注を誰がしてきたのや」

「今冬、そうした状況になると予想されますので、それを見越しての依頼です」

「だから、その発注者は誰や、と聞いとるのや」

テーブルを拳でバンバンと叩いて激高する禿頭の宇賀神を見据え、彦根は低い声で言った。

「宇賀神総長は、今春のキャメル騒動をお忘れですか」

宇賀神も声を低める。

「忘れるわけないやろ。浪速が破綻しかけたおかげで、四国まで危機的状況が波及したのやからな」

「騒動の原因は何かご存じですか？」

「ＷＨＯ（世界保健機関）のパンデミック宣言に過剰反応した、小心な厚労省の木っ端役人の失態や」

「今、総長は厚労省のミスと指摘しましたが、世の中で総長と同じ認識を持ち合わせている市民は、果たしてどれくらいいるでしょうか」

「そんなん、ほとんどおらんやろ」

「ですから厚労省はこの春の失態を覆い隠すべく今冬、新たに浪速に仕掛けてくるのです」

「浪速に仕掛けるやて？　何をや」

宇賀神総長の問いに彦根は重々しい口調で答える。

「ワクチン戦争、です」

宇賀神は黙り込む。やがて口を開いた。

「突拍子なさすぎて、彦根クンの言うとることがまったく理解できひんけど、みんなはどないや？」

左右のお付きも首を振る。

「妄想より現実だわな。九百万人分のワクチンの発注元が存在しなければ自爆や。まずはそこんとこをはっきりさせてもらおか」

「正式にではありませんが内諾はいただいております」

宇賀神は苛々した口調を隠さずに問いかける。

「それは誰の内諾や」

彦根はうっすらと笑う。

「村雨弘毅（むらさめこうき）・浪速府知事です」

会議室に居並んだ三人の脳裏に、スーツ姿の浪速の風雲児の立ち姿が浮かんだ。その背後で彦根が人形師のように、糸を引いている様子が重なった。

波の音にカモメの鳴き声が混じる。

浪速に向かうフェリーの船上でシオンが尋ねる。

「今日の会議に、わざわざ私が出席する必要があったのでしょうか？」

終わってみればシオンがしたことといえば、メールをプロジェクターに映写しただけだったから、それは至極もっともな質問だった。

彦根が答える。

「もちろんさ。あの場にシオンがいなかったら僕の問責一色になっていた。そうしたら今回の流れにならず、後の展開は違っていた。あのやり取りで僕ひとりが動いているのではないと印象づけられたことが大きいんだ」

そう言った彦根はぼそりとつけ加えた。

「もっと重要なことは、僕にとっては、シオンが側にいてくれるだけで心強い、ということさ」

唐突な告白にシオンは思わず黙り込む。

海風が亜麻色の髪を乱した。頬の赤さを隠すようにシオンは海原に視線を投げた。


浪速港が見えてきた。海面にきらきらと太陽の破片が揺れている。フェリーを降りると埠頭の先端に車を止め、彦根は携帯を取り出す。

「アポが取れました。来週火曜日の午後二時に、極楽寺のワクチンセンター本部棟にてお待ちしています。この間の三名ですね。ドタキャンのお詫びに美味しいうどんをご馳走しますよ。では来週」

電話を切る。埠頭から光り輝く海原を見ながら、シオンが呟くように言う。

「彦根先生を見ていると不思議な気持ちになります。先生がタクトを振ると張り子の虎に実体が伴い始める。まるで、あやつり人形に命を吹き込んでいるみたい。私も彦根先生の人形の一体なんでしょうね」

「バカなことを言うな。もしシオンが側にいなければ、僕は自分を支えられないだろう」

彦根はシオンの薄い肩を抱き、耳元に囁きかける。

シオンはぽつんと言葉を足元に落とす。

――ずるい人。

汽笛が鳴った。シオンの想いは汽笛にかき消され、彦根の耳には届かなかった。

スポーツカーは府庁舎の地下駐車場に滑り込む。かつてシオンは浪速地検特捜部が押収した厚生労働省の関係資料を解析しに通ったので勝手知ったる建物だ。

車を降りながら彦根がぼやく。

「どうしてお偉いさんは会議を開くタイミングが一致するのかな。ヒマな時はまったくお呼びがかからないのに、今日は絶対に外せないワクセンと府庁上層部会議がバッティングするんだもんな」

「それはきっと、先生の日頃の行ないが悪いからではないでしょうか」

「僕に嫌味を言うなんて、シオンも強くなった」

うっすら笑みを浮かべた彦根と無表情なシオンは、エレベーターに乗り込み最上階五十五階のボタンを押した。

府知事応接室は五部屋あるが、すべての部屋が埋まることも多い。だが今日は一日来客を断り浪速地検特捜部の鎌形（かまがた）副部長と会談していたと、紅茶を運んできた秘書が告げる。彦根とシオンは窓際に並んで、高層階の窓から沈みゆく夕日を眺めていた。

夕日が大地に呑み込まれ、赤い残照が部屋を照らし出す中、村雨府知事が現れた。背後に貧相な中年男性と黄金のモヒカン頭の若者が従う。彦根が会釈すると村雨府知事と二人はソファに座った。同席したのは浪速検疫所紀州出張所の検疫官、喜国忠義（きくにただよし）と部下の毛利豊和（もうりとよかず）だ。今春、浪速を襲った人災・キャメルパニックを収束させた陰の功労者で、村雨府政が目指すカジノと医療による独立国家建設という日本三分の計の一端を支える股肱（ここう）の臣だ。その喜国と村雨を結びつけたのも、実は彦根だった。

「有精卵、一日十万個の目処がつきそうです」

彦根の報告に喜国はほっとした表情になる。

「これで今冬、厚生労働省が画策していると想定される官製パニックを回避できます」

「この情報、極秘扱いにした方がいいんでしょうか？」

村雨の問いに、喜国が答える。

「情報が漏れても問題ありません。かと言って積極的に漏らす必要もありませんが。もしこの件が漏れるとしたらワクセンからの可能性が高そうですね、彦根先生？」

冴えない風貌とうらはらに喜国の言葉は明晰だ。ワクセンに対する分析を耳にして、彦根は首を振る。

「あそこは宇賀神総長の下、一枚岩ですから情報は漏れないでしょう。それより問題は浪速府がワクセンに発注を掛けてくれるのかという保証です。ワクセンの首脳会議で吊るし上げられましたが、依頼者が村雨知事だと知らせたら、たちまち収まりました。でもここでハシゴを外されたら、さすがの僕も保ちませんね」

「私が暗殺でもされない限り、約束は守りますよ」

　村雨流のジョークらしいが、誰も笑わない。村雨の存在が中央から好ましく思われていないことは、日本中誰でも知っている。憎まれていると言ってもいい。なので非合法手段が検討されていても不思議はないのだった。

　彦根は重苦しくなった場の空気を和らげるように言う。

「これで村雨さんにおねだりして浪速大に寄付講座を作ってもらい、教授に任命してもらった恩返しが多少なりともできたかな、という感じですね。もっとも、本腰を入れて恩返しするのはこれからですけど」

　彦根に言われて村雨は微妙な表情になる。ワクチン絡みで浪速を攻撃される可能性があるから、先手を打つために浪速大に潜入する手段として寄付講座を作ってほしいという要望には、浪速大に構築されるＡｉ（エーアイ）センターへの牽制もあるはずだ、と村雨は嗅ぎ取っていた。その意味では村雨は彦根を裏切っていた。鎌形の要請を受けて、浪速大Ａｉセンターを法医学主導の枠組みにすることに同意してしまったのだ。しかもその動きを裏で糸を引いていたのが彦根の宿敵である警察庁の斑鳩（いかるが）だった。彦根が最も力を入れているＡｉ絡みの件で裏切ったということに、村雨は疚（やま）しさを感じ続けていたのだった。そんな村雨の微妙な表情の変化には気がつかないように、彦根は淡々と射る。

「とにかく、村雨さんが約束通りの公約を議会で発表してくだされば僕のハリボテの外枠は完成するので、あとはせっせと中の詰め物に励みますよ。取りあえず、喜国さんの先見の明が実を結びそうなのは、慶賀に堪えませんね」

　彦根に褒められた喜国は黙って頭を下げる。所詮自分は彦根が操る人形の一体にすぎないのだ、と自覚はしている。だが喜国はあえて彦根に反発しようとはしない。

　もともと彼はスカラムーシュの手によって浪速の龍の背に乗ることができたのだから。

08　洗礼

6月23日（火曜）

棚に置かれた加賀風狂子の歌集を読み始めた時、携帯が鳴った。教授の歌集を読もうとするとなぜか必ず邪魔が入る。でも今回は、そろそろ電話があるとわかっていた。雑誌を読んでいた拓也は顔を上げ、ソファで居眠りしていた誠一は目を開け、あたしの手元の携帯を見つめた。電話に出たあたしは口元を押さえ、一言二言やりとりする。通話口を押さえて振り向くと誠一に言った。

「来週の火曜午後二時、ワクチンセンターに来て欲しいんですって。誠一は空いてる？」

誠一は頭も上げずにOKサインを出す。拓也が言う。

「俺には予定は聞かないのかよ」

「そうだったわね。拓也はどう？」

拓也は手帳を取り出しぱらぱらめくる。ほとんど白紙のくせして咳払いして、もったいぶって返事をした。

「ラッキーなことに、俺もたまたま空いているな」

「じゃあ、火曜午後二時で決定ね」

あたしは答えを告げて電話を切る。誠一が身体を起こすと伸びをして、さあ、忙しくなるぞ、と言った。


翌日。あたしは拓也とB棟二階の第七小講義室に並んで座っていた。文学部のあたしと工学部の拓也に縁が薄い教室には獣医学部一年生の初々しい顔が並んでいる。そんな彼らに講義しているのは白衣姿の誠一だ。よどみなく喋る姿にはすでに講師クラスの落ち着きを感じるけれど、実態は風邪で倒れた講師の代打にかり出された六年生だ。授業後に打ち合わせをするついでに誠一の講義姿を拝もうと思ったのと、講義の内容が鳥インフルエンザについてというので聴講する気になったのだ。

「鳥インフルエンザは人畜共通病原体でヒトにも感染します。永久免疫が出来る疾病と違い何度も繰り返し罹るのは、抗体が認識する抗原が変化するからです。抗原変化には大規模なものと小規模なものがあって、小規模なものは小変異＝アンチジェニック・ドリフト、大規模なものは大変異＝アンチジェニック・シフトと呼びます。大変異は異なるRNAを持つ二種類以上のウイルスが同じ細胞に同時感染した場合に起こり、新しい亜型が生じるため従来の抗体が効かずパンデミックになるのです」

さらさらとノートを取る音が響く。大学院生になって、とうに忘れていた緊張感が蘇る。

「交通網が発達した現代では防疫も様変わりしています。それでも国内にない感染症はシビアに対応すれば芽を摘むことができます。日本は鳥インフルエンザの汚染国ではないため、感染が判明すると鶏舎ごと〝処理〟して水際防疫をしているのです」

手塩にかけて育てたニワトリを自分たちの手で埋めなければならなかったあの日。十五年も前なのに、今でもその光景がまざまざと蘇る。

チャイムが鳴った。学生たちがぞろぞろ立ち上がり、教室はたちまち空っぽになった。黒板拭きで板書を丁寧に消しながら誠一は、背後に座っている、居残ったあたしと拓也に言う。

「他学部の講義をわざわざ聴講しにくるなんて、大学院生ってよっぽどヒマなんだな」

「はい、鳩村先生、質問があります」

指先を伸ばして手を挙げる。誠一は肩をすくめる。

「聞きたければ、そんな芝居なんかしないでとっとと聞けばいいだろ、まどか」

「鳥インフルエンザに対するワクチンはないんですか」

誠一は「ワクチンはあります」と答える。

「ではなぜ、養鶏農家に供給されないのでしょうか？」

思わず急き込んで尋ねる。ワクチンを打っていれば、あのナナミエッグの悲劇は免れたかもしれない。

誠一は冷静に答える。

「その理由は、日本が鳥インフルエンザの汚染国ではないからです」

「でも、汚染国であろうとなかろうと、ワクチンを打つことはできるはずでしょ」

誠一は吐息混じりに言う。

「そのあたりは僕なんかよりもずっと、まどかの親父さんの方が詳しいから、直接聞いてみるといい」

何だか急に突き放された気分になった。だけど、改めて突っ込もうという気にはならなかった。

何しろこれから、火曜のワクチンセンター再訪に向けて、要望事項の中身を詰めておかなければならないのだ。それはまったなしの本番だ。そんなわけであたしたち三人は講義室を出て、勇躍、研究室へ向かった。

テーブルの上には今や有精卵プロジェクトの重要な行程表と化した模造紙が広げられている。

「復習しよう。必要なのは孵卵器、有精卵の成育状況を確認する作業、新鮮な有精卵を傷めずに搬送することの三つだ。どれひとつ欠けても失敗する。この中で今考えられるのは搬送についてだ。今、ナナミエッグが使っている運送会社はどこだい？」

「フクロウ運輸よ」

やっぱり大手か、と誠一が渋い顔になる。

「細かい注文に対応してもらうには小回りが利く中規模の運送会社がいいんだけどな」

「フクロウ運輸を代えるのはムリよ。うちの八十万個のタマゴを毎日運んでもらっているんだから」

拓也が援護してくれる。

「うちみたいにトラック十台規模の零細だとナナミエッグの業務は全社挙げて対応しても難しいだろうな。フクロウさんに任せればたぶん何とかしてくれるよ」

パパが拓也のお父さんに業務委託しないのは、ビジネスと友情を峻別しているからだろう。

「有精卵の運送は普通じゃ済まない予感がするけど」

「大丈夫さ。何ならお急ぎクール便を使えばいいさ」

拓也の言葉に、誠一は苦笑する。

「ワクチン製造のために有精卵は生きたまま届けないといけないから、クール便はアウトだね」

「それならヒーターを搭載すればいいんじゃね？」

「それだけでもダメなんだ。夏場用には今度はクーラーも必要になるんだから」

「それなら保冷車と保温車を二台並べて走らせるしかないのか。まあ、本当にいざとなったら、今ワクセンが使っている業者に頼めばいいだろう」

さすが運送会社の跡継ぎだけあって、関連の話題になると拓也の指摘は適切だ。

だが誠一はそれでも不安そうだ。

「ひとつ気がかりなのは、これまでワクセンは有精卵を半径五十キロ以内の養鶏場から調達していて、長距離搬送は今回が初めてらしいということだな」

あたしは別の観点で驚いて尋ねる。

「そんな都合良く、周りに養鶏場があったわけ？」

「逆だよ。良質なタマゴを供給できる土地にセンターを建設したんだ」

あたしは呆然とする。ワクチン製造における有精卵の重要性を少し軽く考えていたようだ。

「それならどうして、ワクチンセンターからわざわざこんな遠くまでタマゴを探しに来たんだよ」

拓也のその質問は素朴だけど本質的で、あたしの疑問とぴったり重なった。誠一も腕を組む。

「そのへんは僕にもよくわからないな。ナナミエッグの品質を見込まれたのかもしれないね」

褒められて嬉しいけど、そのためだけに五百キロも離れた加賀までわざわざやって来るのはかなり不自然だ。

「でも今回の交渉が決裂したら、企画自体がぽしゃるから搬送については最後でいいか。まずナナミエッグ内部の問題を徹底して詰めるのが先決だな」

それもそうだ。今度は拓也が質問する。

「センター仕様の選別機の開発は大丈夫なのかよ？」

「パパはそういう工夫が大好きだから、きっと何とかしてくれると思う」

「そうすると今日話し合えるのはここまでかな」

誠一が模造紙を壁に貼り直すと、拓也はにやにや笑う。

「それにしても、珍しく誠一は張り切ってるよな」

「そうかなあ。いつもと変わらないと思うけど」

「いや、いつもはもっとクールだぜ。やっぱ憧れの女性がいると力が入るんだねえ」

「何だよ、それ」

「広報の真崎さんにいいところを見せたいんだろ？」

誠一は真っ赤になって、拓也をにらみつけた。

「バカ言うな。あの女性は、僕らより年上だぞ」

「関係ないさ、愛があれば年の差なんて、だろ」

拳を振り上げた誠一から逃げるように、拓也は部屋から姿を消した。残されたあたしまで、にやにやしているのを見て、怒った誠一は部屋を出て行ってしまった。


いつもより早く帰宅したあたしは、久し振りにパパと夕食を共にした。中学までは毎日一緒に食べていたけど、高校で弓道部に入り帰りが遅くなるとパパはひとりで済ませるようになった。大学生になって生活が一層だらしなくなると、朝食を一緒にとる回数も減った。

そんなあたしが、久しぶりに晩ご飯を作りパパの帰りを待っていた。夜七時二十五分かっきりに家に戻るのは、小学校の頃から狂ったことがない。生き物の面倒を見る時はコンスタントに対応することが重要で、そのためには規則正しい生活が基本だというのがパパの口癖だ。

——連中が口がきけない分、こっちが気持ちを読み取ってやらなくちゃいけないんだ。

パパはニワトリにしたように、あたしの心も読み取って放任してくれていたのかもしれない。

ばたん、と玄関の扉が閉まり、どかどかと廊下を歩く音に続いて襖が開く。ぼさぼさ頭のパパがのそりと入ってきた。卓袱台の前にあぐらをかくと、こいつはうまそうだ、と両手を合わせ、「いただきます」と言うのもそこそこにすごい勢いで食べ始める。無口なのはおいしい証拠だ。中学まであたしが夕食を作っていたけど、おいしいときは黙って食べ、まずいと口をきいてくれなかった。黙るのと口をきかないのは同じだろうと思うかもしれないけれど、一緒に食卓を囲んでいるとそのふたつは全然違うということを感じる。

　そんなパパを見ているうちに、幼い日の食卓の様子を思い出した。夕食を終えると帳簿の確認のために事務所に戻ったり、拓也のお父さんと飲んだくれたりする。幼いあたしはさみしい思いもしたけど、今ではそれが必要なことだったのだと理解している。

　お茶を飲み干すと両手を合わせ、ごちそうさまでした、と言って立ち上がる。半分も食べ終えていないあたしは、パパに質問する。

「どうしてウチは鳥インフルエンザのワクチンを打たないの？」

　突然の質問に、パパは上げかけた腰を下ろした。

「打たないんじゃない。打てないんだ」

「でも、ワクチンはあるんでしょう？」

「打てないんだから、ないのと一緒だ」

「あるなら打てばいいのに。ニワトリにとっていいことなら何だってやる、というのがパパのポリシーのはずなのに、おかしいじゃない」

　パパは立ち上がるとあたしを見下ろした。頭を叩かれるかと思った。小学生の頃、行儀が悪いと問答無用で叩かれたけど、中学生になってからは叩かれなくなった。

　パパは物を投げつけるような口調で言った。

「何と言われようとも、無理なものは無理なんだ」

　部屋を出ていくパパの荒々しい足音が、ひそやかな悲しみが混じっているように聞こえたのは、あたしの気のせいだったのだろうか。

　二十三日、火曜の午後。野坂研の三人は極楽寺の駅前広場にいた。彦根先生は、急用で今回も会えないと直前になってメールしてきた。がっかりした気持ちを見破られないように、あたしはわざとはしゃいだ振りをした。

国道をたどる。二度目だと風景が違って見えるのは不思議だ。時々すごい勢いで車が通り過ぎていく。その側を白装束のお年寄りがあたしたちを追い抜いていく。あれはお遍路さんだよ、と誠一が教えてくれた。近くに札所があるらしい。やがて見覚えあるビルが現れた。極楽寺では一度見たら忘れられないワクチンセンターだ。

受付を済ませると建物の入口に女性のシルエットが見えた。真崎さんもあたしたちに気がついた。

「今日のお客さまって、あなたたちだったのね。この前とグループ名が違うから気がつかなかったわ。副総長がお待ちです。お部屋にご案内します」

エレベーターに乗り込むと、誠一は視線をまっすぐ真崎さんの横顔に注いでいた。


最上階で事務長の日高さんにあたしたちを引き渡すと、真崎さんは下に降りていく。閉まる扉を目で追った誠一は、気を取り直して事務長に挨拶する。

「加賀大学野坂研の鳩村です。そして名波と真砂です」

日高事務長は眼鏡をずりあげ、上目遣いに誠一を見た。

「今日はナナミエッグの方がお見えなのでは？」

誠一はあわててあたしを前に押し出した。

「うっかりしていました。代表はこちら、ナナミエッグの広報担当、名波まどかです」

「広報担当さんですか。てっきり実務担当の方がお見えになるかと思っていました」

誠一はあたしを見る。ここはあたしの出番のようだ。ままよ、とあたしはにっこり笑う。

「ナナミエッグは従業員百人の零細企業なので、広報担当も実務に関わっているんです」

ウソではない。正確でもないけど。日高事務長に通されたのは、この間の広々とした会議室だった。

「ここからは金比羅港と金比羅湾が一望できるんです」

自慢げに言う事務長に、誠一が相づちを打つ。

「こんな見晴らしのいい部屋で会議をしたら、いいアイディアが生まれるでしょうね」

背後から「そんな風に言えば、石頭の総長を説得できたかもしれないな」と低い声が響いた。振り返ると白衣のポケットに両手を突っ込んだ、角刈りの男性が立っていた。名札をちらりと見て、この人が樋口副総長だ、と認識した。あたしは代表して名刺を手渡し、ちらりと後ろを見る。

「彼らは付き添いなので名刺はありません」

「みなさんはナナミエッグの社員なんですか？」

　考えてみれば実におかしなグループではある。誰一人、ナナミエッグの正規社員ではないのに、こうしてあたかもナナミエッグを代表しているかのような顔をして、依頼先の研究所を訪問したりしているのだから。

「あたしは父が社長を務めるナナミエッグで広報をしていて、来春卒業予定の院生です。こちらは同じ研究室で『加賀の地場産業振興の新展開』というテーマに取り組んでいる真砂君と鳩村君ですが、今回の仕事がテーマになるのではないかということで同行してくれました」

　行き掛かり上、こう言うしかない。

「このプロジェクトを大学院生の研究課題に、ねえ」

　冷ややかな響きを感じた気がした。学生の研究なんて、遊び半分と思われたのかもしれないと思い、問題あるでしょうか、とおそるおそる尋ねた。

「総長は目新しいことが大好きなので大歓迎です」

　角刈りのせいか厳めしい表情に見えた樋口副総長の目が優しく笑った。その答えを聞いてあたしはほっとしたついでに、心の片隅に引っかかっていたことを尋ねる。

「今日は彦根先生はいらっしゃらないんですか」

　樋口副総長の顔が一瞬歪んだように見えたが、すぐに取り澄ました顔に戻る。

「行き違いで浪速に向かわれました。くれぐれもよろしくと言付かっております」

　ささやかな期待が一気にしぼむ。ぼんやりしたあたしに副総長が言う。

「それでは早速プレゼンを拝見させてください」

　拓也が設計図用の筒から取り出したのは野坂研で書き込みをした模造紙だ。パワーポイントのスライドにすべきだという誠一に珍しくあたしが反対した。

　この模造紙の企画書は見ているだけで楽しいから、そのまま見せたいの、と言ったあたしに誠一は頑強に抵抗したけれど「ナナミエッグの企画の最終決定権はまどかにあるだろ」という拓也のひと言で決着がついたのだ。

　広げた模造紙を見た樋口副総長は目を輝かせた。

「この企画書は面白いね。議論の跡が見て取れるから、素人さんのワクチンに対するイメージがよくわかる」

　あたしは勝ち誇って誠一を見た。それまで誠一の案を却下した自分の判断が正しかったのか自信が持てなかったのに、現金なものだ。肩をすくめた誠一は全面降伏の体だが、目配せをして説明を始めろと促した。

　あたしは樋口副総長の目を見ながら切り出した。

「ナナミエッグでは、病気の感染を防ぎつつ自由をニワトリに与えるという矛盾した試みをナナミ式自由鶏舎で解決しました。この清潔レベルならワクチンセンターの希望される無菌状態の有精卵が供給可能です。では現状における問題点を鳩村から説明してもらいます」

バトンタッチした誠一の説明は、あたしよりもずっと堂々としていて、ナナミエッグにおける検卵から納品までの過程を先日のセンター見学を踏まえた上で理路整然と展開した。話を聞き終えた樋口副総長は言った。

「よく練られたプランですね。ワクセンはナナミエッグの要望に添って孵卵器の導入、有精卵の生産に対する支援など、可能な限りのことはしたいと思います」

拍子抜けした。四億円近い巨額支援を二つ返事で引き受けてくれるなんて太っ腹すぎて現実味がない。

「どうしてこんなにあっさりと、巨額の支援をOKしてくれるんですか？」

樋口副総長はきょとんとした顔をした。援助してくれというから応じたのに、なぜ援助してくれるんだ、と聞き返されては啞然とするしかないだろう。しくじった。相手が無条件で呑んでくれたのに、正気に戻ったら撤回されちゃうかも。

ばか、ばか、あたしのばか。

落ち込むあたしに、樋口副総長は答える。

「ワクセンは良質なワクチンを供給するために国家から手厚く支援されています。ですので事業で得た収益は、ワクチンの質を高めるために還元するべき、というのが総長の方針なのです。良質なワクチンを担保するには、良質なタマゴが必須です。より良いタマゴを供給してもらうための支援は惜しみません」

頰が上気する。樋口副総長は口調を変えた。

「というのは半分はジョークです。いくらワクセンが他施設と比べれば資金が豊かとはいえ、業務提携をこれから始めようという会社にこんな多額の資金供与なんてできません。種明かしをすれば、廃業した業者の孵卵器をたくさん引き取ってあるので、そうした中古品をそちらに回そうかと考えているんです」

そうか、その手があったか、と力が抜けた。それでも中古品を大量に保管できたのは広大な敷地があるゆとりのおかげで、結局ワクチンセンターの豊かさ故だろう。

「でも当然、すべての要求には応じられません。搬送に関しては当センターが使う業者は四国に拠点を持つ運送会社ですので貴社には対応しかねます」

「わかりました。搬送に関してはこちらで対応します」

　樋口副総長は言いにくそうにしていたが、心を決めたように言う。

「実はもうひとつ、懸念材料があります。今回、御社に確認したら社長の名波氏はこの依頼に反対していると伺いましたが、それは本当ですか？」

　口ごもったあたしは、意を決して言った。

「社長がこのプロジェクトに反対しているのは事実です。ひとりでも多くの人に美味しいタマゴを食べてもらうために父と亡くなった母が、二人で作った会社ですので、社長はその理念を守ろうとしているんです」

　言い切ったあたしの中で忘れていた過去がフラッシュバックした。

　幸せ一杯だった一家を災厄が襲った。鳥インフルエンザの汚染、第一ファームの廃棄処分。その半年後、気がついたらママは病魔に蝕まれていた。パパがいない時に幼いあたしを枕元に呼んで、ママがいなくなったら、パパを助けてあげてね、と言われた。悲しかったけれどあたしはうなずいた。ママはあたしの頭を撫でてくれた。その手からは薬の匂いがした。一カ月後、ママは亡くなった。

　鼻の奥がきな臭くなる。涙が出る前兆だ。親の敵みたいに副総長をにらみつける。怒っているんじゃないんです、こうしないと涙がこぼれてしまいそうなだけなんです、という言い訳すらできそうにない。口ごもったあたしに樋口副総長が助け船を出してくれた。

「ワクチン製造のため有精卵を作ることは、食べるためのタマゴ作りと趣旨が違うから、名波社長は反対されているのですね」

　あたしは洟をすすってうなずく。

「あたしはこのプロジェクトを成功させたいんです」

　鼻の奥のきな臭さは、いつの間にか消えていた。

「いろいろな人の意見を聞いて考えました。見方を変えれば受け入れてもらえるんじゃないかと思い、社長を説得もしました。本心から納得はしていませんが、きっと社長も最後には賛成してくれると信じています」

「あなたは社長に、この世界を生きていく上で大切な、妥協ということを教えてあげたんですね」

　首を振る。違う、あたしはそんなに偉くない。

「妥協ではありません。ナナミエッグの経営が厳しく、このままでは人員削減をしなくてはならなくなるので、ナナミエッグの未来をあたしに託したんです。これは妥協ではなく新たなる選択なんです」

樋口副総長は、言葉を聞き遂げると腕組みをほどく。

「現状は理解しました。当方は、有精卵を期日内に希望数だけ納入していただければ差し支えありません」

ほっとすると同時に突き放された気分になる。でもビジネスとは結局、何かを切り捨てながら前に進むものなのかもしれない。樋口副総長はカレンダーを見て言う。

「こちらも断られたら他を当たらなければいけません。六月いっぱいに正式回答をいただけると助かります」

あたしは期限を胸に刻み込む。あと一週間。ほとんど時間がない。樋口副総長の口調が明るくなる。

「せっかくなので所内見学をしていきませんか？　実際にタマゴがどう扱われるか、ご覧になっておいて損はないと思いますよ」

海が見えない方の会議室で宇賀神総長は目を閉じて、音声モニタから流れる会話に耳を傾けている。

隣にはヘッドフォンを外した彦根が佇んでいる。

「総長が横槍を入れたせいで、彼らとの約束をまたドタキャンしてしまいました。これで二度目です。でもこれでこの件は僕が裏で糸を引いているだけの底が浅い企画ではない、ということはご理解いただけましたよね」

宇賀神は渋面で、モニタ音源を切る。

「こんな仕切りにするんも、仕方ないやろ。あの場にキミがいたらキミの独演会になるだけやからな」

彦根は微笑して言う。

「まあ、総長のおっしゃる通りかもしれませんね。ところでいかがでしたか、ナナミエッグの印象は。なかなか有望でしょう？」

「確かに面白い。そやけどビジネスパートナーとしては、この嬢ちゃんはちと未熟すぎるわな」

「僕も彼女を高く評価しているわけではありません。ただ素質はありますし、何よりバックに加賀で名を馳せた名波氏がいます。最後には彼が出てくるでしょう。いずれにしても新たな有精卵の供給元を見つけなければ増大するワクチン需要に対応できなくなる。良質なワクチン供給のためを思えば、良心的な業者であるナナミエッグへの先行投資は安いものでしょう」

「せやけど肝心の社長が反対しているのがネックやな」

「ここは彼女の説得力に期待しましょう。日本三分の計の成否もこの企画次第ですから」

「政治絡みのことはよう知らん。俺が興味あるんはワクチン製造だけや。今の話を聞くと問題はあらかた解決したようやから、この先は安心なんやろ？」

「表面上はそうですが、本当の問題が露わになった時に彼女の真価が問われるでしょうね」

「彦根クンの話は相変わらず思わせぶりの上に意味不明やな。トラブルが見えているのに忠告せんということかな？　それって可愛い女の子に冷たすぎるんちゃうか」

「その程度の問題をクリアできないのなら、僕が組む相手としては不足だ、ということです」

「ほな、お手並み拝見というわけやな」

彦根は微笑する。

「まあそうなんですが、さすがに総長は高みの見物というわけにいきませんよ。企画がぽしゃったら浪速府庁からのオーダーに対応できなくなってしまいます」

「心配するなや。万一の場合には、今の契約先に有精卵の緊急増産一割増しを依頼するとこまで考えとるで」

宇賀神がむっとした表情で言うと、彦根はうなずく。

「総長のことは心配していません。一度信用した人間はとことん信用するのが僕のポリシーです。総長はどんなトラブルでも乗り越えるでしょう。でもひとつ歯車が狂ったら、すべて瓦解してしまう可能性も常にあるんです」

「そうならないように万全を期すのがシステム作りの醍醐味ってヤツやろ」

「この世に万全ということはありません。剥き出しの悪意を向けられたら、ワクセンも脆弱です。でも総長は施設の長としては珍しく現実主義者ですから、総長がご健在の間は大丈夫でしょう。ただし巨悪はあらゆる想定を凌駕(りょうが)してきますのでご用心を」

今から桜宮へ向かいます、と言った彦根はヘッドフォンを装着しながら、宇賀神総長を振り返る。

「そうだ、大切なことを忘れてました。学生たちにうどんをご馳走すると約束したのですが、総長のせいでできなくなってしまいました。できれば樋口さんあたりに代行していただけるとありがたいのですが」

「お安い御用や。うまい店に案内しとくわ。はるばる加賀からの賓客を歓待せな、ワクセンの名折れや」

彦根はにっと笑うと、姿を消した。

加賀へ戻る特急の車中。あたしはひとり、暗い窓硝子に映る自分の顔を見ていた。時々車窓をよぎる街の灯が硝子窓の上の肖像を儚く散らす。

「副総長ってすっげえいいヒトだな」

うどんの名店「遍路道中」でたらふくご馳走になりすっかりご機嫌の拓也が繰り返すと、誠一もうなずく。

「機械を見せてもらえてよかった。ワクセン仕様のトレーを導入すれば出荷できそうだ」

拓也と誠一がまったく別の内容を興奮気味に話すのを聞きながら、副総長の説明を思い出している。

有精卵を確認するステップは高度にハイテク化され、トレーに並んだタマゴに横から光を当て画像撮影し発育状態を判別、無精卵や発育不良のタマゴを排除する。極楽寺の納入業者は有精卵をそのまま納入し、ワクセンがこの機器を使い判別しているのだという。ただしナナミエッグは遠方なのでこのシステムを直接設置してもらいますと樋口副総長は言う。

誠一は、孵卵器問題も解決し、ほっとしていた。でも問題は山積みだ。ナナミエッグでは採卵したタマゴを扱う際、白衣にディスポの手袋とマスクを着けているけど、ワクセンにあったようなエアジェットと紫外線殺菌はない。誠一は実験室で慣れていて大丈夫だったけど、いきなり強いジェット気流を吹き付けられた拓也は動揺して触ってはいけないというところに触れて叱られていた。ナナミエッグの従業員は拓也以上の拒否反応があるかもしれない。そこまで考えて沈んだ気持ちになる。

さっき見学した光景が蘇る。検査が済んだ有精卵が向かう先はワクチンを接種する部屋だ。整然と並んだトレーが前進し、タマゴと同じ数の針が真上から降りてきてウイルスを注射する。軍隊の行進のように次から次へとウイルスが植えつけられていく。ナナミエッグ自慢の自由鶏舎では感染予防のためにあらゆる技術を投入している。でもここではそのタマゴにわざわざウイルスを感染させる。だがそんなことはまだ序の口だ。ウイルス接種されたタマゴは孵卵器に戻され二日後、本当の殺戮が行なわれる。隣の部屋でタマゴの頭部分を鋼鉄の刃で水平に一閃。少量の白身が飛び散る。帽子を取られたタマゴは行進し、断崖でつまずきひっくり返る。トレーごと傾け、ウイルスに溢れた白身だけ回収するのだ。

かしゃ、ぴしゃ、という音が耳の奥にこびりつく。

オートメ化された殺戮工程。

あたしは養鶏業者の娘だ。手塩にかけて育てたタマゴがウイルスに感染させられた挙げ句、惨殺される様を見せられて震えた。病気にならないように、あらゆる努力をして納品したタマゴがウイルス塗(まみ)れにされるなんて、絶対に許せない。それは本能的な拒否反応だ。

パパにこの事実を伝えること、そしてこの先どうすればいいのか、考え抜くことはあたしの義務だ。理性と感情がもつれあい、責任の重さに押し潰されそうになる。

特急列車は、行き先が見えないあたしの不安を乗せて闇の中を疾駆していた。

拓也と誠一を送って帰宅すると十二時近くになった。居間の灯りが漏れていた。早寝早起きのパパにしては珍しい。たぶんあたしの帰りを待っているのだろう。

車中で考える。問題はパパの気持ちではなく、あたしの決断だ。パパは大きな岩だから何があっても揺るがない。あとはあたしが自分で進むべき道を決めるしかない。

ハンドルに突っ伏していたあたしは、やがて顔を上げ、車から降りる。砂利を踏みしめる足音が夜の静寂を乱す。

駒を打つ音がした。居間の襖を細く開けると、パパは将棋盤を前に難しい顔をしている。仕事一筋のパパの唯一の趣味が将棋だった。新聞の棋譜を毎日並べるくらい熱心なファンで、小学生のあたしを相手にしようとしたこともあったけど一週間で諦めた。そのことは今も申し訳なく思っている。

極楽寺はどうだった、と盤面から顔を上げずにパパは尋ねた。ワクセンからの電話であたしの行動は筒抜けのはずだ。あたしは部屋に入ると卓袱台に座る。

「ワクチンセンターからの電話に、プロジェクトには反対だと言っちゃったんでしょ。おかげで大変だったわ」

「仕方ないさ。本音を伝えただけだ」

「そうね、美味しいタマゴを食べてもらいたくてママとナナミエッグを作ったんだもんね」

そうやって生きていければどんなに幸せだろう。でもパパが信念を通せばナナミエッグは潰れてしまう。有精卵プロジェクトを引き受ければ信念を枉げることになる。どっちに転んでもパパの気持ちは晴れない。パパは将棋盤に目を落とし小声で、雪隠(せっちん)詰めか、と呟きながら駒を打ち付ける。あたしの声が駒音を追いかける。

「パパは悪くない。時代が変わってしまったんだよね」

悲しくなって、パパの顔を見ずに立ち上がる。

「何だか疲れちゃった。今夜はもう寝るね」

パパは無言で、返事代わりに駒を打ち付けた。


翌朝。約束の期日まで六日。砂時計の砂が残り少なくなっていく。乾いた焦燥感が気怠い身体を包む。窓の外はほんのり明るい。耳を澄ますと砂利を踏む音がした。

パパは、一年中一日も欠かさず朝五時に養鶏場を見回る。生き物相手の仕事だから、が口癖だ。小学校の頃、家族旅行したいと駄々をこねた。子どものいない叔母さん夫婦が海に連れて行ってくれたこともあったけど、あたしはパパとママと一緒に行きたかった。たった一度、ささやかな夢が叶えられたことがあった。それは皮肉にも鳥インフルエンザでナナミエッグの第一ファームが全滅した直後のことだ。何も考えずに遊園地ではしゃいでいた幼かったあたしを、パパとママはどんな気持ちで見守っていたのだろう、と思うと何だか切なくなる。

毎朝見回りに向かうパパの足音をベッドの中で聞くと、ほっとする。あたしは着替えて外に出た。パパの後ろ姿に向かって走り出す。

足音に気がついたパパは振り返ると言った。

「どうしたんだ、こんな朝早く」

「社長がどんな風に養鶏場を見回るのか、広報としては見ておかないと、と思ってね」

昨日、樋口副総長に聞かれた時、養鶏場の細かい仕組みをあまり説明できなかったことが気になっていた。自分の足下も知らずに大役を引き受けるなんて、と非難されているように感じた。たぶんそれは被害妄想なんだけど、そう感じてしまったのは事実だった。

パパがどういう気持ちでニワトリと接しているのか、肌で感じたかった。第一鶏舎から見回り始める。中に入ると時間がかかるから、外から見るだけだけど、七つの鶏舎全部を見回るのに一時間半掛かった。毎日大変ねと言うと、パパは立ち止まって振り返る。

「珍しく殊勝なことを言うじゃないか」

パパは、ケージを見上げた。

「それでも昔よりずっとラクだ。昔はエサやりも糞の掃除も全部この手でやったが、今はコンピューター管理でオートメ化しているからエサやりも楽だし、自由ケージを開発したら掃除の労力も減った。でも誰より手の掛かるヒヨコが自分の足で立ってぴーちくぱーちく文句を言うようになったのが一番気が楽になったことかな」

パパはあたしの髪をくしゃっと摑む。その時、穀物サイロからさあっと水が流れるような音がした。時間になると穀物が自動的に鶏舎に流されるのだ。

「風邪が流行っているから鳩村さんに相談しないとな」

ニワトリだって風邪も引けばくしゃみもするということを教えてくれたのもパパだ。人間と同じで早期発見と早期治療が大切だ、とパパは説明した。あたしは意味がわからなくてきょとんとしていた。あれから十五年、あの頃より少しはマシな受け答えができるようになった。

「こんなたくさんの鶏が健康に育つなんて奇跡ね」

「ワクチンを打っているし、連中は根が真面目で呑みに出掛けて夜通し騒ぐような不摂生もしないからな」

「人間もこんな風にしてケージで管理すれば健康で長生きできるのかしら」

「そうだとは思うが、そんな人生は最低だな」

パパは笑う。ニワトリを見るパパの目は優しい。あたしはとうとう、ワクチンセンターで行なわれている現実について切り出せなかった。

六月二十五日木曜日。回答期限まであと五日。

あたしは「今日、結論を出すわ」と宣言する。拓也と誠一は黙ってうなずいた。何も聞かないのが彼らの優しさだ。

大学を出て、運転しながら考える。初めて彦根先生と会った時からいろいろなことがあった。世の中には相容れないことがある。それがはっきりしただけ。事務所に到着した。事務室では、珍しくパパがひとりで座っていた。あたしを見て、読み掛けの新聞を机に置いた。

「話があるの」

パパは立ち上がり応接室へ向かう。あたしも後に続く。あたしは立ったまま、ソファに腰を下ろしたパパを見つめる。息を吸い込み、硬い声で言った。

「先日、ワクチンセンターに見学に行ってきました。樋口副総長にお目に掛かって、設備投資に関しては全面的に支援してもらえることになりました」

パパは意外そうな表情をした。

「てっきり交渉は決裂したんだと思っていたよ」

「中古を融通してくれることになったの」

それはよかったな、パパは言った。あたしは続けた。

「でもあたしは、この依頼はお断りしようと思うの」

パパは目を見開いた。あたしは一気に話した。有精卵にウイルスを注射すること。ウイルス塗れの白身だけ取

り出して使うこと。そしてその光景が直視に耐えなかったこと。「胎児」は「処理」されるだけとい
うこと。

腕組みをして話を聞いていたパパは、ぽつんと尋ねた。

「この依頼を断ったらどうなるか、わかっているな？」

あたしはうなずく。でもタマゴがあんな風に殺される
なんて耐えられないと言うと、パパは深々と息を吐いた。

「わかった。一年後ナナミエッグを畳もう」

窓の外に見える第一ファームを眺め、ぽつんと呟く。

「ナナミエッグは、ママとまどかのために作った。ママは死んで、幼かったヒヨコは飛び立とうとしている。そろそろ潮時かな。三十年か、長いようで短かったな」

胸が締めつけられた。他に道はないのだろうか。でも、いくら考えてもワクチンセンターの光景に行き着くと思考が停止してしまう。気がつくと頬が濡れていた。

「決断したなら早く先方に伝えなさい。返事が遅れるほど相手に迷惑がかかるから」

パパの声が遠い世界から響いてくる。

「まどかの判断は正しい。ウイルスを植えてタマゴを殺すだなんて、そんなことはパパだって耐えられないさ。私たちは毎日、タマゴやニワトリが病気に罹らないように心を砕いているのに、納入先でそんなことをされたら心が引き裂かれてしまうよ」

あたしは泣き濡れた瞳を大きく見開いた。そしてパパの胸に顔を埋めた。パパはあたしの髪を撫でる。

「きっとママも、まどかと同じ気持ちだろう」

パパが身体を離すと、あたしはソファに座り込んだ。

その晩、パパと二人で食卓を囲んだ。腕によりをかけたスペシャル・ディナー。ハンバーグに野菜サラダ、ドレッシングはふきのとうをベースにした自家製。味噌汁は豆腐に油揚げ。そして、ゆでタマゴ。みんなパパの好物だ。パパは食事を平らげると、美味しかったと言って将棋盤に向かう。あたしは食器を洗う。

洗い物を終え居間に戻り、パパの側に正座した。

「明朝、電話を掛けて正式にお断りします」

パパは顔を上げた。口を開きかけたが、何も言わずに将棋盤に視線を落とす。ぱちり、と駒音がした。

ごめんね、パパ、と呟いて居間を出た。あたしは、涙と一緒にベッドにもぐりこむと、夢も見ずに深く眠った。

09　海坊主参上

6月29日（月曜）

　翌朝。眩しい陽射しが顔に差しかかり、目が覚めた。時計の針は十時を過ぎている。完全な寝坊なんて高校で夏の大会を終えて部活をやめた直後以来だ。

　居間にパパの気配はない。研究室に着くと、拓也と誠一がいた。送り迎えをすっぽかされた拓也はバスを乗り継いで登校したらしい。あたしは二人に言った。

「あのプロジェクト、止めたわ。今からセンターに電話を掛ける。二人に手伝ってもらったのに、ごめんね」

　拓也と誠一は首を振る。あたしは樋口副総長に電話を掛け、留守電にメッセージを吹き込む。

「名波です。先日はお世話になりました。温かいご配慮をいただきながら恐縮ですが、今回は辞退させていただくことにしました。いろいろありがとうございました」

　電話を切ると彦根先生の携帯に掛ける。やはり留守電に同じ言葉を吹き込んだ。ボタンを押し通話を終えると傍らの二人に、ああ、さっぱりした、と言った。

明るく軽く言ったつもりなのに語尾が涙で曇った。

「一週間ほど休ませてください、と教授にお伝えして。それと新しい課題が決まったらメールしてね」

　拓也はうなずく。誠一はあたしの肩をとん、と叩いて部屋を出て行く。あたしも後に続こうとして振り返る。

　拓也が、あたしを黙って見つめていた。

　パパとあたしの間には静かな時が流れている。あの決断した日から毎日、あたしは『たまごのお城』で売り子をしていた。朝晩食事は共にするけれど言葉は交わさない。読み掛けの小説が頭に入ってこないので、本を閉じた。砂利がきしむ音。窓から顔を出すとタクシーが停まっていた。胸が高鳴る。でもタクシーのドアが開いた瞬間、期待は砕け散った。タクシーから降りたのはお爺さんだった。彦根先生のはずないでしょ、と自分に言い聞かせる。タクシーが走り去り、残されたお爺さんはシルクハットをかぶり銀のステッキを片手にミュージカルよろしく調子を取ってこつこつと鳴らしながら、こっちに向かってやってくる。

からんからんというドアベルの音に、いらっしゃいませ、とあたしの声が重なる。シルクハットを取ってお辞儀すると、ゆでタマゴみたいな禿げ頭が眩しい。

「ここで新鮮なタマゴをいただけると聞いたんやけど」

「採れたてのタマゴを召し上がれます。加賀の特産米、蜃気楼とセットでタマゴかけご飯もできますよ」

ワクチンセンターの依頼を断ってから、内緒で始めた新メニューを勧めてみる。お爺さんは黒いシルクハットを膝に載せ、椅子にちょこんと座る。

「食事は結構。生タマゴをひとつ、いただきまひょ」

関西人かと思いながら、お盆にタマゴと小皿を二つ、醬油差しを載せて手渡す。お爺さんは百円玉を差し出すとタマゴを割って器に入れた。黄身をうっとりと眺めていたが、大口を開け、かぱっと流し込みごくりと飲み干す。ふう、と大きくため息をついた。

「立派な〝おタマゴはん〟でんな。手塩に掛けて育てたことが喉越しでわかりまっせ」

タマゴを褒められて嬉しくなる。百貨店のバイヤーかも。一旦そう思うと板についた関西弁も商人っぽいし、妙ちくりんなシルクハットも、相手に印象づけるには効果的に思える。

「おもろい店でんな。たまごの宮殿みたいや。そういう名前でっしゃろ？」

「ブッブー、残念、外れです」

「ほな、なんていう店かいな」

ちょっとお爺さんをからかってみたくなった。

「当ててみてください」

「たまごのホテル」

「ブー」

「たまご御殿」

「違います」

「たまご砦」

「全然ダメですねえ。何で当たらないかなあ」

お爺さんはぽん、と手を打つ。

「わかった。たまごやなくてエッグや。エッグパレス」

「いいえ。たまご、という言葉が入っています」

お爺さんは考え込む。そして「残念やけど降参や」と、両手でシルクハットを高く掲げた。

あたしはからかうような口調で言う。

「あら、もう諦めてしまうんですか。当たったら、もうひとつタマゴをオマケしようと思ってたのに」

「なんやて、ちぃと待ってや」

粘ること五分、結局音を上げ、シルクハットを頭上に掲げる。そしてあたしをじろりと見た。

「お嬢ちゃん、俺がぼけてる思うて、ズルしたやろ？」

「失礼ね。そんなこと、しません」

「ほな、答えを言うてみいや」

「正解は『たまごのお城』です」

「やっぱりや。最初に言うたヤツやないか」

「言ってません」

「いや言うた」

「タマゴにかけて言ってません」

頬を膨らませたあたしと腕組みをしたシルクハットのお爺さんの視線がぶつかる。二人は同時に噴き出した。

「強情なあまっこやな」

「その言葉、熨斗をつけてお返しします」

売り言葉に買い言葉のように答えながら、あたしは生タマゴをもう一つ差し出した。

「でもひょっとしたらあたしが正解を聞き漏らしたかもしれません。ですのでこれで三方一両損です」

「これではそっちは丸損で、こっちは坊主丸儲けや。全然三方一両損になってへんがな」

「細かいことは気にしないこと。でないと、その立派なシルクハットが泣きますよ」

「わけわからんが、せっかくやからご馳走されとこか」

お爺さんは上を向くと滑らかな手つきで片手でタマゴを口の中に割り落とし、飲み干した。

「ここのタマゴはほんま絶品や」

お爺さんの見事な食べっぷりを眺めていると、何だかあたしまで幸せな気分になってきた。

「ところで、こんなところにわざわざいらっしゃるなんて、何か用事があるんですか？」

お爺さんは人を食った答えをする。

「いいや、これは趣味や」

「趣味？　何がですか？」

「養鶏場を巡って、採れたてタマゴを食べることや」

変わったご趣味ですこと。商売絡みでないとすると不思議に思えるけれど、これくらいの年になったら、何でもアリなのかもしれない。

「全国の養鶏場を訪ね歩いているんですか？」

「せや。けど年なんで訪ね歩きとはちゃうで。もっぱらタクシーや電車を使うとるわ」

おのれ、クソジジイめ、揚げ足を取りおって。

あたしはとりあえず一番気になったことを尋ねた。

「ウチのタマゴはどうでした？」

「さっきも言ったが、喉越し絶品や」

「それって高い評価ですか？」

「高いも高い、最上級や」

「じゃあ、もうひとつサービスしちゃおうかな」

嬉しくなってそう言うと、お爺さんは両手を振る。

「あかん、これ以上ご馳走になったらこの後、フェアな交渉ができひんようになってまうで」

お爺さんをまじまじと見つめた。やっぱりビジネスか。何だかあたしは騙された気分になったけれど、お爺さんがシルクハットを頭上で上げ下げしているのを見ているうちに、どうでもよくなってしまった。

「ナナミエッグにご用ですね。社長にご案内します」

お爺さんはまた両手を振る。

「いや、社長はんやない。会いたいのは広報はんや」

「え？　ウソでしょ？」

あたしは絶句した。お爺さんは憮然として言う。

「なんで俺がウソを言わなあかんのや」

改めてお爺さんを観察する。服装はきちんとした背広の上下だし、ネクタイのセンスだって悪くはない常識人だ。あ、シルクハットに銀のステッキはちょっと浮き世離れしすぎているから、やっぱり常識人は取り消し。

ただし、少なくともちょっと見た目は危険人物ではなさそうだ。でも話がちぐはぐで妙ちくりんすぎる。

どうしよう……。

「売り子はん、はよ広報はんを呼んでえな」

ここでバイトをしていて初めて呼ばれた、売り子はん、という言葉の響きが、舞子はんみたいで、思わず笑ってしまった。その瞬間、あたしは笑顔で決断した。

「それ、あたしです」

「なんやて？」

「ですから、あたしが広報担当の名波まどかです」

シルクハットを上げ下げしていた手が、頭にシルクハットを載せたところで止まる。姿勢を正して会釈をするあたしを見つめたお爺さんは、シルクハットを取った。

「ほう、お嬢ちゃんが広報さんだったとはねえ。これはこれは。初めまして」

今度はあたしが質問する番だ。

「あの、どういったご用件ですか」

「実は私、極楽寺から来ましてん」

予期せぬ答えに呆然とする。でもそのひと言で訪問の理由は一発で理解できた。

「でしたら、お話は事務所で伺います。社長もおりますので、どうぞこちらに」

事務所に向かうと、後ろからこつ、こつと規則正しいステッキの音が追いかけてくる。依頼を断ったことに対して非難しに来たのかしら、と思うと人の良さげなお爺さんがクレーマーに見えてくる。あたしはひと足先に事務所に駆け込んだ。二階の事務室でお茶を飲んでいたパパは、あたしを見て、手にした新聞を置いた。

「なんだ、行儀の悪い。嫁のもらい手がなくなるぞ」

その文句はこの前までは婿の来手がなくなるぞだった。あたしは、気づかないフリをして言う。

「お客さん、極楽寺からですって。どうしよう」

パパは新聞を畳んで立ち上がる。極楽寺のひと言ですべてわかったという顔だ。扉を開けたら、そこにお爺さんが立っていた。あたしは思わず一歩後ずさる。

「すんまへんな。根がせっかちなものやさかい、待ちきれずについ、な。でも靴の消毒はきちんとしましたで」

お爺さんはシルクハットを取って頭を下げた。パパが警戒心を剝き出しにした声音で言う。

「社長の名波です。今日はどういったご用でしょうか」

お爺さんが差し出した名刺を見て手が震えた。

――浪速大学ワクチンセンター総長　宇賀神義治

このお爺さんがワクチンセンターのトップ、あの彦根先生の大ボスだとは。あたしはあわてて深々とお辞儀をして、パパは大声で前田さんに玉露をオーダーした。

玉露をすする宇賀神総長に、「極楽寺で樋口先生にご馳走になったうどんはとっても美味しかったです」と御礼を言うと、総長は大笑いした。

「樋口も複雑な気持ちやろ。一生懸命センターのことを説明したのに、うどんを馳走したことしか覚えてくれへんかったなんてなあ」

するとパパが机に手をつき、深々と頭を下げた。

「この度は大変申し訳ありませんでした。せっかく頂戴した仕事をお断りしてしまい……」

パパはあたしの頭を押さえ、一緒にお辞儀をさせる。応接室に朗らかな笑い声が響く。

「謝る必要はありまへん。期日内にお返事をいただけたんでっからね。今日は加賀で講演会があったついでに立ち寄らせてもろうたんやけど、実はそのお返事を考え直してもらお、思いましてな」

こちらの想いを無視された気がして、申し訳ない、という気持ちが吹き飛んでしまった。

「恐縮ですが、娘がワクチンセンターのタマゴはかわいそうだと申すもので」

「それなんやが、嬢ちゃんはちと幼稚でんな」

「あたしが、幼稚？」

「幼稚も幼稚、幼稚園児の優等生や。ワクチン製造という公共性の高い依頼を断る理由が、タマゴがかわいそうやなんて、そんなアホな、てな感じでんな」

　わざわざそんなことを言うために、こんな僻地までやってきたというの？　あたしはかちんときて言い返す。

「この依頼はナナミエッグの理念に反しているのでお断りしただけです」

「嬢ちゃんは感傷に溺れているだけや。甘ったるい人道主義、やなくて鶏道主義やな」

「そこはきちんとお伝えしました。ナナミエッグは多くの人にタマゴを食べてもらおうと父と母が創業しました。タマゴをウイルス塗れにするためではありません」

「ほんま、麗しい正論や」

　総長は鼻を鳴らす。おのれ、むかつくジジイめ。可愛らしいお爺ちゃんだと思ったあたしの純情を返して。

「ナナミエッグ三十年の歴史で培った信念の、何が悪いんですか」

「嬢ちゃんのは正論にもなっとらん。単なる偽善や」

「偽善？　どうしてですか？」

「なんで無精卵を食べるのはよくて、有精卵でワクチンを作るのはアカンのや？」

「無精卵はヒヨコにならないから……」

　総長は人差し指を立て、ちっちっちと左右に振った。

「ニワトリにしてみたらヒヨコを殺されようが無精卵を食べられようが同じや。ついでに言わせてもらえば、ウチの依頼を断っても嬢ちゃんはヒヨコを守られへんで」

「どうしてですか。あたしが依頼を断れば、その分ヒヨコの命は救われるでしょう？」

　シルクハットを人差し指でくるくる回しながら答える宇賀神総長は容赦ない。

「おたくが断ったら他の養鶏場を当たるだけやから、一日十万個の有精卵が処理され続ける事実は変わらへん。聞けば名波社長まで同じようなことを言うてはるそうやないか。親娘揃ってナイーブすぎでんな。真面目な従業員の生活を奪っておいて生まれもしないヒヨコの命を守るやなんて、とんだお笑い種や。そういうのを英語でセンチメンタル・ジャーニー言うんやで」

いくらなんでもジャーニーはさすがに余分だろうと思いながらも、あたしは何も言い返せなかった。言われてみればその通りだ。目の前の小さな命を救いたいという偽善をなそうとして、多くの人たちの生活を壊すような選択をした。でもあたしは自分の決断が間違っていると思わなかった。それでもこうして総長がわざわざ足を運んでくれたことで、いろいろなことを考えさせられた。

宇賀神総長はからからと笑う。

「言いたい放題しましたが、要は今わてが言ったことをちいと考えてもろうて、もう一度考え直してもらえへんか、ということでんねん」

確かに一から考え直してみるべきなのかもしれない。その結果お断りすることになったとしても、それはまた別の話だ。あたしは、きっぱり顔を上げる。

「お話を聞いて自分の至らない部分を思い知りました。お許しいただけるならもう少しだけ考えてみたいです。でも、お返事は変わらないかもしれませんが」

「あらま、こんな簡単に引っ繰り返すなんて、こらまたびっくりりや」

あたしとパパのこめかみに同時に、ぴきり、と青筋が立つ。おのれクソジジイ、下手に出ればつけあがりおって、とパパの表情が雄弁に物語っている。

その点では、あたしも、クソジジイ以外の部分は以下同文だ。だって親子だから仕方がない。

宇賀神総長はにいっと笑う。

「怒りなさんな。今のは冗談でんがな。もちろんそれでOKや。そうしてもらいたくてこんな辺鄙なとこまで足を運んだんやから」

「養鶏場巡りが趣味だというのはウソなんですね」

「それはほんまや。ワクセンにとって養鶏場は命綱やから表敬訪問しとるうちに趣味になってもうたんや」

「いつもそんな格好で養鶏場を回るんですか？」

「せや。シルクハットは正装やからな」

噴き出しそうになるのをこらえていると、宇賀神総長は立ち上がる。

「遠路はるばる、加賀まで来た甲斐はあったで。依頼を断ったのは条件をつり上げるための方便かと心配しておったさかい。公共精神を持ち合わせてるいうことが、わてらが仕事を委託する時に重視してる部分でんねん。このすりあわせがうまくいかずにお断りすることも多いんでっせ」

「その評価は嬉しいですな」

素直に喜ぶパパに、宇賀神総長は改まった口調で言う。

「お引き受けいただけるなら、お宅の会社には出来る限りの協力をさせていただきます。それは巡り巡ってお嬢ちゃんが望むヒヨコの保護にもなると思うんや」

腕組みをして考え込んでいたパパが言う。

「でしたらお願いがひとつあります。鳥インフルエンザのニワトリ用ワクチンを提供してほしいのです」

ニワトリが処分され次々に穴に放り込まれていく光景が頭をよぎる。片隅で泣き叫んでパパの胸を叩いている幼い日のあたしがいる。

宇賀神総長の目が光った。

「協力したいのは山々やけど、農水省からニワトリにインフルエンザ・ワクチンを打つことは罷り成らん、いうお達しがありましたのや。ワクセンは国家機関みたいなもんやから、お国の決定には逆らえまへん。無い袖は振れぬ、ということでご勘弁を」

パパの依頼はあっさり拒否されてしまった。さすがにパパはむっとした表情を隠しきれない。

「総長はたった今、できることなら何でも協力させていただく、と言ったばかりではないですか」

「いや、世の中できることとできへんことがある、いうことでんな。人の命を守るためには、ニワトリを犠牲にするのも仕方ないでっしゃろ」

平然と答える宇賀神総長の、そのいけしゃあしゃあとした言葉がパパをかっかとさせていることは、娘だけによくわかる。この二人、天敵同士なのかも。

パパは毅然とした口調で言う。

「確かに私たちはニワトリの肉を食べタマゴを食べる。でもだからこそ、彼らの命に感謝して、彼らの命を人間同様に大切に扱うべきなのではないですか」

「何だかあんたの話を聞いとったら、大昔の農水省の検討会でわやを言っとった養鶏の若造を思い出しましたな」

「そりゃあ奇遇ですな。私もちょうど今、やっぱり農水省の検討会で人の話に耳を傾けようともしなかった因業ジジイの顔が浮かびましてな」

そう言った二人は、顔を見合せた。

「まさか……。いや、あのクソジジイはもっと髪がふさふさしてたし……」

「思うところあって俺が頭を丸めたのは五年くらい前のことでしてな。それまではそれはそれはふさふさの髪をしとりましたわ」

宇賀神総長はつるりと自分の頭を撫でて言う。パパは宇賀神総長の顔をまじまじと見つめた。

「あの時の、どうしようもないわからんちんと、まさかこんなところで再会するとは、世の中ってビックリ箱みたいですな。でもこれでは私の依頼はとうてい聞いてもらえそうにないとわかりました。仕方のないことですな。そちらの依頼に対しては娘からご返事させます」

珍しくパパはあっさり白旗を掲げた。こんなパパは初めて見た。すると宇賀神総長も負けじと言い返す。

「こっちも、あれだけ年月が経っても、まだあの時に俺が言ったことの真意を理解してもらえていないということに、結構がっくり来ましたからあいこでんな」

こうして二人の会話は終わった。話は嚙み合わなかったけど、そしてパパと宇賀神総長が知り合いであるような気配があったけれど、その謎はあたしには解けなかった。ただ別れ際、パパと宇賀神総長が、まるで古くからの戦友みたいな顔をしていたのが印象的だった。

あたしが宇賀神総長を加賀駅まで送ることにした。車を回してくると総長は助手席に乗り込み、言われる前にシートベルトを着けた。おおきにありがとう、と言った宇賀神総長に、あたしは小声で謝った。

「もう一度考え直すチャンスをいただいて、ありがとうございました。でも考え直しても結局同じ結論になってしまうかもしれませんが」

「それはお互いさまや。こっちも折れることができない部分があるけど、嬢ちゃんにも矜持があるんやろからな。ま、もう一度じっくり考え直してや」

ラジオから流れる映画音楽を鼻歌交じりに口ずさむ総長を横目で見ながら、ダメもとで聞いてみる。

「なぜニワトリのインフルエンザ・ワクチンを作ってもらえないんですか」

「さっき言った通り、農水省の意向やがな」

「でもそれってあんまりです。ニワトリは人のワクチンを作るためにタマゴを犠牲にします。それならその一部をニワトリのワクチンに振り向けてもいいじゃないですか。そうすれば鳥インフルエンザに感染した鶏舎を全廃棄しなければならないような事態は避けられます」

赤信号で停車した時、宇賀神総長に詰め寄った。総長はあたしを見つめて、真顔で答える。

「ヒトを助けるためにはニワトリを犠牲にしなくてはならないこともあるのや」

その言葉には、陽気な宇賀神総長らしからぬ陰鬱な響きがあった。それは、人間を生かすためには病気のニワトリは殺しても当然ってことなの？

このまま引き下がったらニワトリに申し訳ない気がして、少しだけ刃向かってみることにした。

「ヒトもニワトリも同じ命なんですから、ニワトリのワクチンも作るべきです」

あーあ、とうとう言っちゃった。これではまた幼稚と言われてしまいそうだ。でも、いっか。だってあたしは間違っていない。

宇賀神総長は怒らなかった。でも笑いもしなかった。

腕を組んで考え込む。

「それについては病気に関する理解を深めてもらう方が先決やろうな。議論はそれからや」

あたしには、総長の呟きの意味が、まだよくわかっていなかった。宇賀神総長はあたしの顔を見つめて言った。

「鳥インフルエンザは人獣共通疾患で、ヒトに感染すると命に関わるような重篤な症状になり致死率はとても高いのや。そしてここがポイントやけど、鳥インフルエンザは日本には定着していない。たまに何かの経路で日本に持ち込まれるとニワトリに感染する。鳥インフルエンザは飛沫感染ではなく、病気に罹ったニワトリを食することでしか感染しないといわれているのや。だから感染したニワトリを食べなければほぼ問題ない。ということは感染したニワトリを見つけたらどうしたらええか、わかるやろ？」

あたしは首をひねる。よくわかりません、と答えると宇賀神総長はがっくり首を折る。

「ほんま、自分の頭で考えない娘っ子やな。ウイルスを根絶やしにするには、感染した鶏舎ごと殺処分するのが一番や。病気に罹ったニワトリを丸ごと埋めてしまえば、感染は広がらない。ここでワクチンなんぞ打ってみい。病気になった瀕死のニワトリのいくたりかは生命をとりとめるかもしれん。だが同時に、鳥インフルエンザ・ウイルスも生き延びてしまい、日本に根付いてしまうんや。そうなったら大惨事や。だから鶏舎ごと殺処分にするのや。なまじワクチンを打って不顕性感染なんかにしない方がええに決まっとる、というわけや。これは日本全体の国防問題なのや」

宇賀神総長の滔々とした演説を聞いていたあたしの脳裏には、たくさんのニワトリの死骸を前にして声もなく涙を流していたパパとママの横顔が浮かんだ。

宇賀神総長の渾身の説明は、殺処分の理屈としてはとてもよくわかり、納得できるものだった。でも、だからといってその思い出まで浄化できるというところまでの説得力はなかった。

「つまりワクチンを打たないのは病気に罹ったニワトリをいち早く発見できるようにするため、そして病気になったニワトリを発見したらもう確実に殺してしまうしか方法はない、ということなんですね」

宇賀神総長は、ほっとしたような表情でうなずいた。

「せや。やっと理解してもらえたようやな。ヒトにうつる前に根絶やしにするのが一番で、それしか方法はない。それは検疫の基本的な考え方なのや」

その言葉を聞いたあたしは、パパが宇賀神総長との議論からあっさり撤退した理由を悟った。パパには、ニワトリに鳥インフルエンザ・ワクチンを使えない理由がよくわかっていたのだ。それでも言わずにはおられなかったパパの気持ちが何だか切ない。

駅のロータリーに車を着けると、助手席側に回り、ドアを開ける。宇賀神総長はシルクハットをかぶり直し、銀のステッキをこつん、とついた。

大きな声で礼を言われてあたしの方が恐縮してしまい、頭を下げた。

「頑固者ですみません」

「頭を下げなければいけないほど悪いことをしたと思ってへんやろ、嬢ちゃんは」

あたしは顔を上げると、舌を出して笑う。

「あれ、やっぱりバレちゃいましたか。おっしゃる通り、あたしはニワトリを大切にしない人は人でなしだと思っています。宇賀神総長の説明はよくわかりましたけど、納得はできません。やっぱりニワトリのいのちもヒトのいのちも同じいのちだと思います」

「ふん、嬢ちゃんから見たら、私なんぞ極悪非道の人非人なんやろうな」

あたしはにこやかに首を振る。

「あ、でも総長はギリギリセーフですよ」

総長は大声で笑い出す。

「ほんま、負けず嫌いが徹底しとるなあ。またお目に掛かれる日が来ることを祈っとるよ」

片手を上げ駅の構内に姿を消した。シルクハット姿を見送りながら、あたしはもう一度ぺこりと頭を下げた。

特急の指定席で宇賀神を待ち受けていた男性が、銀色のヘッドフォンを外して問いかける。

「いかがでしたか」

「あの嬢ちゃんとは一勝一敗一引き分け、やな。取りあえず再検討を約束させてきたで。しかしアレは父親に負けず劣らず頑固者や」

「ほほう、こんな短い時間で、あんな小娘と三戦も交えて痛み分けとは、総長もなかなかお若いですね。しかし僕も彼女を見込んだから独断で依頼したんです。たかが総長の顔出しくらいで日和ってもらっては困ります」

「たかが総長、とは言うてくれるの。そう言えばおもろいこと言われたで。鳥インフルエンザの、ニワトリ用のワクチンがほしいそうや」

「それくらい、作って差し上げればよろしいのでは」

「彦根クンまでそんなけったいなことを言い出すとは意外やったな。寄付講座とはいえ、かりそめにも浪速大のウイルス学の特任教授ともあろうお方がそんなことを言っておったら物笑いの種やで」

「門外漢のクセに偉そうな肩書きを頂戴してしまいまして。でも仕組み上仕方がないんです。教授という肩書きがないと寄付講座は立ち上がらなかったし、何より寄付講座には教授しか人事枠がないものでして」

発車のメロディが流れ、列車が動き始める。彦根が珍しく長々と言い訳したのは、その肩書きが本人にとってはよほど違和感を覚えるようなものだったからだな、と察して宇賀神総長はこっそり笑う。

「まあええわ。医師なら人間が食べるために飼っているニワトリを、人間のいのちを守るためには皆殺ししなくてはならんことだってある。とにかくワクチンをニワトリに投与したらあかん。技術的には簡単やが、農水省の認可が下りん。何より国防にそぐわないのや」

「同じ病気なのにニワトリの管轄は農水省なんですね。厚労省になら僕も伝手があるんですが」

彦根は宇賀神の言葉を理解したのかしないのか、よくわからないコメントをぽつりと口にした。

その言葉は列車の騒音にかき消されて、宇賀神には伝わらなかった。二人を乗せた特急列車は夕闇の中、一路西に向かって走り去って行った。

10　鶏鳴

6月30日（火曜）

翌日。研究室に顔を出し、待ち構えていた拓也と誠一、そして野坂教授に昨日の顚末の一部始終を説明した。

「というわけで有精卵プロジェクトを検討し直したいの。勝手だけどもう一度だけ協力してもらえないかしら」

二人は顔を見合わせるが、拓也が口を開く。

「俺たちはまどかがそう言い出すのを待っていたんだ。ここまで来て、今さらおめおめと引き下がれるかってんだ。野坂教授も、次の課題を探すのはもう少し待ちましょうと言ってくれてたんだぜ」

野坂教授は本を閉じ、にこにこ笑っている。

「私は来年定年ですので無理に業績を挙げる必要もないんです。もしこの企画が挫折したら、その過程を発表すればいいとも言ったでしょう？」

「でもそれってあたしが勝手に……」

「諦めがいいのは愚者の特徴です」

野坂教授が語気を強めた。

「物事を素直に見つめるのは難しいことのようです。ワクセンの総長さんが直々に説得してくれたことも、協力してくれる友人が側にいるということも、どちらもとっても幸せなことなんですよ」

「ここ数日のロスは大きい。もう待ったなしだ」と誠一が言う。拓也はぼろぼろになった模造紙を広げる。

「ボス、チャートの再チェックを始めましょう」

「お願いだから、そんな色気のない呼び方はやめて」

「じゃ、リーダー」

あたしは拳で拓也をぶった。そしてこぼれそうな涙をぬぐうと、前のめりに模造紙を見つめた。その白い平面に、あたしの未来が光った気がした。

見直せば見直すほど、このプロジェクトが素晴らしく見えたのは、宇賀神総長にとことん打ちのめされたおかげだ。ひと晩で答えを変えちゃうなんて軽率に思われないかなあ、とあたしが言うと拓也が首を振る。

「そんなことないさ。まどかが、パラ、パラサイト何とかをすれば……」

パラダイムシフト、と誠一が訂正する。

「そう、そのパラパラ何とかですべてが丸く収まるんだから、恥ずかしがる必要はないさ」

「でも……」

もじもじしているあたしに、野坂教授が言う。

「そういう思い込みこそ偉業達成の邪魔です。みなさんのプランは世のため人のためです。ならばこれまでの行き違いを訂正するくらいどうってことないはずです。議論ばかりしていても埒があきませんので、とりあえず、みんなで一緒に出掛けましょうか」

「出掛けるって、どこへ？」

野坂教授は呆れた、という口調で答えた。

「決まっているでしょう。ナナミエッグへ、ですよ。このプロジェクトをこの教室の研究課題とするためには、養鶏のプロである名波さんのお父さんの承諾を正式に得るのは当然必要なことですから」

隣で誠一も拓也もうんうん、とうなずく。呆然とする。周りが見えていなかったのはあたしだけかもしれない。

教授はフックに掛けてあったパナマ帽を頭に載せる。

「野坂研一行、ただ今よりナナミエッグ社長に研究協力を要請するため出発します」

野坂教授の言葉に、お調子者の拓也がエイエイオー、と鬨（とき）の声を上げた。


野坂教授を乗せるので運転は拓也に代わってもらった。走り屋を気取っているけどあたしよりずっと安全運転だ。後部座席の野坂教授は流れゆく風景を眺めている。隣で緊張しながら携帯をプッシュし、事務所に掛けた。

呼び出し音五回。いきなりパパの声が響いた。

「まどかか。どうした？」

「研究室の教授がナナミエッグを訪問したいとおっしゃっているの」

「何時頃だ？　まどかの先生をお迎えするのなら、いろいろきちんと準備しなければな」

「もうじき鳥居町の交差点だから、あと十分かな」

「そんな無茶な。どうしてそんなことになったんだ？　まどか、きちんと説明しなさい。あ、こら」

通話口の向こうで怒鳴り声を上げるパパを無視して電話を切る。ごめんね、パパ。でもあたしにもこんなことになった理由は説明できないの。

するとパパとのやり取りを聞いていた野坂教授が、穏やかな口調で言った。

「名波さん、お父様にはもう少し礼儀正しく接した方がよろしいですね」

そんなやり取りをしているうちに、遠目に『たまごのお城』が見えてきた。その前に作業服姿の男性がかしこまって佇んでいる。拓也はパパの側に車を止めた。ドアを開けると、野坂教授はパナマ帽を取り、ご無沙汰しております、と頭を下げた。

パパは驚いたような顔をして、後部座席から降り立った野坂教授を見つめている。しばらく口をぱくぱくさせていたが、ようやく絞り出すようにして尋ねた。

「野坂先生、どうしてここに？」

「え？　パパは野坂教授と知り合いなの？」

あたしの頭を摑んで一緒に頭を下げさせながらパパが言った。

「このバカ娘め。野坂先生はナナミエッグの大恩人なんだぞ。どうして先生にお世話になっていることを黙っていたんだ」

あたしは頭を押さえつける手を振り払いながら、言う。

「あたしは大学院に入った時にちゃんとパパに報告しようとしたわ。なのに、パパはあたしが院に進学したのが気に入らなくて、何も聞こうとしなかったでしょ」

途端にパパはしゅん、とうなだれてしまった。野坂教授が穏やかな声で言う。

「ご心配なく。私は全然気にしておりませんし、何よりまどかさんは私の自慢の教え子ですから」

「パパ、これって一体どういうこと？」

顔を上げたパパは姿勢を正した。

「加賀大学に進学したのを知りながら、野坂先生のことを、これまで娘にきちんと教えていなかったのは私の落ち度です。ちょうどいい機会ですので、今から娘に、当時のことを教えてやろうと思います」

教授は困ったような笑みを浮かべる。

「今日は、私の方から名波社長にお願いしたいことがあって、こうして伺ったのですが」

「ご心配なく。野坂先生のおっしゃることなら、中身が何であろうとも喜んで協力させていただきます」

内容も聞かずに依頼を引き受けると、パパはあたしに言った。

「まったく、相変わらず気の利かない娘だな。いつまでこんなところで先生に立ち話をさせるつもりなんだ」

あたしは啞然とした。立ち話を延々と続けたのはパパなのに。そう言おうとしたら、まるで今までの会話がなかったかのようにパパは、野坂教授をいそいそと事務所に先導していた。

前田さんに最高級の玉露を頼むと、教授を応接室に案内したパパは改めて頭を下げる。

「その節はお世話になりました。あれからもう十五年になります」

「ほう、もうそんなに経ちましたか」

野坂教授は遠い目をして言った。

パパはあたしに向き合う。

「いつかこのことはまどかにきちんと話さねば、と思っていたから、今日、野坂先生がウチにお見えになったのは天の計らいだ。パパが野坂先生と知り合ったのは、鳥インフルエンザの感染で第一ファームが全滅した時だ。断腸の思いで殺処分を終えた直後、話を聞き付けた新聞記者がやって来た。散々取材した後で、ウチの名前を出して報道すると言う。やめてくれと頼んだけれど記者は首を縦に振らなかった」

拓也が息を呑む。パパは続けた。

「だが、待てど暮らせど記事は出ない。そうこうするうち記者から連絡があり、掲載を取りやめたという。記事にするなら野坂先生が投稿歌壇の選者を降りると言っているというんだ。それまで野坂教授のお名前を聞いたこともなかった私はびっくりしてしまった」

野坂教授が言う。

「実はその記者も終息した鳥インフルエンザ禍を今さら改めて蒸し返すことにどれほどの意義があるのか、と悩んでいたのです。それでも上司が早く記事にしろとせっつくので、当時たまたま歌壇担当でもあった彼は私に相談したのです」

そうだったんですか、と呟いたあたしに頷きかけると、野坂教授は続けた。

「私はナナミエッグのファンだったので、記事を載せたら歌壇の選者を降りるぞと脅してみたらどうでしょうと提案したら、上司が折れてくれたのです」

「ありがたい話に感激した私は、すぐさま加賀大に御礼に伺ったんだ」

居心地が悪そうにうつむいて、パナマ帽をもぞもぞいじっていた野坂教授が、顔を上げて言う。

「あの時は確か、御礼にタマゴを五百個も抱えていらっしゃったんですよね」

「そうです。でも、なかなか受け取っていただけなくてひどく難儀しました。結局、無理やり押しつけるような形で受け取ってもらいましたが」

「何しろ十個や二十個ならともかく、五百個ですからね。結局あれは全部ゆでタマゴにして同僚に振る舞いました。そうしたらたいそう人気で五百個があっという間にハケてしまいました。それ以後、ナナミエッグのゆでタマゴパーティは農学部の定番となり、名波さんにもずいぶんムリな協力をお願いする羽目になりました。なんだか、却ってご迷惑をお掛けすることになってしまいました。それ以後、農学部の教授連中からは私が名波さんと懇意にしていると誤解され、いろいろと仲介を頼まれたりもしたものです」

農学部恒例のゆでタマゴパーティとはこんなことだったのか、と改めて腑に落ちた。あたしが大学に入学した時の、農学部の教授の間での大騒ぎも内幕がわかれば理解できなくもない。

この話が本当なら野坂教授はナナミエッグの大恩人だということになる。

ところが話はそれでは終わらなかった。

「それだけではない。野坂先生は私に、農水省の検討会で発言の機会も与えてくださったんだ。当時もニワトリに鳥インフルエンザ・ワクチンを打つことは禁止されていたが解禁してほしいと訴え、鶏舎を全滅させられた業者の切実な声を聞いてもらった。地域の養鶏業者組合を通じて再三申し込んでも、農水省の担当官は証言させてくれなかったけれど、野坂教授のおかげで悲願が叶ったんだ」

「ほんの恩返しです。当時私は第一歌集を出し注目されながら第二歌集のための歌を作れずに苦しんでいました。そんな時に知り合った名波社長が、気が向けばいつでも鶏舎を見学していいと許可してくださった。おかげで第二歌集『鶏鳴』は完成し、臨場感が高く評価され代表作になりました。あの歌集に名波社長への謝辞を入れるつもりだったんですが固辞されましてね」

謝辞だなんてもったいなさすぎて、とパパはしきりに頭を掻きながら照れた。

「『鶏鳴』のおかげで農水省の養鶏関連の検討会に人畜無害な委員として招かれたので、すべては名波社長のおかげだったのです。それにしても農水省のあの検討会は実にひどかった。ニワトリにワクチンが接種されていることすら知らないような委員が養鶏の基本方針を決めていた。でも素人の悲しさ、どうすればいいのかわからない。そんな時にふと、名波社長に発言してもらおうと思いついたのです」

「オブザーバーに招いた私を野坂先生の順番の時に指名したんですよね。あの時の農水省の役人の慌てふためく様子を思い出すと今でも笑ってしまいます。そういえば、あの時に強硬に反対していたワクチンの専門家が、ニワトリよりヒトの方が大切だからニワトリにワクチンは打てない、という一点張りで、迫力に押されてしまったのは返す返すも残念でした。どうもそのクソジジイは相変わらず頑固一徹のようですが」

あたしの脳裏に宇賀神総長のつるっとした禿げ頭が思い浮かぶ。これで、この間のパパと宇賀神総長のやり取りがあたしの中でひとつにつながった。

野坂教授は静かに首を振る。

「あの件では農水省の検討会がいかに無能か、世間に知らしめたという意義がありました。インフルエンザ以外のワクチンはニワトリに打っているという事実すら知らない委員もいて、あの後クビになりましたっけ」

あたしは野坂教授に言った。

「どうしてあたしが研究室に入った時、そのことを教えてくださらなかったんですか」

「大学院生の名波さんとは関係のない話だからです」

「でも……」

あたしの言葉を引き取るように、教授は続けた。

「名波さんが私の研究室に属することになったのも、ナナミエッグのビジネスモデルを研究室のメインの研究課題にすることになったのも、きっと何かのご縁ですよ」

野坂教授はあたしをパパの前に押し出し耳打ちをする。

「黴が生えた昔話より、名波さんには言わなければならないことがあるでしょう。未来への道は目の前にしかないんです」

あたしは一歩踏み出した。顔を上げて言った。

「浪速大ワクチンセンターからの有精卵納入の依頼を引き受けようと思います」

言葉足らずの宣言を、野坂教授が補ってくれた。

「プロジェクトを受けるにあたり私の主宰する加賀大学大学院『地域振興総合研究室』の研究課題である、『加賀の地場産業振興の新展開』に採用させていただきたいのです。本日はその件で名波社長に全面的な協力をお願いするために、こうして伺った次第です。名波社長、院生の研究のため、ご協力いただけないでしょうか」

野坂教授はテーブルに手を突いた。あたしも頭を下げ、拓也と誠一の二人もあわててお辞儀をした。パパはあたしを見つめていたが、やがてきっぱりと言う。

「よし、これで踏ん切りがついた。有精卵プロジェクトを受けるにあたり、ナナミエッグを分社化し、名波まどかを新会社の社長に任命しよう」

あたしは呆然とした。

そんなこと急に言われても……。

振り返ると、拓也と誠一が笑っている。

「よ、社長」

拓也の言葉に、拳を振り上げる。

「怒るわよ。誠一ならパパを説得できるでしょ？　お願い、そんなの無理だって説得して」

「それはできないな。だってこのアイディア、どう考えても最善手なんだもの」

野坂教授は鼻の頭をこすりながら決め台詞を口にする。

「背負うことができない人のところには重荷はこないものなのです」

背後のパパの声に顔を向ける。

「今のまどかなら任せてもいいと思う。二十万羽を有する第一ファームを分社化し、まどかを社長に任命する。以後、マドカエッグとして独立しなさい」

「ちょっと待って。あたしに社長なんてムリよ」

「そんなことはない。まどかは有精卵プロジェクトを断る決断を下す時に、すでに一度、社長として判断している。従業員の生活を背負っていたけど、ちっともブレなかったじゃないか」

「でも宇賀神総長の話を聞いて、その判断をひっくり返したわよ」

「誤ったら引き返すという柔軟さもトップとして最も大切な器量だ。それさえ備われば後は周りが支えてくれる。見てごらん。今のまどかには支えてくれる人が三人もいるじゃないか」

振り返ると拓也と誠一、野坂教授の笑顔があった。

「まどかはナナミエッグ全体を背負って決断した。今、第一ファームだけ分社化して背負っても負荷は五分の一だ。ただし分社化にあたり条件がある。一年できっちりビジネスとして仕上げること。その間はナナミエッグが総力を挙げて支援する」

「あたしについてきてくれる従業員なんて、いるはずがないわ」

あたしがそう言うと、パパは微笑する。

「それがわかっているだけでもまどかは成長したよ。昔は跡継ぎなんてイヤ、と言い募るばかりだったけどな。ただしマドカエッグに譲るのは鶏舎とニワトリだけで、従業員はナナミエッグからの出向だ。移籍ではなく異動だ。マドカエッグが軌道にのれば、今度はナナミエッグを助けてもらえるわけだ」

「まどか、何をぐずぐず言っているんだよ。こんな好条件は二度とないぞ。おじさんに御礼を言え」

誠一が言うけれど、あたしはまだこの展開が信じられなくて、何だかぼうっとしてしまっていた。

パパは野坂教授に頭を下げる。

「ふつつかな娘ですが、今後とも親子ともども、ご指導よろしくお願いします」

野坂教授はパナマ帽を胸に当て、うなずいた。

頭を下げ続けるパパの姿を見て胸がいっぱいになる。ようやく頭を上げたパパに、今度はあたしが頭を下げた。

「名波社長、今後ともご指導、よろしくお願いします」

顔を上げると、そこには底抜けに明るいパパの笑顔があった。


その夜。樋口副総長に電話を掛けた。留守電に吹き込もうとしたら本人が出たので、ワクチンセンターの依頼を受けると伝えた。

樋口さんは「ちょっと待って」と言い、保留のメロディが流れてきた。しばらくして鼓膜が破れそうなくらいの大音声が響いた。

「加賀ではえろう世話になったな。タマゴもご馳走さんやった。おまけにウチの依頼を受けてくれることになったそうで、三重におおきにありがとうと言わせてもらうわ。せやけどリミットはギリギリやからすぐ打ち合わせせなあかん。こまいことは彦根クンに任せるからうまくやってえな。ではグンナイ」

宇賀神総長が一気にまくしたてると、その声が耳の奥にわんわん響く。言いたいことを言うと電話はぷつんと切れた。呆然としたあたしは、くすくす笑い出す。

その晩、七色のヒヨコたちが、あたしをふわふわと取り巻いている夢を見た。とっても幸せな気持ちだった。


翌朝。一晩考えてマドカエッグではなく、プチエッグ・ナナミという名前にした。ナナミという名を、どこかに残しておきたかったのだ。拓也と誠一が朝早くから会社にきてくれ、パパを交えて相談を始めた。

「昨日は野坂教授の手前、甘いことも口にしたが、やはりまどかが社長かと思うと心細い。経営者として伺いたいが、それだけ先行投資をして元は取れるのかね」

バランスシートについては検討済だったあたしは、自信を持って答えた。

「納入価格が高く設定され、安定した量を納められれば収支は合うはずです」

「それは今後もこの取引が続くという前提あってのことだ。今年は依頼があっても来年パスされたら目も当てられない。その辺りは確実なのか？」

「それは……」

いきなり、張りボテの自信が粉砕されてしまう。そんなあたしを、パパはじろりと見た。

「いくらイイメンだからって都会者は調子のいいことばかり言うから信用ならん」

「おじさん、〝イイメン〟じゃなくて〝イケメン〟だよ」

拓也がどうでもいい間違いを指摘すると、パパは素直に訂正した。

「そうか、イケメンか」

口の中で、イケメン、イケメンとぶつぶつ何度も唱える。パパは拓也に対しては不思議と素直だ。

「こっちの言い分ばかり言っていたら、あちらは気分を害さないかしら」

「そんなことないさ。小さいところは大きいところのわがままに泣かされるんだから。ウチも百貨店が加賀フェアをやるっていうから車とドライバーを増やしたら、三カ月で打ち切り。残ったのはピカピカの高級冷蔵車と使えないロートル運転手さ。だから最初にきちんと言うのは大切なことなんだぜ」

安全第一で要領が悪いドライバー、と罵られていた柴田さんの顔を思い出す。どこか暗い翳のある人だった。生き馬の目を抜く運送業界で生きていくのは難儀だろうな、とあたしにも、思えてしまう。

「まあ、真砂運送の過去の問題はまた今度にしようか。今はナナミエッグの負担をいかに軽くするかが問題だ。新しいシステムを構築する前に、膨大な労力がかかる可能性を頭の隅に置いて、こちらからイニシアチブを取るようにしていかないと大変なことになる」

「どうすればいいの？」

「ここまで言ってもまだわからないかなあ」

誠一はいいヤツだけど、時々上から目線で話すことがある。比べると拓也って可愛いなあ、と思う。でも拓也がおバカなことを言うと、理性的な誠一が良く見えるし、あたしは本当にわがまま娘だ。悔しいけれど意地を張っているヒマはないので降参すると、誠一は淡々と言う。

「ビジネスである以上、五分と五分だ。前回、ワクチンセンターの実情を知るため、僕たちは極楽寺に出向いた。だから今回はナナミエッグの現状を知ってもらうため、ワクセンの担当者を呼びつけるんだよ」

「そんな偉そうなこと、できるかしら」

「できるかしら、じゃない。やらなきゃならないんだ。それがビジネスというものさ」

　胸が苦しくなる。でも考えたら、ナナミエッグには彦根先生も宇賀神総長も直接足を運んでくれている。そう考えると少し気が楽になった。あたしと誠一のやり取りを聞いていたパパが、立ち上がると誠一に右手を差し出した。

「これからもまどかをよろしく頼むよ、誠一君」

「何よそれ？」「それは違うんでねえ？」とあたしと拓也が同時にクレームをつけたが誠一は平然と答える。

「お任せください、おじさん」

　拓也が誠一をにらみつける中、あたしは促されてしぶしぶ彦根先生に電話を掛けた。できるだけ早い日程にしろよと誠一が耳元でしつこい。生返事をしていると電話がつながった。彦根先生の声にどきどきしながら、あたしは用件を切り出した。

　午後、三人揃って、野坂研に顔を出すことにした。道すがら後部座席の拓也がぶつぶつ言う。

「誠一も誤解を招くような受け答えはするなよな」

「さっきから、何が問題なんだかさっぱりわかんないな。新しいビジネスをよろしく、とまどかの親父さんに頼まれたから、わかりましたと答えただけじゃないか」

　本当にそれだけなのかよ、他に何があるんだよという、売り言葉に買い言葉みたいな幼なじみのやりとりを聞きながら、関心のあること以外にはまったくの無頓着という点では誠一とパパは似たもの同士なのだろう、と思う。あたしと拓也は別の意味でほっとしながら、もうこの話題に触れるのはやめよう、と思った。

　彦根先生との電話のやりとりで、十月一日に最初の十万個を納品することが決まった。ただし新しい設備の導入やらすべてが初めてづくしのことばかりなので、大事を取って最初の一カ月は隔日の納入にしてもらった。これでかなり気が楽になったけれど、これも誠一が提案してくれたことだった。

　関連機器を設置するためにＧＰセンターを大改装しなくてはならないことや、雄鳥の育成のノウハウの確認など、やらなければならないことは山積していて、もろもろ準備には優に三カ月はかかりそうだ。改装工事の日程を考えたら来週早々に取りかからないとぎりぎりだ。

　いきなりの連絡にもかかわらず彦根先生の対応は迅速だった。自身が交渉役になり明後日、機械の専門技師を同伴するという。十月末まで野坂研に顔を出すことは不可能に思えたので休学したいと相談すると、野坂教授から逆提案された。

「ナナミエッグの一室をお借りして野坂研の分室にし、そこで作業をしていれば単位は認めます。気が向いたらゆでタマゴをご馳走になりに行けますので我ながら素晴らしいアイディアだと思いますね」

　願ったり叶ったりの提案に、あたしたちは飛びついた。こうして宝善町・ナナミエッグの社屋の一画に加賀大学大学院・地域振興総合研究室、通称野坂研分室が開設されたのだった。


　彦根先生たちとの打ち合わせに入る直前、パパはあたしを社長室に呼び入れた。


　隣の応接室には出入りするけど社長室に足を踏み入れることは滅多になく、幼い頃に一度入ったきりだ。おぼろげな記憶をたどりながら辺りを見回すと、やっぱりそれは棚の上にあった。一度だけ家族全員で行った遊園地の写真。そこではママもパパも、幼いあたしも楽しそうに笑っている。パパは写真を撫でながら言う。

「第一ファームはナナミエッグの創業の地だ。失敗したら後はないと覚悟してほしい」

　唾を呑む。現実を突きつけられると足が震える。

　あたしはニワトリでいえば月齢一カ月のヒナ鳥だ。でも足の震えを抑え、答えた。

「わかっています。あたしもあの日のことは絶対に忘れません」

　棚の上に飾られた写真を撮った一週間前、ナナミエッグは創設以来最大の危機を迎えていた。鶏舎のニワトリが流行していた鳥インフルエンザに罹ってしまい、廃棄命令を受けたあの日、パパが流した涙を、あたしは知っている。

　この写真の、パパの笑顔の裏側には、そんな大きな哀しみが隠されている。その痛みは忘れてはならない。

「これで言わなければならないことは、全部伝えたな。

それじゃあ、行こうか」

パパは椅子から立ち上がる。扉を開けると、拓也と誠一が待っていた。背中にパパの優しい視線を感じる。

もうあたしは、ひとりではなかった。


今後のスケジュールについての話し合いには彦根先生と技師さん、あたし、パパに加え、拓也と誠一も出席した。野坂研がナナミエッグに引っ越してきたみたいだ。

拓也は初めて会った彦根先生の顔をじろじろと眺めていた。コイツが例の結婚詐欺師か、と思っているのが、その表情から丸わかりだ。

「依頼を受けていただきましたが、こちらの条件をクリアできない場合は商品はキャンセルとなります」

彦根先生が言う。以前のあたしだったら厳しい物言いに萎縮し、虚勢を張ってヒステリックに応対しただろう。

あたしは静かに言う。

「もちろんです。ただしこちらの依頼に迅速に対応していただけなければ、早急なレスポンスは難しいと思います。その点はよろしいでしょうか」

彦根先生は眼鏡の奥で目を瞠る。それから目を細めた。

「もちろんです。ビジネスとしてはお互い、同等の立場ですから。お互い協力して成果を出しましょう。世のため、人のため、そして我々の未来のために」

差し出された右手を握り返す。これでようやく彦根先生に一人前のパートナーとして認められたのだ。

肩の力が抜け、呼吸が楽になった。彦根先生は握手していた手を離し、深々と頭を下げた。

「どうしたんですか？」

「約束しましたよね。まどかさんがプロジェクトをやり遂げたら、その時は頭を下げて謝罪するって」

頭を下げ続ける彦根先生の姿を見て、胸が熱くなった。何て律儀な人なんだろう。

「もういいんです。あたしは先生に感謝しているんです。だってあの時はああ言われても当然だったんですから」

あたしが言うと、彦根先生は顔をあげ、微笑した。

かくしてプチエッグ・ナナミは産声をあげた。あたしは自分の手で閉ざされた窓を開け放ち、新しい世界への第一歩を踏み出したのだった。

第二部

スカラムーシュ・ギャロップ

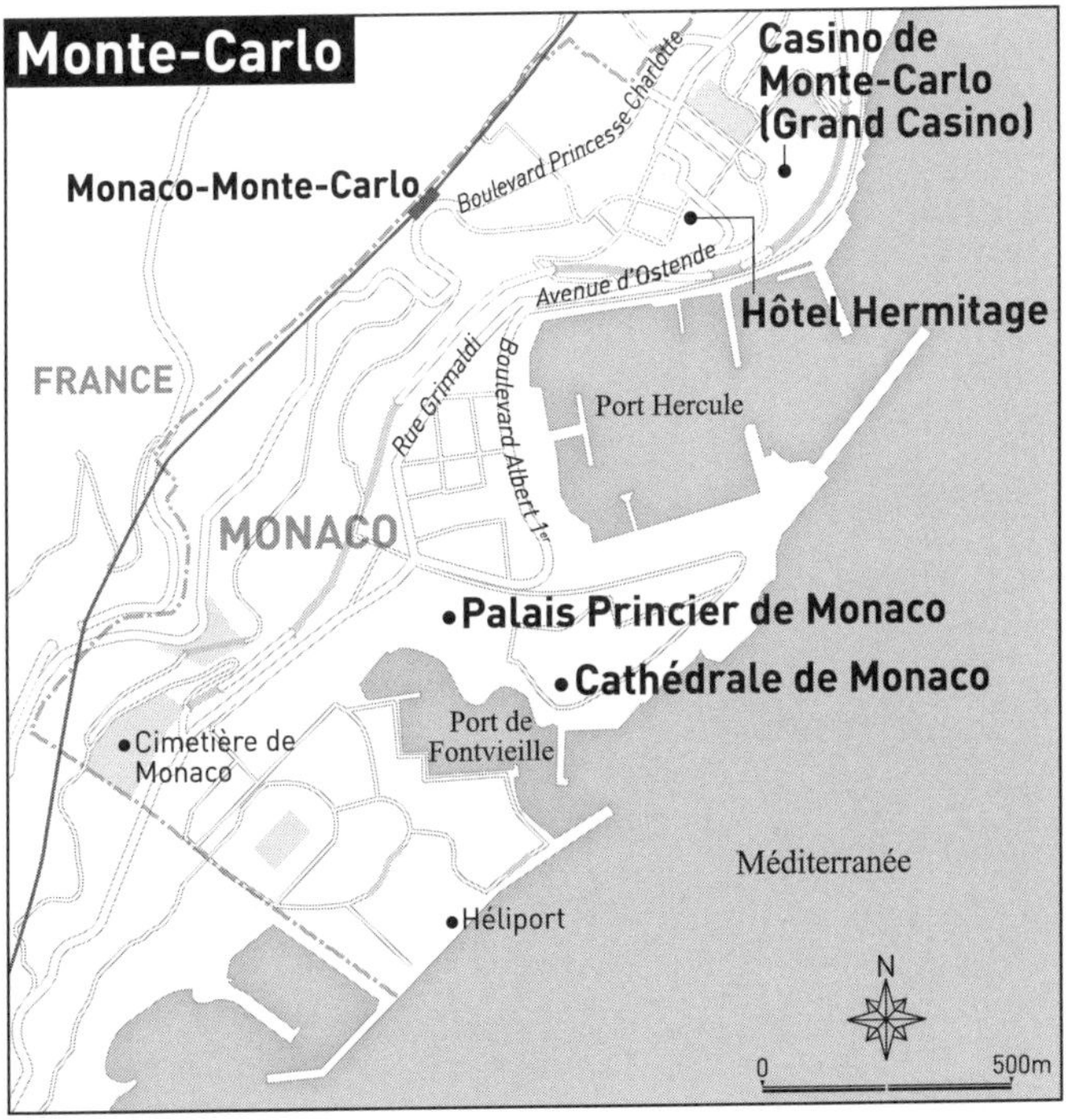

11　浪速の医師会

7月29日（水曜）

浪速診療所の創設者である菊間（きくま）徳衛（とくえ）は、最近では朝の日課であるアーケード街の散歩もひと苦労で、足腰が弱ってきているのをひしひしと感じていた。医師会の会合への参加もすっかり億劫になってしまい、最近ではサボりがちで、浪速市医師会の定期会合が開かれている小料理屋〝かんざし〟も、店の前を素通りしてしまう毎日だ。

だが徳衛には焦りの気持ちはなく、むしろすがすがしい。少しずつ妄執を減じていくのも自然の摂理に思えた。

今や息子の祥一（しょういち）は立派な院長となり、診療所も徳衛の助力をさほど必要としなくなっていた。一体、これ以上何を望むというのだろう。

頭の中では繰り返し、ひとつの言葉を思い浮かべる。

老兵は死なず。ただ消えゆくのみ。

徳衛の朝の散歩は、昔馴染みの八百屋、八百福が折り返し地点で、店の前でUターンすることにしている。だが店のシャッターは今も降りたままだ。八百福が廃業したのは四月の終わりだった。一家はインフルエンザ・キャメルの感染者第一号というレッテルを貼られ、夜逃げ同然にこの街を去らざるを得なかった。故郷でうまくやっているだろうか、と徳衛は心配する。

たぶん大丈夫だろう。キャメルが弱毒性だとわかったからだ。中央が垂れ流した風評によって、浪速の街は簡単に破壊された。敗戦処理で市民はあえいでいるが、キャメル騒動を煽ったメディアは一切報道しない。徳衛はため息をつき、今し方、たどって来た道をゆっくりと戻り始める。

天目区のアーケード街の廃（すた）れ方は、最近とみに速まった気がする。春先のキャメル騒動の影響も大きいと思う。市街の封鎖など、戒厳令を思わせる対応による一連の騒動で浪速の経済は滅茶苦茶にされた。結果は大山鳴動して鼠一匹、キャメル罹患患者千五百名、死者ゼロ。通常の季節性インフルエンザの被害の方が大きいくらいだ。渡航歴のない患者が浪速で発生したことでその検疫体制がまったく無意味だったことを露呈した挙げ句、熱源検知器を一部空港にのみ導入するなど、非論理的な対策に巨額の国家予算を投じたのは、腹立たしいこと夥（おびただ）しい。

診療所に戻ると、待合室は閑散としていた。最後のひとりが、呟き込みながら出て行くのとすれ違う。徳衛に丁寧に会釈をした患者は、この診療所の開院当初からの馴染みだ。自分と一緒に年齢を加えていったような患者の後ろ姿を見送ってから、徳衛は院長室にずかずかと足を踏み入れる。

「今日は、ずいぶん早仕舞いやな」

カルテに書き込みをしていた祥一は、肩をすくめた。

「売り上げは下がる一方や。閉院も考えんとあかん」

祥一の痩せた肩を見下ろしながら、最近打ち明けられた話を思い出す。浪速大に新しい寄付講座が立ち上がり、そこの特任准教授の口があるのだという。そう告げた祥一は笑ってはいたが、口調には迷いの色が見え隠れしていた。大学に戻りたくなったのだろうか。

だが祥一は、まるでそんなことは忘れたかのように、あっけらかんと言う。

「そう言えば今夜、浪速府の医師会の会合があるんやけど父さんも一緒に行かへん？」

「府医師会には所属しておらんし、これまでも石嶺会長のお供で何回か顔出ししただけやから気は進まんな」

祥一は笑顔で言う。

「医師会の会合に僕が誘って父さんがためらうなんて、いつもと逆やね。実は父さんもご指名なんや」

「府の医師会からのお誘いもそうやが、お前に誘われるなんて珍しいな。雪でも降るんかな」

「そんな大げさな話やないと思うけど、中身はクローズドの講演会で講師は浪速大特任教授や。しかも演題は非公開やけどキャメル絡みらしいで」

「ひょっとして、大学に戻って来いといわれた時にあてがわれそうやった教室の関連か？」

「はっきりせんけど、気配は濃厚や」

「ほな断るわけにはいかへんなあ。支度しとくさかい、声かけてや」

タクシーの車中で徳衛は考える。会合が開かれる料亭〝荒波〟は、医師会会長か国会議員、学長や病院長クラスの会合や接待に使われる。浪速市医師会の顔役である徳衛でさえ、滅多に足を踏み入れたことがない。そんな場に祥一と共に招かれたことに驚いた。講演の演題がキャメル絡みなら納得はできるが、きな臭い会になりそうだ。そんな徳衛の不安を乗せ、タクシーは市街地の中心、一等地にある帝山ホテルのエントランスに滑り込んだ。

日本医師会は三層構造になっている。一番下層には、地域密着の郡市区医師会という土台があり、その上には都道府県医師会、そしてさらにその上位に、中央で束ねる日本医師会がある。高校野球でいえば地区大会、県大会、全国大会という序列に似ている。こうした三層構造は日本の社会制度の基本骨格で、税務署や保健所などの役所も、全国展開する組織であればほぼすべて、そうした仕組みを取っている。

徳衛が活動に勤しんでいる浪速市医師会は、地域に密着した郡市区医師会に相当する。地域に貢献するボランティア的な活動が主になり報酬は微々たるもので、ほぼ手弁当に等しい状態だ。診療に携わる時間も削られるから医師会の活動に勤しむには跡継ぎ息子がいるとか夫婦で医業を行なっているなど、ゆとりがないと難しい。

これが一つ格が上がり浪速府医師会になると現場から遊離する分、何をやっているのか見えにくくなる。

さらに中央の日本医師会ともなると魑魅魍魎（ちみもうりょう）が跋扈する伏魔殿（ふくまでん）に見える。だが医師会ではいきなり中央デビューはできない。日本医師会の執行部の理事になるには郡市区医師会、都道府県医師会にも所属して、会費を三重払いしなければならない。それでも中央執行部になれば報酬も保証されるので、幹部を目指して活動に励む会員も出てくる。

日本医師会は開業医の利益団体と目されるが、これはメディアのイメージ刷り込みの成果だ。医師会は天下の財務省に食ってかかれるほぼ唯一の圧力団体であるため、財務省は潜在的支配下に置く新聞・テレビに医師会を叩かせる。それに対し医師会は〝沈黙は金〟と大人の風格で応じるものだから、世間の誤解を招きやすい。医療を守るために利益誘導すれば、結果的に開業医への利益誘導に見えてしまう。それを開業医のためだけの利益誘導であるかの如く報じるのは、部分集合と全体集合を誤認させるトリックで、それこそがパックス・ＭＯＦ（財務省下の平和）の維持を最優先する日本の支配階級の目的だ。加えて医師会の古い体質の会員には開業医の利益団体としての姿を体現しているような輩もいるため、医師会の下部メンバーや医師会に属さない勤務医が医師会の活動を誤解してしまう。だがそもそも日本医師会が、世界医師会が認定する日本唯一の医師の専門組織であることは、紛（まが）う方なき事実だ。祥一は清新な新世代の旗頭として、浪速府医師会に白羽の矢が立てられたのだろう。

エレベーターの扉が二階で開くと、料亭〝荒波〟の時代がかった門構えが現れる。係員に案内された部屋は掘り炬燵風の設えに座卓が置かれ、掛け軸が掛かった床の間を背にして、三人の男性が座っていた。下座に控えた事務局長が、菊間親子を賓客の正面の特等席に案内する。

徳衛は恐縮して固辞するが事務局長は、会長のご指名ですので、と押し通す。

浪速府医師会、高森会長の名は「たかもり」と読むが、誰もがコウモリと呼ぶ。それにふさわしい振る舞いで生き延びてきた妖怪のひとりだ。

祥一の目は真っ直ぐに上座の男性に注がれている。中央の銀縁眼鏡の男性は目を閉じヘッドフォンの音楽に身を任せている。左側の男性も印象的で、金色モヒカン姿はどこかで見た記憶があるが思い出せない。場違いに派手な上、宴席に慣れていないのか、もじもじしている。対照的に右手に座る中年男性は地味ないでたちで、くたびれた背広は清潔だ。宮仕え仕様、事務局系統だ。

祥一は中央の細身の男を凝視し続けている。強い視線に感応したのか、銀縁眼鏡の男はうっすら目を開く。祥一をちらりと見て、目礼すると再び目を閉じた。

ヘッドフォンから漏れるしゃかしゃかしゃかという耳障りな音が、静かな料亭の一室に響いている。

高森会長がせかせかと入室し、事務局長が立ち上がる。

「本日はご多忙のところ、浪速府医師会の勉強会にご出席賜りありがとうございます。本講演会の開催に当たりましては、ひとつお願いがございます。本会の内容は時期が来るまで他言なさらぬようお願いします」

祥一の隣の、でっぷり肥えた男性が野太い声を上げる。

「そういう話なら、我々淀川市医師会は退席させていただきたい。同じ釜の飯を食う仲間に伝えられないような話など、金輪際御免蒙る。そんな秘密主義の料亭政治ばかりやっとるから浪速府医師会はまとまらへんのや」

呼応するようにもう一人が立ち上がり、威圧するように高森会長を見下ろした。だが会長は動じる気配もない。

二人は肩をそびやかすようにして退席した。残った医師会関係者は六名で、徳衛と祥一の他には高森会長、事務局長、他二名の理事だ。招待客は三名。正面に座った銀縁眼鏡の男性は、「踏み絵は終わったようですね」と呟くと、目を開いてヘッドフォンを外した。

高森会長が立ち上がり、ゲストを紹介する。

「本日の講師の先生は中央、彦根先生です。浪速大の特任教授で、日本医師会医療安全検討会の嘱託委員も兼任されています。お隣は浪速検疫所紀州出張所の検疫官、喜国忠義先生。左の毛利豊和先生はキャメル騒動の際、ワイドショーに出演され話題をさらった方ですのでみなさんもご記憶のことと思います」

モヒカン頭の毛利は恥ずかしそうにうつむく。徳衛はテレビ番組の一場面を思い出す。浪速大の公衆衛生学教室の女准教授が誘導しようとしたキャメル騒動を鎮静化させた立役者だ。身なりと性格はかなり乖離（かいり）しているようだ。高森会長は視線を転じて続けた。

「本日の会は府医師会主催の形式となっておりますが、実質的には中央執行部からの要請です。これは精一杯和らげた表現でありまして、実態は要請などではなく、強制と言った方が妥当なんですが。残念ながら参加者の人数が減ってしまいましたが、せっかくですので聴衆もご紹介します。私は府医師会会長を務め三期目、高森です。そろそろ次の世代に禅譲したいと思いつつも人材難に難儀しております。ありがたいことに、ここにおられる府医師会の鈴木（すずき）副会長と湧井（わくい）理事にはサポートしていただき、大変感謝しております」

高森は両手を合わせ、瞑目（めいもく）する。

有能な後釜を次々に潰してきた張本人のクセによく言うものだ、と徳衛は半ば呆れ顔になりながらも感心する。たったこれだけの短い挨拶をすることで、数名の退席者が出た不始末の責任を回避し、この後の講演による反響も無関係だというスタンスを明示するとは、やはりコウモリと呼ばれるだけあって、その処世術は伊達ではない。

高森会長は目を開くと徳衛と祥一に視線を向けた。

「ゲスト正面は浪速市医師会の重鎮であり親子で浪速診療所を運営されている菊間先生です。先生の診療所でキャメル第一例が発見され、浪速の混乱が始まったことは皆さんも記憶されていることと思います。以上で紹介は終わりです。では彦根先生、よろしくお願いします」

彦根は出席者を端から順に見回す。最後に彦根を凝視し続ける祥一を見つめ返すと立ち上がる。

「高森会長のご紹介に補足します。現在、私には三つの肩書きがあります。第一に浪速大学医学部社会防衛特設講座の特任教授と同時に浪速大ワクチンセンター非常勤兼任講師という、本日の勉強会の講師としての肩書き。次いで浪速府庁特別相談役。これは浪速府の府政に関わる部分で、やはりみなさんと深く関わります」

湧井理事が「なんや、村雨の犬やったか」と徳衛に語りかけるようなフリをして吐き捨てる。医師会の会員ならアンチ村雨は当然だろうということを疑ってもいない口調だ。話を聞く前からレッテルを貼る趣味はないので、徳衛は無視した。その点は祥一も同じ立場のはずだが、さっきから彦根に敵意に近い視線を向けているのが気になる。

「でもそれでは肩書きは二つですね。三番目の肩書きは何なんですか？」

しびれを切らしたように、鈴木副会長が尋ねると、彦根は微笑して答えた。

「失礼しました。この空気で三番目の立場の話までできるか、迷っていたもので。ま、いいでしょう。三番目は東城大Aiセンター副センター長です」

「Aiってなんや？」

湧井理事の質問に、彦根は即答する。

「死因究明制度の新しい仕組みで、死亡時に画像診断して迅速に死因を究明しようという試みです」

「確か、浪速大でも導入について検討されているんでしたよね」

事情通の祥一が口を挟むと、彦根は微笑した。

「よくご存じですね。ですが惜しい。浪速大ではすでに設置が決定されているんです」

「決定された？　いつですか？」

「ひと月前です。このことは浪速大でもまだ一部の人間しか知りません」

「浪速大の特任教授を名乗るだけあって、さすがに情報はお早いようですね」

祥一にしては珍しく皮肉めいた口調だ。どうも祥一は彦根とは相性が悪そうに思える。むしろ毛嫌いしているようにさえ見える。

だが彦根は気にせずに平然と続けた。

「本題に入ります。今日ここに来たのは、浪速を不当な爆撃から守るためです」

斜に構えていた理事たちは真顔になる。オープニングのインパクトは充分だ。高森会長がやんわりたしなめる。

「浪速が爆撃されるとは、比喩表現だとしても聞き捨てなりませんな」

「実態を聞けば、この表現も決して大げさとは思えなくなりますよ。ただし、僕の危惧が現実化する確率は五割弱。うまくすればこうしたことは起こらないし、たとえ起きてもやり過ごすことができます」

「彦根先生の比喩はわかりにくいですね。ずばり言ってください。爆撃とは何のことなのですか」

「今春のキャメル騒動が浪速への爆撃第一波です。そしてこの秋から冬にかけて、浪速に向けて第二波の爆撃があると予想しています」

「次は一体、どんなことが起こる、いうんですやろ」

祥一が尋ねると、彦根は静かに答える。

「ワクチン戦争です」

居合わせた人々は顔を見合わせる。祥一が続けて問う。

「どうすればワクチンで戦争を仕掛けられるのですか？　わけがわかりません」

「という質問が出ましたが喜国さん、それについてお答え願えますか」

彦根は視線をめぐらせ、隣に座る喜国に話を振る。指名された喜国は、かすかに非難の色を浮かべたが、すぐに隠して能吏らしく淡々と答える。

「今春、厚労省はキャメル防疫で大失態を演じました。弱毒性のキャメルを強毒扱いし、多数の入国経路を有する日本では不可能な水際防疫を選択し、患者発見直後に市民に移動制限をかけ、朝令暮改の事務連絡で現場を混乱させ、多数の罹患患者の確認後にも迅速な隔離解除を怠った。ミスを数え上げれば二十を超える近年稀に見る大失態で、厚労省の幹部の間で〝キャメルの悪夢〟と呼ばれる事態となったのです」

「その失態がなぜワクチン戦争につながるのですか」

「官僚はミスをしない。正確に言えばミスをしてもミスとは認めないことでミスがなかったことにしてしまうのです。おまけに官僚は執念深い。キャメルでの失態を隠すため、キャメル予防が重要だという風説を流し、一方でワクチンの供給を絞れば、市民はパニックを起こし右往左往する。それが、霞が関に恥を掻かせた浪速市民への報復になり、官僚の名誉挽回になるのです」

彦根が棘のような言葉を吐いて、後に続く。

「まったく、困った性癖ですよね。そんな官僚の面子を守るために日本の医療が滅茶苦茶にされてもいいのですか、みなさん」

「よしとするなら、こんな勉強会など開きませんよ」

高森会長の言葉に、彦根はシニカルな笑みを浮かべる。

「でもみなさんは話を聞いても何ひとつアクションを起こさないでしょう」

高森会長はむっとする。コウモリと揶揄され、本心を見せない人物にしては珍しい。

彦根という人物は他人を不快にさせて虚飾を剝がす術に長けているようだ。ふだんは温厚な祥一が、彦根を睨み付けているのも気になる。二人には何か因縁があるのだろうか。だが徳衛はその考えを撤回する。祥一が睨んでいるばかりで彦根の方は涼しい顔をしているからだ。二人の間にあるのは確執というよりもむしろ一方的な逆恨みに近いのかもしれない。

彦根は続ける。

「人というのは間違える生き物です。そして気づいた時に直ちに正さなければ、その間違いは増幅されていく。そして官僚は先輩の間違いを矯正できない。結果、官僚組織はシステムエラーを拡大再生産してしまうのです。そんな官僚が導いている日本が衰退するのは当然の帰結です。器の小さい官僚は、自分を凌駕するような人物を登用できず、七掛けの人物を後継者にします。七掛けが二代続けば0・7×0・7＝0・49となり、その能力は半減します。こうして戦後の官僚組織は矮小化し続け、能力が二代で半減する一方、欲望を倍々で肥大させてきました。そんな官僚が、自らのプライドを守るため躍起になる姿が露わになるのが今冬です」

「ではそのワクチン戦争に備えて、我々は一体何をすればいいのでしょうか？」

彦根は高森会長の問いに即答する。

「当座、浪速府医師会にやっていただくことは何もありません」

湧井理事が吐き捨てる。

「先生は我々をおちょくっているんですか」

「とんでもない。中央が浪速に対してワクチン戦争を仕掛けてくる確率は五分五分です。つまり五〇パーセントは空振りします。それが冒頭に今回の話は秘密厳守で、とお願いした理由です」

「何も起こらなかったら恥ずかしいから言いふらさないでね、と言っているようにも思えますね。質問を変えます。先生の予想が当たり霞が関からワクチン戦争を仕掛けられたら、我々はどう動けばよろしいのでしょうか」

湧井理事の丁寧な口調は、慇懃無礼という形容がぴったりだ。彦根は口の端を歪めて笑う。

「その場合も、みなさんにやっていただきたいことは特にございません」

「ふざけるな。それなら何も聞かなくても同じことではないか。我々を愚弄しているのか」

湧井理事はテーブルを拳で叩く。彦根は手を挙げ、その興奮を宥める。一触即発の危険を孕んだ不気味な沈黙の中、彦根の朗々とした声が響く。

「ワクチン戦争を仕掛けられたら、市民はワクチンを求めて狂奔し、キャメル騒動のパニックが再現されます。市民は医師会にすがりつき、叶わないとなると逆ギレする。そんな市民を糾弾しても問題は解決しません。ですから市民が慌てふためいても、落ち着いて我慢してください。もちろん本当に何もしないわけではなく、十日後には必ずワクチンが手に入る、と市民に説明してくださ い。そうすれば爆弾は不発弾になります」

　鈴木副会長が言う。

「そんな安請け合いをしたら、後で騒動がひどいことになりませんか」

「それはまったく心配ありません。十日後に、十分量のワクチンが必ず供給されますので」

　即答した彦根を睨み続けていた祥一が、口を開いた。

「そんな安請け合いは信用できませんね。ワクチン供給は中央の統制がかかっているから地方の医師会がじたばたしたところでどうにもならへんはずや」

「確かにおっしゃるとおり、従来のルートでは浪速にワクチンを供給することは不可能です。でも、ここで新たなルートが存在するとしたら、どうでしょう」

「海外から輸入するおつもりですか？　それは無理や。輸入ワクチンは中央の検疫所の検査を受けて国内に流通する。浪速に独自にワクチンを供給するのは不可能や」

　彦根は、視線をずらして湧井理事を見つめた。

「湧井理事は、村雨府知事が提唱したマイカルテ運動に反対し、計画を頓挫させましたね」

「アレは潰されて当然や。カルテは医師のもので、情報開示の是非は医師が判断するのが当然や。マイカルテ運動が普及したらその原則が壊れてしまう」

「でも検査結果や病歴データがまとめられればムダな検査が減り、データが現場で共有され、よりよい医療ができるようになりますよね」

「アレは悪い面が多すぎる。データ管理は危なっかしいし、万一データが流出したら誰が責任を取るのや。そんな未熟なシステムを天下の道頓堀街に導入するのは時期尚早だ」

　湧井理事はうんざりした口調で続けた。

「しかしまあワクチンの話か思うたら、次はマイカルテか。話があっちゃこっちゃ飛んでせわしいのう」

　彦根は微笑して応じる。

「小川が大河になるように、どの話もひとつになっていくんです。新たなワクチンを供給するルートを保証してくださるのは、浪速府知事なんですから」

「なんやて？　それならこの話はナシや。浪速府医師会は村雨とは相容れん」

　声を上げた湧井理事に、すかさず彦根が応じる。

「それは村雨知事が医療費削減を公約に掲げているからですよね、高森会長？」

「その通り。我々は、医療費削減に断固反対している。これは自分たちの利益を守りたいという了簡の狭い話やない。日本の医療、ひいては日本の社会を守る聖戦や」

　高森会長の歯切れよい言葉に対し、彦根は大きくうなずいた。

「ごもっともです。府知事も就任直後は政策が練れておらず、医師会との軋轢もありました。しかし今後は医師会と共同していきたいと考え、手始めにこれまでの医療費削減構想を撤回し、医療費を最優先に予算取りするという政策の大転換をする予定です」

　高森会長は絶句する。これまで仇敵と目してきた相手が、いきなり膝を屈して全面降伏したようなものだったからだ。高森会長は咳払いをした。

「その話が本当なら素晴らしいが、今のところ先生の口先だけで何の保証もないな」

「二日後の府議会で知事自ら方針転換を発表し、それを反映させた来年度予算案を今年中に議会に提出予定です」

　信じられへん、と湧井理事が呻く。高森会長が言う。

「この件に関しては、二日後に顛末を確認してからでも、姿勢を決めるのは遅くない。仮にその話が本当だとしたら彦根先生は、いや、村雨府知事はなにを医師会にお望みなんでしょうか」

「村雨府知事から、浪速府医師会への要請をお伝えします。浪速府医師会から日本医師会に対し、医師会本部を浪速に移転させるよう要求していただきたい。そのための経費は全面的にバックアップさせていただきます」

　高森会長を始めとした医師会のメンバーは、呆然と彦根を見た。ようやく湧井理事が口を開く。

「アホ。医師会本部の浪速移転など無理に決まっとる」

　彦根はシニカルな微笑を浮かべる。

「浪速府医師会がいつも過激な提案をされていたのは、単なるポーズだったんですね」

「無礼な。我々は常に捨て身で提言している」

湧井理事の反論に、彦根が畳みかける。

「ならばなぜ、政策転換という譲歩をした上で日本医師会本部の浪速遷都を全面支援するという言質を取った村雨府知事の提案を呑まないのですか。今、みなさんが決起すれば可能なのに」

「そんなバカなこと……」

できるわけなかろう、と喉まで出掛かった言葉を高森会長は呑み込んだ。彦根は立て続けに馬鹿げた主張をしている。なのにいつの間にか、それが可能ではないか、と思わされてしまう。妄想の藁しべも束になれば本物の柱に見えてくる。そんな中、祥一が冷静に尋ねる。

「村雨知事がそんなことを提案する真意がわかりません。医療界に波風を立てるだけでしょう」

「医療界に波風を立てる、まさにそれこそが知事の望むところです。日本を三分し西日本の盟主になり、医療ベースの社会に作り替える。その象徴として日本医師会の西下を望んでいるのです。これは、浪速は日本の中心たれ、という村雨府知事のメッセージなのです」

高森会長は、居合わせた人々の気持ちを代弁するかのように告げた。

「ここまでくると付き合いきれん。とりあえずは二日後の府議会の様子を拝見しないと何も言えませんな」

「会長のおっしゃることは誠にごもっともです。みなさんの錆び付いた頭でよくぞここまで付いてきてくださったものです。しかし、浪速府医師会は見かけ倒しでしたね。医師会本部が浪速に移転したら医療現場の最高機関たる日本医師会と浪速府医師会が一体化し、浪速の覇権が叶うとなったとたん、腰が引けてしまうなんてねえ」

挑発的な彦根の言辞に、医師会の面々はむっとする。彦根はめげる様子もなく、続けた。

「せっかくの機会ですからＡｉに関する提案も説明しておきます。医師会は医療事故調を構築しようとしていますが、このままでは医師の首を絞める仕組みになってしまう。そこから逃れるにはＡｉセンターを設置しＡｉ情報の主導権を医療が握るしかない。にもかかわらず浪速大Ａｉセンターが法医学教室主導になるのを座視しているみなさんは、墓穴を掘っているようなものです」

「おっしゃっていることが理解できないのですが」

湧井理事の反発に、彦根はうっすら笑う。

「では、これだけは覚えておいてください。Ａｉを司直の手に渡してはなりません。Ａｉは医療が死守すべき最終防衛ラインなのです」

言い終えると彦根は立ち上がる。喜国と毛利も一礼し、あっという間に三人は姿を消した。

白けた空気を払拭するように、鈴木副会長が手を打つ。

「みなさん、料理がすっかり冷めてしまいましたが、どうぞ召し上がってください。板長ご自慢の季節もの、鮎の稚魚の天ぷらですから」

散会の間際、徳衛は祥一を引き連れて、高森会長に挨拶をする。

「ウチも代替わりしましてな。ふつつかな息子ですが、あんじょう使ってやってください」

「市医師会の石嶺会長からも、若手の有望株だとお聞きしておりますので、期待しておりますよ」

「石嶺会長は買いかぶっておられますが、お役に立てるならばお声を掛けてください」

祥一がそう言って会釈すると、高森会長は鷹揚にうなずく。以前は医師会の話をすると、祥一は露骨に嫌な顔をしたものだが、最近は雰囲気が変わった。キャメル騒動で医師会を見直したのかもしれない。

湧井理事から河岸を変えて呑まないかという誘いを受けたが断り、祥一と徳衛は退席した。エレベーターに乗り込みながら、徳衛は尋ねた。

「会合の間中ずっと、あの先生を睨んどったが、何かあったんか」

祥一は、「まあね」と黙り込む。扉が開くと広々としたロビーの片隅で人影が動いた。銀縁眼鏡、細身の立ち姿。彦根は二人の姿を目敏く見つけて歩み寄ってきた。

「菊間先生、少々お時間をいただけませんか」

ロビーのラウンジを指すと、返事も待たずに歩き出す。その後ろ姿を見つめていた祥一は、肩をすくめて後に従う。徳衛も祥一の後を追う。

ラウンジのティールーム奥のソファに深々と座ると、彦根は言った。

「茶番は終わりです。今夜の会合の目的は菊間先生、あなたにお目に掛かることだったんです。ワクチン戦争を仕掛けられたら、あの年寄り連中は僕の言ったことなど綺麗さっぱり忘れて右往左往するでしょう。それどころか、先頭に立って騒ぎかねません。なので、冷静な判断でキャメル騒動の収束を早めた菊間先生に期待しているんです」

祥一は首を傾げて尋ねる。

「過分なお褒めにあずかるのは光栄ですが、そこまで持ち上げてこの僕に一体、何をしろ、と？」

「いざという時、浪速の医師会の方々に、ワクチン戦争を仕掛けられたら十日間我慢せよ、と先ほどの言葉を繰り返してほしいのです。ただそれだけですよ」

「先生は浪速独自のワクチン生産ラインを築くおつもりらしいですが、本当にそんなことができるんですか？」

「逆にお聞きしたい。なぜ、できないのでしょう？」

「問いに対し問いで返すのは詐欺師の常套手段です。もし僕に協力を依頼したいなら、質問に対してまず誠実にお答えください」

　祥一が言うと、彦根はにっこりと笑う。

「これは大変失礼しました。優秀な人のご意見を伺うのが、僕の趣味なものでして。ご指摘の通り、そこがポイントです。インフルエンザの抗原はジュネーヴのＷＨＯ本部から送られてくるウイルスタイプを元に日本の感染症研究所がワクチン株を選定、独占的に国内のワクチン製造施設に振り分けます。その際ワクチンの品質担保のため、感染症研究所に一括納品すべしと義務づけられています。そこに抜け道はない。でも浪速大ワクチンセンターの協力があれば可能なのです」

「ワクチンセンターが製品を横流しさせるのですか？」

「違います。実はけもの道があるのです。日本ではすべての物流を一旦、魔都・東京を通過させることで地方を支配下に収めています。僕はワクチン配布でそのシステムに風穴を開けるつもりです。もちろん合法的にね」

「そんなこと、不可能や」

「ご存じですか？　不可能という言葉は愚者の言い訳だ、とはさる高名な歌人の言葉です」

　面と向かって愚か者呼ばわりされた祥一がむっとするのは当然だ。その憤りを懸命に抑え、静かに言う。

「そこまでおっしゃるなら、経過観察させていただきます。二日後の府議会の結果が楽しみです。彦根先生の予言通りになったらその時は喜んで協力しますよ」

「よかった。これで浪速は救われました」

　彦根は手を広げて言う。そしてつけ加えた。

「そう言えば、循環器内科の奥村(おくむら)教授から、大学に戻ってくるようにとお誘いを受けませんでしたか？　菊間先生はまだお返事をされていないようですが」

　祥一が警戒心を露わに言う。

「そんな内輪話をどうして先生がご存じなんですか？」

「おや？　質問に問いで返すのは、確か詐欺師のやり口だったのでは？」

彦根の切り返しに、祥一は思わず赤面した。彦根は楽しげに微笑する。

「実はその話を持ちかけたのは僕でしてね。これも菊間先生と仕事をご一緒したいがための熱意の現れと理解してもらえると助かるのですが。特任准教授といってもその実態は非常勤講師ですから、決してお仕事の邪魔になる肩書きではないと思うのですが」

祥一が言う。

「高く評価していただいて恐縮ですが、僕は先生のことを全く信用していません。先生は、第二医師会の元議長をご存じですよね」

きっぱりした口調に彦根は、はっと顔を上げる。

「菊間先生は……ヤツと知り合いなんですか？」

「自動車部の先輩です。第二医師会の元議長はあなたに人生を滅茶苦茶にされたんです」

彦根は目を細め、何も言い返さない。徳衛が尋ねる。

「祥一、第二医師会の元議長って誰や？」

「医学部の二年上の先輩で勤務医しとった時、彦根先生に医師ストライキに引っ張り込まれたのや。せやけど彦根先生は、雲行きが怪しくなると、あっという間にトンズラや。見事な逃げ足やった。逃げ遅れた先輩はストの首謀者に祭り上げられメディアに袋叩きの晒し者で再就職もできずに行方不明。第二医師会を作れとそそのかしておいて、自分はちゃっかり医師会中枢に食い込んでいる。そういう人なのや」

彦根は口を開いた。

「過去を弁明するつもりはありません。確かに僕は医師ストライキに関わりましたが、提案者もしくはせいぜい煽動者であって、首謀者ではありません。最初からストは頓挫すると予想していたから身を引いたんです。おかげで裏切り者とか、日和見野郎（ひよりみやろう）と叩かれましたけど」

「まるで他人事ですね。彦根先生がいなかったら、あんな運動は形を成さなかったはずなのに」

「医療ストは核兵器のようなもので、使うぞと脅している時に最大の効力を発揮するけれど、実際に使ったら外道（げどう）に落ちる。残念ながらヤツには理解してもらえませんでした」

彦根は天を仰ぎ、吐息をもらす。

「過去がどうあれ、今の僕を見てほしいですね。僕が動いているのは、浪速でのワクチン戦争を予見し、防衛線を構築しようとしているだけです。それはめぐりめぐって医療を守る聖戦になる。その意味では医療ストを打とうとしたあの日から、僕は何ひとつ変わっていません。放置すれば医療が霞が関の愚策に翻弄され、崩壊させられてしまう。だから徹底抗戦しているだけなのです」

その言葉は、彦根に対して不信感を抱いている祥一の胸すら打った。この春のキャメル騒動の当事者にならされた祥一は、胸が痛くなるほど共感してしまった。

「お話が出来てよかった。腹に一物を抱えたままでは、お互いにいい関係は築けませんからね」

立ち上がった彦根に祥一はあえて同じ質問をぶつけた。

「それならもう一度質問します。なぜ僕なんですか？」

問いに対する回答はもらったが、第二医師会の確執に言及した後なら、その問いには別の意味が含まれる。

彦根は目を細める。

「僕には、成功するために役に立つ人間を見抜く目がある。どうせ組むなら成功を約束された人の方がいいに決まっているでしょう？」

そう答えて彦根は、ひらりと身を翻し姿を消した。

午後九時。スポーツカーに乗った彦根は浪速府庁のあるベイサイドタワー地下駐車場に車を乗り入れる。

車から降り、エレベーターに乗り込んでセキュリティのパスワードを打ち込む。一瞬の間があった後、エレベーターは高速で上昇し始める。途中からガラス張りになった箱から見える浪速の夜景は素晴らしい。

それにしてもまさかあんなところで戦友の消息を聞かされるとは思わなかった。彦根は深いため息をつく。

暗闇に沈んだ最上階の一室から灯りが漏れている。ノックをして扉を開けると、真向かいに座った喜国と目が合った。ソファに身を沈めた村雨府知事が言う。

「浪速府医師会の件、ご苦労さまでした。なかなか見事な一幕だったようですね」

「感触は悪くありません。取りあえず二日後の府議会での村雨さんの演説次第です。僕の予言が的中すれば、浪速府医師会の上層部は一夜でシンパに変わるでしょう」

「でないと困ります。浪速府医師会の支持を取り付けるのは、今回の構想の背骨ですから。でも好意的だったにしては少々時間が掛かりすぎたようですが」

「実働部隊を託したい菊間先生と懇談していたもので。古い因縁に苦しめられていて、彼の説得はなかなか難しそうです。無能なヤツと組むと後々に祟るのです」

村雨は首をひねる。抽象的すぎてわかりにくいが、彦根は往々にしてこういう物言いをする。

「今夜戻られたのは、私の意思確認のためですか？」

彦根は首を振る。

「そこが崩れたら徒手空拳の一医師に戻るしかないので、知事の意志への信頼は前提条件であって、懸念すべきことではありません。僕は所詮、人の目を眩ませ虚を実に、実を虚に入れ替えるしか能のない道化なんです」

村雨は彦根の自虐的な諧謔に微笑した。だがすぐに真顔になって尋ねる。

「ところで例の軍資金の目処はつきましたか？」

「手応えは上々です。もう少しお時間をください」

「しかしあの手法は大丈夫なんでしょうか。どうも詐欺めいているように思えるのですが」

珍しく村雨府知事が気弱な発言をする。途端に彦根は声高になった。

「詐欺？　すべてのステップは合法的です」

「でも出現する最終局面は脱法行為でしょう」

「あれは脱法ではなく、越法ですよ」

言葉遊びのような答えを聞いて、村雨は目を細めて彦根を凝視する。


「だが、浪速の中小企業がモナコ公国に本拠地を移転するのを浪速府が手助けするなんて行為を、国税が見逃すとはとうてい思えないのですが」

「モナコはタックスヘイブンですが、移住するには一億円をモナコ銀行に預ける義務がある。その預金の手当てを浪速府が肩代わりすれば所得税は掛からなくなるから、代わりに本来の所得税の半額を浪速府に納付してもらう。こうしたやり方は国税には税逃れに見えるかもしれませんね」

彦根はそこで言葉を切って、村雨を見つめ返した。

「でも、そのあたりは持って行き方でどうにもなると思います。かつて収益以上に先行投資して税金を一銭も納めない巨大企業がありました。その企業は美味しいところを食い散らかし、破綻した。残されたのは公共財の貧困と廃墟です。でもその企業を国は容認しメディアは礼賛した。今、村雨さんが踏み込もうとしている領域では、利益は市民に還元されるので大義はあります」

「そもそもモナコにそんな巨額の預金の肩代わりをすることが不可能に思えるのですが」

「そこはお任せください。借金を取り立て、貯金を確認してきます。長い年月が経ち利子も相当額になっているはずですから」

村雨は疑わしそうな表情で彦根を見る。それは当然だ。裏打ちのない資金を確言するのは詐欺師の常套手段なのだから。一億、二億レベルなら舌先三寸で何とかなるかもしれないが、村雨が必要としているのは数十倍のレベルで、そうなると個人の力が及ぶところではない。

村雨は、諦めたような表情になって言う。

「浪速共和国が独立した暁には厚労相を担当してもらおうと思っていましたが、財務相の方が適任のような気がしてきました」

「ご冗談を。僕は帳簿をつけるのが大の苦手でして」

窓の外に目を遣る。夜景の上に大きな月が出ている。

彦根は腕時計を見て立ち上がる。

「僕はしばらく留守にしますが、こちらはスケジュール通りでお願いします」

彦根は笑顔を返し扉に向かう。ドアノブに手を掛けながら、思い出したように振り返る。

「ところで鎌形さんはどうされていますか？」

浪速地検特捜部の副部長。浪速共和国を成立させるためには必要悪としてどうしても手に入れなければならない暴力装置の核心。その姿が見えないことに彦根はかすかな不安を覚えた。

「厚生労働省局長の汚職事件公判のために多忙なのか、ここのところ姿をお見かけしませんね。彼の本道の業務ですから仕方ないでしょう」

「鎌形さんはかけがえのない人材です。決して失うことがないよう、ご留意ください」

村雨はうなずいたが、その忠告を心底受け取っているようには見えなかった。それは村雨の鎌形に対する信頼が絶対的であることの裏返しだったが、彦根は同時に、そこに危うさも感じていた。


エレベーターに乗り、地下駐車場に真っ逆さまに降りていく。何としても今夜中に桜宮にたどり着かなければならない。しかも東城大からの要請に対し、シオンを伴わなければならないだろう。だがシオンへの連絡は後回しだ。彦根はもつれる足で自動車の中に倒れ込む。リクライニングシートを目一杯倒して、目を瞑る。

今何よりも必要なのは、三十分の仮眠だ。

激しい疲労に襲われていた彦根は、たちまちにして深い眠りに落ちていた。

12　桜宮の軍資金

7月30日（木曜）

車中での仮眠から目覚めた彦根は夜明け前に走り始め、朝日が昇る頃、故郷の桜宮に到着した。

身体は泥のように重い。だが懐かしい海岸沿いのバイパスをひた走っていると、海風に洗われて気持ちが清々しくなってくる。やがて彦根は海岸と平行して走っていたバイパスを左に折れて海に向かう。バイパスと海岸の間にある防風林を抜けると、目の前に広大な敷地が広がった。桜宮の基幹産業であり続け、市政にも多大な影響を与えてきたウエスギ・モーターズだ。

ゲートの守衛所に会長とのアポがあると告げると、ゲートが開いて簡易駐車スペースへの誘導灯が私道に点滅し、行き先が表示される。贅を尽くした未来都市の趣がある所内を、彦根はその指示に従い駐車場に到着する。すると間髪入れずに、無人のカートが到着する。ご自慢の電気自動車だ。彦根が乗り込むと、カートは自動的に発進する。遠隔操縦されているようだ。海岸沿いの平坦な土地に工場の建屋が整然と並ぶ中、奥の建物にカートが横付けされた。カートのナビには本社到着という文字が点滅している。彦根はカートから降りて本社の建物に入ると応接室に通される。やがて、白髪交じりの壮年男性が姿を見せた。彦根は立ち上がる。

「久本（ひさもと）社長自らお出ましとは、恐れ入ります」

男性は彦根の前のソファにすっと腰を下ろす。

「会長自らお目に掛かるとおっしゃるのであれば、この私が露払いを務めるのは当然でしょう。このところ調子がよろしいようで、先生にお会いするのも楽しみにしておられました」

「いつも小遣いをせびってばかりなのに？」

「孫にたかられるのは年寄りの楽しみですからね。今、メディカルチェックの最中ですので三十分ほどお待ちいただきたいのですが」

「お目に掛かれるのであれば、何時間でも待ちます」

「では私も失礼して所用を片付けてきます」

彦根は、かちゃり、と扉が閉まる音を聞きながら、ゆったりとしたふかふかのソファに沈み込んだ。

扉が開く音がして目を開く。

壁に掛かった時計を見上げると、部屋に通されてから三十分が経過していた。

どうやら居眠りをしてしまっていたらしい。さすがにここのところ無茶をしたからな、と思いながら身を起こす。応接室に入ってきた久本の後から電動車椅子が続く。部屋に入るなり急加速した電動車椅子は、ソファとテーブルの周りをぐるぐる三回まわり、彦根の正面にぴたりと停まった。

車椅子に座った上杉会長は、彦根の顔をのぞきこむ。

「よく来たな。二年ぶりか」

「いえ、一年と二百三十五日ぶり、です」

「ふん、相変わらず偏屈なヤツめ」

「会長にそう言われるのは、いささか不本意ですね」

生き生きとした口調で憎まれ口を叩いている上杉会長の側には、白衣姿の若い女性が佇んでいる。彦根はふと、車椅子の背もたれのデジタルの数字に気がついた。

そんな彦根の視線に気がついて、上杉が言う。

「相変わらず目敏いヤツだな。これが気になるのか。コイツは我が社で現在、鋭意開発中の最新型電動車椅子の『介護クン』といってな、座るだけで血圧、脈拍、心電図等のバイタル・データがモニタされる。それだけではないぞ。そのデータはセンターに送られて即座に解析され、車椅子の主の健康状態をチェックし、何かあればすぐさま対応できるという優れものだ」

「なるほど、つまり検査と診断も同時にされる遠隔医療の実体化というわけですね。それにしても端子もつけずに心電図までモニタできるなんて驚きです。これなら狭心症の患者も安心ですね」

彦根が感心すると、上杉会長は得意げに言う。

「医療面だけではなく、なかなか快適でもあるんだ。背もたれの高感度のセンサーが心臓の電位変化を拾うのだが、その端子がツボに嵌って、マッサージ効果もある。さすがのお前もそこまでは思いつかないだろう」

「恐れ入りました。高齢化の現代では、これが実用化されれば相当の需要が見込めるでしょうね」

「お前もやっぱりそう思うか。おい、久本、『介護クン』の商品化に本腰を入れろ」

目を輝かせて指示すると、久本がうなずく。

上杉会長は柔和な表情で言った。

「さて、今日の用件は何だ？」

彦根は会長ご自慢の電動車椅子から視線を上杉会長本人に移すと、言った。

「今日は借金の取り立てに伺ったんです」

「はて、私はお前に借財などしていたかな。私の手術を見学した時、依頼に対し義務を果たさず遁走したという、お前の負債ならよく覚えているが」

「さすがそのお年になっても経済界に君臨されているだけあって、記憶力は抜群ですね。確かに僕は、上杉会長のバイパス手術を見学させていただくのと引き替えに出された課題に答えず逃走してしまいました。あれは僕の負債です。でも今日は借金取り立ての代理人として参ったのです」

「ほう、誰の代理人だね」

彦根は大きく呼吸すると言った。

「スリジエセンターを構築しようとして志半ばで桜宮を去ったモンテカルロのエトワール、天城雪彦（あまぎゆきひこ）の代理人として会長の手術代を頂戴しに参上したんです」

「それはまた、ずいぶん黴くさい案件を引っ張り出してきたものだな」

上杉会長の唇に、うっすらと笑みが浮かぶ。

「黴臭くなんてありませんよ。何しろ天城先生の名は、今も燦然とこの世界では輝いているんですから。そう、天空に輝く北極星のようにね」

上杉会長は目を閉じると、しわがれた声で言う。

「非常に不愉快な男だったが、確かに凄腕ではあった。あれから二十年近く経つのか。だが、なぜ今お前が唐突にヤツの代理人として借財を取り立てるために、私の目の前に現れたんだね？」

「ずばり、日本の再構築のためです。そのために上杉会長に預けておいた資産を使う時がきたのです」

「私の資産は私のものだが」

「地獄にカネを持っていくおつもりですか」

「彦根先生、言葉が過ぎます」

久本の顔色が変わる。上杉会長は手を挙げ、制した。

「構わんよ。地獄だろうが極楽だろうが、次の世にはこの身ひとつで行くさ。借財を返すのも当然のことだから、お前の要望に応じたいという気持ちはないわけではない。だがその前にひとつ確認したい。お前はその巨額の金を何に使うつもりなんだ？」

彦根は上杉会長を凝視した。やがてにっこり笑う。

「浪速を中心とした西日本連盟結成のため、ひいてはその先にある日本三分の計の実現を見据えて、です」

場は沈黙した。

強張った表情になった久本社長が震え声で言う。

「村雨府知事が日本三分の計なる策に血道を上げているというウワサはかねてから小耳に挟んでいたのですが、あれは本当だったのですね」

　すると上杉会長は大笑いをし始めた。

「いやはや、この年になって釜田(かまた)市長の使いっ走りの小僧のホラ話で楽しませてもらえるとは思わなんだ。おまけにその仕掛け人が、ワシの依頼に恐れを成して遁走したお前だったとはさすがに驚いた。いつの間に、あの風雲児にそこまで食い込んだのかね」

　彦根は首を振る。

「僕が村雨知事に食い込んだわけではありません。村雨知事が僕の考えを呑み込んだのです」

「ものは言いようだな。しかしながら、かりそめにも上場企業のトップであれば、風雲児と詐欺師の野合話に乗るわけにはいかんだろう。そうだな、久本？」

　久本社長はうなずく。

　彦根はシニカルな笑みを浮かべて言う。

「霞が関の支配にこの先もずっと甘んじるおつもりだったとは、経済界の巨魁、上杉会長のお言葉とは思えませんね。企業の優遇税制と言っても最後はごっそり持っていくお約束ですし、消費税還付で隠れ手当をもらっていても、重税感がユーザーを直撃し、めぐりめぐって自社産業に影を落とす。社会構造を根底から変えない限り、日本に未来はありません」

「そんなこと、お前さんなどに講釈をいただかなくてもわかっとるわ」

　上杉会長が一喝するが、彦根は動じない。

「ならばお尋ねしますが、上杉会長が亡くなったらその資産は天領召し上げとなり、ウエスギ・モーターズは衰退してしまう恐れがありますが、それでもいいんですか？　どうせいつかは召し上げられてしまう財ならば、その半分を、輝かしい未来の可能性に投資して、一炊の夢を見てみたいと思いませんか？」

　上杉会長は苦虫を噛みつぶしたような表情で、彦根をにらみつける。

「まったく、人の気持ちを逆撫でして痛いところを平然と衝いてくるところは、昔のヤツそっくりだな。仕方がない、話だけは聞いてやろう。確かにあのバイパス手術から二十年近く経つが、まったく不都合がない。そうした日々を保証してくれたから、耳を傾けるくらいの義務はあるだろう。で、お前の望みは何なんだ？」

「村雨基金への寄付と全面支援をお願いしたいのです」

「浪速の暴れん坊への支持を公表しろ、というわけか。だがそれは難しいな。霞が関、特に財務省の反発が強すぎる。霞が関支配から離脱するという意図をあからさまにすれば当然のことだ。昨今の新聞やテレビのバッシングは官僚が村雨潰しに躍起になっている証拠だ、なんてことくらいはお前にだってわかっているんだろう？」

上杉会長の問いかけには直接答えず、彦根はうっすらと笑う。上杉会長は肩をすくめて、続けた。

「まあ、せっかくお越しいただいたのだから、せめてひとつくらい土産話を持たせてやるとするか。霞が関の干渉があるから一見アンチには見えるが、実は財界は村雨への対応をいまも決めかねている、というのが真相だ。基本姿勢はいまだに中立なんだ」

「ということはつまり、もしも上杉会長が村雨支持を表明すれば財界は雪崩を打って支持に向かうかもしれない、ということですね？」

「そうとも言えるが、そんな単純な話でもない。確かに私の影響力はまだ多少なりともあるから、私が村雨支持を表明すればそれなりに面白いことにはなるだろう。だが私が賛意を示したことによって、野に伏した反対勢力が村雨叩きを始め、お望みとは真逆の現象が起こるかもしれんぞ」

「要するに財界も一枚岩ではないし、何かをすればその反動がどのような形で現れるかは、上杉会長の頭脳を以てしても予測がつかない、というわけですね。ならば会長が懸念されているのとは逆に、雪崩を打って支持を取り付けられる可能性もあるわけですよね」

上杉会長はうなずく。

「まあ、理論上はそういう可能性も否定できない、という程度の話だがな」

「それならそこにもうひとつ、強力な材料が加われば、方向性の決定に、強力な影響を及ぼすかもしれませんね。そもそも村雨知事は徒手空拳で支持を要求したりしません。強力なバーターが成立すれば、すべてはひっくり返りますよ。村雨さんは若き日、桜宮で天城先生が思い描いた理想の病院の実現に奔走しました。あの頃から政治を支えるのは経済と医療と考えていたんです。日本三分の計にあたり、村雨さんは当時から温めていた秘策を解き放つつもりです」

「秘策だと？　何だ、それは？」

「企業課税の半減です」

それまで黙っていた、久本が声を上げた。

「課税を半減するなんて、絶対に不可能です。決定権は国家にありますから」

彦根は久本社長には目もくれず、上杉会長を見た。

「日本三分の計が実現すれば可能なのです。その時の核弾頭がウエスギ・モーターズの村雨支持になるのです」

上杉会長は視線を逸らし、咳払いをした。

「企業課税を半減できれば財界の村雨支持を約束してもいい。だが、そんな実現不可能なたわ言に、誰が耳を傾けるのかね」

「これは理論的に実現可能です。会長、お耳を拝借」

彦根は上杉の耳元に囁きかけるとソファに戻り、上杉会長を真正面から見据えた。上杉が呻く。

「浪速府がモナコ公国に企業の本拠地を移す仲介をし、その手数料として本来の納税額の半分を浪速府に納めさせるだと？　そんな枠組みが成立するのか？」

「国家という貪食モンスターは時代遅れのシステムの上にあぐらを掻き続け、地方のＧＤＰという果実をしゃぶりつくし、地方交付税という食べかすにして返してきました。そんな上納システムを破壊し、地方の収益は地方で回せば、成立します。そうしたパラダイムシフトを可能にするのが村雨試案で、その源流は永遠の革命家、天城雪彦の発想と資金です」

上杉会長は射るような視線を彦根に向けたが、やがて破顔する。

「中央集権的な予算環流システムを破壊するつもりか。さすがスカラムーシュと呼ばれるだけのことはあるな。老い先短い身としては、地獄にカネを持っていけるわけもなし、そのホラ話に乗ってもいい。で、いくらくらい必要なんだ？」

「ずばり百五十億円、会長の全資産の半額で、天城雪彦の手術を受けるための代金です」

上杉会長は眉ひとつ動かさない。

「当時は三億だったはずだが。二十年の間にずいぶん利子が付いたものだな」

「これは天城先生のシャンス・サンプル、本来の対価です。患者は全財産の半分をルーレットの赤か黒かに賭ける。二択に勝てば実質、財産を出さずに最高レベルの手術が受けられる。今回、この試みが成功した暁には寄付金はそっくりそのままお返しします。これが僕が提唱する、新たなるシャンス・サンプルなのです」

上杉会長は腕組みをして目を閉じる。部屋の中で、突然秒針が時を刻む音が響いた。

やがて上杉会長はかっと目を見開くと彦根を凝視した。

「うまくいけば見せ金で済むわけか。よかろう。ただし条件がある。その提案を上杉総研で検討させたいのだが、構わんかな？」

「それは望むところです。できれば解析結果をお知らせいただければありがたいですね」

「当然そうするさ。何しろもし村雨支持を打ち出せば、我々は一蓮托生なのだからな」

久本社長の不安げな表情を無視して立ち上がった彦根は、上杉会長に握手の手をさしのべる。

「交渉成立です。寄付の件は改めてご連絡します」

上杉会長はうっすら笑うが、差し出された彦根の手を取ろうとはしなかった。


会談を終え、彦根は桜宮岬へ車を走らせる。プラチナの輝きを放ち屹立している塔の前で車を止め、電話をかけた。五分もしないうちに小柄な女性が姿を現し、亜麻色の髪をなびかせて車に駆け寄ると、助手席に乗り込む。

「ウエスギ・モーターズの件は無事に済んだ。東城大の方はどうだ、シオン？」

「こちらも順調です。現在、碧翠院に蓄積されていた過去のＡｉデータ解析を進めているところです」

シオンは頬を紅潮させながら答える。彼女は読影協力者としてＡｉセンターに詰めていた。

「碧翠院のデータが東城大にもたらされるなんて因縁深い話だな。どうしてそんなことになったんだろう」

「厚労省の白鳥室長が提供してくださったのですが、情報の入手の経緯はわかりません」

「その件は放置でいい。白鳥さんに深入りすると思考がジャミングされるからな。だが怨念深い碧翠院のデータを無理やり呑み込まされたようにも見えるんだが」

「碧翠院での検案症例の集積で総数二千例以上です。死亡症例にＡｉを実施した単純データの集積です」

彦根はしばらく考えていたが、ぽつりと言う。

「シオンがそう思うなら大丈夫かな」

会話がとぎれた。彦根が思い出したように言う。

「この車はシオンに預ける。自由に使え」

彦根から鍵を受け取ったシオンは、うなずいて言う。

「Ａｉセンターに顔出しされますか？」

「いや、いい。昨日Ａｉセンター会議に出席し、その足で浪速の医師会で一席ぶって、今朝方桜宮に舞い戻って来たばかりだからね。人遣いが荒くてスケジューリングを考えもしない、浪速喜劇みたいな毎日なんだから」

「では、これからどうされるのですか？」

「このまま北に飛ぶ」

シオンは北、と聞いて小首を傾げる。

「それなら桜宮駅まで車でお送りしましょうか？」

彦根は少し考えて首を振る。

「いや、それは遠慮しておこう。たまには昔懐かしいおんぼろバスで桜宮周遊と洒落込んでみたいんだ」

「わかりました。では、お気をつけて」

片手を挙げると、彦根はバス停に向かう。彦根の後ろ姿が見えなくなるまで、シオンはその場に佇んでいた。亜麻色の髪が風に吹かれて、煌(きら)めくように揺れた。


バスが土埃を巻き上げてやってきた。一時間に三本の桜宮駅行きのバスに乗りこむと、車窓の景色は自分でハンドルを握る時と違って見える。ウエスギ・モーターズ前、というバス停のアナウンスも新鮮だ。終点、桜宮駅に到着し、桜宮三姉妹の像を見遣る。バスが到着して五分で新幹線が発車するようにダイヤが組まれている。一見スムースな連絡だが、すると桜宮で過ごす時間が削られ、桜宮で費やされるべき散財がメトロポリタン・東京に召し上げられてしまう。東京は収奪に狎(な)れている。日本三分の計はそうした富の偏在を均等化する仕組みだ。

東京行きの切符を購入しようとした時、携帯メールが着信した。彦根は舌打ちをして、まったく効率の悪い東奔西走だな、と呟きながら行き先を浪速に変更する。

下りの新幹線は三十分待ちになるが、メールに返信していたらたちまち時間は過ぎ、下りの新幹線が到着する。乗り込んだ彦根は腕組みをして目を閉じると、たちまち寝息を立て始めた。


翌日。村雨府知事の政策転換を報じたメディアはその変節を糾弾したが、数日後の世論調査での支持率は、何とついに八〇パーセントを超えた。

医療を徹底的にサポートするという村雨の決意に呼応した、前代未聞のその数字を、浪速府医師会の理事たちは驚愕の表情で眺めていた。

13　雨竜

7月28日（火曜）

合同庁舎最上階の第五会議室前の廊下に所在なげに佇んでいると、扉が開き部屋の中から男性が姿を現した。

斑鳩が目礼すると、警察庁の電子猟犬(デジタル・ハウンドドッグ)、加納達也(かのうたつや)は目を細め、閉めたばかりの扉を振り返る。

「お前も御前会議に呼び出されたのか。俺とお前が同時に動くと、警察庁に激震が走る予兆らしいぞ」

「そのガセの出所はどこでしょう」

「とても無声狂犬(サイレント・マッドドッグ)の発言とも思えんな。情報源をオープンにしないのは、捜査のイロハのイ、だろう」

「失礼しました」

斑鳩は頭を下げる。加納は部屋の前から立ち去ろうとして立ち止まる。

「お前、桜宮をどうするつもりだ？」

斑鳩は扉をノックしかけていた拳を止め、答える。

「私は上の意向に従い、動いているだけですから」

「なるほど、愚問だったな。俺もまだまだ未熟だ」

加納は片頬を歪めて笑う。その気配が薄れていくのを見送り、長い廊下の果て、大股で加納が左に折れたのを確認して、斑鳩は扉をノックした。

部屋には制服姿の男性が三人横並びに座っていた。男たちは同じように肘をつき、口元を隠すように手を顔の前で組み、斑鳩を凝視している。背後の大窓は、空中楼閣のようで、部屋は天空に投げ出されたみたいに見える。

逆光の中、眼前をさえぎる男たちのシルエットは飛び降り防止用の柵に見えた。ふと、机から離れた場所で腕組みをしている男性に気がついた。壮年で贅肉を削ぎ落とした精悍な体つきなのに、なぜか緊迫感に欠けるのは、その顔が馬のように長いせいだろう。よく知った顔だが、以前と雰囲気が変わっていた。

目の前にパイプ椅子が一脚、置かれているのに気がついて、腰を下ろす。任官面接みたいだと思っていると、正面の刑事部長が穏やかな声で言った。

「忙しいところ、桜宮から呼び戻して手間を掛けた」

人事課長が立ち上がると、ぼそぼそとした声で辞令を読み上げる。

――斑鳩芳正(ほうせい)、貴殿に東京地検特捜部特別捜査班協力員の兼任を命ず。

斑鳩は辞令を受け取り、凝視する。

「斑鳩室長、貴君は浪速地検の鎌形副部長と親しいというウワサを聞いたが、本当かね？」

斑鳩はモアイ像のような男性に視線を移す。

東京地検特捜部の福本康夫（ふくもとやすお）副部長とは面識があった。副部長に昇格したのは耳にしていたが、その彼が直々に警察庁に足を運んでいる。公訴権と捜査権を併せ持ち、プライドの高さを誇る東京地検特捜部の出世頭としてはあり得ない行動だ。普通は検察庁に呼びつけるだろう。

「鎌形検事は、私が金比羅市警に出向していた時の地検次席でした」

「A庁明けでの赴任時に接触したのか。貴君の話は鎌形から聞いたことがある。遣り手の署長だったそうだな」

「昔の話です」

「私と鎌形は司法研修所の同期、同クラスだ。四十四期で検事に任官したのは五十名、今でも検察に残っているのは十五名。出世頭が私とヤツのふたりだ」

斑鳩は福本を見つめたが黙っていた。頼み事をしたいのは福本で、斑鳩ではない。

「今の答えを聞けてよかった。でなければこの特命を伝えるわけにはいかないからな」

「警察庁に所属する者である以上、個人感情や親交によって業務遂行に支障を来すことはありません」

斑鳩にしては珍しく自己弁護した。だが特命を受ける以上、この言い訳は必須だ。上層部の疑念が現実の捜査を遂行する上でどれほど煩わしいか、斑鳩は知っていた。

「グッド。無声猟犬はよく走ってくれそうだな」

自分が警察庁内部では無声狂犬と呼称されていることを知っている斑鳩は、ひっそり笑う。福本は鎌形と同期のライバルだと目されていると聞いていたが、猟犬と狂犬を取り違えるようでは鎌形の足元にはとても及ばない。

あのお方は、私が狂犬だと承知した上で、平然と使いこなしていたものだ……。

検察の独自捜査で仕事を共にした時の判断の迅速さと的確さ。鎌形がカマイタチという通り名を得たのは、斑鳩と遂行した金比羅市役所土木課収賄事件捜査の時だ。

だが、そんな斑鳩の感傷は次の一言で吹き飛んだ。

「斑鳩君の本音が聞けて安心した。特命は鎌形潰しだ」

斑鳩は警察庁幹部の顔色を窺う。こんな生臭い話を、同類の役所とは言え他庁で口にするなど、霞が関の常識ではあり得ない。逆光に沈んだ幹部トリオの姿は黒々とした影となり表情は読めない。

福本は淡々と続ける。

「これは国家存亡時における防衛案件なので、斑鳩室長が有する機動部隊にご協力願いたい」

「私が有する機動部隊？」

「とぼけなくていい。君が率いるＺＯＯ（動物園）の存在は検察庁も把握している。勝手な組織化を黙認しているのは、それが国家体制の維持に有用だからだ」

冷や汗が一筋流れる。非公式に組織図を超えた協力態勢を築いたが、上層部には隠してきたつもりだった。それが丸見えだったとは。

だが同時に福本の発言からは、非合法工作に手を染める組織内組織が黙認されているということも知れた。つまりは、その非合法組織の有用性が理解されている、ということなのだろう。それにしても警察庁内ならまだしも、検察庁にまで把握されていたとは、と斑鳩は自分の間抜けさ加減に呆れ果てていた。

「昨年、厚生労働省の局長を収賄で浪速地検が挙げた件は知っているな？」

斑鳩はうなずく。霞が関の心臓部に、ガサ入れという無体な形で特捜部が手を突っ込んだ一件は霞が関を震撼させ、浪速地検のカマイタチの名を轟かせた。

これは福本の誘導だ。うなずかなければならない質問を続け、拒否する気持ちを麻痺させてしまう。斑鳩は会話をコントロールされ、口にする言葉を規定されているのを感じる。取り調べのプロである自分ですらこうなのだから、一般の被疑者などひとたまりもないだろう。気を抜くと自分の意図しない言葉まで喋らされてしまいそうだ。ふと、ノーと言えるタイミングがあれば口にしてみようと斑鳩は思う。福本は続ける。

「あの違法捜査は国家中枢、霞が関に打撃を与えるために遂行されたということが、これまでの東京地検の裏付け捜査によって明らかにされている」

「東京地検が動いたのですか？」

反射的に尋ねた斑鳩の問いに対し、福本は首肯してから、ゆっくり首を左右に振る。

「当然、表立ってではない。極秘捜査は不可能だ。そもそも事人事は全国共通だから極秘捜査は不可能だ。そもそも事件の背後には浪速の勘違い知事がいる。鎌形は政治への無条件協力という一線を越えたので粛清せねばならない」

「それなら更迭なり辞職勧告なり、手はあるはずです」

「その通りだが、浪速地検が立件してしまった以上、鎌形を更迭したところで手遅れだ。ならば事件ごと吹き飛ばすしかない。そこで君に協力してもらいたいのだ」

福本の口調は常に一定だ。斑鳩が尋ねる。

「動物園では兎が自滅し、土蜘蛛は別件で稼働中です。今や、検事の要望にお応えできるかどうか。ＺＯＯの誰をご所望なのですか」

「雨竜（うりゅう）」

福本は目を細め、即答した。斑鳩は目を見開く。

正面の影がかすかに揺れた。どうやら上層部は了承済みらしい、と悟った斑鳩は立ち上がり踵を合わせる。

「了解しました。それでは指定場所に指定の時間に伺わせます」

「早とちりするな。雨竜だけではない。君もだ」

「雨竜を投入するのであれば、私めは不要かと」

福本は首を振る。その眉間に皺が寄る。

「雨竜は雨中の龍、その存在はおぼろ。その影に怯えカマイタチが動く時、最後にヤツを仕留めるのは無声猟犬のお前しかいないだろう」

無声狂犬なんですが、と言いかけてやめた。あだ名を訂正して何になる。そもそも福本は斑鳩が無声狂犬と呼ばれていることを知りながら、あえて言い間違えているのかもしれない。だとすれば狂犬すらも猟犬として使いこなしてやる、という強い意志の表れか。凡庸な出世主義者という福本の評価が次第に変わりつつある。

「明日一時、検察庁の執務室にご足労いただきたい」

敬礼した斑鳩は、部屋を出たその足で合同庁舎地下一階、捜査資料室へ向かった。


コンクリート剝き出しの殺風景な地階の突き当たりの扉を開くと、薄暗い部屋に古書の黴臭い匂いが広がる。書棚奥の机に大柄な男が背を丸めて座っている。机の前の天井まで届く本棚は書籍で埋め尽くされ、広い机の上には開いた本と書類の山が散らかっている。

雨竜、と声を掛けると、大きな身体が伸び、ぎい、と椅子を鳴らし回転する。丸顔でいがぐり頭、大きな目。鼻も口もすべて造作が大きい。肉食獣のような獰猛さと無縁の、草食獣のような印象。誰もがこの、人畜無害の顔立（はらだ）ちに騙されるのだ、と斑鳩は思う。

その男、原田雨竜は、己の風貌といかつい巨体に似合わない、甲高い声で言う。

「あ、斑鳩さん、お久しぶりです」

「相変わらず、仕事が山積みのようだな」

ちらりと斑鳩が机の隅のファイルの山を見て言う。雨竜は首を振る。

「ご心配なく。どれもちょっと補助線を引けば簡単に片づくヤツばかりですから。それより斑鳩さんがわざわざお越しになるなんて、どんなひどいボンクラが、どんなとんでもないチョンボをやらかしたんですか？」

「東京地検特捜部から直接の出動要請だ。明日、私と一緒に出頭せよ、とのことだ」

「まさか。つまらないジョークは止めてください。今、いいところなんですから」

雨竜は、手にした中世黒魔術の発禁本を開いた。

「くだらない雑用さえなければ、ここは天国です。古今東西の発禁本を自由に閲覧できるんですから。疲れたら捜査資料室の参考文献でも手に取って気分転換できますし。資料室整理係に任命していただいて、斑鳩さんには感謝しているんです」

「勘違いするな。お前がこうしてぬくぬくしていられるのは、そのくだらない雑務処理が有能だからだ」

雨竜は本を伏せて、言う。

「本物の文化ってヤツはいつの世でも迫害されるんです。でもやっぱり検察庁の依頼は冗談ですよね？　誇り高い検察が、格下と見下す警察庁の、得体のしれない部署へ業務委託するなんてありえないし、そもそも事件を作り上げるという特捜部の手法は、僕と丸カブリですし」

「私もそう思う。だが道すがら考えて特捜の真意がわかった。我々がうまくやればよし、失敗すれば責任を負わせる。そんな貧乏くじだが、やってくれるか、雨竜？」

「それこそムダな質問ですね。上司の命令には絶対服従なのが組織の定めだし、僕がそんな貧乏くじごときで、この楽園を逃げ出すはずがないでしょ」

斑鳩は再び書籍に没頭し始めた雨竜に告げた。

「明日十三時、特捜部の福本副部長の執務室、だ」

「福本副部長？　ははあ、浪速地検叩きの絵図を描かせるつもりかな。だとしたらちょっと大ごとですね」

斑鳩は密かに舌を巻く。呼び出した相手の名を聞いただけでその思惑まで把握してしまうなど、あらゆる捜査関係書類に通暁できるこの部屋の住人であって初めて可能になる芸当だろう。

霞が関は見えないところでつながり合っている要塞基地で、雨竜はそうしたサティアンから一歩も外に出たことがないのではないかと囁かれていた。

霞が関がそんな眷属を出動させると決定したのは、加納が言う通り、地殻変動の前兆なのかもしれない。

翌日。斑鳩が地下の捜査資料室に出向くと、雨竜は身支度を終えていた。蝶ネクタイの上、色がジャケットとまったく合っていない。ファッションセンスに乏しい斑鳩でさえそんな感想を抱くのだから、雨竜のセンスのなさは極めつきだ。それでもふだんのTシャツ姿からすれば上出来だろう。

総務省と同居する合同庁舎の建物を出て、東京地検特捜部がある法務省のビルに向かう。外を通った方が早いのだが、雨竜には、霞が関のビル群から外に出たがらないという奇妙な習性があり、あちこちの地下通路を経由しなければならないのだ。

特捜部副部長室に入ると、今にも崩れそうな書類の山が二人を出迎えた。山腹の地層に埋もれたモアイ像のように、東京地検特捜部副部長・福本康夫が椅子に座っている。気が乗らない様子だった雨竜が、部屋に入ったとたん目を輝かせた。

「初めまして、警察庁地下室に出向中の原田雨竜です」

「忙しいところ、よく来てくれた」

福本が立ち上がり手をさしのべる。雨竜は両手を胸の前で組み合わせ、お祈りのポーズをする。

「福本さん、ひとつお願いがあります。福本さんが斑鳩さんとお話をしている間、ここの書類を読ませてもらってもいいですか？」

隣で斑鳩が顔をしかめて、雨竜を叱責する。

「副部長はお前にも話があるとおっしゃっているんだ。片手間に聞くなんて失礼なことを言うな」

「僕は上司の指示に従うだけですから、依頼を聞くのは斑鳩さんだけで充分でしょ」

頬を膨らませ、小声で言い返す雨竜の声を聞きながら、福本は苦笑する。

「そこまでしてここにある書類を読みたいのか」

「当たり前でしょ。未決書類は起訴されなければ金輪際、人目に触れることのない書類ですから僕にとっては宝の山です。むざむざ見過ごすなんてできませんよ」

「わかった。貴君の要望を許可しよう。ただし読み終えた書類は元の場所に戻してくれ。散らかしているように見えるが、私の中では整理されているのでね」

「それ、わかります。これは単なる書類の山じゃなくて、時系列に積み上げた地層なんですよね」

にこにこと笑った雨竜は、そう言い終えるや書類の山の底に沈み、斑鳩と福本の視界から姿を消した。その様子を眺めやった福本は斑鳩に向き合った。斑鳩の耳に福本の曇った声が響いた。

「浪速地検特捜部を、強制でやる」

　書類の山から雨竜が潜水艦の潜望鏡のようにひょっこり顔を上げて、福本を凝視した。


　一時間後、斑鳩と原田雨竜は福本の部屋を辞した。未知の情報をたらふく詰め込んだ雨竜はごきげんだ。地下通路をたどって帰庁する道すがら、斑鳩が尋ねた質問に、雨竜はあっさり答えた。

「福本さんのは無理筋、斑鳩さんの案の方が理に適っています。浪速地検特捜部へのガサ入れを東京地検がやるのは筋悪（すじわる）です。最高検を動かすしかないでしょう」

「だが、それにも問題がある。最高検は、書類決裁が法体系に則って適切に進められているかどうか監督する最終チェック機関にすぎないからな」

「でも最高検の長、検事総長は検察の頂点です。だから最高検が出張るしかないんです。それに今回の東京地検特捜部の狙いは、浪速地検特捜部が集積した省庁の書類を取り戻すことだから、それで充分なんです」

「どうしてそんな風に思うんだ？」

　思わぬ視点に驚いて尋ねると、雨竜はにい、と笑う。

「そもそも浪速地検のガサ入れが不自然すぎたんです。特捜部が厚労省に強制捜査に入れば反発を買うし勝ち目も薄い。切れ者の鎌形さんがそんなリスクを冒すとしたら、あの件には別の目的があったと考えるしかない。ズバリ浪速独立のための情報収集です。独立するには浪速に厚労省を設ける必要がある。そのための基礎資料を得るのがガサの本当の目的だったと思えるんです」

　斑鳩は雨竜を凝視する。やがてぽつんと尋ねた。

「お前は鎌形さんに会ったことがあるのか？」

「交流人事で財務省から警察庁に出向して、居心地がよくて居座ってしまった外様の僕に、地検特捜部のエースとの接点なんてあるはずないでしょ」

「それにしては、鎌形さんのことをよくわかっているような口ぶりだが」

「書類上の鎌形さんならよく存じ上げています。書類とか報告書でいつも対話していました。恐ろしい切れ者で、まさにカマイタチという通り名はぴったりです」

　斑鳩が好奇心を持って尋ねた。

「福本さんの書類上の評価はどうなんだ？」

　雨竜はうっすら笑う。

「まあ、あの人は見たまんま、あんな感じです」

　モアイというあだ名にさえ言及しないその発言には、つまりまったく中身がなかった。それは、評価に値しないという意味なのか、それとも見ればわかるだろう、と斑鳩を突き放したのか、一体どちらなのだろうと勘ぐりたくなる。だが、斑鳩はそれ以上は追及しない。

「すると福本副部長の真の目的は、浪速地検特捜部で現在進行中の、厚労省局長の収賄事件捜査を頓挫させることに加え、収奪された書類の奪還も兼ねているわけか。それなら手駒の東京地検特捜部を動かさざるを得ないだろうな」

　雨竜は斑鳩の目をのぞきこむ。

「でしょ？　でもそんなことはしたくないもんだから、福本さんはわざわざ斑鳩さんと僕をセットで指名したんです。そもそもプライドの権化みたいな地検特捜部の幹部が、格下である我々に頭を下げたのは、何かあったら全部僕たちに責任をなすりつけようという魂胆に決まっています。斑鳩さんがあの場で依頼を引き受けたのは賢明でした。そんな上司に与えられた無理筋な要望をお膳立てするため僕まで呼んだという念の入れようは、もはや検察がなりふり構っていられないところまで追い詰められているという、何よりの証拠です。でも、ご心配なく。その程度の事案に対応できなければ、僕には地下室で特別待遇をしてもらう価値がありませんからね」

　雨竜の滔々とした演説を聞き遂げた斑鳩は、目を細めると静かに言った。

「そこまでわかっているなら、もう言うことはない。福本副部長の依頼に関し、一切を委ねる」

　雨竜はにい、と笑って敬礼をした。

14　新幹線談義

7月30日（木曜）

翌日。斑鳩は新幹線で西に向かう。

福本は今、一歩間違えれば検察を瓦解に導きかねない核ミサイルの発射ボタンを押そうとしている。組織人としての斑鳩はその命令には絶対服従であり、刃向かうことはできない。

上がやると言えばやる。ただそれだけのことだ。そしてそれが検察、そして警察の体質だ。

終点の浪速に到着する。ビジネスマンに混じり、列車を降りると改札を抜け、切符を買い直し、構内のカレースタンドに引き返す。

店内に入り、周囲を見回すと奥の席に中肉中背の男性が座っているのが目に入った。黒サングラスの下から、鋭い眼光が斑鳩を射貫いている。

斑鳩は目礼し隣に座る。カウンターの上にはすでに何品か、小皿が並んで箸をつけた形跡があった。あわてて皿を寄せ、斑鳩の前のスペースを拭いた店員に、黒サングラスの男性は瓶ビールとコップを二つ、オーダーした。

「まあ、まずは一杯つきあえ」

一瞬、首を傾げて躊躇した斑鳩だが、素直にうなずいた。男性は意外そうな表情をした。

「かつて金比羅地検でチンピラ検事を一人前にしてくれた辣腕の警察署長は、いやしくも司直の人間ならば、勤務中は酒を口にしてはならないと強く諌めたものだ。おまけにその石頭署長は、警察官や検察官といった職種の人間は、常に勤務時間に身を置いているという自覚を持たねばならぬ、とも言っていた。それは、つまりは断酒しろというに等しかったが。一体どういう心境の変化なんだ、斑鳩？」

斑鳩は目を細めた。それが微笑であることは、付き合いが相当長い人間でもなかなか気がつかない。低い声で、ぼそりと答える。

「今はプライベートタイムですから」

鎌形は黒サングラスの奥から、斑鳩に向けて優しい視線を投げかけてきた。

「ほう、斑鳩にもそんな時間があったとはな。それを聞いて少し安心したよ」

「プライベートタイムということにでもしないと、私がこの場にいる釈明ができないもので」

　ふたりの間の空気が固まり、周囲の雑音が消えた。ビールを注ぎながら、鎌形は言う。

「そうか。福本が動いたんだな」

　斑鳩は黙っている。やがて注がれたビールを一気に飲み干すと、立ち上がった。

「ご馳走さまでした。これで失礼します」

　斑鳩は一礼して店を出て行く。

　後には黒サングラスの裏側で瞑目する鎌形と、気の抜けたビールのコップだけが残された。


　新幹線のホームには、さっき降りた列車がまだ止まっていた。終点で折り返しの東京行きに変わった列車に、斑鳩は再び乗り込もうとした。するとその背後から声を掛けられた。

「ご一緒してもいいですか、斑鳩さん」

　振り返ると、銀縁眼鏡が光っていた。斑鳩はしばらく躊躇していたが、やがてぼそりと答えた。

「もしも、ご一緒する利点がお互いにあるのなら」

「なるほど。ではメリットとしては、今後の日本の行く末について僕と情報とビジョンを共有できます、というのはいかがでしょうか」

　ヘッドフォン姿の彦根新吾は微笑すると、一足先に車内に乗り込む。のぞみの発車メロディが鳴り終わり、喧しいアナウンスが一瞬黙る。

　束の間ためらった斑鳩は、気がつくと吸い込まれるようにして、その身体を車中に滑り込ませていた。

　背後で扉が閉じる。列車は静かにホームを出発した。

　東京までご一緒します、と斑鳩はぽつりと言った。

　売り子から缶ビールを買い求めた彦根は、斑鳩に一本差し出す。黙って受け取ると、栓は開けずに前のホルダーに置いた。ビールに縁がある日だ、と呟いて言う。

「しかし、まさかこんなところでお目に掛かるとは思いもしませんでした。偶然とは恐ろしいものですね」

　彦根はにやりと笑う。

「実は偶然じゃなかったりして。僕はつい先ほどまで、鎌形さんと打ち合わせをしていたんですよ」

　斑鳩は怪訝に思う。確かに鎌形には用件をまとめて済ませるため、面会を立て続けに設定するクセがあった。

だが彦根と斑鳩という確執あるふたりとの会合を一緒に並べたことには、鎌形の意図を感じざるをえない。そして彦根はそのチャンスを目一杯活用したわけだ。それは同時に斑鳩にとっても絶好の機会だった。

　これまで斑鳩は彦根に煮え湯を飲まされ続けてきた。それが決定的な敗北にならずに済んだのは、ひとえに互いが属している組織の性格の違いにすぎない。外部からの攻撃に対し一枚岩になれる警察組織と、理念だけは一致するものの行動に移すとちっぽけな利害関係の調整に四苦八苦する医療界。どれほど鮮やかな勝利を収めても次につながらないので、彦根はさぞかし口惜しかろう。そんな悲劇の英雄、彦根とサシで話が出来る機会など滅多にない。見る角度を変えればそれは危険な行為だとも言える。だが、霞が関の朝敵、村雨執行部は裏切り者の鎌形という暴力装置と、根無し草の彦根という幻術使いの二枚看板を両翼に配している。これはその片翼をもぐチャンスにつながるかもしれない。そんな機会を窺うのは組織の防人（さきもり）としては当然の選択だ。

　心のこもっていない乾杯を交わし、ビールを口にした彦根はオープニングブローを放つ。

「警察庁は今後、医療事故調をどのような位置づけにするおつもりなのでしょうか」

　医療の守護神気取りか、と斑鳩はほっとする。鎌形と彦根が結託し村雨府知事をサポートするというシナリオは最悪で、その件で膝詰め談判になるのを恐れた斑鳩だが、こちらの方面なら大過ない。

「医療事故を、業務上過失致死の枠組みから外すため、医療界で独自に死因究明制度を作り、問題を自己解決していくためのシステムと理解しております」

　斑鳩の優等生のような回答に、彦根はうなずいた。

「表面上はそうした理解でいいんですが、そもそも医療事故調は極北（きょくほく）市民病院の産婦人科医が不当逮捕されたことに端を発しています。現場をろくに知らない捜査当局が医療に手を出し、医療現場を滅茶苦茶にした。それに対する医療側の自己防衛です。でもこのまま成立したら事故調は当局が現場を起訴するために、ただ有利なだけの御用機関に成り下がってしまうでしょう」

「でもそれは医療サイドから提案された事案ですが」

「医療サイドからは、警察の介在を排除し刑法適用を除外してほしいという付帯条件がありました。そんなことは法改正しなければ不可能なのに、厚労省はそうした変更を担保しているかのような言辞を繰り返している。一部学会上層部の連中は厚労省の言質をとったと信じて医療事故調の設置を推進しているんです」

「だとしたらそれは医療界の壮大なスイサイド、自死になりかねませんね」

「おっしゃる通りですが、警察も医療が壊れたら困るでしょう？　そこで提案があるんです。Ａｉ情報の取り扱いは医療サイドに委ねていただけませんか？」

　Ａｉとはオートプシー・イメージングの略で、死亡時画像診断のことだ。現在、死因究明制度の基礎は解剖に置かれているが、解剖実施率は三パーセントを切る。司法解剖は全死者の一パーセントに過ぎず、警察が扱う異状死体の中でも、一割を切るというのが現状だ。そこでＣＴなどを用いて死体を画像診断すれば、そうした惨状を打開できる、というのが彦根の主張だった。

　斑鳩は首を振る。

「そのことに関して、私には決定権がありません」

「ということはやはり、警察庁の上層部はＡｉ情報を捜査情報に含めようとお考えなんですね」

　このやり取りは、情報量の収支では明らかにマイナスだった。斑鳩は、彦根との同行を決断した自分の判断を後悔するが、今さら後には引けない。

「死因は捜査情報です。捜査に必要な情報は集めますし、捜査の妨げになるなら、死因に関する情報公開は限定されなければなりません。情報開示はあくまでも捜査の必要性から要請されるものだということはご理解ください」

　彦根は笑みを浮かべる。

「斑鳩さん、国会答弁みたいな、不毛な議論はやめませんか。まあ、死因が捜査情報だという根拠が乏しいという点ではコンセンサスを得られたようですし、斑鳩さんに権限がないのもわかりますので、ここらで少し話を変えましょう。警察は今後、Ａｉ情報をどのように精査していくつもりなんですか？」

　斑鳩は虚を衝かれた。まさかここまでＡｉに拘って一点突破を図ってくるとは思いもしなかった。

　浪速で府知事の切り札の特捜部の鎌形と会い、知恵袋の彦根と遭遇した。当然、浪速中心のやり取りになると考えたから新幹線車中での会談を受けたのだ。

　だが斑鳩は肝心なことを忘れていた。桜宮では東城大Ａｉセンター創設を巡って、彦根と丁々発止のやり取りをしていて、北の案件、南の案件と称される喫緊(きっきん)の課題がスポットライトを浴びてもいた、という事実を。

新幹線の出発点が浪速だったことに、必要以上に囚われていた。医療中心に社会を立て直すという、医翼主義者である彦根がこうした流れに誘導することは充分に予想できたはずだ。斑鳩は腹を決め、答えた。

「もちろん、医療現場と緊密な連携を取りつつ対応していく所存です」

「本当にそうお考えなんですかねえ」

そう言いながら彦根はノートPCを立ち上げる。画面には頭部CT像が現れた。

「この症例は東城大Aiセンターの案件で、法医学教授の誤診例です。司法解剖で虐待の形跡なしと判断しましたが、Aiで頭蓋骨の陳旧性骨折が発見されました。警察捜査の基本である司法解剖は劣化しているのです。司法解剖の鑑定技術は進歩していますが情報開示など社会に向けた姿勢は落ちこぼれです。法医学者を監査せず甘やかしてきたツケで、警察は間違った情報を元に捜査を強行し、冤罪に直結しているんです」

彦根の辛辣な言葉が胸を抉る。知り合いの法医学者たちの頑なな顔を思い浮かべる。今さらあの連中に監査を課すのは難しいだろう。だが、斑鳩は懸命に反論する。

「Aiは死因情報ですので刑事訴訟法により公開制限が掛かります。だが医療が関与すると情報が漏れてしまう恐れがあるのです」

彦根はPCをシャットダウンし、大きく伸びをした。

「法律は絶対的な真理ではなく、人々が一緒に暮らすための公約数を守ろうという約束です。時代が変わり人が入れ替われば、法律も変わるはずです」

「そんなことをしたら社会の安全が失われます」

「それでは現在の警察機構が守りうる平和を保つだけで、法体系の外側で起こっている悲劇を無視している。確かに警察は平和を守っていますが、システムを守るため自己保身に走れば事故も増える。そうなれば市民の支持を失い、自分たちを守るための無茶をする。こうした悪循環が冤罪につながり腐敗を引き起こすんです」

「それは人間社会で起こり得る、普遍的なことです」

「そうなんですが、それが警察という暴力装置で引き起こされると取り返しがつかなくなってしまいます。警察の力を抑止する仕組みがない点が問題なんです」

「警察には監察部門がありますので、その批判は当たりませんせん」

「監察官室は警察組織の一部です。自ら血を流すような仕組みにはなっていませんよ」

「警察・検察批判は結構。現行の法律下では、Ａｉ情報を医療の領域に置くわけにはいきません」

　斑鳩は目を細めて彦根を見遣る。彦根は首を振る。

「Ａｉ情報が刑事訴訟法の証拠に当たるという法的根拠など、実はどこにも明記されていません。同法第四十七条には訴訟に関する書類、つまり捜査情報は、公判の開廷前に公にしてはならない、とありますが、死因情報がそれに当たるとは一切書かれていないのです」

「それは不文律です。これまでもそうだったし、これから先もずっとそうです」

「そうした思い込みは怠惰の証です。そして法律は怠惰の産物ですから、ちょっとつま先の向きを変えるだけでも大騒ぎだ。でもね、斑鳩さん、死因が捜査情報ではないと判断しているのは、警察の担当官自身なんですよ」

「バカな。そんなことはない」

「ではお聞きします。殺人事件が起きた時に死因が報道されますね。あれは誰が漏らしているんですか？」

　斑鳩は言葉に詰まる。夜討ち朝駆けで取材する熱心な記者に、担当官が情報を漏らすことはしばしばある。そうした情報を新聞・テレビで報道してもらうことが捜査活動のＰＲになるし、時に有力な目撃情報につながったりもする。だが、斑鳩はそのことを口にできなかった。

　彦根はうっすらと笑う。

「本来であれば死因情報を漏らした担当官は守秘義務違反で逮捕されるべきでしょう。でもそんな話はまったく耳にしない。つまり鉄の規律を誇る警察組織が死因情報の漏洩という違法行為を黙認しているのです。それは死因情報が捜査情報と認識されていないからなのです」

「法令遵守という観点からすれば、確かに破綻していますが、その点は医療だって似たようなものでしょう。医療が信頼関係で成立するように、司法も信頼していただきたいものです」

　斑鳩の反論を聞いて、彦根はシートに身を預けた。

「僕は司直を信用しません。何しろ僕たちの先輩がひどい目に遭わされましたから。東城大チフス事件こそ日本の医療行政と司直の横暴が結託した忌むべき事件です」

　斑鳩は呆れ顔で彦根を見た。

「ずいぶん古い話を持ち出しましたね。東城大の内科医が患者にチフス菌を飲食させて感染実験をしたという、戦後史に残る一大スキャンダルでしたね」

「さすが、警察庁の医療対応班の筆頭だけあって、旧聞もよくご存じですね」

穏やかだった彦根の表情が険しくなった。

「実はあの事件は冤罪であることが後年の検証で証明されています。何よりその方法では感染が起こらないことが科学的に立証されています。検察は実験のためという動機を撤回したのに、世の中にその事実は流れない。司直と官僚のミスは徹底的に隠蔽されるんです。でも日本三分の計をベースにした西日本連盟では情報公開を重視します。それは利害関係に雁字搦めになった組織では実現困難なのです」

斑鳩は薄い唇を噛みしめた。

油断した。ここでいきなり浪速に転回するとは。

稀代の論客、スカラムーシュ・彦根に攻め入る隙を与えてしまったのは自分のミスだ。なるほど、市民社会への情報公開という観点は、西日本連盟やＡｉセンターに共通した土台になっている。

「斑鳩さん、そんな風に警戒しなくても大丈夫ですよ。この国にはディベートで物事を判断していくという土壌が欠けている。いくら市民社会が、僕の主張を正しいと認めたとしても、それが社会に反映されないのは、偏に官僚のみなさんの努力の賜物でしょうね」

「さすがにそこまで言うのは非礼でしょう」

「誰に対して非礼だと言うのでしょうかね。正論を無視している官僚の方がよっぽど非礼だと思いますが」

「正論と理想を高く掲げるのは結構ですが、高く登ればハシゴを外されます。今、浪速大Ａｉセンターは法医学者を中心として展開されることが決定され、桜宮のＡｉセンターも風前の灯火。つまり先生の主張は徒手空拳です。そんな状況で私にどうしろとおっしゃるのですか」

彦根は目を閉じ、虚空に人差し指を差し上げる。その指先に難解な方程式を描き、それを解くかのように素早く指を走らせる。やがて方程式を解き終えたのか、目を開いて斑鳩に向き合った。

「警察はＡｉ情報の主導権を医療に譲るべきです」

結局それか。斑鳩は彦根の手詰まりを見抜き、防戦から逆襲に転じる。

「それは現実的ではありません。警察庁が放射線学会の理事長にＡｉ診断への協力を要請したところ即座に、不可という回答を頂戴しています」

彦根は唇を噛む。放射線学会のトップは帝華大放射線科の教授だ。帝華大は霞が関の利権と一体化していて、Ａｉを表舞台に上げないために医療界の意向が一致していると断言されても否定はできない。

　彦根は懸命になって、崩れ去った防壁の内側に、新たなる砦を築こうとする。

「医療界でも積極的対応を考えている組織はありますよ。確か日本医師会は、Ａｉを主体にした死因究明制度についての提言を出しているはずです」

「もちろん、そのことはよく存じ上げております。日本医師会の医療安全部門の理事に接触しましたが、やはりＡｉを主体に死因究明制度を組み立てるＡｉセンター方式は時期尚早との回答でした。専門家からもＡｉは捜査現場に任せたいとの回答を得ています。以上よりＡｉ情報を医療現場に任せるわけにはいかない、と警察庁は判断しているのです」

　畳みかけられ、彦根の表情はいよいよ硬くなる。斑鳩の社会システムに対する理解は適切だ。学会は小さな権益のセコイ奪い合いに明け暮れているため、社会的に有意義なことを遂行するためにはまったく役に立たない。だから医療現場を動かす実働部隊である医師会に依頼するのは当然の流れだ。だが実はそこにも厚労省の手は回っている。担当理事を籠絡すれば医師会の意向と標榜できる。おだてられて転ぶ理事もいる。

　そんな医療上層部の惨状に右往左往させられているであろう彦根の様子を見て、孤軍奮闘という四文字熟語が斑鳩の脳裏をかすめる。

　だが、決して同情などしてはならない。何しろコイツは警察庁の極秘ファイルにおいても変幻自在、稀代の詐欺師と目され、スカラムーシュなどという、得体のしれない称号を手にしている危険人物なのだから。

　彦根と斑鳩は見つめ合い、身じろぎもしない。まもなく東京駅に到着します、という車内放送が流れ、列車は減速を始めた。

　彦根は険しい表情をふ、とゆるめると、親しげな視線を斑鳩に投げながら静かに言った。

「Ａｉを取り巻く状況は混沌としています。でもグランドデザインを決める時は未来を見据えるべきです。たとえ現状は斑鳩さんの言う通りでも十年後、Ａｉというシステムが社会に根付いた地点から振り返り、誰に託すべきかを考えていただきたいのです」

　斑鳩は彦根の言葉を理解した。だが理解するということと、同意できるということはまったく別の話だ。ましてそれぞれの立場がある場合、同意は一層困難になる。

　斑鳩は冷たく言い放つ。

「それは実現不能の理想論です」

彦根は黙り込む。

ふたりの論争の判定は、現時点では斑鳩の圧勝、未来展望では彦根の完膚なき勝利というところだろう。

東京到着を告げるアナウンスが流れるのを耳にして、彦根は立ち上がる。

「おかげさまで、なかなかスリリングなひとときを過ごすことが出来、退屈せずに済みました。そうそう、そう言えば鎌形さんは大層驚いていましたよ。検察が反撃するなら斑鳩さんを使うだろうというところまでは予測はしていたそうですが、まさか斑鳩さんがここまで自分に忠義立てしてくれるとは思わなかったそうです。というわけで鎌形さんからの伝言です」

彦根は斑鳩を見下ろして言った。

——感謝する。

ひと言、そう言い残すと彦根は立ち去った。

それが彦根の挨拶なのか、それとも鎌形からの伝言だったのか、あるいはその両方だったのか、斑鳩にはもはや確かめようがなかった。車中に一人残された斑鳩は、今生では鎌形と会うことは二度とないかもしれない、という予感に震えた。


警察庁に戻ったその足で斑鳩は雨竜の部屋に向かう。だが雨竜はいなかった。ボードには一階喫茶室とある。雨竜が外部協力者と会う時に使う場所だ。

喫茶室の雨竜は、斑鳩を見て目礼する。雨竜の前には怪しい風体の中年男性がいた。斑鳩は二つ離れた席に座る。男性は斑鳩の登場に気がつかず話を続けた。

「つまり浪速の跳ね返りを陥れたいんですね。他ならぬダンナの依頼ですから何とかして差し上げたいのは山々ですが、何しろヤツは妙に身綺麗でして、カネや女で引っ張る材料が見当たらないんですよ」

「そんなことはわかってるさ。それなりの筋のかけらでもあればガンちゃんなんか呼ばないよ」

つまり筋悪、すなわち捏造、虚言の類で仕掛けようというわけか、と斑鳩は腕を組む。依頼からたった一日で、筋語りの雨竜がでっち上げを検討しているという事実が、相手の手強さを雄弁に物語っていた。

「しかしひどい言われようだなあ。まあ、三日くださいよ。極上のネタを用意しますから」

「ふうん、三日、かあ」

雨竜が耳障りな甲高い声で言う。男は頭を掻いた。

「雨竜のダンナにはかないませんな。わかりましたよ。明日までに何とかします」

雨竜はにっこり笑う。

「それでこそガンちゃんだよ」

男がそそくさと姿を消すと、斑鳩はカップを持って雨竜のテーブルに移った。

「下司な男だな」

雨竜はアップルティーを飲みながらうなずいた。

「あれが天下の朝読新聞の司法記者だって言うんだから世も末です。ヤクザかチンピラと見紛うばかりのヤツらがでかい顔をしてるんですから」

そんな下品なヤツとでっち上げの相談をしているお前はどうなんだ、と口にしかけて、その言葉を飲み込む。その言葉はそのまま、斑鳩自身にはね返ってきそうに思えたからだ。

雨竜は命じられたことを実現するために回転する歯車のひとつにすぎない。その動力は自己の内部にはない。外部からの力を忠実に次の歯車に伝えるだけだ。

司法記者と一体になり邪魔者を葬り去ってきたのが、東京地検特捜部の裏の顔だ。特捜部の聴取の後で自殺する参考人の中には、自分の意思に反した供述を取られ、周囲に顔向けできなくなった良心的な人がいる。なぜ虚偽の自白をするのかという単純な疑問をメディアは追及しない。捜査は事実を積み上げて犯人を導き出すわけではない。検挙したい犯人のために物語を紡ぎ、現実と合わない部分は、作家のように「創作」するのだ。冤罪の存在は、こうした捜査手法が組織の隅々にまで染み渡っている証拠だ。善悪定かならざる案件では結論ありきのやり方が強行され、むしろそれが捜査の標準でさえあったりする。

その意味で、警察の本丸にご神体の如く祀られていた雨竜が、地下の社殿から地上に引きずり出された図は、この国の大変動の予兆のように、斑鳩には思えた。その本丸に致命的な一撃を加える者がいるとすれば、それはおそらく、警察庁の危険人物ファイルに刻印された、乱世のスカラムーシュではないかと考えて、あわててその思いを振り払った。

雨竜は、そんな斑鳩の逡巡と動揺を見透かすかのように、じっと斑鳩を見つめていた。

15　極北の再会

7月31日（金曜）

羽田を飛び立ち、北海道の新千歳空港に降り立った彦根は、その足で列車に乗り込む。途中で第三セクターの本数が少ない列車に乗り換えるから、極北市までは一時間半もかかってしまう。

列車に揺られながら、彦根は訪問先の土地と久しぶりに会う相手に想いを馳せていた。

極北市が地方自治体として財政再建団体に指定され、破産してからまもなく一年。当初はメディアに注目もされた過疎の街もすっかり落ち着いて低め安定していると聞く。地方自治体が破産したことでもっとも注目を集めたのは市民病院の去就だ。病院再建屋の異名を取る医師が着任し、いろいろ物議を醸している。救急診療しない、入院させせない、投薬しないの三ナイ運動は極北市民から総スカンを食らっているが、なぜか院長はその座を追われない。院長の行為には何かしら真理のかけらがあって、その劇薬は現代の困難な状況に対するひとつの処方箋だからかもしれない。だがそれは浪速で医療立国を目指し、国家が滅びようとも医療を滅ぼしてはならぬという過激な医翼主義を提唱している彦根にとっては大いなる壁として立ちはだかってもいたのだった。

極北市民病院の院長、世良雅志（せらまさし）とは東城大時代の知り合いだ。五つ年上の世良には、彦根が佐伯外科の手術見学をした時、世話になった。彦根はその時、世良の指導教官である天城雪彦と出会い、天城は彦根に未来を指し示した。それに従い彦根はここまでたどりついたのだ。

その世良は今、苦境にあり、危機に直面している。救急患者への対応でしくじり、メディアからバッシングに遭っている真っ最中なのだ。

因縁深い話だ、と彦根は思う。極北市という、彦根の主張の弱点を露呈する恐れがある因縁の地を、このタイミングで訪れることになったのはある意味、必然だったのかもしれない。

だが今は、そんな未来への恐れよりも、若き日の思い出が駆け巡っていた。

極北を目指してひた走る列車の車窓を見やりながら、思えば遠くに来たものだ、と彦根はひとり呟いた。

　極北羅堂駅は第三セクターが運営する鉄道の終点だ。単線の一両列車はひと駅ごとに長い停車を繰り返し、上りの列車とすれ違う。極北羅堂駅に着いた時には、すでに日はとっぷりと暮れていた。道には街灯もないため途方に暮れていると、背後でホーンが鳴った。

　振り返るとオートバイのヘッドライトが彦根を照らし出す。目を細めると、サイドカー付きのバイクに跨がった男性がゴーグルを外し、片手を挙げた。

「よ、久しぶり」

　彦根は灯火に誘われた蛾のように歩み寄る。

「その節はお世話になりました、世良先生」

「それって先生が医学生の時のことなのかな。あれ以来だから二十年ぶりになるのか。お互いあちこちを転々としたようで、顔を合わせる機会がなかったからな」

　極北市民病院院長、世良雅志は微笑する。

　彦根の東城大卒業時には、大学病院から姿を消し行方がわからなくなっていた。彦根は医療行政に携わるため、天城の忠告通り東城大を離れ帝華大の西崎外科に入局した。そんな二人の軌跡が交錯したのが、上杉会長のバイパス手術をモンテカルロのエトワール、天城雪彦が執刀した時だった。


　地方自治体として初めて財政再建団体に指定された極北市は現代日本における特異点だ。そこに天城の忘れ形見とも言うべき世良が滞在しているのは、おそらく決して偶然ではないのだろう。

「卒後、帝華大の外科学教室に入局し、大学院で病理医に転籍し、今は房総救命救急センターの病理医です。世良先生は佐伯外科を離れた後、どうされたんですか？」

　世良の表情に翳りがよぎる。

「ま、いろいろと、ね。富士崎町の診療所を皮切りに僻地や無医村を回っていたら、病院再建屋なんて過分な称号をいただいちまって引っ込みがつかなくなり、こんな最果ての地に流れ着いた、というわけだ」

　かつて読んだ「不良債権病院再建屋医師の素顔」なるヨイショ記事を思い出す。優れた行為に対する取材記者の劣等感が見え隠れしていた拙い記事。唯一の美点は、事実だけは誠実に記していたことだ。それが事柄の羅列にすぎないとしても、その事実が記事を読んだ彦根の心を揺り動かした。

　その世良が言う。

「ウチは再建中で、医局にはお茶菓子もなくてね。そこの居酒屋で食事しよう。おでんが旨いんだぜ」

「構いませんが、先生はバイクだから飲めませんよ」

世良はバイクから降り、タンクをぽん、と叩く。

「コイツはここに置いていくさ。市民は駅の駐車場はタダなんだ」

世良が居酒屋に入ると、らっしゃい、という元気な声が出迎える。彦根も続いて縄暖簾をくぐった。

がんもどきをつつきながら、世良はビールをあおる。

「世良先生の極北市監察医務院への北爆は、絶妙のタイミングで炸裂しましたよ」

彦根が世良に流した情報により、開店休業状態だった極北市監察医務院は閉鎖されることになったのだ。

「先生から突然連絡をもらった時は驚いたよ。何しろ二十年近く音信不通だったからな。だがあの情報は有難かった。あんな得体の知れない施設がのさばっていたら極北市の再生は覚束ない。おかげで先手を打てた。先生は極北市を救ってくれた恩人さ」

「南雲（なぐも）院長には災難でしたね。東城大連合に本拠地を叩きつぶされるなんて思ってもいなかったでしょうから」

「俺の方だって先生とタッグを組むなんて思ってもいなかったよ。縁とは不思議なものだな」

「縁と言えば最近、疎遠だった母校との縁が深くなり、Ａｉセンターの副センター長に任命されたんです」

世良は、ふうん、と言ったきり反応しない。Ａｉにはまったく興味がなさそうだ。ビールのお代わりを注文して、世良はさりげなく彦根に水を向ける。

「こんな僻地に来たのは、何か目的があるんだろ？」

彦根はうなずく。強い視線で見返しながら、言う。

「世良先生は天城先生の莫大な資金を受け継いでいるというウワサを聞きました。その資金を僕に預けてくれませんか？」

世良は目を細めて彦根を見る。やがて、ふう、とため息をつくと、あっさり言う。

「突拍子もない話だな。俺がそんな資金を持っていたら、こんな僻地で燻（くすぶ）っているはずがないだろう」

簡単に認めないだろうと思っていた彦根は吐息をつく。

「おっしゃる通りですよね。無駄足だったかなあ」

世良はビールをぐい、と飲み干した。

「まあ、与太話としてはなかなか面白いな。ちなみにその資金を手に入れたら何に使うつもりなんだ？」

「浪速の西日本独立運動にぶっこみます」

世良はまじまじと彦根を見つめた。やがて、お代わりのジョッキを一気に飲み干すと、世良は店主に告げた。

「おいちゃん、悪いけどバイクの代行をしてよ」

「またですか。病院に置いてくればよかったのに」

「そう言わずに頼むよ。明日は朝が早くてさあ」

「しょうがないなあ。いつもいつも」

そう言いながら店主は「ちょっと出てくる」と奥の女性に声を掛けた。あいよ、という声がすると店主は世良から鍵を受け取り外へ出て行く。世良は彦根を振り返る。

「今夜の宿はあるのか？」

「ホテルに飛び込みでお願いしてみます」

ちらりと時計を見ると、九時を回ったところだ。

「極北の過疎をナメるな。この時間ではホテルは客を受け入れないぞ。病院の当直室が空いているから、そこに泊まれ。明日の十一時に道庁に着けばいいんだろ？」

彦根は驚いて言う。

「どうして僕のスケジュールをご存じなんですか」

「実は俺もその会議に招待されているんだ」

会議を招集した時、世良の存在を忘れていたのは迂闊だった。だがおかげで事情をわかりやすく説明する機会を持てそうだ。

ハーレーの運転席に居酒屋の店主、タンデムシートに世良がまたがり、彦根はサイドカーに乗る。穏やかな店主の運転で夜の静寂の中を進んでいく。

「当直室に泊まれば当直のバイト料は出るんですか？」

彦根が尋ねると世良はにっと笑う。

「出るはずないだろう。ウチは救急は断っているし入院患者もいないから夜間業務はない。だから当直室はビジネスホテルさ。宿代と当直料で相殺してやるよ」

「何だか騙されたような気がしますね」

彦根が抗議すると、世良は思いついたように言う。

「それなら極北救命救急センターを紹介してやろうか。極北救急は雪見市に全面委託している関連施設だし、ついこの間まで俺のたった一人の部下を派遣して貢献しているから、人材派遣の道筋は出来ているんだ。せっかくだから将軍に挨拶してこいよ。きっと大喜びでバイト代分、こき使ってくれること間違いなし、だ」

「どうかそれだけはご勘弁を。あの人の懐に飛び込んだりしたら、あっという間に当番医に組み込まれて、とうに捨て去った外科医の経歴に一ページを加えることになってしまいそうです。速水（はやみ）先輩は医療の守護神として、北の大地に君臨し続けてもらいたいですね」

ハーレーは市民病院の敷地に滑り込んだ。

翌朝。目を覚ました彦根は、二階の窓から世良がバイクを磨いている様子を眺めた。彦根の視線に気がつくと、世良は片手を上げた。

「よく眠れたかい？」

「おかげさまで。救急のない病院当直は寛げますね」

「そのせいで市役所とは険悪なんだけどね。最近も救急患者の一件がメディアに煽られて大騒ぎさ」

その件は知っています、と喉元まで出かかったが、彦根は口にしなかった。世良は口調を変えて言う。

「それじゃあ支度して。外来は部下に任せるから、こっちはいつでも出られる。朝食は札幌で食べよう。道庁の食堂はなかなかイケるんだぜ」

五分後、彦根は部屋を出て一階に下りる。中庭へのドアを開くと、ハーレーのエンジンを空ぶかししていた世良が彦根の側に走り寄り、バイクを停める。彦根がナップザックをサイドカーの後ろに放り入れて乗り込むと、バイクは咆哮を上げて、中庭から外界に飛び出した。

「どうして世良先生が北海道再編会議に出席を要請されたのですか？」

風の中、彦根は声を張り上げて尋ねる。世良はまっすぐ前を見据えながら答える。

「極北市の益村市長は北海道再編会議の重要なメンバーで、俺はその市長に重用されている。医療から再生を、というのは市長のスローガンだからな。しかしとぼけたことを言うもんだ。極北市をキモとした東日本連合なんていうばかげた妄想を吹き込んだのはお前なんだろ？」

「……まあ、それはそうなんですけど」

正直に言えば日本三分の計とは西日本独立が真の狙いで、東日本連合は当て馬にすぎない。だが実を虚に、虚を実に、それが彦根の空蟬の術だ。西日本連盟が主であればなおさら、東日本連合の樹立を実に見せなければならない。そのための戦略と試案もしっかりある。

風の中、彦根は自分が設定した北海道再編会議について思いを馳せた。


赤煉瓦造りの北海道庁は、天井が高く床は油を引いたように底光りしている。部屋に通されると、そこには三人の人物が着席していた。

見慣れない顔がひとつ。残る二人は、つい二カ月ほど前の五月、青葉県庁の一室で村雨と共謀した青葉県の新村隆生知事と極北市の益村市長だから、消去法でそれが北海道知事の徳村と判断する。それは東日本連合の首謀者が一堂に会した歴史的瞬間だった。

世良は明らかに場違いだったが、物怖じすることもなく、堂々とした態度でソファに座っている。

口火を切ったのは東日本連合の盟主の座をめぐり、徳村北海道知事と覇権を争う新村青葉県知事だ。

「彦根先生はこの二ヵ月、音沙汰がなかったので、東日本連合はもうお見限りかと心配していました」

「浪速がごたついていたもので。村雨さんが潰れたら東日本連合も画餅に帰してしまいます。西日本連盟の成否が、東日本連合の確立にも必須なのでご容赦を」

彦根が弁明すると、新村知事は朗らかに笑う。

「そのあたりはさすがにわかっております。村雨さんは着実に歩を進めているようですな」

「第一段階は突破したので東日本も歩調を合わせてもらいたいと思い、みなさんにお集まりいただいたのです」

「彦根先生が口先だけの詐欺師か、はたまた地方社会の救世主かがはっきりする瞬間ですね」

徳村佑・北海道知事が言い放つ。徳村は、彦根が日本三分の計を提唱した時に、自分に声が掛からなかったことにお冠だと、一瞬で読み取れた。

彦根は咳払いする。

「東日本連合が独立するための方策は電気エネルギーの独占化です。今、原子力発電が総電力量の三〇パーセントを占めますが、原子力発電所は関東地方には少なく、北日本や西日本に偏在している。なぜか？　原子力発電所が安全と言えない施設で、周辺に放射能を撒き散らす恐れがあるからです。首都圏の人間は自分たちの生活圏外で危険な発電をさせ、電気を消費しているのです」

「確かにリスクを押しつけるのは植民地的な政策だが、補助金が支払われているからフィフティ・フィフティだろう」

徳村の反論に、彦根は首を振る。

「その考えこそ中央支配に蝕まれている証拠です。社会の潮流は地産地消です。東北で生産された電気は東北で消費すべし。電気が欲しいなら送電契約を結び代価を払うべきです。それが東日本連合の原資になるのです」

彦根の言葉は正論だ、と首長たちは思う。だが彦根の戦略には常にある種の危うさがつきまとう。

「そんなことが実現可能なのかね」

新村知事の言葉に、彦根はうなずく。

「今、即座にやるのは無理ですが、日本三分の計を宣言するタイミングと合わせれば可能です。この枠組みで東日本にもたらされる収入は二兆円規模で、これを原資に独立すればいい。〝エネルギーと観光立国〟がキャッチコピーです。ちなみに〝医療とカジノによる建国〟が西日本連盟のスローガンです。いかがでしょう」

誰も返事をしない。やがて徳村知事が尋ねた。

「そんな突拍子もない話、保証はあるんですか」

「担保や保証を考えていたら社会改革はできませんよ」

徳村知事は黙り込む。新村知事が言う。

「決起はいつ頃を想定しているのですか」

「今年の冬、です」

彦根は即答すると、新村知事が呻く。

「いくらなんでも早すぎる」

「これでも最大限ゆっくりしたつもりです。ふだん威勢がいいのに、いざとなると腰砕け、というトップは大勢見てきましたが、まさかここに集った方々がそんな旧来型トップと同じメンタリティだったとは驚きです」

「誤解しないでほしい。決起の日が旗揚げの日という意味であれば遅すぎる。だが基幹エネルギー部門の接収となると早すぎると言いたいだけだ」

「理念はぶち上げたい、でも実行は遅らせたい、というわけですね」

彦根のシニカルで直截的な物言いに、新村は顔を真っ赤にして黙り込む。益村極北市長が、重い口を開いた。

「私のところは日本唯一の財政再建団体ですので、彦根先生の案が実行されたら、極小の自治体にはどんなメリットがあるか、には関心があります。そこで、」

益村市長は言葉を区切り、ソファの隅でぼんやり窓の外を眺めていた世良に視線を投げる。

「私は極北市の医療の責任者、世良先生の目をお借りしたい。世良先生、この枠組みが達成されたら極北市の医療はよくなりますか？　それとも悪くなりますか？」

世良は目を見開いた。彦根は大学の後輩で昨晩も一緒に飲んだ仲なので中立的な意見を申し述べる立場にはない、といって答えるのを拒否しようとすると、益村市長は、それで結構と言って頑として譲らない。

彦根は目を伏せた。まさかこんな形で世良が絡んでくることになるとは夢にも思っていなかったのだろう。

世良は静かに語り出す。

「私は医療のことしかわかりませんが、極北市民病院が破綻したのは市民が依存的だったせいだと考えています。

医療費は天から降ってくるものと甘え、食い潰した。私がやっているのは、そんな極北市民の意識改革です。彦根先生の提案を検討してみても、極北市の医療がよくなるかは予測がつきません。しかし東日本で生まれた金を東日本で消化するという流れは、医療費は自分たちで背負わなければならないという考えと同期し、今私がやっている市民の意識改革とぴたりと重なります」

「つまり、彦根先生の案を呑め、というご意見ですね。それにしても救急患者を診療せずに見殺しにして、世間を騒がせているお医者さまが、極北市民の意識改革を説くなど、よくもまあ言えたものですね」

徳村北海道知事は憤りに燃えた視線で世良を凝視して、火が出るような非難をした。世良は肩をすくめると、涼しげに言った。

「私の業務は病人を治すことですが、彦根先生の提案を拒否すれば中央の方針への服従を強制され、国が沈没した時は一蓮托生で一緒に沈むでしょう。要するに第二、第三の極北市が出現すると思われます。そう考えていることはこの席でお伝えした方がいいでしょうね」

静かな部屋に風が吹き込んでくる。新村知事が言う。

「こうしてお話を伺ってみると、あえて今、彦根先生のご提案をあわてて拒絶する理由もなさそうですな。ここはとりあえず今冬の旗揚げを目指して隠密裡に活動を進めていくことにしませんか。さいわい提示された期限まで時間はあります。決起が近くなったらもう一度彦根先生にお越し願い、改めてプレゼンしていただくというのでいかがでしょう」

部屋は静まり返り、誰も新村知事の提案に口を開こうとしない。そんな中、無言はイエスを意味すると言わんばかりに、ソファに沈み込んでいた彦根は立ち上がる。

「ではいずれまたご連絡します。これから半年、スキャンダルにはご用心を。いざとなれば霞が関はメディアを駆使して、あらゆる情報戦を仕掛けてきますので」

彦根は一礼し、部屋を出ていく。世良も立ち上がり、彦根の後を追った。

前庭で彦根は世良のハーレーの前に佇んでいた。

「援護射撃、ありがとうございました」

「お前を援護したわけではない。あれは俺の本音だ。もし仮に説得力があったとしたら、それは単なる怪我の功名さ。お前はあれで満足したのか？」

「まあ、知事たちの回答はあんなところでしょう。何事も先送り癖が付いていて使い物になりません」

彦根は肩をすくめて、淋しそうに笑う。

「お前はこれからどうするつもりだ？」

その質問はダブルミーニングだ。ひとつは会議が終わった後の今日のスケジュール。もうひとつは今後の進路。

彦根はあえて前者の質問にだけ答えた。

「世良先輩は午前中は半休を取ったんですよね。それなら空港まで送ってくれませんか？」

「先輩をアッシー扱いするとはいい根性だな。まあいい。送ってやるよ」

世良はハーレーにまたがると、ゴーグルを着けエンジンをふかす。黒いバイクの咆哮は清冽な北の大気を切り裂いた。サイドカーに彦根が乗り込んだ次の瞬間、解き放たれたように発進した。風がふたりの身体をすり抜けていく。世良は声を張り上げて尋ねる。

「お前はいつもあんな風に話しているのか？」

「そうですけど」

「無茶するなよ」

「ご忠告、ありがとうございます。でも、コトを起こす時にはどこかで無茶をしないと無理なんです」

爆音の中、世良が言う。

「このバイク、誰のか知ってるか？」

ヘルメットを押さえながら、彦根は声を張り上げる。

「世良先生の、でしょ？」

ゴーグル越しに世良は微笑する。

「貰いものだ。モンテカルロのエトワール、ドクトル・アマギの形見だよ」

彦根は黙り込む。風の音に紛れて、黒々とした車体をそっと撫でた。

空港に到着し、サイドカーから降りた彦根は礼を言う。世良はバイクのハンドルにもたれて、彦根を見た。

「言い忘れたことはないのか？」

彦根が首を傾げると、世良はエンジンを切った。鍵を抜き、キーホルダーを外して彦根に投げる。

星（エトワール）のエンブレムが掌の中で光った。

「モナコ公家の一族、マリツィア子爵に会え。そうすればアマギ資金について教えてくれる」

彦根は驚いたように目を見開く。

「でも、王族に会う伝手なんてありません」

「そのエンブレムをモンテカルロのオテル・エルミタージュのコンシェルジュに見せれば取り次いでくれる」

「こんなにあっさり渡しちゃっていいんですか？」

「お前がそうしたいと言ったんだろうに」

世良は呆れ顔で言うと、彦根は肩をすくめる。

「そうなんですけど。アマギ資金は五百億近い、と聞いていたから、こんな風にひょい、と手渡されてびっくりしているんです」

「総額は知らないが、グラン・カジノで毎晩負け続けても全部スるのに二十年かかるくらいの額だそうだ」

彦根は口笛を吹いて、まじまじと世良を見た。

「それだけの資金を極北の医療再建に使わなかったのはなぜなんです？」

「それは天城先生の遺志ではないし、そんなことをしても何の足しにもならないからだ。極北は穴の開いたバケツだ。必要なのは水を注ぐことではなく、穴を塞ぐことだ。そのためには巨額の資金など必要ない」

確かにその通りだが、それは世良が極北に資金を使わなかった理由であって、彦根に資金を託した理由ではない。彦根がそう考えていると、世良は続けた。

「さっきの話を聞いた時、天城先生の松明の炎はお前の胸に宿っている、と感じた。天城先生の遺志に一番忠実なのはお前だ。お前が散財するなら天城先生も文句はないだろう、と思ったのさ。だから決めた。俺にはコイツさえあればいい」

世良は黒光りするハーレーの車体を撫でた。彦根は深々と頭を下げた。

「でしたらありがたく頂戴します」

ふたりの頭上を、轟音を上げて離陸した飛行機が飛び去っていった。機影を見上げていた彦根は、世良に視線を戻して、小さく息を吸い込んだ。

「じゃあ、行きます。世良先生も北海道の医療再生のため頑張ってください」

「ああ。お前も気をつけろよ」

世良の言葉に、彦根は静かに笑った。

翌週。ナップザックひとつを肩に掛け、成田国際空港に立つ彦根の姿があった。

16　シャンス・サンプル

8月5日（水曜）

ヘッドフォンを着け、ヘリからコート・ダジュールの紺碧の海原を見下ろす。耳に流れ込むハードロック。彦根は音楽の海に浸る。

成田から十三時間だが、ジェットラグは今のところあまり感じない。いつも時差の中で生きているからだ。

シャルル・ド・ゴール国際空港からニース空港は一時間余。そこからはヘリがいいという世良のアドバイスに従う。スピード感が身体にフィットする。ヘリポートからオテル・エルミタージュまで車で五分。モナコ公国は小国だ。隣のイタリアもバチカン市国という微小国家を体内に抱えている。小国の合従連衡（がっしょうれんこう）を繰り返し今日の形に収まった欧州は、進化の名残をあちこちに残している。そう考えるとひょっとしたら浪速が日本のモンテカルロになる日がくるかもしれない、と彦根は夢見ている。

モンテカルロは快晴の街だ。この街の人々はみな上機嫌に見える。この街には上機嫌でいられるくらい、すべてがうまく回っている人しか存在できず、滞在する資格を失ったとたん、国外に排泄されてしまうからだ。

海岸沿いにあるヘリポートに降り立った彦根は、タクシーに乗り込んだ。五分後、タクシーを降りた彦根は、目の前に佇んでいる瀟洒（しょうしゃ）なホテルを見上げた。肩から提げたナップザックを揺すり上げ、着飾った老若男女が集う広場を背にして、フランス語で隠れ家を意味する名を冠するオテル・エルミタージュのエントランスホールに足を踏み入れた。途端に、真夏とは思えないようなひんやりした空気が、心地よく身体を包み込む。

チェックインの際にキーホルダーの星形のエンブレムを見せると、フロント係の女性は奥に消え、代わりに銀髪の年老いたコンシェルジュが姿を現し、深々と頭を下げる。

「お話はムッシュ・セラから伺っております。ドクトル・アマギのロイヤルスイートにご案内します」

彦根は頰を上気させ、呟くように言った。

「その部屋が空いていたのですか。こんな風に天城先生を偲ぶことになるなんて思いもしませんでした」

コンシェルジュは首を振る。

「部屋は今でもドクトル・アマギの貸し切りで、ドクトルの品が置いてあるのです。このエンブレムをお持ちになった方には部屋を自由に使っていただくように、というご指示なのです。御用があれば、遠慮無くお申し付けください」

しみじみと感慨に耽っていた彦根はコンシェルジュの最後の言葉に我に返り、小さくうなずいた。

「では早速ですが、マリツィア子爵にお目に掛かる手配をお願いできますか？」

「かしこまりました。子爵は世界的な建築家で国会議員でもあらせられ、大層ご多忙な方ですが、このエンブレムの件だと申し上げれば、おそらくはお時間を作っていただけることと存じます。子爵とコンタクトがつき次第、ご連絡します。とりあえずお部屋にご案内しますので、ごゆるりとおくつろぎくださいませ」

コンシェルジュが目配せをすると、側に佇んでいた制服姿の女性が彦根のナップザックを手にとろうとした。

彦根はあわててそれを制止する。

「ノン・メルシ。荷物は一つなので自分で運びます」

制服の女性が戸惑ったような笑顔になる。

彦根は、頬がほんのりと暖かくなるのを感じて顔を上げた。見るとホールの天井から一条の光が彦根の顔に差しかかっていた。

天井に配されたステンドグラスには百合の花のモザイクが清らかに咲き誇っていた。

ロイヤルスイートに足を踏み入れた彦根は口笛を吹く。チップを渡した女性ポーターが姿を消すと、クローゼットの扉を開く。そこには天城の背広やスーツ、ジャンパーやタキシードが所狭しと詰められている。

机の上にはガラスのチェスボードが置かれている。透明なガラスの駒の中でピジョンブラッドの騎士（ナイト）と、アクアマリンの歩兵（ポーン）が異彩を放っていた。

シシリアン・ディフェンスのサムライ・ヴァリエーションの局面か、と呟いて、彦根はベッドに沈み込む。飛行機で熟睡したので眠くはない。脳裏に浮かぶ事象の断片を、ひとつひとつ埃を払い、記憶の海の底に沈め直す。

極北の街で世良と別れて一週間も経たないのに、コート・ダジュールの飛び切りいかしたこのホテルに滞在していることが、彦根にはとても信じ難く思えた。

すべてがとんとん拍子に進んでいるため実感が乏しい。こうした乖離の徴候は、あまり好ましいサインではないということを、彦根は自らの経験から体得していた。

電話のベルが鳴った。コンシェルジュからだ。

「ムッシュ・マリツィアとコンタクトが取れました。ご説明に伺ってもよろしいですか？」

「ビアン・シュール（もちろん）」

彦根は受話器を置いて目を閉じる。

ノックの音がした。


彦根はコンシェルジュの回答に目を丸くする。

「こちらの都合のいい時間にいつでも会ってくださる、しかも今夜でも構わないというお返事をいただけたのは、本当に驚きました」

彦根はもう一度文面に目を通してから、視線をテーブルの上の置き時計に転じた。時刻は午後三時。今すぐ返事をすれば今夜のディナーにも間に合いそうだ。

しばらく考えて、彦根は言う。

「明晩、晩餐をご一緒させていただければ光栄です、とお伝え願えますか」

そう告げた彦根は、立ち去りかけたコンシェルジュを呼び止めた。

「グラン・カジノで遊びたいんだけど、何かアドバイスをいただけますか？」

コンシェルジュは恭しく頭を下げた。

「アドバイスは特にございません。ただし、ギャンブルにはその人の品性が表れるということには充分ご留意くださいませ。モンテカルロは華やかですが、小さな街ですので、いつ、どこに誰の目が光っているか、わかりません。そしてその視線が善意あふれるものか、あるいは悪意に転じてしまうものなのか、ということも」

彦根はうなずいた。その忠告は、このグラン・カジノに限らず、これから自分の身につきまとってくるであろう状況にぴったりに思えた。それ故その言葉は、自分が今滞在している部屋の主からの伝言のようにも思えた。

コンシェルジュは淡々と続けた。

「グラン・カジノに行かれる際は、この私がエスコートさせていただきます。お出かけの際には、フロントにお声をおかけください」

グラン・カジノはホテルの目の前、徒歩三分なんだが、と思いながらも彦根はうなずいた。


日が暮れ、ホテルの前庭の広場にドレスアップした紳士淑女が集まり始める。その様子を窓から見下ろしていた彦根は、部屋を出てフロントに声を掛ける。すると係の女性が一輪の薔薇を胸に挿してくれた。

ブルーローズ。

交配技術の進歩によって不可能という言葉の代名詞に使われていた蒼いバラが完成したのだ。

いつの間にか傍らに控えていたコンシェルジュが、すい、と寄り添うと、彦根の左胸ポケットで傾いだ蒼い薔薇を整えながら言う。

「この薔薇は、ドクトル・アマギの資金を使っていいという証の、ギャンブルの国へのパスポートです」

「毎日負け続けても全部スるのに二十年かかるという、あの資金ですね」

「それは二十年前の話かと。今ではおそらく三十年はかかるかと存じます」

「ファンタスティック」

彦根は呟くと、コンシェルジュを伴いホテルを出た。

オテル・エルミタージュのコンシェルジュを伴って、胸にブルーローズを輝かせながら闊歩していると、その威光は凄まじいものだった。換金所では何も言わないのに、山のようなコインが差し出された。それを押し戻しながら、彦根は言う。


「一番高額なコインを一枚」

そのオーダーを聞いた両替係は奥に引っ込む。しばらくしてタキシード姿の男性が出てきた。その手には、小ぶりのアタッシュケースを持っていた。

「私は当カジノの支配人です。お客様はエトワール・コインをご所望だそうですが」

「もしもそれがこのカジノで最高額のコインなら、ね」

支配人が目配せすると、両替係は再び姿を消す。やがて換金所の隣の小さな扉が開き、白壁の小部屋が現れた。

支配人に手招きされ、彦根とコンシェルジュが部屋に入ると、背後で扉が閉まった。支配人は恭しい手つきで、机の上の黒いアタッシュケースを開けた。瞬間、星の輝きが彦根の目を射た。中央に小ぶりのダイヤモンドを星形にあしらった、銀のコインが十枚、並んでいた。

「このコインは当カジノ最高額のエトワール・コインです。特別室のルーレットでのみ使います」

「実は僕はルーレットは初心者でしてね。このコインはいくらになるんですか？」

「ワン・ミリオン・ユーロに相当します。グラン・カジノは青天井ですが、エトワール・コインに限り十枚までとさせていただいております」

口笛を吹いた彦根は、エトワール・コインを一枚取り上げる。光にかざした後で、親指で空に弾き上げた。煌きの放物線は途中で彦根の掌中に収まる。彦根は支配人の顔を見てにっと笑う。

「OK。コイツを一枚、頂戴します」

彦根の無造作なコインの扱いに支配人の右眉が微かに上がった。


エトワール・コインを爪先で弾きながら、特別室に向かう。途中の部屋はルーレットやブラックジャック、スロットマシンなどの喧噪で賑わっていたが、特別室に入ると静寂が支配していた。からからとルーレットを球が走る音、その音が消えた後に漏れるため息。

彦根は一番奥のルーレット台の傍らに佇む。そのテーブルには上品な紳士が二人、座っている。

しばらくの間、模様眺めをしていた彦根は、席に着くとエトワール・コインを無造作に黒のマスに置いた。

クルーピエの口の端がぴくりと動く。咳払いをして、白い球を投げ込む。

からからと乾いた音がして、やがてその音が消えた。

「バンドゥ、ノワール」


黒の二十二。二人の紳士のコインが回収され、彦根にエトワール・コインが投げ渡されて二枚になる。彦根は元の一枚をポケットにしまい、新たに獲得したコインを黒に置きざりにする。ルーレットの回る音。

ノワール。マスに置かれたコインは二枚になる。

彦根は動かない。ステイ。獲得したコインを加え、二枚のベット。

クルーピエは顎を撫で、白球を投げ込む。

「トレーズ（十三）、ノワール」

これで三連勝。ステイ、新たなベットは四枚。彦根は動かない。からからと球がころがる。

「キャトル（四）、ノワール」

八枚。今、換金すればおよそ十億円になる。

クルーピエは彦根を凝視した。彦根は動かない。

クルーピエの顔色が蒼白になる。

球を投げ込む。球の回る音が消えた。

「……ルージュ」

隣の紳士が呟く。エトワール・コインが回収されるのを見ながら、観客たちは大きく息をつく。

彦根は立ち上がると、隣で影のように控えていた、銀髪のコンシェルジュに言った。

「シャンス・サンプル、なかなかスリリングですね」

そして無表情を装っているクルーピエの耳許にひと言、囁きかけると、クルーピエは大きく目を見開いた。

彦根は小声でつけ加える。

「支配人に伝えてくれればいい。近日中にまた伺う」

彦根は足取り軽く換金所に戻り、ポケットのコインをコンシェルジュに手渡した。

「これを元に戻しておいてくれませんか」

換金なさらないのですか、とコンシェルジュが尋ねると彦根は、「これは預かりものだから、僕には使う資格はないんです」と言って肩をすくめた。

翌朝。目覚めると日は高かった。機内では熟睡したつもりだったが、やはり多少のジェットラグはあるようだ。朝食にフルーツディッシュをオーダーすると、サーブした女性が手紙を持参した。

ケルベロスの紋章が押された招待状だ。

宮殿で晩餐とは、さすがモナコ公の一族だと呟いて、彦根は女性に礼を言う。さくらんぼを一粒つまみあげ口に放り込むと、ベッドに横たわり目を閉じた。

目を開けると薄暮になっていた。ノックの音に返事をするとコンシェルジュが顔を見せた。

「お車の用意ができました。通訳をお供させますか？」

「それには及びません。マリッツィア氏は日本語が堪能だと聞いていますので」

彦根はベッドから起き上がると、部屋にあった天城のタキシードを着込み、鏡を見ながら細いタイを整える。

モンテカルロは小さい街で車なら端から端まで二十分。オテル・エルミタージュはモンテカルロの中心に位置するので、どこへでも十分以内に到着できる。

モンテカルロで最も優美な建築物はオテル・ド・パリだ。この高級ホテルがその名で、宗主国に似た地位にあるフランスに媚態を示す一方で、宮殿は質実剛健な佇まいを見せるところに小国の気骨が垣間見える。

夕闇の中、五分で宮殿に到着した。車を降りると玄関に控えていた執事が奥に案内する。廊下を飾る展示品を見ながら歩くのは、ちょっとした見学ツアー気分だ。崖の上の宮殿をめぐって諸侯の思惑が交錯した時代には、廊下のうす暗い照明の下で、これらの銀の食器は今と同じような微光を放ちながら、繰り広げられる酸鼻（さんび）な復讐劇を目撃したのだろうか。

靴音もたてずに歩く執事が、扉の前で立ち止まる。

彦根は今一度、細いタイを整える。目の前で扉が開く。奥行きのある部屋に縦長のテーブルが置かれ、その果てに男性が座っていた。細身の身体に巻き毛の金髪。華麗な美貌とはうらはらの生気の薄さは、物語の世界から抜け出した没落貴族のようなたたずまいだ。

執事が下がり扉が閉まる。視線を落とすと、テーブルのこちらの端に客用の食器が置かれていた。向かいに座る男性との距離に目眩がする。

お座りください、と告げる声が幽玄に響く。

「マリツィア・ド・セバスティアン・シロサキ・クルーピア子爵、本日は貴重なお時間をいただきありがとうございます」

「マリツィアで結構です。ユキヒコに関わる話ですので最優先で対応させていただきました」

型通りに返礼すると、マリツィアは手元のベルをちりん、と鳴らした。

「まずは晩餐を始めましょう。アントレ・フロワードは当家の荘園で採れたレンズ豆のピクルスです」

宮殿の晩餐は粛々と進む。マリツィアも彦根も無言だ。

プティフールと珈琲がテーブルに置かれ、給仕が姿を消す。マリツィアは口元をナプキンでぬぐうと、さて、それではお話を伺いましょうか、と言う。

彦根はポケットから星のエンブレムのキーホルダーを取り出し、テーブルの上を滑らせる。

マリツィアが言う。

「ムッシュ・セラはお亡くなりになったのですか？」

「お元気で、極北で悪戦苦闘しています」

「ならばなぜ、このエンブレムがここにあるのですか」

「世良先生が、僕に託したのです」

珈琲をひと口すすって、つけ加える。

「正確に申し上げると、僕の意図に賛同し資金を委託してくださったのです。詳しくはムッシュ・マリツィアに尋ねてみろ、と言われ、こうして参上した次第です」

一陣の夜風が硝子窓を鳴らす。マリツィアは言う。

「この資金については、私の口から直接説明できません。ですがそのエンブレムに敬意を表し、質問にはお答えします。ただし質問は五問に限らせていただきます」

なぜ五問なのか、という疑問は彦根は口にしない。

「ではお言葉に甘えて第一問。アマギ資金の総額はいくらで、どのような形で残されているのですか」

「ユキヒコの遺産は二系統あります。ひとつはモナコ銀行のアマギ・ファンド。資金総額は変動しますが、安定資産に長期投資しているため着実に利潤を上げています。ただしモナコ国外への持ち出しは禁止されています」

「二問目。資金の名義人は誰ですか」

「現在は私ですが、ユキヒコが指定した代理人の意には沿うように、という付帯条件があります。その代理人はムッシュ・セラと認識していました。あなたをその代行者としてふさわしいと認めるかどうかは思案中です」

「無意味な駆け引きはやめましょう。そのエンブレムを見た瞬間、僕を正式な代理人と認めたはずです」

　マリツィアは彦根を凝視する。やがて吐息をつくと静かに言う。

「よろしい。あなたをユキヒコの代理人と認めます」

　彦根はマリツィアに気取られないように、吐息を漏らす。とにかく、これで何とか第一関門は突破できた。

「遺産のもう一系統は何ですか？　これは補足質問ですのでカウントしないでください」

「その遺産はあなた自身、昨日確認したはずです。グラン・カジノのエトワール資金の方は私はノータッチです。アマギ・ファンドとほぼ同額と聞いておりますが」

「こちらの資金の方は国外への持ち出しは可能なのでしょうか？」

「法律的な縛りはありませんが、グラン・カジノが関わるとなると、ファンドよりも厳しいかもしれません」

　説明を聞いて、彦根はアマギ資金を日本に持ち込むことは不可能だと理解する。だがここまでは想定内だ。

「三問目。モナコ国内で僕が使うのはどうですか」

「あなたが資金を使い果たしたとしても問題はありません。ただしそれが道義上許されるかどうかは別ですが」

　要はアマギ資金はモナコに雁字搦めにされているわけだ。それは仕方がない。この資産はモンテカルロのエトワールが一代で築き上げた砂上の城だ。維持するにはコート・ダジュールの空気が必要だし、モンテカルロもその遺産をあてにしている。今さら天城を排斥した母国が異議申し立てをしても通らないだろう。

「四問目。国外にも持ち出せず、国内でも使えない。それでもこの資金は天城雪彦のもので、権利は彼が認めた代理人に継承される、と謳うんですね」

「この資金は紛う方なくドクトル・アマギのものです」

　マリツィアはあっさり答える。彦根はナプキンをテーブルに置き、立ち上がる。

「素晴らしいディナーでした。お願いがひとつあります。紹介状を一通、書いていただきたいのです。明日、改めて文書でお願いします」

「お安い御用です。ところで質問の権利はあと一問分、残っているようですが」

　彦根は、悪戯っぽい笑みを浮かべた。

「そうでした。ではお言葉に甘えて最後の質問を。モンテカルロで一番おいしいケーキ屋を教えてください」

　マリツィアは目を見開いた。

「あなたはモナコ公家の一員にして国会議員でもある私に、特定のケーキ屋を外国人に推薦しろ、と言うのですか？　それがどれほど重大な問題を孕んでいるのか、おわかりですか？」

　マリツィアは声を荒げたが、彦根は平然とうなずいた。

「もちろん、よく存じ上げております。だからこそ最後のとっておきの質問とさせていただいたんです」

　マリツィアは厳しい表情で彦根をにらみつけていたが、とうとう我慢できなくなったように噴き出した。

「私の負けですね。仕方ありません。お教えはしますが、ただし私が言ったということは内密に願います」

「ご心配なく。約束は守ります。少なくともあなたが、ドクトル・アマギの遺志を裏切らない限りは、ね」

　彦根がウインクをすると、マリツィアは彦根の最後の言葉に一瞬その表情を硬くした。だがすぐにその表情を吹き消すと、彦根の耳元で店の名を告げた。

　玄関まで送ってくれたマリツィアは微笑して言った。

「日本は大好きです。風光明媚で料理も繊細ですからね。スシ、テンプラ、ソバカイセキ、ユキヒコにはご馳走になりました。実は先日、ユキヒコの供養になる塔を建立し、ようやく積年の想いが晴れたのです」

　彦根はマリツィアが差し出した右手を取った。

「それは二重の意味で嬉しいですね。僕は、天城先生の松明の火を受け継ぎました。そしてその美しい日本の未来のために奔走しているのです。ですので僕にはあなたの助力が必要なのです」

　マリツィアは握った手に力を込めた。

「私は全面的に協力します。ただしその言葉にウソがあればあなたを潰す。決して私を裏切らないように」

　彦根は握った手の力を強める。彦根を乗せたリムジンのテールライトが見えなくなるまで佇んでいたマリツィアの髪が、夜空の星に照らされてうっすら輝きを放つ。

オテル・エルミタージュに帰還した彦根は、ベッドに倒れ込むとたちまち深い眠りに落ちた。四百年の歴史を背負った貴公子は、虚実を自在に操るスカラムーシュでさえも消耗させる風圧を有していたのだ。


　翌八月七日の朝。彦根はコンシェルジュに、たった今書き上げたばかりの一通の手紙を託した。

「ムッシュにこの礼状を届けてほしい。中身は依頼状なんだけどね。それと一昨日、グラン・カジノの支配人に言付けた件について確認してほしい」

　ウイ、ムッシュ、とコンシェルジュは答えた。


　午後三時。正装に身を固め彦根はカジノを訪れた。二十四時間営業のカジノは半年に一度、一斉清掃のため三時間ほど閉鎖される。彦根がグラン・カジノに招待されたのはまさにそんな時間帯だった。

　彦根はオテル・エルミタージュのコンシェルジュに付き添いを頼んだ。乾坤一擲（けんこんいってき）の大勝負には、格式ある立会人が必要だったからだ。

　特別室では燕尾服姿でグラン・カジノの支配人が待ち構えていた。

「先日はありがとうございました。それにしても半年に一度の大掃除とかち合うなんて偶然ですね」

「伝言をいただいたため、急遽予定を変更したのです」

「光栄です。モナコでは天城雪彦の名はオールマイティのジョーカーのようですね」

　支配人はその言葉には答えずに、続けた。

「清掃は終了し、広場では紳士淑女が開場をお待ちです。できれば手短に済ませていただきたいのですが」

「お時間は取らせません。ここにドクトル・アマギの巨額資金があるけれども、カジノに雁字搦めにされていて身動きが取れない状態だ、というのは本当ですか？」

「一体どなたにそんなことをお聞きになりました？」

「それは言えません」

　支配人は口髭を撫でながら、言う。

「誤解されているようですが、資金はグラン・カジノ内では自由にお使いいただけます」

「でも、換金されるとお困りでしょう」

「資金をここから引き揚げるという意味であれば、どうぞご自由に、とお答えするしかありません。この資金はドクトル・アマギのものですから、その代理人の方がその権利を行使なさるのは当然です」

そう言った支配人は咳払いをした。

「ただし現実に実行できるかとなると、話は別です。大規模資金の移動はモナコ公国が規制し、資金をカジノ外で百万ユーロ以上使用する場合、ならびに国外での使用にはモナコ議会の承認が必要となります」

「なるほど、国家を挙げて資金を縛りつけているわけですね。でも故人の遺志を考えれば、この資金をグラン・カジノに眠らせ続けるのは罪だと思いませんか？」

「その質問に答える権限は、私にはございません」

「さすが支配人、パーフェクトな回答ですね。ではそろそろ、本題に入りましょう。本日、エトワール資金全額を賭け、シャンス・サンプルの勝負を申し込みたい」

支配人は目を見開く。だが、すぐに冷静な表情に戻って、厳かに告げた。

「残念ながらそのような勝負はお受けできません。先ほど申し上げた通り、資金を一定額以上、使用する際にはモナコ議会の同意が必要となりますので」

「でも支配人は、カジノ内で使用する場合は自由、と言いました。現に先日、ここで百万ユーロのエトワール・コインを受け取り、ルーレットで遊んだんですから」

支配人の目が泳ぐ。こんな風に搦め捕られるとは思わなかったようだ。支配人は深い吐息をついた。

「正直に申し上げます。提案された勝負をお受けできないのは、万が一お客さまが勝った場合、その額を払い戻すことができないと予想されるからです」

「ご心配なく。僕が勝っても、払い戻しは要求しません。近い将来、僕名義の資金がここにある、ということを証明していただければそれで結構です」

「それは実質上、資金の国外持ち出しになります」

「違います。それはエトワール資金ではなく、僕自身がシャンス・サンプルで勝ち取った、アマギ資金と同額のヒコネ・ファンドになるんですから」

支配人は訝しげな顔をする。

「あなたがこのギャンブルに勝ったとしても、モナコ国内で凍結される点については何も変わらないのですから、結局は同じことなのではありませんか？」

彦根は肩をすくめて微笑した。

「これはギャンブル王国の支配人とも思えない、堅実なお言葉ですね。支配人はギャンブラーとしての矜持をどこかに捨ててきてしまったらしい」

彦根の言葉は痛烈だった。支配人の眉が上がる。

「どういう意味でしょうか」

「負けることばかり心配しておられるからです。支配人が勝てばグラン・カジノが巨額の負債を一気に解消できる絶好のチャンスだというのに」

「ムッシュは誤解されています。カジノの損失は、カジノからキャッシュが持ち出された瞬間に確定する。それまではどれほど勝とうと真の勝利ではありません」

「つまり、天城先生の勝ちは確定していない、と？」

　支配人は首を振る。

「ドクトル・アマギの場合は、ここモンテカルロでもきわめてスペシャルなケースなのです。ギャンブルをなさった方が中途で亡くなった場合、勝ち分はカジノに還元されるのが不文律です。しかしドクトル・アマギに関しては慣行を当てはめませんでした。これはグラン・カジノの総意です。グラン・カジノはドクトル・アマギに完敗しましたが、我々はその敗北を誇らしく思います。モンテカルロのエトワールはグラン・カジノのルーレット盤の上で今も燦然と輝いているのです」

　彦根は腕組みをして考え込む。やがて腕をといて言う。

「さすが大国に寄生して生き長らえてきたパラサイト国家の柱石を担う一員だけのことはありますね。空虚な話を煌(きら)びやかに飾り立てるのはお上手です。そう、あなたの言葉はこのグラン・カジノそのものですね」

　支配人はかすかに眉を上げる。彦根は続ける。

「でもどれほどうまく言い抜けたところで、結局あなたはこのギャンブルを受けざるを得ないんです。僕が勝てば望むのは僕名義のモナコ銀行の預金通帳に記載された数字だけ。形式上、巨額資金を僕が持っていることが担保されればいい。僕が負けたらエトワール資金はグラン・カジノのものになる。つまりこの勝負ではグラン・カジノにデメリットになる要素は何もないんです」

　彦根の視線は支配人に注がれたまま動かない。

「もし、天城先生に敬意を表したければグラン・カジノの中の虚構のカネをアマギ・ファンドだと勝手に称すればいいだけのことです。つまり実質、グラン・カジノには損失がない。ただし僕が勝った場合はモナコ国内で見せ金にするかもしれません。いずれにせよここからカネは流出しません。モナコのカネはモナコで使う。それが僕の哲学なんです」

「それなら逆にお聞きします。なぜあなたはそんなリスキーなギャンブルをしなければならないのですか？」

　猜疑心に満ちた目で見つめる支配人の疑問に、彦根はあっさり答える。

「天城先生の手術を受けるためにはシャンス・サンプルの洗礼がどうしても必要なのです。天城先生の遺産を使おうとしている僕が、ギャンブルもせずに資産を受け取るなんて許されることではない。だからこのギャンブルをお願いするのです」

そう言った彦根は、とどめの一撃を解き放つ。

「そもそも、ギャンブル界の頂点に立つお一人であるグラン・カジノの支配人ともあろうお方が、歴史に残る大勝負を挑まれながら尻尾を巻いて逃げ出した、などという風評が立ってもいいんですか？」

支配人の口髭がぴん、と跳ねた。ぎらりと光る視線を彦根に投げる。そして静かな声で言った。

「わかりました。そこまでおっしゃるのであれば仕方がありません。この勝負、お受けしましょう」

特別室で支配人と対峙した彦根が、立会人のコンシェルジュと支配人に言う。

「勝負にあたりお願いがふたつあります。手練れのクルーピエは狙った目に百発百中で入れる技術があると伺います。ですので支配人には目隠しをしてもらいたい」

支配人は一瞬考え込む。そして答える。

「カジノの伝統には反しますが、お受けします」

「メルシ。もうひとつ。賭けるチップは、このエンブレムの入ったキーホルダーにしたい」

「拝見します」

支配人は手渡されたキーホルダーをじっと見つめた。やがてそれを彦根に返しながら言う。

「百五十年の歴史を誇るグラン・カジノの賭け台には、チップ以外のものを載せたことはありません。本来ならばお受けできない申し出ですが、このエンブレムは先代のモナコ大公ファン・カルロス公がドクトル・アマギに下賜されたものです。加えてエトワール資金の額に相当するチップは当カジノに存在しません。ですので特例として、エンブレムをチップとして使用することを認めましょう」

メルシ、と呟いた彦根は緑の羅紗の前に座り、支配人はクルーピエの定位置につく。胸ポケットからハンカチを取り出し自ら目隠しをする。介添役のクルーピエが支配人に白球を手渡す。ルーレット盤が回り始める。

「シャンス・サンプル、ルージュ・ウ・ノワール？」

青く輝くキーホルダーを、無造作に緑の羅紗の上に置いて彦根はコールする。

「ルージュ」

支配人が尋ねる。

「ドクトル・アマギがネージュ・ノワール、黒い雪と呼ばれていたことはご存じですね？」

彦根はうなずく。

「もちろんです。だからこそルージュに賭けなければ扉は開かない。天意を問うにはそうするしかないのです」

目隠しをした支配人の細い指先がしなる。からからと乾いた音と共に白球は二度、三度、ルーレット盤上を跳ねる。天城の遺志と、後継者の意思がぶつかり合う。支配人は目隠しを外す。乾いた音が止み、ルーレットの回転が止まるまで、ふたりは目前の啓示を凝視していた。


ホテルに戻ると、モナコ公家の紋章が捺印された一通の手紙が届いていた。

さすが子爵（ムッシュ）は仕事が早い、と呟くと、彦根は大博打に付き添ってくれたコンシェルジュに言う。

「明朝発ちます。ジュネーヴへのフライトを手配してください」

コンシェルジュはうやうやしくうなずいて引き下がろうとしたが、立ち止まると振り返る。

「先ほどの大勝負で、微塵も動揺されなかったのには、感服いたしました」

感情を交えずに客と接するコンシェルジュにしては珍しい、剝き出しの賛辞だった。彦根は苦笑する。

「たまたまそんな風に見えただけですよ。ほら、掌は汗でぐっしょりなんですから」

彦根は掌を開いてみせた。そしてその汗をタオルでぬぐった。コンシェルジュは深々と頭を下げた。

「でしたら、なおのこと敬服いたします」

彦根はコンシェルジュが部屋を立ち去ると、ベッドに倒れ込んだ。たちまち前後不覚になった。

モンテカルロの最後の夜は、夢も見ない熟睡だった。


翌朝。早朝のヘリでニースに飛び、ニースからジュネーヴへ一時間のフライトに身を任せる。

眼下には峻険なアルプス山脈が雪を戴く様子が見える。

ゆうべ、彦根は確かにアルプスを越えた。

下界を見下ろす彦根の胸中は高揚感で溢れている。

17　パトリシア・ギャンブル

8月8日（土曜）

空港駅からジュネーヴの中心、コルナヴァン駅までは五分。そこから旧市街へ向かうトラムと呼ばれる市電に乗り換える。途中、湖に注ぐローヌ河にかかったイル橋を渡る。トラムの車中から、ジュネーヴの象徴・レマン湖が見えた。高々と上がる噴水は、百年以上の歴史がある。かつてジュネーヴを訪れた時、噴水のたもとまで歩いていったことがある。真下から見上げると噴水は根元では白い奔流だが、中頃になると蛇腹のように縮まり、頂点で重力から解放され風下に向かって緩やかにほどけていく。それは乳白色の薄衣を空に掛けるようにも見えた。意味のない噴水を上げ続ける意志に何かの啓示を読み取るのは、ひとりひとりの心だ。その意味ではこの噴水は哲学的な問いでもある。

彦根はモンテカルロで予約してもらったホテルに投宿した足で旧市街へ向かう。ジュネーヴ大学は旧市街地区の外れにある。十六世紀半ばの創設当時、大学と言えば神学と医学と法学のみ教えられ、最も重視されたのは神学だった。だがジュネーヴ大はいち早く世の趨勢を見抜き、十九世紀半ばに宗教との関係を絶ち総合大学への道を歩む。現在はヨーロッパ研究大学連盟の一員としてスイスを牽引している。彦根は石造りの階段を登り二階に向かう。ぎしり、と扉が開く。一番大きい講堂は大勢の学生が聴講できるよう二階席になっている。講堂に入ったとたん、彦根の身体はステンドグラスを透過した黄金のひかりに包まれる。正面、ステンドグラスの殉教者の像のモチーフはサクリファイス（犠牲）だ。

木製の椅子に座り、教壇を見下ろす。スクリーンには黒々としたレントゲン写真が映し出されていた。

――この骨折は転倒によるものではなく、鈍器による外傷であることが死後画像撮影にて判明した。

がっしりした体つきの金髪の男性がレーザーポインターで写真の一部を指し示しながら説明している。ふと男性が顔を上げ、二階席の彦根と目が合った。

彦根が片手を上げると、講義中の男性は顔をしかめる。当然答礼はない。彦根は椅子にもたれ、朗々とした声に耳を傾ける。その視線は講義のスライドではなく、ステンドグラスの意匠に注がれていた。

講義が終わると、ざわめきと共に学生たちが立ち上がる。彦根は二階席から一階席に移動して、教壇にもたれているクリフ・エドガー・フォン・ヴォルフガング教授に歩み寄る。

「クリフ、相変わらず切れ味鋭い講義だね。ひとつ気になったのは、あの陥没の原因を鈍器とするには破砕骨折のベクトルが少々おかしい、ということなんだが」

ヴォルフガング教授の顔色が変わった。

「お前、このケースの詳細をどこかで聞いたのか？」

「クリフが授業で使った症例について、極東の小国からたまたま今日やってきた僕が知るわけがないだろう？」

「そうだよな。そんなはずないか」

クリフは吐息を漏らした。

「凶器と見られる鈍器は珍しいもので周辺では容疑者以外に所有者はいない。だがひとつ困っている。容疑者には完璧なアリバイがあるんだ」

「それなら、さりげなくこんな可能性もあったぞ、というノリで示唆すれば警察が喜び勇んで真犯人を見繕ってくれるだろうよ。ま、ジュネーヴ大で法医学・放射線医学研究室という新しいジャンルの教室を立ち上げ主任教授に昇格した気鋭の学者、ヴォルフガング教授には言わずもがなのアドバイスだろうけどね」

クリフは苦い薬を飲まされたような顔つきになった。

「ヒコネの顔を見た今よりもほんの少し前は、この人生でかつてないくらい絶好調だったんだ。いいか、この構文をわざわざ過去形にした意味をよく考えろ」

クリフが渋面で言うので、彦根は苦笑する。

「そう邪険にするなよな、クリフ。行き詰まった捜査本部にヒントを提示してやった恩人じゃないか。それはお前の手柄になって警察への影響力が増すだろ」

「冗談言うな。俺の診断は警察に伝えてある。それと違うことを、どういう顔をして言えばいいというんだ」

「でも真実を伝えないと、憎むべき犯罪者がのうのうとのさばることになっちまうぞ」

クリフは唇を噛む。彦根が言う。

「今日は議論しにきたんじゃない。頼みがあるんだ。今日のお願いはささやかだからクリフ、君はきっと聞いてくれると信じているよ」

「頼みごとがある時だけ殊勝にしているのは、喧嘩を吹っ掛けてくるよりもタチが悪い」

彦根はチェシャ猫のように目を細めて微笑した。

「クリフ、君はどうやら大切なことを忘れているようだ。シオンが君の研究室に留まり続けているのは、実は僕のおかげなんだぜ。シオンは最近、Ａｉセンターの副センター長に就任してきわめて多忙でね、ジュネーヴ大の遠隔診断依頼が重荷だとこぼしているのを、僕が一生懸命に宥めているんだから」

　クリフは吐き捨てるように言った。

「シット。相変わらずうす汚いヤツめ。わかった。話くらいなら聞いてやろう。ただしカフェテリアのランチはお前持ちだぞ」

「学食で済むならありがたいね」

「今の言葉、忘れるなよ。ジュネーヴの学食をナメていると痛い目に遭うぞ」

　彦根はクリフの脅し文句は気にせずに言う。

「おい、瞬間接着剤はないか？」

「今度は何だよ」

「この人体模型、小指が落ちているぞ。こういうのをほったらかしにすると気持ちが悪い」

　クリフは何か言い返そうとしたけれど、黙って抽斗(ひきだし)から瞬間接着剤のチューブを手渡す。彦根は嬉々として、模型の修理を始めた。

　カフェテリアの席にセルフサービスのプレートに料理を山盛りにしたクリフと、珈琲をひとつ載せた彦根が向かい合って座っている。大きな窓の向こうには名も知らない赤い花が、大樹の枝を飾り立てている。その花を見遣りながら、彦根はぼやく。

「学食のランチが五十フランもするなんて反則だよ。日本円で五千円じゃないか」

　クリフは魚のムニエルを頬張りながら、ご機嫌な声で言う。

「忠告しただろ。約束だからヒコネの話を聞こうか」

　彦根は悔しそうに、珈琲をすすりながら言う。

「ＷＨＯの事務局を紹介してほしい」

「あちらは国連機関、こっちはしがないスイスの一大学の教授だ。接点なんてないよ」

「直接の伝手はなくても、コンタクトを取れる人なら、お前にも知り合いがいるだろ」

「残念ながら心当たりはないな」

「意地悪なヤツめ。じゃあ依頼を変えよう。ヒース学長を紹介してほしい」

　クリフはしぶしぶうなずく。

「まあ、それくらいはできるが……」

「ヒース学長はWHO公衆衛生委員会の特別顧問だから本部はフリーパス、事務局長にも紹介してくれそうだ」

クリフは彦根から目を逸らしながら言う。

「学長に紹介してやるから、シオンは異動させるなよ」

「人聞きの悪いことを言うなよ。僕がシオンの転職に口を挟めるはずがないだろ」

しゃあしゃあと言ってのけた彦根を、クリフは悔しそうに唇を噛んでにらみつける。


ランチを終えた二人はクリフの居室に向かう。クリフは抽斗から便箋を取り出し、走り書きした。

「これを持って学長室へ行け。学長は気さくだから時間が空いていれば会ってくれる。ただし学長室はいつもごった返しているから面会できなくても恨むなよ」

「恩に着るよ、クリフ」

彦根は右手をさしのべたが、クリフは握手を受けなかった。彦根は肩をすくめた。

旧館の薄暗い廊下を通り抜け、公園に出る。芝生が敷き詰められた広場では子どもたちがサッカーに興じている。ゴールポストは丸めたジャージで、その間をゴロで通すと得点になるらしい。大勢の子どもたちがボールに群がる。戦略のかけらもない原始サッカーだ。

公園を抜けるとジュネーヴ大の背後を守る石の壁の前に、宗教改革に邁進した四賢人の巨大な石像が立っている。砂岩でできた赤茶けた像を見て彦根は考える。

改革者の石像は矛盾撞着に満ちている。石像にされた途端、体制に組み込まれてしまうからだ。それは改革とは対極のベクトルだ。革命の火を消すのはたやすい。

彦根の胸に受け継がれた松明の灯が消えることはなかったが、その炎を受け継いでくれる者はまだ目にしていない。彦根はため息をつき、新館へ歩いていった。


クリフが言った通り、学長室前の廊下には面会待ちの人が行列していた。六名の待ち人の列の両端に厳めしいブロンズ像が門番のように控えている。彦根が最後尾に並ぶと同時に先頭の一人が部屋に入り、前の待ち人は五人になった。その客が学長室を出てきたのは五分後だった。計算すると三十分待ちだ。彦根の前に並んだ三人は、洒落た服を着た学生、スマートフォンをいじる学生、アーミールックのマッチョな学生で、三人とも勉学よりサークルに熱を入れそうなタイプに見えた。

所属サークルは女子大との合同テニスサークル、パソコン同好会、レスリング部といったあたりか。

また一人、学長室に入り行列の先頭になったスーツ姿の女性は、胸に青い封筒を抱えていて社会人のようだ。コインをいじり始めた彦根は、自分の前に並んだ小柄でお洒落な学生に声を掛けた。

「君はサークル費の増額を陳情するつもりかな？」

「どうしてわかったんですか？」

「胸ポケットにあるメモにそう書いてある」

学生は胸ポケットの紙片をズボンのポケットに突っ込んだがもう遅い。

「参考までに、君はどのくらい待っているの？」

「二十分くらいかな。でも今日はラッキーだよ。いつもならこの三倍は並んでいるもの」

彦根はしばらくの間、黙ってコインを弄んでいたが、顔をあげ、会話を交わした学生に再び声を掛ける。

「ただこうして待っているだけというのも退屈だよね。暇つぶしに僕とちょっとした賭けをしないか？」

学生は警戒心を隠して、首を振る。

「あいにく、持ち合わせがなくてね」

「学生さんから巻き上げようなんて思ってないよ。君は一フランも損しない。でもひょっとしたらノーリスクで百フラン儲けることができるかもしれない」

彦根は百スイスフラン札と一フランコインを見せた。

ノーリスクという言葉に、学生は興味津々で食いつく。

「面白そうだね。どんな賭けなんだい？」

「コイントスで表か裏か当てるだけさ。勝てば百フランは君のもの。負けたら順番を譲ってほしい」

学生は、ひゅう、と口笛を鳴らす。

「順番の待ち時間を賭けるだけなら大歓迎さ。学生は時間だけはたっぷり持ち合わせているからね」

「じゃあ肖像のある方が表で数字が裏だ。ＯＫ？」

彦根はコインを親指で弾いた。空中で回転しているコインを、柏手を打つように両掌にはさみ込むと、学生が「表」と言う。彦根が掌を開いて見せると、学生は肩をすくめた。

「残念、豪勢なディナーを食べ損なった」

彦根の順番が五番目から四番目に繰り上がる。前に並んだ神経質そうな学生が、彦根に言う。

「僕にはそのギャンブルを持ちかけてくれないのかい？」

「ということは君も賭けを受けてくれるのかな？」

「もちろんさ。貧乏学生には百フランは大金だからね。それにシドはギャンブルが弱いんだ」

たった今、負けたシドが肩をすくめる。

「じゃあ、早速始めようか」

「ちょっと待て。エドガー、俺に先にやらせろ。百フランをいただくのは俺様だ」

順番を待つマッチョな若者に、エドガーは首を振る。

「お断りだよ、シュミット。ほら、あんた、余計な雑音が入らないうちに、さっさとコインを投げなよ」

コインを投げ上げる間に裏を選んだエドガーは、開かれた手のひらの上のコインを見て、肩をすくめて彦根に順番を譲った。

待ち構えていたシュミットは指をぽきぽきと鳴らし、二の腕の錨の入れ墨を撫でた。

「さあ、さっさと百フランを俺様に献上しな」

「わかった。でも三回続けてコイントスでは、ちょっと芸がなさすぎるから、少し趣向を変えてみようか」

「俺はどっちでも構わないぜ。で、どうする？」

「ジャンケンといこう」

「グーがチョキに勝ち、チョキはパーに、パーはグーに勝つというあの三すくみのヤツか。俺の方はＯＫだぜ」

シュミットは拳で胸を叩き二の腕の入れ墨を見せつける。彦根は言う。

「せっかくだから僕は自分が出す手を宣言してみよう。僕はパーを出す」

彦根に敗れたエドガーとシドを始め、列の先頭の女性も興味深げに成り行きを見守っている。退屈な待ち時間がエンターテインメントになり、新たに列に並んだ人々も興味津々だ。彦根は続ける。

「それとひとつ忠告しておくよ。僕は嘘つきなんだ」

そう言ってジャンケンのために手を振り上げた彦根を、シュミットはあわてて制止する。

「ちょっと待て、そんな情報で俺様を攪乱（かくらん）しようだなんて卑怯だぞ」

「卑怯じゃないさ。要は僕を信頼するかしないかだ」

何も言い返せず黙り込んだシュミットに彦根は声を上げる。

「ジャンケン、ポン」

シュミットはグー、彦根はパーを出す。彦根に順番を譲りながらシュミットはぶつくさ言う。

「パーを出すなんて、嘘をついていないじゃないか。この大嘘つきめ」

彦根は笑う。

「出す手がわかったらジャンケンは成立しないから、何か仕掛けるのは当然さ。だから僕は『僕は嘘つきだ』という言葉で君に魔法を掛けたんだ。僕がパー以外を出せば、出す手について嘘をついたことになるけど、自分を嘘つきだと言ったことは本当になる。パーを出せば手は本当だけど、嘘つきでなくなるから、嘘をついたことになる。あのひと言でこの勝負を普通のジャンケンに戻したというわけさ」

「だからって勝てる保証はなかったはずだ」

シュミットが悔しそうに言うと、彦根はうなずく。

「ところがここで出す手を宣言したことが生きてくる。君は僕が何を出すかを教えられ舞い上がった。そこへ、心の準備がないままコールされ、とっさに対応した。そんな場合、人は拳を固めたグーを出しがちだ。君みたいに血気盛んな単細胞マッチョ君は特に、ね」

シュミットは真っ赤な顔でうつむき、エドガーはくすくす笑う。後ろから拍手が聞こえた。振り返ると先頭のスーツ姿の女性が拍手をしていた。

「トレ・ビアン。なかなか面白い余興だったわ。ところで私にも賭けを提案してくれるのかしら」

彦根は首を振る。

「いえ、あなたはたぶん賭けは受けてくれないと思います。行列の中で唯一人、ビジネスで順番待ちしているようですから。でも、たとえ賭けをしなくても、あなたは僕に順番を譲った方がいいんですよ」

「あら、どうして？」

女性は、彦根の理不尽な言葉を聞いて、却って興味を持ったようだ。背後の学生たちも、ふたりのやり取りに好奇の目を向ける。

「それは、僕に順番を譲った方が、あなたの業務がスムースに運ぶからです。僕の順番を後にしたらあなたはここに呼び戻され、業務が遅れるでしょう。だから僕を先にした方がいいんです」

「なぜそんなことを確信できるの？」

「ではそれを賭けにしましょうか。僕を先に入室させてよかったとあなたが思えば僕の勝ち、そう思えなかったらあなたの勝ち、ということで百フランを謹呈します。これでいかがですか？」

呆れ顔になった女性は首を振りながら言う。

「わけがわからないわ。だいたいあなたは、私がどういう仕事をしているかも知らないでしょう？」

「そうでもないんです。人は実に多くの情報を垂れ流して生きている、行儀の悪い生物なんですから」

彦根がきっぱりと言い放った。気をそそられた素振りを見せた女性は、あわてて首を振る。

「やっぱりダメ。だってあなたは学長の用事を済ましたら私が部屋に入っている間にここを立ち去っちゃえばいいんだもの」

するとマッチョのシュミットが胸を叩いた。

「この俺がそんなズルはさせないよ、お姉さん」

「僕はズルなんてしません。もともとこの百フランは、最初から捨てているんですから」

彦根は心外そうな顔をして言う。女性は考え始める。

「考えるフリをしてもダメです。あなたはもう賭けに乗る気になっていますから」

「そんなことないわ。私は一刻も早く用事を済ませて、社に戻りたいんだから」

「でも切羽詰まってはいないでしょう。あなたは楽しそうに僕たちのギャンブルを見ていました。本当に時間がないなら、そんなゆとりはありませんよ」

金髪の女性は唇を噛んだ。どうやら図星のようだった。

「では、賭けは成立ですね。それでは、お先に」

言い終えた瞬間、扉が開いて、女性の前の客が退出する。彦根は部屋に入りながら振り向いて言う。

「僕の用事は短い時間で済みますのでご準備を」

扉が閉まる。呆然としている女性の肩をぽんと叩き、マッチョのシュミットが言う。

「心配するな。俺が絶対にヤツを逃がさないから」

二分後。宣言通り短時間で用件を終え、学長室から出てきた彦根は、女性に言った。

「ではどうぞ。賽は投げられました」


女性が学長室に姿を消すと、彦根は壁にもたれ爪を弾き始める。その様子をマッチョのシュミットがじろじろと監視している。時折、威嚇するように二の腕の錨の入れ墨を撫でる。十分が経過し扉が開いた。ブロンドの女性が顔を出し彦根を手招きする。学生たちにウインクをして部屋に入った彦根は二分後、女性と連れ立って部屋を出てきた。女性の目には驚きの表情が浮かんでいる。

学生たちの視線に気づいた彼女は言った。

「協力してくれてありがとう。賭けはこの人の勝ちよ」

彦根は女性の後に従った。絶句した学生たちは呆然と二人の後ろ姿を見送った。

市街を縦横無尽に走り回るトラムを避けながら、助手席の彦根は、窓を全開にして外気を胸一杯に吸い込む。道路の両脇には石造りの建造物がびっしり並ぶが、コルナヴァン駅を通り過ぎたあたりから緑が多くなる。

「このあたりは旧市街とは別の顔つきをしているね。何だかジュネーヴにはふたつの顔があるみたいだ」

「それについては後で説明してあげる。それよりも、私がヒコネに聞きたいことがあるのよ」

「なんなりとどうぞ。タクシー代わりをしてくれているパトリシアの質問には、答える義務があるからね」

学長室での自己紹介でパトリシアと名乗った金髪の女性はハンドルを切り、小高い丘へ向かう。

「どうして私がWHOの職員だとわかったの？」

「手にWHOの青い封筒を持っていたからさ」

なあんだ、という顔になった彼女は質問を続けた。

「でも学長が私に、ヒコネを本部に案内するように言うとは限らないでしょう？」

「WHO代表として学長室に来ているなら、学長と信頼関係がある人だろうと思ったんだ。近場の施設からわざわざ足を運ぶなら、電話やメールで済まない相談事なんだろうし、もしそうなら多少の裁量権を持った人でないとムダ足になってしまいかねないからね」

「ギャンブルしながら、そんなところまで見ていたの？　恐ろしい人」

「ギャンブラーなら、この程度は普通だよ」

黙り込んだパトリシアは、やがて口を開く。

「次は素朴な質問。ヒコネがコイントスに勝てたのは何故？」

「勝つつもりがなかった、つまり無欲の勝利ってことさ。君がWHOの職員だと気づいたから、案内してもらえれば御の字だった。バカ騒ぎをしていれば話しかけるきっかけにもなるし、ついでに順番が早まれば一石二鳥だろう？」

「コイントスで二回連続勝ったのは偶然だと言うの？　バカにしないで。そんな子供騙しでは納得しないわ」

「なかなか鋭いね。OK、からくりを白状するよ」

彦根は銀貨を取り出し、手渡す。パトリシアはしばらく眺めていたが、コインの表面を撫でて驚いた声を出す。

「何よ、このコインは。一体どうなってるの？」

彦根はポケットから一本のチューブを取り出す。クリフからくすねた瞬間接着剤だ。

「ギャンブルの前に、コインの裏にコイツをまばらに塗ったんだ。コインを手で受ければその感触で、どっちが表かわかる。そしたら連中のコールと反対の面を上にして掌を開いてみせれば一丁上がり、という寸法さ」

パトリシアは意志の強さを思わせる細い眉を上げた。

「それじゃあイカサマじゃない」

「そうだけど彼らには実害はなかったから、ギャンブルの神様も見逃してくれるんじゃないかな」

彼らは順番をひとつ抜かされただけだ。百フランをもらえる夢を見たと思えば、安いものかもしれない。

「その件はわかったわ。次は真面目な質問。なぜあなたはモナコ公家の紹介状を持ってきたの？　ＷＨＯは王族の紹介があるからって対応は変わらないのに」

「仲介者には効果があると思ったんだ。現にヒース学長はいちころだっただろう？」

「似たような質問だけど、どうしてあなたはモナコ公家の人間に紹介状を書いてもらえたの？」

彦根はうっすらと笑う。

「その質問にはひと言では答えられない。あえて言えば、過去の因縁をたぐり寄せたら、一通の紹介状にたどり着いた、といったところかな」

「何を言っているのか、さっぱりわからないわ」

彦根はパトリシアの抗議を無視して言う。

「それより驚いたのは、パトリシアがヒース学長の愛弟子だったことさ。これはさすがに予想外だったよ」

「私はヒース学長の口利きでＷＨＯの職員になったからＷＨＯも私を学長とのホットラインに使うの。ヒコネはあのギャンブルで学長とＷＨＯ事務局長の秘書官という二つのコネクションを一度で持ったわけ。強運な人ね」

「君はたぶん、探し求めていたファム・ファタルだね」

たぶん、か、とパトリシアは呟く。赤信号で停車すると、彦根と向き合う。

「ここで一時停止するのも運命ね。あなたは今、国際社会の機構のクロスする交差点にいる。右手の建物がＵＮ、国連の欧州本部で、ＷＨＯの年一回の総会も開催される。そして左手の小高い丘に向き合って建つ、お城のような建物がＩＣＲＣ（赤十字国際委員会）。そしてあの建物がＷＨＯ本部よ。あと三分で到着するわ」

前方の小高い丘にある建物を指さしたパトリシアは、信号が青になると同時に、アクセルを踏み込んだ。

18 WHO・イン・ジュネーヴ

8月8日（土曜）

彦根を正面玄関前で降ろし、パトリシアが車を駐車場に回している間、彦根は玄関前の小さな庭をひとり散策する。小道の両脇の並木には花が咲き乱れ、昨日の雨で散った花びらが桃色の絨毯を敷き詰めている。駐車場から急ぎ足で戻ってきたパトリシアは足を止める。

「八重桜が満開ね。ふだんなら五月中旬頃が盛りなんだけど、今年は春先の天候不順がひどかったせいか、とんでもない狂い咲きをしているのよ」

彦根は咲き誇る桜から道端に視線を落とす。

「このジュネーヴで、季節外れの満開の桜に遭遇したのは、たぶん吉兆だろう。でも、その道に花びらが散っているのは、僕の道行きを暗示しているのかもしれない」

彦根の日本語の呟きをパトリシアは理解できなかった。

ガラス張りのWHO本部を見て、彦根は故郷の桜宮市役所を思い出す。四角四面の建物は、一切の抒情を排して、徹底的に機能を優先しているように見受けられた。彦根はそこに役人的な合理主義を感じ取った。

万国旗がはためく正面玄関のガラスの壁を前に、立ち止まる。そこには世界地図の周囲にオリーブの葉をあしらった国連旗の中央に、医学を象徴するアスクレピオスの杖が描かれた徽章があった。

「世界保健機関と書かれたロゴは英語、仏語、露語、中国語、スペイン語、アラビア語の六カ国語だね。なぜ日本語がないのかな。アメリカの次に多く分担金を負担している国なのに」

「第二次大戦の敗戦国だからよ。国際連合では今も旧敵国条項が生きていて、日本が周辺諸国を攻撃したら安保理の採択なしに攻撃できるというルールがある。一九九五年の国連総会で削除が決議されたのに、実際にはまだ削除されていない。そんなわけで同じ枢軸国の独語もイタリア語もないんだからボヤかないで」

「それが巨額の分担金を出し続けている日本に対する、国際機関のWHOの仕打ちなんだね」

「それは日本が外交の力で克服しなければならない問題よ。ここに出向してきている厚生労働省の役割ね」

「でも、彼らにそれを要求するのは酷だ。医療行政の問題の細目に対応するだけで膨大な仕事量だし、そうした枠組みを変更する権限も与えられていないんだから」

彦根はロビーの天井から下がっている万国旗の中に、ようやく日の丸を見つけてため息をついた。

エレベーターに乗り込むと彦根は言う。

「感染症対策室のノイマン部長との面会が目的だけど、せっかくだから事務局長にもお目にかかりたいな。パトリシアはおつかいの報告をするんだろう？　その時にセイ・ハロウができればいいんだけど」

図々しい人、と呟いて考え込むが、やがて顔を上げる。

「まあ、それくらいなら大丈夫かしら。事務局長は一時間後に戻るけど、それまでは何をしたい？」

「ＷＨＯのオリエンテーションをしてほしいな」

「いいわよ。でもまずはジュネーヴの市内案内からね」

エレベーターから降りた二人は屋上に出ると、ジュネーヴの市街の俯瞰図を眺めた。

「レマン湖よりあちらは金融や行政の旧市街。こちら側はＵＮ、つまり国連関連の諸施設が集まる国際都市。地政学的にジュネーヴはフランス領に突き出した飛び地に見える。国際都市としての旗を掲げるこの街はドメスティックな性格を失っていて、ジュネーヴはスイスではないなんて陰口を叩かれたりもしている。飛び地みたいな不安定な場所に虚構の国際組織集落を構築したわけね」

「なるほど。それが地政学的なＷＨＯのポジションなんだね。ところで歴史学的にはどんな存在なのかな」

「それは紆余曲折があるのよ。欧州でコレラが大流行した一八五一年に十二カ国が集まってパリで第一回国際衛生会議を開催、第一次大戦終結直後の一九二三年には国際連盟が、前身の国際連盟保健機関（ＬＮＨＯ）を創設した。第二次大戦後にジュネーヴで開催された第一回世界保健総会がＷＨＯの始まりね」

「二度の世界大戦が大きく関わってその都度変貌した、感染症対策のために設立された組織というわけだね」

「そうなんだけど憲章というものが必要だということ自体、ＷＨＯがいろいろなものを内包している証拠よ」

「憲章を予習してきたから採点してもらおうか。人は健康であるべしと謳い、各国医療サービスの水準向上支援、住宅、衛生、労働環境改善、科学研究団体の相互協力促進、保健に関する国際協定を提案すること、健康問題の研究奨励、食物や薬品の世界基準の作成や健康教育の向上、とまあこんな感じかな」

「すごいわ、満点よ。カンニングしているみたい」

「丸暗記はカンニングではないよ。でも医療全般を網羅し多岐に亘るからWHO単体では実施困難だろう」

彦根は苦笑しながら指摘するとパトリシアは反論する。

「WHO単体で遂行が不可能なくらい、カバーする業務領域が多岐に亘るからこそ、こうして種々の国際機関と協調を図り、ここから一望できるUN（国連欧州本部）、ILO（国際労働機関）、ICRC（赤十字国際委員会）などの組織と連携しているの」

パトリシアが指差す施設を目で追った彦根は、一つの施設に視線を止めた。

「あそこに赤い月の旗が見えるけど、あれは何だい？」

「国際赤十字がイスラムに配慮して赤新月の旗を掲げているの。十字をシンボルにすると中東で業務に支障が出るのよ。私に言わせれば、信念なき妥協の産物ね」

「日本で赤新月の旗を掲げたらどうなるんだろう」

日本語で呟いた彦根にパトリシアが抗議する。

「ヒコネは時々日本語でひとり言を言うけど、気になるからやめてほしいわ」

「ごめんごめん。日本語で呟くのは生臭いことを考えているときで、パトリシアに話すと申し訳ないからさ」

「申し訳ないかどうかはこっちで判断するわよ。そっちで勝手に決めないで」

彦根は苦笑する。そして日本語で呟いた。

「そういえばスイス女は気が強いから嫁にすると大変だ、という海外ジョークをどこかで聞いたっけな」

「ほら、また。今言ったばかりなのに」

パトリシアが彦根をにらむ。今のはパトリシアに理解されては困るから日本語で言ったわけで、その抗議は問題の核心を衝いたわけだ。

「ソーリー。もう日本語では呟かない。でもいよいよこんがらがってきたな。WHOって何者なんだい？」

「そうやって正面切って聞かれると困るわね。国連が掲げる世界平和という大目標のうち、人々の健康問題を担当する、世界政府における保健省というあたりかしら。日本で言えば厚生労働省に相当しそうね」

「果たして日本の厚生労働省に医療を担当しているという意識があるのかな。以前、医療庁を作るべきだと具申した時はなしのつぶてだったからね」

「あら、ここには日本の厚生労働省の役人も出向してきているけど、彼らはおしなべて真面目で一生懸命よ」

「優秀で勤勉だけど、方向付けがなってないから一生懸命やればやるほどおかしなことになってしまうんだ」

「それは日本の問題ね。私がヒコネにやってあげられるのはWHOに関する情報を提供することだけよ」

　彦根は頭を掻いて謝罪する。

「ごめん。つい日本の問題を絡めてしまうのは僕の悪いクセだ。つまり品行方正な目標を掲げた国際社会の優等生がWHOだという理解でいいのかな」

「概ねその通りね。外形的には七階建てビルの最上階にエグゼクティブのブースと事務局長室がある。私はその番人よ。二階から六階には研究者の個人ブースが廊下の両側に二十ずつ並ぶ。いわばアカデミックな長屋ね」

「WHOの輪郭が見えない。伝説の怪物、鵺（ぬえ）みたいだ」

「ヌエ、ホワット？」

「頭がサル、身体がタヌキ、手足がトラでしっぽがヘビという気味の悪い怪物で人々は怯えていた。でもある日、勇者に退治されてしまうんだ」

「失礼ね。WHOはヌエなんかじゃないわ。どちらかと言えば黒子に徹するお役所に近くて、分野を代表する医師や各国の衛生を担当する役人が、議論の調整と予算の執行に明け暮れているという感じね」

「それじゃあいろいろな生物が同居する洞穴かな」

　パトリシアは人差し指を突き出して、天を指す。

「その譬（たと）えも違うわ。WHOの目的は病気で不幸になる人間を減らすこと。直接顔を合わせて議論するよりメールのやりとりの方が多いわ。つまりどこにでも出現可能な仮想空間における意思遂行機関で、空間を飛び交う電子メールでのディスカッションがその本質ね」

「でも現実はもっと生臭いんじゃないかな。たとえば巨額の資金がからんだ予算執行のこともあるわけだし」

　彦根のシニカルな口調に、パトリシアは取り合わない。

「確かに生臭い面もある。課題をクリアしている国の代表は具体的な項目に言及しようとするし、問題を抱える国は抽象的な表現に抑えようとネゴが延々繰り返される。プロバブルかポッシブルか、ネセサリーか、単語ひとつで大論争になり一言一句の決定に労力が費やされる。加盟百九十余の国家と地域すべてが参加する世界保健総会が毎年五月に開催され、そこで予算配分が決定されるのよ。予算は主に発展途上国で使われ、医療の専門家を派遣したり現地の医療担当者の研修や支援に努めたり、医療情報や医薬品を提供したりしているわ」

「そんな多彩な案件を年一回の会議で決められるだなんて、アメイジングすぎて何だか嘘臭いな」

「総会だけではムリだから、執行理事国の専門家による執行理事会を一月と五月の年二回開催してるわ。一月の執行理事会で詰めて五月の総会で決議するという流れになるの。ゴールを百とすると一回の総会では一か二しか進まない。どんな課題も目鼻がつくのに最低五年、最終的に決着がつくのに早くて十年はかかるわね」

「気の長い話だが、つまりＷＨＯは総会と執行理事会の二本柱というわけか」

「あと、重要なのは事務局よ。事務局長は五年任期で、日本人の局長もいたの。ナカジマは一九八八年から九八年の二期、十年を務めていたわ。知ってた？」

「いや、知らなかったな」

「ナカジマ事務局長は英語が堪能でなくてＷＨＯを停滞させたという批判もあるけど、ＷＨＯの研究者として叩き上げから頂点をきわめた人がコミュニケーション能力に難があったなんてありうると思う？　そうした悪評には捏造されたものもある。生臭い部分の一例ね」

「一九八八年から九八年は僕が医学生から外科医になった頃だな」

彦根はうっかり日本語で呟いたがパトリシアは特にとがめ立てもせずに、腕時計を見た。

「大変、事務局長が戻る時間だわ。報告に行くわよ」

最上階の七階にある事務局長室の前の壁には巨大な抽象画が飾られている。彦根は日本人形を懐かしく眺める。

アポはないから挨拶だけよ、と言い残しパトリシアは事務局長室に姿を消した。やがて顔を出し手招きした。

部屋に入ると、笑みを浮かべた女性が立っていた。

「パトリシアの友人だそうね。事務局長のセシルです」

彦根はパトリシアに小声で尋ねる。

「僕は友人でいいのかな？　必要なら訂正するよ」

パトリシアは小声で言い返す。

「心配は無用よ。私にはボーイフレンドが星の数ほどいるんだから」

彦根は肩をすくめ、セシル事務局長に右手を差し出す。

「お目に掛かれて光栄です。せっかくですのでひとつ提案を。ＷＨＯは分担金拠出ナンバー2である日本の地位向上をご検討いただけるとありがたいですね」

セシル事務局長は非難の色を浮かべパトリシアをちらりと見るが、穏やかな笑みを湛えてきっぱり言う。

「日本の負担はありがたく思っていますが、日本にもメリットは還元しています。種々の疾病のガイドライン作成などは、すべての国に役立ちますから」

「でも、WHO年間総予算五億ドルのうち米国に次いで二割近く負担している日本への還元率は低すぎるように思います。たとえばエイズ予防の予算は日本には割り当てられません。医療資源の南北格差を解消するWHOの働きを非難しているのではなく、せめて日本をもっとリスペクトしてほしいとお願いしたいだけなのです」

「そういう要望は、WHOに出向している日本の代表が提起すべきね」

セシル事務局長の言葉に、彦根は首を振る。

「彼らは役人なのでシステム改革を提案する権限も気概も持っていません。しかしそれにしても、見事なくらい、人の言葉に耳を傾けようとしませんねえ。スイス女は嫁にするには気が強すぎるという警句は本当ですね」

即座にパトリシアが彦根を遮るように言う。

「ドクター・ヒコネ、面会は終わりです」

彦根は澄まし顔で一礼する。部屋を出て行こうとした彦根の背中に、セシル事務局長の声が響いた。

「最後の批判は撤回を要求するわ。私はオランダ人よ」

階段を下りながらパトリシアはものすごい剣幕で彦根をなじる。

「約束が違うわ。セイ・ハロウだけだと言ったのに」

「約束は守ったよ。あれは彦根流のセイ・ハロウさ」

彦根が階段の上からパトリシアを見下ろして答える。

パトリシアは立ち止まると、呆れ顔で彦根を見上げた。

「わかったわ。それがあなたのスタイルなら事務局長の件は見逃してもいい。でももうひとつは断じて許せないわ。ヒコネ、私は生粋のスイス人なのよ」

パトリシアが睨むと、彦根は深々と頭を下げた。

パトリシアの差配で感染症対策室部長のノイマンにはすぐに会えた。無愛想な男で何を言ってもウイかノンしか言わない。それでもパトリシアが席を外した間も、彦根は雑談を交えながら熱心に質問を続けた。

「WHO訪問記念に、一緒に写真を撮りたいんですが」

最後に彦根がそう言うと、ノイマンはウイと答えた後で、ようやくウイとノン以外の言葉を発した。

「ジャポンからのお客は、必ずそう言います」

彦根はスマートフォンを取り出し、戻ってきたパトリシアに手渡すと、ノイマンと並んでカメラに収まった。

彦根はノイマンと握手をして、部屋を出た。

パトリシアが急ぎ足で追いつくと、彦根に尋ねる。

「あんなものでよかったの？　モナコ公家の紹介状まで用意しておきながらアポのない事務局長と面会して怒らせたり、感染症対策部長とは記念フォト一枚で満足したり。ヒコネがジュネーヴにきた目的って何なのよ」

「ノイマン部長と写真に写ることがＷＨＯ訪問の目的さ。彼にたどり着くには二、三日はかかると踏んでたけど、パトリシアのおかげで半日で済んだ。御礼に今夜、ディナーにご招待したいんだけど、予定は空いてる？」

パトリシアは挑発的な視線で彦根を見た。

「洒落た口説き方をすれば落ちると思ったら大間違いよ。私はパートナーには最悪のスイス女なんですからね」

「ということは断られたわけか。残念だな」

パトリシアは彦根の腕を取った。

「意地悪な人ね。ＯＫに決まってるでしょ。おいしいスイス料理の店を紹介するわ。ただしお値段は少々張るわよ。アルコール抜きで一人百フランはするんだから」

彦根は微笑する。

「さすがパトリシア、最後に百フランをせしめたのは君だったわけだ。でもご心配なく。その程度の散財なら、ジュネーヴ大の学食で経験済みさ」


パトリシアが案内してくれたのは郊外のスイス料理の店だった。こぢんまりとした地味な外観に反して、中は地元の人たちでごった返していた。

パトリシアが誇らしげに言う。

「この店はカジュアルだけど四百年の歴史があるのよ」

「そりゃすごい。日本だと徳川幕府が創設された頃なのに、全然古びた感じがしないな」

「食事してみて。歴史よりも評価が高くなるわよ」

陽気なウエイターが革張りのメニューを持ってきた。

チーズ・フォンデュをオーダーしたパトリシアは、それがスイスの代表的な料理と思われるのは不本意だと言う。チーズのブレンドと素材の新鮮さが勝負のフォンデュよりも奥深いスイス料理はたくさんあるのだという。

でもスイスで一品といえばフォンデュは外せないわ、と嘆いたパトリシアは、ワインが入ると饒舌にＷＨＯの内幕について話し始める。耳を傾けていた彦根がいきなり「ＷＨＯの検疫体制に異論がある」と切り込むと、パトリシアは酔いが覚めたような顔になる。

「感染予防ではWHOが素晴らしい実績を上げていることは知っているんでしょう？　一九八〇年にWHOが天然痘の根絶宣言を出したのは人類史上、類を見ない快挙よ。年間四百万人を死亡せしめた天然痘を、一九五八年に可決した根絶計画の宣言通り、二十年後の一九七七年にソマリアで発生した患者を最後に撲滅したのは間違いなくWHOの功績よ」

「天然痘の撲滅が達成できたのはWHOの目標設定が正しかったからだ。でも今の検疫体制は承服しかねるな」

フォンデュのチーズに野菜を浸しながら、パトリシアは「どうして？」と尋ねた。

「そもそも検疫とは悪疫が流行している地域から到着した船を一定期間留め置いたのが起源だ。寄港を阻止された船員は船中で食料を食い尽くし飢え死にする。つまり悪疫に罹った人間を病原菌と共に全滅させてしまうという野蛮な医療防衛戦だったわけだ。陸伝いの旅人や船客には有効だけど、移動の主流が飛行機になった現代では無意味だ。やるなら旅行客全員を検疫所に留め置かなければならないが、そんなことは不可能だからね」

パトリシアは目の前のフォンデュにラム肉を沈めた。

「つまりかつて防疫で花形だった検疫という水際作戦は、今では徒花だと言いたいのね。確かにその通りよ」

尖ったフォークの先に突き刺した肉片を凝視しているパトリシアの横顔に、彦根は尋ねる。

「ならばなぜ、この春、日本がキャメル騒動になった時、WHOはパンデミックの恐れがあるという勧告を出しながら、検疫は無益だという情報を伝えなかったんだ？」

パトリシアはチーズの海から肉片を引き上げる。

「WHOは内政干渉をしないの。だから水際作戦を推奨しないし、検疫の強化も指導しない」

「でも厚労省の判断を支持するような声明を出した」

「日本政府から要請されたからよ。検疫は今の時代には合わないけど、そんな対応をとってくれる国家の出現は感染症の危険性をアピールできる絶好の機会だからWHOにとってプラスなの。感染症で恐ろしいのは国際社会の無関心よ。人々の無関心を渡り歩いて感染症は蔓延していく。現代では一度パンデミックになってしまったら、人の力では収めることはできなくなってしまったのよ」

深刻な話題と裏腹に無上の幸福のような顔でラム肉を頬張るパトリシアを見ながら、彦根は反論する。

「でも、市民が右往左往させられるのを傍観するだけなんて、世界に冠たるWHOとしてはいかがなものかな」

パトリシアは口をナプキンでぬぐうと言う。

「意地悪な言い方ね。感染症対策はミクロではなくマクロの視点から考えるのが基本よ。どんなに哀しい死でも、統計学上では一例にしかカウントされないわ」

「パトリシアとそっくりの考え方をする友人が日本にいるよ。その人が提唱するレッセフェール・スタイルは、パトリシアの冷たさとよく似ているよ」

パトリシアは一瞬、むっとした表情を浮かべた。だが、すぐその表情を吹き消した。

「今度その人を紹介してね。ヒコネの言う通りよ。それが私の弱点。ヒース学長にも指摘されたわ。冷酷な数字と論理に血を通わせるのが研究者の責務だというのが学長の口癖で、散々聞かされたもの」

「僕もヒース学長に教えを乞いたくなったよ」

その夢はすぐに叶うわ、というパトリシアの呟きは、彦根の耳には届かなかった。彦根は語調を変えて言う。

「ところでもうひとつお願いがあるんだ」

「これだけお願いをしておいて、まだ頼み事が残っていたなんて驚きだわ」

パトリシアの嫌味に取り合わず、彦根は言う。

「情報が欲しいんだ。君ならアクセスできるはずだ」

「業務上の禁止事項でなければ教えてあげてもいいわ。フォンデュもごちそうになったことだし」

「情報を漏らしても誰にも被害はない。それどころか日本が救われるかもしれない。たった数行の情報さ」

「たとえたった一行でも、非合法ならムリ。スイス女は融通が利かないんだから」

「パトリシアなら、きっとそう答えると思ったよ。仕方がない。残念だけど諦めよう」

パトリシアは拍子抜けした顔で彦根を見る。彦根があっさり撤退したことで却って興味を引いたようだ。

「話くらい、聞いてあげてもいいわよ」

彦根は顔を上げると微笑した。

「毎秋ＷＨＯはインフルエンザの感染予測を立て、抗原タイプを日本の感染症研究所に送ってくれるだろう？　そのリストを事前に僕にメールしてほしいんだ」

パトリシアは上を向いて考え込む。やがて言う。

「オープンされる情報だから機密性はないし情報漏洩にもならないけど、日本では感染症研究所と提携しているから契約違反にはなるかもしれないわね」

「でも日本の感染症研究所が損害を蒙ることはないよ」

「どうしてヒコネはそんな情報を知りたいの？」

彦根はチェシャ猫のように目を細めた。

「日本を守るため、さ。まったくの杞憂に終わるかもしれないけど、ね」

パトリシアは目をつむる。やがて目を開くと言った。

「やっぱりダメ。感染予防の施設関係者ならともかく、素性の知れない人に情報提供できないわ」

「その点は心配ない。僕は今、ある施設の職員なんだ」

彦根の名刺をしげしげと見たパトリシアが言う。

「ナニワワクチンセンターは日本を代表する感染症研究組織だし、総長のウガジンにはＷＨＯの研修も引き受けてもらっている。あなたが彼の部下だというのならノープロブレムよ。でも、そんな肩書きがあるのなら、こんな回りくどいことをしなくてもウガジンに紹介してもらえば済んだのに」

彦根は肩をすくめて苦笑する。

「ウガジンはいいボスだけど、僕とは確執があって、お願いしにくかったんだよ。でもパトリシアのおかげで事務局長にもお目にかかれたし、ノイマンを懐柔する手間も省けたし、必要なデータも手に入れられそうだ。でも君も人が悪いよね。ノイマンは君の部下なんだから、君でも対応できることはわかっていたんだろうし、そうすれば彼と会う必要もなかったのに」

パトリシアは目を見開いて尋ねる。

「ちょっと待って。どうして私がノイマンの上司だとわかったの？　ヒコネには事務局長秘書としか名乗らなかったのに」

「君がちょっと席を外した時にノイマンに、今の女性はここでは相当偉い人みたいだね、とカマを掛けたら、マイボスの局長だと白状した挙げ句、経歴まで全部教えてくれたんだ」

唇を噛む。パトリシアの中に生まれていた彦根に対する好奇心がみるみるうちに萎(しぼ)んでいく。こんな危険人物と一緒にいたらたちまち丸裸にされ、自分が空疎な女だと見抜かれてしまう。プライドの高いパトリシアにとって、それは許しがたいことだった。

パトリシアは、残った赤ワインのグラスを一気に飲み干し、少し酔ったみたい、と呟いた。

19　赤い十字架、赤い月

8月9日（日曜）

テーブルの上にはディナーの残骸が横たわっている。赤ワインに頬を染めたパトリシアが言う。

「ヒコネ、食事はお開きにしましょう。タクシーを呼んでもらいなさい」

「パトリシアはどうするの？」

「彼に迎えにきてもらうわ」

パトリシアは艶然と微笑みながら、彦根の顔をのぞき込んで言った。彦根はあっさり答える。

「了解。今夜は美味しい店を教えてくれてありがとう」

パトリシアは美しい目を瞠(みは)る。

「あら、ボーイフレンドの迎えなんか断って、今夜は一緒に過ごさないか、とか誘わないのね」

彦根はうっすら笑う。

「僕は、勝てるギャンブルしかしないんだ」

「ヒコネは紳士だけど臆病者ね。大事なことを教えてあげる。スイス女は一夜を共にした男しか信用しないの」

そして吐息をつく。

「でもせっかくディナーをご一緒した仲だから、ヒコネのお願いをもうひとつだけ叶えてあげる。さっきヒコネは、ヒース学長に教えを乞いたいと言ったわよね。実は今日の昼、ヒース学長からヒコネへの伝言を預かったの。私は学長の弟子でもあると同時に彼のメッセンジャーでもあるの」

彦根は目を輝かせて言う。

「ヒース学長が僕にメッセージを？　光栄すぎて言葉が出ないよ。学長はあの短い間に、僕の本当の望みを読み取ったのかな」

「彼はとってもクレバーな人だからその可能性はあるわね。学長との会見であなたが何を言ったかは知らない。でも学長は言ったわ。ヒコネが目指すべき地はベネチアだ。歴史の中に答えがある。エレミータ・ゴンドリエーレに会え。これがヒコネへのメッセージよ」

「ありがとう、パトリシア。君の言葉は僕にとっては天からの贈り物だ。まさかジュネーヴに到着したその日に目的を果たせた上に今後の指針となるアドバイスまで頂戴できるだなんて夢にも思わなかった。君はまるで、幸運の女神みたいな女性だ」

パトリシアは微笑する。

「ヒコネって残念な人ね。『たぶんファム・ファタルだ』と言ったのも、『幸運の女神みたいな女性だ』という今の言葉もそう。いつもほんの少し余計なことを口にしてしまう。幸運の女神みたいな女性だなんて最低。そんな時、本物の男性は『君は幸運の女神だ』と言うわ。確信はなくても断言するのが女性に対する礼儀というものよ」

「正確に表現しようとすることは過剰な自己防衛にも似て、ものごとを台無しにしてしまうんだね。今の貴重な講義の授業料はおいくらか、ちょっと聞いてくる」

彦根はグラスを空けると立ち上がり、受付に姿を消す。その後ろ姿を見つめたパトリシアは、バッグから携帯を取り出し、番号をプッシュし始めた。

会計を済ませて戻った彦根は、パトリシアに言う。

「タクシーは時間が掛かりそうだ。パトリシアの彼氏が到着するまでデザートを楽しもうか」

パトリシアは彦根を見つめていたが、言う。

「ヒコネは本当に紳士ね」

「いや、臆病なだけさ」

運ばれてきたデザートを、世界情勢について寸評を加えながら楽しんだ。店内から客が姿を消し始めた頃、背の高い男性が現れた。燃えるような赤毛は軽くウェイヴしている。身なりはカジュアルだが上品だ。ひときわ目立つ男性は閉店間近の店内を見回していたが、パトリシアの姿を認めるとまっすぐ歩み寄り、抱擁を交わす。

「紹介するわ。私のボーイフレンド、アレキサンダーよ。アレキサンダー、こちらが今夜のデートの相手、日本からWHO見学にやってきたドクター・ヒコネよ」

男性は彦根に右手を差し伸べる。

「初めまして。以前から彼女のボーイフレンド候補に名乗りを上げていたんだけどなかなか昇格できなくてね。今夜は仕事を放り出して参上したんだ。ひょっとして君もライバルかい？」

彦根は差し出された手を握り返す。

「宣戦布告をする前に機先を制され、闘わずして轟沈したチキンですよ」

「なかなかウイットに富んだ人だね。僕が知っている日本人はもっとモデスト（控え目）だ」

アレキサンダーは大笑いする。パトリシアが口を挟む。

「初対面の、しかも恋敵かもしれない相手に喋りすぎよ。そういうところが、ボーイフレンドへの昇格を遅らせていたことに気づいてほしいわね」

そして彦根に向き直ると言う。

「似たもの同士のあなたたちは明日、デートすべきね」

ご下命とあらば喜んで、とアレキサンダーは答えた。

「では明日は極東の親善大使のアテンドをお願い。あなたの本来業務だし」

「明日はたまたま、アテンドがキャンセルされて空いている。彼はなかなかのラッキーガイのようだね」

アレキサンダーは名刺を手渡す。

「自己紹介します。赤十字国際委員会本部、渉外セクションディレクターのアレキサンダー・ド・ベルンです」

彦根はパトリシアを見た。

「パトリシア、君は僕の幸運の女神だ」

「ヒコネは飲み込みが早いわね。それでいいのよ。そう言えばタクシーは遅いけど、たぶん忘れられているのよ。アレキサンダー、私を送るついでにヒコネもホテルまでお願いできるかしら」

アレキサンダーはにこやかに言う。

「おやすい御用さ。姫をお送りする前にドクターをホテルに送り届け、明日は出勤前にお迎えにあがりますよ。ホテルはどちらですか」

彦根は滞在中のホテルの名を告げた。


翌朝。ホテルの食堂で朝食をとっているとアレキサンダーが入ってきた。係と顔なじみらしく、席に座ると何も言わないのに珈琲が運ばれてくる。

「ゆうべは送ってくれて、ありがとうございました」

アレキサンダーはウインクする。

「こちらこそ礼を言いたいよ。君のおかげで難攻不落のパトリシアに一歩近づけたんだから」

ボイルドエッグを見つめる。このゆでタマゴは固ゆでか、それとも半熟だろうか。彦根は悩んでいた。タマゴをお湯に入れ、自分の好きなゆで加減にできるのだが、うっかりして湯に入っていたタマゴを取ってしまったのでゆで具合がわからないのだ。殻の内側は液体か固体か。はたまた半液体か。それは殻を割らなければわからない。

ふと、今頃は加賀の街でニワトリの世話をしているはずの大学院生の横顔が浮かぶ。顔の輪郭と細い眉がどことなくパトリシアに似ていた。

「ヒコネ、何をぼんやり考えているんだ？」

自分が一瞬、放心していたことに気づいて苦笑する。

タマゴの殻を割った。中身はハードボイルドだった。

二十分後。彦根はアレキサンダーの車の助手席に乗っていた。彼は饒舌だった。

「国際赤十字は一八五九年、イタリア統一戦争の惨禍を目のあたりにしたスイス人実業家アンリ・デュナンが提唱した。一八六三年に創設された国際負傷軍人救護常置委員会が現在の赤十字国際委員会の大本になる。創設者のデュナンは第一回ノーベル平和賞を受賞している。国際赤十字・赤新月社連盟は委員会の他に各国の赤十字社をまとめる国際組織として一九一九年、第一次大戦後のパリに設立された。第二次大戦勃発と共に本部はパリからジュネーヴへ移された。スイスは永世中立国だし提唱者の母国でもあるからぴったりさ」

「なるほど。まとまりそうでまとめきれない無節操な性質が国際赤十字を生き長らえさせてきたんだね」

彦根の棘のある表現に、アレキサンダーはむっとした。

「国際赤十字ほどその精神を頑強に守り通した組織はないよ。各国に支部があり人道、公平、中立、独立、奉仕、単一、世界性という七原則を一貫して掲げている。国際委員会の活動は紛争地における人道支援、つまり食料確保と医療提供だ。大規模災害にも対応している。変節漢というより硬骨漢と言ってほしいね」

「無節操というのは褒め言葉だよ。僕自身、スカラムーシュというあだ名で呼ばれるような変節漢なんだ」

「何だか君のイメージにぴったりだね。突然、代役で舞台に上げられても、十年前からその役を演じていたみたいに堂々としてそうだし」

「僕が無節操と言ったのは、フラッグの件さ」

アレキサンダーはブレーキを踏む。昨日パトリシアもここで停止し、右手のUN欧州本部、左手の小高い丘に赤十字国際委員会の施設を示した交差点だ。

「旗は目標達成のための方便さ。その件については後でオフィスでじっくり説明するよ」

助手席の彦根を凝視したアレキサンダーは、前に停まっていた車に向かって、プァ、とクラクションを鳴らした。信号はとっくに青に変わっていた。

受付で入館証と引き替えにパスポートを預けるよう要求された彦根は、海外でパスポートは他人に預けてはいけないというのが祖父の遺言だ、と言って駄々をこねた。

イヤなら施設見学は諦めるしかないな、とアレキサンダーに突き放され、彦根は渋々パスポートを受付に預け、引き替えにもらった入館証を首からぶらさげる。

「それじゃあ僕のブースに行こうか。国際赤十字について説明するよ」

　部屋に入ると、女性秘書が愛想のいい微笑を浮かべながら、珈琲を運んできた。珈琲を口にしたアレキサンダーは、インスタントもバカにしたもんじゃないんだぜ、と言い訳のように言って、改めて彦根の顔を見た。

「さて、問題の旗の件について説明しようか。そもそも赤十字が提唱された当時、イスラム諸国からは反発があった。クロスはキリスト教のシンボルだから、気持ちはよくわかる。そこで赤新月を容認したんだ。赤十字社はイスラム諸国では赤新月社と呼ばれている。でもひとつの組織にふたつの旗は具合が悪い。だから菱形のレッドクリスタルを採用することにしたんだ。二〇〇五年、ジュネーヴ条約締約国会議で決められたんだけど、この会議は全会一致を目指したものの、参加国のうち三割近くが反対か棄権に回った。その背景には赤十字も赤新月もどちらも認めようとしないイスラエルの加入問題があった。そこで旗をレッドクリスタルにしてその中央の白地に独自の紋章を入れられるような形にした。イスラエルはそこにダビデの星を加えることで決着を見たわけだね。そして翌二〇〇六年、四年に一度の赤十字・赤新月国際会議でイスラエルの加盟は承認された。こうした対応の結果、世界に百八十以上の赤十字社や赤新月社を数える一大国際組織になったんだ」

「旗はたくさん、理念はひとつ、か。十字架、月、水晶という柔軟性が赤十字に必須なのかもしれないね」

「今のは褒め言葉と受け取っておくよ」

「さっきから言っているけど、本当に褒めてるんだよ、アレク。自分の主張を通すためならシンボルをころころ変えても主義主張を守る。さすが実利主義のスイス人が考えた組織だけのことはあるね」

「ヒコネがそう言うんだから、まあいいか。ではその他に何か聞きたいことは？」

「アレクとパトリシアはお似合いなのに、二人の仲はどうして進展しないのか、だな」

「そんなことは姫に聞いてくれ。僕にもわからない」

　アレキサンダーは顔をしかめる。彦根は微笑した。

「僕はＷＨＯと国際赤十字の近親憎悪が原因だと思うね」

「確かに言われてみれば二人の衝突はＷＨＯと赤十字の間の問題がいつもきっかけだった気がするな」

　アレキサンダーは、晴れ晴れとした表情になった。

「ヒコネは僕たちカップルの間に横たわっていた、潜在的な問題の解決の糸口を与えてくれたような気がする。国際赤十字の本質はindependence（独立）だ。一方WHOは国家のユニオンである国際連合の下部組織で国家群に従属する。そこが根源的な相違点だ。僕たち赤十字は国家から独立している、独自の組織だから当然、相容れないところも多い」

「インディペンデンス……。言われるとわかったような気もするけどやっぱりよくわからないな」

　彦根の正直な感想に、アレキサンダーは苦笑する。

「国際赤十字はジュネーヴ諸条約に基づくスイス国内法により特殊法人格を付与された団体で、さっきも挙げたように、その七原則は人道精神を根本原則とし、国籍や人種で差別しない公平性、戦地で各国軍の差別をしない中立性、政府とは一線を画す独立性、援助のみを与え、報酬を求めない奉仕の精神、一つの国に一つの赤十字という単一性、各国の組織が同等の権利を持ち国境を越えて助け合う世界性だ。理念を遵守し、国家の干渉に対し独立を保ち続けているところがすごいところだよ」

　アレキサンダーの、赤十字・赤新月社に対する自画自賛は気持ちがいいくらいだ。


「赤十字旗は衛生兵らが独占的に用い、他は使えない。国家中心主義思想からするとわかりにくいが、人道上の観点から見れば理解できる。紛争地で無条件に保護されるから国家に属する兵士ではまずい。戦場に作られた一つの虚構で、単なる医療部隊とは違うんだ」

「あらゆる国家から自由な医療義勇軍、か」

　彦根の脳裏に閃光が走る。その考えはナニワの独立精神とシンクロしないだろうか。

　国家の軛（くびき）を脱するための重要な補助線。一国家に一つという赤十字の原則と、そうでありながら国家とは違う自主性を保つ強靱な精神。

　そうした縛りがあるとナニワ建国に赤十字の精神を応用することは難しそうだが、この世界で起こる事象を節操なく呑み込む赤十字旗のような思考法を導入できれば、浪速を取り巻いている有象無象の理念の統合は可能になるかもしれない。

　考え込んだ彦根を見て、アレキサンダーが言う。

「以上で僕のガイダンスは終了だ。ランチの後はWHOのお姫さまがジュネーヴ観光案内をしてくれる予定だ。バトンタッチするまで部屋で珈琲を飲んでいよう」

午後。パトリシアの案内で彦根はジュネーヴの街並みを堪能していた。

「ありきたりだけど大聖堂を見ておく?」というパトリシアの提案に彦根はうなずく。

一歩足を踏み入れた大聖堂の内部は静まり返り、ひんやりした空気に包まれていた。赤と黒を基調としたステンドグラスが光に重厚な色彩を添える。ジュネーヴ大学の講堂のステンドグラスの黄金の光とは違う。

「四フラン払えば、鐘楼のてっぺんに登れるわよ」

「わざわざ金を払って、苦役を課されるのか」

「じゃあ止めとく?」

「いや、登る。バカと煙は高いところに上りたがる、という日本の諺もあるからね」

彦根のジョークは不発だった。パトリシアから切符を渡され、塔の内部に足を踏み入れる。振り返るとパトリシアは彦根に向かって手を振っていた。一緒に登らないのかい、と尋ねると、パトリシアはうなずく。

「登らない理由は三つあるわ。ひとつ、何回も登っているから。ふたつ、塔にはボーイフレンドと登ることにしているから。みっつ、高所恐怖症だから」

「断る理由は、最後のひとつだけで充分さ」

彦根は尖塔を登り始める。石段が刻まれた塔の内部は滑らかだ。何百年という歳月を経た構造物に触れながら、天に近づいていく。石を積み上げるために、どれほどの時間と労力が費やされたのだろう。壮大な大伽藍から派生した螺旋階段は人生そのもののように思える。

螺旋階段を上り始めた彦根は途中まで段数を数えていたが、やがてその試みを放棄した。唇を噛み、上を見上げて足を運ぶ。ところどころ細長い窓があり、陽差しが差し込んでくる。一回りするたびに外の景色の次元があがっていく。息が切れ、目がかすむ。終わりの見えない苦役は耐え難く、登頂を断念しかけたその時に突然、目の前が開けた。ようやく塔の頂上に出たのだ。

風が頬を撫でていく。狭く暗い空間から青空の下に放り出され、目眩がする。手すりの縁に腰を下ろし、下界を見下ろすと意識が遠のきそうになる。ほんの少し、腰を浮かせれば死の世界へ転落する。ここは生死の境目だ。その境に立つと、死の世界から伸びてきた手が、親しい友のように彦根の肩を抱いた。

縁から離れる。冷や汗が流れた。そんなに怯えることはない、と自分に言い聞かせる。ふだん歩いているのもこの生死の境と大して変わらない小径なのだから。

塔から降り、黙り込んでしまった彦根を心配そうに見つめたパトリシアに、彦根は言う。

「忘れていたけど、実は僕も高所恐怖症だったんだ」

パトリシアは大笑いした。

彦根をコルナヴァン駅まで送ってくれたパトリシアは、駅のホームで言った。

「ゆうべは考えさせられたわ。確かにキャメルの時は、日本政府の動きは変だった。ＷＨＯの動きが変に見えたとすると日本の厚生労働省から派遣された職員の動きに影響されたのかもしれないわね。ゆうべは気づかなかったけど、そのことをヒコネに伝えたかったの」

「メルシ、パトリシア」

「もうひとつの依頼も引き受けるわ。九月にはメールする。日本の研究所が受け取るより一週間早く、ね」

パトリシアは彦根に近づき、彦根をハグした。彦根が列車に乗り込むと扉が閉まる。発車ベルもアナウンスもなく列車は動き出した。ホームに立ち尽くしたパトリシアの姿が視界から消えると、彦根は吐息をつく。

彦根は今、三つの巨額資金を手にしている。モンテカルロのアマギ資金。ウエスギ・モーターズの寄付。浪速府に還元される所得税半額。

だがどれひとつとして確実なものはない。幻影を実体のあるものとすりかえるためには、自分は再び仮面をかぶらなければならないのだろう、とぼんやり考える。

欧州には三つの特異な小国がある。モナコ公国、バチカン市国、そしてベネチア共和国だ。ベネチア共和国はとうの昔に滅亡したが、その有り様は意義深く、教えを請う価値はある。何よりそれは賢人、ヒース学長のアドバイスでもあった。

車窓には、夕焼けに染められたスイスアルプスの山並みが輝いていた。旅の途中で不意打ちのように唐突に、シオンという駅名と出会い、彦根の胸が震えた。

アルプスを越えて、イタリア・ミラノまでは四時間。ミラノからベネチア島の玄関口のサンタルチア駅までは二時間。いよいよ彦根は巡礼の最終目的地、ベネチアに到着する。

20 エレミータ・ゴンドリエーレ

8月10日（月曜）

いつしか夜の帳が列車を包みこんでいた。息継ぎをするかのように、列車が駅に到着すると、車窓にわずかな灯りが差すが、列車が疾駆し始めるとその灯りは後方の闇に埋もれていく。

シートに身を沈め、ふと気がつくと彦根は眠りの国に囚われている。やがてレールの音が微妙に変わったように感じて目をあける。列車は鉄橋の上で、進行方向には海ほたるのように、ぼう、と蛍光を放っている島が見えた。動乱の中世を、外交と通商の力を背景に一千年の長きにわたり共和制を維持し続けた奇蹟の島。

ベネチアは闇の中に浮かび上がっていた。

ベネチアは砂州を埋め立てて造られた、チュッパチャプスのような形の人工島だ。飴玉にあたる部分が本島で、そこに至る鉄道橋は棒に当たる。その鉄橋を渡り、列車はサンタルチア駅に到着した。駅前は船着き場で、ヴァポレットと呼ばれる水上乗り合いバスが深夜も運航している。船着き場の停留所で、三日間通用のパスを買う。百人乗りの船の側面には路線を示す番号と行き先が表示されている。Nの表示板を付けたヴァポレットが停船し、係員がもやいをつなぎ側面の扉を開く。停留所にいた老夫婦に続いて、彦根も乗り込む。

こんな真夜中にパトリシアが手配してくれたホテルにたどり着けるのか不安になる。でもタクシーは使えない。船の運航を優先するため中央が持ち上がった太鼓橋と、人ひとりがかろうじてすれ違える細い小径が主体の街の構造が車の進入を拒否しているからだ。ベネチアは自動車が存在しない、中世のまま時が止まった島なのだ。

ヴァポレットの壁に貼られたベネチアの地図を見ていた彦根は、この島が血管が豊富な網内系臓器である脾臓そっくりだと気がつく。入り組んだ水路は毛細血管で、大動脈は島の中心を逆S字に流れる大運河、カナル・グランデだ。外部から血管が脾臓に進入する脾門部には到着したサンタルチア駅が相当する。ベネチア島の概略を理解し、彦根は甲板に出る。両岸にはゴシック様式の建築物が隙間なく建て込んでいる。中世風の建物が控えめにライトアップされ幻想的な光景を演出している。

観光客も地元の人たちもベネチアの足として重宝しているヴァポレットは操舵手と車掌の二人一組で運航されている。小型のフェリーくらいの大きさのヴァポレットの操舵席後部には、中央通路を挟み左右に三人掛けの椅子が八列。船尾はオープンスペースで七名掛けの座席が弧状に並んでいる。

彦根は後部座席にひとり陣取ると、夜空を見上げた。

運河に架かった橋が頭上を通過していく。逆S字の運河の中間地点、リアルト橋周辺は中世の欧州では屈指の金融街だった。石造りの橋はみるみる遠ざかり、船が鋭いカーブを描くと視界から消えた。ベネチアの中心部を走る大運河には四つの橋が架かっている。イタリア本土に近いローマ広場歩道橋は最新で、サンタルチア駅の側のスカルツィ橋は駅舎が造られたのと同じ頃、一九三四年に建築された。この二つの橋はベネチアの歴史から見れば新しい。通過したリアルト橋は十六世紀からの長きにわたり、大運河に架けられた唯一の橋だった。続いて四番目の橋、木造のアカデミア橋をくぐるとカナル・グランデの出口だ。白亜の教会の頂上から緑色のマリア像が、星形の光背を背負い彦根を見下ろしている。

サンマルコ広場に到着すると、数人の乗客は全員立ち上がる。他の乗客と一緒に彦根もヴァポレットから降りた。水上バスの九割はベネチアの心臓部、サンマルコ広場に停まるというパトリシアのレクチャーは実用的だ。パトリシアが取ってくれたホテルは、サンマルコ広場から徒歩五分の好立地にあったからだ。

「わかりやすい場所のホテルを予約したから、たぶん夜中に着いても大丈夫だと思うわ。サンマルコ広場から海岸沿いの並びにあるから簡単に見つかるはずよ。ただし、好奇心から海岸通りの道を踏み外すと魔界に迷い込んでしまうから、ベネチア探検は陽の光の下ですること」

パトリシアのアドバイス通り、路地の誘惑を振り払いホテルに到着する。こぢんまりとした清潔なホテルにチェックインするとベッドに身を投げる。

エレミータ・ゴンドリエーレに会え、というのがヒース学長のメッセージだ。パトリシアもその人物は知らないようだ。つまり彦根の嗅覚と運が試されている。

それが本名かどうかもわからない相手について考えているうち、彦根は深い眠りに落ちていた。

目覚めはさわやかだった。ホテルから一歩出ると、目の前には運河の続きの海が広がり、ヴァポレットがひっきりなしに往来している。小さな旗を掲げたガイドに従い、小グループの観光客が目の前をよぎっていく。

そんな喧噪の中、ゆっくり歩いて十分後。彦根はアカデミア橋にたどり着いた。欄干には金属製の留め具が打ち込まれ、カップルの名を記した誓いの南京錠が鈴なりに掛けられている。どうやらここは愛の聖地らしい。

目を転じ運河沿いの美しい教会に向ける。昨夜、ヴァポレットで通り過ぎた運河の終点、大理石造りの白亜のサンタ・マリア・デッラ・サルーテ教会が目指す場所だ。

ベネチア・バロックを代表する建築物で八角形のドームの頂点を見上げると、ステンドグラスが教会内のひかりを和らげている。壁面や天井に隙間無く絵画を配し、わずかな隙間にモザイク紋様をねじこむという過剰なベネチアの標準的内装と比べると絵画を数点掲げているだけのこの教会は質素にみえる。祭壇の『聖マルコ像』はベネチアの守護聖人で、有翼のライオンの彫刻はベネチア共和国のシンボルだ。十七世紀、猖獗(しょうけつ)をきわめたペストが終息したことに感謝し、五十年の歳月を掛け建設された教会には、ベネチアの繁栄の残滓(ざんし)が漂っている。

富に溺れず医療に感謝し続けた人々の心が、ベネチア共和国繁栄の原動力だったのかもしれない。彦根は母国における医療の惨状を思わずにはいられなかった。

再び橋を渡る。歩いて十五分の距離なので地図を見ずにサンマルコ広場を目指してみる。

人々が行き交う通りから一歩、路地に入り込むと、人ひとりがかろうじてすれ違える細い小径の両脇に石造りの建造物がそそり立ち、薄暗い闇に沈み込む。路地が急角度で曲がり、思わぬ方向へ足を向けざるをえなくなる。右折、左折を繰り返す度に方向感覚が狂い、振り返れば今来た道は消え失せている。唐突に目の前が拓ける。広場は漏斗(ろうと)状に陥凹(かんおう)し、その中心に井戸がある。井戸は雨水を集めて濾過するシステムだ。浮島ベネチアで地下水を汲み上げれば地盤沈下してしまう。

広場をいくつ通り過ぎただろう。気がつくと彦根は、出発地点のアカデミア橋のたもとに舞い戻っていた。

陽は高く、細い路地に明るい光が差し込む正午。ベネチアの夢魔に鼻面を引き回された彦根は感覚を放棄した。見上げると黄色い標識がある。それはサンマルコ広場への道を示す案内板だった。

ベネチア逍遥の起点は、世界で最も美しい広場というべきサンマルコ広場にするべきだ。この街には、賛辞が似合う同時に胡散臭い、などという胡乱な形容詞もあっさり呑み込んでみせる懐の深さがある。頽廃しきった貴婦人の佇まいを見せる街、それがベネチアだ。

正午過ぎ、観光客の喧噪が溢れる中、広場に面したカフェの前にしつらえられたステージでは生演奏のバンドが日本の懐メロを奏でている。自分の中に故国への郷愁が存在していることに、彦根は驚いた。

風にのって聞こえるメロディのかけらを口ずさみながら、吉兆だと思い込もうとする。だが、求める人物にたどり着く手がかりさえない。エレミータとは「隠者」を指し、ゴンドリエーレとはゴンドラの漕ぎ手だということを理解した彦根は、まずはゴンドラに乗れ、ということかと考え、桟橋にたむろするゴンドラ乗りに英語で声を掛けるが皆、イタリア語で何事か呟き、ぷい、とそっぽを向く。おめおめと引き下がるわけにはいかないが、何しろゴンドラ乗りの数は多すぎた。彦根は次第に疲弊していく。

そんな中、ようやくエレミータ・ゴンドリエーレなる人物を知っているというゴンドラ乗りに出会った。口髭を生やした中年男は愛想良く言った。

「もちろん知ってまさ。ベネチアのゴンドラ乗りでエレミータを知らないのはモグリでさ」

「君で十人目だけど、エレミータを知っていると答えてくれたのは初めてだ。ベネチアのゴンドラ乗りなら誰でも知っているというのは、本当なのかい？」

「本当でさ。どうしてかといえば、ベネチア人は自分の利益にならないことには無関心だからでさ。一銭にもならないことに関わるなと、親に言われて育つんでさ」

口髭のゴンドラ乗りの告白に彦根は苦笑する。

「ベネチア人は功利主義の極致だから共和国が一千年も保ったわけか。さてゴールにたどり着いたから、情報提供してくれた君のゴンドラをチャーターしよう。今からベネチアの街を案内してくれないかな」

口髭の男は満面の笑みを浮かべてうなずいた。見映えばかり豪奢な、座り心地の悪い椅子に身を沈めると、ゴンドラはゆっくり進水した。

ベネチア島は、小さな島に水路が張り巡らされているというよりはむしろ、水路の隙間に陸地を確保していると表現する方が正確かもしれない。

動脈にあたる大水路は運河（カナル）と呼ばれ、島を二分するカナル・グランデがその代表だ。そこから派生する細い水路はリオと呼ばれ、毛細血管のように島中を縦横無尽に走っている。ゴンドラはカナルからリオをたどり、先ほど惑い歩いた裏路地を、一段低い視点から見上げるようにして進んでいく。

しばらくして小径の側にゴンドラを止めると、口髭のゴンドラ乗りは目を閉じ小声でぶつぶつ呟き始める。耳を澄ますと、それは敬虔な信者のお祈りだった。見上げると水路の突き当たりの狭い空間の壁に嵌め込まれた、輝く白磁の聖母が微笑んでいた。

アイ・ストップ・マリアと人は呼ぶ。

船着き場に到着すると、彦根は口髭のゴンドラ乗りに紙幣を数枚手渡した。

「観光は終わりだ。エレミータ・ゴンドリエーレの居場所を教えてくれないか」

男はびっくりしたような顔になる。

「いくら何でも、コイツはもらいすぎでさ」

「そんなことはないさ。君が教えてくれる情報は、僕にとってそれくらいの価値があるんだから」

ゴンドラ乗りはにっこり笑う。

「それならありがたく頂戴します。エレミータに会うにはゴンドラ・セレナーデに乗ることでさ。アコーディオン奏者にセレナーデを歌う歌手が一緒に乗り込んでくるので一見の価値はありますぜ」

「エレミータは歌手なのかい？」

男は彦根の質問には答えず、懐から黄色い切符を取り出し、裏に走り書きしながら、言う。

「夕方六時、サンマルコ側のゴンドラ乗り場でナンバー8のゴンドラを指名してくだせえ。このチケットで乗れます。裏に書いた私の名前を見せればバッチリでさ」

彦根は切符を受け取って、裏に書かれたアグリッパという署名を確認する。夕方までまだ時間がある。

街角に佇むと、パイプオルガンの音が聞こえてきた。誘われるまま教会の扉を開けた。ステンドグラスの光が、薄暗い教会の内部に差し込んでいる。

彦根はオルガンの音色に身を浸した。

気がつくとオルガンの演奏は終わっていた。教会から出ると夕方の六時近いのに外は明るい。細い路地をたどると、今回は道に迷わずにゴンドラの船着き場に行き着けた。乗り場には百名近い観光客がたむろしている。

八人乗りのゴンドラが二十艘近く、船着き場に待機している。チケット売りの係員に、ナンバー8を指名したい、と彦根が言うと、係員は困ったような顔をした。

「ナンバー8は年間予約の貸し切りです」

「変だな。アグリッパが紹介してくれたんだけど」

切符の裏を見せると係の男は事務所の奥に引っ込んだ。しばらくして戻ってくると「了解は取れました。でも内緒ですよ」と小声で言う。彦根は一番端のゴンドラに連れて行かれた。船内には古書が山のように積まれ、さながら船上図書館のようだ。黒いマントを着た老人が古書に埋もれるようにして、一冊の書籍を開いている。

彦根が会釈をすると、老人は顔を上げて会釈を返したが、すぐに視線を開いた本のページに落とす。

やがて大勢のゴンドラ乗りが大声で喋りながらやってきて、ゴンドラに客を乗せ始める。客を満載したゴンドラが一艘ずつ船着き場を離れていく。どれも満員だがナンバー8の乗客は彦根と黒衣の老人だけだった。

ゴンドラ・セレナーデと銘打ちながら誰も歌わない。怪訝に思っていると船団は川端に集まり、その中の一艘から哀愁に満ちたアコーディオンの音色が流れ出す。

朗々と歌声が響くと船団は一斉に運河を遡航し始める。歌手を乗せたのは先頭の一艘だけで、その周囲を多数のゴンドラが併走してこぼれ落ちる歌声を拾い上げている。なるほど、効率はいいが、日本でこれをやったらクレームの嵐だろうな、と苦笑する。

「このやり方を詐欺と思うかね？」

しわがれた声で言われ、彦根は首を振る。

「エンターテインメントに詐欺はありません。謳い文句と違ったとしても楽しめればよし、でしょう」

老人は微笑すると、手にした本をぱたんと閉じた。そして振り向いて漕ぎ手に何かを告げた。ゴンドラ・ナンバー8はセレナーデ船団から離れていく。

「どこへ行くんですか？」

「話ができる、静かな場所へ。それともあの騒々しくも軽薄なセレナーデの旋律をご所望なのかな？」

彦根は首を振る。

「あなたがエレミータ・ゴンドリエーレであるのなら、答えはノーです」

老人は目を細める。なぜ自分の素性を知っているのか、とその目は問いかけていた。彦根はヒース学長の紹介だと伝えた。老人はさらに目を細めて言う。

「あの洟垂れ小僧が、今やジュネーヴ大の学長とはな。人生何が起こるかわからないものだ。ところでお前は私にたどりつくのにどのくらいの日時を必要とした？」

半日、と答えると、運はあるようだな、と呟く。

「日本（ジパング）から来たシンゴ・ヒコネです」

彦根は自己紹介すると、夕闇に包まれたサルーテ教会の白亜の塔が紅に染め上げられるのを見遣る。

仰々しい口調で、老人は言う。

「私はモロシーニ・ド・ジョバンニだ。お前は一体、何を求めてこのゴンドラに乗り込んできたのかな？」

「自分が何を求めているのか、それを知りたくて」

彦根がそう答えると、モロシーニは眉をひそめた。彦根は微笑する。

「今のは碩学の士に対するささやかなジョークです。僕があなたにお聞きしたいこと、それはベネチア共和国が繁栄した理由と滅亡した理由です」

「お前は歴史学者か？」

「いえ、医師です。でも、僕が治療したいのは日本という国家なんです」

モロシーニの口元に浮かんだのは微笑だろうか、と彦根は考える。ゴンドラがリオを抜けるたび、小さな橋が頭上を過ぎる。行き止まりで、目の前の壁に真っ白なマリア像が微笑んでいた。彦根の視線が釘付けになる。

さきほどのゴンドラ乗りが祈りを捧げていた聖母。

アイ・ストップ・マリア。微笑ともつかない透明な表情が、こころの中に住んでいる女性の横顔と二重写しになる。あわてて眼前の老人、モロシーニに視線を向ける。

「国を治療したいというお前が、なぜわざわざこのベネチアに来たのかね」

「ヒース学長に教えていただいたからです」

「それでは子供の返答だ。先生に指示されたから絵を描きました、という幼稚園児と同じだ」

「詳しくお話ししますと、何だかとりとめのない話になってしまうかもしれません」

モロシーニは首を振って答える。

「新しい世界の扉を開く時は、たいていの物語は混沌としているものだ」

モロシーニの言葉を聞いて、彦根はクッションに沈み込む。夕闇が空を覆う。明星がひとつ、きらめいた。

冗長で退屈かもしれません、と言った彦根は、自分がなぜこれほどためらっているのか、自分でもその理由がわからない。モロシーニは微笑する。

「世界を知り尽くそうと無益な努力を続ける私にとって、退屈な話などない。もしも話の始まりに悩んでいるのであるのなら、物語の始まりから語ることだ」

そこまで背中を押され、彦根はやっと重い口を開く。

「僕はＡｉの社会導入をめざして活動しています。Ａｉとは意訳すると死亡時画像診断です」

モロシーニは大きくうなずく。

「なるほど、死因を確定するために必要な医学検査というわけだな。解剖との関わりが社会学的に興味深い」

「解剖の社会的意義についてもよくご存じなのですね」

「医学も私の範疇なのだ」

モロシーニは山積みの本の中から革張りの表紙の大型の書籍を取り出した。埃を払い本を開くと、極彩色の絵が飛び出してきた。それは生々しい解剖図譜だった。

「最盛期のベネチア共和国は本土に広大な領土を有し、パドヴァ大学には近代解剖学の祖であるヴェサリウスがいた。最先端の知見を記した医学書も刊行され、書籍を求め医師がベネチアを訪れた。お前の話を聞くとＡｉとやらは解剖に比肩する検査になりそうだな」

短い応答で学識の深さを思い知らされる。

「Ａｉは画像診断です。遺体を損壊する解剖と次元が違い、一分で画像情報の取得が終わり、共有できます」

「素晴らしい。解剖は遺体を損壊するから遺族感情を傷つけるが、Ａｉにはそれがない。ならば今のお前が為すべきことは、廃れた海の都で教えを請うことではなく、Ａｉを日本社会に導入することではないのか」

「優れた検査なのですが、既存の体制から反発を食らい、何度も頓挫しました。それでここにやってきたのです」

モロシーニは腕を組んだ。

「情報の透明度と共有度が高いが故に、権力の後ろ暗い部分にも光を当ててしまう、というわけか。かつてのベネチアならばそのような問題は起こらなかっただろう」

彦根は、身を乗り出す。

「まさにそこをお尋ねしたいのです。Ａｉの進むべき道について教えを請うたヒース学長はあなたに会えと言う。ベネチアの歴史に答えがあるのだそうです」

モロシーニは、は、と笑う。

「涙垂れヒースにしては上出来だ。多くの国家が栄枯盛衰を繰り返した中世に千年王国を築き上げたベネチアに、大いなるヒントが隠されていることは間違いない」

まさに聞きたい福音を前にして、彦根はさらに身を乗り出す。ゴンドラがゆらり、と大きく傾（かし）ぐ。

その揺らぎも気にせず、彦根は急き込んで尋ねる。

「どうしてそのようなことが可能だったのでしょう」

「功利主義を徹底したからだ。そうすると社会の公共精神が阻害され破綻すると思われがちだが、それは真に純化していないからだ」

「僕には、今の日本も功利主義の権化に思えますが」

「それは違う。それは貧しい個人主義だ。主義という言葉を冠するまでの成熟すらしていない、歪なものだ」

ゴンドラが揺れ、夕闇の中、アイ・ストップ・マリアの横顔がほの白く浮かび上がる。モロシーニは続けた。

「功利主義を徹底すれば公共精神が純化され、高品質の公共財が充実する。そうすると社会は安定し、収益が上がる。国が豊かになり個人の功利主義も満たされる」

「ご高説はわかりますが、現実では人はラクをして利を得ることに躍起になり、公共のために汗をかく人間なんていません。国の中枢に群がる連中ほどそうなのです」

「それは初期設定の誤りで、人材登用システムに排除論理を導入しなかったせいだ」

モロシーニは羊皮紙の表紙の分厚い本を手に取って開いた。そこには陰鬱な表情の男性の横顔の肖像が見えた。

「権力を自分の手に集中させ、強力な指導者を目指した元首・マリーノは十人委員会による裁判で断罪されたのだ。それは共和国の理念を害する行為だと判断されたのだ。かくのごとく、強力な指導者ですら排斥できるシステムが、当時のベネチアでは確立されていた」

「そんな素晴らしい国家だったベネチア共和国が滅びたのはなぜですか？」

「ベネチアがベネチアであり続けようとしたからだ。独裁を排した結果、優柔不断という病に冒された。複数の人物の同意を経て初めてものごとを決められる共和制の弱点は、一刻の猶予もない非常事態において迅速な対応ができなくなってしまうという点にある。ところがベネチアはその準備を怠った。その結果、周囲に果断で膨張主義の君主国が乱立した時代の変化に対応できず、世界の潮流からはじき出されてしまったのだ」

モロシーニは手元の古書の山を愛おしげに撫でた。

「ベネチアは一流の出版国家だった。十五世紀末の二年間に全ヨーロッパでは二千点の新刊書が発行され、その四分の一の五百点はベネチアで刊行された。花の都パリはベネチアの半分以下だ。出版は国民の文化度を測る。文化度が高い国家は成熟していることになる。当時のベネチアは世界で最も成熟した国だったのだ」

「医療を重視し高い医療技術を培い、高い文化度を誇ったベネチアでさえ、時代の変化に翻弄され呑み込まれてしまったんですね」

モロシーニは首を振る。

「今のお前の指摘には二点ほど、大いなる誤謬（ごびゅう）がある。その第一点は、ベネチア共和国が素晴らしい理想的なシステムだったと断定してしまっている点。どんな国家もすべてが理想的ということはありえない。汚辱まみれの部分があって初めて国家という虚妄が実体を伴うものなのだ。第二点、国家は時代に対応しきれずに滅びるのではない。他の生命体同様、国家にも寿命がある。人の寿命は百年、その環境になる国家の寿命は三百年。そしてその国家を生き存（なが）らえさせる潮流は五百年続く」

「国家にも寿命がある……」

彦根はモロシーニの言葉を繰り返す。

「たとえば中国の漢帝国は四百年もの寿命を誇ったが、途中で一度滅びて再興したため本来の寿命はその半分の二百年と少々だ。その他の中華の国家もおよそ三百年の寿命で生まれ落ちては死んでいっている」

モロシーニは天に輝く星宿を指さして続ける。

「遠く極東の地、日本において徳川幕府が成立したのは十七世紀初頭、滅びたのは十九世紀末であり、これも三百年弱だ。その日本では続いて明治維新という革命を経て天皇制が成立し、第二次大戦における敗戦で崩壊した。だから寿命は百年足らずだがこれは一種の事故死のようなものだろう。今の日本は官僚政権が続行しているが、源流は天皇政権と連続していると考えると百五十年、そろそろ折り返し地点だ。これから日本の官僚政権は老境に向かうだろう」

「つまり、Ａｉに対するレスポンスの悪さも、日本が老境に至った故と？」

「その通り。耄碌（もうろく）した年寄りに理を説いてもムダだ、ということだ」

「では、僕の努力はムダなのでしょうか」

「そうした言辞は、中身に乏しい人間が自分をより高く見せるために弄する虚飾に満ちた言葉、ワード・オヴ・ヴァニティだ。改革者が口にすべき言葉ではない」

「進むべき道は自分で見つけろ、と突き放すんですね」

モロシーニは波に揺られるままに身を任せていた。やがて目配せをするとゴンドラは流れを遡り始める。手元の本を開くと彦根にその肖像を指し示す。

『東方見聞録』か、と彦根は呟く。

「かつて人々が憧れた黄金の国、ジパングを欧州に紹介したベネチア商人、マルコ・ポーロはその著作『イル・ミリオーネ』を獄中で書き上げた。不遇時代の彼にとって過去の輝きにすがるしかなかったのだ。時を隔てた今、彼のこころの灯火になった極東の島国から助言を求めてやってきた友人を突き放すほど、ベネチア人は冷たくない。純度の高い功利主義は利他主義に通ずるのだ」

　ただ流れに揺蕩（たゆた）っているように思えたゴンドラは唐突に大運河に出た。目の前が拓け、往来するヴァポレット、運河沿いの小径を行き来する観光客の人いきれが彦根を包む。モロシーニの声も生気を帯びる。

「老境の国家には期待できない。新しい国家を作るヒントはお前が旅してきたモナコにあり、ジュネーヴにあり、そしてここベネチアにある。お前は巡礼の旅に出、福音を耳にしたのだ」

　モロシーニの言葉が重々しく響く。その言葉の真意を吸収しようとして意識を集中する。

「大国の抜け殻を身にまとい、新しい小国を作り上げよ。サナギのように時の衣に身を潜め、時がきたら殻を脱ぎ捨て蝶となり羽ばたくがいい」

　彦根は目を見開き、モロシーニに言う。

「僕は今、『日本三分の計』を提唱し、その実現のために尽力しています。日本を東日本連合、関東同盟、西日本連盟と三分するのです」

「肥大した大国を小国に分割するのは、ベネチア共和国末期の戦略と似ている。大航海時代以降、交易の舞台が地中海より外に広がり、欧州列強が植民地経営に軸足を移し、地中海貿易が収入源だったベネチアは経済基盤を失った。それはまさに潮流の変化だ。だがその潮流も五百年の周期で変わる。今の潮流はそろそろ終わりつつある。次の時代に合う形態を模索するにあたり、極東の国、日本の選択がさきがけになる可能性はあるだろう」

「これまでの五百年の潮流とは何だったのでしょう」

「大国主義と中央集権だ。中央集権による効率化、それに伴う情報の集中と拡散の形態。国家は併合を繰り返し肥大する。そのひとつの象徴が欧州連合だ。見方を変えれば古代ローマ帝国の再現にも見えるだろう？　ただし中身はまったくの別物だが」

「離合集散を繰り返し、巨体になると維持しきれずに崩壊する。歴史とはそうした事象の繰り返しなんですね」

　自分の中にある年表を繰ってみると、モロシーニの言葉と見事に合致する。

「これからは小国割拠の時代だ。日本三分の計はその流れに合致している。お前がその様を見ることは叶わないが、後世の歴史学者はお前を先駆者と称賛するだろう」

「僕は日本三分の計の一角、浪速共和国に医翼主義を掲げたいのです」

「イヨク主義、だと？」

「医療を国家のベースに置くのです。国家は滅びても、医療は滅びないのですから」

「かつてベネチア共和国も、医療を基礎に置いた。医療水準は、他国と比べても群を抜いていた。当時の外科医は床屋を兼ねたが、この二つの職業を分離したのも当時のベネチアだ。ベネチアは今の医療システムに近いものを持っていたのだ」

「時代の最先端を行き、次代の潮流を作り、世界標準になったんですね」

　モロシーニはうなずいた。

「今の医療制度を凌駕する部分すらあった。医師の国家資格は卒業時に国家試験を受ける他、年に一度の更新試験を受けることも義務づけられていたのだから」

「そんな制度にしたら、おそらく日本の医者は半減してしまうでしょうね」

「最初からそういうシステムにしておけば問題はない。人間はラクをしたがる生物だ。システムが腐敗するのは、ラクをせんがためだ。共同体の利益を第一にし、個人の怠惰を徹底的に排除したのがベネチアのシステムだ」

「どうしてそんなストイックなシステムを構築できたのですか？」

「それはベネチアの成り立ちに関係する。ベネチアは人工的な箱船国家だった。五世紀、民族間闘争に敗れた部族が河口の湿地帯に逃げ込んで作った国家はまさに箱船だ。船上では船長の権力は絶対だ。その意思は乗客を目的地に運び届ける点に集約されているからだ。この究極の功利主義のため乗員には厳しい義務が課せられる。ひとりが義務を怠れば船が沈む。ベネチアは箱船だったからこそ、厳しいルールによる清潔な組織を作れたのだ」

　彦根の脳裏に、浪速丸という箱船とその船長の横顔が浮かぶ。彦根は尋ねる。

「日本は、ベネチア共和国になれますか？」

　彦根の問いかけに、モロシーニは首を振る。

「まだわからないのか。箱船には新しいルールが導入できる。ベネチア共和国の再来ではなく、新生日本の旅立ちだ。日本という箱船を出帆させるのは今しかない」

「それが日本三分の計の背骨になるのですね」

モロシーニは不肖の弟子が真理に到達したのを見届け、夜空を見上げる。

「潮流は大国主義から小国割拠の方向へ舵を切っている。これは最終的な世界国家に向けての一時的な離合集散だ。それを乗り越えた時に新たなる世界が出現する。日本三分の計はその先駆けになるだろう」

「医翼主義にも未来は拓けているんですね」

彦根が頬を紅潮させて言うと、モロシーニは首を振る。

「その旗は魅力的だが、箱船を出帆させるなら、決して掲げてはならぬ」

「なぜですか？」

「ベネチア共和国では政治は可能性を追求する技術で、宗教や思想からは自由だった。そのことが共和国本体を腐敗させなかった一番の要因だ。国を生き存えさせたければ国旗に主義を掲げてはならぬ」

彦根は憮然とした表情になる。モロシーニの言葉に感心したものの、最後の忠告は承伏しかねた。

モロシーニは、彦根の表情の変化を見て取って言う。

「医翼主義は市民社会のためのようにも見えるが、お前の真の願いを続けるには邪魔になるだろう。多くの国家が存続できないのは汚れた旗を降ろせなくなるからだ」

クッションに沈み、ベネチアン・ゴシックの建物に切り取られた夜空を眺める。だが夜空は何ものにも切り取られはしない。ゴシック建築に縁取りされた夜空は、ベネチアの特徴であると共に無限の可能性を狭めている。

そう思い至った時、彦根は身体を起こした。

「では、掲げた旗をいつでも降ろせるよう、こころの準備だけはしておきます」

彦根が告げると、モロシーニは首を振る。

「今、お前は自分を偽った。旗を降ろせるようにしておくということは、掲げないに等しく、まやかしだ。痛み止めを打っても痛みは存在する。お前はイデオロギー切除術の幻肢痛に怯え、禁断の麻薬を服用してしまったのだ」

その言葉は彦根には難解すぎたが、その辛辣さだけは理解でき、黙り込んでしまう。モロシーニは続ける。

「旗に囚われてはならぬ。馴れ合いと偏った利益分配が社会を腐敗させるが、旗を掲げればその偏りを助長する。ベネチアは主義の旗を掲げたことはない」

彦根の脳裏に、多くの人々と宥和するために自らの旗をさまざまにメタモルフォーゼさせた赤十字のイメージが浮かび上がって、そして消えた。

「でもそんなベネチア共和国も、大航海時代の潮流の変化には耐えられなかったんですよね」

　彦根が皮肉めいた口調で、反論するかのように問いかけると、モロシーニは目をつぶる。

「今の日本はベネチア共和国に似ている。海洋国家。通商が基盤。宗教に囚われず、功利的で利他的。そんな日本が二十世紀に繁栄したのは当然だが、潮流は変化した。その変化を捉えられない国家が衰退しつつある。今や十八世紀の海洋における物流の変化に等しいドラスティックな変化が起こりつつある。それが何か、わかるか？」

　彦根は夜空を見上げた。

　そこには幾万年変わらない星々が輝いている。だが今見ている光は数億年前に発せられたものだ。人類が積み上げた叡智の集積により星の寿命が明らかになり、その知識が星を眺める人々の意識をも変えていく。

　彦根は視線をモロシーニに戻した。

「情報の流通、でしょうか」

　モロシーニは膝を打つ。

「その通り。紙、印刷の発明以降、長らく情報は紙に記されてきたが、二十世紀は映像と音声通信、二十一世紀は電子の即時情報が飛び交う世界へ変貌した。この変化は必然的に、巨大国家の崩壊と、独立した個人の連合による新しい市民共同体の創出へと向かうだろう」

「そんなことが本当に起こり得るのでしょうか？」

　彦根の問いに、モロシーニは呵々大笑（かかたいしょう）する。

「お前はその第一歩を踏み出したではないか。日本三分の計は社会の最終形に到達するための補助線にすぎぬ。私には世界が変貌している姿が見える。これから五年でそうした方向へ世界が舵を切る瞬間が訪れる。だがそれがいつ起こるのかはわからない。両側を強い力で引っ張り合うロープはいつか切れると予言できるが、いつ、どこで切れるのか、破断点の予測はつかないのだ」

　彦根の脳裏には、ロープが切断され、巨大国家という巨象が膝を折り、横たわっていく姿が浮かんだ。

　このビジョンを見るために僕はこの地に導かれたのか。

　再び夜空を見上げた彦根はモロシーニに問う。

「それでは最後にもう一度、お尋ねします。なぜ、ベネチアは滅びたのですか？」

　それは幾度も繰り返した問いだった。だがモロシーニの答えはその都度、色合いが変わった。だからこそ、彦根はそこに何かが隠されているのだと狙いをつけた。

モロシーニは乾いた微笑を浮かべて、言う。

「ベネチアが国家の標準をはるかに逸脱した一千年もの寿命を誇れた理由。それは地中海を制圧しながら国家という体裁にこだわらなかったからだ。ベネチアは豊かさを目指す純粋意志の統一体として、ひとつの生命体として存在し続けた。加えて地政学的な要因もあった。地中海に点在するため、ベネチアの図体は潮の干満のように変動し続けた。滅びたのはベネチアが大国たろうという無益な夢を見たせいだ。それが終わりの始まりだということに気づかず、その夢に溺れたのだ」

「生き延びるためには国家たることを止めればいい、と。でもそんなことは簡単にはできません」

「だがお前はすでにその道に歩を進めている。日本三分の計とは大国を小国に分割することだ。その延長線上には何が見える？」

——国家の摩滅……。

彦根は脳裏に浮かんだ言葉を口にはできなかった。

反射的に固く目を瞑った。

「お前の中に浮かんだその考えを阻害するのが、お前が打ち立てようとしている旗だ。旗を捨てよ、国家を砕け。そして人々の中に入って考え続けよ」

モロシーニの声が夜空に反響する。彦根ははっとした。

——旗を掲げたら国家は滅びる。だが国家とは旗を掲げなければならない存在だ。だとすると国家はいずれ滅びる運命にある。ならば最初から国家たることを止めて純粋意志の集合体になればよい。今の世界はそうした細分化された意思の疎通が可能になっている。

「お前の望みは叶ったか？」

モロシーニの声が再び夜空に響く。

エレミータ・ゴンドリエーレは彦根の問いには答えてはくれなかった。だが、彼は北極星の見つけ方を伝え、彦根は北極星を探し当てた。ゴンドラに打ちつける波に揺られながら、ぽつんと言った。

「僕が目指すもの、それは市民の覚醒です」

笑い声が夜空に響いた。

目を開けるとモロシーニの姿は忽然と消えていた。

すべては幻か、と戸惑う。だが、船内にはうずたかく古書が積まれていて、そのテクストから紡ぎ出された言葉の記憶は、今もなお、なまなましく胸に残っている。

かくて、彦根の巡礼は終わった。

ゴンドラの船縁を叩く波の音が、彦根の疲れた身体をやさしく包み込んでいた。

翌日。自分を縛り付けていた桎梏から解き放たれ、ぽっかりと空いた時間だけが、巣の中に産み落とされたタマゴのように彦根の手中に残されていた。

彦根は憑かれたようにベネチアの街角を歩き回る。狭い水路に寄り添うように走る小径に惑い、教会と井戸のある広場で立ち止まり、路地に切り取られた細い空を見上げる。

逍遥の途中で見かけた教会に入り、瞑想する。それはたぶん、教会が所望する祈りとはかけ離れたものではあったろう。だが、今の彦根にとっては、とても大切な時間に思えた。

ステンドグラスの光に包まれながら、あるいは街角で見かけるさまざまなアイ・ストップ・マリアの前に佇みながら、彦根は故郷で待っている女性の面影を想う。

そして翌日。

彦根はさまざまな思いを抱きながら、この巡礼の旅のスタート地点、シャルル・ド・ゴール空港から一路帰国の途に就いたのだった。

帰国から三日後。彦根の姿は浪速府庁舎ビル最上階にあった。一筋の髪の乱れもない村雨府知事と向かい合う彦根はぼさぼさ頭のジーンズ姿でナップザックを肩から下げ、バックパッカーの学生のような軽装だ。

「浪速府独立の資金的な目処がつきました」

村雨府知事は身を乗り出した。

「とうとうスポンサーが見つかったのですか」

彦根は微笑して、うなずいた。

「借金を取り立てて、昔の浄財で一世一代の大博打を打ってきました」

「意味がさっぱりわかりませんが」

「村雨さんは四百億円近い資金が手に入ると把握しておいていただければ結構です。村雨府知事には手にする資格がある資金ばかりですから。そのひとつはウエスギ・モーターズのスリジエセンター創設に対する寄付です」

「それは感慨深いですね。センター創設には行政の立場で関わらせていただきましたから。しかしあの因業ジジイがカネを出すなんて信じられませんね」

「もうひとつの資金源はモナコに眠っていた天城先生の埋蔵金で、こちらは二百億超です」

村雨府知事は吐息をつく。

「まるでかつて頓挫した桜（スリジエ）の並木道を浪速に作れ、と天から言われているような気がします。それだけあれば、浪速府独立構想の目処がつきます」

彦根はひきしまった表情になる。

「ただしアマギ資金はモナコ国外に持ち出せません。蜃気楼に似た対岸の夜景のようなものですが、企業をモナコに誘致する際の見せ金としては充分機能します」

ノックの音がして、秘書が経団連会長の来訪を告げた。

彦根は立ち上がり、部屋を退去した。

半日後、彦根は桜宮にいた。突発事項に対応するためだが、電話で話せば済むことだった。だが彦根は、どうしてもひと目シオンに会わずにはいられなかった。

桜宮駅の改札を抜けると亜麻色の髪が眼に入った。途端に切なくなる。どうして僕たちは平穏な世界で過ごせないのだろう。それは自分のせいだ、とわかっていた。そんな運命の渦中に自分は飛び込んでしまったのだ。

彦根は光の中、シオンに歩み寄った。

喫茶店に向かい合わせに座り、シオンは彦根の巡礼の物語に耳を傾けていた。モナコ宮殿での貴族との晩餐、グラン・カジノの大勝負。ＷＨＯの美しき女性職員。国際赤十字の赤毛の勇士。導かれるがままに訪れたベネチアで巡り合ったゴンドラの隠者。

栄光に満ちた海上王国が滅亡した理由とその啓示。

こうしてシオンに語っていると、彦根の考えは次第に整理されていき、その底に隠されていた真理にたどり着く。鏡のようなシオンの表情にさざ波が立ったのは、ジュネーヴ大のクリフの消息について語った時だけだ。ベネチアのアイ・ストップ・マリアの像を見てシオンを思い出したよ、と唐突に告白されたシオンはほんのり頰を染めてうつむいた。聞き役に徹した亜麻色の髪がさらさらと揺れ、差しかかる陽光が髪に乱反射する。

彦根の話は途切れずに続く。

「モンテカルロの巨額ファンドを見せ金にして、海外に拠点を移したい企業に斡旋する。モナコの住人になる条件は相当額の預金をモナコ銀行に預けることと居住する不動産を確保することの二つ。羽振りが悪くなれば即座に退場だ。この仕組みを浪速府庁で仕切り、払うべき所得税の半額を浪速府に寄付してもらえば紐付きでない資金が手に入る。これがアマギ資金という虚を浪速経済の土台という実に変えるマジックの種明かしさ」

話が途切れ、シオンは問いかける。

「本当にそんなシナリオが可能なのでしょうか？　脱税にはならないのですか？」

「そうならないよう、浪速府を介在させるんだ。その仕組みを作るのが浪速独立の第一歩になる。これで張り子の虎のアマギ資金が村雨さんの実弾に変貌する」

「彦根先生のお話を伺っていると、夢見るような気持ちになります。でも気がつくと、いつの間にかそれが現実になっているんです」

「僕も同じことを考えていた。ただし逆だ。こうしてシオンに話していると、それが実現するんだよ」

それは本音だった。物語が存在するためには聴き手が必要だ。極上の物語は、極上の聴き手によって世に生み出されるものなのだ。

彦根の携帯が鳴った。返答した彦根の表情が、みるみるうちに驚きに縁取られた喜びに変わっていく。

「承知しました。今は出先ですがすぐ戻ります。お約束の時間には必ず間に合わせますので」

彦根は立ち上がる。

「村雨府知事がついに新党結成を決断した。今から浪速にトンボ返りだ。一段落したらゆっくり話そう。それまでＡｉセンターの件は何とかしのいでくれ」

それから思い出したように振り返ると、笑顔で言った。

「半月後には桜宮Ａｉセンターのお披露目だ。そこまでにすべてのカタをつける。そうしたらシオンと二人で乾杯しよう」

晴れやかな笑みとともにそう言い残すと、彦根はシオンの返事も聞かずに喫茶店を出ていく。

彦根の姿が消えた黒い扉を、シオンは見つめ続けた。

テーブルの上のグラスから、からんと氷の音が響いた。

第三部
エッグ・ドリーム

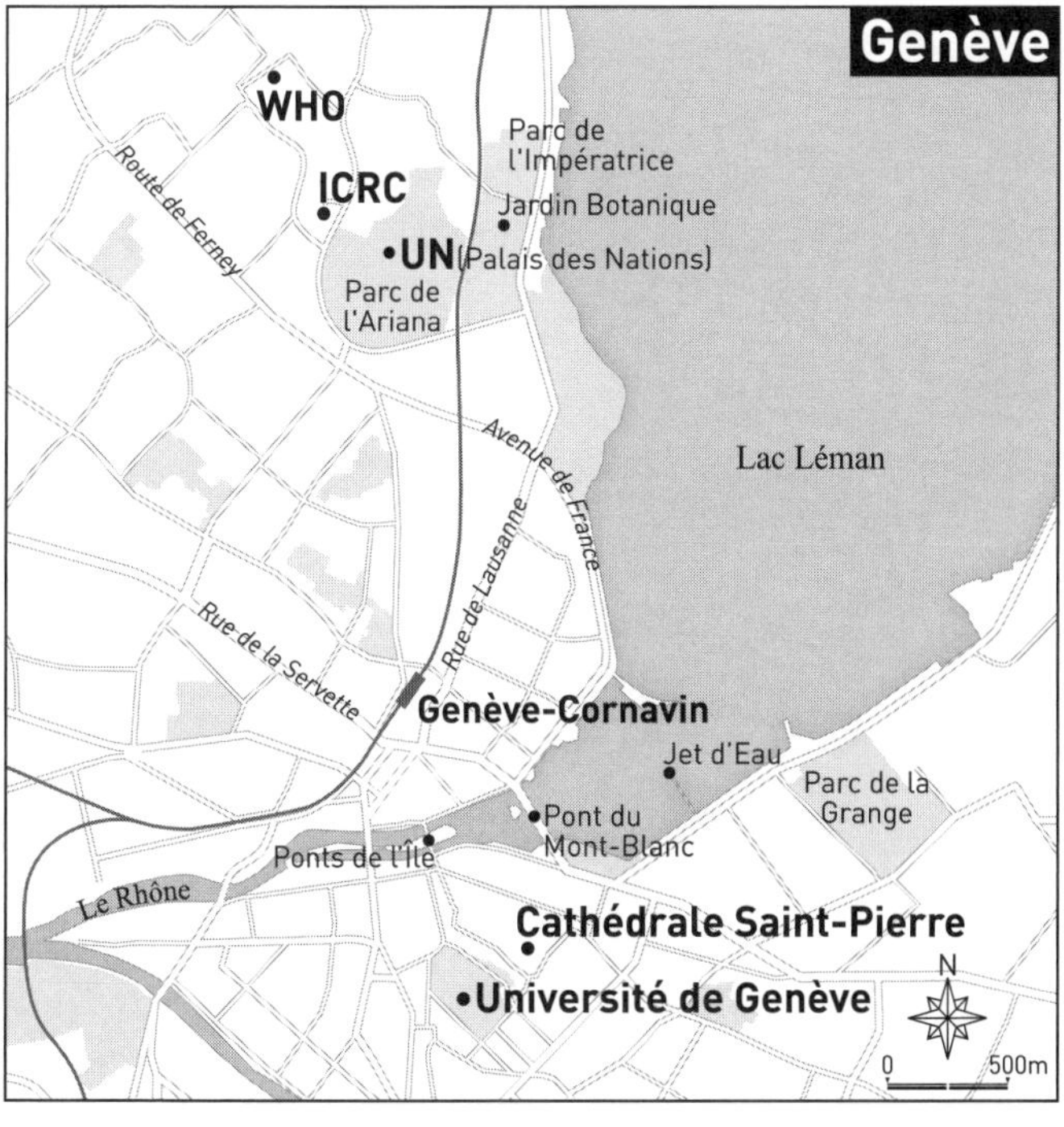
Genève
WHO
ICRC
UN(Palais des Nations)
Parc de l'Ariana
Parc de l'Impératrice
Jardin Botanique
Route de Ferney
Avenue de France
Rue de Lausanne
Rue de la Servette
Lac Léman
Genève-Cornavin
Jet d'Eau
Parc de la Grange
Pont du Mont-Blanc
Ponts de l'Île
Le Rhône
Cathédrale Saint-Pierre
Université de Genève
N
0
500m

21　盲点

9月2日（水曜）

ナナミエッグ第一ファームをプチエッグ・ナナミエッグ・ナナミと改称・分社化して、あたしが社長の座についてから、早いもので二カ月が経っていた。

七月に十人の社員がプチエッグに出向してきて、経理対応やGPセンターの改装に追われた。

一方、ナナミエッグだけではなく、ワクチンセンターの方でも大きな変更をして対応してもらっていた。これまでタマゴはワクチンセンターで選別していたけれど、ナナミエッグは輸送距離が長いために、総長の鶴の一声で門外不出の秘密兵器の貸与が決まったのだ。

ワクセンが貸与してくれたのは、胃カメラみたいな光ファイバーでタマゴに光を当てると気室の部分が透けて見え、その像をデジタルカメラで自動撮影して保存し、コンピューターでオートマティックに選別しつつ、気室が下にあればタマゴを吸盤つきの腕で自動的にひっくり返すという最新式の優れものだった。

社外秘が漏れてしまいませんか、とおそるおそる確認すると、真似なんて簡単にできへんよ、と宇賀神総長は豪快に笑い飛ばした。

最先端の有精卵選別機器が次々に納入され、変貌していく鶏舎を、あたしと、たまに偵察にやってくるパパは呆然と眺めていた。でもこんな風に書くと、さも順風満帆だったかのように見えるかもしれないけれど、決してそんなわけでもなかった。特に事務系の業務は煩雑で何かと言えば会議と議事録が必要だし、お金が動けば帳簿と、事務的な雑事ばかりが膨れ上がっていく。そこはナナミエッグのスタッフが対応してくれたけれど、そうでなければあたしは潰れていただろう。

獣医師国家試験の準備で忙しいにもかかわらず誠一は、ファームの野坂研分室に居座り国試の勉強をしながら改装を指揮してくれた。

拓也はこれ幸いとばかりにあたしの家に入り浸るかと思いきや、驚いたことにあたしの車でせっせと大学に通学していた。メンバーがみんな分室に行ってしまったら野坂研ががらんどうになってしまうと気を遣ったらしい。

拓也には昔からそういう優しい一面があることはよく知っていたけれど、その対応はとてもありがたかった。

七月中は検証をしながら、いつもどおりに無精卵を市場に納入していた。八月になると早々に、五千個のタマゴが入る中古の孵卵器が十台、ワクチンセンターから搬入されてきた。日齢九日目の有精卵を運送し、十日目に納入することになり、今やアドバイザー役に就任したような誠一と細部にわたって検討した。

八月末。鶏舎に雄鳥を移す。以降は雌鳥六に雄鳥一の割合でヒヨコを発注することになる。これで鶏舎は女子校から、男子は少ないけれども共学になったわけだ。雄鳥を交ぜた翌日に生まれたタマゴは孵卵器に移した。これで無精卵として出荷はできなくなるのでもう後戻りできない。

九月の声を聞き、最初の有精卵の納入期日まで一カ月と迫ったのを機に、ナナミエッグの運送を引き受けてくれているフクロウ運輸の責任者に、搬送の相談をしたいと改めて声を掛けた。七月頭に打診しておいたので軽い気持ちでお目に掛かったあたしは、いきなり強烈な先制パンチを食らってしまった。

「ナナミエッグさんには大変お世話になっていますが、残念ながら今回は対応できかねます」

頭の中が真っ白になった。これでは有精卵を作ってもワクチンセンターに届けられないではないか。

以前のあたしだったら、呆然とフクロウ運輸の担当者が去っていくのを眺めていただけだったろう。でも、今のあたしは社長だ。泣き言なんて言っていられない。メモ帳を取り出しながら言う。

「どうして依頼を受けてもらえないのか、理由を説明してください。できれば、対応しますので」

「もちろん、今日はそのためにこうして伺ったのです」

営業担当さんの説明によれば、この案件の問題は輸送距離だという。加賀―極楽寺間は五百キロ。片道で半日、毎日となると専任ドライバーを二人確保する必要がある。往復で二人が二日拘束され、シフトを考えると三チーム・六名のドライバーが必要だが、大手のフクロウ運輸といえども、一営業所でこれだけの人員は確保できない。デリケートな商品であることもマイナスで、保有している保冷車では温度調整に対応できないため、こうした最終判断になったのだという。

お引き受けいただけるとしたら、費用はどのくらいでしょうかと尋ねたあたしに営業担当さんが耳打ちしたその額を聞いて、あたしは呆然としてしまった。

「このことはどうかご内密に。今の額もお得意さまへの特別価格ですので。おそらくナナミエッグさんもこの額ではムリと判断されると思います」

　大きなお世話だけど、おっしゃる通りだった。

　申し訳なさそうにフクロウ運輸の営業担当さんが姿を消した途端、膝ががくがく震え出す。ＧＰセンターに行き、扉を開けると、あたしを出迎えたのはずらりと並んだ孵卵器の銀色の扉だった。この設備がすべてムダになってしまうのか、と思うと目眩がした。

「まどか、どうした？」

　背後で優しい声がした。ここで国試の勉強をしている誠一の声を耳にして、あたしは意識が遠くなった。


　気がつくと、ひんやりした濡れタオルが額に置かれていた。上半身を起こすとタオルは床に落ちた。

　あたしは野坂研分室、かつての従業員休憩室のソファに横たわっていて、机の向こうでは誠一が黙々とノートに書き込みをしている。タマゴの納入計画だろうか。

　あたしは自分の甘えを改めて実感した。獣医師国家試験の勉強で大変な時期なのに、と思うと「ごめん、誠一」という言葉が思わず口をついて出た。

「頭だけじゃなく、気まで弱くなったのか？」

　ノートから顔を上げずに、誠一らしい憎まれ口を言う。あたしは黙ってうつむいた。

「何があったんだ？　話してみろよ」

「ついさっき、フクロウ運輸から、有精卵の搬送を断られちゃったの」

「ふうん、そいつは困ったね」

　あたしはさっきまでの殊勝な気持ちを一瞬で忘れ、誠一をにらみつける。

「あのね、これは大変な問題なの。有精卵を届けられなかったら、これまでやってきた全部がムダになってしまうんだから。ああ、どうしよう」

「どうしようって、何とかするしかないだろ」

　誠一の言葉の響きは冷たかった。

「そんな突き放した言い方をしないでよ」

「突き放そうが、優しくしようが、同じことさ。それより今、何をしなければならないかを考えたら、落ち込んでいるヒマなんてないはずだけど」

　誠一のその言葉で目がさめた。

　今、何をすべきか。答えは簡単だ。

　目の前に現れた問題を解決するしかない。急に目の前が開けたような気がした。

「わかった。とりあえず市内の運送会社に片っ端から電話を掛けてみる」

「正解。それでこそプチエッグ・ナナミの女社長だ。というわけでほら。今、話をしている間に検索した、加賀の大手運送会社の連絡先のリストだよ」

誠一は、携帯にメールを送ってきた。

そつがないなあ、と感心しながら、あたしは御礼もそこそこにリストの先頭から電話を掛け始めた。


結論から言えば全敗だった。どの会社もタマゴ十万個の搬送と聞くと食い付いてきたけれど、届け先が五百キロ先の極楽寺と聞くと逃げ腰になった。中にはご親切にも、最大手のフクロウ運輸なら対応できるかも、と勧めてくれるところもあった。リストの最後の十一社目に電話を掛け、同じようなやりとりの末に断られると、あたしは机に突っ伏してしまった。

今、あたしの肩にはナナミエッグ創業のシンボル、第一ファームとそこで働く職員十名の生活が掛かっている。何としても十万個の有精卵を極楽寺に届ける手段を確保しなければならない。

でもどうやって？


誠一は涼しい顔であたしを見つめていた。あたしはむくりと顔を上げた。

「ここまでやってダメだったんだから、慰めの言葉くらい掛けてくれてもいいんじゃない？」

「慰めの言葉って、どんな？」

「よくやったね、とか、ツイてなかったね、とか、これから大変だね、とか」

「そんな言葉を聞いて、問題が解決するのかい？」

「するわけないでしょ。でもわかっていても、そういう言葉が欲しくなる時だってあるの。完全無欠な優等生の誠一にはわからないでしょうけど」

どこからどう見ても、立派な八つ当たりだ。誠一は怒りもせずに言った。

「そんなことは、まどかが人事を尽くした時に言ってあげてもいいよ。だけど、諦めるのはまだ早い」

「でも、さっき誠一が見つけてくれた会社は、全滅したのよ」

「僕のリストに漏れがあるかもしれないだろ」

「そんなことあるわけないわよ。だって誠一はそんな迂闊な人じゃないもの」

「おっしゃる通り。確かに僕の調べには漏れはないさ。

でも穴はあるかもしれないよ」

「どういうこと？」

「僕がまどかに送ったのは〝加賀の大手運送会社の一覧表〟だったよね」

あたしは運送会社のリストを眺めた。

ココナッツ・エクスプレス、常磐運送会社、加賀運輸、そしてフクロウ運輸……。

目で追ううちに、脳裏に黄色い看板が浮かんだ。

「……真砂運送」

誠一はうなずいた。

「その通り。真砂運送は大手ではないし、拓也の親父さんはネット嫌いで会社のホームページもないから、僕のリストから漏れているんだ」

あたしは、一瞬、少しだけ元気になったけど、でもそれは空元気ですぐにしぼんでしまった。

「最大手のフクロウ運輸がムリだったのよ。拓也のところで引き受けてもらえるはずないわ」

誠一は呆れ顔であたしに言う。

「聞きもしないで決めつけることはないだろ。ダメもとで聞いてみても、悪いことはないはずだ。それで、もしやってもらえたらラッキーじゃないか」


暗闇に一筋の光が見えた。少し後にはまた吹き消されてしまうかもしれない、微かな光。でも今のあたしはこの灯りにすがるしかない。

あたしの双肩には十名の職員の生活と十万個の有精卵の未来が掛かっているのだから。

あたしは携帯を取り出すと、掛け慣れた番号をプッシュし始めた。

拓也は今日も律儀に大学の野坂研にいた。それはもちろん、野坂教授への忠義立てもあるんだろうけど、案外「俺がナナミエッグにいても粗大ゴミになるだけだ」と以前ぽつんと言った言葉が本音だったかもしれない。

そんな拓也は電話口で嬉しそうに言う。

「まどかから電話があるなんて、さてはついに俺さまの力が必要になったな」

「実はそうなの。お願い。できるだけ早くこっちに来て。相談したいことがあるの」

冗談めかした自分の言葉を全面的に肯定されてしまい、拓也は戸惑った声になる。

「お、おう。わかった。それじゃあ、野坂先生に断って今から早引きするよ」

久しぶりに会ったというのに、あたしは挨拶もそこそこに急き込むようにして一気に言った。

「フクロウ運輸に運送を断られちゃったの。でね、加賀にある大手運送会社に当たってみたんだけど、それも全部断られちゃった。だからできれば真砂運送で、有精卵の運送を引き受けてもらいたいのよ」

合点、お安い御用だぜとか、冗談言うなよ、こんな時だけへいこらしやがって、とか、イエスにしろノーにしろ速射砲みたいな答えが返ってくるかと思ったら、予想に反して拓也は腕組みをして黙り込んでしまった。

やがて腕をほどいて言った。

「フクロウ運輸が依頼を断った理由を教えてくれ」

手の中のメモ帳を握り締める。人員豊富なフクロウ運輸でさえ難しかったプランを見てどう思うか、簡単に予想できた。でも知らせないわけにはいかない。あたしはメモを見ながら要点を伝えた。

あたしの説明を聞き終えると、拓也はしばらく何かを考え込んでいた。やがて顔を上げた。

「取りあえず親父に相談してみる。真砂運送は親父の会社だから、俺には何も決められないんだよ」

妥当な答えだけど、あたしはがっかりした。そして拓也がこの場で引き受けてくれるんじゃないかと期待していた自分に気がついた。あたしって本当に甘ったれだ。

気持ちを取り直し、軽い調子で言う。

「ありがとう。それじゃあ明日はあたしも久しぶりに大学に行こうかな。朝、ピックアップするわね」

「心配するな。今日中に結論を出しておくから」

拓也の返事に、顔を赤らめる。少しでも早く答えを知りたいという本心を見透かされた気がした。拓也はあたしに車の鍵を返しながら言った。

「ひとつ、わがまま言ってもいいかな。ランチはまどかの玉子サンドを食べたいんだけど」

「お安い御用よ」

あたしたちの話を聞きながら、机の上の参考書や書類を片付けていた誠一も立ち上がる。

「この問題にケリがついたら知らせてくれ。それまで僕の出番はなさそうだ」

男子ふたりが一緒に去って、妙にがらんとしたひとりぼっちの部屋には、あたしと、行き先の見えない未来だけが残されていた。


モーニングコールを掛けると、拓也はもう起きていた。

あたしは手早く身仕度を整えると、玄関から外に出た。

見上げた空は青く澄み、秋の空になっていた。目の前を、赤トンボがすいとよぎる。会社に籠もりきりで季節の移り変わりにも気がつかなかったなあ、と思う。

エンジンは一発で掛かった。ここふた月、拓也が丁寧に乗ってくれていたのだろう。

走り慣れているはずの景色が何だか妙によそよそしくて、異国の街みたいに感じられた。やがて黄色い真砂運送の看板の下に人影が見えた。あたしは速度を落とし、側に車を止めた。

あたしを待っていたのは拓也ではなくお父さんの、真砂社長だった。

「名波まどか社長、おはようございます。事務所でお話をしたいのですが」

緊張の針がはね上がる。おじさんのこんな厳しい顔は初めてだ。でも当然だ。あたしが持ちかけたのはビジネスなのだから。

車から降りると、あたしはおじさんの後を追った。

食堂で運転手さんたちが拓也のお母さんの手料理を食べている横を通り過ぎ、社長室に招き入れられた。ソファに座っていた拓也は、あたしをちらりと見上げるとうつむいてしまった。お茶を持ってきた拓也のお母さんは、目を合わさずに部屋を出て行く。

おじさんがあたしの前のソファにどんと座った。

「リュウちゃんは元気かね」

おじさんはパパをそう呼ぶ。パパとおじさんは小学校の頃からの悪友で、ふたりでよく飲み歩いている。

「そこそこ元気です。今はあたしの方が忙しくて、あまり話をする時間もないんですけど」

「そりゃいかん。お父さんは大切にしないとな」

あたしはうなずく。紋切り型の注意も、おじさんに言われると素直に聞ける。

おじさんは身を乗り出してきた。

「さて、社長からの依頼の件だけど、結論から言えば、お断りするしかない」

「親父」と拓也が声を上げると、「部外者は黙っとれ」一喝され、うつむいてしまう。

甘かった、と思いながら背筋を伸ばす。震える声で、わかりました、と言うのが精一杯だ。

おじさんは厳しい、けれども優しさをいっぱいに湛えた目であたしを見た。

「まず、はっきりさせておきたい。拓也はウチの社員ではない。ビジネスの話なら社長である私に直接言ってもらわないと筋が通らない」

軽率でした、と身を縮め頭を下げた。拓也が言う。

「まどかは俺に相談しただけだ」

「お前は黙っとれと言っただろう」

拓也は再び黙り込む。トラック運転手は気の荒い者も多い。このくらいの迫力がなければ真砂運送を一代でここまで成長させることはできなかっただろう。

おじさんは口調を元に戻した。

「初心者マークをつけた社長はいろいろ失敗もする。でも、名波社長の謝り方は悪くない。相手の怒りを収めることができる、ちゃんとした謝り方ができるだけで、きっと会社は保つよ」

褒められているのだろうけど、全然そんな気がしない。

おじさんは続けた。

「依頼をお断りする理由はフクロウさんと同じ、人手が取られるのと、荷のリスクが高いという二点だ。専任のドライバーが最低四人は必要だが、総勢十人のウチの規模では受けきれない」

素人の悲しさはこういうところだ。専門家はすぐにこのくらいは見積もれる。あたしは有精卵プロジェクトを始めてすぐに、輸送をどうするか詰めておかなければならなかったのだ。

こうなってしまった理由は、わかっている。あたしがあれこれ逡巡して思い悩んだ分、大事な細部に気が回らなかったからだ。

「真砂社長のご判断はごもっともです。フクロウ運輸さんと同じ理由ですもの。忙しいのに検討してくださってありがとうございました」

おじさんは組んでいた腕をほどいた。

「ここまでは真砂運送の社長としての言葉だ。ここからはちっちゃい頃からまどかちゃんを見てきた、近所の知り合いのおじさんとして言わせてもらう。まどかちゃん、立派になったなあ。今回は残念だけど、本当はおじさんもまどかちゃんと仕事をしたかったんだよ」

その言葉に涙がこぼれそうになった。おじさんの優しさに触れたこと以上に有精卵プロジェクトにはもう道が残されていないことがはっきりしてしまったからだ。

「本当に、いろいろとありがとうございました。それじゃあ拓也、大学に行きましょうか」

あたしは一礼して部屋を出て行った。涙声にならなかったのは自分でも上出来だと思った。

車中、いつもと違って無口な拓也に、陽気に言う。

「親子ゲンカさせちゃってごめんね。おじさんの言うことはもっともよ。フクロウ運輸が断った理由はそっくりそのまま真砂運送にも当てはまるんだもん」

拓也がぼそりと言う。

「俺が甘チャンだったんだ。親父は俺の甘さには怒ったけど、あれでもまどかの望みを何とか叶えてあげられないか、夜通し考えてくれたんだ」

「わかってる。でもおかげで踏ん切りがついたわ。納品できないんじゃどうにもならないもの。有精卵も作り始めてしまったけど、まだ被害は最小限で済むわ。敗戦処理は大変だけど手伝ってね」

うつむいた拓也が歯ぎしりしながら言う。

「俺があの会社を継いだら、まどかの依頼に応えられる会社にしてやるから、それまで待っていてくれよ」

ありがと、と答えながら、でもそれじゃあ遅いのよ、と思ったけれど、拓也の言葉は胸に染みた。

車は加賀大に到着し、あたしたちはとぼとぼと野坂研に向かう。

研究室のソファに沈みこんでいた誠一は、あたしたちの気配に上半身を起こす。久し振りに大学に来たのに、ここにいたのでは意味がないではないか、と思う。

「その顔だと、拓也への丸投げ計画は、おじさんの拳骨に粉砕されたようだね」

「ご明察。でも拳骨じゃなくて愛の鞭だけどね。これでプロジェクトは撤退よ。誠一も撤退作業を手伝ってね」

「まどかって本当に、諦めるのだけは早いよなあ。そんなんじゃあ社長業は務まらないぞ」

誠一の揶揄するような言葉に、抑えていた感情が一気に噴き出した。

「日本中の運送会社に当たれっていうの？　そうしたらひょっとして酔狂な会社が見つかるかもしれないわね。でも時間がないの。もうどうしようもないわ」

誠一は冷ややかに言った。

「このビジネスが往生して困るのは誰だい？」

「あたしよ。だって社長だもん」

「まどかの他には？」

脳裏に矍鑠（かくしゃく）とした宇賀神総長と、銀のヘッドフォンを装着して目を閉じ音楽を聴いている彦根先生の横顔が浮かんだ。誠一が続ける。

「今、まどかの頭に浮かんだ人たちに相談しないと、撤退は決められないだろ？　そんなことも考えないで人事を尽くしただなんて、ちゃんちゃらおかしいよ」

誠一の言葉はキツいけれども、至極もっともだ。あたしは依頼人の彦根先生に電話を掛けることにした。

気のなさそうに生返事をしていた彦根先生は、あたしの謝罪をひと通り聞き終えると投げやりな口調で言った。

「残念ですが、それなら諦めるしかなさそうですね」

彦根先生の、覇気のない言葉を聞いて、最後の蜘蛛の糸がぷつりと切れたように思えた。何だか彦根先生からは、いつもの覇気が感じられなかった。あちらはあちらで何かあったのかもしれない、という気もした。

その時、彦根先生はぽつりと漏らした。

「でも、僕から見ると道が見えるんだけどな。君たちはその道をすでに一度、見つけているのにね」

どういう意味ですか、と急き込んで尋ねた瞬間、通話は切れてしまった。その後、何度掛け直しても、もう、つながらなかった。

途方に暮れたあたしが顔を上げると、誠一が待ちかねたように「何だって？」と尋ねる。

「道はあるんだって。しかもあたしたちは一度、その道を見つけているんですって。何が何だか、さっぱりわからないわ」

誠一は、がばりと立ち上がった。

「その言葉を聞きたかったんだ。彦根先生は親切な人だ。答えがあるかないか、教えてくれた。答えがあるとわかっていれば、必ずたどりつけるさ」

誠一は前のめりになり、爪を噛み始める。真剣に考え事をする時のクセだ。あたしたちのやり取りを聞いて、拓也が肩を落とす。

「ああ、俺が社長だったら、全社を挙げてまどかの依頼に応えるのになあ」

誠一がぴくり、と顔を上げる。

「拓也、今、何て言った？」

「え、だからさ、あんな石頭親父じゃなくて、俺が社長だったらなあ、って」

誠一はしばらく拓也を凝視していた。やがてくっくっくと笑いながら、ソファに勢いよく倒れ込むと大きく伸びをした。

「なんだ、そんな簡単なことだったのか。確かに僕たちはすでに見つけていたんだな、この答えを」

誠一は大笑いを始めた。

あたしと拓也は、そんな誠一を、ただ呆然と見つめるばかりだった。


九月四日、朝八時半。いつもの場所で拓也を拾ったあたしは、誠一の家に迎えに行く。三人が揃ったところで大学へ向かわずにUターンし、車を路肩に寄せて停めた。

「まどかの依頼の件でもう一度、一時間ほど時間をもらいたいんだけど」

拓也が電話を掛けると、あの件は終わりだと言っただろう、と受話器からおじさんの怒声がはみ出てくる。すかさず誠一が電話を取り上げた。

「おじさん、ご無沙汰しております。鳩村です」

「おお、誠一君か。久し振りだな。今日はどうした」

「今の件で、僕からもひとつ提案がありまして」

受話器の向こう側で一瞬、沈黙が流れた。やがておじさんの、のんびりした声が響いた。

「誠一君の話なら聞いてみてもいいかな。昔から賢い坊やだったから、ひょっとしたらおじさん、説得されてしまうかもしれないなあ。はっはっは」

その言葉からは逆に、拓也のお父さんの決意が岩のように固いということがひしひしと感じられた。

でも誠一は、そんな気配など全く意に介さない口調で、飄々と言う。

「ありがとうございます。きっとこれはおじさんにもプラスになるご提案になると思います」

「それは楽しみだ。それなら久し振りだから家内にマドレーヌを用意させておくよ」

「ほんとですか。僕、おばさんのマドレーヌ、大好物なんです。楽しみだなあ。では九時に伺います」

にこやかな声で電話を切った誠一を、あたしと拓也はしげしげと見つめる。

「ん？　どうしたの、二人とも？」

「誠一ってほんと、腹黒いヤツだなあと思ってさ」

「どうして？　今のは百パーセントの本音だぞ」

「だからこそ、よ。ウチのパパだけじゃなく、拓也のお父さんまで籠絡するなんてほんと、誠一ってすごいわ」

期せずして、あたしも拓也と同じ感想を口にした。そうかなあ、ととぼけた口調で言った誠一は、バスケットからゆでタマゴを取り出し、ぱくりと頬張った。

22 累卵

9月4日（金曜）

面会を九時にしたのは拓也のお父さんが寛いでいる時間だからだ。本当なら昨日の時点ですぐさま掛け合いに行ってほしかったと思ったけれど、誠一はあたしの希望を聞いてくれなかったのだ。

「交渉事は一方が夢中になると破談になってしまう。ほどよく冷まさないとダメなんだ」

あたしは心のノートにその言葉をメモする。これから遭遇するであろう様々な交渉場面で支えになりそうな名言に思えたからだ。それにしても同い年とは思えない。誠一は一体どこでこんな知恵を身につけたのだろう。

「親父は話を聞いてくれるかなあ」

拓也が不安を口にすると、誠一は真顔で答える。

「拒絶されても不思議はない。僕だって確信はないよ」

そう言った誠一は、あたしたちに肝心のアイディアを教えてくれようとはしなかった。誠一を信頼しているからいいけど、一刻も早く直談判してほしい気分だ。「でも百パーセント不可能だったのを押し戻せそうなんでしょ。誠一の知恵と拓也の熱意のおかげだわ」

「いや、彦根先生のアドバイスのおかげだよ」

誠一はあっさり言った。脳裏に銀色のヘッドフォン姿が蘇る。なのに横顔は浮かばない。なぜだろう、と思う暇もなく、あたしたちは真砂運送に到着した。


昨日、絶望的な気持ちで後にした真砂運送の社長室に再び招き入れられた。同じように拓也のお父さんがどかりとソファに腰を下ろすと、おばさんがマドレーヌに紅茶を淹れて持ってきてくれた。

「誠一ちゃん、久しぶりねえ。すっかり立派になって。拓也も少しは見習ってほしいわ」

「うるせえよ、ババア」

拓也がふてくされる隣で、誠一は照れくさそうに笑う。昔はよく見た光景だ。

「今日のは自信作よ。召し上がれ」

「うわあ、美味しそうだなあ」

誠一が無邪気に言う。これが演技でないというのだから恐れ入る。おばさんはマドレーヌをぱくつく誠一をにこにこと眺めていたが、おじさんに目で促され部屋から出ていった。

「さて、それでは本題に入ろうか。昨日お断りした件で提案があるそうだな。その部分だけ手短にお聞かせ願おうか」

誠一は紅茶を飲み干すと言った。

「真砂社長、百万石デパートの加賀フェアでは、相当な負担を背負わされたそうですね」

おじさんは拓也を見た。そんなことまで喋ったのか、という視線に、いや言ってねえ、と拓也は首を振る。拓也があたしにその話をして、誠一がその側で話を聞いていたことなんて、拓也は綺麗さっぱり忘れてしまっているようだ。

「二人にだから言うけど、酷い目にあったよ。加賀フェアを三年間やるというから最新式の大型冷蔵車を購入して新人も雇ったのに三カ月で中止だからな。今さら車を売っ払えず、社員の首も切れない。その件もあって今回の依頼も慎重に判断させてもらったんだ」

「その車と新人ドライバーの引き取り手があれば、おじさんも助かりますよね」

「そりゃ、ありがたいが、誰が引き取ってくれるんだい？　まさか鳩村さんの動物病院かね？」

「違います。真砂運送で、まどかのおじさんと同じことをすればいいんです」

「どういうことだね」

おじさんが身を乗り出した。興味を持った表情だ。

「ナナミエッグは有精卵プロジェクトのために分社化し、まどかをプチエッグ・ナナミの社長にしました。これなら仮に失敗してもナナミエッグ本体の傷は小さくて済みます。これが分社化のメリットです」

「リュウちゃんも思い切ったことをやったもんだな、と感心したよ。でも、それがどうしたんだい？」

「真砂運送も同じことをすればいいんです。プチ真砂運送を切り離し、プチエッグ・ナナミの案件に特化した会社を作る。そして拓也を社長にするんです」

おじさんは口をあんぐりあけた。あたしと拓也は息を呑み、誠一を見た。

「あ、いや、なるほど。確かにそれなら、だが……」

真砂社長は誠一の提案にしどろもどろになった。あたしの依頼をきっぱり拒否した様子と全然違う。誠一のアイディアはシンプル、かつ合理的だ。あたしは、答えのすぐ側にいたのに気づかなかった、きっと彦根先生も瞬時に同じ考えにたどり着いたのだろう。

「待ってくれ。少し混乱している。ええと、誠一君は、真砂運送を分社化して拓也に一部譲れというのかな」

「概ね、その通りです」

おじさんはちらりと拓也を見た。

「ウチみたいな小さい会社が分社化なんてしたら物笑いの種で、失敗したらイメージダウンだ。つまり何のメリットもない提案に思えるな。それと経験上、こういう旨い話にはたいてい大きな落とし穴があったりするものなんだ。たとえばこの前の加賀フェアみたいにね」

生き馬の目を抜くビジネス社会で生きてきたおじさんの本能が発した警報だろう。おそらくその心配は正しい。だけど誠一の言葉はその心配を上回った。

「でも見方を変えれば、効果は一石三鳥、四鳥にもなるので、トライする価値はあります」

「それは素晴らしいが、その根拠は何かな」

「第一に分社化し拓也を社長にすれば、真砂運送の跡継ぎに社長業を経験させられます」

「確かにそれは大きいな。いくら言っても甘ったれ気分が抜けないボンボンだからな、こいつは」

拓也は唇を嚙む。就職が決まらず、現実逃避するように大学院に進学しながら研究課題も決めず、趣味で公道を走れないF1仕様車の改造にのめり込んでいるニート生活。拓也のお父さんが自分の会社を任せられないと考えても当然だ。誠一は続ける。

「第二に分社化にあたり、真砂運送が抱える不良債権でもある冷蔵車と新人ドライバーを引き取れますので真砂運送の負担が軽減します」

「それもありがたいが、この案件に対応するには専属ドライバーが四人は必要だ。それはどうする？」

おじさんが尋ねると、拓也が言う。

「真砂運送から一人、ドライバーを譲ってくれたら、もう一人は俺がやる。最初の一年は死にものぐるいで三人分働いて儲けて二年目にドライバーを増やす」

「果たしてそんなにうまくいくかな」

意地悪なおじさんの口調に、あたしは口を挟む。

「ドライバーの負担を減らすため、こちらでも全面的に協力します」

「しかし肝心の本人に実力がないからなあ」

「やる前から決めつけるなよ」

突っかかる拓也を、誠一が片手を上げて制した。

「社長のご懸念はごもっともですが、仮に失敗したとしても、新会社に関わるのはもともとリストラしなくてはならない要員や資材です。うまく行けば儲けものだと思いませんか」

　おじさんは誠一を睨んだ。潰れることを前提にした誠一の話は、度量の大きいおじさんでもさすがに逆鱗に触れたようだ。でもおじさんは大笑いを始めた。

「確かに分社化は願ったり叶ったりだ。だがひとつ確認しておきたい。分社化では大変な重荷を背負わされる人間がいるんだが、彼にその覚悟はあるのかね」

　おじさんは拓也を見た。二人の間に温かい空気と厳しい空気がモザイク模様のように入り交じり、端で見ているあたしまで息苦しくなってくる。そこは他人が入り込んではいけない場所だ。拓也が言う。

「いずれ親父の会社を継ぐのなら、苦労を乗り越えて正々堂々と継ぎたい」

　拓也のお父さんはぱん、と手を打った。

「わかった。では、真砂運送は分社化し、プチエッグ・ナナミの依頼に対応する子会社を作ることに同意する。細かい点は新社長と相談して決めてくれ」

　ありがとうございます、とあたしは頭を下げた。

　三人は野坂研の研究室に顔を出した。野坂教授にプロジェクトの進捗状況を説明するためだ。

　報告を聞いた野坂教授は言った。

「道は、進もうと思う人の前にだけ拓けるのです」

　教授の話が心に染み渡る。でも野坂教授の言葉の欠点は、あまりにも自然で、後で思い出せなくなってしまうことだ。教授の歌にも似たようなところがある。代表作『鶏鳴』は養鶏場の日常を歌ったものだから、あたしは読む度にしみじみしてしまう。それなのに読み終えて歌集を閉じると、思い出せない。加賀風狂子は別名、忘却の歌人と呼ばれているのだそうだ。

　あたしは、考え込んでいる拓也に言う。

「本当にありがとう。拓也の決断がなければ、有精卵プロジェクトはおしまいだったわ」

「礼を言うのはまだ早いよ。大手のフクロウ運輸ですら断った案件だし、俺は何一つ実績がないんだから」

「その通りね。もう来月には商品を納入するんですもの。早速、具体的に考え始めないとね」

　誠一が立ち上がる。

「この調子なら、僕はしばらくお役御免だね。来月から後期の授業や実習が始まるからちょうどよかったよ。だけど、もしも何かあったらいつでもメールをくれよ」

あたしは少し不安になったけれども、誠一はこれから大切な国家試験の準備に入るのだから仕方がない。

　プチエッグの立ち上げが誠一の夏休みと重なったことは本当にラッキーだった。本当にありがとう、と頭を下げると、誠一は照れたように頭を掻く。

「僕は面白かったから一緒に遊んだだけだよ」

　すかさず拓也がにやにやしながら言う。

「そうそう、まどかは頭を下げる必要なんてない。誠一はワクセンの真崎さんに会いたい一心なんだから」

　拓也の指摘に、誠一の頬がみるみる赤くなった。拓也をにらみつけるが何も言い返せず、怒ったような足取りで研究室を出て行った。

　　こころまで　踏み込みゆくや　こころなき
　　言の葉に負う　若き傷跡

　野坂教授が朗々と歌い上げる。歌の意味は、何となくわかる気もしたけれど、考えるとやっぱりよくわからない。歌を吟じ終えた野坂教授はほっほっほと笑い、古書の世界に戻って行った。

　帰りの車中で拓也が言う。

「今回、俺の人生は急展開した。そんな決断をしたのもまどかのためだ。わかってくれるよな」

　あたしはうなずく。ハンドルを握る手に汗がにじむ。

「プロジェクトが成功したら、結婚してほしい」

　あたしは前を見て、運転に集中する。車中を重苦しい沈黙が覆う。真砂運送の黄色い看板の下に到着し、拓也は車を降りると、無言で家に向かって歩き出す。

　あたしはその後ろ姿に、「拓也」と呼び掛けた。

　拓也は足を止める。でも振り返らない。

「さっきの返事、今は答えられない。ごめん。ずるいかもしれないけど、このプロジェクトの目処がついたら、その時に考えさせて」

　拓也は振り向いて、あたしを見つめた。

「今すぐ返事をもらおうなんて思ってない。ただ、いつか言おうと思っていたんだ」

　拓也は背を向けて、まっすぐ歩き出す。あたしはその姿が見えなくなるまで見つめ続けた。

翌日の九月五日、拓也は朝一番でプチエッグ・ナナミにやってきた。手にはお馴染みの模造紙の行程表がある。早速、控え室のテーブルの上に広げる。

「あれから誠一の家に行って有精卵の搬送に必要な条件を聞いてきた。結構大変そうだ」

思えばここまで何度も危機を乗り越えてきた。今回の危機はまだ乗り越えていないけど、週半ばに直面した絶望感よりは遥かにマシだ。誰かがあたしの行く道を守ってくれているのかもしれない。天国のママかもしれないし、養鶏場のヒヨコたちかもしれない。

「当座の問題は二点。ひとつは殺菌だ。ワクチン製造は雑菌の混入を嫌う。これを専門用語でコンタミ（汚染）と言うんだって。どうもトラックを丸ごと消毒しなくてはいけないらしい」

「消毒設備を設置するのね。間に合うかしら」

「搬出口を改良してゲートに消毒薬を噴霧する装置を付ければ大丈夫だって。誠一が設計図を描いてくれているけど一日か二日の大工仕事でできるそうだ」

誠一にすれば簡単なことなんだろうけど、あたしみたいな凡人から見ると超人だ。

「殺菌は大丈夫なのね。もうひとつの問題は？」

すると拓也は嬉しそうに言った。

「ところでまどかはヒマある？　久しぶりだから、今度一緒にドライブに出掛けないか？」

いきなりデートに誘われて目を見開いた。こんな切羽詰まった状況なのに信じられない。あたしがそんな顔をしているのがわかったのか、拓也は頭を掻いた。

「調子に乗りすぎたかな。タマゴの輸送は五百キロ、速度八十キロで七時間掛かる。この距離をタマゴを割らずに走るには相当の運転技術が必要だから、これから毎日基礎トレをやる。とりあえず明日は大型トラックで加賀から極楽寺まで運んでみる。荷物はタマゴ十万個。つまり事前シミュレーションだ」

あたしはため息をついて言う。

「そういうことなら、もちろんつきあうわよ」

「で、わがままをもうひとつ言わせてもらうと……」

「ゆでタマゴと玉子サンドね」

「さすがまどか。いいお嫁さんになるよ。だけど残念なことに、今や女社長だもんな」

この人、自分が昨日プロポーズしたことを忘れたのかしら、とあたしはちょっぴり不安になった。

午後、打ち合わせと称して拓也に呼び出された。明日のドライブには同伴者がいた。新会社に抜擢されたドン亀・柴田さんだ。ひと月後に拓也と二人で極楽寺にタマゴを届けるのだから一緒にシミュレーションするのは当然だろう。拓也は淡々と行程を説明する。

「出発は午前十時。七時間掛けて五百キロを走って極楽寺に十七時到着。とんぼ返りで戻りは夜中の一時と、ざっとこんな感じかな。行きは俺が運転して、柴田さんには帰りを運転してもらう」

「柴田さんも大変ですね」

あたしが気遣うと、柴田さんは無愛想に言う。

「ドライバーにはその程度は朝飯前です」

四十代から五十代。声に張りがなく、いつも疲れている印象で、ちょっと不安。拓也は上機嫌で言う。

「柴田さんも気がついたことがあったら言ってよ」

柴田さんは拓也を見つめていたが、口を開いた。

「では遠慮なく。坊ちゃん、私はいきなりタマゴを使うのは反対です」

拓也はむっとした顔で答える。

「期日が迫っているから、やるしかないんだ」

「そんなことありません。トラックにも、まだまだ手を加えないといけないところがあります。それが終わってからでも遅くはないでしょう」

まじまじと柴田さんを見た。こんなはっきりとモノを言う人だとは思わなかったから意外だった。

「でも、タマゴを運ぶ経験は大切だと思うけど」

「運んだタマゴはどうするおつもりですか？」

拓也は一瞬、言葉につまる。それから、言う。

「捨てるしかない。でも、どうせ今育てている有精卵は全部ムダになるんだから同じことだよ」

その言葉を聞いて、胸に痛みが走る。拓也の言う通りだ。でも強がってはみたものの、拓也は柴田さんの言葉に動揺したようだ。

「それじゃあ今回は、十万個じゃなくて五千個くらいにしておこうかな」

いきなり二十分の一にスケールダウンしてしまう拓也。こうやってすぐに日和(ひよ)ってしまうヘタレなのは昔とちっとも変わらない。

十万個だろうが五千個だろうが、ムダにタマゴを殺すことに変わりはない。でもこれからあたしたちがやろうとしているプロジェクトでは結局、有精卵は殺されてしまうのだから、あたしに拓也を責める資格はない。

　そう、あたしは決めた。もう罪の意識に苛まれるのは止めたのだ。あたしがやらなければ他の誰かがやるだけなのだから。

　柴田さんはテーブルに広げた行程表を見て尋ねる。

「坊ちゃん、明日の出発は午前十時でいいんですか？　どうせシミュレーションするのなら、先方の納入時間に合わせて出発時間を決めた方がいいのでは？　それに、荷がタマゴとなれば速度は出せませんから、八時間は見ておく必要があります」

　柴田さんの的確な指摘に、拓也はいちいちうなずかざるを得ない。

「ワクチンセンターの納入希望時刻は何時だっけ？」

「あちらの希望は午前十一時ね」

「するとドライブが八時間掛かるとして、逆算すると出発時刻は……」

　拓也が考え込むと、柴田さんが言った。

「午前三時です」

「そんな早いんだ。柴田さんと代わりばんこだけど大変だな。柴田さん、厄介な仕事を振ってごめんね」

「仕事ですから。それに坊ちゃんに拾ってもらわなければ、クビになるところでしたし」

　あたしと拓也は顔を見合わせる。自分の置かれた立場がわかっていたんだ、この人。

「どうせシミュレーションするなら、きちんとやりたい。今日の深夜三時集合にしよう」

　柴田さんは顔を上げ、何か言いかけて口を閉じる。

「柴田さん、遠慮なく気がついたことを言って」

　あたしのフォローに、柴田さんはぼそぼそと言う。

「午前三時出発なら、集合は二時にすべきです。経験のない積荷ですから、積み込みに予想外に時間が掛かることも考えられます」

　やけっぱちになって拓也が言う。

「それなら今回は正式な業務じゃないから午前二時半。搬送する個数も二十分の一だからね」

「わかりました。では坊ちゃん、明日の午前二時半に第一ファームに伺います」

　柴田さんの後ろ姿を見ながらあたしが言う。

「意外に喋る人だったわね」

「あの調子なら何とかうまくやれそうだ。今からプチエッグ・ナナミで搬出時の段取りの確認をしよう」

　ＧＰセンターには孵卵器の銀色の扉がずらりと並び、有精卵を鑑別する選卵機のモニタを前に数人の社員がタマゴチェックのトレーニングをしている。拓也はすっかり様変わりしたその様子に目を丸くした。

「明日、紫外線消毒を始めて部屋全体を無菌にする予定だから、今日は自由に見学できる最終日なの。有精卵のチェックは大丈夫そうかしら？」

　あたしは現場主任の清瀬さんに声を掛ける。パパが頭の上がらないベテラン女性だ。

「これってすごい機械です。光を当ててタマゴを撮影して、写真判定して吸盤で無精卵を除いてしまうんですもの。あたしたちはぼうっと眺めているだけです」

「でも機械の稼働状況はチェックするんでしょう？」

「それは大丈夫です。作業は八割方慣れました。あと一週間もあればばっちりです」

　明るい声に、少し元気になる。

「試しに明日、有精卵を極楽寺に搬送してみるからタマゴを五千個、ワゴンに詰めておいてほしいんだけど」

「わかりました。搬出口の側にある保温器に移しておきますね。なんでしたらお手伝いしますけど」

「気持ちはありがたいけど、出発は夜中の三時なの」

　清瀬さんは目を見開いた。

「じゃあお手伝いは無理ですね。納品スペースの保温器は五万個しか入りませんから、明日はいいですけど、いずれ十万個の搬送が始まったら残り五万個はセンター内の孵卵器を代用しないといけませんね」

「そんなのダメよ。だって業務が始まれば毎日、ドライバーさんはひとりで十万個のタマゴをトラックに運び入れるのよ。いちいち清潔領域にある孵卵器に取りに入ってもらうなんてムリだわ」

　まさかこんな落とし穴があるなんて、と愕然とした。

清瀬さんは少し考えて言った。

「でしたら荷物置き場のスペースにもう一台、保温器を置きましょうか。第二ファームに余った保温器があったはずですから、明日から消毒設備の最終点検をするついでに設置してもらいます」

「助かるわ。申し訳ないけど帰る前に五千個、搬出口の側によろしくね」

　消毒設備の最終点検が終わった後に新たな保温器を搬入すれば二度手間になり、大騒ぎになってしまうところだった。あたしの額から大粒の汗が噴き出した。

深夜二時。昼間は暑いけれど、この時間には秋の気配が感じられる。あたしはカーディガンを羽織り、家の玄関先で高い夜空の星を眺めていた。ここで拓也があたしをピックアップして第一ファームへ向かうのだ。歩いていける距離だけど深夜二時に乙女の一人歩きはいただけないと言われたので素直に従うことにした。乙女なんて言われたのはいつ以来だろう。なのに拓也はあたしの心を震わせたことに気づかない。ほんと、鈍感なヤツ。

コオロギの鳴き声に耳を澄ませていると、遠くにトラックのエンジン音が聞こえた。闇夜にポッンとヘッドライトの光の輪が見えた。砂利を踏みつける音が大きく響き、コオロギの鳴き声が途絶えた。光源が次第に大きくなり目の前でブレーキ音と共に停止する。

トラックは想像以上に大きく、この荷台にタマゴを一杯に詰め込んで走るのかと思うと圧倒されてしまいそうだ。荷台のコンテナには「真砂エクスプレス」と疾走感ある書体で書かれている。運転席から手を伸ばした拓也が、あたしを助手席に引っ張り上げた。

「お迎え、ごくろうさまです」

助手席に乗り込みながら言うと、後部座席の柴田さんが会釈した。運転席の拓也が言う。

「俺とまどかの、記念すべき初めての共同作業だな」

ウエディングケーキの入刀みたいな言い方のせいで、さっきまで感じていた、拓也の言葉への感動は一ぺんに消え失せてしまった。そんなこととは露知らず、拓也はアクセルを踏み込むと、GPセンターへとトラックを走らせ、五分もしないうちに到着した。

「早速、タマゴを搬入しよう」

清瀬さんから預かったスペアキーを手渡すと、拓也は搬出口へ向かいシャッターを開ける。中は薄暗い。運転席に戻った拓也はトラックを慎重にバックさせた。F1ドライバーを目指していただけあって切り返しもせずにドンピシャでぴったりつけるなんてすごい。そう褒めると照れたように言う。

「これはバックモニターつきなんだよ」

言わなければわからないことを正直に言ってしまうところが拓也らしい。拓也が、エンジンをかけたまま運転席から降りたので、すかさず言う。

「外から雑菌が入るからシャッターは閉めて。エンジンも切ってね。排気ガスはタマゴによくないわ」

「シャッターを閉めると中は真っ暗だぜ。これじゃあ、搬入作業ができないよ」

「灯りが自動点灯するようにしないとダメね」

「エンジンは切れないよ。エンジンを切ってライトを点けっぱなしにするとバッテリーが上がっちゃうからな。次々に問題点が出てくるけど、まあ今夜はシミュレーションだし、解決策はおいおい考えよう。とにかくまずはタマゴを積み入れないとな」

荷台の後部扉を開け、搬出口から金属製の板を渡す。保温器からワゴンを運び出しながら拓也が言う。

「今夜は一台だけど、本当はこれが二十台分か。少なくとも三十分近くは掛かると見た方がよさそうだな」

ぼんやり眺めている柴田さんに声を掛ける。

「柴田さんも気がついたことをどんどん言ってください。あたしの方もドライバーさんの負担が小さくなるよう、工夫しますので」

柴田さんは少し考え、ぼそりと言う。

「それならひとつ。タマゴを搬入する前に、ブルーシートを敷いた方がいいです」

言われるまま物置からブルーシートを持ってくると、柴田さんが荷台の床に敷いた。拓也がその上にワゴンを押し込むと、ワゴンをブルーシートですっぽり包み込んで細紐で縛り上げる。ワゴンが固定されているのを確かめると荷台から飛び降り扉を閉めた。

「これでOKです」

腕時計を見ると午前三時ちょうど。拓也は運転席に乗り込むと、「まどかは俺の隣」と助手席を指さす。柴田さんが助手席に座った方がいいんじゃない、と言うと柴田さんは首を振る。

「私はどの席でもいいです。お嬢さんは坊ちゃんの隣にどうぞ」

助手席にあたし、後部座席には柴田さんが乗り、運転席の拓也が勇ましく、出発進行、と言う。拓也はそろそろとトラックを発進させる。いきなりがたん、と路肩に乗り上げ車体が傾いだけれど、すぐに元に戻る。柴田さんが小声で「雑だな」と呟いたけれど、その声は運転席の拓也には届かなかったようだ。

「車体がでかいから車両感覚を摑みにくいな。柴田さん、気がついたことがあったら、教えてね」

「坊ちゃんの運転は初めてですから、最後にまとめて言わせてもらいます」

柴田さんが答えると、拓也はむっとした声で言う。

「その、坊ちゃんというのは止めてくれないかな。できたてほやほやの会社だけど、これでも一応、真砂エクスプレスの社長なんだからさ」

「すみません、若社長」

あたしの肩にずしんと責任がのしかかる。あたしのせいで拓也の人生までねじ曲げてしまった。一見従順そうな柴田さんが拓也を〝バカ社長〟と言ったように聞こえて不安が募る。それでもトラックは順調に、加賀の街から極楽寺を目指し走り出したのだった。


高速に乗って二時間。東の空が白んできた。周りを走っているのはトラックばかりだ。拓也が言う。

「トラックは夜中に走るんだ。道が空いていて距離を稼げるからね。でも柴田さんは運ぶのがのろいからドン亀って呼ばれているんだよね」

悪気はないけど、拓也には無神経なところがある。

「前の会社では指定時間ぴったりに着いてばかりいたら、結局クビになりました」

「それならこの仕事はよかったじゃない。七、八時間掛けて確実に届けることだけが重要なんだから」

「その点は坊ちゃん、いや、若社長に感謝してます」

場が少し和んだので、あたしは手元の荷物を開けて二人に手渡す。柴田さんはゆでタマゴの殻をゆっくり剝いてぱくりと頰張り、美味しいです、と言う。ハンドルを握る拓也にゆでタマゴの殻を剝いて手渡す。新婚夫婦みたいだなと思い、あわててその考えを打ち消した。後部座席のバスケットが空になって戻って来た。運転席では拓也が玉子サンドをぱくついている。あたしが面倒を見てあげないと食べられないけれど、それが却って嬉しいみたいだ。あたしもゆでタマゴを一個だけ食べた。

一時間が経過した頃、突然、柴田さんが言った。

「若社長、次のサービスエリアで休憩を取りましょう」

「え？　まだもうちょっと行けそうなんだけど」

「いえ、次のエリアに入ってください」

有無を言わせぬ口調の迫力に押され、拓也は小声で「わかった」と答えた。十分後、鯖谷サービスエリアに入ると、柴田さんは「駐車場に入らず右に曲がってください」と指示した。ガソリンスタンドの脇を抜け坂道を下った。広場にはトラックが数台、停車していた。運転手の仮眠所らしく、シートを倒して仰向けになり顔にタオルを掛けた運転手が見える。

出発して三時間だから仮眠をとるほどではない。どうして、ここでひと休みなんだろう、と怪訝に思ったあたしの背後から、柴田さんの指示が聞こえた。

「突き当たりの奥に止めてください」

言われるまま拓也はトラックを止め、三人はトラックから降りる。そこには水道栓があった。

「ここでは仮眠や洗車ができるので、知っていて損はないです」

「それを教えるために、わざわざここに寄ったの？」

拓也が納得したように言うと、柴田さんは首を振る。

「本当は一時間前に一回休憩した方がいいんです。長丁場なので、でないと最後にバテて体ががたがたになってしまいます。でも無理してここまで引っ張ったのは、ここでは洗車ができるからです」

車体の後ろに回った柴田さんが後部扉を開けた。次の瞬間、生臭い臭いが漂い、液体がぽたぽた流れ出す。シートにくるまれたワゴンから液体が漏れ出し床に広がっていた。

あわてて荷台に乗り込もうとする拓也に、柴田さんが鋭い声を上げる。

「シートには触れないように」

柴田さんは荷台に飛び乗りストッパーを外すと、シートごとワゴンをそろそろと引っ張り出す。昇降台に載せて地面に下ろすと台車に載せて運ぶ。洗い場でシートをくくった紐をほどいた途端、液体と固体の入り交じったものがどろりと流れ出た。

あわてて目を背けたけど、しっかり見てしまった。ヒヨコになりかけの子どもたち。虚ろなその目があたしを見つめていた。あたしは草むらに駆け込み、さっき食べたゆでタマゴを吐いた。


まどかは休んでいろよ、と言うと拓也は柴田さんと割れたタマゴを黒いゴミ袋に放り入れる。あたしはその様子を眺めていたけれど、意を決して歩み寄り、ヒヨコをつまみあげ袋に投げ込み始める。無理するなよ、と言ってくれる拓也の顔を見ずに首を振る。

「ううん、これはあたしのタマゴだから」

一匹一匹つまんで、涙をこらえて黒いビニール袋に投げ入れる。柴田さんは蛇口にホースをつなぎ、勢いよく荷台を洗い流す。

「コンテナ洗いは私がやりますから、お二人は残ったタマゴの数を数えてください」

水音を聞きながら、あたしと拓也は割れたタマゴの殻を捨て、割れていないタマゴをトレーに集めて数える。残ったタマゴをワゴンの下段にしまい、空のトレーを上段に移す。

「残りは八百二十三個です」

四千個以上が割れていた。柴田さんは顎をしゃくった。ブルーシートを床に敷け、という意味だろう。

拓也はタマゴのトレーを入れたワゴンを設置し直した。一足先に作業を終え、腕組みしてその様子を眺めていた柴田さんは言った。

「行きは坊ちゃんが運転する予定でしたが、またタマゴが割れてしまうので私が運転します。坊ちゃんの運転とどこが違うのか、よく見ていてください」

キツい言葉だが、拓也はうなずくしかなかった。

四時間後。極楽寺に到着した。

ワクチンセンターのビルを遠目に見ながらトラックはとある養鶏場に着いた。今回は肥料業者に引き取ってもらうように話がついていた。運転中と打って変わってにこやかに業者と話す柴田さんを見ながら、拓也は黙々とワゴンからトレーを運ぶ作業に勤しむ。タマゴは肥料用だからゴミの穴に投げ捨てていいと言われたけれど、拓也とあたしはひとつひとつ丁寧に籠に入れた。

柴田さんに運転を代わってからタマゴはひとつも割れなかった。荷台にワゴンを片付け終えた時、柴田さんが業者との話を終えて戻って来た。

「つい業者さんと話し込んでしまいまして」

拓也が呟く。

「柴田さんの運転ではタマゴは割れなかった」

柴田さんは肩をすくめる。

「私はこの仕事が長いですから」

秋の爽やかな風が、三人の頰を等しく撫でていく。豊かに実った稲穂が風に揺れ、金色の光を放つ。そよ風の香りが、あたりに満ちた。

「それでは、戻りましょうか」

柴田さんが言った。


二十分後。極楽寺駅にトラックを止め、あたしと拓也は駅前の「和田」でうどんを食べていた。柴田さんは仮眠したいと言って、トラックの車中に残っている。

うどんをすすりながら拓也が言う。

「悪いけどまどかは電車で帰ってくれないか」

ドライブに誘っておいて、こんな僻地で放り出すなんて信じられない。思わずあたしは拓也に抗議しそうになった。でも拓也は真剣な顔をしていた。

「帰り道、柴田さんとサシで話をしたいんだ」

一ぺんに目が覚めた。これはデートではない。拓也がこんな目に遭うのも、あたしの無茶な願いを叶えようとしてくれたからだ。それなのに、あたしときたら……。

「わかった。ひとりで帰る」

「ごめんな、この埋め合わせはいつかするから」

「ううん、いいの。それよりタマゴを無事にワクチンセンターに届けられるように頑張って」

拓也はあたしを見つめて言った。

「このままだと大変なことになるから、帰り道に柴田さんにコツを教えてもらおうと思うんだ。でもまどかがいると俺、かっこつけちゃうんだ」

「わかってる。拓也が立派なドライバーになる日を楽しみにしているわ」

拓也の肩に手を置いた。拓也はその手を握り、あたしは握り返す。

「まどか、俺、頑張るよ」

店を出ると、運転席で眠そうな顔をしている柴田さんに会釈をして、ひとり駅舎に向かう。ああは言ったけど、ほんとはすごく怒っているんだからね、と唇をとがらせてみたけれど、本気にはなれなかった。


極楽寺からの帰路、運転席には柴田が座った。拓也は助手席に座り、食い入るようにそのハンドル捌きを見つめていた。行きに大惨事の処理をしたサービスエリアを通過した時、拓也が言った。

「柴田さんの運転は、ちょっと丁寧だな、くらいしか違わない気がするんだけど」

柴田は真っ直ぐ前を見て、ゆったりとハンドルを握っていたが、やがてぼそりと言う。

「坊ちゃんは正しい。私の運転は、坊ちゃんよりもほんの少しだけ丁寧なだけです。でも、その僅かな差が大きな違いになるんです」

「俺バカだからさ、いくら見てても差があまりよくわからないんだ。柴田さん、教えてくれないかな」

「こういうことは教えられるものではないので、身体に叩き込むしかないんです」

「それじゃあ遅いんだ。今すぐできなければ、惚れた女を助けられなくなってしまう。頼むよ、柴田さん」

……惚れた女を助けるため、か。

車を走らせていた柴田は、速度を落とし路肩に止めると、拓也に向き直った。

「コツを説明するのは簡単です。速度は出したい速さの七割、意識の集中は普段の二割増し。たったそれだけです。でもその実行が難しい。ですので明日から一週間、一万個のタマゴを毎日搬送してください」

「片道五百キロだから一日千キロだよ？　それを一週間やれ、というの？」

　柴田はうなずいた。

「それくらいしなければ間に合いません。それと次からはタマゴを極楽寺に運んだら、そのままUターンして宝善町に持ち帰ってください。その間、タマゴをひとつも割らないこと」

　そんなの無茶苦茶だ、と拓也が吐き捨てると、柴田は「坊ちゃんの運転レベルでタマゴの長距離搬送をしようなんて、もともと無茶なんです」と言い返す。

　拓也は憮然としたが、「やるよ。やるしかないんだもんね」と弱々しく言う。

「私の運転をよく観察してください。お手本を見せるのは今日だけですから」

　柴田はエンジンを掛け、路肩から本線にトラックを戻した。拓也は柴田のハンドル捌きを食いつくように凝視していた。


　翌日。拓也は師匠と慕うドライバーのまとめ役、平野に愚痴をこぼしていた。

「どうせなら平野さんに教わりたかったな。柴田さんの運転って地味で、どこがすごいのか、よくわからないんだ。昔はイチゴを運んでいたんだって。それも何だか迫力ないよね。何しろイチゴだもんなあ」

「坊ちゃん、柴田の運転技術はウチでもピカ一ですよ」

「そうなの？　だってみんなはドン亀ってバカにしてたじゃないか」

「確かにスピードは遅いです。でも確実に安全に届けるという点ではナンバーワンです。親父さんが坊ちゃんに厄介者ではなくナンバーワンを譲ったんです。前歴はイチゴの運送をしていたなら本物です。イチゴはタマゴより難しい品で、ちょっと揺れたらすぐに傷んで売り物にならなくなってしまうんです。とにかく一週間、言われた通りに死にものぐるいで柴田の指導についていけば、きっといいことがありますよ」

　平野の言葉を聞いて拓也は、よし、今夜から猛修業だ、と気合いを入れ直した。

23　祝宴

9月15日（火曜）

一週間後。携帯が鳴った。拓也からだった。

「十一時頃、戻るのね。わかった、待ってる」

すれ違いの一週間だった。午前二時、有精卵を取りに来て八時間掛けて極楽寺へ。少し休憩し加賀に戻る。一万個の有精卵は載せたままだ。そして再び午前二時にナナミエッグから有精卵を搬出する。この繰り返しで今日は三往復目の最終日だ。一昨日、出発前の夕方に、久しぶりに電話を掛けてきた。次でタマゴを割るようなら見込みがないから諦めろと柴田さんに宣告されたのだと言う。

「これまではどうだったの？」と言葉を継ぐと、受話器の向こうに一瞬、沈黙が流れた。

「一回目は極楽寺で三分の一割れていた。戻りでその半分割れた。二回目は行きで百個、戻りは十個だ」

「すごい進歩じゃない」

「でもまだ一度も割らずに運べていないんだ。なのに次で終わりだなんて、俺、自信ないよ」

やっぱり拓也はへなちょこだ。でも今のあたしにはその姿が凛々しく見えた。拓也は社長として真砂エクスプレスを旗揚げして、両肩にいろいろな想いを載せている。そんな中でへなちょこな姿を見せられるのは、自分をわかっている強い人ではないだろうか。あたしは通話口に向かって「大丈夫。拓也ならできるわ」と言った。

「プチエッグ・ナナミは真砂エクスプレスと一心同体なんだもの。信じてるわ」

再び沈黙。やがて「まどかに頼みがある」と言った。改まった口調に一瞬どきりとする。平静を装って「なあに？」と答えた。

「今度の戻りは明後日の午前中だ。その時ナナミエッグで待っていてほしい」

「お安い御用よ。何なら見送りもするわよ」

「それはいい。緊張するから」

「わかった。じゃあ明後日、待ってるから」

電話は切れた。これが一昨日の十三日だ。そして今日、審判の時が来たのだ。ナナミエッグに出社すると、玄関前に人影が見えた。その影が会釈する。

「柴田さん、どうしたんですか？」

「若社長から首尾を検分してほしいと言われまして」

「あたしもそうなんです。でしたら拓也が着くまで、事務所でお茶でもいかがですか？」

　柴田さんは少し迷った顔をしたけれど、うなずいた。お茶を出すと会話がとぎれた。こんな日に限ってどんな相手にもそつなく対応する前田さんはお休みだ。

「あの、拓也は大丈夫でしょうか」

「もう少し経てばわかります」

　つっけんどんに答えてお茶をすする。

　うう、やっぱりこの人は苦手だ。

「ベテランのドライバーでも、今回の往復はキツいです。若社長は根性だけはあります」

〝根性だけは〟と強調するところが引っ掛かる。

「かなり大変だそうですね」

「重労働になるのは運転が雑で未熟だからです。割れたタマゴを洗う手間がなければ、ずっとラクです」

　脳裏に、ブルーシートの上に散乱したヒナたちの黒目が蘇る。かすかに吐き気がした。

　トラックの走行音が聞こえ、あたしと柴田さんは立ち上がる。前庭に出ると遠目に銀色のトラックが見えた。なかなか近づいてこないけど確実に時は刻まれている。

　信号のない十字路を通り過ぎ、ウインカーを点滅させ左折したトラックは、ナナミエッグの前庭に停車する。運転席から降り立つと、拓也は柴田さんに歩み寄る。

「極楽寺までは割れませんでした。あとは復路です。ご検分、お願いします」

　トラックの後部扉を開けると、荷台に一条の光が差し込む。柴田さんが荷台に飛び乗りシートをほどく。鈍色に光るワゴンに午前の陽射しが注ぐ中、うっすらと白く光るタマゴが顔をのぞかせた。

　振り返った柴田さんの頬に微笑が浮かぶ。

「若社長、合格です」

　タマゴは割れていなかった。やった、と座り込んだ拓也は目をつむる。そのまま眠ってしまいそうだ。

「事務所でとっておきの玉露を淹れてあげる。特別なお客様用だけど、今日は特別。柴田さんもどうぞ」

「遠慮します。先ほど頂戴しましたので」

　一礼して、場を去ろうとした柴田さんに言った。

「今夜、近くの店でお祝いをしますので、お時間があったら来ませんか？」

「お祝いって、何の？」

　拓也が尋ねる。あたしは口をとがらせた。

「真砂エクスプレスが無事立ち上がったお祝いよ」

「まどか、俺、嬉しいよ」

　ふらふらと抱きつこうとする拓也の腕をぴしゃりと払い、「それとこれとは別」と言う。苦笑してそのまま立ち去ろうとした柴田さんに、「七時に蕎麦善さんです」と言うと立ち止まった。振り返らずに言う。

「晴れがましい席は苦手でして」

　砂埃の中、柴田さんの後ろ姿が遠ざかっていった。


　その夜。誠一も交えて三人で呑んだくれていた。と言っても拓也は呑めないし、誠一も国家試験前なのでお猪口一杯を口に含んだ程度だから、あたしばかり呑んでしまう。あたしは拓也の肩をばんばん叩く。

「偉い。おねえさんは拓ちゃんを見直しましたよ」

「誰がおねえさんや。同い年だろ。呑み過ぎだぞ」

「今夜呑まなくて、一体いつ呑めっていうのよ」

　何かと言うと呑んでるじゃん、と小声で言う拓也。あたしは銚子を手に持ち、目を据わらせる。

「なあに？　何か文句あるっての、拓ちゃん」

　もはや処置なし、と肩をすくめる拓也に誠一が言う。

「五百キロ運ぶのは相当大変だっただろ」

　拓也はウーロン茶を飲みながら、うなずく。

「F1より強固な精神力がいりそうだ、なんちゃって」

「ちょっとした振動ですぐ割れそうだもんな」

「あんなに大変な思いをしてあの安値じゃ割りに合わないね」

「なに男二人で辛気くさい話してるの。今夜は祝宴よ。もっとぱあっと行きましょうよ」

　あたしが会話に割り込むと、拓也はため息をつく。

「酔っぱらいはしょうがないな。スタートラインに立ったばかりなのに、そんなにはしゃげるかっつうの」

　それはいい心がけです、という聞き覚えのある声がしたので、あたしたちは一斉にそちらを見た。

「柴田さん、来てくれたんだあ。ささ、こちらへどうぞ。ウチの男性陣は景気が悪くて」

　柴田さんはあたしに目礼し、立ったまま拓也に言う。

「若社長の運転技術は一週間ですごく向上しました。感服しました」

「柴田さんに褒められるなんて嬉しいな。でも俺程度のドライバーなんて大勢いるんだろうな」

　柴田さんは首を振る。

「それは違います。タマゴを搬送するドライバーは大勢いても、五百キロもの距離を割らずに搬送できる運転手は両手で数えられるくらいでしょうね」

「おお、拓也君、ドライバー界ベストテン入りが確定です。それではみなさん、乾杯しましょう」

あたしは杯を高く掲げて、一気に飲み干した。

「お嬢さん、はしゃいでいていいんですか？　私がここに来たのは気になったことがあるからなんですが」

「真砂エクスプレスの社長は、業界ベストテンの腕前なんでしょ？　今さら何が心配なんです？」

「心配なのは若社長じゃなく、お嬢さんの方ですよ」

ハイな気分が柴田さんの一言で氷点下へ急降下させられた。焦点の定まらない目で柴田さんを見つめていたら突然、しゃっくりが出た。軽い調子で尋ねる。

「やだなあ、脅かさないでくださいよ」

「今日、若社長が戻られた時、荷台がひんやりしていましたよね。感じませんでしたか？」

「確かに今日はいい天気だったから、コンテナの中はさぞ涼しくていいなあ、と思ったけど」

拓也が答えると、誠一が顔を上げる。

「中は涼しかった？」

「九月なのに外は三十度近かったんだぜ。コンテナの中の方が居心地いいに決まってるだろ？」

「ということは保冷状態でタマゴを運んだのか？」

「だって荷台が熱帯みたいだったら腐っちゃうだろ」

誠一は拓也を凝視した。そしてあたしに言った。

「五百キロ、十時間近く冷蔵で運んだら有精卵は死んでしまうに決まっているだろ」

酔いが醒めた。ワゴン内は三十九度に保つべし、と釘を刺されていたのに、タマゴを割らずに運ぶことばかりに夢中になって、すっかり忘れていた。柴田さんは目礼して立ち去った。座敷にあたしのしゃっくりが響く。拓也が言う。

「何とかするしかないな。どうすればいい、誠一？」

「まずは冷蔵車に暖房装置を取り付ける。そして徹底的に内部温度をモニタするんだ」

「今からトラックを改造して間に合うの？」

「間に合うか、じゃなく、間に合わせなければならないんだ。誠一、悪いけど今夜はつきあってくれ」

二人を見上げるあたしに拓也が言う。

「まどかはラッキーだよ。俺の趣味は車の改造だぜ。今夜は送れないから、親父さんに迎えにきてもらえ」

「待って、あたしも一緒に行く」

立ち上がろうとしたあたしの肩を誠一が押さえた。

「酔っぱらいに来られたら迷惑だ。まどかの車は借りていく。明日の朝一で取りに来てくれ」

そんなあ、と言いながらよろける足で座敷から降りると、勘定を済ませた拓也が振り返る。

「今日はお祝いしてくれて嬉しかったよ、まどか」

拓也と誠一は姿を消した。人けのなくなった店内にあたしのしゃっくりだけが大きく響いた。


翌朝。あたしはすっかりおかんむり状態で、ぷりぷり怒りながら真砂運送に歩いて向かっていた。

頭が痛い。酷い二日酔いだ。

ゆうべはあれからパパが迎えに来てくれたけど、車中でお説教を食らい続けた。経営者たるもの常在戦場、酒は呑んでも呑まれるな、とはごもっともだけど、パパの娘だから仕方ないでしょ、と言い返したら百倍のお説教が返ってきた。

正論だけど、〝納得せざるを得ない〟のと、〝納得する〟との間には深くて暗い河がある。すべては酔っぱらったあたしを置き去りにした男子二人のせいだ。

すっかり逆恨みモードのあたしは足音荒くずけずけ歩いたけれど、アスファルトの道路で足音がするはずもない。早朝なのに陽はじりじりと照りつけて、今日も残暑が厳しくなりそうだった。黄色い真砂運送の看板が見えた時、あたしの怒りは沸点に達していた。

そんなあたしの目の前に現れたのは、沸騰しているあたしとは対照的に涼しげな誠一だった。

「おはよう。なんだかすごい髪をしてるけど、どうやらゆうべは無事に帰れたみたいだね」

あたしはむっとした気持ちも隠さずに言う。

「無事も何も、帰りの道中はパパから延々、お説教三昧だったわよ」

「ソイツは災難だったね。でも自業自得だろ」

誠一は他人事のように笑う。まあ、確かに他人事なんだけど。この怒りを誠一にぶつけてもひらりと躱(かわ)されるだけだろうとわかるので、不動のブイのように絶好の攻撃目標になる拓也の元に向かおうとした。

すると誠一があたしを押しとどめた。

「拓也はまだ寝てる。そっとしておいてやれよ」

「誠一に手伝わせて、自分は寝てる？　許せないわ」

「僕が眠れと言ったんだ。起きたらまたぶっ通しで改造で、次いつ眠れるかわからないからね」

あたしは正気に戻って尋ねる。

「トラックの改造って、そんなに大変なの？」

「五百キロ、八時間掛かる搬送の間、コンテナ内の温度を一定に保つのは相当難しい。それがゆうべの話し合いと試行錯誤ではっきりした、唯一のことだ」

「あの保冷車は使えないの？」

駐車場の片隅の巨大トラックを指差して尋ねた。

「ベースとしてはもちろん使えるけど、有精卵仕様に徹底改造しなければならない。ヒーターを入れて孵卵器と同じ三十九度を維持するために通気用のファンを取り付け温度をモニタする。拓也は車の振動を減らすのにサスペンションをいじりたいらしい」

「そんな大がかりな改造が間に合うの？」

「拓也は車の改造はお手の物だし、平野さんも手伝ってくれて必要な器材を発注してくれた。温度調整は僕が責任を持つ。発注した部品が届くのは三日後だからテスト走行まで一週間はかかるだろうね」

今日は九月十六日だから一週間後は二十三日。本当にギリギリだ。足が震え出す。そんなあたしを見て、誠一は微笑する。

「拓也の改造力と真砂運送の技術力を合わせればやれると信じてくれ。これから当分、地獄だけどね」

あたしがグズグズ思い悩み、こうした問題を失念していたせいで、こんなに拓也を苦しめることになってしまった。

「あたしってダメね。迷惑掛けてばっかりで……」

肩を落としたあたしに、誠一は首を振る。

「そんなことないさ。拓也が死にもの狂いでがんばれるのは、まどかのためなんだから」

違う、あたしにはそこまでしてもらう価値はない。

「あたしはどうすればいい？」

「トラック改造以外の部分を詰めておいてくれ。この他に見落としがあったら致命的だからね」

「わかった。そうする。拓也によろしくね」

「目処がついたら連絡させるよ」

誠一が差し出した車のキーを受け取ったあたしは愛車に乗り込みエンジンを掛ける。バックミラーに、手を振る誠一の姿が映る。やらなければならないことは山積している。始まってからでは遅い。今、考えられることを徹底的に考え尽くさないと。ハンドルを握るあたしの脳裏からは、拓也のトラック改造が間に合うだろうかという心配は綺麗に消え失せていた。

それから一週間、自分が何をしていたのか、記憶にない。ＧＰセンターではトラック受け入れの準備に忙しかった。搬出口でエンジンを切らずに済ませるためには、鶏舎から電源を直接つなぐ方法をパパが考えてくれた。ワゴンを搬入する動線や保温器の置き場など、考えなければならないことはたくさんあった。

真砂運送の車庫では拓也が平野さんとトラックの改造に明け暮れていた。季節を問わず荷台を三十九度に保つ改造は、冷房と暖房を同時に考えなければならず困難を極めた。既製品の小型ヒーターがよさそうだという糸口が見えたのは三日目の夜中だ。小型のファンをコンテナの天井に三カ所付けて空気を循環させ、運転席からコンテナ内の温度をモニタして微調整する仕組みは誠一が開発した。大学の実験室から廃棄処分の温度計測用旧型モニタを拝借し、運転席に取りつけてくれたのだ。後で苦労話を聞かされた時、誠一ってドラえもんだなあ、としみじみ感心した。

でもその当時は、そんな経過報告など一切なかったので、あたしはやきもきしながら、ひたすら待ち続けるしか、他はなかった。

あの失意の宴（うたげ）からもうすぐ一週間。九月下旬、いよいよ業務が始まろうとしていた。

プチエッグのＧＰセンターでは、有精卵を無菌状態に置くための内部工事も完了し、ゲートにトラック全体を消毒する噴霧器も取りつけ終えた。それらはどちらも大がかりな工事だったが、誠一の設計は合理的で工務店の人もしきりに感心していた。こうしてあとは拓也が取り組んでいるトラックの改造を待つばかりとなった。そんなある朝、携帯が鳴った。発信者の名前を見て、震える指で電話を受けた。

「終わった。すぐ来てくれ」と拓也が告げた。

あたしは化粧もせずに車に駆け込みエンジンを掛ける。急発進したフロントガラスの向こうに赤トンボが舞っている。拓也は、終わった、と言った。うまくいかなくてすべてが終わった、という意味かも。

アクセルを踏む足が震える。でもこころはもう揺らがない。あのふたりがベストを尽くしてくれて、それでダメなら仕方がない。あたしは車を走らせた。

陽射しは強いまま、風の中身だけがさわやかな秋の空気と入れ替わっている。黄色い看板の下にオイルまみれの顔をした拓也と誠一が立っていた。昔、秘密基地を作っていた時の顔とそっくりだ。傍らには特別改造車の勇姿が朝日に照らされている。急く気持ちを抑えて、あたしは愛車をトラックの側に停めた。

「出来たの？」と車から飛び出し、息を弾ませて尋ねる。

拓也が疲れきった顔に照れたような微笑を浮かべる。

「出来たよ。これからテストだ」

「すごいわ。予定を二日も短縮したじゃない」

「正式納入まで十日。ぎりぎりまでテストを繰り返す。テスト走行を一発で決めれば一週間休める。問題があれば修正してまたテストする。俺の実力次第だ。下手したら本番までぶっ通しになるけど、十月一日までには必ず仕上げてみせるから」

拓也の弱々しい微笑を見て胸が熱くなる。こんなぼろぼろの状態で大丈夫なのだろうか。あたしが思い悩んでいたことなんて上っ面だ。立派な理念も足元の石ころひとつでひっくり返ってしまうのだから。

「何か手伝えることはある？」

「有精卵をきっちり育ててほしい」

「そっちは大丈夫。作業工程を洗い直して問題点を五つ改善したわ。もちろん十月一日まで毎日繰り返し見直すつもりよ」

「それならよかった。今日は一刻も早くまどかに報告したかったんだ。ひと眠りしたら今夜、誠一と極楽寺へ向かう。タマゴを準備しておいてくれよ」

「わかった。いくつ準備すればいい？」

「十万個。ぶっつけ本番のつもりでやる」

あたしが落ち着いているのは、拓也と誠一を信頼していたからだ。でも拓也の言葉は、合わせ鏡のようにあたし自身の仕事に切っ先を向けた。足の震えに気づかれないように虚勢を張る。今、拓也は自分のことでいっぱいいっぱいだから、あたしが不安を見せるわけにはいかない。特に今、この瞬間は。

拓也がしみじみと言った。

「誠一、持つべきものは友だよな」

「お世辞なんかどうでもいいよ。困ったことがあったらいつでも声を掛けてくれ。でないとプチエッグが頓挫しちゃって、論文が台無しになるからね」

誠一がそう言うと、拓也は舌打ちをする。

「真砂エクスプレスはどうでもいいのかよ」

「ああ、ぶっちゃけ、その通りさ」

さらりと答える誠一に、拓也は握り拳を振り上げるが、誠一はするりと身を躱し、拳の射程外に脱出していた。拓也は悔しそうに誠一をにらんでいたが、やがていじめっ子みたいな表情になった。

「そうだよな。無事に運べなかったら真崎さんに合わせる顔がないもんな」

誠一はワクチンセンターの美人広報さんに憧れているというのが拓也の見立てだ。案の定、誠一は一瞬、どぎまぎした顔をして、拓也をにらみつける。

「今度言ったら、二度と助けてやらないからな」

「ごめんごめん。冗談だよ。そんなにマジで怒るなよ」

拓也は両手を合わせて拝み倒す。そんな二人のやり取りを眺めながら、あたしは今この瞬間、時間が止まればいいのに、と思った。

「今からちょっと眠る。あとは任せたよ、まどか」

あたしがうなずくと、誠一があたしに寄り添った。

「僕は今からまどかの方を手伝おうか？　十万個のタマゴを準備するのは大変だろう？」

あたしはきっぱりと首を振る。

「誠一も休んで。有精卵の準備はあたしの仕事だから自分でやる。困ったら遠慮なく相談するから」

誠一はにっこり笑う。

「わかった。そうさせてもらうよ。今夜は拓也と一緒に極楽寺へ行くから見送ってくれよな」

ふたりはふらつく足取りで、プチエッグ・ナナミにある仮眠所に向かった。

涼やかな虫の声。あたしはGPセンターの搬出口に佇んでいる。目の前の可動式ワゴンには一台五千個の有精卵。それが二十台並んでいる。タマゴも十万個集まるとすごいパワーだ。このタマゴは極楽寺へ運ばれ、何の役にも立たずに捨てられてしまう。こんな風にいのちを粗末にしていいのか、という疑念は今も消えない。でもあたしはこの道を選んだ。卵を殺すことは納得できないけど、食べるために、が、ワクチンを作るために、に変わっただけ。そうやって自分を納得させた。でもそれだけではない。あたしを支えてくれた人たちの顔が浮かぶ。ナナミエッグの未来を託したパパ。出向してきてくれたスタッフ。宇賀神総長や樋口副総長、広報の真崎さん。得体の知れない彦根先生。野坂教授。誠一。

そして……。

夜闇の中、遠くからトラックのエンジン音が近づいてくる。あたしは駐車スペースに降り立ちシャッターを開ける。エンジン音も高らかにトラックが前庭に走り込む。入口ゲートで停まり、助手席から誠一が降り、ゲートのスイッチを入れる。ゲートから噴霧された消毒薬で殺菌された車体が、目の前で停車する。バックで搬出口に収まるとドアが開き、高い運転席からツナギ姿の男性が降り立った。

「何とか間に合ったな」

何も言えなくなってしまったあたしは、ただうなずくばかりだ。拓也は十万個の有精卵を前にして一瞬立ちすくむと、「責任重大だ」と呟く。

拓也もこの時初めてわかったのだ。十万のいのちを預かることの重さを。

あたしが搬入を手伝おうとしたら断られた。

「本番はひとりだから、これも訓練だ」

そんな風に言われたら手出しするわけにいかない。二十台の可動式ワゴンに搭載された十万個の有精卵をコンテナ内に運び込むのに三十分以上は掛かった。その間、誠一も黙って見守っていた。

エンジンを止めたトラックは鶏舎の電源とつながれ、荷台の温度を維持するためのヒーターとヘッドライトは点けっぱなしだ。コンテナの内部をのぞくと、天井のファンに目が留まった。誠一が言う。

「あのファンは思いつきなんだ。冷暖房完備といっても内部の温度は一様にならないから、扇風機でかき回すことにしたんだけど、微調整が大変でね」

簡単に見えることほど実は大変なのだろう。やがてワゴンを運び終えると、拓也はあたしに向き直った。タマゴ十万個がきっちり荷台に収まった様子を眺めながら、しみじみと言う。

「十万のヒヨコのいのちを預かって走るよ」

あたしは積み込まれたタマゴに向かって合掌した。

じゃあ、行ってくる、という拓也に何か気の利いたことを返したかったけれど、「気をつけて」という、ごくありきたりな言葉しか出てこなかった。

拓也が車を発進させる。搬出口から出ると誠一がシャッターを閉め助手席に乗り込む。側面に真砂エクスプレスと書かれた大型トラックは、小さくクラクションを鳴らすと闇に吸い込まれていった。後に残されたあたしの耳に、コオロギの鳴き声が戻って来た。

あたしはいつまでも、闇の中の星を見つめ続けた。

その日、あたしは一日中、事務所の中をうろうろと歩き回った。ささいなことで担当者を呼び、細々と確認した。午後にはスタッフを集めて抜き打ちで服装検査をやり、服装着用に問題があった二人を注意した。

夕方五時。仕事が終わるまでの時間が途方もなく長く感じられた。きっとパパは毎日こういう思いをしていたんだろうな、と初めて気づく。あたしの目は、養鶏場のニワトリの群れに注がれていたけれど、こころは拓也と一緒に高速道路を走っていた。

家に戻り夕食を済ませ、ぼんやりテレビを眺めた。バラエティ番組が面白くなくて、すぐ消した。部屋に戻りベッドに横たわる。出るのはため息ばかりだ。

いつの間にかまどろんでいたらしい。時計を見ると夜十時を回っている。身体がびくっと痙攣する。あたしは飛び起きて、机の上で震えている携帯に飛びついた。のんびりした誠一の声が聞こえた。

「出るのが遅いよ。もう少しで切るところだったよ」

「こんな時間にどうしたのよ。今夜は極楽寺でうどんパーティでしょ？」

宝善町深夜三時発、極楽寺午前十一時着。極楽寺で夕食。夜中に極楽寺を出て宝善町に明朝戻り。それが今日の二人のスケジュールだったはずなのに……。

「今すぐ庭に出てくれよ」

電話が切れた。意味がわからないまま玄関の扉を開けると、強い光が射し込んできた。眩しさに眼を細め、つっかけで外に駆け出す。

光の中、ふたつの影が見える。鼓動が速まる。

二人は段ボール箱を抱えて、荷台から降りた。

「今夜はうどんパーティだぜ」

この能天気な空気は何？　事態が飲み込めない。

誠一が、険しいあたしの表情を和らげるように言う。

「予定時間ぴったりに着いたんで念のためワクチンセンターに連絡してみたら、納入予定の有精卵が事故でダメになったと大騒ぎでね。予行演習でプチエッグの有精卵十万個を運んできたのでよろしければお使いくださいと伝えたら、納入してほしいと言われてね。異例だけど一週間後に納入開始の契約なんだから問題なかろうという総長の鶴の一声さ。ムダにならなかったんだよ、今回の十万個のタマゴは」

拓也が誠一の説明を引き取る。

「でも誠一は今回はサービスだって言い張って、報酬を受け取らなかったんだ。ほらコイツ、真崎さんの前ではええかっこしいだからさ」

わざわざそんなことまで報告する必要ないだろ、と小声で誠一が拓也を詰る。拓也は気にせず続ける。

「押し問答になったんだけど、結局こっちが言い分を通してね。その代わり極楽寺で一番旨いうどん屋のうどんすきセットをもらった。ワクチンセンターご自慢の有機野菜付きさ」

誠一が言う。

「正確に言えよな。樋口副総長のナンバーワン店だ、と伝えるように、と宇賀神総長に言われただろ。総長のおすすめは全然違う店なんだってさ」

「そうそう、そうでした。でもってせっかくだから、まどかと一緒に食べたいと思ってかっ飛ばして戻って来たってわけ。久しぶりにタマゴ無しの運転だから、スピード出しまくりでさあ」

ほっとして、力が抜けた。

「有精卵は無事に運べたのね」

「俺の話を聞いてなかったのか？　納品をしたんだぜ。ビジネスとして成立したんだ。おまけにトラックもまったく問題なし。明日から一週間のバカンスだぜ、まどか」

「そっちを先に報告しなさいよ。でないとワケがわからないじゃない」

そう言って叱ると、二人に背を向け頬をぬぐう。

「支度をするから材料を運んで。お風呂も準備するわ」

「そりゃありがたい。うどんパーティの前に一風呂浴びたかったんだよ」

あたしは家に駆け戻る。振り返らなかったのは、二人に涙を見られたくなかったからだ。

九月末日。こうして有精卵の輸送に目処がつき、プチエッグ・ナナミの旗揚げ準備は完了したのだった。

第四部

シロアリの饗宴

Venezia
Venezia Santa Lucia
Canal Grande
Ponte degli Scalzi
SAN POLO
Piazzale Roma
Ponte della Costituzione
Ponte di Rialto
SAN MARCO
Basilica di San Marco
Piazza San Marco
Ponte dell'Accademia
Basilica di Santa Maria della Salute
Canale di San Marco
Canale della Giudecca
Isola della Giudecca
N
0
500m

24　ナニワの蠢動

9月29日（火曜）

後から思えば、あれは嵐の前の静けさだった。

秋口になっても、浪速府知事・村雨弘毅の支持率は高止まりしたままだったが、これは異常だった。

日本の政権は発足時こそ七割前後の支持率を誇るものの、一カ月もすれば下がり始め、最後には一割台で終わる。そして一年保たない政権が多数の中、村雨は府知事就任以来三年間、七割台を維持し続けている。それはおそらく、閉塞した日本の状況における、村雨への潜在的な期待感なのだろう。浪速は首都・東京に並び立つ都市なのでそれは日本全体の支持率とも見做（みな）された。だから九月下旬、村雨のブレーン全員が府庁舎に呼び出された時、次の国政選挙に打って出るための相談ではないかと考えた者は多かった。だがその席上で彦根が告げた提案に一同は騒然となった。

「どこの世界に知事の座を投げ捨て、格下の市長になる酔狂な政治家がいるんですか」

真っ先に声を上げたのは副知事の竹田（たけだ）だ。村雨は彦根に視線を投げる。提案者が反対者を説得しろ、という視線だ。彦根はうっすら笑う。

「浪速の行政は浪速市が政令指定都市で都道府県と同等の組織のため二重支配になっています。このねじれ状態を解消しなければ改革は進みません。特に村雨知事が提唱しているカジノ構想と医療シティ構想は、浪速市と一体化しないと達成できません」

「それなら村雨さんと意志を同じくする人物を市長に据えればいいではないか」

竹田副知事は、自分が浪速市長選に出馬してもいい、と言外に匂わせた。

「それではインパクトがないんです。浪速の変革は地域に密着する市長の方がやりやすい。府知事の座を降りて市長になれば、世の話題をさらえますしね」

その発言を聞いた側近、喜国が口を開いた。

「でも、万が一落選したら不様ですよ」

「村雨さんには非常識な政治家になっていただきたい。何をしでかすかわからないという恐怖心を官僚の連中に叩き込めば、現在、隅々まで張り巡らされた官僚支配の行政を少しは変えられるかもしれません」

「国政を変えるのなら市長より府知事の方が、さらに言えば国会議員になった方がいいのでは？」

「知事は一地方自治体とはいえトップです。でも国会議員になれば一兵卒にすぎず、権力的に劣化します。では市長になった後で国会へ打って出たらどうか。市長、知事、国会議員というすべての階層で支持を取り付けたことになり、オンリーワンの政治家になれます。つまり市長の座はトップへの近道なんです」

場は静まり返った。彦根の意見に説得されたわけではなくむしろ逆だ。これが筋悪の策であることは明らかなのに、きっぱり否定できないことに戸惑う。まさに虚を実に、実を虚に入れ替えるスカラムーシュ・彦根の面目躍如だ。誰もが口を閉ざす中、浪速地検特捜部のカマイタチ・鎌形が、臆することなく黒いサングラスの闇の奥から彦根を上目遣いに見据えた。

「彦根先生は私を排除なさりたいのですか」

彦根は目を見開く。無言だったがやがて言う。

「とんでもない。今、鎌形さんに離脱されたらすべては水泡に帰してしまいます」

「それなら村雨府知事を市長になどという雑音は立てないでいただきたい。府知事の座を降りれば、浪速地検特捜部に対する影響力は無に帰するのですから」

彦根は唇を噛んだ。鎌形との関係を見落としたのは迂闊だった。そんな彦根を見ながら鎌形は、最近彦根が精彩を欠いているように感じていた。以前ならこんな初歩的な見落としはしなかっただろう。

やはり八月の桜宮の一件がダメージだったのか。

鎌形は先日斑鳩から聞いた言葉を思い出す。

——東城大Ａｉセンターは破壊され、彦根は重要拠点を失いました。私と刺し違えた形ですが、私は警察庁の一員であるのに対し、彦根には医療界のサポートがあるとは言い難く、その差は開く一方です。

以前、鎌形が村雨に、浪速大に設置されるＡｉセンターを法医学教室主体にしてほしいと依頼したのは、陰鬱な午後、この部屋でのことだった。そして、村雨は鎌形にあっさりその約束手形を与えた。Ａｉの社会導入を推進する彦根にとっては手痛い裏切りだ。Ａｉ、すなわち死亡時画像診断も死因情報であることは言うまでもなく、死因は捜査情報であり刑事訴訟法四十七条の公開制限事項に該当すると警察は見做している。だから裁判までＡｉ情報は開示されないし、Ａｉ情報を医療領域に収めようという彦根の構想を警察は容認できるはずがない。

Ａｉ情報を医療現場に置けば、死因情報が流出してしまうからだ。現行の状況と真っ向から衝突する彦根の運動は、国の形を壊すことにもなりかねないから停滞させられてしまうのは当然だ、と鎌形は冷ややかに見ていた。彦根が警察庁の危険人物ファイルに刻印されているのはそのためだ。もっとも当の彦根本人はそのことに気付いていないようだが。

「浪速地検特捜部と縁が切れてしまうのであれば、提案は撤回します。有望な戦術だったんですけど……」

彦根が珍しく未練を引きずるように言う。部屋に吐息が漏れた。誰もが自分の吐息だと思ったに違いない。

「目的を達成するため手段を選ばないという姿勢だと、いつか天罰が下ります。彦根先生が奇抜な発想を捨て、賢明な判断をされたことは幸せでした」

「天命論者の喜国さんは、天の理に沿わない人間は滅ぶべし、とお考えですものね。そんな方に奇抜な発想と褒められたのは望外の喜びです」

賞賛の応酬に聞こえるが、一皮剝けばジャブの応酬だな、と村雨ははらはらする。彦根の発想は筋がいいとは言えないが今、正攻法で目の前に立ちはだかる壁を突破できるだろうか、と自身に問えば首肯はできない。村雨は自分が密かに彦根の案を受け容れていたことに気づいて愕然とした。協力者の意向に耳を傾け、最大公約数を選択するタイプだったはずなのに……。

いずれにしても提案は却下された。だが彦根はその程度で萎れるタマではない。話題を喜国に振る。

「いい知らせもあります。浪速大ワクチンセンターでインフルエンザ・ワクチンの増産に目処がつきました」

「それはよかった。これで浪速は救われました」

喜国が目を輝かせて言うと、鎌形は唇の端をかすかに上げ、凍えるような声で言う。

「ワクチン戦争などという虚構を前提にした防御線の構築には異論があるところですね」

「鎌形さんの立場なら、そう発言せざるをえないでしょう。でもワクチン戦争を仕掛けてくるとしたら、その首謀者は厚労省ではなく警察庁もしくは検察庁だ、というのが僕の読みなんです」

鎌形はふ、と笑みを漏らす。

「ナンセンスですね。警察や検察はそこまでヒマではないですよ」

「どうでしょうねえ。先日のキャメル騒動の背後には警察とか検察の気配が感じられましたが」

「被害妄想、でしょうね」

「まあ、そういうことにしておきましょうか。どうせ結論なんてでないでしょうし、ね。とにかくこれでワクチン戦争を仕掛けてこられても対抗できます。鎌形さん、このことを古巣のご友人にお知らせいただいても構いませんよ」

しつこい言及に、さすがに鎌形もむっとした。

「ばかばかしい。私は忠誠心を持ち合わせない反逆児だから浪速に飛ばされたんです」

「そうそう、反逆と言えば、例の厚労省局長を起訴した件はその後どうなっているんですか？」

「粛々と公判準備をしている最中です。厚労省の資料をごっそり持ち帰りましたから鉄板でしょうね」

起訴できたのは彦根とその部下、桧山シオンの献身的な協力があればこそだった。ここで礼を言っておこうか、とも考えたが、この流れでは白々しすぎると思い、言わずにおいた。そう言えばいつも彦根に影のように寄り添っていた桧山シオンの不在が気に掛かる。常に一緒ではないが、肝心な場面では共にいた彼女が姿を消したことが彦根の変調の原因ではないか。

「本日はここまでとします。本日の討議内容は口外なさらぬようにお願いします。私のスキャンダルを鵜の目鷹の目でつけ狙う御用記者の好餌になりますので」

村雨は立ち上がり一礼した。それを合図に皆席を立つ。喜国と副知事の竹田が村雨に近寄っていくのを横目で見ながら彦根は部屋を後にした。到着したエレベーターに乗り込むと、閉まりかけた扉の隙間に黒サングラスが見えた。開扉ボタンを押すと鎌形は「どうも」と一礼し滑り込んできた。エレベーターは二人の男を乗せて下降し始める。鎌形は彦根に問いかけた。

「桜宮ではご活躍だったようですね」

彦根は顔を上げ、「皮肉ですか？」と応じる。

「とんでもない。警察権力をバックにしたあの斑鳩と相討ちとは、感服しているんです」

「褒められた気がしませんね。Ａｉセンターが破壊された時点で医療の完敗、警察の圧勝ですから」

そうだろうか、と首をひねる。それではあのプライド高き斑鳩が、騒動後に寄越した私信の意味がわからなくなってしまう。

――Ａｉセンターは壊滅しましたが、Ａｉは世界に散布され、もはや回収は不能です。捨身飼虎の計を食らった心持ち、気分は実質的に完敗です。

唐突にこんなメールが送られてきた理由は、彦根の動向に注意されたしという警告と理解していた。彦根は肉を切らせて骨を断ったのではないか、と勝者に思わせること自体、卓越した軍略だ。取り付く相手が大器であればあるほど彦根の影は大きくなり、闇が濃くなるほどその実体が膨れあがる。

エレベーターが地下駐車場に到着すると彦根は、鎌形に会釈をして出口に向かう。鎌形が声を掛けた。

「車はないんですか？」

「パートナーに預けっぱなしです」

彦根が振り返らずに言うと、鎌形が言った。

「それでしたら駅までお送りしましょうか？」

彦根は目を見開いたが、微笑して助手席に乗り込んだ。鎌形はエンジンをかけた。

「彦根先生は村雨府知事をピエロに仕立てて、どうするおつもりだったんですか」

「知事をピエロに？　そんなつもりはありませんよ」

「府知事を辞して市長になれ、などとは正気の沙汰ではありません」

彦根はにっと笑う。

「もういいじゃないですか。府知事は常識的な判断をなさったんですから」

「よくないですね。府知事を支えるスタッフに不協和音があること自体、望ましくない」

「話が長くなりそうですね」と言うと、彦根は勝手に助手席のシートを倒して寛ぐ姿勢を取る。鎌形はエンジンを切る。彦根は言った。

「スタッフの意見が揃っている方が問題だと思います。何かあったらみんな一緒にお陀仏ですから」

「だからといって、わざわざ不協和音を抱え込む必要もないのではありませんか」

「その考えをつきつめると、鎌形さんはいつか僕を排除しそうですね」

自分の中に芽生えた敵意を見透かされた気がした。彦根は鎌形の表情の変化を楽しむように続けた。

「僕と鎌形さんの発想には思うほどの違いはなく、ゴールの設定が多少異なっているだけです。鎌形さんは金メダルを取らせることが目標で、僕は金メダルを取って評論家生活に入るところまで考えているのです」

「つまり、彦根先生の方が先を見通している、というわけですね」

「いえいえ、思考のフィールドが違うというだけです」

彦根には人を煙に巻くようなところがある。行動のひとつひとつは単純なのに、積み重ねられると遠目の雲居にまぎれる塔のようにぼんやり霞んでいく。油断していると霞を切り裂く雷光のような言葉を発して、築き上げた塔の全容を一瞬にして理解させてしまう。

彦根の弁舌は続く。

「僕が既存権力を制限しようとする部分が、鎌形さんには不協和音に感じられる。でも市民から見て歪なのは鎌形さん、あなたの方なんです」

どうしてですか、と問おうとするが声にならない。

「鎌形さんは、既存権力の土台に立ちながら、権力への反抗というスタイルを内包している。僕は敵を攻撃していますが、鎌形さんは自分の足下を崩している。だから鎌形さんには失墜する未来しかないんです」

「彦根先生だって、失墜は目の前でしょう」

鎌形は掠れ声で言い返す。彦根は微笑する。

「僕たちは、似たような末路を辿るかもしれません。でも鎌形さんの破滅は自壊ですが、僕は破壊された後に飛散するのです」

「失墜と破壊。崩壊と飛散。似ていますが、どちらの末路の方がましなんでしょう」

「それは考えても無駄ですね。百年経てばどちらも同じ、世界から消え失せるひとコマにすぎないのですから」

投げやりな口調に深い虚無が見えた。確かにこれでは村雨をピエロにするなどという浅薄な悪意など存在しない。彦根は単に今の村雨に必要な一手を提案しただけだ。

そんな理解が鎌形の好奇心を煽る。

「村雨さんが市長になったらどんな世界が出現したのでしょうか」

「既存の価値観を破壊して新しい秩序を作り出す、熱気あふれる混沌の渦のような世界でしょう」

「果たしてそうでしょうか。市民というものは保守的で、変化には反射的に反発します。それは痛みへの拒否反応のようなもので、人が自分を痛めつけるものを排除しようとするのは自然の理でしょう」

「その通りですがファントム・ペイン（幻肢痛）には、痛みを感じる実体としての指は存在しないのです」

指は存在しなくても痛みは存在する、と言おうとして無益な論争だと鎌形は悟った。鎌形は村雨が市長選に出馬したら、ともう一度考えてみる。落選したら識者は鬼の首を取ったように罵り誹るだろう。そんなリスキーな提案を蹴るのはブレーンとして当然だ。

だが本当にその判断は正しかったのだろうか？

「もしも村雨知事が本当に勝利したらその時は、どんな体制が出現するんですか？」

「勝利の瞬間、硬直した制度を破壊する資格と権力を手にした独裁者が、一瞬だけ出現します」

「どうして一瞬なのですか」

「僕が一瞬しか、その存在を容認できないからです」

彦根はうっすら笑って答える。鎌形は吐息をついた。

「やはりあなたは危険人物ですね。村雨府知事の破滅をお望みのようだ」

「破滅ではありません。暴発させ、しかる後に止揚させようとしているだけです」

同じことではないかと思うが、口にはしない。

「ではこの世界に一瞬現れた独裁者が、即座にやらなければならないこととは一体何でしょう」

この問いに対する回答こそ彦根のキモだと直感する。その奔流に身を投じなければ彦根は理解できない。

彦根は静かに答えた。

「耐用年数が過ぎた国家の枠組みを徹底的に破壊して、市民の権利をその手に返すこと、です」

コイツはアナーキストだったのか、と鎌形は思うが、自分の思いつきに対する違和感がぬぐえない。彦根の言葉には、日本人離れしたスケール感がある。

「それはつまり、国政選挙へ出馬し、国政を破壊することですか。すると民友党からの出馬ですか」

華々しく政権交代しながら次第に硬直し支持率が低下中の現政権与党民友党からそうした打診があることは、誰もが知る事実だ。彦根は首を振る。

「既成政党に属したら体制は変えられません。知事連合を主体とした新党を作り政権を奪取し、西日本連盟、ひいては日本三分の計を成立させるのです」

新党結成とはまた大きく出たものだ、と思いながら鎌形は、彦根がスカラムーシュ（大ボラ吹き）と称されていることを思い出す。実を虚に、虚を実にすりかえながら、コイツの影は夢幻の中で肥大し続ける。

桜宮のＡｉセンターは破壊されたにも拘らず、Ａｉの社会導入が潰えたと考える人間は、警察内部にすらいない。次の彦根の奇手を憶測しては戦々恐々としている首脳陣の動向も漏れ伝わる。そんな話を聞くにつけ、斑鳩のいう通り、桜宮での斑鳩対彦根の戦いは彦根の勝利に終わったのではないかとすら思えてくる。

自分はどちらの側に立つべきなのだろうか。

本来なら自分を慕う警察庁の斑鳩の肩を持つべきだ、ということはわかりきっている。けれども今、こうして迷っていること自体、彦根の術中なのではないか。彦根の真意を探るため、車内の固いシートに身を預け論争していることの状態さえも、彦根の圧倒的優位に思えてくる。

彦根はシートにもたれたまま言う。

「これは大ボラです。でも大ボラを吹くにも才能と気力がいる。その才能は希有らしいので、大ボラ吹きが大ボラを吹くのは社会的義務でもある。村雨さんが浪速市長になり、余勢を駆って新しい政党を作り国政選挙に打って出れば大勝するでしょう。でもそのためにはクリアしなければならない前提条件があるんです」

「ほう。どういったものですか」

「既存の政党と組まないことです。新政党の清新さに引かれ旧政党のロートルが擦り寄ってくるでしょうが、徹底的に排除すべきです」

「だが、ベテランの政治家の経験は貴重です。温故知新という格言もある」

「その言葉は為政者が使う政治的用語です。そうやって擦り寄ってくる〝故〟と馴れ合えば飲み込まれて活路を見失う。肝要なのは新政党で打って出るときには村雨知事自ら出馬すべきだ、ということです」

「でもそうなったら、西日本連盟の成立そのものが危うくなるのではないですか」

「西日本が独立するには、国境を越えて攻め込む必要がある。それで初めて戦線背後に国境線を画定できる。これは新興国で必須の戦略で、国境線で戦っていては、既存勢力の優勢を喧伝しているようなものです」

「なるほど、敵領に攻め込み最前線の後方に国境線を引き直すわけですね。だが好むと好まざるとに拘らず、世の政治家は村雨さんに擦り寄ってくるでしょうね」

「新政党を旗揚げした場合、村雨さんに国政選挙に打って出るよう求める勢力と、市長のままフィクサーとして動いてくれと頼む勢力に分かれます。前者の中心は新人で、後者を望むのは現役議員です。でも村雨さんの選択肢はひとつだけ、ご自身が選挙に打って出るしかない。でないと主導権を奪われ傀儡（かいらい）と化し、新党は瓦解するでしょう。合法的に地方独立を奪取するには、既存の国の意思決定機関を押さえるしかないのです。だから市長選へ出馬する、しないに拘らず次の一手は国政選挙への出馬ということになるのです」

鎌形の脳裏に、その未来図が鮮やかに浮かんだ。市長選への出馬を要請した時点でここまで考えていたとしたら、彦根の戦略は奇襲戦法に見えて、実は正攻法なのではないかとも思える。今回、村雨が奇襲に見える王道の一手を打たなかったことは、既存勢力にとっては朗報だ。それに荷担したのが自分だという事実に、人生の皮肉を思う。いずれにしても村雨にとって最大の危機は去った。あるいは最大のチャンスを見送ってしまったのかもしれないが。いずれにしても村雨を現状のままに引き止めたのは、彼を大切に思う、自分を含めた側近たちだ。

王を王たらしめるためには、王を王とも思わない不遜さが必要なのかもしれない、とふと思う。

「彦根先生のお考えはわかりました。そうした王道をお考えなら枝葉のムダな活動は控えた方が労力の節約かと。特にそれが本道から外れている場合は、ね」

鎌形の一撃に、彦根は淡然と微笑した。

「村雨さんが僕より鎌形さんを選ぶのは当然です。鎌形さんは頼りになる近衛兵、僕は当てにならない道化師ですからね。僕にとっては担ぐ神輿(みこし)は村雨さんである必要はさらさらなく、担ぎやすいから担いでいるだけ。ですから鎌形さんを選ばれるのは必定、でも……」

彦根は鎌形の横顔を見つめた。

「そんな話を僕にぶつけているようでは、鎌形さんは本当の敵を見過ごしているんですね」

「本当の敵？」

「ソイツと比べたら僕なんて可愛いもんです」

彦根は車のドアを開けた。

「こんな風な有意義な議論を、鎌形さんとできるとは夢にも思いませんでした。その上送ってもらうなんて図々しすぎるので、やっぱり歩いて帰ります」

ドアを閉めると、彦根は軽やかな足取りで出口に向かう。鎌形はハンドルを握り締め、「本当の敵」と呟く。エンジンを掛けると、ヘッドライトが灰色のコンクリートの壁を照らし出す。

鎌形はそこに、彦根が言った〝本当の敵〟の影を確かに見たような気がした。

25　神輿の行方

10月7日（水曜）

斑鳩にとって原田雨竜は、長年仕事を共にして信頼は厚いが、今回の件を委託した東京地検特捜部副部長の福本にとっては未知数であり、辛抱が利かなくなるのも当然だった。だから十月になって、福本から斑鳩に呼び出しがあったのは彼にしては辛抱した方だと斑鳩は思う。

「一体どうなっているんだね、警察庁のエース君は。さっぱり動きが見えないのだが」

福本の机上には、相変わらず乱雑に書類の山が積み上げられていて、雨竜が見たらよだれを垂らして擦り寄りそうだ。

斑鳩は答える。

「雨竜はまだ表立って動いてはおりません。本人曰く、タイミングを計っているのだそうで」

福本の眉間に、ぴきり、と皺が寄る。

「何のタイミングだ？」

「さあ、そこまでは何とも」

福本は怒声を上げ、拳で机を叩いた。

「まったくたるんどる。部下の尻ひとつ叩けないで、上司といえるのか」

斑鳩は顔色を変えずにうなずく。

「私は形式上は雨竜の上司ですが、実質は違います。私が管轄する特殊工作班、別名ＺＯＯは各々の才覚で活動する、スタンドアローンの遊軍なのです」

「鉄の規律を誇る警察庁に、そんな得体の知れない組織が存在しているとは驚いたな」

よく言う、と呆れる。その得体の知れない組織に名指しで無茶な案件を振ったのはどこのどいつだ。

福本は苛立ちを隠さず、手にした新聞をテーブルの上に放り投げた。取り上げた斑鳩の目が見開かれる。

「これでわかっただろう。ぐずぐずしているとヤツは雷雲を孕み、そのまま昇天しかねない」

見出しには「村雨府知事を党首とする新党結成へ」とあった。鎌形から聞いていた斑鳩には目新しい情報ではない。だが、そうした極秘情報がこの時期に紙面に流されたという事実が斑鳩を驚かせた。

そこには、時の流れを急流に仕立てようという隠された意志が感じられた。

「雨竜を急がせます」

「頼んだぞ。浪速の龍が地の底に潜んでいる間に、獅子身中の虫であるカマイタチを駆除するしか、我々に生き残る道はないのだ」

　情報を手にしていない福本の焦りは痛いほどわかる。だが同情するつもりはない。いくばくかの情報を手にしている斑鳩でさえ、この先の展開はまったく予測がつかないのだから。

　斑鳩は警察庁に戻ると、その足で地下の捜査資料室へと向かった。


　斑鳩自身も雨竜がここまで動かないことに違和感を覚えていたところだったが、だからといって叱責するつもりなどさらさらなかった。雨竜ははるかな高みにいる、と固く信じていたからだ。

　捜査資料室に顔を出し、何も言わずに立ち去ろうとした斑鳩に、「ご心配なく。準備は着々と進んでいますから」と雨竜はにこやかに言う。

　斑鳩が足を止めて「いや、心配はしていないが」と応じると、雨竜は笑う。

「斑鳩さん。水くさいですよ。どうせ福本さんからせっつかれたんでしょ？」

「なぜわかった？」

　問い返して斑鳩はため息をつく。本音をこぼしてしまったのは斑鳩らしからぬ失態だ。

　雨竜は楽しげに答える。

「いえね、そろそろ福本さんの辛抱が切れる頃かなあ、と思ったんです」

　すべてお見透しか。仕方なく、斑鳩は尋ねる。

「ならば今、どんな準備をしているのかをお聞かせ願おうか」

「やだなあ、こんな中途半端な状況では、教えられることなんてありませんよ」

　雨竜はくすくす笑う。

　斑鳩は珍しく頭に血を上らせた。雨竜は斑鳩の怒気を感じたのか、笑いを収める。

「鎌形さんをどんな風に搦め捕るか、斑鳩さんが具体的に知れば、苦悩が深まるだけです。まして福本さんに知らせるなんてとんでもない。そんなことをしたらあの人は浮かれちゃってあちこちで吹聴し回るでしょ」

　雨竜の言葉には説得力があった。斑鳩はうなずかざるを得ない。雨竜は飄々と続ける。

「でもこれだけは申し上げておきます。鎌形さんはいろいろな人に頼られています。でもそれは、鎌形さんはいろいろな人の支えがなければ持ちこたえられないということなんです。それがカマイタチの、唯一にして最大の弱点なんです」

その解析は不可思議だ。鎌形が人の支えを必要としている？　自分のささやかな申し出すら拒絶したのに？

「鎌形さんを叩き潰すには、彼の体を覆う羽毛をむしり取るのが先決です。それだけなら単純ですが、僕のところに依頼が来たということはつまり、この件は直截的にではなく、大きな渦の中に隠しつつやらなければならないということです。それならこれまで手元に留め置いた、いくつかの案件を一挙に片付ける機会でもある。このシンクロ部分が一筋縄では行かないんですよね」

雨竜はにっと笑った。

「ただし、鎌形さんについてはすでに手は打ってあるから、まったく心配ありません。だって表立って霞が関に叛旗を翻したようなものですから、早くから手を打つべきだと思って動いておいたので」

何を言っているのだろう。コイツの話の面妖さを、他のどこかで経験したことがあると考えた斑鳩の脳裏に、ひとりの男性の横顔が思い浮かんだ。

桜宮のＡｉセンターの焼け跡で一瞬交錯した宿敵、彦根の横顔だった。彼は今、失意のどん底であえいでいるはずだ。だがその気配すら消し去っているのは、敵ながら天晴れと言わざるを得ない。

雨竜は遠い目をして、斑鳩の感傷とはまったくかけ離れたことをぽつりと呟く。

「官僚は強固な正規軍ですが今は衰退の一途をたどっています。トップが大義を見失い自分たちの利権を守ることに汲々とし、目指すものが自分たちの省益に堕してしまっていることが、市民の目にも丸見えになってしまったからです」

「お前や私のように、染まらない官僚もいると思うが」

斑鳩が反論すると、雨竜はうなずく。

「確かに無私の精神を持った官僚もいます。でも非武装軍隊である官僚組織において彼らは傍流に追いやられ、大半の兵隊は上層部の色に染められてしまう。トップの性根が卑しければ組織や部下も卑しい色に染まってしまうのは当然でしょう」

斑鳩が静かに問いかける。

「今のお前に、官僚組織の批判をしている余裕があるのか？」

　雨竜は肩をすくめて、おどけた笑顔を浮かべる。

「組織批判？　とんでもない。僕は自分が請け負った仕事を遂行するために、現状分析してみただけです。僕には批判精神のかけらもありませんよ」

　斑鳩が黙っていると、雨竜は続けた。

「卑しいトップも、自分が正義と信じて疑わない。官僚は自分たちを守ることとイコール国家を守ることだと都合よく解釈している。だから衒いや含羞がない。こうした単純さは局地戦には滅法強い。だからその強みをベースにして、鎌形さんを叩く戦略を描くべきなんです」

「そこまで断言してくれると心強いな。だがお前の言葉は矛盾している。市民の目はごまかせないと言いながら、市民の感情を無視して動けば、鎌形さんを倒せても返り血を浴びるだろう。たとえば、鎌形さんが心酔している村雨府知事が市民感情を誘導し我々に刃を向けてくるのではないか」

　雨竜は首を振る。

「確かに村雨さんが動けば、官僚は苦境に立たされるでしょう。でも僕が本当に恐れているのは、村雨さんが発した言葉によって官僚が、自分たちも一市民にすぎず、その痛みを共有すべきだという真理を思い出すことにあります。その覚醒は我々の組織の土台を崩してしまう。そうなったら鎌形さんを引きずり下ろしたところでもはや手遅れです」

「今はそれほど危機的状況なのか」

「その答えはイエスであり、ノーでもあります。危機的状況というものは常に存在し、そうでなかったことなど一度もないというのが僕の認識なんですから」

　コイツの能天気な楽観主義は、徹底した悲観主義の下地に描かれた抽象画だったわけか、と斑鳩は得心した。

　斑鳩は雨竜の言葉を要約して投げ返す。

「つまり、さすがのお前も現状のまま放置し続けるのはまずい、と考えているわけだな」

「僕の摑んだ情報では、村雨府知事には知事から浪速市長に鞍替え後、新党結成し国政に打って出るというアイディアがあったそうです。危機一髪で最悪のシナリオは回避されたようですが」

「雨竜、お前は一体どこからそんな情報を……」

　言いかけた斑鳩は、咳払いをして言い直す。

「府知事を辞して市長選に出馬するなど、非常識すぎてあり得ないだろう」

「非常識だからこそ効果的なんです。まさかそんなことをするはずがない、ということをやり遂げれば一夜で英雄になり、人々は心酔し全権を委任してしまう。自分の頭でモノを考えず未来に責任を持ちたがらない人たちにとって、依存するのが一番ラクなんです。そうして独裁者が出現し、全体主義が台頭し、無思考による破滅への道につながるわけです」

斑鳩は、その言葉を苦い思いで嚙みしめる。村雨府知事が浪速市長選に出馬する計画があるという話を鎌形から聞かされ、一笑に付したばかりだったからだ。なぜ鎌形はその情報を自分に伝えてきたのか、という疑念は斑鳩の頭から離れず、村雨の現実離れしたアイディアそのものよりもずっと長く、斑鳩の心を乱し続けていた。

雨竜はこの極秘情報を知っていた。村雨陣営にスパイを潜り込ませているのかもしれない。組織が巨大になればなるほど、スパイを排斥するのは困難になる。純粋なシンパだけで身の回りを固めることはできない。それは天を衝くような巨大な塔を純金で作り上げることが不可能なのと同じことだ。

その時、斑鳩の胸にある疑惑がよぎった。

「雨竜、お前まさか……」

コイツは自分の通信を覗き見しているのか。雨竜にはそうしたことをやりかねない、きな臭さがつきまとう。問題は雨竜はそうしたことが可能な立場にいる、という事実だ。だが斑鳩は問い詰めなかった。それは自分が雨竜に対し疑念を持ち、鎌形と通じているということを暴露するようなものだ。たとえ聞いたところでしゃあしゃあと否定するだけだろう。情報戦の観点からすれば意味がないどころか害悪ですらある。

斑鳩は話を変えた。

「村雨府知事がその策を採用していたら、実現する確率はどれくらいだったと考える？」

「浪速市長に当選する確率は九割。続く国政選挙での勝率は八割。その先は正確にはお答えしかねますが、まあ五分五分でしょうね」

荒唐無稽に思える計画なのに、成功率が五割前後と見積もられるとは、村雨府知事も高く評価されたものだ、と斑鳩は感心する。雨竜は話を続ける。

「この世の事象は所詮は、やる、やらないの二択の連続ですから正解率を五〇パーセントとすると三回続けて成功する確率は一二・五パーセント、十回続くのは〇・一パーセント、つまりほとんど起こり得ない事象になってしまいます。そう考えると今の村雨さんはまさしくフィーバー状態と言えます。でもそんな状態が長続きしないことは、古今東西の青史を紐解いても明らかです。なのでいずれどこかでコケることは間違いありません。でもそれがいつになるかは、皆目見当がつかないんです」

「すると、その足下に控える鎌形さんが、天昇る龍の守護神となる可能性もあるわけだな」

　雨竜は首を振る。

「村雨さんは今、成功の門の前で立ちすくんでいます。成功の殿堂に入るには障壁がある。たとえば国政選挙に打って出た時に有象無象が集ってきて足を引っ張るのは必定です。市長選への出馬を反対した鎌形さんは間違っていない。でもそれは自分の失墜を早め、唯一の逃げ道を自ら閉ざした行為だとも言えます」

「我々の最大の危機は去ったというわけだな。それでお前はこの先、どうするつもりだ？」

　雨竜は目を細めて、斑鳩を見た。微笑を吹き消し、口調もがらりと重くなった。

「数年前、不祥事に揺れた省庁のトップを務めた人が続けて二人襲撃された事件がありましたよね。あの事件では実行犯は直ちに逮捕され、逆恨みによる犯行だとされました。覚えていますか？」

　斑鳩はうなずく。なぜ突然そんな話を持ち出したのか、怪訝に思うが何も言わない。

「あれを、過去の秘密を漏らすとこうなるぞという、国家マフィアによる見せしめだと感じている市民がいます。もちろんそれは都市伝説で、国家や警察組織に対する故なき誹謗です。でもそんなコメントは表に出ない。なぜならそのような疑念は公式に存在していないからです。でも疑心暗鬼の影としては実在している。そう、雨中に昇天する朧な龍のように、ね」

　斑鳩は腕組みをして目を閉じる。

　あの事件では犯人の逮捕直後、精神疾患の疑いありと報道された。実際は責任能力が認められ死刑判決が下されたが、続報を読み落とした市民はその事実を知らない。こうなっては霞が関ＯＢでもある被害者はやられ損ではないか。

　ではあの事件で得をしたのは、一体誰か。それは正義の遂行をアピールできた警察と、不祥事の漏出を防げた官僚機構しかない。斑鳩は目を開けた。

「雨竜、お前は輪郭定かならざる風評を自在に使いこなし、官僚組織の絶対的地位に君臨するつもりか」

雨竜は笑う。

「どうしちゃったんですか、斑鳩さん。僕がそんなことを望んでいないことを誰よりもよくご存じのクセに。いつものキレがないですね。やっぱり大恩ある相手だと、矛先が鈍っちゃうのかな」

耳にするだけで苛立つ雨竜の茶々に斑鳩は眉を顰める。

雨竜は真顔に戻った。

「そもそも福本さんの指令は厚労省局長の逮捕、起訴の件で失墜した官僚組織を復権させよというものです。でもそこに鎌形さんへの私怨を絡ませるから話がこんがらがってしまうんです。依頼はシンプルで、任務遂行のためには鎌形さんを排斥しなくてはならないんです。実はそのこと自体は簡単なんですけど、本来のオファーを完遂するためには村雨さんの人気を貶める必要があるんです。これって本末転倒なんです。間接的に求められることの方が巨大なんですから」

斑鳩の目に、これまでの経緯と現在の構図がくっきり浮かび上がる。雨竜が優れた講師であることは間違いない。雨竜は講義を続けた。

「でも今回の件で村雨さんの政治家としての底が見えました。今の村雨さんの足は地についていない。村雨さんは国家を転覆させるため密林に潜入したゲリラ兵士から、人々にあがめ奉られる神輿に変わってしまったんです。政治家は神輿です。担ぐ人がいなければどこへもいけません。そして自分が行きたいところではなく、担ぐ人が行くところにしか行けないのです」

神輿は行き先を選べない、かと斑鳩は呟く。

「官僚は俗人に政権を託し、賞味期限が切れたらスキャンダルで支持率を下げ、別の首にすげかえる。自分たちは神輿の担ぎ手のリーダー役になり都合のいい方向に進めてきました。彼らが受け取る忠勤の褒賞はリタイア後の高台での優雅な生活。そんな循環システムを維持するため、高台の住人は後輩を監視し、後輩は忠誠を尽くす。戦後、政権交代はありましたが、我々官僚だけは不敗であり続け、精緻な循環システムは極限まで磨き上げられています。でも今、そんな安逸な世界に亀裂を入れる存在が出現したのです」

このように語る雨竜の視座は、一体どこにあるのだろう、と斑鳩は不思議に思う。官僚制度の中心にいる当事者でありながら、あたかも部外者であるかのように語る。そんな二重性は神にしか許されない視座だ。

雨竜の視線は渦中の政治家へと転じる。

「官僚にとって最大の悪徳は現状維持のぬるま湯を破壊する機構改革であり、最凶の敵は確乎たる意志を持ち強力に改革を推進する政治家、市民の圧倒的支持を受けたカリスマです。官僚から見れば巨悪、市民の目には英雄。村雨さんにはそうした存在になれる可能性がありました。それが鎌形さんという暴力装置を手中にしているこの瞬間に市長選挙に打って出て、畳みかけて国政選挙を制するという戦略です。でもその機会は遠く飛び去ってしまったのです」

雨竜があえて過去形で語ったことが、村雨の選択のミスを一層鮮やかに浮かび上がらせる。

「すると市民社会なる虚構に土台を置き、日本三分の計を画策している、村雨府政に群がっている連中は、もはやピエロに成り果てているというわけか」

雨竜は首を振った。

「そこは僕は斑鳩さんとは多少見解が異なります。市民は官僚に無償で奉仕する篤志家です。我々はそんな市民に雨露をしのぐ家と粗末な食事と一炊の夢を与え続けなければなりません。それが市民に対する奉仕精神の発露だというのもまた麗しき誤解であり、夢物語の一片なのです。ところがごく稀に、市民のためという善意を持ち続ける神輿が現れ、勝手に黄金郷を目指そうとする。でも残念ながらその大いなる意志は、担ぎ手たる官僚の思惑に打ち砕かれる運命にある。かくてこの国では集団利益というご神体の元で意思が決定され続け、独裁者が出現しない代わりに、集団独裁という体制が君臨し、その仕組みを変えることはもはや不可能なのです」

雨竜は遠い目をして吐息をついた。

もはや彼が官僚を支持しているのか批判しているのかは判然としない。深い洞穴を内部に抱え込んでいるかのような空虚な表情を眺め、斑鳩は考える。

働き蟻には哲学も未来のビジョンもない。ひたすら女王への忠誠を誓うのみだが、それは巨大なシロアリの巣を維持するためには好都合な性質でもある。シロアリの性格は変えられないし、また変えるべきでもない。

雨竜は、言わずもがなの常識である官僚不敗伝説を総括しただけだ。だが不敗であるが故に腐敗を招いているという、官僚組織の実態を見せつけられる立場にいる斑鳩は、そうした悪弊を一掃するには村雨のような劇薬が必要だったのではないか、とも思う。そしてそれこそ雨竜が問わず語りの内に言いたかったことなのではないか、とふと考えた。

斑鳩の胸を、寂寞とした風が吹き抜けていった。

雨竜は手元にあった新聞をテーブルの上に置く。福本の焦燥を誘った、村雨新党結成の予測記事だ。見出しを眺めているうちに、脳裏を閃光が走った。

「この記事はお前の仕掛けだったのか？」

雨竜はにっと笑う。

「安全弁です。力を溜め一気に放出されたら、破壊力は途轍（とてつ）もないものになりますが、ガス抜きしておけば爆発力は低下します。市警の広報室長でもある斑鳩さんには、今さらそんな記事を書かせる手法を説明する必要はありませんよね？　この件は西の大樹を根こそぎ引っこ抜くことでしか解決できません。だから準備に時間がかかる。でも年内には朗報をお届けする予定です」

韜晦（とうかい）するような言辞で目眩ましをした最後の最後で、雨竜は期限を提示した。だからコイツは捨て置けないのだ。上司が欲しがる情報を与えることが上司を手懐ける近道だ、という処世術をよく理解している。

結局、福本は雨竜の掌の上で踊らされているだけ、ということだ。

「それを聞いて安心した。そう伝えれば福本さんも安心し、お前の自由度は上がるだろう」

そう言い残し斑鳩が立ち去った後、雨竜は広げた新聞の三面記事に目を落とした。

そしてコンクリートの壁に向かってひとり呟く。

「東京地検特捜部のエースも警察庁の無声狂犬も気づかずじまいか。僕の美学はわかる人がわかればいいんだけど、誰も気付かなければ単なるピエロだな」

雨竜は、さみしげな微笑を頰に浮かべた。

彦根は浪速貿易センタービルの最上階で、窓辺に佇んでいた。眼下には宝石箱からこぼれおちたような街の灯りが煌めいている。この窓から幾度、浪速の街を見下ろしただろう。

かつてその視線の先には夢があった。

遠く見える浪速空港をギャンブル・シティに、博覧会跡地の公園はメディスン・タウンに。彦根が説いた基本構想に村雨も胸を躍らせていたはずだ。だが近頃、そうしたビジョンを語っても、村雨の胸が弾んでいないことに彦根は気づいていた。

亜麻色の髪の残像が陽炎のように窓ガラスに映り込む。

自分の不調はその存在が欠けたせいだと気がついたのは最近だ。

　正直に告白すれば、本当はとっくにわかっていたが、ようやくその事実を直視できるようになっただけだ。炎上する塔の中で別れを告げた唇。繰り返される心象風景が彦根の胸を蝕む。傷が癒えかけているのだ、と思いこもうとした。だが治りかけの傷が一番痛むという医学の常識には目を瞑（つむ）る。

「彦根先生から急なアポが入るのも、何だかずいぶん久し振りのような気がします」

　落ち着いた声に、我に返る。

　貫禄がついたなと思う。動じない声は、天命を知る者だけが発することができる響きだ。

　——風格を有しても、天命に届くとは限らない。

　天命を知りながら志半ばで散った人々の面影を思い浮かべ、美しい志操ほどたやすく砕け散ってしまう、人の世の不条理について考える。

　——天は、人が高みに登るのを望んでいないのか。

　官僚がどれほど市民社会の利益に反する悪業を積み重ねても天罰は下らない。そのシステムの永続性は、脱皮し続ける蛇に思えてくる。天がそうした変態を許しているとしたら、官僚の失政で人類が衰退することこそ大いなる意思なのではないか。

　彦根の脳裏に、喜国の飄々とした表情が浮かぶ。彦根は首を振り、レッセフェールの呪詛（じゅそ）を追い払う。

　目の前にいる村雨は限りない高みにいる。市民から圧倒的支持を受け、新政党の創設をぶち上げようとしている。すべては順調。だからこそ危機感を抱く。

　あまりにも安易すぎる……。

　手にした新聞をテーブルに投げ、村雨は微笑した。

「この記事は当て推量も多かったですね」

「でも関係者でなければ知り得ない情報もあります」

「内部にスパイがいる、とご心配ですか？」

　彦根は首を横に振る。

「スパイではなく、よかれと思ってメディアに情報を流した先走ったスタッフというあたりかと」

　彦根は、スパイの方がまだマシだ、という言葉を飲み込んだ。ここからは敵味方が入り乱れる混乱が増えるだろう。存在するかどうかすら判然としない、見えない敵との不毛な消耗戦、神経戦に突入したのだ。

　そうした事実に注意喚起したいがために多忙な中、村雨との会合をセッティングしてもらったのだ。

「村雨さんは危険水域に足を踏み入れています。切り込もうとしているのは既得権益の受益者の縄張りです。今後はより強い反発が、より目に見えにくい状態で、多重的に仕掛けられてくるでしょう。この記事はそんな反撃の狼煙(のろし)にすぎません」

うなずいた村雨も、さすがにその辺りはひしひしと感じ始めているようだ。

村雨の顔を見つめた彦根は、果たして自分はこの稀代の政治家を守りきれるのだろうか、と思い暗澹たる気分になる。

「スキャンダルの火種にはくれぐれもご用心を。特に女性とカネの問題は致命的になりかねませんので」

彦根の忠告に、村雨は微笑する。

「そりゃあ私もこの年ですから、つつかれたら困る火遊びのひとつやふたつ、過去にはありました。でも府知事になってからは大人しくしています。カネの方も政治資金規正法に則(のっと)って報告しており問題はないと思います」

「もちろんよく存じ上げています。でも、ありもしない過去さえ漁ってみせるのが連中のやり口ですから」

「まあ、誹謗中傷の種というものは、いくら気をつけてもどうにもならないものです。おっしゃるとおり、火のないところに煙を立てるのが、この世界の常ですから。大切なのは事後処理だと割り切るしかないでしょうね」

村雨と危機感を共有できないもどかしさに唇を噛む。新聞やテレビには、官僚発表を無批判に垂れ流すという悪癖がある。絶妙のタイミングでスキャンダルが発掘され、裏付けのないまま報道される。致命的なアングラ情報が拡声器で響き渡り、反論の声は封じられ、袋小路で行き詰まり自滅する。

それが官僚に歯向かった者の哀れな末路だ。

「実は先ほどの新聞には新党結成のフライング報道の他にも興味深い記事が載っていたんです」

村雨は彦根の指の先を凝視した。並んだ二つの記事の見出しが目に飛び込んでくる。

――感冒の流行を防ぐ　ワクチン行政は今

――厚生労働省前局長汚職事件、来週公判開始

「昨年来、浪速で問題になった二つの事件関連の記事が同時に掲載されるなんて、偶然にしてはちょっと出来すぎだと思いませんか？　これが意図的だとすれば、このタイミングで情報を流せるのは霞が関周辺しかあり得ません」

彦根の指摘に、村雨は顔を上げる。

「もしもこれが本当に彦根先生が予言された宣戦布告であるのなら、先生がすでに手を打っていますから、盛大な空振りに終わるでしょうね。それにしても、なぜあちらはわざわざこんな風に宣戦布告をしてきたのでしょう。黙っていた方が奇襲の成功率が高くなるはずなのに」

「こちらの手の内はお見通しという自信を見せつけたいのなら相当自己顕示欲の強い御仁です。これは序章で本編はもっとすさまじいぞという脅迫なら、虚勢を張った小心者というプロファイリングになる。あちらにも同レベルのブレーンがいるんだぞと名乗りを上げたのだとすれば稚気に過ぎます。結局こうして解析していること自体、杯中の蛇影に怯えているだけかもしれません。いずれにしても竜頭蛇尾の駄作でないと祈りたいですね」

油断も驕りもない彦根の口調が村雨には頼もしく思える。彦根が提唱した日本三分の計を推し進めればどこかで現体制と衝突するのは必然だ。

村雨は、巨大な図体を不用心に晒したマンモスだ。その足下に原始人集団が槍や斧を手に挑み掛かる。英雄的な一騎打ちではなく隙を見て槍でつついては、わずかな出血を手柄にして撤退する、不毛な繰り返しだがマンモスに逃げ場はなく、原始人たちは後から後から補充される。古代の狩猟に触発されたネガティヴなイメージを振り払うように、彦根は明るい声で言う。

「いずれにしても臨戦態勢を整え、一分の隙も見せないことです。しつこいようですが、カネと女にはくれぐれも気をつけてください」

村雨は微笑し、了解、と短く答えた。彦根は窓の外に目を遣る。不景気なのか、いつもよりネオンサインの数が減っているような気がした。

26　雨竜、動く

10月27日（火曜）

厚生労働省医療安全啓発室室長の八神直道は、東京地検特捜部の福本副部長に呼び出された理由については、まったく心当たりがなかった。おそらく公判が始まった前局長の収賄事件に関連することなのだろうと察しはつけたのだが。

目の前の男を観察する。一メートル八十近い長身は霞が関では大層目立つ。地検特捜部の副部長という地位はこの年代では出世頭なのに切れ者に見えないのは、馬のように長い顔のせいだ。ウマヅラハギ、という魚の名が唐突に浮かび、八神は笑みを噛み殺す。

先程から福本は、手にした万年筆を指先で弄び所在なさげだ。呼び出しておきながら十分近くも放置するとは人をバカにするにもほどがある。そんな抗議をしようとした矢先、扉が開いて二人の男性が部屋に入って来た。するとと福本はソファから身体を起こした。

「突然、呼び出して済まない。これからの流れを、担当者も交えて相談しておきたいと思ってね」

待たせていた八神にひと言の詫びもないことにむっとしたが、抗議の出鼻を挫かれて何も言えない。来客の一人には見覚えがある。霞が関の不祥事をコントロールする省庁横断的組織防衛会議、別名ルーレット会議を主導していた斑鳩室長だ。隣の男性は長身だが丸顔で、蝶ネクタイなんぞしているものだから、そっちに気を取られ、大顔なのがあまり気にならない。蝶ネクタイひとつで世の中を鼻でせせら笑っているような雰囲気を醸し出しているのだから相当クセが強そうだ。

その曲者が、大柄な体に似合わないテノールで言う。

「わざわざ忙しいところを来たんですから、またまた未決裁書類を読ませてもらってもいいですか」

「好きにしろ。この間も言ったが、書類の順を乱さないよう、読んだら元の位置に戻しておけ」

「わかってますってば。この前だってお片付けはきちんとしたでしょ？」

泣く子も黙る東京地検特捜部の副部長に対し、何という軽薄な口を利くヤツだろうと呆れ顔の八神には目もくれず、蝶ネクタイの男は嬉々として書類の山の中に沈み込む。福本特捜副部長は、手にした万年筆のキャップを閉めると、ことりと机の上に置いた。

斑鳩が一礼して八神の隣に着席する。二人が福本と相対した形になる。

「用件に入ろう。先日、厚生労働省老健局の前局長の収賄事件で初公判が開かれたことはご存じだな。その件で八神室長にご協力いただきたいことがある」

八神は目を見開く。

「証言台に立てとでも？　同僚の不利になる証言はできません。そもそも私は鴨下前局長と接点がない別部署でしたので、状況をまったく把握していません」

「心配するな。頼みたいのはまったく正反対のことだ。当局として、鴨下前局長の冤罪を晴らしたいのだ」

八神は呆然とした。やがて絞り出すように言った。

「お話が見えません。前局長は浪速地検特捜部に逮捕、起訴されたのに、その冤罪を晴らすために東京地検特捜部が動くというのはどういうことですか？」

斑鳩が吐息をつく。八神の質問はもっともだが、これでは素人と変わらない。八神は不祥事ルーレットに同席している。省庁の暗部についても、ある程度理解していなければならない立場にあるはずだ。

使えない、と斑鳩は冷徹に評価を下す。彼がミスター厚労省と呼ばれているようでは、「厚労省に人なし」という評判には首肯せざるを得ない。だが福本はそうは考えなかったようだ。福本の長所は、相手の無能さに鈍感なことだ。言い方を変えれば、他人を評価する能力に欠けるが、それを持ち前の馬力で補っているということだ。だから紙一重の差で勝敗が決する頂上決戦を任せる気にはなれない。検察庁のお偉方もそう考えたがゆえに、鎌形と差をつけたのだろう。だが福本はツイていた。不思議なことにラッキーガイには、自分の幸運には鈍感なヤツが多い。

「東京地検は社会正義のため、日夜邁進しています。ところが浪速地検は鴨下前局長を誤認逮捕した挙げ句、起訴までしてしまった。社会秩序を乱す歪んだ行為は相応の報いを受けるべきです。その報いをもたらすのは正義の使者、東京地検特捜部しかないのです」

「つまり検察が二つに割れているということですか」

斑鳩は八神のレスポンスに絶句する。ここは沈黙しかない。だが福本は、ちっちっち、と舌打ちをしながら人差し指を左右に振る。ハリウッド映画でぼんくら上司が有能な部下にやる仕草そっくりだ。

「検察は割れていない。悪性腫瘍を切除するだけだ」

斑鳩は啞然とした。検察庁が浪速地検特捜部を異分子と断定したなどという危険情報を、幼稚園児並みの思考力しか持っていない児童に伝えるなんて常軌を逸している。だが破れ鍋に綴じ蓋、八神は福本の発言の重大さに気づかず、無邪気に答えた。

「わかりました。悪性腫瘍の切除でしたら本省も全面的に協力します。何せ医療担当ですからね」

安っぽいジョークだ、と思った斑鳩を横目に、福本はいくつか要望を伝える。八神はうなずいていたが、最後に首を傾げた。

「概ね了解しましたが、最後の一点は合点がいきません。インフルエンザ・ワクチンの不足を広く訴えることが、この事案とどのように関係するのでしょうか？」

ワクチンの不足は厚生労働行政の怠慢として報道されるだろうから、この言葉は厚生労働官僚の防御本能だろう。福本はちらりと雨竜を見た。雨竜は山積みの未決裁書類に耽溺している。その視線でこの依頼は雨竜の指示だったのか、と斑鳩は見抜いた。

「所轄の厚労省を守るためだ。さる筋の情報によれば、これからの流行シーズンに大規模なワクチン不足が起こり、パニックになり得るということだが、本当か？」

「ワクチンの生産量と希望者の数のバランスが崩れれば、その可能性はあり得ます」

八神がそう断言できたのは、春先のキャメル騒動に懲りた担当部署が、この情報を早めに省内に公開して省全体の共通認識にしておきたいと考えたからだ。

「もしパニックが起こったら真っ先に責められるのは厚労省だ。だがワクチン不足という情報を事前に発信しておけば、責任回避ができるだろう」

なるほど、と感心する八神を見て、やはりどの省庁も自己弁護さえできればいいのだな、という諦念に斑鳩は捕らわれた。八神は立ち上がる。

「早速取りかかり、一週間以内に対応します」

「グッド。正義のため、よろしく頼みます」

部屋を出て行こうとした八神の後ろ姿に、雨竜が甲高い声を掛ける。

「室長にもうひとつ、お願いがあるんだけど」

八神は立ち止まり、腕時計を見る。次のアポに遅刻しそうだ。話があるならまとめてしてほしいものだ、と背を向けている安心感から露骨に顔をしかめる。

そんな不機嫌な表情を吹き消し、にこやかに振り返った八神は思わず身を引いた。雨竜が手にしたＵＳＢメモリを突きつけていた。

「そんなイヤそうな顔をしないでよ。これは厚労省の汚名返上のためなんだからさ」

　ＵＳＢを受け取った八神は怪訝そうな顔をした。

「さすが福本さん。パーフェクトすぎます」

　拍手をしながら福本と斑鳩が座るソファへ歩み寄る。

「こんな程度でいいのか？　こんなことであの鎌形を失脚させられるとはとても思えないんだが」と福本は照れながらも疑念を口にした。

　雨竜は机上の飾りである鼎足（ていそく）の香炉を指さす。

「この香炉を浪速とすると、器である村雨さんを支える鼎（かなえ）の三脚は本来厚労省のキャリア技官である喜国さん、浪速地検特捜部副部長の鎌形さん、そしてスカラムーシュ・彦根先生で、一本でも折れれば村雨さんは地に落ちます」

「俺はこの脚さえ叩き折れればそれでいいんだが」

　福本は鎌形にたとえられた脚を指さす。

「それはダメなんです。鎌形さんの所には強い力がかかればかかるほど一層強靱になるという特殊な性質があるので。だから他の脚を挫く方が早いんです」

「ならば、喜国を攻めるか」

「政治的には喜国さんは彦根先生の傀儡にすぎません。つまり彦根先生は一人二役で、三本のうち二本を担当しているので、喜国さんの脚はないのです」

「ということは、目障りな彦根を真正面から叩き潰すしかないわけだな」

　雨竜は三度、首を振る。

「残念ながらそれも外れです。彦根先生は実体が希薄すぎて、叩き折るのは至難の業です」

「ならばお前は俺に、一体どうしろと言うんだ？」

　福本の苛立ちは、さすがに斑鳩でさえもっともに思えた。言葉遊びを弄しているだけではないか。すると雨竜はにい、と笑ってもう一度香炉を指さした。

「この香炉の脚を人物とすればどれも簡単には折れません。でもその脚を支える人物が遂行する新機軸と見做すと、鎌形さんは浪速府の実行部隊である浪速地検特捜部の強制力、喜国さんはインフルエンザ騒動を終息させた疫学体制、彦根先生は浪速大Ａｉセンターに相当します。するとこの三本脚はすでに折れる寸前で、特に浪速大Ａｉセンターは、斑鳩さんが鎌形さんを通じて手中に収めたため、すでに折られているんです」

斑鳩と鎌形が通じているということを暗に匂わせた雨竜の言葉を耳にして、福本の眉がぴくり、と跳ね上がる。

だが、雨竜はまったく気に留める様子もない。

斑鳩が色を作し、弁明するかのように言う。

「あれは彦根の機先を制するため、やむなく打った非常手段です。浪速が橋頭堡になると感じたのでお願いしたら、鎌形さんが約束を果してくれたのです。結局、鎌形さんは自分で自分の首を絞めたことになるわけですが」

すると雨竜が補足するように言った。

「それでも彦根先生は鼎を三本脚に見せたいがために、浪速大Ａｉセンターをフェイクとして使い続けているんです。器を壁にもたせかけて脚代わりにしているわけで、二本脚で壁に立てかけてあるのですから、片脚を叩き折ればいい。そのためにワクチン・パニックを誘導するのです」

「喜国の新機軸を叩き折るために、八神室長にワクチン不足の情報を積極的に流させるわけだな」

福本が感心したように言う。雨竜は福本に答える。

「ワクチン不足で春先の騒動を再現します。タイミングを合わせて福本さんが鎌形さんという脚を払えば一本脚の香炉は地に墜ちます」

「いずれにしても決着は年内だな」

「長引かせる要因はありません、とお答えしておくのが誠実かなあ」

すっとぼけた答えに、福本は朗らかに笑う。

「了解した。粛々と実行に移してくれ」

警察庁に戻る途上、斑鳩は尋ねた。

「あんな風に都合良く行くものかな？」

雨竜は斑鳩を見て、首を振る。

「あちらは融通無碍のスカラムーシュ・彦根先生に浮世離れした発想力を持つレッセフェール・スタイルの喜国さん、そして電光石火のカマイタチ・鎌形さんの連合軍ですから、とんとん拍子にはいきませんよ。でもこちらの優位は動きません。こちらから彦根先生の動きは丸見えですが、あちらから僕の姿は見えません。透明なモンスターが突然首筋に刃を突きつけてくれれば恐怖心は倍加し、伸びやかな戦略の芽を摘み取るでしょう。地力の差が大きすぎ、我々の優位は動きません。というわけでワクチン・パニックの発動は霜月に入った直後とします」

壁のカレンダーを見ると、すでに十月も終わりに近づいていた。

十一月の声を聞き、浪速の街にも冬の気配が感じられるようになっていた。

　浪速診療所の名誉院長・菊間徳衛は、相変わらず日の出前に起き亡き妻に線香を上げ、写経をする毎日だった。部屋の掃除をしながら、新聞配達の自転車の音が聞こえると、新聞を取りに出る。そして部屋に戻ると畳の上に新聞を広げて読む。それが変わらぬ朝の日課だった。だがその日課にも最近、ささやかな変化が生じていた。この春、新型インフルエンザ・キャメル騒動が起こって以来、全国紙がどのように報道するか確認するため、時風新報に加え大手の朝読新聞も購読するようになった。

　新聞を取り上げた徳衛は庭の中程で立ち止まった。やがて足早に部屋に戻ると電話を掛け始める。相手は診療所から少し離れた家に住む現院長、息子の祥一だ。朝六時は他人の家なら非常識な時間だが、祥一のところは子どもが小学生と保育園児で、その時間には朝の支度をしているから大丈夫のはずだ。

　呼び出し音が三回鳴り、電話口に嫁のめぐみが出た。

　こんな早くにどうなさったんですか、という問いに、祥一の耳に入れておきたい話があってな、と答える。祥一に代わると開口一番、「朝読新聞やろ」という打てば響くような返事で徳衛を安心させた。

「午後は小学校の健康診断に行かなあかんから、午前中合間を見て診察室に顔を出してくれへんか。それまでワイドショーでも見て情報を集めといてや」

「わかった。ほな後でな」

　電話を切り茶の間のテレビをつける。

　改めて新聞二紙の一面を見比べると両紙とも一面の大見出しで、『インフルエンザ、ワクチン不足』と大々的に報じている。記事には、インフルエンザ・キャメルに再び流行の兆しがあるがワクチン不足が懸念されるとあった。朝読新聞では公衆衛生学の専門家として今や茶の間の顔になった浪速大の本田准教授のコメントも掲載されていた。

　いかがわしさ満載のその記事は、キャメル大流行の兆しと煽りながら感染者数など裏付け情報は一切ない。保健所が毎週、医師会の主な病院からのデータを集計して公表している感染症情報でも百日咳が流行している程度だから、徳衛が知る限り、実態とはかけ離れている。

　また、キャメルは今春流行した新型ウイルスだから、まだワクチンは生産されていないはずだ。記事では完全に季節性のインフルエンザ・ワクチンと混同していて、よく読めば記事全体は通常のインフルエンザ・ワクチンの話だとわかるが、導入部のミスディレクションのせいで事実誤認につながりかねない。そもそもキャメルは、パンデミックになるぞと散々脅しておきながら大山鳴動して鼠一匹、被害がほとんどなかった疾病だ。

　キャメル騒動の裏で通常のインフルエンザの死者は昨シーズン一千名を超えている。

「次はキャメル再び流行の兆し、という記事です」

　徳衛の耳に聞き慣れた声が聞こえた。新聞記事を読み上げるだけという芸のないやり方が出勤前の会社員に重宝されているらしく、二十年近く続いている長寿コーナーは、徳衛もよくチャンネルを合わせている。記事紹介の最後に、司会者がひと言、付け加えた。

「キャメルは死ぬ可能性がある怖い病気ですから、念のため予防接種は受けておきましょう」

　ため息をつく。司会者も完全に誤読している。

　こうした発言の積み重ねから間違った情報が拡散されていくわけだ。この程度ならまだ影響は小さいだろうが、これは始まりにすぎない。誘導された情報が積もり積もっていけば、どんな事態が起こるか想像もできないということは、春先のキャメル騒動でいやと言うほど思い知らされている。あの時との違いは、得体の知れない風来坊が、医師会に予言に似た助言を与えてくれていることだ。それは一条の光となって、徳衛を始め、浪速の医師たちの指標になってくれるかもしれない。

　徳衛は立ち上がると、着替えを始めた。

　朝も早いのに、浪速診療所には大勢の患者が順番を待っていた。今日は午後が休診のせいか、いつもの二割増しだ。これも祥一の丁寧な診察の賜物だ、と徳衛は内心、得意になる。もちろんそんなことを本人に言ったことはないし、この先も口にすることはないだろう。

　患者が出てきたのと入れ違いに、徳衛は診察室に入る。院長室の重厚な回転椅子に腰を下ろしている祥一は、カルテに薬の処方をさらさらと書き写すと、傍らの看護師に手渡した。

「田中さんの処方はこれでよろしく。僕は父さんと話があるから、五分ほど席を外してや」

　年配の看護師は徳衛に会釈をすると、院長室を出て行った。彼女は徳衛が院長だった頃からの看護師だ。優秀な人材は財産だと、徳衛は思う。

祥一は椅子を回転させ、徳衛に向き直ると尋ねた。

「今朝のテレビの騒ぎっぷりはどうやった？」

徳衛は肩をすくめて首を振る。

「大したことなかったで。立ち読み新聞コーナーで読み上げて、コメントはひと言や」

「まあ、今はそんなもんやろね。彦根先生の読みではここからが本番やから油断はできひん」

徳衛の脳裏に、浪速府医師会の会合で、言いたい放題、持論をぶった彦根の姿が浮かんだ。

「ほんまにあのヘッドフォン兄ちゃんの言う通りになるんやろか」

祥一は次の患者のカルテを眺めながら言う。

「十一月に入ったばかりで、まだインフルエンザ流行のかけらもないというのに、こんな風にワクチン不足だと騒ぎ立てているようでは、あの話もあながちまるっきり的外れというわけでもなさそうやね。こうなったら僕たちは言われた役割をきっちりと果たさなあかん。でも、騒ぎになってもじっと我慢の子でいてや、なんて言われても、春先みたいな騒ぎになったら、じっとしてるのもなかなか大変なことやろな」

この春のキャメル騒動を思い出す。浪速では罹患患者はごく少数で、重症化した患者も皆無だった。だが猛威をふるったのは、報道に煽られた人々の混乱だ。その時に徳衛親子が下した冷静な判断は、住民に届くこともなく、混乱を収束させたのはまったく別の要因、つまり東京でも感染が確認されたという事実だった。

徳衛が言う。

「厚生労働省の感染症対策の間違いは、戦後間もない頃のジフテリア予防接種事故がその起源やから、根が深いのやで」

「これはまた、えらい古い話を引っ張り出してきたもんやなあ。確か、予防接種法が施行された当時、ジフテリアの予防接種で百人近くが亡くなったという、予防接種史上最大の薬禍やったたね」

「せや。ここを開業した当時、後遺症に悩んだ被害者が患者におって『専門家はワクチンの残留ジフテリア毒素が原因や言うてたのに、事故は不幸な偶然の重なりだなんて言われた時には悔しくて悔しくて』と訴えられてたな。事件の幕引きは、それはひどいものやったそうや」

徳衛は過去を思い出すように遠い目をした。

「厚生省がワクチンの製造所を告訴して作業者に禁固刑、所長に罰金刑を科す裏で早めに弔慰金を払うたんや。当時の法務庁が、国賠訴訟になれば国の敗訴は確実と、内々に厚生省の尻を叩いた結果やとも聞くけどな」

祥一は腕組みをして、憮然とした口調で言う。

「つまり国は責任を自覚していたわけや。そう言えば学生時代、医療政策セミナーの講師の先生も授業で『厚生行政の責任を不幸な偶然の連鎖にすり替え、国民を生贄にした不祥事や』と怒っとったな。なんでも当時の厚生次官が事件を報じたニュース映画の公開前夜に映画会社を訪れてカットさせたんやて。しかもそのことをあちこちで得意げに吹聴しとったらしいし」

祥一の言葉に、徳衛は顔をしかめた。

「とんでもないことや。あれ以来お粗末な感染症対策の不始末を民間のせいにする責任逃れの手法が厚生省のクセになってもうて、その体質は今も変わらへん。日本の薬害の根っこはすべてあっこからや」

「今度も酷い目に遭わされる可能性があるわけやな。せやったらこのワクチン戦争は、薬害の歴史のページを書き替えるようなものにせえへんとな。こっちには厚生労働行政に通じた守護神がおるからな」

祥一の言葉に、徳衛もうなずく。

「ほんま、あれは心強いで。とにかく、いつまで我慢したらええか、わかるのは助かるわ。かっきり十日間、援軍が来るんを待つなんて、春先の騒ぎを考えれば気楽なものやで」

「彦根先生は、浪速の希望の星や。せやけど僕はあの人は信用できひん。大切な先輩が医療界から追放された原因を作った張本人やからね」

院長の権力を象徴するような、黒い革張りの椅子から立ち上がった祥一は、軽い口調で言った。

「さて、診療を再開しようかな。待合室で患者さんが首を長うして待っとるさかい」

その日、徳衛は医師会の複数の理事から、今朝の記事は例の件の始まりか、という確かめの電話を受けた。そんなんわからんわ、と突き放したが、彦根の言葉は医師会の内部に確実に浸透しつつあるようだ。彦根に対しアレルギーを持っていた浪速府医師会の理事の面々も、彦根を正当に評価しようという気運になりつつあった。そして時をおかず、彦根の読みの正しさが立証されることになる。

週明けの十一月第二週、大新聞が一斉に一面でワクチン不足の続報を流した。

十一月も半ばともなると寒風が肌を刺し、冬将軍の訪れと共にインフルエンザの季節の到来を知る。そこにワクチン不足が報じられれば、いつもは見向きもしない人々もワクチンを打ってもらいたいと考える。医療機関に連絡を取るとすでに予約はいっぱいで、追加はいつになるかわからないという返答だ。そう聞くとよけい欲しくなってしまうのが人情だ。

ひとりがワクチンを求めて右往左往し始めると、ドミノ倒し的に雪崩を打つ。その様子を見ながら祥一は、これがワクチン戦争かと得心する。

新聞は連日、ワクチン不足を煽る記事を扱い、ワイドショーも頻繁に取り上げたため、市民はパニックに陥った。浪速でその傾向が強かったのは今春のキャメル騒動が尾を引いていたせいだろう。つまりワクチン不足報道は、仕掛け側の思惑通りの効果を上げていたわけだ。

だが、確かに浪速市民はワクチンを求めて右往左往していたが、よく吟味すると浪速の医療機関の動きには、どこかゆとりらしきものが感じられた。もっともそうしたことは近くで厳密な定点観察をし続けなければとうてい気づかない、微細な気配にすぎなかったのだが。

観測気球的な記事が流れた数日後、東京地検特捜部の福本副部長は、自室に呼んだ斑鳩から報告を受けていた。

「ワクチン不足の記事に関しては、厚労省が頑張ってくれたようです。早い時期にかなりのパニックが醸成されているのは八神さんのお手柄です」

「彼が頑張るのは当然だ。今回の件でうまくやれば、厚生労働省の権益が増えるんだからな。雨竜に、今後の展開についてレクチャーするよう手配してくれ」

斑鳩は一礼すると部屋を出て行った。警察庁に戻ったその足で地下の捜査資料室へ向かう。薄暗い地下室の片隅で、雨竜は大きな身体を丸めて机に向かっていた。

「雨竜、福本副部長はご満悦だったぞ」

斑鳩の言葉に顔を上げた、雨竜の表情は冴えなかった。甲高い声で言う。

「どうもしっくりこないんですよ。予想したよりも浪速が落ち着きすぎているような感じがして……」

「今朝方のニュースでも、医療機関に殺到する患者の姿が報道されていたのに、か？」

雨竜はうなずく。

「ええ。医師会があまりあたふたしていないようなのがどうも引っかかるんです。こういう問題が起こった時には真っ先に騒ぎ出すのが浪速の医師会の伝統なのに、そんな気配がまったく感じられないんです」

「どう動けばいいか、わからないだけなんじゃないか。春のキャメルの時も結局、何もできなかったわけだし」

「ならいいんですけど。なんだか静かすぎるんですよ」

斑鳩は少し考えて、答える。

「気に病むことはない。計画遂行に集中することだ」

「……そうですね。ここまでくればあとは霞が関お得意モードですから一安心です」

「何だ、その霞が関お得意モードというのは？」

「東城大チフス事件みたいなヤツです。あれはマスコミと法曹界が作り出した冤罪の典型例です。医師が患者の飲食物にチフス菌を混入した、あの傷害事件では、厚生省がチフス蔓延に関する防疫の不手際を責められていたという当時の社会背景がありました。事件と医師を無理やり関連づけることで司法当局を動かし目くらましにしたんだと、当時の厚生省防疫課課長補佐が得意げに吹いていたそうです。一審は自供の方法では発病は不可能と、医学的な裏付けにより無罪となりました。ところが高裁、最高裁では捜査段階で強要された自白を重視して逆転有罪ですから凄まじい話です」

さすがに斑鳩も四十年以上も前の事件の詳細は知らず、雨竜の説明に耳を傾けるしかない。きっとコイツはこの部屋に埋もれている資料をほじくり返し、こうしたことを知ったのだろう。組織批判とも取れる雨竜の過激な言葉に顔をしかめながら、斑鳩は尋ねる。

「今の話は警察庁のお偉いさんへの当てつけか？」

「とんでもない。司直の判断が科学を凌駕した、画期的なあの事件は警察の目指すべきお手本です。我々が描いた絵図に忠実であることこそ〝絶対正義〟と我々が呼ぶ代物なんですから」

微笑を浮かべた雨竜に虚言を弄している風はない。本気でそう思っているのだと理解した斑鳩の背筋に寒気が走る。

「司直と官僚が大勝利を収めた東城大チフス事件の構図を流用したワクチン・パニックは、来週早々いよいよ佳境に入ります。〝ナニワキャメル散布大作戦〟とでも名付けておきましょう。作戦と呼びながら実働部隊がいないのがしょぼいんですけどね」

ウイルスを撒き散らさずに、ワクチンが不足するという情報を垂れ流すだけでパニックを誘導しようというのだから、そもそも命名の方向性がずれている。ネーミングセンスがないヤツめ、と思うが指摘はしない。所詮、作戦の名称などたわ言、雨竜の好きにさせておけばいい。

虚の世界の住人には、実体の伴わない攻撃が似合う。

斑鳩は部下に電話を掛け、来週ある情報を主要報道機関にリークするようにと指示した。もちろん発信源にはたどりつけないよう万全を期している。それなのに斑鳩は、浪速が不自然に静かすぎるという雨竜の言葉が気になって仕方がなかった。


『インフルエンザ・ワクチン、今季の増産は絶望的』

大新聞の報道は〝絶望〟の二文字でグレードアップされ、浪速診療所にも朝から問い合わせの電話がひっきりなしに掛かり続けた。これでは春先のキャメル騒動の再現だ。学習能力がないのかとうんざりしつつ、祥一は問い合わせに穏やかに答えた。

「ワクチンは年内に打てば間に合いますし、ワクチン供給の対策もありますのでご心配なく」と壊れたテープレコーダーのように繰り返すが、相手にメッセージが届いていないことをひしひしと感じる。だが彦根の言葉は医師会の理事たちに根付いていた。予見した騒動が、実際その通りの展開になったため、彦根への信頼は絶対的なものになりつつあった。十日間我慢すれば対応する、という彦根の言葉は医師たちにとって救いだった。加えて好条件もあった。もともとインフルエンザ・ワクチン接種は年末から年明けが多く、十一月中旬のこの時期には、時間的余裕があったのだ。

実はこれは、雨竜が福本に急かされたために生じた、ちょっとしたタイム・ラグだったのだが、雨竜たちはそのことに気づかなかった。

27　日本独立党

11月20日（金曜）

その頃、自分のあずかり知らないあちこちで株価急上昇中の彦根は浪速貿易センタービルの最上階で村雨、喜国と会合を持っていた。鎌形は厚生労働省老健局前局長の汚職事件の公判で多忙のため不在だ。

彦根は、座の中心の村雨府知事に告げた。

「ワクチン戦争が仕掛けられて明日で二週間です。この間、浪速府医師会が辛抱してくれたおかげで平静を保てました。長らくお待たせしましたが、明日午後一時の記者会見でワクチン放出をぶち上げてください。同時に新党結成も発表しましょう。これで相乗効果が相当期待できるでしょう」

村雨が眼を細めて彦根を見た。

「彦根先生が発表をここまで引っ張ったのは、まさか新党結成の公表を効果的にするためではないでしょうね」

「その通りですが、何かまずかったですか」

「それによって府民が苦しむ期間が長引いたとしたら、府知事として本意ではありません」

彦根は微笑する。

「その点はご心配なく。この遅延による実害は皆無です。インフルエンザの流行には間があり、ワクチン接種が多少遅れても支障ありません。医療機関の動揺が一番問題でしたが、幸い医師会が抑えてくれています」

「それを伺って安心しました。いよいよ明日ですね」

微笑した村雨に、彦根はうなずいた。

翌日午後一時。重大発表との触れ込みに、府知事会見には各社報道陣が二百名近く参集した。新党結成の会見が予想されたのだが、ストライプのスーツ姿で会見台に立った村雨府知事の発言はまったく違っていた。

「本日、府内におけるインフルエンザ・ワクチン不足の件につき、浪速府庁は府民に遍（あまね）く行き渡らせるだけのワクチン備蓄を確保、来週から接種可能になったことをお知らせします。お集まりの皆さまは府民の不安を解消すべく、公正かつ正確な報道をお願いします」

会見場がざわついたのは新党結成の取材の当てが外れたことと、ワクチン確保ができたことがにわかには信じ難かったからだ。一人の記者が挙手した。

「朝読新聞です。今、日本中でワクチンが不足しているというのに、なぜ浪速だけ対応できたのですか」

「浪速検疫所係長の喜国検疫官のアドバイスに従い、夏頃より独自ルートで対策を立てていたおかげです」

　絵図を描いたのは彦根だが、栄誉は喜国に与えた方がいいという彦根の判断に従った村雨の対応に、別の記者が手を挙げた。

「西日本タイムスです。府民に行き渡る量というと膨大です。ならば浪速で独占するのではなく中央に預け、日本全体にバランスよく供給した方がいいのではないでしょうか」

　村雨はちらりと彦根を見る。彦根は小さく首を左右に振る。村雨は朗々とした声で言う。

「それには応じかねます。今春のキャメル騒動では、浪速に感染者が発生すると、霞が関は交通や物流を遮断し浪速を隔離しようとしました。しかし東京で感染が確認された途端、無茶な対応を停止しました。中央は地方に対し思いやりある対応をしなかったのです。今回のワクチン不足報道でも東京がワクチン不足とは聞きません。東京の供給を優先し、余ったら地方にお裾分けするという発想なので、浪速が独自に手配したワクチンを中央に振り分けるのは盗人に追い銭のようなものです」

　傲然と言い放った村雨に、記者が質問をぶつけた。

「村雨知事は新党を結成し国政に乗り出すという観測が流れています。であれば国家全体を考えるべきで日本全体に還元すべきではないでしょうか」

「それは承服できません。国が決めた方針により地方が不利益を蒙っても記者のみなさんは国を批判しないのに、府知事の私が府民の利益のため備えていたことには異議を申し立てる。これでは浪速は独自路線を取るしかない。というわけで今、ご指摘もありましたのでこの場を借りてご報告します。次回総選挙に対応するため、年内に新党を結成します。名称は『日本独立党』。以上で本日の記者会見を終わります」

　一斉に立ち上がった記者たちが会見場を飛び出す。部屋はたちまちもぬけの殻となった。


「完全に一本取られました。ワクチンを備蓄していた上に、新党の旗揚げまで同時発表するとは」

　原田雨竜は手にした夕刊を放り投げた。斑鳩が言う。

「当初の戦略はひっくり返されたな。福本副部長が怒鳴り込んでくるぞ」

「誰がどうやってワクチンの目処をつけたのか、早急に洗い出します。敵を認識しなければ、今後また強烈な一撃を食らいかねません。十中八九、彦根先生の仕切りでしょうけど、だとしたら少し認識を改めないと……」

実戦において敵に対する過小評価は時に致命傷になる。経験不足からくる雨竜の見通しの甘さが招いた敗北だったが、要は実戦で鍛え上げられた彦根という妖刀と、切れ味鋭いナイフであっても未だ実戦を知らない雨竜との差が出ただけだろう。雨竜は動揺を押し隠して言う。

「手順が前後しただけで大筋は変わりませんが、かなり厳しい状況です。情報戦の緒戦は完敗だと認めざるを得ません。ワクチンの新しい供給ルートを破壊し、無駄な抵抗だと思い知らせる必要があります」

「供給ルートを破壊する？　無茶な話だな。今さらそんなことをしても効果は薄そうだが」

「長期戦を視野に入れたらそのルートは根幹から破壊しておいた方がいいと思います。できればZOOの実行部隊出動を要請したいのですが」

「ZOOは連動させないという原則は、当然わかっているだろうな？」

斑鳩は渋い顔になる。ZOO発動原則を失念しているとは、雨竜の動揺は相当酷い。強がるように雨竜は言う。

「僕が実行部隊を兼ねます。それならOKでしょ？」

「雨竜が前線に？　本気か？　霞が関から一歩も外に出ないのがお前のこだわりだったのに」

「ここまできたら自分のポリシーにこだわってはいられません。目くらましのワクチン・パニックをあちらの打ち上げ花火にされてしまったのは大誤算です。この失態は自分で収拾します」

雨竜が戦いの場に出ていくことは異例の事態だ。その時、携帯が鳴った。画面通知で相手を確認して顔をしかめた斑鳩は、短い応答で電話を切る。

「早速呼び出しだ。言い訳の準備をしておけ」

「言い訳なんかしませんよ」

雨竜は微笑し、蝶ネクタイを手に取る。ふたりは連れ立って部屋を出て行った。

斑鳩と雨竜が東京地検特捜部の福本副部長の執務室に入ると、福本は夕刊を二人に投げつけた。

「原田クン、これは一体どういうことかね」

「村雨さんのところに、僕を超える策士がいたということです」

雨竜は甲高い声でしゃあしゃあと答える。福本はテーブルを拳で叩く。

「原田クンの世界では勝ち負けは大したことではないのかもしれんが、検察庁、ひいては霞が関が敗北したということになるんだぞ。わかっているんだろうな」

雨竜はにい、と笑う。

「もちろんよくわかっていますって。でも福本副部長が気に病まれることはありません。野球に譬えれば一回表にいきなりグランドスラムを打たれたようなもので、それがそのまま試合結果になるわけではありません」

激怒を慰撫され、多少落ち着いた福本は尋ねた。

「本当に大丈夫なんだな？」

「もちろんです。最後はきっちり逆転してみせますよ」

取りあえず安心した福本は、取り乱した自分を取り繕うようにソファにふんぞり返る。モアイ像のように長い顔が全体の調和を乱し、不安定さを助長している。

「ならばその逆転の方策とやらを説明してみろ」

ちらりと斑鳩を見てから、雨竜は口を開いた。

「温存していた真のエースを始動させます。そうすればあちらの打線は沈黙するでしょう」

「真のエースの投入だと。誰のことだ？」


雨竜はぽりぽりと頭を掻きながら、人差し指で福本を指さす。

「ご本人に自覚がないのも困りものですね。村雨府知事と鎌形副部長という二人の巨魁に対抗できる検察の切り札とは、福本副部長、あなたしかいませんよ」

いきなりシャンパンシャワーのような最上級の賞賛を浴びせかけられ、感情のコントロールを見失った福本はぽろりと本音をこぼす。

「そんな画期的な戦略など思いつかん。口から出任せでこの場をしのごうと考えているわけではなかろうな」

「あらあら、すっかり疑心暗鬼になっちゃって。どうなさったんですか。福本副部長は最近、人間不信になるようなことでもあったんですか？」

「私はいつも人間不信の真っ只中だ。世の中はどんなに善人そうに見えるヤツでも、一皮剝けば悪だくみにうつつをぬかしている連中ばかりだからな」

特捜部に引っ張られるのはそんな連中ばかりなのだろう、と斑鳩は同情する。もっとも地検に連れ込まれた時点で善人でいられる可能性は剝奪されている。検察とは対象が善人か、悪人かを判断する機関ではない。検察が引っ張った人間が悪人なのだ。

「福本さんにはジョークが通じないんですね。仕方ない。お教えします。浪速地検特捜部の不当捜査を告発し、その不埒な目論見を真正面から粉砕するという主役を務められるのは、検察広しといえども福本さんをおいて他にはいない、ということです」

「警察官僚のクセして、検察官同一体の原則を知らんのか？　浪速地検特捜部の直接捜査なんて、東京地検特捜部副部長である私にやれるはずがなかろう」

雨竜はにっと笑う。

「確かに組織構成上、同格の浪速地検を東京地検特捜部の一員が捜査するのは不可能です。ですがここで、あっと驚く秘策があるんです」

「秘策？　いちいちもったいぶらずにとっとと言え」

福本の苛立った声に、雨竜は肩をすくめた。

「せっかちですねえ。ここが一番の見せ場なのに。まあいいや。答えは最高検察庁を動かすことです。浪速と東京の両特捜部の上位組織である最高検に身を置けば、浪速地検を〝指導〟し、反乱分子を〝粛清〟できます」

福本はソファから飛び起き、雨竜を怒鳴りつけた。

「書類審査を行なうだけの、お高くとまったお公家さまから見れば我々なんぞ、吹けば飛ぶような下っ端だ。我々においそれと動かせる代物ではない」

「わかってますって、それくらい。権威は最高、実力は張り子の虎なんでしょ？　それなら最高検から東京地検特捜部に捜査を委託させればいいんです。そうすれば福本副部長は、その若さで最高検の頂点に立てます。どうです、ナイスなアイディアでしょ？」

福本は意表を突かれ、すとん、とソファに腰を下ろす。その目が次第に爛々と輝き始める。頭の中の卓上計算機を物凄い勢いで叩いているのが丸見えだ。こういうところが鎌形の後塵を拝してしまう理由なのだろう、と斑鳩は思う。だがその鈍感さのおかげで組織のピラミッドでは鎌形の上位に君臨しているわけだ。

福本は顔を上げると言った。

「理屈は通るが、とても実現可能とは思えないな」

「その点はご心配なく。根回しは終わっています。福本さんが検事総長のお部屋に伺えば、即座に辞令が下りる手はずになっているんですから」

「お前、いつの間にそんなことを……」

福本は唖然として雨竜を見た。それからはっと気がついて表情を引き締め、問い直す。

「警察の下っ端のお前に、なぜそんなことが出来る？」

　雨竜は笑顔を吹き消すと、咳払いをして厳かに言う。

「僕は霞が関の全情報を扱う特殊なポジションにいて、検察庁も例外ではありません。たとえば現在の検事総長のスキャンダルも把握しているんです」

「お、お前、まさか、引田（ひきた）さんを恐喝したのか」

「人聞きの悪いことを。確かにスキャンダルをちらつかせましたが、それは面会のためのパスポートとして使っただけです。お目に掛かり縷々（るる）戦略を披露したら、直ちに着手せよとなったのは検事総長ご自身の判断です。ヘソ下はだらしないけど職務に関しては有能なお方です」

　下半身スキャンダルを暗に匂わせたことで、福本は雨竜の言葉がハッタリではないと理解した。検察庁上層部なら知る人ぞ知る不祥事だが、厳しい箝口令が敷かれ、絶対に部外には漏れるはずのない情報だった。隣の斑鳩も、自分ですら知らなかったスキャンダルを雨竜が知っていたことにショックを隠せない様子だ。

　福本は雨竜への疑いを解くと、続いて自らへの影響について考え始める。この件を受ければ、検事総長に次ぐナンバー2の座につくようなものだから検察庁内での福本の地位は飛躍的に向上するだろう。ではリスクはどうか。同僚の嫉妬などはどうでもいい。問題はこれが検察庁全体の一大スキャンダルに発展しかねない危険案件だ、ということだ。考え込む福本を見つめて、雨竜は静かに言った。

「やはり福本さんは鎌形さんを超えられないですね」

　福本は顔を上げ、雨竜をにらんだ。

「原田クン、それはどういう意味だね。キミは、俺が鎌形より格下だ、と言いたいのか」

　福本の恫喝の風圧などどこ吹く風、唇にアイロニカルな微笑を浮かべて雨竜は平然とうなずく。

「はっきりそう申し上げたつもりですけど。少なくともこの提案に対し躊躇されるようでは、そう判断せざるを得ませんね。鎌形さんに同じ提案をしたら、即座に受けるでしょうから」

　福本は驚いて尋ねる。

「鎌形と会ったこともないお前に何がわかるんだ？」

「鎌形さんは村雨さんの意向を酌み、西日本連盟独立の一端を担う決断をしています。体制の権化の検察庁内にありながら、体制を壊しかねない決断をしたわけで、果断です。一方福本さんは検事総長が了承している特命の拝命を迷っている。これでは鎌形さんには遠く及ばないと思われても仕方がないでしょ？」

斑鳩は心中うなずく。同時に面識のない雨竜が、正確に鎌形のメンタリティを理解していることに驚かされる。

「俺の懸念は、自分の将来ではない。検察庁の世評が心配なだけだ」

「ではそういうことにしてもいいです。でもそんなことを考えるのは時間のムダ、福本さんがこの特命を受けなければ、他の野心家にお願いするだけですから。これは最高検のトップが決定した、検察庁にとっての聖戦です。福本副部長が躊躇しているということはすなわち、最高検のトップの判断に従わないということになるんです」

　福本の顔は一転して真っ青になる。レインボーブリッジのクリスマスのライトアップのようだ、と斑鳩はひそかに嗤う。雨竜は口調を和らげた。

「現時点では鎌形さんを排除する手立てはこれしかありません。もし排除できなければ、霞が関は村雨さんの新しいルールに蹂躙（じゅうりん）されてしまいます。もはやちっぽけな世評など思い悩んでいるヒマはないのです。この案件を速やかに粛々と実行し、世間に呑み込ませることが、我々司直にとって喫緊の課題なのですから」

「だが最高検を動かしたところで、肝心の立件の方がおぼつかなければ手詰まりになってしまうぞ」

「ご心配なく。鎌形さんにはとっくに精巧な時限爆弾を仕掛け済みであとは起爆スイッチを押すだけです」

「それだったらなぜ、それをとっととやらないんだ」

　雨竜は呆れ顔で福本を見た。

「福本さんの遥か上から福本さんを通じて、この僕に絵図を描けと間接的に命じたお方の意図からすれば、僕がそのくらいの手配を独断専行でやっているだろうから、それ以上の成果をお望みなのかなと以心伝心で理解したものですから」

　福本は雨竜を見つめ、絞り出すような声で尋ねる。

「もうひとつ聞きたい。こんな絵図を、いやしくも検察のトップたるお方に呑み込ませるなど、一介の警察官僚に出来る芸当ではない。お前は一体何者なんだ？」

　雨竜はにい、と笑う。ちらりと斑鳩を見て言う。

「僕の直属の上司は斑鳩室長で、その業務も警察に特化していますが、僕に命令を下せるのは斑鳩さんではありません」

「それなら、お前の本当の上司は誰なんだ？」

　誘導された質問を口にしてしまう福本。その様は、雨竜に操られる腹話術のモアイ人形のように見えた。

「これはトップシークレットですが、他ならぬ福本副部長直々のご質問とあれば、お答えせざるを得ません。僕の上司は、実は財務省事務次官なんです。僕は財務省から警察庁に出向した身で、肩書きは今も財務省課長補佐のままなんです」

福本は斑鳩を見た。斑鳩が部下の暴言をとがめる様子もない。つまりこれは虚言ではないわけだ。

福本は、虚ろな表情で尋ねる。

「わかった。では俺は今からどうすればいい？」


警察庁に戻る道すがら、斑鳩が言う。

「あれではさすがに福本副部長も気を悪くするぞ」

「でも、気を悪くすることぐらいしかできないでしょ、あのお方は」

雨竜は平然と答える。斑鳩は呆れ声で応じる。

「お前と一緒だと肝が冷える。しかしお前が財務省の所属だと外部の人間に名乗ったのは初めてだな」

「仕方ないでしょ。僕が外部の人間と接触することが滅多にないんですから。あ、でも情報屋は別です。あいつらは〝人間〟と認識していませんから」

斑鳩の胸を寒々とした風が吹き抜けた。たとえ要請されたとはいえ、雨竜を解き放ったのは間違いだったか、と一瞬後悔する。だがそうしなかったら今頃、状況はより悪化していただろう。

雨竜の計算は間違っていない。本筋の計画を早められたのは誤算だが、全体の構図を微修正しただけだ。

今、浪速には村雨がいて、喜国がいて、鎌形がいて、そして彦根がいる。体制派にとって目障りな連中が集結している。ならば今、浪速に総力戦を仕掛けるのは正しいのだろう。

表向きでは、この闘いは〝福本vs鎌形〟であると同時に〝八神vs喜国〟にも見えるが本質は〝雨竜vs彦根〟だ。虚の世界の頂点に君臨するのは誰か、この闘争でわかるだろう。

それにしても、彦根が関わるとなぜか自分は傍観者の立場に置かれてしまう。逃げているつもりはないが、これが相性というものなのだろう。そんな諦観を抱きながら、斑鳩は冬間近の曇天を見上げた。

28　カマイタチの退場

11月26日（木曜）

その日の浪速地裁第一〇一号法廷は、いつものように大過なく閉廷するはずだった。鴨下厚労省前局長の収賄事件の裁判長を務める鳥山はあくびを噛み殺し、弁護側の平坦な申し立てをうつらうつらしながら聞いていた。刑事裁判の審理は注目される事件でない限り淡々と進み、傍聴人がいることも滅多にない。だが今日は柄の悪いパンチパーマと身なりの整った若い男性の二人組が傍聴席の後ろに陣取っていることに、鳥山裁判長は違和感を覚えていた。その違和感の大本である二人の男性は小声でぼそぼそと話をしている。

「大体、鎌形さんの閃きはわけがわからん。起訴して俺らの手を離れたこの裁判を念のため傍聴しとけってどないなっとるねん。お前は苛つかへんのか、千代田？」

鎌形班の右腕と呼ばれた比嘉が若手の千代田にぼやいてみせると、千代田は指を唇に当てて、言う。

「しっ、静粛にしないと、裁判長に注意されますよ」

「ふん。どうせなら法廷侮辱罪で退席させられたいで」

「そんな罪状、日本にはないでしょ。あと少しで終わりですからいい子にしていてくださいよ、比嘉さん」

二人が小声のやり取りをしていると、弁護人の語調が変わった。

「裁判長、新証拠を提出します。これに伴い、被告人は改めて無罪を主張致します」

比嘉は千代田と顔を見合わせる。今さら裁判のスケジュールを変更させるほどの新証拠が出てくるはずがない。何しろ鴨下前局長の一件は裏付け証拠もばっちり、どこから見ても真っ黒な案件なのだから。

弁護人席から一人の男が立ち上がる。高級そうな背広を着込んだ細身の男性は、裁判長に一礼すると、ビデオ映像を提出したいが、まず音声だけでもこの場で聞いてもらいたいと申し出た。成り行きを見守っていた比嘉はせせら笑う。法廷で求められるのは汚職がなかったという証明だ。ビデオで何かが明らかになったとしても罪状を根本から否定することは不可能だ。

鎌形の示唆があったにもかかわらず、比嘉は油断しきっていた。それは隣に座る千代田も同様だった。

だが油断しなくても結果は同じだっただろう。

——何遍言っても直りませんねえ。困ったものです。

静かな法廷に、聞き慣れた声が流れる。比嘉が振り向くと、千代田が蒼白な顔をしている。

——彼はなかなか鴨下さんの意図を正確にタイプできないみたいです。いっそ、この供述調書にサインしていただくというのはいかがですか。鴨下さんは初犯ですから保釈申請はすぐ通るし、裁判になっても執行猶予で決まり。ここで頑張るのはムダだと思うんですけど。

弁護人はここぞとばかりに声を張り上げた。

「被告人の取り調べを記録したビデオです。映像を確認すると、自白の強要、暴力的な取り調べ、及び精神的圧迫が行なわれたことは明白ですので、検察の起訴は不当だと主張いたします」

公判検事が立ち上がる。

「異議あり。弁護人は出所の明らかでない情報を示し、審理を歪めようとしています」

船を漕いでいた鳥山裁判長が薄目を開けた。

「異議は却下します。新たな証拠については裁判所にて判断します。本日はこれにて閉廷、次回公判は……」

公判検事は唇を噛み、うなだれる。裁判長の言葉は傍聴席の比嘉の耳に虚ろに響いていた。


村雨は取材対応に忙殺されていた。山のように押し寄せる取材依頼でスケジュール帳は埋め尽くされていく。新党を結成し国政に打って出ると公表した今、メディアの取材に応じるのは村雨にもメリットがあるため、依頼は極力受けていた。新聞記者の取材を受けている最中、副知事の竹田が部屋に駆け込んできた。

「村雨知事、ちょっとご報告が」

「今、取材中だ。あと十分で終わる」

竹田が強引に耳打ちした途端、村雨の顔色が変わる。そそくさと立ち上がり、記者に頭を下げる。

「申し訳ありませんが、打ち切らせてください」

「結構です。ここまでで記事は書けますので」

記者の言葉にうなずいた村雨は、挨拶もそこそこに慌ただしい足取りで部屋を出て行った。

地下駐車場に向かいながら、竹田副知事に尋ねる。

「捜査資料が本省に返却されたなんて、一体どういうことだ、一刻も早く鎌形さんに事情を聞いてくれ」

「それが先ほどからずっと携帯に掛けているのですが、連絡がつかないんです」

村雨の脳裏に彦根の言葉が蘇る。

——鎌形さんはかけがえのない人材です。決して失うことがないよう、ご留意ください。

村雨は車に乗り込むと、浪速地検に向かってくれ、と行き先を告げた。


村雨が浪速地検の入っている合同庁舎の巨大ビル前に到着すると、停まっている黒塗りのバンに、うつむいた鎌形が乗り込むところだった。

村雨は車から飛び出し、鎌形の元へ駆け寄った。

鎌形は一瞬呆然としたが、小声でささやく。

「体制派の反撃です。至急、彦根先生に連絡を……」

鎌形に寄り添った男が乱暴に肩を押し、車に乗せる。

その窓にしがみついた村雨が抗議する。

「これではまるで犯罪者扱いではないか」

「犯罪者を犯罪者扱いするのは、当然のことです」

同伴していた男が言い放つ。馬面の顔に見覚えはあったが、どこで会ったのかは思い出せない。男が助手席に乗り込むと車は発進した。排気ガスに塗(まみ)れた村雨は、ただ呆然と立ち尽くすばかりだった。

夕刊では大々的に厚生労働省前局長の収賄事件における調書捏造の容疑で、浪速地検特捜部の鎌形雅史(まさし)副部長が最高検察庁に逮捕されたと報じられた。その記事は、この日も一面を飾ると思われた、村雨新党立ち上げのニュースを吹き飛ばした。


翌朝。

鎌形は古巣の東京地検の取り調べ室にいた。

中央の机に向かい、被疑者側の椅子に腰掛けている。自分がかつて座っていた席は正面だ。

部屋の隅には、気配を消した事務官が座っていたが、取り調べの主はまだ姿を現さない。午前十時に部屋に連れてこられてから、もうかれこれ一時間近く、無為に過ごしている。

鎌形は窓から外を見た。東京地検特捜部にいた頃は、窓から風景を見たことなどなかった。今、こうして眺めてみると、立ち並ぶ高層ビルの谷間に細く青空が見えるだけだ。久し振りに空を見たな、と気がついた。

椅子の背にもたれ、目を閉じる。ちちち、と雀の鳴く声が聞こえる。扉が開く音、続いて有能さをひけらかすような足音が聞こえた。正面に着席した気配。

鎌形は唇の端に微笑を浮かべ、目を開く。

机に肘をつき両手を口元で組み合わせ、上目遣いに鎌形を凝視していたのは、東京地検特捜部のエースの座を巡り鎬を削り合った福本康夫だ。机を挟んで同期の二人が視線をぶつける。福本が口を開いた。

「鎌形雅史。昭和○年×月×日生まれ。本籍地、東京都○○区××町。××大学在籍中に司法試験合格。卒業後、司法修習を経て、検察官に任官。現在は浪速地検特捜部副部長。以上、相違ないか」

「間違いがあるかどうか、福本ならわかるだろう」

「被疑者は聞かれたことに答えればよい。間違いがあるかどうか、答えなさい。あれば訂正する」

「訂正箇所はないよ」

鎌形が答えると、福本はぷい、と顔を背ける。そして椅子の背に身を預け、足を投げ出した。

「ひとついいかな。公正な捜査のため、取り調べの様子をビデオ撮影してもらいたいんだが」

福本は唇の端をゆがめて微笑する。

「残念ながら、当庁では対応できかねます」

まあ、そんなところだろうな、と呟くと、鎌形は、弁護士を付けずに自分で弁護する旨を告げた。

「負け戦とわかっている弁護を引き受けさせたら、相手に悪いだろう？」

鎌形が明るく言う。福本のコメントはなかった。

事務官がキーボードを叩く音だけが部屋に響いている。その音もすぐに聞こえなくなった。部屋は静寂に包まれ、秒針が時を刻む音さえ聞こえてきそうだ。

鎌形は、目を閉じた福本の顔を見つめていた。やがて腕組みをして目を閉じる。耳を澄ますと、福本の寝息が聞こえてきた。時折、事務官がごそりと動く音が聞こえるが、また静かになり、福本のいびき混じりの寝息が響く。どれほど時が経ったのだろう。突然、プリンターの印字する音が響き、鎌形は自分も熟睡していたことに気付かされた。目を開くと、プリントを終えた事務官が立ち上がり、福本の肩を揺すっている。ぽっかり目を開けた福本はしばらくぼんやりしていたが、やがて大きく伸びをした。

「やれやれ、まだ四時か。やけに時が長いな。さて、取り調べは終了だ。供述調書にサインしてもらおうか」

「私がこの書類にサインするはずはないことくらい、お前ならわかるだろう？」

「もちろんわかっているさ、鎌形。でもサインしようがしまいが同じなんだ。どのみち貴様の言葉は受け容れられず、起訴され公判は粛々と進むだけさ」

「果たしてお前の思い通りに進むかな、福本？」

「心配ないさ。今の俺は国家権力そのものなんだから」

「手の内を知り尽くした相手に、いつものやり方が通用するとでも思っているのか？」

「通用させてみせる。俺はこれまでも、そんな風にしてやってきたんだからな」

　福本は立ち上がる。

「言うまでもないが、黙秘すると立場が悪くなるぞ」

「ご忠告、ありがとう」

　福本は鎌形を睨んだ。やがて顔を背けると足音荒く部屋を出て行った。事務官に促され鎌形も立ち上がる。これが二十日も繰り返されるのかと思うとうんざりしたが、不思議と福本に対する怒りはなかった。

　拘置所の床に膝を抱えて座った鎌形は、壁のシミを見つめていた。状況は想像以上に悪い。退室する際に福本は、部下の比嘉と千代田も逮捕したと告げた。

　取り調べ音声を法廷で流された千代田の無罪放免は難しいだろうが、おそらく早い段階で敵は釈放をちらつかせてくるだろう。逮捕劇の中心人物である比嘉に千代田への疑念を持たせようという魂胆だ。現場のやりとりは千代田に任されていても、取り調べを主導していたのは比嘉だったのだから。だがそんな揺さぶりは無駄だ。あぁ見えて比嘉は千代田を信頼している。何より検察のやり方を熟知していることは福本も百も承知だ。それでも地道に打てる手を打つところがいかにも福本らしい。生真面目な福本は供述調書をでっち上げるだろうが、露骨なことはできないはずだ。とはいえ情報の遮断と一方的な発信は防ぎようがない。自分もかつてそうした手段を用いて巨悪を追い詰めたのだから因果応報だ。弁護士を依頼しなかった理由も単純だ。信頼に足る人物でも、ヤメ検は所属した組織への忠誠心と、鎌形個人への同情心を天秤に掛けたら、どちらに傾くかがわかるからだ。自己弁護という選択は精神的負担になる。人は孤独の檻に閉じ込められると思考が萎縮し停滞する。弁護人をつければ議論することで自己を客観視できる。だがそのためには自分が考えを正直に打ち明けなければならず、不利益な情報が闘う相手に漏れてしまうおそれがある。

弁護士には守秘義務があるので通常そんなことは起こり得ないはずだが、鎌形は体制に弓を引いた反逆者で、敵は正規軍だ。彼らはどんな非合法行為も合法化してしまう。敵地のど真ん中に囚われた鎌形に協力者はいない、と考えるのが妥当だ。鎌形は自分と同じ境遇の部下を思う。巻き添えにしてしまったという悔恨がよぎる。

消灯。布団に入り目を閉じると闇に包まれる。いい休養だ、と考える。とりとめのない思考は長く続かず、鎌形はあっという間に眠りの世界へ落ちていった。


二週間が経った。

鎌形は午前十時に部屋に呼ばれ、福本は十一時ちょうどにやってくる。その後、口を利かずに時が過ぎる。福本は手にした雑誌を、ぱらり、ぱらりとめくる。鎌形は両手の拳を膝の上に載せ、瞑目する。

事務官は同席しない。鎌形が完全黙秘のため、三日目から席を外していいと福本が許可したのだ。午後四時になると事務官がやってきて、白紙の供述調書を福本に手渡し、福本がサインをするよう鎌形に告げる。鎌形が首を振ると、福本は部屋を出て行く。毎日がそうした儀式の繰り返しだった。勾留期限の延長が認められ、明日がその最終日だという日の午後。福本は腕組みをほどき、電話で事務官を部屋に呼び出すと、なにごとか小声で申しつけた。事務官が退出すると、福本は口を開いた。

「明日、貴様を起訴する」

「供述調書が白紙のままで、か？」

「白紙ではない」

「私は何も話していないが」

「貴様はよく喋ってくれた。俺にははっきり聞こえた」

鎌形は福本を凝視した。

「そう来るわけか。下司なやり口だけど効率はいいな。だけど福本、覚えておくがいいよ。その手は簡単にひっくり返せるということをね」

「強がりだけは一人前だな。ひっくり返ろうが返るまいが、そんなことはどうでもいいんだ。今、この瞬間に貴様を隔離することが重要なんだから」

鎌形は窓の外に目を遣り、言った。

「検察庁も切羽詰まっているんだな。そんな本音を私に語ってもいいのかな、福本？」

「構わないさ。貴様はもう詰んでいるんだから」

福本は抽斗から新聞を取り出し、鎌形の前に置く。

『村雨新党、浪速地検の暴走で頓挫か』

新聞の一面に躍る大見出しに目を見開く。いずれ訪れるだろうと覚悟していたが、想像していたよりもずっと早い。だが囚われの身ではどうにもならない。

鎌形は吐息をついて、尋ねた。

「やはり本丸はそっちだったか。こんな重層的な戦略の絵図は、一体誰が描いたんだ？」

「何を言うんだ。俺以外にこんな絵を描ける検事がいるはずないだろうが」

福本は目に怒りを浮かべたが鎌形は、福本の一瞬の逡巡を見逃さなかった。唯一思い当たるのは斑鳩だが、彼の画策にしては情緒的すぎるし、そもそも一介の警察官僚に検察捜査の絵図が描けるはずもない。そこまで考えて、結局、誰が図面を引いたのかを知ることは、自分にとってもはやどうでもいいことだと気がついた。

鎌形は目を閉じ、菩薩のような微笑を浮かべる。瞳を閉じてしまえば、この世界は消滅する。

取り調べ室は再び沈黙に包まれた。最高検を表に立て鎌形班を逮捕するという大捕り物は、そもそも無理筋だ。取り調べの当事者である比嘉と千代田を調書捏造で起訴するのは可能だが、鎌形を共同謀議で立件するのはハードルが高すぎる。自白でもあれば起訴までは持って行けるだろうが、比嘉も千代田も自白するはずがない。そんなことは福本も百も承知だ。その証拠に福本は取り調べの常套手段である、関係者を全員拘束して情報を遮断し、他の人間が吐いたぞ、という陳腐な誘導はしなかった。

「鎌形がうたったぞ」などと言おうものなら比嘉に呵々大笑されてしまうだろう。プライドの権化の東京地検特捜部の検事たちが嘲笑されるなど、とうてい許容できないに違いない。若くキャリアの浅い千代田になら多少の揺さぶりの効果があるかもしれないが。

千代田は社会正義と検察の正義について悶々と思い悩むだろう。そう、かつての自分のように。

昔、自分も正義について思い悩んだ。その時はそうしたことを考えるのはムダだと割り切った。おかげで現場に残れ、〝正義〟を遂行できた。そうした逡巡が本当にムダだとは思わない。けれども今の千代田の逡巡はムダになるとわかる。判決がどうであれ、千代田が検察の現場に復帰できる可能性はゼロだ。

もちろん比嘉も、そして鎌形も同じことだが。

最高検の名を借りた東京地検特捜部福本班のやり口は卑劣を極めている。こうなったら彼らはなりふり構わず、失職後に弁護士業務をやれなくすることもできるぞ、と若い千代田を揺さぶるだろう。

そんなことが法治国家の日本でできるはずがないことは千代田もわかっているが、千代田は若くして地検の毒を吸いすぎた。法律の境界線を越えた取り調べが行なわれ、それがメディア報道で正当化される様をしばしば目の当たりにしたことを思い出すうちに、自分の中の正閏を見失ってしまうかもしれない。

千代田を巻き添えにしたことを申し訳なく思った次の瞬間、その弱気を嗤う。

愚直な千代田は現場に長く居続ければ、どこかで相克とぶつかっただろう。千代田がその難を避けてこられたのは、清濁併せ呑む上司である自分の下にいたからだ。

そう考えたところで鎌形は思考を止めた。

千代田の未来などどうでもいい。千代田の未来は千代田自身がもがきながら何とかするものだし、そうするしかない。

自分の未来もどうでもいい。村雨が最も鎌形を必要としている時に、傍らに侍ることができなかったのだから。

結局、検察がなりふり構わず覚悟を決めてしまえば、その絵図から逃れることは不可能だ。日本のような平和社会で唯一ともいえる公認された暴力組織が本気を出せば、対抗できる勢力など存在しない。

そう、鎌形は無力だった。

——つまり、局長を逮捕して霞が関に叛旗を翻したあの時点で、この敗北は決まっていたわけか。

村雨が市長選に出馬していたら、この逮捕劇はなかっただろうか、とふと考える。確かにその可能性は高かっただろう。すると村雨の市長選出馬に反対した自身の選択が、自らを拘置所に放り込んだことになる。ヘッドフォンで外界を遮断しているようでいながら、諸事万般を把握しているスカラムーシュ・彦根の姿を思い浮かべる。

そもそも厚労省に手を突っ込むような無謀な立件は彦根主導だった。なのにヤツは修羅場にいない。ヤツが過去に起こした悪名高き第二医師会擾乱事件でも、首謀者なのは明白だったのにするりと逃げおおせ、代わりに一人の医師が世の糾弾を浴びた。誠実そうで不器用そうで、いかにもワリを食う人柱タイプに見えた男の名は何と言ったっけ。思い出そうとしても思い出せない。

世の中とはそんなものだ。

こほん、と咳払いの音がして、鎌形が目を開けると、福本が鎌形を凝視していた。

福本は、相手の視界から自分が消去されたのを感じ取ったようだ。もともと己に関する毀誉褒貶を異様なほど気にかける男だ。その鋭敏な神経を捜査に向ければいいものを、と思ったこともある。だが今回、福本のそんな悪癖が、鎌形に重要な情報をもたらした。

「取り調べも今日で最後だ。昔の同僚のよしみで、貴様にひとつ教えてやる。鴨下の取り調べの最中、お前の部下の比嘉の威圧的なやり方が問題になった」

福本は声を潜めて左右を見た。事務官が退去しているのだから、盗み聞きしている人間もいないだろうに。

「あれが威圧的だというのなら、私たちが若い頃にやった取り調べはすべて破壊的ということになるな」

「貴様はいつまでそんな軽口をたたいていられるかな。証拠のビデオがあるというのに」

鎌形は目を見開く。

「弁護士が法廷で流したやつだな。映像まであるというのはブラフなんだろう。浪速地検では取り調べのビデオ撮影は導入されていない。だいたいお前だって私がビデオ撮影を要求したのに拒否したじゃないか」

「浪速地検にだけは内々に導入されていたんだ」

鎌形はまじまじと福本を見た。小さく吐息をつく。

「なるほど、そちらは最初から準備万端だったわけか」

一瞬、取り乱した鎌形は、福本に気づかれる前に冷静さを取り戻す。取り調べ撮影のビデオカメラを浪速地検に設置したというのが事実なら、厚生労働省に強制捜査に入った直後、鎌形班が浪速に戻り羽を伸ばしていた二、三日の間しかありえない。取り調べのプロの鎌形や比嘉でさえ気づかなかったのだから、その手のプロの仕業に違いない。おそらく鎌形が電光石火、厚生労働省にガサ入れした直後に、大局的な展開を読んで、反攻のための大仕掛けを極秘のうちに実行したのだ。反射的にそんなディフェンスにまで気が回る人物が、検察か警察の大物の中に存在したわけだ。しかもその片鱗すら感知できなかった、闇の中の怪物。

その怪物の肖像は斑鳩に似ているような気もしたが、斑鳩であるはずがなかった。また、自分が知らない検察の誰かを、目の前の福本が知るはずがない。自分が相手にされていないと感じた反動でこんな重要情報を喋り、情報通であることを顕示したがるメンタリティの持ち主が、即断即決の凄まじい戦術を展開できる怪物に相手にされるはずがないのだから。

鎌形は微笑すると、穏やかな声で言った。

「なあ、福本。お互い検察にどっぷり浸った過去を、今さら否定はしないだろう。私たちは本社の方針に反発しながらも『割れ、自白、立てろ、起訴』を金科玉条にして仕事に励んできた。しかし、お前はたった今、そんな伝統をぶち壊してしまったんだ」

取り調べの最後に、鎌形は憐憫の視線を福本に向けた。福本は苦々しい表情で黙り込む。

鎌形は晴れ晴れとした声で言った。

「東京地検特捜部が捜査のプロだった時代は終わった。今は特捜部では箔をつけるため、二年程度の腰掛けのアマチュア捜査官がでかい顔をしている。私が檻に閉じ込められた今、お前が最後の血脈だ。そんなふたりが相喰む図は、お前には描けない。福本さえもが踊らされた検察は、レミングの群れになり果ててしまったようだな」

返事はなかった。ふたりのやり取りを側で見ている観客がいたら、どちらが被疑者でどちらが取調官か、混乱したことだろう。

取り調べ室から部屋に戻る道すがら、鎌形は考える。虚の世界に途轍もないモンスターがいる。最高検という錦の御旗を掲げ、浪速を蹂躙した福本は得意の絶頂だろうが、虚妄のモンスターにしてみればたまたま手にした駒が福本だけのことだった。

たぶん、見えないモンスターにとってはその程度の意味しかなかったのだろう。

鎌形班の三人が一斉逮捕されてから三週間後の十二月中旬。千代田と比嘉は、調書を改竄した虚偽公文書作成などの罪で起訴された。鎌形はその教唆に問われ、同罪と見做された。その起訴を報道した記事は、見事に村雨新党旗揚げの記事を吹き飛ばした。

ただちに保釈申請がなされ三人とも認められたが、ひとつの不思議な条件がついた。都内から出ることはまかりならぬ、というものだ。あっさり条件を呑んだ鎌形は、起訴の翌日、保釈された。殺到する取材陣のカメラの放列の中、待ち構えていた黒塗りの車が鎌形を乗せ、いずこともなく走り去った。

浪速地検特捜部のエース、カマイタチと呼ばれた敏腕検事は、こうして物語の舞台から姿を消した。

29 軍師対決

12月4日（金曜）

思わぬ伏兵の出現によりワクチン戦争の機先を制され作戦変更を余儀なくされたことは、雨竜にとって大誤算だった。ワクチン不足の記事を垂れ流しさせて浪速府民を右往左往させ、村雨の統治能力に疑念を持たせるという、自分が手塩に掛けて育てあげた会心の策。それが一挙に反転させられて、村雨知事への追い風になってしまったという失態は、雨竜がこれまで経験したことがないような屈辱だった。

だからこそ雨竜が粛々と起案した弥縫策（びほうさく）は容赦のないものになった。その手始めがまさに、浪速地検特捜部の調書捏造疑惑で鎌形を逮捕させることで村雨新党立ち上げのニュースを圧殺したことだった。これで村雨を支える片翼をたたき折ったのは確かだったが、もともと鎌形の存在は潜在的な攻撃力が主体で、その攻撃力を背景にした守備力の増強という側面があった。したがって、鎌形の存在を叩き潰しても、村雨の人気を落とすには至らなかった。実はこれはパラドキシカルな話であり、鎌形の逮捕によって、斑鳩を通じて東京地検特捜部副部長の福本康夫から依頼された案件は無事終結の目算が立った。だから実は、雨竜が浪速の案件に関わる必然性は消滅した、とも考えられた。

そうなると、浪速憎し、村雨潰しはもはや雨竜の個人的な怨念に支えられることになる。だが、たとえ形式的とはいえ、かりそめにも上司である斑鳩は、雨竜の暴走を止めようとはしない。なぜなら、村雨の支持が増えることは、霞が関の失墜につながる可能性が高いと認識していたからだ。その意味で、東京地検特捜部の福本副部長が見据えていた今回の案件については、斑鳩の方がより深い洞察を加えていたことは明らかだった。

つまり雨竜は、依頼主のない戦いに身を投じたわけだ。その標的は、浪速地検を暴走させた特捜部副部長から、浪速の龍、村雨の昇天を阻むことへと転換した。そうなるとワクチンの新たな供給を反古にするのが早道だ。それは必然であり、そうしておかないとワクチン不足を喧伝した厚労省の政策ミスばかりが目立ってしまう分、村雨の世評が高まり雨竜の目論見と正反対の結果になってしまう。雨竜は突破口を探しあぐねていた。供給源の浪速大ワクチンセンターを潰すという戦術は非現実的だ。仮に、一万本のワクチン生産要請に対し、センターが勝手に一万五千本準備すれば、公的資金が投入されている以上、厚労省はワクチンセンターを叱責できる。だが全国的なワクチン不足を周知させてしまったため、今回はその手は使えない。この状況でワクチン減産を〝指導〟しては論理破綻してしまうからだ。誤算の始まりはこちらの出方を予測し、極秘にワクチン増産体制を整えていた相手の見事さに尽きる。そのやり口はしなやかで、武術で言えば合気道の呼吸がある。

一杯食わされた、と楽しげに呟く。霞が関では雨竜は全知全能の神に近い存在だ。そんな立場ならストレスと無縁かというと必ずしもそうでもない。すべてが見通せるということは実に退屈で、退屈は人のこころを蝕む。古代ギリシャでは貴族は退屈のあまり毒杯をあおり自死したという。だから思惑通りにならなかった時点で雨竜は不謹慎にもわくわくしていた。それも最終的には自分が勝利を摑むと確信していたからだ。

村雨陣営は動揺の極みにあるはずだと雨竜は睨む。だが村雨を陰で支えた暴力装置、鎌形が排除されたにもかかわらず村雨陣営に動揺の色は見えない。こうした事態すら予見されていたのだろう。村雨の陰には間違いなく、すべてを見通している軍師がいる。

緒戦こそポイントを取られたが、その後は押し返して逆転し、すでに途方もない差になっているはずだ。それなのに相手は諦めていない。勝利を確実にするために、雨竜の絵図に打撃を与えた、厄介な軍師のこころを折らなければならない。

雨竜はその軍師の名を知っていた。

スカラムーシュ・彦根。

鼎の三本脚のうち鎌形という脚を叩き折り、残りは二本。次に彦根を打ち砕けば決着がつく。だが雨竜は見くびらない。相手を自分と同等の智者と考えて戦略を練り直す。もっとも凄惨なのは自分自身との対決で、そんな闘争を雨竜は自分に強い続け、誰にも到達できない高みにたどりついた。そんな雨竜にはこれまで自分の手を受け止めてくれる相手がいなかった。長い間、孤独だった雨竜は今ようやく、自分の全身を映し出せる姿見を手にした。

将棋の名局を作り上げるには二人の天才が必要なように、彦根という鏡を相手に思考を練ることは、雨竜にとって初めての悦楽だった。

それは彦根にも同じことが言えた。ただし彼にはハンデがある。雨竜は彦根の思考を追尾できるが、彦根は相手の存在すら認識できない。雨竜は暗視スコープを備えた最新式ライフルを手にしているのに、彦根は前世紀の拳銃を一丁、持たされているだけだ。

彦根は闇の中、耳を澄ます。雨竜にたったひとつ誤算があったとすれば、彼はこれまで自分を凌駕する才能と出会ったことがなかったということだ。それは霞が関という結界の揺籃に守護された過保護の秀才と、常に荒野で虐げられ続ける中で生き延びてきた不遇の奇才との差異だったのだ。

逆転の布石を積み上げる雨竜の戦術に飛躍はない。一方、彦根の戦術は跳躍の連続だ。地上戦と空中戦の対決でもある。雨竜は目標を村雨府知事の失墜に置く。浪速地検特捜部の手で遂行された厚労省への破壊工作は霞が関への宣戦布告だったが、これは鎌形の逮捕、起訴で終結させることができる。これまでの報道と今後裁判にかかる歳月を思えば、鎌形は無力化されたと言ってよい。

次は村雨本体への攻撃だが、府民の支持率が異常に高い現状では、府知事への攻撃は府民への攻撃と誤認されかねず、困難だ。警察庁や検察庁といった体制側は市民の感情を忖度しないようにみえて、実はそうしたものを無下にしない。だから次の一手は必然的に村雨の支持率を下げることになる。手っ取り早いスキャンダルの発動は難航していた。スキャンダルがないわけではないのだが、協力者が現れない。こうなると時間は掛かるが王道の政策ミスを誘うしか、手はないかもしれない。

ワクチン・パニックの誘導では鎧袖一触、一蹴され却って村雨の声望を高めてしまったが、雨竜はまだ諦めてはいない。不足したワクチンを供給すると宣言して支持率を上げたなら、宣言通りにいかなかった時には評価は急落するだろう。

雨竜がワクチン増産体制の破壊に固執するのは、これまでの布石をムダにしないという点から見ても妥当な判断だった。新たに導入されたシステムは、守りは脆弱なはずだ。攻めるべきはそこだと確信した雨竜は、いよいよ本腰を入れて攻めに転じるべく、手駒の司法記者を呼び出した。

ワクチン製造の過程とは、カルトな情報をご所望ですねえ、と饒舌に言う記者に対し、雨竜は眉をひそめた表情で不快さを告げた。

「へいへい、わかりましたよ。余計な詮索は御法度でしたね。ご要望とあらば、知り合いの記者を何人か見繕ってさしあげますが」

「そんなに大勢はいらないさ。有能な記者がひとりいればいい。その代わり、ナルハヤで頼む」

「それでは二、三日中には何とかしましょう」

雨竜は無言で記者を凝視した。とたんに記者はそわそわと落ち着かなくなる。

「わかりましたよ。今日中にご連絡します。確約はできませんが、それで勘弁してください」

司法記者はそそくさと席を立つ。その卑屈さは目障りだが、業務の支障になるほどではない。


二時間後。出張で上京している浪速本社の記者を手配できそうだと連絡が入った。

雨竜は、受話器を置いて吐息をつく。とんとん拍子に進むのはいい傾向だ。

現れた中年の記者は朝読新聞浪速本社に所属していた。雨竜が、ワクチンの製造過程について尋ねると、同僚の科学部記者の方がよく知っているから呼ぶ、と言い電話を掛ける。こうして糸がつながっていくのはツイているが、本当にツイている時は一発でケリがつくからまだ半ヅキなのだろう。

専門の記者を呼び出し、待っている間の小一時間の雑談では思わぬ収穫があった。村雨人気の秘密は浪速独自の医療政策にあるのだという。であれば今回のワクチン騒動は村雨の支持獲得に貢献してしまったわけだ。こうした事実は霞が関のサティアンに籠もっている雨竜にはなかなか見えないものだ。

そこへ科学部の記者が現れた。樋口と名乗った記者はうら若き女性だった。美人ではないが、清潔感があって、雨竜は一目で好感を持った。

「運が良かったです。彼女のお兄さんは浪速大ワクチンセンターの偉い人なのでワクチンについてはうちの社では誰より詳しいんです」

「そんなんやないです。ときたま兄の愚痴を聞かされるから、ワクチンについては多少人よりはよけいなことを知っているというだけなんです」

心中、快哉を叫ぶ。これほど自然に情報の核心へつながるとは、ツキは絶頂へ移行しつつあるようだ。同時に、目の前の樋口記者が、自分に幸運をもたらす女神のように輝いて見え出した。

「ワクチン作りってさぞ大変なんでしょうね」と水を向けると、「兄に聞いた話でよければご説明します」と打てば響くような答えが返り、駆け出しの記者は自分が知ることをあまさず伝えてくれた。

願ったり叶ったりの展開だ。ワクチンはウイルスの死骸をヒトに注射し免疫をつけるもので、ウイルスの培養に最適なのがニワトリの有精卵であること、有精卵にウイルスを接種し、二日後に白身を取りだしてウイルスを精製し不活化する工程を加えることなど、説明を聞いて理解した雨竜は、勇躍して尋ねる。

「ワクチンセンターはウイルスを増殖させていて危険だから、警備も厳重なんでしょうね」

「インフルエンザ・ウイルスは外部に漏れたら感染力を失うので、危険はないそうです。ワクチンセンターでは研究があまり行なわれていないそうなので、実験室で用いられる危険なウイルスとも無縁で、本当は警備の必要もないくらいなんだそうです」

ワクチン増産を潰すにはワクチンセンターを攻撃するのが一番効果的で、それは意外に簡単に思えたが、すると一般に供給されるワクチンにまでダメージを与えかねないから、その選択はできそうにない。

「つまりワクチン増産のネックは有精卵の確保なんですね。マーケットでは有精卵は見かけないから、ワクチン専用に養鶏業者と契約するんですか？」

「その通りで、今回は特に大変だったと兄はこぼしていました。従来の契約業者に増産を頼むのは難しいので、新しい業者さんを選定したんだそうです」

「新しく採用されたのは、どんな会社かご存じですか」

樋口記者はメモ帳を取り出して答える。

「加賀にある、プチエッグ・ナナミという会社です」

雨竜の目が怪しく光った。これで戦術は決まった。

その新しい業者を叩けばいい。

立地も好都合だ。延びきった兵站線（へいたんせん）は大いなる弱点になる。村雨を支える軍師も、さすがにそこを狙ってくるとは夢にも思わないだろう。雨竜は興奮を隠せない。顔見知りの司法記者がいたら怪訝に思っただろう。今日の相手が初対面の二人だったのは幸いだった。

ふと見ると樋口記者がもじもじしている。やがて思い切ったように、思いがけない提案をしてきた。

「今週の金曜日、その養鶏業者を取材するんです。よろしかったらご一緒しませんか？」

雨竜は、久し振りに結界から出ようと決めた。

十二月四日金曜、午前十時。雨竜が小松空港に降り立つとロビーには樋口記者が待っていた。ラフなジャケットにパンツ姿という軽装だが、どことなく品がある。カールした髪にアクセントの髪飾りが印象的だ。若い女性と待ち合わせする経験など皆無だった雨竜にとって、その戸惑いがときめきだということを認識するのは難しく、しきりにおろしたての蝶ネクタイを引っ張っていた。

今日はよろしくお願いします、と頭を下げた樋口記者に、雨竜は「飛行機は苦手でね」と鷹揚にうなずく。

樋口記者が心配そうに言う。

「お顔の色がすぐれないようです。大丈夫ですか？」

雨竜は、もちろん平気ですよ、とあわてて首を振る。自分の声が普段より甲高く聞こえる。樋口記者はカメラを手渡しながら尋ねる。

「警察庁の偉い人にカメラマンをやらせてしまうなんて、本当に大丈夫なんでしょうか。デスクにバレたら叱られてしまいそうです」

「いいんです。こちらからお願いしたことですから。あなたに迷惑が掛からないようにしますし」

新聞社のカメラマンという設定は、施設の視察を隠密裡にするために考えたものだ。

エントランスから出ると、冬を迎えた空は途方もなく高い。樋口記者は浪速から加賀まで列車で来て駅でレンタカーを借り、空港まで迎えに来てくれた。その小柄な後ろ姿に従う雨竜は少し興奮していた。これからうら若き女性と初冬のドライブなのだ。いつもなら警察庁のビルの地下室で、黴臭い書類に囲まれ虚の世界の術策に明け暮れている時間だ。いつも目にしているのは灰色の打ちっ放しのコンクリートの壁ばかりなので、昼間の青空を見るのも久し振りだ。

そんなことを考えている雨竜は、自分の軸がブレ始めていることには気がついていなかった。閉じこもっていたシェルターから現実世界に足を踏み出せば、彼は三十代の独身男性にすぎなかった。

空港から車で一時間半。高速に乗った車は、名残の紅葉を見ながら日本海へと向かう。後部座席で律儀にシートベルトをしている雨竜は、流れゆく車窓の景色を見遣りながら、ときどき樋口記者のうなじを見つめた。

ゆるやかにカーブした高速道路と併走するように海岸線が現れた。鈍色の海は太平洋とは違い陰鬱な感じがしたのは、雪深い冬のイメージが念頭にあるせいだろう。車は高速を降り田園地帯を通り過ぎる。道沿いに並んだ商店がどんどん減っていく。単調な風景に退屈し始めた頃、淡いクリーム色の丸っこい建物が見えた。

樋口記者が言う。

「あれがナナミエッグのアンテナショップです」

タマゴを売るための建物がなぜこんなユーモラスな形をしているのか、真意を計りかねた雨竜が首を捻っている間に、樋口記者の運転するレンタカーは、砂利を敷き詰めた駐車場に滑り込んだ。

プチエッグ・ナナミの社長が樋口記者と同い年の若い女性だったのには驚かされた。良妻賢母タイプの樋口記者と、気の強いキャリアウーマンタイプの女社長はすぐに意気投合したようだ。大学院在籍中と聞き、学生ベンチャーなら叩き潰してもやり直しがきくな、などと相手が知ったら卒倒しそうな物騒なことを考えながら玉露の味に感心しているのだから、雨竜も混乱しているが、当の本人に自覚はない。雨竜が壁に貼られた養鶏場に関する資料を興味深く眺めていると、女社長・名波まどかは樋口記者の名刺を見て言う。

「今回のプロジェクトでお世話になったセンターの副総長さんと同じ名字ですね」

「あの、それ、私の兄です」

樋口記者がおずおずと答えると、名波社長は一瞬、呆気にとられた顔をしたが、次の瞬間、樋口記者の手を取り、握手した手をぶんぶんと振り回す。

「そうだったんですか。お兄さんにはとってもお世話になったんです。ああ、どうしよう。そうだ、せっかくですからウチの特製の玉子丼を食べていってください。美味しいんですよ」

「どうぞおかまいなく。これは仕事ですから」

「そういうわけにはいきませんよ。私たち、極楽寺でお兄さんにすっごい美味しいうどんをご馳走になったんですから。妹さんを腹ぺこでお帰ししたら怒られちゃいます。ちょっと待っててくださいね。玉子丼がすぐにできるかどうか、前田さんに聞いてきます」

なんでそこでうどんなんだ、その節はお世話になりましたとか言うべきだろう、と雨竜は内心で突っ込むが指摘はしない。今は記者に同行したカメラマンだから、目立つのは御法度だ。だがキャリアウーマンだと思っていた女社長の印象はがらがらと崩れ落ち、くっくっく、と雨竜は含み笑いをこぼしてしまう。

　名波社長が姿を消すと、樋口記者が困惑した表情で雨竜に言う。

「食事をご馳走になったりしたら、帰りの飛行機の時間に間に合わなくなってしまいませんか？」

　雨竜は甲高い声で答える。

「大丈夫です。ちょうど腹もすいてきたところですし」

　ぱたぱたと軽い足どりで戻って来た名波社長は、頰を紅潮させながら言った。

「二十分で出来るそうです。ナナミエッグ自慢の玉子丼を是非、召し上がっていってください」

　樋口記者は微笑して、礼を言う。

「よかった。これで副総長に少しご恩返しができたわ。何もしなかったら、恩知らずって怒られそう」

「兄ってそんなひどいことを言うんですか。家にいる時と変わらないなんて、びっくりです」

「あ、でもずいぶん気を遣ってもらったんですよ」

　女性二人がここにいない兄を肴にして盛り上がっている中、雨竜はあちこちにレンズを向け情報収集に余念がない。そうした怪しげな行動もカメラマンという肩書きでうまい具合にカモフラージュされていた。

「それじゃあ玉子丼が来るまでの間、取材させてもらっていいですか？」

　名波社長はうなずいて、樋口記者のインタビューを受け始める。ボイスレコーダーをテーブルの上に置いたのを見て、雨竜が言う。

「こちらは養鶏場の撮影をしたいんですけどよろしいでしょうか。建物の外から写真を撮ったり周囲の風景を撮影したりするだけなんですけど」

　名波社長はうなずく。

「鶏舎の中に入るのは、滅菌とかいろいろ面倒ですし、感染の恐れもあるのでお断りしてますが、外から見るだけならご自由にどうぞ」

　雨竜は部屋を出た。女社長の話はボイスレコーダーのデータをもらえばいい。すべては順調すぎるほど順調だ。柄にもなく鼻唄を口ずさみながら、デジタルカメラを手にファームに向かう。途中には建物がなく、田んぼと里山風の茂みがあるだけで、身を隠す場所はなさそうだ。本能的に逃走経路を確認しながら歩いている自分に苦笑する。

ファームまで結構距離があった。外からは車で乗り付けるしかなさそうだとわかってげんなりしてしまう。

完璧なペーパードライバーである雨竜は、大学時代に一応免許は取ったが、ドライブなんぞに時間を割くつもりはなかった。霞が関に就職すれば公用車やタクシーを使い放題だと割り切っていたからだ。警察庁極秘特殊部隊ZOOでも前線に出ることがほとんどなかったため、支障もなかった。だが、今回は自分自身が現場に臨まなくてはならない。東京に帰ったら免許センターの責任者を呼びつけてペーパードライバーの特別講習を組ませるか、と考える。

ファームは想像した以上に広く、砂利を踏みしめると思いの外、大きい音がする。マイナス要因ばかり目についたが、次第に頭の中に青写真が出来上がっていく。広いけれども防犯体制は素通しに近いし、エアコンの室外機が大きな騒音を立てているので、多少の足音もマスクされそうだ。これならよほど間抜けなことをしない限り、攻撃は簡単だろう。

気がつくと雨竜は夢中になってシャッターを切りまくっていた。遠くからの呼び声に顔を上げると、作業服姿の中年女性が、玉子丼が出来たので戻ってくださいと告げている。

雨竜は振り返り最後に一枚、プチエッグ・ナナミの全景を収めてから、声の方向に歩き出した。

とってもおいしいです、という樋口記者の言葉を肯定するように雨竜も玉子丼を頬張りながらうなずく。

よかった、という声を聞いて、雨竜は立ち上がる。

「名波社長のお写真を二、三枚撮らせてください」

「私の写真より、ファームの写真を使ってください」

「使う使わないは別にして、念のためですので」

雨竜の言葉に、樋口も重ねる。

「社長の写真は必要です。よろしくお願いします」

名波社長の困ったような笑顔をシャッター音と共に切り取った雨竜は、自分はこの笑顔を破壊しようとしているのだと思うが、すぐにそんな感傷を切り離す。

ただしそんなことを考えた時点で、ふだんの自分とは違っているということには、雨竜自身でさえ気がついてはいなかった。

空港まで送ります、と申し出た樋口記者の好意を雨竜は丁重に断った。万一のため加賀駅から空港までのリムジンバスを事前チェックしたかったからだ。加賀駅までの小一時間のドライブの間、樋口記者の他愛のないお喋りを聞きながら雨竜は、ワクチン潰しはプチエッグ・ナナミに対して行なうのが合理的だと結論を下した。やり方は二つ。養鶏場の機能を破壊するか、輸送ラインを潰す。どちらもハードルは低そうだ。そしてこの二カ所に対する攻撃を防衛することは難しいと確信する。

電車を待つ間、樋口記者と喫茶店でお茶をしながら、雨竜は撮影したデジタル写真と樋口記者が行なった名波社長へのインタビューの録音データを、持参したノートパソコンにコピーした。

改札に向かう樋口記者に、雨竜は心から感謝の意を伝えた。雨竜にしては珍しいことだ。樋口記者の後ろ姿が見えなくなると、小松空港行きのリムジンバスに乗車し、シートに沈み込む。結構疲弊している自分に気がついて、これからは少し体力をつけるために、財務省庁舎地下のトレーニングルームに通うかなどと考えながらイヤフォンをパソコンに差し込み、インタビューに耳を澄ます。

録音は雨竜の声から始まっていた。

外から見るだけならご自由にどうぞ、か。

脳裏に、プチエッグ・ナナミの女社長の笑顔が蘇る。これまで世の中の悪意と遭遇したことがないような、屈託のない笑顔。だが、雨竜は先ほど感じた胸の痛みをもう感じなくなっていた。

空港が近づくにつれ、いつもの自分に戻っていく。録音を聞き終えるのと同時に、リムジンバスは小松空港に到着した。バスから降り立った雨竜は、圧倒的な勝利を確信していた。

30　決心

12月10日（木曜）

　師走は昔、お師匠さんも走るくらい忙しいのでつけられたのだそうだけど、わが研究室の師匠である野坂教授は決して走らない。だからこの研究室に師走はないわけだ。なんてそんなことをあたしが考えているのは、来月が締切の修士論文の準備が進まない現実から、目を逸らそうとしているからだ。修士論文の準備が遅れているのはあたしが怠慢だから、というわけでは決してなく、有精卵プロジェクトにかかり切りだからだ。学問は余裕の賜物だなあとつくづく思う。こんなことならヒマだった頃にもう少しきっちりと研究しておけばよかったなあ、などと後悔しつつも、そもそもこのプロジェクトがなければ発表するネタもなかったわけで、だからそんな風に事前に先回りして研究を進めておくことができたはずもない。本当に世の中ってままならないものだ。

　それでも、ああした怠惰な酒と薔薇の日々があって、それに浸りきっていた過去があるから、今、こうして頑張れるのだ、という気もする。

　野坂研もすっかり様変わりしてしまい、今や大学では野坂教授がひなたぼっこをしながら古書を読み耽っているばかりで、研究室はほぼ空っぽになっている。

　獣医師国家試験を控える誠一が顔を出さなくなったのは当然だ。でも誠一のアドバイスが必要な時期は過ぎたのでひと安心だ。あたしと拓也は毎日タマゴまみれで疾走している。真砂エクスプレスを始動した拓也はタマゴの搬送一色の生活だ。最初の一カ月は試用期間で納入は隔日にしてもらったけれど、十一月の声を聞いてからは日曜を除く毎日となった。

　拓也のスケジュールは、すごいことになっている。月曜未明プチエッグに有精卵十万個を取りに来て午前中に極楽寺に納入。そこでうどんめぐりをしてトラックで午睡し、夕方から走り始め夜中に加賀に戻る。そのままプチエッグの休憩所で仮眠を取りながら待機し、午前二時に火、木、土の担当の柴田さんがタマゴを搬入するのを手伝ってから帰宅。火曜は休日で一日中爆睡し、起きても部屋でごろごろしている。その深夜、つまり水曜未明に戻ってきた柴田さんからトラックを受け取ると、タマゴの搬入に取りかかり振り出しに戻る、というわけだ。

極楽寺から帰ってきた時に横になって休めるようにベッドがほしい、と、あの柴田さんが遠慮がちに言うものだから、GPセンターの裏手にあるバラックを提供することにした。そこは養鶏場が自動化される以前、パパが夜通し鶏舎を見守るため寝泊まりした建物だから、ちょっと片付けるだけで済み、窓からは第一ファームの鶏舎が一望できるから好都合だった。

ベテランのドライバーが休憩所を作ってほしいと泣きついてくるくらいキツい仕事なのに、拓也は泣き言一つ言わないで黙々とタマゴの搬送に励んでいる。だからあたしも深夜二時に拓也を出迎え、ゆでタマゴと玉子サンドを差し入れていた。

そんなあたしが十二月のある晩、お弁当を手渡しながら拓也に八つ当たりしたのは、弁当を包んだ新聞紙が原因だった。朝読新聞社会面に載った記事では村雨浪速府知事がワクチン対策を独自に行なっていることに対する批判が掲載されていた。

読んだ?と水を向けると、拓也は首を振る。

「いや、全然知らなかったな。最近はすっかり、新聞を読むようなライフスタイルじゃなくなっちゃってさ。で、その記事には何て書いてあるんだって?」

「『ワクチン増産は累卵の危機』だって。有精卵の供給に不安があるのをタマゴにかけて累卵なんて、うまいこと言うもんよね」

包みの新聞紙を広げて、記事をざっくりと流し読みすると、拓也は笑う。

「なんだ、プチエッグが名指しで批判されているのかと思ったら、そういうわけじゃないんだね。それなら気にすることはないんじゃないかな」

「でもウチを意識している記事よ。『ワクチン増産には良質な有精卵が必須である。浪速大ワクチンセンターの宇賀神総長は素晴らしい新規業者と提携できたと絶讃するが、不安は残る』ですって。うちも取材したクセに、いいところはちっとも書かず、ミスを見つけるとつつき回すなんて性格悪いわ」

「まどかは少し疲れているみたいだね。細かいことはあまり気にしないことだよ。新聞なんてそんなもんさ。でも気を引き締めないと、その記事の後でトラブルになったら、それみたことかと言われそうだ」

そうかもしれない。プチエッグを立ち上げて半年。ようやく仕事が回り始めたから、そろそろ疲労が出てきてもおかしくない頃合いだった。

そんなことを考えていると、唐突に拓也が言った。

「見送りしてくれるのは本当に嬉しいんだけどさ、しばらくはやめた方がいいと思うんだ。まどかも相当忙しいんだろ？　会社を立ち上げた最初の頃って、いろいろな雑用が一度に襲ってくるから大変なんだって親父が言ってたし」

確かにその通りだった。事務仕事は膨大で、どうしてこんなに書類ばかり作らなければいけないの、とヒステリーを起こしたくなった。経理が煩雑で、自分でやるように心がけてはいたけれど、こっそり前田さんに手伝ってもらったりもしていた。

拓也も会社を立ち上げて社長になったという意味ではあたしと同じ立場だけど、そのあたりは割り切ってお父さんに完全におんぶにだっこ状態で、本来業務である搬送に集中させてもらっているらしい。でも、あたしはここまでの成り行きから、今さらパパに甘えるわけにはいかない。

「確かにあたしも忙しいけど、拓也の大変さを思えば、そんなのどうってことないわ」

「今のひと言を聞いただけで、俺は頑張れるよ。でもね、まどかが倒れたら元も子もないんだ。そこはよく考えてもらわないと。それと俺だけ弁当を作ってもらうのは、何だか不公平な気もしてね」

「それなら、柴田さんの分も作るわよ」

「そんなことしたらまどかが本当に潰れてしまう。これが一週間や一カ月限定の話ならいいけど、この生活はこれから先もずっと続くんだ。止めるのならお互い仕事が本当に大変な今のうちだ。深夜もコンビニ弁当があるから俺の食事は心配いらないよ」

拓也は社長になって従業員を抱えたせいか、すごく変わった。あたしは気遣われてばかりだ。でも拓也にお弁当を作ったのは決して義務感ばかりではなくて、あたし自身がそうしたかったという気持ちも大きい。

なので妥協案を出してみた。

「じゃあ週一回、水曜日は拓也、木曜日は柴田さんにお弁当を作る。それくらいならいいでしょ？」

拓也はしばらく考えていたが、やがてうなずく。

「うん、わかった。それならたぶん、柴田さんも喜んでくれるだろうし」

こうして拓也と柴田さんに週一回ずつお弁当を作ることになった。深夜なので曜日がこんがらがるけど、拓也が月水金、柴田さんが火木土なので、二日続けて作れば二人に渡せるから問題はない。というわけで師走に入って二度目の水曜未明、拓也に手作り玉子サンドセットを手渡した。冬の夜空は高く、星が瞬いている。オリオンの三つ星を探し当てると拓也に言った。

「真砂エクスプレスが立ち上がって三カ月か。早いわね。拓也もすっかり社長っぽくなったし」

「柴田さんの運転と比べたらまだまださ」

「でも、タマゴは一個も割っていないんでしょ？　柴田さんと同じ実力をつけたってことよ」

「俺と柴田さんの間には歴然とした差があるよ。まどかの所にワクセンからレポートが届いているだろ？」

拓也は吐く息で両手を温めながら言う。レポートとは有精卵の品質報告書のことだ。納入日にインフルエンザ・ウイルスを接種し二日後にタマゴを廃棄するが、その際不良品を弁別し、不良品率を毎日メールで報告してくれるのだ。不良品率3パーセント台というプチエッグの数字は契約業者の中でもトップクラスらしく、センターからお褒めの言葉をいただいた。嬉しかったけれどその栄誉はナナミエッグを作ったパパと、タマゴを搬送してくれる拓也のものだ。

するると拓也は言った。

「実はあれ、日ごとのデータだからどっちが運んだかで比べられるんだ。俺が運んだ日の不良品率は5パーセント弱だけど、柴田さんの運んだ日は2パーセント台なんだよ」

「それって偶然じゃないの？」

「いや、ずっとそうなんだ。その差は俺と柴田さんの差なんだ。プチエッグの本当の不良品率は2パーセント台で、他の業者よりぶっちぎりでいいんだ。俺がまどかの足を引っ張っているかと思うと何だか情けなくてさ」

たぶん拓也の言う通りなんだろう。

「もう行くよ。時間だ」

しんしんとした寒さが空から降ってくる。深夜の静寂の中、拓也の身体が小さく見えた。

あたしは拓也に駆け寄ると、その背中を抱きしめる。

「柴田さんはベテランだもの、差があるのは当然よ。でもね、プチエッグを支えてくれているのは拓也なの。拓也が運送会社を立ち上げなければタマゴは運べなかった。拓也がいたからできたのよ」

拓也は振り向くと、あたしを抱き寄せた。目を閉じる。唇に拓也の唇が触れる。夜の冷気の中、あたしは温かい繭の中にいた。

拓也は体を離し、あたしの目をのぞき込む。

「元気が出たよ。俺はもう真砂エクスプレスの社長なんだから、泣き言なんて言ってられないよな。だけどまどかがさっき言ってくれた言葉は、まどかにも返ってくるんだ。プチエッグは親父さんがいなければできなかったけど、有精卵をワクチンセンターに納入できたのはまどかの力さ。だから俺に胸を張れって言うなら、まず自分が自信を持ってくれよ」

あたしは拓也を見つめた。そうか、拓也も同じ気持ちだったんだ。あたしは拓也の背中を押す。

「あたしはいつかパパを追い越す。だから拓也も柴田さんなんかぶっちぎって」

拓也は振り返らずトラックに向かう。運転席のドアが閉まるとエンジンの音に続いて、トラックの重い車体が砂利道を踏みしめる音がする。ファンファーレのようなクラクションを鳴らした拓也のトラックが遠ざかる。

あたしは両肘を抱えて寒さに震える。拓也と二人でいた時は全然寒くなかったのに、とふと思う。

翌日木曜の未明。極楽寺から戻った拓也は、いつものように柴田さんの出発を手伝った。あたしが週一回の弁当を渡すと、柴田さんは無愛想に礼を言って受け取り、出発した。おやすみ、と言って立ち去ろうとする拓也の袖を、あたしはそっと引いた。

その夜、あたしと拓也はひとつになった。

翌朝。朝食の席に拓也はおずおずと顔を見せた。パパは一瞬驚いた顔で拓也を見たが、すぐに新聞をがさがささせながら読み始める。

「あの、おはようございます」

「おお、久し振りだね。親父さんは元気か？」

「ええ、おかげさまで」

週に一度は呑みに行くんだから、今そんなこと聞かなくたっていいじゃない、と苛々しながら、あたしはご飯や味噌汁をよそう。パパは新聞を手放さない。食事を並べ終えると、どうしていいかわからない様子の拓也に座るように言い、パパから新聞を取り上げた。

「新聞なんていつでも読めるでしょ。今朝はパパに大切な話があるの」

パパはごくん、と唾を飲み込んだ。あたしはパパの正面に、拓也と並んで座った。

「あたし、拓也にプロポーズされたの。それであたしはプロポーズを受けることにしたわ」

拓也は正座に座り直して頭を下げた。

「おじさん、あ、いや、お父さん、ま、まどかさんを俺に、あ、いや、僕、じゃなくて、私にください。絶対に幸せにしますから」

パパはあたしと拓也を交互に見つめていたが、やがて奪われた新聞を取り返すと立ち上がる。そして黙って出て行こうとした。

「パパ」

パパは立ち止まる。振り返らずに言う。

「何も言うことはない。拓也君も誠一君も家族のようなものだ。まどかはもう独り立ちしている。私が許す、許さないなんて関係ないよ」

そう言い残すと、部屋を出て行った。


あたしたちはあたしの愛車で真砂運送に向かう。

「親父さんを怒らせちゃったかなあ」

「そんなことないわ。パパが怒ったら、あんなもんじゃないもの」

あたしはＯＫをもらったと思ったけど、拓也にはそうは思えなかったらしい。

「そんなことより拓也のお父さんには、拓也がきちんと説明してよね」

「こっちは全然心配ないよ。ウチの両親がまどかが嫁に来ることに反対するはずないからな」

確かに二人の反応はすごかった。おじさんはあたしを両手で抱え上げ、おばさんはおいおい泣き出す。おかげで「ふつつかものですが、よろしくお願いいたします」という一世一代の決め台詞を言う機会を失ってしまったことが返す返すも悔やまれた。朝食を一緒にと言われたが、二人ともすませていたので、ご自慢のマドレーヌだけご馳走になった。その後で誠一に電話で報告した。誠一のコメントはあっさりしたものだった。

「まあ、社長同士の結婚だし、お似合いだよ」

その減らず口をひっぱたいてやりたいと思ったくらい冷静なコメントだ。続いてあたしたちは久しぶりに野坂研に顔を出し、野坂教授に報告した。

「それはそれは。おめでとうございます。これもタマゴが取り持つご縁ですね」

野坂教授の言うことは相変わらず浮世離れしているなあ、と思う。お世話になった人に結婚の挨拶を終えたあたしたちは、久し振りにドライブに出掛けた。

「まどかが決心してくれて、ほんとに嬉しいよ」

　拓也がそればかり繰り返すものだから、いい加減飽きてきた。

「その話はおしまい。でも大学院を卒業するまでは、今のままの方がいいと思うわ」

「え？　まどかは大学院を卒業するつもりなのかよ」

「当たり前よ。ここで止めたら中途半端すぎるわ」

　拓也は考え込み、言う。

「確かにその方がいいかもな。でも俺は中退するよ」

「一緒に卒業しようよ。同じ課題なんだし」

「トラック乗りの社長に学位は不要だ」

「それならあたしも同じでしょ」

「いや、まどかは修士号を持っていた方が役に立つさ。できれば真砂エクスプレスのことも論文に加えてくれれば嬉しい。もともと俺は学問をしたかったわけじゃなくてまどかと一緒にいたくて大学院に進んだんだ。まどかと結婚できれば万々歳さ」

　あたしはこんなに愛されていたんだ、と胸がいっぱいになる。すると拓也は急に声を潜めて、言った。

「実は最近、気になることがあったんだ。先週、仕事の件で問い合わせがあったんだよ。うちは立ち上げたばかりだし、まどかのプロジェクトへの対応で手一杯で宣伝なんかしていないから、外部に知られることはないはずなのに」

「その問い合わせって、どんなものだったの？」

「タマゴの運送をお願いしたいというドンピシャなものだったからびっくりした。今は新規依頼には対応できませんと断ったのにしつこくてさ。従業員の人数やシフトを根掘り葉掘り聞くんだ。お役人の査察を受けてるみたいな気分だったよ。しかもそれだけではないんだ。黒塗りの車に尾行されてる気がするんだ」

「気のせいよ。拓也を尾行して何になるのよ」

「だけど高速に乗ったとたん、黒塗りのセダンが後ろにぴったり張り付くんだぜ。でもって高速を走っている間中ずっと後ろにつけているんだ。サービスエリアに入っても気がつくとまたいたりしてさ」

「それって同じ車なの？」

「ナンバーをチェックしたけど、毎回違うみたいだ」

「じゃあ、偶然じゃない？」

「でも丑三つ時だぜ？　あんな時間に公用車みたいなセダンが走っていること自体、珍しいんだから」

　拓也の心配も無理はないが、明るい声で言う。

「考えても意味がないわ。今日は久し振りのデートだから、仕事は忘れて楽しみましょ」

うなずいた拓也はアクセルを踏み込んだ。


今夜も泊まっていくつもりなのかと思ったら、拓也はきっぱり言った。

「まどかの言う通り、大学院を卒業するまで生活は変えないでおこう。休みは家でごろごろしていないと保たないしね。今日は一日遊んだから帰って休むよ」

考えてみれば拓也は極楽寺まで五百キロを往復し、ほとんど休まず関係者に挨拶をして、ドライブデートまでしてしまったわけだ。これでは奥さん失格だ。

「わかったわ。家に送ってくれるなら、ついでに鶏舎に寄ってくれない？　今日は一度も顔を出してないから、せめて外からでも見回っておきたいの」

「ワーカホリックの女社長さんのおおせのままに」

仕事があるから今夜は真っ直ぐ帰るなんて言っている人にそんな風に言われたくないものだ。夕闇の中、プチエッグの鶏舎は黒々としたシルエットを浮かび上がらせる。従業員も帰ったのか、車は一台もない。

拓也が車を鶏舎前へ進めると人影が見えた。あたしは車から降り、声を掛ける。

「あのう、何か御用でしょうか？」

黒い背広姿の男性は、ぎくりとしたように動きを止めた。そして振り返らずに言う。

「いえ、たまたま通り掛かったもので」

あれ、どこかで聞いた声だな、と思いつつ、こんな場所に通り掛かるなんて怪しいぞ、と男性をしげしげ眺めていると、男性はそそくさと立ち去ろうとした。

「あ、ちょっと待って」

あたしの制止を聞かずに男は小走りで姿を消した。直後、車のエンジン音が響き遠ざかっていく。あたしは拓也の車に戻る。

「不審者かしら。声を掛けたら逃げたわ。こんなところをブラつく観光客なんて、普通いないわよね」

「ふうん、怪しいヤツだな」

黒塗りの車に尾行されている、という拓也の話を思い出す。でもそんな不安も、家に帰ったら吹き飛んだ。同級生からのおめでとうコールが殺到したからだ。情報を漏らした下手人は誠一しか考えられない。

電話した時は素っ気なかったくせに、と腹を立てながらも、あたしは幸せな気持ちに包まれた。

　あたしは拓也にお弁当を作る日を、週一日から二日に増やした。結局柴田さんの分をいれたら元通り、ほぼ毎日になってしまったけれども、婚約したんだからそれくらい頑張らせてよ、と言うと拓也は反対するのを諦めた。

　二人とも有精卵を作ること、そしてそのタマゴを四国に運ぶことに懸命になっていて、気がつくと街にはジングルベルのメロディがあふれていた。

　半月後はクリスマス、誠一も呼んで気分だけでも盛大にクリスマス・パーティでもしようかな、と考えながら鶏舎に向かって歩いていると、携帯が鳴った。

　拓也からだった。

　午前七時。ワクチンセンターに着くまでのちょうど中間地点あたりだ。ワクセンまではあと数時間掛かる。そんな中途半端なところから電話してくるなんて、これまでなかったので、あたしは不審に思いながら電話に出た。

「やばい、まどか。やっちまったよ」

　あたしの心臓の鼓動が大きくなり、目の前が真っ暗になった。

「どうしたの？　事故っちゃった？」

「いや、事故じゃない。パンクだよ。でもそのせいでタマゴの半分を割っちまったんだ。これじゃあ今日は納品にならないよ」

　拓也の声は震えていたけれど、あたしはほっとして肩の力が抜けた。

「大変だったわね。でも大事じゃなくてよかった。仕方ないわ。そんな日もあるわよ」

「でも変なんだ。これまで一度もパンクなんてしなかったのに、前輪がふたつ同時にパンクしたんだぜ。それもサービスエリアから出発した直後だ」

「それがどうしておかしいの？」

「俺のトラックはパンク直前まで駐車中だったんだ。その気になればタイヤに穴くらい開けられるだろ？」

　拓也が言っていた黒塗りのセダンの尾行、という言葉が脳裏に浮かぶ。

「まさかあ。なんで拓也をそこまでしてつけ狙うのよ。被害妄想よ、それ」

　通話口の向こうに沈黙が流れた後、返事があった。

「そう思いたいんだけどね。もし狙われているとしたら、それは真砂エクスプレスじゃなくて、プチエッグじゃないのかな、なんてふと思ってさ」

「どうしてそう思うの？」

あたしは不安になって尋ねる。

「だって俺の仕事はまどかの仕事オンリーだから、業界内で足を引っ張るヤツはいない。もともとどこも引き受け手がなかった案件だし。だからうちが頓挫して困るのはまどかのところだけなんだ」

「それなら、あたしの方だってライバルなんていないわ。有精卵の市場なんてワクセンくらいなんだから」

「それもそうだな。いっぺんに二本もパンクしちゃったもんだから、少しナーバスになってるのかも」

「心配しないで。それより人身事故には気をつけて」

「わかってる。それをやったらおしまいだもんな」

電話は切れた。今の会話を思い出し、考え込む。確かに拓也の足を引っ張ろうという人はいないだろう。そしてあたしの仕事を邪魔したがる人もたぶんいない。でもプチエッグがダメになると困る人はいる。ワクセンの人たちと彦根先生だ。彦根先生たちの邪魔をしたい人は大勢いるのかも……。

そこまで考えて、首を振る。

「まさか、ね」


鶏舎に向かって歩きかけたが、ふと思いついて、携帯の通話ボタンを押した。呼び出し音に耳を澄ますと、足下を新聞紙の切れ端が風に吹かれて、かさかさと飛び去っていく。その見出しには太いゴチック体ででかでかと『村雨新党、クリスマスに旗揚げか』とあったことに、あたしは気づかなかった。

31　邂逅

12月10日（木曜）

　徳衛が久方ぶりに浪速市医師会の会合に顔出ししようと思ったのは、今夜の会合ではインフルエンザ・ワクチンが話題になると予想されたため、祥一を連れていって議論を聞かせた方がいいと思ったからだ。祥一は是非参加したいと即答で大乗り気だった。珍しいこともあるもんや、雪でも降るんやないか、と茶化すと、祥一は真顔で答える。

「府の医師会で彦根先生の予言を直に聞けてよかったと思うとる。以前は医師会の活動を食わず嫌いで毛嫌いしとったけど、使いようによっては医師会を通じて社会の役に立つことができるんやないかな、思てな」

「せやな。お告げ通りになったんやから浪速の医師会は彦根先生に感謝せんと。祥一に医師会の活動を理解してもらえて嬉しいで。ほな出掛けよか」

「五分ほど待っとってや。飯はいらんと、めぐみに電話しとかないと」

　徳衛は一足先に診療所の玄関から外に出た。十二月になり、日の入りが早くなった。五時になるとあたりは薄暗い。今年初めて厚手のセーターを着た徳衛の側を、一陣の木枯らしが吹き抜けていった。


　アーケード街の南端にある小料理屋〝かんざし〟で浪速市医師会の例会が開かれるようになってはや四十年になる。医学生時代に一度、祥一を連れていったことがあったが、潔癖症の祥一はそこで交わされていた生臭い話に辟易し、以後、徳衛の誘いに二度と乗らなくなってしまった。だから祥一が〝かんざし〟の敷居をまたいだのは、二十年ぶりくらいになる。格子戸をくぐると、若女将の華やいだ声が祥一を出迎えた。若女将といっても、中年はとっくに過ぎているのだが。

「菊間はんとこの若先生がお見えになるなんて、ほんまいつ以来ですやろか。私はもう嬉しゅうて嬉しゅうて、今にも気い失いそうや」

　はしゃいだ若女将の先導で、奥座敷に案内される。菊間親子がからりとふすまを開けると、その座敷ではいつものメンバーがすでに一杯飲み始めていた。坊主頭の副会長、高田（たかだ）が赤ら顔で手招きをする。

「おお、ウワサをすれば何とやら、だ。今ちょうど祥一クンの話をしとったところや。ほれ、ここに来んさい」

高田は石嶺会長との間の席を空ける。

祥一はちらりと徳衛を見たが、「ほな、お邪魔します」と言いながら着席した。徳衛が高田の反対側の隣に座ると、すかさずおちょこを渡され熱燗が注がれた。

「駆けつけ三杯や。祥一クンが飲めへんのが残念や」

「まったく、儂が久しぶりに来たことなんて、どうでもええみたいやな」

「いやいや、菊間はんがお見えにならないので、若女将がえろう寂しがっておったよ」

「ふん。あれも今日は祥一に夢中や」

ぶつぶつ文句を言いながら、徳衛は立て続けに杯を干す。石嶺会長が言う。

「それにしても祥一君は、浪速府がワクチン供給してくれると、府医師会の会合で事前に聞いていたそうやが、そのあたりのことを詳しく教えてもらえへんやろか。騒動の直前にワクチンの備蓄が足りんと煽る報道があっても十日辛抱すれば解決する、と祥一君から聞かされた時は半信半疑やったが、実際その通りになったのやからな。浪速が混乱しなくて済んだのは、祥一君のおかげや。一体、あれはどういうからくりやったんや？」

祥一は目の前に運ばれてきた烏龍茶で口を湿すと、居住まいを正して言った。

「あれは裏で、村雨府知事の懐刀の彦根先生の差配があったんやろうと思っていますが、実のところ僕も本当のところはようわからへんのです。何しろ僕も夏に府の医師会の会合に招かれて、お話を伺っただけですから」

石嶺会長が腕組みをして問いかける。

「以前耳にしたことがあるんやが、霞が関が浪速を目の敵にしとる、いうウワサはホンマやったんやな。それにしても、なんでそんなことになったんやろ。その辺り、祥一君に心当たりはあるんか？」

「これは推測ですが、一年前浪速地検が厚労省の局長を逮捕しましたやろ。あれが関係してると思うんです」

「そう言えばあの事件は最近、取り調べをした検事がでっち上げたものや、と報道されとったな。浪速地検特捜部の検事が逮捕されたんやったか」

高田が口を挟む。祥一はうなずく。

「それも何だかきな臭い話でして。西日本でワクチンが不足している、と報道されたのはその少し前ですから。タイミングがよすぎるんです」

「新党作って浪速を独立させよなんて言うたら、霞が関に潰されてまうがな。村雨は電子カルテを共有して、データを患者が利用できるようにしようというたわけた考えの持ち主やから潰されればええのや」

デジタル音痴の高田は電子カルテという単語を耳にするだけで不愉快そうな表情を浮かべる。村雨新党がうまく進まないのを見て溜飲を下げているようだ。

「まあ、懐刀はんのおかげで浪速はパニックにならずに済んだんやから、そこは評価しないといけません。知事は桜宮の市長秘書時代から医療をベースにした地域作りを旗印にしています。目の敵にするより、知事と共同戦線を張ることも考えたらいかがですか」

「いくら祥一クンの提案でもそれだけはあかん」

高田はそっぽを向く。石嶺会長が厳かに言った。

「そのあたりは次の世代の祥一君たちに考えてもらえばええ。それよりその懐刀先生は、どうしてそんな夏の真っ盛りにワクチンのことを考えたのかね」

「彦根先生は、そもそも春のキャメル騒動も浪速に経済的打撃を与えることが目的だったと言うのです」

「何でまた、そないなややこしいことを……」

石嶺会長は絶句する。祥一は淡々と答える。

「霞が関の報復、第一弾だそうです。でも結果的には不充分だったから第二弾にワクチン戦争を仕掛けてくるということでした。その読みが見事に的中し、浪速は混乱せずに済んだんです」

「しかしその根拠が今ひとつ、ピンとこんなあ……」

それはこの会に参加した医師の共通した思いだ。

「個人的にはある事情で、僕は彦根先生を信用していません。でも今回浪速を守ってくれたのが彦根先生だったのは確かです。浪速が霞が関の面子の犠牲になるのは真っ平御免や。せやから今後はワクチンの勉強会なんか定期的に開かなあかんと思うんです。今日は、そのことを石嶺会長に提案しようと思いまして」

石嶺会長は腕組みをして目を閉じる。だがすぐに目を開けると、祥一に言う。

「まっとうな考えやな。手始めに何をしよか？」

「ワクチン製造の要、浪速大ワクチンセンターの見学あたりから始めたらいかがでしょう」

「ええアイディアやが、医師会の活動枠は来夏までいっぱいやさかい、この冬は間に合わん」

「開業医みんなが、ワクチンセンターの仕組みを熟知する必要はありませんが、上層部は実態を把握しておいた方が、何かあった時に便利やと思います。ですのでまず代表者が視察に行って、センター長か誰かの話を聞いて、改めて講演会に招聘したらどうですやろ」

酔っぱらった高田が拍手した。

「大賛成や。菊間はんとこの祥一クンは、ほんま、とんびの徳衛はんが生んだ、鷹や」

素っ頓狂な褒め言葉に祥一は頭を掻く。

「ええ考えやが、ただ視察しても意味がない。ワクチンのことがわかった人間が行かんとな。というわけで祥一君、その視察役、やってもらえんやろか」

「ええ？　僕が、ですか？」

石嶺会長の唐突な申し出に、祥一が驚きの声を上げたのも無理はない。祥一は浪速市医師会に登録してはいるものの、幽霊部員みたいな係わりだったからだ。

石嶺会長はゆったりした口調で応じる。

「春に企画したキャメルの講演会は評判がよかった。あいうんをこれから浪速市の医療を支える祥一君みたいな人材にどんどん発信していってもろた方が、世のため人のため医師会のためや。みなさん、どうですやろ」

会場は賛成の拍手で包まれた。

「というわけや。やってくれるな、祥一君」

長く医師会会長を務めるだけあって、人を説得する術は老獪だ。そんな妖怪の元締めみたいな会長に逆らえるはずもなく、祥一はしぶしぶうなずいた。

「妖怪、油すましは油断も隙もあらへんな」

徳衛とふたり、アーケード街をぶらぶら歩きながら、祥一はぼやいた。

「あの年で柔軟に新しい人材を探している進取の気性は大したもんや。そこが府医師会のコウモリとの違いや」

祥一は、ふう、とため息をついた。

「僕なんかにとうてい太刀打ちできんわな。考え方を変えれば、ワクチンセンターの視察にロハで行かせてもらえるんはありがたい。これからは何でも前向きに考えるわ。けど今週中に行け、とはさすがに驚いたで」

今日は月曜日だった。木曜は休診だから、行こうと思えば行けないこともない。

「でもなんで四国にあるんやろ。浪速大の外局なのに」

「さあなあ。きっと魚好きのわがままなボスが、鶴の一声で決めたん違うかな」

その冗談を祥一はスルーした。祥一のユーモア精神の欠如だけは返す返すも残念に思う徳衛なのだった。

三日後の木曜。浪速から金比羅駅へ向かう列車の中に、徳衛と祥一の姿があった。

「父さんと金比羅さんに行くなんて何十年ぶりかな」

「ほんまや。あの頃は、お前はこんまい手をして、父ちゃん父ちゃん言うて、ほんま可愛らしかったで」

祥一は憮然として黙り込む。四十面を下げて可愛いなどと言われて喜ぶ男がいるはずもない。まして言われた相手が父親であればなおさらだ。

「今週中に行け言われた時は無茶やと呆れたけど、電車で二時間とはな。これなら浪速のワクチンセンターが極楽寺に移ったのも理解できるわ」

祥一の言葉を聞き流しながら、徳衛は窓の外を見る。今、まさに瀬戸内海の海峡を渡り終えたところだった。窓から見える海が煌めいている。

「ワクチンセンターの総長って、ずいぶん腰の軽い御仁やな。浪速市医師会の名前を出したら、いきなり総長室につながれて、そのまんま本人が訪問時間を決めて、電車の時刻まで調べてくれるんやもんなあ。本来ならそういうのは秘書がして、少しはすったもんだするもんや。まっこと話が早すぎるで」

徳衛が呆れ顔で言う。だが、そうしたエピソードが、ワクチンセンターのイメージを明るいものにしていた。やがて車内放送が終点の金比羅に到着すると告げると、徳衛と祥一は立ち上がった。

金比羅から二駅、極楽寺駅に降り立つと、スーツ姿の若い女性に「浪速市医師会の菊間先生ですか？」と声を掛けられた。徳衛がうなずくと、「大当たり」と八重歯を見せて笑った。

「ワクチンセンター広報の真崎と申します。総長の指示でお迎えにあがりました」

センターに到着するや否や、挨拶もそこそこにワクチンの生産ラインに連れていかれ、宇賀神総長直々の懇切丁寧な説明を受けた菊間親子はただ相づちを打つばかりだった。小一時間の見学が終わるとようやく総長室で紅茶を出してもらえた。

「素晴らしい施設ですわ。これなら浪速は安泰ですな」

徳衛の手放しの称賛に宇賀神総長はにっこり笑う。

「医師会の方にそう言っていただけるとやり甲斐がありまんな。これからもばんばんワクチンを作り続けますんで、大船に乗った気持ちでいておくんなはれ」

祥一が口を挟んだ。

「彦根先生から、ワクチン戦争が引き起こされても手を打ってある、と聞かされたのは夏です。総長もこうした危機を予見されてたんですね。敬服します」

宇賀神総長はあわてて両手を振る。

「それは誤解や。この備蓄に必要なルートを開拓したのはウチの非常識職員、やなくて、非常勤職員の彦根君の功績や」

「だとしても献策を容れる度量がトップになければ、好手も打てないと思います」

宇賀神総長は、禿頭をつるりと撫でて言う。

「そのお褒めの言葉は素直に戴いておきまひょ。他に質問はありませんか？　疑問にお答えするんは総長の仕事ですからね。答えられなければそれは穴やから早急に塞がんとあかんのです。そないなわけで質問は大歓迎や」

開けっぴろげの胸襟に菊間親子は引きこまれる。トップの資質とはこういうことを言うのだろう。祥一はうなずいて言う。

「ほな、遠慮なく。先日の朝読新聞に、ワクチン増産では新規の有精卵供給ラインが不安材料やと書いてありました。その点はどうなんでしょうか」

祥一の質問に、宇賀神総長はぼそりと言う。

「ほんま、あのやさぐれの予想通りやな」

それから顔を上げ、祥一に答える。

「今回の新規契約に当たり、当センターで用いられている有精卵チェックシステムを丸ごと、その養鶏場に導入しました。すでに納入してもらってますが、品質はこれまでの養鶏場と比べても遜色ありまへんな」

そうですか、と祥一はあっさり引き下がる。隣に控えていた広報の真崎が腕時計を見て言う。

「総長、実際の現場を見ていただいたらいかがでしょうか。ちょうど有精卵が到着して、その新規業者の専属ドライバーさんが納入作業をしている最中ですから、お話が聞けるかもしれません」

「できれば是非お願いします」

祥一が即答すると徳衛は首を振る。

「儂は億劫やから、ここでお茶をしとる。お前だけでも見学させてもらい」

「そうするわ。真崎さん、案内していただけますか」

祥一は真崎の後を追って総長室を出て行った。

一階ホールを抜け裏手の建物に向かう。作業着姿のドライバーがトラックと建物の間を、ワゴンを押して往復している。車体のコンテナには銀の下地に黒文字で真砂エクスプレスというロゴが描かれている。

「今回、新規契約した養鶏業者さんは加賀の名門養鶏場です。五百キロ以上離れたここまで有精卵を運ぶため、向こうを深夜三時に出発されるそうです」

真崎の説明を聞きながら、黙々と有精卵を搬入しているドライバーの横顔を見た。古い記憶が蘇る。

——まさか。

祥一は近づき、声を掛けた。

「柴田先輩やないですか」

反射的に振り返った運転手は、祥一の姿を認めると目を見開いた。そして顔を背けて言う。

「人違いです」

「いや、やっぱり柴田先輩や。こんなところで何してはるんです？」

急き込むように尋ねる祥一を見て、真崎が目を丸くしている。柴田は野球帽を取ると肩をすくめた。

「やれやれ、思いこんだら聞かないところは、昔とちっとも変わらないな。あと三十分で搬入作業が終わるから、少し待っててくれ」

祥一はうなずくと、中庭のベンチに腰を下ろして、忙しく立ち働く柴田の姿を目で追った。

三十分後。祥一と柴田は緑地のベンチに並んで座っていた。柴田は弁当箱を差し出した。

「食べるか？　養鶏場の女社長の手作りだ」

祥一はゆでタマゴを取り上げると、殻を剝いて一口齧る。そして玉子サンドに手を伸ばしながら言う。

「ずっと探していたんですよ、先輩。一体、これまでどこで何をしてはったんですか」

「まあ、いろいろとな。あちこちの土地を渡り歩いたから、いちいち覚えてないな」

「あの事件さえなければ、先輩は心臓カテーテルの第一人者として一線にいたはずやのに」

柴田はゆでタマゴを一口食べると言った。

「済んでしまったことだ。若さに任せた暴走は高くつく。それを悟った時は手遅れだったのさ」

「せやけど彦根ってほんまにズルいヤツですよね。責任はみんな先輩に押しつけて、自分だけはさっさと安全地帯に逃げ込んで高みの見物を決め込んだんですから。彦根は今は、第二医師会の仇敵の日本医師会に潜り込んでいるんですよ」

　柴田の頬がかすかに紅潮する。

「患者を忘れ、くだらないことをしたろくでなしの医師には病院の仕事の口なんてなくて当然だ。だからドライバーになったんだが、それでよかったんだ。菊間には信じられないだろうが、こう見えても俺は、今の会社では一番腕がいいんだぜ」

　柴田はそう言ったが、その会社が立ち上げてまだ日が浅く、ドライバーは大学院生の社長と自分の二人だけだということはあえて言おうとはしなかった。

　柴田は続けた。

「それにワクチンを作るための有精卵の輸送を仕事にしていれば、医療の世界ともつながれて、祥一とまさかの再会もできたりするわけだからな」

「先輩は医師として復帰したくないんですか」

　柴田は祥一の顔を見つめていたが、首を振る。

「一度現場を離れた医者は、もう使い物にならんよ」

「先輩はお人好しや。この有精卵の搬入を依頼したのはあの彦根なんやで。ヤツは立派な肩書きでここに出入りしてるんや」

「俺があの彦根の片棒を担がされているんだって？　ウソだろ？」

　柴田が目を見開く。

　祥一が口を開いて、説明しようとしたその時、遠くで声がした。

「菊間先生、お久しぶりです」

　振り返った祥一の表情が固まった。

　声の主は銀縁眼鏡の彦根本人だった。

　砂利を踏みしめながら近づいてくる彦根に背を向けて座る柴田の身体が硬直する。

「菊間先生が見学にいらっしゃると伺ったので、予定を変更してセンターに来たんです。宇賀神総長に聞いたら、ここにいらっしゃると聞いたもので……」

　祥一の反応の鈍さに、彦根の声は小さくなっていく。

　柴田は背を向けたまま立ち上がる。

「久し振りだな、彦根」

　そう言ってゆっくり振り向いた柴田の顔を見て、一瞬首を傾げた彦根は、凍り付いた表情になる。

「柴田……」

　三人の間を、一陣の風が吹き抜けていった。

「明日から一週間、休暇が欲しいですって？」

拓也の声が裏返ったのも当然だ。

十二日、土曜未明、あたしがお弁当を届けに行くと、搬入を手伝っていた拓也に、柴田さんが突然休暇を申し出たのだ。青天の霹靂だ。

柴田さんは居直ったように言う。

「この会社では、労働者の権利である有給休暇もいただけないんですか？」

拓也は一瞬、黙り込んだが、言い直した。

「もちろん有休は認めるよ。でもこの大切な時期にいきなり一週間も連続して休まれたら大変だってことくらいわかるでしょ。隔日だった納入が、先月から毎日になったばかりなのに……」

「だからって、私が社長のために粉骨砕身して働かなければならない道理はどこにもありません」

冷たく言い放つ柴田さんを呆然と見つめた拓也は、ようやく言った。

「その通りだね。どうも俺は、知らず知らずのうちに柴田さんに甘えすぎていたみたいだ。わかった。一週間の有休を認めます。でも用事が済んだら必ず戻って来てください。柴田さんがいなければこの会社は保たないんだから」

柴田さんは無言でタマゴを満載したトラックに乗り込むと走り去った。暗闇の中、あたしと拓也は、取り残された。

「何があったの？」

「俺にもさっぱり、わけがわからないよ」

「柴田さんなしで、この先やっていけるの？」

拓也は弱々しく首を振る。

「柴田さん抜きじゃ、真砂エクスプレスは成立しない。来週一週間、俺が毎日運ぶんで精一杯だ。だからもし柴田さんが戻って来なかったら、その時は、もうまどかをサポートできなくなる」

目の前が真っ暗になる。どうしていきなりこんなことになってしまったんだろう。

拓也は顔を上げて、きっぱりと言った。

「何としても一週間は持ちこたえてみせる。でも柴田さんは、戻って来る、と言ってはくれなかった。だから最悪の場合を覚悟しておいてほしい」

あたしは、震える足を懸命に抑え込みながら言った。

「でも柴田さんは、戻って来ない、とも言わなかったわ。今は柴田さんを信じて、頑張り抜くしかないわ」

あたしの言葉に、拓也はうなずく。それにしても、よりによってワクチン増産が本格的になったところでの柴田さんのこの仕打ちは悲しくなってしまう。でも落ち込んでばかりもいられない。

「あたしも毎日搬入を手伝う。お弁当も作るよ」

「まどかにそんな無理をさせるわけには……」

「それ以上言わないで。今は非常事態だもの。だから今度だけは思う通りにさせて」

拓也はあたしを見つめていたが、やがて言った。

「わかった。ありがとう、まどか」

一週間、毎日五百キロ往復という苛酷な業務に拓也は耐えられるだろうか。事故を起こさなければいいけれど。これは試練だけど、いつかこういう日がくることを、あたしは知っていたような気がする。

たぶんこの危機を乗り越えなければ真砂エクスプレスは、そしてプチエッグ・ナナミは一人前の会社にはなれないのだろう。

そう思ったあたしは、すぐに自分の勘違いに気がついた。

いいえ、違うわ。この危機を乗り越えて初めて、あたしと拓也は一人前になれるのよ。

夜の冷気の中、身体が震えた。それが武者震いというのだと、後で気がついた。見上げると冷え切った寒空の中、星がちりちりと瞬いていた。

32　暴虐

12月17日（木曜）

翌週。街にはジングルベルがあふれていたけど、あたしと拓也はそれどころではなくて、陽気な音楽は耳にも入ってこなかった。月曜から拓也ひとりの運送が始まった。水曜、極楽寺への往復が三日連続になるとさすがに拓也も疲労の色を隠せなくなった。

事故を起こしたら元も子もないから事情を話して一日休ませてもらおうと提案したら、拓也にあっさり却下されてしまった。こちらの事情で相手に甘えるわけにはいかない、ときっぱり言う拓也は、社長になってからどんどん逞しくなっていく。

それに比べてあたしと来たら相変わらず甘い。

どうしてあたしたちには、こんな苦難ばかりが降り注いでくるのだろう、と天を恨めしく見上げる。

もうすぐクリスマスなんだから、神様もせめて拓也の手助けくらいはしてほしいのだけれど。

十二月十七日、木曜未明。この日も拓也はひとりで出発した。これで四日連続になる。

弁当を包んだ新聞紙に、村雨府知事が来週木曜に新党結成パーティを浪速で開くという記事があったのに気づいたのは、あたし宛に招待状が届いていたからだ。先日取材に来た樋口記者、つまり樋口副総長の妹さんからの厚意だった。ワクチンセンターに配られたパーティ券を副総長が樋口記者に渡し、参加する当てがあれば配るように言われたのだそうだ。

——名波社長が婚約されたと兄から聞いたのでどうかしらと思って……。

断ろうかとも思ったけれど、パーティに行けば彦根先生に会えるかもしれないと思ったので、ありがたく頂戴した。パーティ券は二枚あるから極楽寺にタマゴを納品した拓也と一緒にパーティに出てその晩は浪速に泊まる。ひそかな計画では柴田さんに代打をお願いするつもりだったのに、手のひら返しをされてしまうだなんて……。

こうなってしまっては、もうパーティ券は抽斗の肥やしにするしかなさそうだ。

天高く、星の瞬きを見つめる。吐息が白く、闇に浮かび上がって消えた。拓也を見送ったあたしは気を取り直し、鶏舎を一回りして戻ることにした。ふだんはそんなことはしないけど、拓也が頑張っているのにあたしだけぼんやりしていられない気がして、いてもたってもいられなかったのだ。

足元の砂利が大きな音を立てる。鶏舎の横に建つサイロから、さあっ、と穀物が落ちる音がした。エサやりがオートマチックになり、養鶏業者の労力は画期的に減った。その分タマゴの価格に反映され、手頃な食材として出回っている。

夜中にひとり鶏舎を見回るのは初めてだけど、パパは毎晩そうやってここを守ってきたんだな、としみじみ思う。闇の中、鶏舎の建物が不気味に見えた。

じゃり、と砂利を踏む音。あたしの足音ではない。振り返るとサイロのところに人影が動いた気がした。誰？と闇に向かって問いかけるが、返事はない。

どうしよう。

側まで行って確認すべきだろうか。

でも、もし誰かいたら……。

深夜、鶏舎で人の気配がすること自体怪しい。こんな時間に何かをしているのなら、悪意がある行動としか思えない。わかっていて見逃せるだろうか。

拓也の言葉が蘇る。黒塗りの車の尾行、サービスエリアを出た直後のありえないパンク。それもここを狙ったものだと考えれば辻褄は合う。でも、何で？

息を吸い込む。砂利の音は小さい。大人数ではない。人影を確認したら駆け戻ってパパを呼べばいい。

あたしはサイロに向かって歩き出す。

「誰？　そこにいるのはわかっているんですよ」

あたしの足音以外に砂利の音がした。やっぱり誰かいる。早鐘のような鼓動。サイロを通りすぎ、裏側に懐中電灯の光を向けて覗きこむ。

誰もいない。

ほっとして気が抜けた。

たぶん、猫か何かだったのかしら。

次の瞬間、手から懐中電灯が落ちた。強い力で首を締め上げられる。叫ぼうとしたが声が出ない。やばい。もがいても首を締める手はゆるまない。意識が遠のいていく。殺されてしまうのだろうか。妙に冷静なあたしの脳裏を、コンテナの中で割れたタマゴから飛び出した、うらめしげなヒヨコの目がよぎる。

眩しい光の直撃。

「そこまでだ」

眼を細める。懐中電灯であたしと暴漢を照らしたのは、ジャージ姿の柴田さんだった。

どうして？

暴漢に突き飛ばされたあたしは、膝をつくとこほこほと咳き込んだ。別の光が闇に浮かび暴漢の行く手を遮った。柴田さんとあらたな援軍に挟まれ、他方はサイロの壁が立ち塞がり、暴漢は立ちすくむ。

柴田さんの懐中電灯が、新たに到着した援軍の銀色のヘッドフォンを照らし出す。

彦根先生？

もう何が何だかわけがわからない。彦根先生と柴田さんが暴漢との距離を詰めていく。二つの光の輪が目出し帽を被った暴漢を照らし出す。

あたしは柴田さんの背中に隠れる。

「目出し帽を取れ」

柴田さんが言うが、両手を上げ降参のポーズを取っている暴漢は動かない。彦根先生が言った。

「正体はわかっているんですよ、雨竜さん」

びくりと身体を震わせた暴漢は、目出し帽をゆっくり脱いだ。その丸顔にはどこかで見覚えがあった。

「なぜ、わかったんです？」

〝雨竜〟と呼ばれた男が尋ねる。その甲高い声を聞いて、思い出す。この前、朝読新聞の樋口記者と一緒に取材にやってきたカメラマンだ。

「相手を観察できるということは、相手からも観察されるということです。ここは僕の縄張り外だと思ったあなたは、油断してのこのこやってきた。その時からあなたは僕の世界の登場人物になってしまったんです。だってここは僕のテリトリーなんですから」

暴漢はあたしを振り返る。

「君が、僕のことを告げ口したのかい？」

首を振る。取材に来たカメラマンを不審に思うわけがないし、彦根先生への報告義務もない。

「種明かしをしましょうか。あなたはワクチンセンターの情報を誰から引き出しました？」

すると暴漢は天を見上げた。

「そうか、あの記者はワクセンの副総長の妹だったな」

彦根は淡々と続けた。

「樋口記者はあなたが話を聞くだけだったらお兄さんには話さなかったでしょう。でもあなたはワクセンに関心を持ち、ここに足を運んだ。警察庁の役人がそこまでワクセンに興味を持つのは珍しいから樋口記者はお兄さんに話す。副総長には浪速のワクチン戦争の裏側では警察が暗躍しているかもしれないと伝えてあったから僕の警戒網に引っ掛かったんです」

　そう言って、彦根先生は朗らかに笑う。

「雨竜さんは、他人を観察することには熱心で手慣れていらっしゃるけど、ご自身が観察されているということにはまったく無防備で鈍感すぎるんですよ」

　暴漢は、彦根先生の言葉に歯ぎしりした。あたしは呆然として暴漢を見た。

　この人が警察の偉い人ですって？　なぜそんな人がカメラマンになって取材に来たの？　そしてなぜ真夜中にあたしを襲ったりしたの？

「でも、ここを攻撃することまでは予測できなかったはずだけど」

　暴漢の言葉に、彦根先生は微笑する。

「これは簡単な一次方程式です。鎌形さんの失脚を演出したのはあなたですから、初めは検察・警察内部のごたごたかと思いました。でもここへの執着を見て本当の狙いがわかった。あなたは村雨府知事の評判を貶めるためにワクチン備蓄を破壊したかったのです。するとここを標的にする戦術までは一瀉千里ですよね」

　彦根先生の説明は滔々と続いた。

「そもそも、カメラマンに扮して鶏舎の写真を撮りまくれば、何を目論んでいるのかなんて、一発で見抜けますよ。攻撃時期は最も効果的な新党立ち上げ直前あたりだと予想していたら案の定、先週の新聞にワクチン増産で有精卵の供給が不安定になっているという記事が出た。ここを攻撃することで増産体制の手薄さを印象づけ、村雨新党の脆弱さを浮き彫りにしようとしたんでしょう。僕があなたの立場でも、同じ戦術を思いついたでしょうね。ま、やるかどうかは別ですけど」

「ふん、僕の発想は道化と同レベルだったわけか」

　暴漢が侮蔑の言葉を吐き捨てる。彦根先生はうっすら笑って応じる。

「僕を道化というのは的確ですが、あなただって似たようなものです。あなたのコードネームはシードラゴンだそうですが、周囲の方が口にする時、半笑いを浮かべているそうですよ。直訳すれば海竜とかっこいいですが、要はちんけなタツノオトシゴなんですから」

　暴漢は凄い目つきで彦根先生をにらみつけた。彦根先生は涼しい顔でその視線を受け流し、振り返ると、あたしに言った。

「不法侵入者を確保したと警察に通報してください。たぶん一晩で放免されるでしょうが、この人がここを狙う理由は消滅しました。もうここは安全です」

言われるまま警察に連絡する。暴漢にしてカメラマンである〝雨竜〟と呼ばれた警察官僚は、砂利の上に体育座りをしていた。大柄な体つきは貧相に見えた。ひょっとしたらこの人は、ずっと優等生で過ごしてきたひ弱なエリートなのかもしれないなあと感じる。

柴田さんがあたしの側に寄ってきて、言った。

「この件で張り込むため一週間のお休みをいただいたんです。若社長も奥さんもよく頑張りましたね。明日から業務に復帰しますのでご安心ください」

緊張が解け、彦根先生にすがりつく。先生は戸惑ったような顔をしたけど、そっと肩を抱いてくれた。今さらながらあたしは恐怖に震え出した。

二人の警察官がやってきて偽カメラマンを連行していった。パパも駆けつけ、警察に事情を聞かれたりしたが、ごたごたは三十分で収まった。警察官が姿を消すとパパは、いきなり平手であたしの頬を打った。

「無茶するんじゃない。殺されたとしても不思議じゃなかったんだからな」

頬がじんじん痛む。パパの言う通りだ。彦根先生と柴田さんがいなかったら今頃どうなっていただろう。

「まあ、お嬢さんもこれに懲りて、少しはおとなしくなるでしょうから、ここは僕に免じてご容赦を」

彦根先生が助け舟を出す。パパはむっとして腕組みをする。どうやらパパは彦根先生が大の苦手のようだ。

白い息を吐きながら、パパが言う。

「娘を助けてくださって、ありがとうございました。とにかく我が家でお休みください。わからないこともあるので、事情をお聞かせいただければと思います」

彦根先生と柴田さんは顔を見合わせ、うなずいた。

部屋に入ると、みんなほっとした表情になる。コタツは人を仲良くさせるけれど、柴田さんと彦根先生の間にはどこかよそよそしい空気が感じられた。

「さて、どこから説明してもらいましょうか」

パパが言ったので、まずあたしが口を開いた。

「拓也を見送ってプチエッグ・ナナミの鶏舎を一回りし

て家に戻ろうと思ったの。そうしたら、暴漢と遭遇してしまっていきなり襲われてしまったの」

「新聞記者に同行してきたカメラマンだって？」

　あたしはうなずく。

「そういえば取材中、鶏舎の写真を撮りたいと言ってウロウロしてた。まさかこんなことを企んでたなんて思わなかったわ」

「彼は鶏舎で何をしようとしたんだね」

　彦根先生がポケットから小さなガラス瓶を取りだした。瓶の中身はさらさらした白い粉だ。

「これを空調の室外機に投げ入れようとしたんです。ラベルがはがされているので断定できませんが、おそらく鳥インフルエンザのウイルスではないかと思います」

　パパが怒鳴り声を上げる。

「何だと。冗談じゃない。そんなヤツは死刑にしてもあきたらん」

　鳥インフルエンザはナナミエッグにとって憎んでも憎み足りない疫病神だ。

　立ち上がろうとするパパを、彦根先生が宥める。

「社長、そんなに興奮しないでください。見つかった瞬間、たぶんヤツはこれを投げ捨てたんです。みなさんが警察に事情を話している間に、僕が草むらで見つけたんですが、ヤツが持ち込んだという証拠はないので、罪に問うのは難しいかと」

「ふざけるな。指紋を調べれば済むだろう」

　パパはドラマの刑事みたいなことを言う。彦根先生は首を振る。

「手袋をしていたので指紋は出ないでしょう。万一、これを持ち込んだのがヤツだと証明できても、立件は難しい。せいぜい敷地内への不法侵入くらいで明朝には釈放されるでしょうね」

「あたしに暴行したわ」

　憤然と言うと、彦根先生は肩をすくめた。

「まどかさんの被害は軽微なのでそれも難しいですね。ヤツは警察のお偉いさんですから、おそらくもみ消しなんて朝飯前でしょう」

「何とかソイツを罰することはできないのかね」

　パパの表情は硬かった。鳥インフルエンザ・ウイルスを撒こうとしたことがよほど許せないのだろう。

「罰するより、被害を未然に防げてよかったと前向きに考えましょうよ、社長」

　憮然としたパパは、柴田さんに矛先を向けた。

「あんたはウチのムコ殿の会社が大変な時期に、突然一週間の有休を要求したそうじゃないか。なのにどうしてここにいるんだね？」

「お嬢さんの会社が悪党に狙われていると彦根から聞いたからです。養鶏場がやられたら元も子もないので、心苦しかったのですがこちらを優先したんです」

彦根先生が口を開く。

「そのあたりは僕から説明しましょう。発端は霞が関が浪速を目の敵にして、攻撃しようと画策したところにあるのです。社長は昨年、厚生労働省の局長が浪速地検特捜部に逮捕された事件を覚えていますか？」

パパは遠い目をしたが、すぐにうなずく。

「そういえば、確かそんな事件があったな。浪速地検特捜部の暴走だったと最近の新聞で読んだ覚えがあるが」

「それが一連の報道から受ける印象でしょうね。でもそれは霞が関の情報操作なんです」

「そのあたりはよくわからんが、それがなぜ、ウチへの攻撃になるのかね」

彦根先生は目を閉じて、言う。

「今春のキャメル騒動も霞が関の反攻ですが、その時は水際で防御できました。次はワクチン戦争を仕掛けてくると読み、そのためワクチンの増産が必要と考え、こちらに有精卵の納入をお願いしたのです」

あたしは驚く。飄々としているようでいて、彦根先生はそんな深慮遠謀を張り巡らせていたわけだ。あたしは呆然とその横顔を見つめた。パパは同じ質問を繰り返す。

「だが、それではウチが狙われる理由にはならん」

「霞が関は、浪速だけワクチン不足にして村雨府知事の評判を失墜させたかった。ところがワクチンの備蓄があったため、その陰謀は逆に知事の声望を高め、追い風に乗り新党結成まで宣言させてしまった。だから新党結成直前に土台のワクチン備蓄を破壊したかったのです。手っ取り早いのが新規の有精卵ルートを潰すことで、運送会社を標的にしたら思うようにいかず、狙いを養鶏場に変えたようです」

「ワクチン増産が始まっているこの時期に、今さらウチにウイルスをばらまいて間に合うのかね」

彦根先生はうなずく。

「ヤツの計算通りにいけばぎりぎりで間に合ったでしょうね。今夜ウイルスを散布して土曜に発症、即座に抜き打ち検査に入り月曜に報道、これで来週木曜の結党パーティにぴったり間に合います。だから逆算すれば仕掛けてくるのはこの一週間しかないだろうと踏んで、一昨日から張り込みを始めたんです」

「あんたらはどこで見張っていたんだね」

「休憩所のバラックです。短期決戦とはいえ、張り込みは夜間でしたので雨露をしのげて助かりました」

「もしヤツが襲撃してこなかったら、どうするつもりだったんだね？」

「そうしたらパーティで無事、新党お披露目ができて万々歳、となるだけです」

あたしも質問する。

「さっき彦根先生は、もうここが狙われることはない、と言ってましたが、どうしてですか？」

「今回、ヤツは人前に姿を晒すという大失態を犯しました。そのためヤツにとってここは攻撃対象としての価値を失ってしまったのです。今後、ヤツの怒りの矛先は屈辱を与えた僕に集中するはずです」

そう言って彦根先生は立ち上がった。

「あらかたの事情は説明し終えましたし、そろそろ夜明けのようですので、ここらあたりでお暇しします」

「加賀駅までお送りします」

あたしが言うと、彦根先生は首を振る。

「まどかさんは大変な思いをしたので身体を休めた方がいい。僕は柴田に送ってもらいます」

「さっきから聞こうと思ってたんですけど、彦根先生は柴田さんとお知り合いだったんですか？」

あたしの問いに、彦根先生は柴田さんを見た。

「柴田、何て答えればいいのかな」

柴田さんも立ち上がると言った。

「詳しい話は今夜、若社長がお戻りになったらします。私の休暇は終わりです。明日は私が運送しますので」

それなら八時に蕎麦善で、というと柴田さんはうなずいて彦根先生と部屋を出て行った。後を追い玄関を開けると、二人は車に乗り込むところだった。

何なのよ、もう。

走り去る車に向かって毒づいたら、どっと疲れた。彦根先生の言う通り、限界だった。部屋に戻る途中ですれ違ったパパが言った。

「今日は休め。プチエッグにはパパが顔を出しておく」

あたしはパパの断固とした表情を見て、素直に言うことを聞いた。部屋に入りベッドに倒れ込み、目を閉じた瞬間、眠りの世界に落ちていった。

加賀駅への車中。黙ってハンドルを握る柴田に、助手席の彦根が話しかける。

「柴田がいてくれて助かったよ」

「危機一髪だったが、俺も社長に恩返しができてよかったよ」

そしてまた、黙り込む。赤信号で車が停止する。

彦根がヘッドフォンを外す。

「あの時は悪かったな」

「何のことだ？」

「第二医師会のことだ」

柴田は答えない。彦根は続けた。

「僕が言い出したのに結局、柴田だけが医療界から追放されてしまった。済まなかった」

柴田は目をつむり、ハンドルに顔を伏せて言う。

「ボケたのか？　菊間もお前が俺を生け贄にして自分だけおめおめと生き存えていると言っていたから、真相を伝えておいたんだが」

「何のことだ？」

「呆れたヤツだな。本当に忘れちまったのか？　あの時、ストを決行しようとした俺に、お前は真っ正面から反対した。ストはフェイクだ、決行は最悪の事態だ、とお前は俺に言ったじゃないか」

「……」

「俺も最初はそのつもりだった。だが俺はヒロイズムに酔ってしまった。お前の制止を振り切りストを決行したが結果は無残だった。結束が固いと信じていたメンバーはスト直前にみんな日和（ひよ）った。最後まで側にいてくれたのは彦根、お前だけだ。俺はそのことを片時たりとも忘れたことはない」

彦根はため息をつく。後ろでクラクションが鳴った。

信号は青になっていた。ハザードランプを点滅させ、柴田は車を路肩に寄せた。彦根は目を伏せて言う。

「柴田の言う通りかもしれない。でも社会は、僕が柴田を見捨てて自分だけ生き延びたと認識している。それは真実でないかもしれない。でも真実とはその人の信念だ。百人の人がいれば百の真実があるんだ」

「バカなことを言うな。真実はひとつだ。お前みたいな生き方は損だぞ。辛くないのか？」

「柴田ほどじゃないさ。所詮この世は修羅場なんだ。でも今の言葉に少し救われた気がする」

「彦根、お前にとって真実とは何なんだ？」

　彦根はさみしそうな微笑を浮かべた。

「スカラムーシュと呼ばれるようになったのは、あの第二医師会擾乱事件以降だ。即興喜劇で黒服を身に纏い、虎の威を借りてホラを吹き、空威張りしながら何かあるとすぐに逃げ出す道化者。現場で仲間を見捨てて遁走した僕にぴったりのあだ名が、世の中の評価を物語っているのさ」

　彦根は首を傾げ、柴田を見た。そして静かに答える。

「虚の世界から世界を動かしている僕は、実の極みである真実なんてとっくに捨て去ってしまったよ」

　柴田は黙ってアクセルを踏み、車を車線に戻した。

　加賀駅に着くと、柴田は言った。

「俺はここに根を下ろす。何かあったら連絡しろ」

「ありがとう。そうするよ」

　彦根は微笑してドアを閉めた。去りゆく彦根の後ろ姿を見つめながら、柴田は彦根が自分に、最後の嘘をついたことを悟った。


電話が鳴った。拓也からだ。

「親父さんから聞いた。あの後大変だったんだって？」

　いつの間にパパと拓也の間にホットラインができたのだろうと思いながら、ベッドから抜け出す。

「そうなの。柴田さんと彦根先生が助けてくれたの」

「なんでそこに彦根先生が出てくるんだよ。柴田さんだって休暇中だろ。何が何だかわけがわからないよ」

　電話では説明できないし、直接会って話したいこともたくさんある。柴田さんの話も聞きたい。なので言った。

「蕎麦善に八時よ。柴田さんも来るからね」

　一方的に告げて電話を切る。ベッドに潜り込みながら時計を見る。午後五時。二時間は眠れる。

　目を閉じたあたしは、再び爆睡した。

　三時間後。あたしは極楽寺から飛んで帰ってきた拓也と湯豆腐をつつきながら一杯始めていた。命の恩人を差し置いて意地汚いと思うけど、熱燗が美味しい季節に、湯豆腐の湯気を見たら我慢できるわけがない。

扉が開き、ジャンパー姿の柴田さんが現れた。

「そこに座って。駆けつけ三杯したら彦根先生と昔何があったのか、きっちり説明してもらいます」

「もうすっかり出来上がっているみたいですね。今夜は呑みたい気分ですが止めておきます。今夜から運転当番を再開しますので。若社長、連続勤務、本当にお疲れさまでした」

するど拓也が言った。

「柴田さんも呑みなよ。今晩は俺が行くから」

「でも若社長は月曜から五日連続になりますよ」

「それなら柴田さんだって三日連続、徹夜の見張りをしてたんだろ。俺は若いから無理が利くし、今週は俺ひとりでやり遂げてみたいんだ。自分の限界を知ることは絶対プラスになると思うんだ」

柴田さんは眼を細めて拓也を見た。

「わかりました。でしたらご相伴にあずかります」

「よく言った、柴田。ほら呑め」

「まどか、悪酔いしすぎだぞ」

「いいんですよ。では遠慮なく」

あたしがお酒を注ぐと、柴田さんは一気に杯を空けた。惚れ惚れするような飲みっぷりに引き寄せられるようにお銚子を傾ける。また空になる。意地を張り合うみたいに注いでは飲み干すという繰り返しが三回続くと、拓也が呆れ声で言った。

「夜は長いんだからゆっくりやりなよ。それより、まどかは柴田さんに聞きたいことがあったんだろ？」

あたしは、とん、と銚子を置いた。

「そうそう、そうなの、そうなんでした。柴田さん」

上目遣いで睨むと、柴田さんは居住まいを正す。

「何でしょうか、お嬢さん」

「まず、そのお嬢さんというのは止めて。あたしにはまどか、という名前があるんです」

「わかりました。何でしょうか、まどか社長」

あたしはしゃっくりをした。何だか気恥ずかしい。

「なんでまどかってつけるのよ」

「そうしないと、若社長と区別がつかないので」

柴田さんは冷静で合理的だとつくづく思う。

「柴田さんはどうして彦根先生なんかとお知り合いだったの？」

我ながら呂律が怪しい。柴田さんは答える。

「彦根は昔の同僚だったんです」

「柴田さんは病院お抱えの運転手だったワケ？」

柴田さんは苦笑して、首を振る。

「違います。私は内科の勤務医だったんです」

一瞬目を丸くしたあたしは、笑う。

「やだなあ、冗談ばっかり。あたしが酔っぱらっているからって、からかわないでくださいよ」

「からかってなんていません。私は循環器内科の医師で、心臓カテーテルの専門医だったんです」

柴田さんは手先を動かし、機械を操作する身振りをした。それはかなり本物らしく見えた。

「じゃあ、なぜトラック運転手になったのさ？」

拓也が尋ねる。たしかに気になるところだ。

「当時、医療はメディアに叩かれ、萎縮していました。そんな現状に不満を抱えていた私の前に一人の医師が颯爽と現れ、弁舌爽やかにこう言い放ったのです。『医師は世間の言いなりだからナメられている』と。それが彦根との出会いでした」

「あの人、結婚詐欺師みたいなクセして、言うことはいちいちもっともらしいんだよなあ」

拓也はうなずいて相づちを打つと、柴田さんは目を瞬いた。拓也のツッコミは柴田さんの理解を超えたようで、無視して話を続ける。

「その言葉に魅せられた私は、彦根と行動を共にするようになりました。ヤツは東城大を卒業後、帝華大の外科に所属し、私は浪速大を卒業して帝華大の循環器内科に入局しました。ヤツは患者を治すことよりも、この国の体制を正したいと考えていた。その頃はまだヤツはスカラムーシュとは呼ばれていませんでしたが、大ボラ吹きの片鱗はすでにあったわけです」

柴田さんは淡々と告白を続けた。

「そんな中、医局で心臓手術中の事故死が起こった。その渦中で覚醒した彦根は私に、こう言ったのです。『社会が医療に対するリスペクトを失っている今こそ決起し、伝家の宝刀を抜くべきだ』とね。その伝家の宝刀こそ医師のストライキだったのです」

「ストなんてしたら、患者さんの命が危うくなってしまうじゃないですか」

「その通りですが、医療があのまま虐げられ続けたら医療レベルを維持できなくなり、結果的にストを打つ以上に状況が悪化してしまう。それくらいなら、今のうちに暗黒の未来を擬似体験させた方がいい、というのが彦根の主張だったのです」

確かに彦根先生は先見の明がある。だけど……。

「ストをするお医者さまの姿なんて見たくないわ。でもそういうことをやれちゃう人なんですよね、彦根先生って。その口車に乗せられた柴田さんは逃げ遅れてストの全責任を負わされちゃったんですか？」

あたしの辛辣な問いに、柴田さんは首を振った。

「違います。彦根は最初からストはフェイクだと言っていました。核兵器と同じで、使うぞ、と脅すことに意味があり、実際に使ったら負けだと言うんです。彦根は正しかった。ストを決行したのは私です。医師を辞めたのは、自分の行為の責任を取るためです」

あたしと拓也は顔を見合わせる。目の前で、具の少なくなった湯豆腐がぐつぐつと煮えたぎり、利尻昆布がくたくたになり、白い豆腐の破片と一緒に湯の中でダンスを踊っている。大きめの豆腐の欠片をすくい上げ口に放り込んだ柴田さんは、お猪口の熱燗をぐいっとあおる。

拓也が口を挟んだ。

「それにしても医者からトラック運転手に転身するなんて、思い切ったよね」

「医者を辞めるなら身体を酷使する職業がいいと思ったんです。学生時代に自動車部に所属していたので、車関係ならなんとかなるかも、と思いついたんです。そして先週、極楽寺で彦根と偶然再会しました。その時、ヤッから若社長とお嬢さんの会社が危機に直面していると聞いて、微力ながら協力することにしました。私と彦根の因縁話はこれで全部です」

柴田さんは座卓に手をつき、深々と頭を下げた。

「こんな私を拾ってくださり、ありがとうございます」

拓也は柴田さんを見つめて静かに言った。

「おかげで俺は運転技術を教えてもらえたし、まどかの会社も救われた。彦根先生も浪速と村雨知事を守れた。柴田さんはやっぱりお医者さんだよ。病気は治せなくても他人の人生を救ってくれたんだから」

柴田さんは頭を下げたまま動かない。畳の上にぽとんと水滴が落ちた。

「人生って奥深いわね。突然、一週間の有給休暇をください、と言われた時はこの野郎と思ったけど」

あたしが酔った勢いで合いの手を入れると、柴田さんは申し訳なさそうに肩をすくめる。

「申し訳ありません。この埋め合わせは何でもします」

考え込んでいた拓也が、明るい声で言った。

「それなら来週は、シフトを入れ替えて木曜の戻りと金曜は二日連続して勤務してくれないかな」

「お安い御用です。若社長も休暇を取るんですか？」

「村雨知事の新党結成パーティに出るんだ。極楽寺にタマゴを搬送してから浪速に行って飲み放題食べ放題して浪速に一泊しようかな、と思ってさ」

　あたしは驚いて拓也を見た。以前その話をした時はあまり乗り気に見えなかったからだ。

「でしたら、来週、連続勤務をさせていただきます。でも若社長ご夫婦がタマゴを運んだ足で浪速に泊まるなら、トラックはどうすればいいんでしょう？」

「あ、そっか。そうするとトラックがなくなっちゃうね。残念。やっぱり無理だな」

　柴田さんが微笑して言う。

「浪速までトラックを取りに行きますよ」

「そんなことまでさせたら悪いわ」

　さすがにあたしも、それは甘えすぎだと思って言う。拓也もうなずくと柴田さんは言った。

「それくらい大したことではありません。その代わり今夜はご馳走になりますので」

　柴田さんは立ち上がると、もう一度お辞儀をして、しっかりした足取りで店を出て行った。あれだけ呑んだのにちっとも酔った素振りを見せない柴田さんに、半分感心し、半分呆れてあたしは言った。

「酔わない酒なら呑まない方がマシよね」

　拓也が言った。

「来週は極楽寺に行って、その後は浪速でパーティだ。誠一にも声を掛けてみようか」

「今は試験直前だから、準備で大忙しじゃないかしら」

「でも真崎さんも来るかもしれないぞと言えば、ほいほいついてくると思うな」

「そうかもしれないわね。そしたら久し振りに三人で、ナニワの夜をぱあっと過ごしましょう」

　盃を掲げて歓声を上げた。いや、たぶん上げたんだと思う。でもそこから先の記憶がない。朝、目覚めたらベッドの中だった。たぶん拓也が送ってくれたのだろう。

羽目を外しても、優しい旦那さんが介抱してくれ、酔い潰れることができる今は、なんて幸せなんだろう、と心の底から思う。

　空の上で、ママが微笑んでいる気がした。

あたしは温かい寝床から出ると大きく伸びをした。

　朝日が眩しい。

33　スプラッシュ・パーティ

12月24日（木曜）

「そんなに文句ばっかり垂れるんなら、別に無理して来てもらわなくてもよかったんだぜ。だいたい何だよ、その大袈裟な花束は」

文句たらたらの誠一に我慢しきれなくなって運転席の拓也はついにぶち切れてしまった。すると珍しく、誠一は何も言い返さず黙り込んでしまう。冷静で理性的な誠一が感情的で多弁になっているのは、緊張を隠そうとしているせいだというのが丸わかりなのがおかしい。

水曜の深夜。なのだけれど日付け的には木曜の未明に加賀を出発し、あたしたちは極楽寺に向かっていた。

あたしはうつらうつらしながら、男子二人のやり取りを聞いていた。こんな真夜中に大真面目で言い争うようなことかしら、と思いながら、今の時間を言い表わそうとして気がついた。本来、夜はゆでタマゴみたいにまん丸なはずなのに、人が定めたカレンダーは夜を真っ二つに割っている。ゆでタマゴを二つに割れば黄身が現れる。それは地平線から上った満月のようにも見える。では夜を日付で真っ二つにすると、そこに見える光景は何だろう。そんな哲学的なことを考えてしまうのも睡魔のなせるわざかもしれない。

真夜中に活動する業種にとって夜とは午前零時から日の出までと日の入りから二十四時までの二つに分けられる。世間では水曜の夜と思われている木曜未明に出発し、木曜のふつうの夜に浪速での新党結成パーティに参加しようという目論見だ。

拓也が誠一に声を掛けたら最初は渋った。獣医師の国家試験が目前に迫っているのだから無理もない。でも極楽寺に寄ってからパーティに行くと告げた途端、ころりと態度を変えて、行く行くの一点張りになった。それが先週、例のドタバタ劇が終息した翌朝だ。そして今夜。星が寒々とまたたく冬空の下、誠一が着付けないジャケットにネクタイを締め、大きな花束を抱えて現れたわけだ。闇夜に花束というのがこれほど似合わないものだということも初めて知ったし、誠一がこんなに緊張しているのも初めて見た。

サービスエリアで朝食を取った。洗われたような大気の中、瀬戸大橋を渡る。思えば拓也が真砂エクスプレスを立ち上げ、最初のドライブに付き合ったときからこの物語は始まったのだ。ついこの間のことなのにすべてが懐かしい。やがて田園地帯を抜けると、ワクチンセンターの巨大ビルが見えてきた。

「まあ、素敵。この花束を私にくださるの？」

花束の行き先は思った通りだった。真崎さんは水仙の花に顔を埋め、香りを胸いっぱいに吸い込んで、八重歯を見せながら嬉しそうに微笑する。誠一が見立てた水仙の花束は清楚で、真崎さんのイメージにぴったりだ。

拓也が有精卵の搬入作業に勤しんでいる間に、あたしと誠一は一足先に、センターの応接室に入っていた。

「今日の浪速のパーティにはみなさん、お見えになるのね。私は伺えないけど楽しんできてくださいね」

真崎さんがそう言うと、誠一はすかさず応じる。

「僕は行きません。受験生ですから」

すごい反射神経だ。真崎さんが出席すると言ったら、答えは真逆になっていたに違いない。

「鳩村さんは獣医学部でしたね。国家試験、頑張ってください。鳩村さんならきっと大丈夫ですよ」

真崎さんの激励に誠一は真っ赤になった。

「名前を覚えていてくれただなんて、感激です」

「あら、ここを訪れる人はそんな多くないから、たいていの人の顔と名前は覚えていますよ」

誠一は一瞬、がっかりした表情になる。その他大勢のゲストと十把一絡げ（じっぱひとからげ）にされてしまった誠一の気持ちを思うと気の毒で笑う気にもならない。どうやら真崎さんは天然らしい、とあたしは気がついた。もじもじしていた誠一が、意を決したように顔を上げる。

「実は僕、就職したい施設があるんです」

「まあ、どこを目指していらっしゃるのかしら」

誠一は深呼吸すると言った。

「僕が就職したいのは、ワクチンセンターです」

真崎さんが目を大きく見開く。

「獣医さんなのに、ここに？　そんな前例は聞いたことはないけど大丈夫かしら」

「大学の教室ではＰＣＲをメインにした分子生物学の実験をしています。採用していただければ即戦力になる自信はあります」

「しっかりしていらっしゃるのね。でしたらなおのこと国家試験の合格をお祈りしています。春から一緒にお仕事ができるといいですね」

実家の獣医院の跡継ぎという大役を放り出してでも真崎さんの元に駆けつけたい、という決断で身を投じた、誠一の緊張がまったく伝わっておらず、ぽわん、とした雰囲気で会話が進んでいく。

やっぱり真崎さんは天然なんだと確信する。だとしたらいくら仄めかしてもムダだ。

同じことを感じたらしく、誠一は立ち上がる。

「あの、真崎さんは年下は嫌いですか？」

ついに誠一がダイブした。崖下にまっさかさまか、それともふわりと浮上できるのだろうか。

誠一と一緒になって息を詰めて見つめていると、真崎さんは不思議そうに首を傾げた。

「あら、なんのことですか？」

「国家試験に合格してここに就職できたら、ぼ、僕と、おつきあいしてくれませんか」

よく言った。それでこそあたしの幼馴染。ところが真崎さんは相変わらずほわほわした口調で言う。

「あのう、何か誤解されているみたいなんですけど」

誠一は目をぱちぱちさせ、あたふたと早口で言った。

「あ、ひょっとしてご結婚されているんですか。でしたら忘れてください。最近は指輪をしない方もいるから、うっかりしました、ははは」

真崎さんは両手を振りながら言う。

「私は結婚していないしステディもいません。誤解というのは私、地元の短大を卒業してここに勤め始めて二年目なんです」

誠一はすかさず反駁する。

「学歴なんて関係ありません。お勤めになって日が浅くても業務を深く把握していることは尊敬します」

真崎さんはくすくす笑う。

「やっぱり誤解されてる。私は短大を卒業して、ここに就職して二年と言ったんですけど」

きょとんとした誠一は、やがてはっと我に返る。

「ま、まさか……」

「鳩村さんは獣医学部の六年生ですよね。ということは二十四歳かしら。では短大卒業後、地元に就職して二年の私は何歳でしょう？」

「……二十二歳？」

「そう、私はあなたより年下なのでした」

花束を抱えて歌うように言った真崎さんは、呆然としている誠一に言った。

「さっき訊かれましたよね、年下は嫌いですかって。私は年下でも年上でも、同い年でも構いません。大切なのはこころが温かい人ってことだけです」

　そして鏡に映る自分の姿を見つめて「私ってそんなに老けて見えるのかしら」と呟く。

　誠一はしどろもどろで言い訳する。

「あ、いや、そんなことなくて、その、仕事をされている姿が堂々としていたから……」

「あら、それって、小娘のクセに態度がでかい、と言いたいのかしら」

「そ、そんなつもりでは全然……」

　誠一は赤くなったり青くなったり眉をひそめたり両手を振ったり、身振り手振りの百面相のようだ。小学校の頃からの腐れ縁だし、大学ではモテまくっていたのにアプローチされてもクールにやり過ごしていた誠一が、女性の前でこんなにうろたえる姿は初めて見た。

　真崎さんはくすくす笑って言った。

「うそうそ。いじめるのはおしまい。さっきの申し出は前向きに検討させていただきます。とりあえず国家試験を頑張ってください。極楽寺から応援してます」

　誠一はソファに座り込んだ。

「よかったあ」

　真崎さんは鼻唄混じりに、応接室の花瓶に水仙を活け始める。おつきあいが始まる前から尻に敷かれてしまったようだ。

　あたしはひとり、ひっそりと笑いを噛み殺した。


　乾坤一擲、人生の大勝負を済ませた誠一は、その後は魂が抜けたみたいになってしまい、用が済めば長居は無用とばかりに列車で帰ると言い出し、受験生にパーティに出る暇があるわけないだろ、などという正論まみれの捨て台詞を吐いた。正しくは「真崎さんのいないパーティに出る意味なんてない」だろうけど。

　拓也に駅まで送らせると、振り返りもせずまっしぐらに改札へ向かった。そんなわけであたしと拓也は二人きりで午後、浪速に入った。パーティ会場の浪速の名門、帝山ホテルに到着すると、ロータリーの入口で柴田さんが待ってくれていた。トラックのキーを渡すと、柴田さんは車を走らせ、姿を消した。

　あたしたちにはサプライズが待っていた。真崎さんが帝山ホテルのスイートルームを取ってくれていたのだ。

　御礼の電話をすると、やっぱりほわほわした口調で真崎さんは言った。

「お二人がご婚約なさったお祝いに、浪速大ワクチンセンターから部屋をリザーブさせていただきました。礼は樋口に言ってください。今晩は出席予定ですから」

「そうします。樋口副総長がいらっしゃるということは、宇賀神総長や彦根先生もお見えになるんですか？」

「宇賀神は海外出張中です。彦根先生のスケジュールは把握していません」

がっかりしたけど「楽しんでくださいね」という真崎さんの明るい声に、気を取り直してうなずいた。

スイートルームの大きな窓から仄暗い夕暮れ時の風景が見える。街の灯がひとつ、ふたつ点り始め、浪速の夜景に変わっていく。脳裏にさまざまな思いが去来する。突然の彦根先生の訪問。あたしの中に渦巻いたタマゴへの思い。折り合いをつけるために考えたいろいろなこと。つきあたった壁を乗り越えるため、生まれたてのヒヨコみたいに頼りないあたしに手を差し伸べてくれた人たちの顔。そして……。

誰よりもあたしを想ってくれる人の手が肩に置かれる。その手に自分の手を重ねて握りしめる。

「やっとここまで来たな」

あたしは振り返ると、拓也の胸に顔を埋めた。


「あの人、テレビ討論会によく出る政治家だ。あっちにサクラテレビの女子アナの楓ちゃんがいる。吉本の芸人さんもいるし村雨府知事って人気者なんだなあ」

金屏風が飾られた立食パーティの会場をきょろきょろ見回している拓也を、あたしは呆れ顔で眺める。こんなミーハーなヤツだとは思わなかった。美味しそうな料理が並んでいたが、みな、ワイングラスを片手に会話に忙しそうだ。あたしは拓也に言った。

「さあ、きっちり一食分、浮かせるからね」

あたしはきょろきょろと周囲を見回すと、拓也の腕を引っ張って、まずは行列が出来そうな、握り寿司の屋台に並んだ。

ステージ上では財界や政界の重鎮の祝辞が間断なく続いている。話を聞き流しながら極上のローストビーフに舌鼓を打っていると、背中を叩かれた。

「楽しんでいるみたいだね」

振り返ると銀色のヘッドフォンが光った。胸を叩きながら、頰張ったローストビーフを飲み込んだ。

「彦根先生。その節はありがとうございました」

どうにも取れる言葉で御礼を言う。あの夜のことを口にするのはこの場ではふさわしくない気がした。

「生きているといろいろなことがあるね。まさか柴田と再会し共闘するなんて夢にも思わなかったよ」

柴田さんから事情を聞いた今、彦根先生の言葉に万感の思いが込められていることは理解できた。思えばこの人から投げられた無理難題が始まりだった。あれから一年も経っていないのに、あたしも、隣で寿司をぱくついている拓也も大きく運命が変わった。人生は、人と人との縁で作られている、と改めて実感する。

隣の拓也の視線に気がついた彦根先生が言った。

「お二人は婚約されたそうだね。改めておめでとう。今日は、君たちのために帝山ホテルのシェフにご馳走を用意させたから思う存分、召し上がってください」

洒脱なジョークに、拓也の表情が和らぐ。矍鑠とした老人と中年の男性がやってきた。

「彦根先生、素晴らしい会ですね」

「お越しいただき、ありがとうございます。菊間先生に、府知事と浪速市医師会の橋渡しをしていただければ、浪速の医療体制はいっそう強固になるでしょう」

「そう簡単にはいきそうにないですね。僕は政治嫌いやし、父さんは筋金入りの村雨アレルギーやから」

「それでも府知事にはひと言礼を言わんとな。浪速を守ってくれた大恩人やから」

老人が言うと、彦根先生は微笑したが、ふと気がついてあたしと拓也を指し示した。

「ちょうどよかった。今回のワクチン供給を支えてくれた功労者をご紹介します。ウイルス培養に欠かせない有精卵を作ってくれているプチエッグ・ナナミの名波社長と、それを届けるためにわざわざ運送会社を立ち上げた真砂エクスプレスの真砂社長です」

「真砂エクスプレスって、ひょっとして……」

「ええ。この方が柴田の会社の社長さんです」

菊間先生と呼ばれた中年男性は拓也に頭を下げる。

「柴田先輩を拾ってくださってありがとう。先輩は誠実な人です。これからも面倒をみてやってください」

拓也があわてて両手を振る。

「とんでもない。俺の方こそ柴田さんがいなかったら大変でした。柴田さんは俺たちの恩人です」

「そうですか。ほなよかった」

和やかな談笑の輪に、樋口副総長の笑顔が加わる。

「何だか楽しそうですねえ。そういえばいつぞやは妹が世話になったようで。美味しい玉子丼をご馳走になったからくれぐれも御礼を言っといて、としつこくてね。今度、私もご馳走になってみたいな」

「もちろんです。加賀にお見えの際は是非」

そんな挨拶をしていると、会場の灯りが落ち、金屏風前のひな壇にスポットライトが当たる。光の中、黒い背広姿の司会者が姿を現した。

「本日はお忙しいところ、『日本独立党』結党パーティにお越しいただきありがとうございます。私は本日の司会を務めさせていただく、アナウンサーの平井と申します。どうぞよろしくお願いします」

司会者に向けて拍手が送られる。

「宴もたけなわですが、ここで『日本独立党』の創設者にして初代党首にご挨拶をいただきます。登場するのは、ご存じ村雨弘毅・浪速府知事です。皆様、盛大な拍手でお迎えください」

割れんばかりの拍手が会場を包む。縁のないあたしでさえ、府知事の凜々しい立ち姿に見とれてしまう。隣を見ると、彦根先生は赤ワインのグラスを手に、ぼんやりと壇上の村雨府知事を眺めていた。

スポットライトの光の輪の中で、ストライプの背広姿の村雨府知事が語り出す。

「本日は『日本独立党』結成記念祝賀パーティにお越しいただき、ありがとうございます。日本は今、重大な岐路に立たされています。豊かな生活を維持することが困難になりつつあるのに、政治家も官僚も事実を国民に示そうとしません。我々は情報公開を徹底し、国民のみなさんと今後日本がどのような道を取るべきか模索するため、『独立党』の旗の下に結集した人たちと共に歩いていく所存です」

そう言って村雨知事は周囲を見回した。だがその視線は彦根先生の上をすりぬけて行ってしまったように思えた。村雨知事は続けた。

「我々の行く先々には困難が待ち受けていることでしょう。しかし今、そんな困難な時代に生まれ落ちた私たちに必要なのは、まさにそんな荒海に飛び込んでいく勇気なのです」

拍手が溢れ、会場の外にまでこぼれ落ちていく。

その時だった。闇が壇上に出現した。

気がつくと丸顔で大柄な男性が村雨府知事の側に佇ん

でいた。地味な背広姿なのに、蝶ネクタイが毒々しい。

彦根先生の顔が蒼白になった。何かを呟きながら、夢遊病者のようにひな壇に向かって歩き出す。あたしと拓也はその後ろを追った。

村雨府知事は不思議そうに壇上の男を見た。

党首とのご歓談は後ほどにお願いします、と司会者が言うが、男性は歩み寄ると片手を差し出し、マイクを要求した。司会者は言われるがままマイクを渡してしまう。受け取った男は、ぽんぽん、と人差し指でマイクを叩く。不協和音がスピーカーから流れる。つづいて大柄な身体と不似合いな、甲高い声が響いた。

「こんばんは。僕は警察庁情報統括室室長の原田と申します。本日は日本独立党の創立を言祝(ことほ)ぐため、僭越ながら霞が関を代表しマイクを取らせていただきました」

その甲高い声を耳にして、息が止まりそうになる。

忘れるはずもない。樋口記者に帯同したカメラマン。鶏舎に不法侵入し、あたしを襲った暴漢。彦根先生が呼んだその名は雨竜。

あたしは拓也の手をぎゅっと握って囁く。

「アイツよ、ファームであたしを襲ったヤツは」

拓也は目を見開き、壇上の男を睨み付けた。原田と名乗る警察官僚は話し始める。

「新党に必要なもの、それがまずカネであることは、ここにおられる政治家の先生方はおわかりだと思います。村雨新党は羽振りがいいと聞きつけて参加された方もいるでしょう。でももし、その資金がフェイクだとしたらどうでしょうか」

壇上の男は言葉を切った。ステージに向かう彦根先生は人混みに邪魔され、前に進めない。男は口を開く。

「そんなことになったら選良たる先生方はダメージを受けるでしょう。それは日本国のダメージになりかねません。ですのでお時間を頂戴し、警察庁が調べ上げた村雨新党の資金源とその虚構についてご説明したいと思います。それではスライドをお願いします」

スポットが落ちて、ステージ上にスライドが映写される。

「ダメだ、こんなスピーチ、今すぐにやめさせないと、パーティが滅茶苦茶にされてしまう」

彦根先生は声を張り上げるが、村雨府知事は金縛りにあったように動けない。ようやくステージの袖にたどりついた彦根先生は壇上に上ろうとしたが、屈強な男たちに肩を摑まれ引き戻される。

羽交い締めにされた彦根先生はもがいていたが、どうにもならないとわかると力をぬいた。それを見た拓也が人垣を掻き分け黒服の男たちに挑みかかろうとする。すると彦根先生は手を挙げて、拓也を制した。

「やめなさい。公務執行妨害の現行犯で逮捕されるぞ」

彦根先生を勝ち誇ったように見下ろした壇上の男は朗々と声を張り上げた。

「本庁調査によれば村雨新党の資金源は三本柱から成っています。モナコ公国に委託されたいわゆるAマネー。ウエスギ・モーターズの巨額寄付金。そして浪速府の予算です。このうちモナコのAマネーは実在しますが、国外への持ち出しは禁止されていて、国内の政治資金としては役に立ちません。経済情報共有会の名誉会長、上杉会長が村雨新党をサポートする、というのはデマです。関係者の肉声をお聞きください」

会場に録音音声が流れ始めた。

――ウエスギ・モーターズ社長の久本です。最初に、先般亡くなった弊社会長、上杉へのご厚誼に厚く御礼申し上げます。さて、弊社が新党を支援するという情報が流れていると聞いて驚いております。上場企業であるウエスギ・モーターズには、社としてそのような資金援助の予定は一切ございません。

彦根先生が唇を噛む。壇上の暴漢は朗々と続けた。

「このパーティには、浪速の経済界の重鎮の方々もお見えになっているようですが、みなさん、所得税半減などという夢物語に引き寄せられたわけではないでしょうね。一億円の預金を積みモナコに会社の本拠地を移せば所得税は掛からないから、その手配の手数料として本来納めるべき所得税の半分を浪速府に納めよという、マルチまがいのあの募集です。いいですか、みなさん。天下の国税が資金の海外流出と国庫納付額の低下につながる脱法行為を見過ごすとお考えですか？　だとしたら浪速商人は甘いと言わざるを得ません。村雨府政とつながった行為に関しては、まもなく国税庁から公式見解が出される予定です」

その発言に対するざわめきが一番大きかったような気がした。あたしは彦根先生の肩を揺さぶった。

「言わせっ放しでいいんですか？　あの人がやったことをあたしが洗いざらいぶちまけてアイツの発言をすっ飛ばしてきます」

そう言って壇上に向かおうとしたあたしを、彦根先生は強い声で制止した。

「よしなさい。もう遅い」

彦根先生はさみしそうな微笑を浮かべて、首を振る。

「これは特攻です。真上に侵入されたら戦艦・村雨にはもはや防ぐ術はありません」

彦根先生は舞台上の男性を凝視した。それは事物を仔細に観察する科学者のような視線だった。舞台上の警察官僚は彦根先生を見返した。唇の端に微笑を浮かべる。

次の瞬間、その指が彦根先生を指した。

スポットライトが彦根先生を直撃する。

「こうしたデマを撒き散らした張本人にして村雨府知事の知恵袋、彦根新吾先生も会場にお見えになっています。詳細はご本人の口から直接お聞きください」

スポットライトの中、彦根先生は右手を挙げて参加者に手を振りながら、隣のあたしに小声で言う。

「何のことか、さっぱりわからないだろうね。村雨新党をサポートする資金として、僕の手中には三つの財布があった。モンテカルロのアマギ資金、ウエスギ・モーターズの寄付金、浪速府庁が手にするモナコ誘致により達成される所得税フリーを斡旋した報酬だ。でもすべては幻影のカネで、どれひとつとして確実なものはなかった。そしてそのイリュージョンはすべて、たった今、この瞬間に叩き潰されてしまった。どうやら僕の浪速での役割は終わってしまったようだ」

原田は、村雨府知事に向き直って言う。

「我々警察庁は村雨府知事の決断には感謝しております。このたび浪速大に法医学教室主導のＡｉセンターが創設されることに府知事が全面的な賛意を示されているとお聞きしました。警察当局としましてもこの件に関し全面的な支援を検討中です。今後も社会インフラ整備のため素晴らしいアイディアに基づいた活動を展開していただくことを切望いたします」

会場に拍手がさざめくように広がる。彦根先生は小声で、パーフェクト、と呟いた。

司会者が我に返ったような表情になり、言う。

「本日は多数のご参集、誠にありがとうございました。これにて、新党『日本独立党』結成パーティはお開きとさせていただきます」

盛大な拍手が送られ、ステージ上の村雨府知事は深々と頭を下げる。ふと見ると、あたしの隣に佇んでいたはずの彦根先生の姿は、もうどこにも見あたらなかった。

終章　グッドラック

12月31日（木曜）

大荒れに終わった村雨新党結成祝賀会の一週間後。大みそかの成田空港は、新年を海外で過ごす人々の群れでごった返していた。楽しげな表情は多彩だが、不思議なもので悲しい表情は画一的になってしまう。年末の空港が笑顔で彩られているのは、幸福な時代の証拠で、ひょっとしたらこの世界は、そんな空港を造れたということだけでも評価されるべきかもしれない。

出発ロビーの片隅に無彩色の一画があった。大柄な男性がノートパソコンの画面に見入っている。地味な背広に極彩色の蝶ネクタイが派手派手しく躍っている。南国のリゾート地から一足早く亜熱帯の蝶が歓迎に訪れたかのようだ。その結果、存在を隠すための服装の地味さが胸元の一点で反転し、誰よりも目立ってしまっている。

警察庁のストーリーテラー、原田雨竜はパソコンをネットにつなぎ、世界を飛び回っていた。ロビーに溢れる人々が行き先を雨竜に告げれば即座にその都市の成り立ちから現在の人口、名物料理まで網羅してみせただろう。にもかかわらず、雨竜にとって日本からの出国は生まれて初めてのことだった。雨竜はこれから行く土地の風景をグーグルアースで眺める。そこにあるのは都市の過去の姿だが、現在にそっくりそのままつながっている。

雨竜は海外行きが決まったその日から、繰り返しこのバーチャルタウンを訪問し、今では目をつむっても自在に歩き回れるくらい、この街を知悉（ちしつ）していた。現地に到着して道に迷わぬように。降り立った途端、生まれてからずっとその街に住んでいたのではないか、と思われるように。雨竜の身体は日本に縛り付けられていたが、心はとっくに外国へと旅立っていた。

そんな雨竜の背後に、影が歩み寄り肩を叩く。振り返って目を見開く。逆光の中、銀色のヘッドフォン姿のシルエットが浮かび上がる。幸福な虚の世界から、現実に引き戻されてしまい、大気圏突入みたいなGの不快さを覚えたが、そんな比喩は口にはしない。

二度と見たくないと思っていた顔を、日本での最後の光景として焼き付けなければならないとは、何という不運だろう。雨竜はしかめ面になるが、深呼吸するとノートパソコンを閉じ愛想笑いを浮かべる。

「こんなところにいらしたのは偶然ですか？」

「そんな偶然、あるはずないでしょう。僕の渾身のシナリオを一撃で粉砕してくださった張本人への表敬訪問ですよ。雨竜さんの顔を記憶に刻み、いつの日かリベンジするための燃料にするのが流儀でして」

「それは律儀なことですね」

雨竜は鼻で笑う。彦根の言葉が不愉快な気分を吹き飛ばした。そうだ、最後の最後で僕はコイツの目論見を徹底的にブチ壊した。とすれば今、コイツと相まみえるのはものすごくツイているのではないか。

陰鬱な風景が一変し、華やかなものに変貌する。

彦根は周囲を見回し、尋ねる。

「お見送りはいないんですね」

雨竜はノートパソコンを鞄にしまうと、にっと笑う。

「いませんよ。警察庁に僕を知る人はほとんどいないし、少数の知人にはとびっきり嫌われていましたから」

「では嫌われ者同士、お見送りさせてもらいます。それにしても酷い目に遭いました」

彦根は手にした新聞を差し出した。朝読新聞一面に『村雨府知事　医療法人正宗会から闇献金』とあり、紙面をめくると三面に『日本独立党　早くも内紛か』という見出しが躍る。雨竜は蝶ネクタイを引っ張る。

「その後、村雨さんとはどうなったんですか？」

「ご存じのクセに聞くなんて意地悪ですね。村雨さんの元は離れました。Ａｉセンターを法医に任せただけでなく、あれほど口を酸っぱくして忠告したのにロートル議員の『黄昏党』と組むなんておしまいです」

「結局最後は、村雨さんは僕の仕掛け針に食い付いてしまったんですね。これでは西日本連盟結成という浪速独立運動は瓦解するでしょうね」

雨竜が楽しげに首を振ると、彦根はうなずく。

「あの野合は最悪です。府知事のままでいれば醜悪な老害議員に看板を乗っ取られる。ご自身が国政に乗り込めば浪速が空き城になり、浪速共和国が瓦解する。王手飛車取りを食らうのは見え見えなのに、なぜ食いついてしまったかなあ」

雨竜が微笑し、言う。

「村雨さんが生き残れる唯一の道は、彦根先生が提案したタイミングで市長選に出馬し圧勝した直後、新党を立ち上げてご自身は国会議員に転じ、既成の政党と同盟せず独立独歩でやるしかなかったんです。それでも成功確率は十パーセント以下の細い小径ですけど」

「市長選の出馬を見送られたのは残念でした。提案をした瞬間が、村雨府知事が浮上できる、最初で最後のチャンスだったのですが。それでも村雨さんが巨人であることは間違いありません。でも大きくなりすぎればしがらみに縛られる。あの場で常識的な判断を村雨府知事にさせた鎌形さんが失脚したのも歴史の皮肉です」

彦根のぼやきは続いた。

「おまけに村雨さんとの縁が切れてしまったから浪速大の寄付講座も消滅し、せっかく手に入れた教授の肩書きはなくなるわ、浪速大Ａｉセンターへの影響力も失ってしまうわともう踏んだり蹴ったりです」

彦根の泣き言を聞いて、雨竜は楽しそうに笑う。

「まあ、これくらいは当然でしょ。彦根先生は霞が関の天上世界で優雅に暮らしていた僕を下界に引きずり降ろした張本人なんですから。斑鳩さんも僕が許可なく表舞台にしゃしゃり出たことにはいたくご立腹で、今回の異動は瞬時に決まってしまったんです。これくらいの御礼をしないと割に合いませんよ」

彦根はヘッドフォンを外して微笑する。

「まあ、でも、済んでしまったことは仕方ありません。『だから言ったじゃないか』とは愚か者の言い訳だというのは、知り合いのノーベル賞候補の日本人医師の名言ですからね。結局僕たちは出会うべくして出会ってしまった、虚の世界の住人だから、実の世界に引きずり出されてしまったらアウト。なのでこの間は痛み分けですね。それもひっくるめて、すべてをこれまでの報いとして受け止めますよ」

雨竜は彦根を凝視する。どう見ても自分が勝ったはずなのに、悠揚とした態度を見ていると、その勝利ですら幻に思えてくる。雨竜は首を振り、そんな幻想を脳裏から追い出そうとするが、どうにもうまくいかない。

勝利と敗北さえも一瞬にしてすり替えてしまう詐欺師。それこそがスカラムーシュと呼ばれる彦根の真骨頂なのだろう、と忌々しく思う。

雨竜は空虚な大笑いを始める。ひとしきり笑い終えると、満足げな表情で尋ねる。

「ところで僕が出発する便がよくわかりましたね」

「最後にご挨拶をと思いまして、人脈を駆使して知り合いの官僚に調べてもらったんです」

彦根は視線を窓ガラスに向ける。そこには抜けるような冬の青空があった。雨竜もつられて窓の外を見る。一機の飛行機が、轟音と共に目の前をよぎっていった。

「彦根先生は霞が関ルートをお持ちでしたね。電子猟犬は獅子身中の虫です」

　雨竜のカマ掛けに彦根は応じない。雨竜は続けた。

「すると僕の行き先も把握していそうですね。わざわざお祝いに駆けつけてくれるなんて嬉しいですね」

　彦根は肩をすくめる。

「虚数空間を牛耳る、僕とあなたが本音の言葉を交わした唯一の場が真夜中の養鶏場だなんて侘しすぎますからね。何はともあれ、改めてお祝い申し上げます。米国屈指のシンクタンク、マサチューセッツ大学情報解析研究室室長へのご栄転、おめでとうございます」

　雨竜は肩をそびやかすと、早口に言う。

「虚栄心などという俗世の感情なんて、僕には無縁だと思っていたんですが、どうもそうでもなさそうです。今、彦根先生に祝福してもらえて大変気分がいい。こういうことは価値がわかる人間に言ってもらわないと意味がないものです。警察庁内部では左遷だと思われているらしく、少々腐っていたんです」

「そうでしょうね。警察庁のお偉いさん方は、この異動の危険性を認識していないでしょうから、こんなことができたんです。警察庁の危機管理能力の低下は怪しからんですね」

「彦根先生はおわかりでしょうけど、僕には日本に対する忠誠心なんてありません。そんな僕にこんな仕打ちをしたら、米国に行って日本を食い物にする策謀に励むのは必然なのに」

「どうぞ、お手柔らかに。性急にことを運びすぎて、金の卵を産むニワトリを焼き鳥にするようなことがありませんように。ニワトリと同じで、人は見えない檻に閉じ込められてもなかなか気づかないものなんです」

「生かさぬよう殺さぬよう、ですか。はなむけの言葉としてありがたく頂戴しておきます」

　一瞬、二人の虚の世界の住人の間に、殺伐とした空気が流れた。そこへ搭乗を促すアナウンスが流れる。

　ぽかんと口を開け、天井を見上げた雨竜は、アナウンスが終わり、人々のざわめきが戻ってくると、にこやかに告げた。

「ボストン行きの直行便の搭乗時間のようです。ではお元気で」

　雨竜が差し出した右手を、彦根は握り返す。

「雨竜さんこそ、お元気で」

　雨竜はうなずいて、搭乗口へと姿を消した。

ゲートに向かう雨竜の後ろ姿を目で追っていた彦根の背中に、涼しげな声が掛かる。

「あんな危険人物を、首輪もつけずに野に放つなんて彦根先生らしくありませんね」

びくり、と肩を震わせ、彦根は振り向かずに答える。

「そんな間抜けなことを、僕がするはずがないだろう。何せ、雨竜さんがマサチューセッツに派遣されるよう仕向けたのはこの僕なんだからね。マサチューセッツにはアングロサクソン風ジャパニーズで熱烈な愛国者（パトリオット）と、無国籍の世界主義者（コスモポリタン）という双璧の無敵コンビがいるから、その檻の中に放り込んでしまえばもう安心さ。もっとも雨竜さんにはその影は永遠に見えないだろうけどね」

慎ましやかな、それでいて華やかな笑い声があがる。

「それでこそ彦根先生です。新党結成パーティで粉々に打ち砕かれ、失意のどん底かと思いましたが舌先三寸、スカラムーシュは健在ですね」

彦根は肩をすくめる。

「こう見えても僕もすっかりヘタレになってしまってね。さっきのやりとりでもできるだけフェアになるように、ヒントは紛れ込ませておいたんだ。『知り合いのノーベル賞候補の日本人医師』はあそこの親分だし、『人は見えない檻に閉じ込められてもなかなか気づかないもの』なんて、答えを言ったに等しい大サービスのヒントさ。雨竜さんが僕の言葉を謙虚に解析すれば自分の身に起こったことにも気づけたはずだ。でも有頂天だった雨竜さんは、僕のヒントを見過ごした。これで僕の完勝さ」

彦根は振り返り、自分を見つめる涼しげな瞳を受け止めた。

「あのパーティは確かに僕にとって大打撃だったけれど、所詮は想定内での最悪の事態ではあっても、決して致命傷ではなかった。それよりも僕はその前に、すでに粉々に打ち砕かれていたんだよ。桜宮のＡｉセンターが炎上し、僕の片翼が遠く彼方に飛び去ってしまった、あの運命の日にね」

彦根の視線にとまどうかのように、亜麻色の髪がさらりと揺れてアルペジオを奏でた。

彦根が一歩、歩み寄る。

「なぜ戻って来た、シオン？」

シオンはうつむいた。

「因縁の塔が崩れ墜ちたあの日、桜宮の妄執は私に、自分の足で歩けと言いました。私は、その呪いに従おうとしました。でもどこにも行けなかった……」

そこで言葉を切ったシオンは、思い切ったように顔を上げ、彦根をまっすぐ見つめた。

「どこにも行けなかったんです、私」

彦根は枝先にとまった蝶に触れるように、シオンの輪郭に指を伸ばす。かすかに震えたシオンは、その指を避けない。

喧噪の中、周囲の時が止まる。

彦根は、華奢な身体を引き寄せ、抱き締めた。

「どこにも行くな。ずっと側にいてくれ。離れてみて、やっとわかった。シオン、僕にはお前が必要なんだ」

彦根の腕の中で、シオンは何度もうなずいた。

様々な肌の色の人々が行き交う国際線出発ロビーで、二人はひとつの影になる。

オーロラビジョンから、結党間もない村雨新党が危機的状況にあることを告げるニュースが流れる。東京地検特捜部が医療法人からの不正献金について捜査を開始するという報道は、もう彦根の耳には届いていない。

彦根はシオンから身体を離すと、言った。

「桜宮では打ち砕かれ、浪速では叩き潰された。さて、次は九州に都落ちでもして、麗しい女町長でも誑かすとするか」

シオンは彦根に寄り添う。

「お供します。どこへでも」

そしてささやく。

——もう、離れない。

唇に微笑。その腕が細腰を抱き、華奢なシルエットはぴったりと寄り添う。

ガラス窓の向こうを、危険人物を米国に護送する機影が音もなく飛び立っていく。浮かれ気分の人々が真冬の日本で亜熱帯の服装をして、足早にその動線を交わらせていた。

気がつくと、二人のシルエットは消えていた。

そう、すべては夢まぼろしのように。


（了）

執筆にあたり、阪大微生物病研究会・観音寺研究所の奥野良信所長、久保静香さんにご助力いただいた。また、塩野七生著『海の都の物語――ヴェネツィア共和国の一千年』（全六巻、新潮文庫）、ジリアン・パウエル著『世界の人びとを健康に　世界保健機関』（ほるぷ出版）から教示を受けた。この場を借りて深謝します。

著者

初出誌　「週刊新潮」二〇一三年三月一四日号～一四年一〇月三〇日号に連載後、加筆・修正

スカラムーシュ・ムーン

著者
海堂 尊
かいどう・たける

発行
2015 年 7 月 30 日

発行者｜佐藤隆信

発行所｜株式会社新潮社
〒 162-8711
東京都新宿区矢来町71
電話　編集部 03-3266-5411
　　　読者係 03-3266-5111

http://www.shinchosha.co.jp

印刷所｜大日本印刷株式会社

製本所｜加藤製本株式会社

© Takeru Kaido 2015, Printed in Japan
ISBN978-4-10-306575-3　C0093

乱丁・落丁本は、ご面倒ですが
小社読者係宛お送り下さい。
送料小社負担にてお取替えいたします。

価格はカバーに表示してあります。

海堂尊の本｜新潮文庫

ジーン・ワルツ

産婦人科医・曾根崎理恵——人呼んで〈冷徹な魔女（クール・ウィッチ）〉。彼女はヒトの生命をどこまで操ることができるのか。不妊治療、代理出産をテーマに描いた医療エンタメ。

マドンナ・ヴェルデ

五十代半ば、三十三年ぶりの妊娠。お腹にいるのは、実の娘の子ども。「技術」が「母性」を軽々と追い越していく。医学と人間の葛藤を極限まで描く問題作。

海堂尊の本｜新潮文庫

ナニワ・モンスター

関西最大の都市・浪速(ナニワ)で新型インフルエンザが発生。パニックの陰で蠢く霞が関の陰謀。風雲児・村雨府知事は危機を打開できるか。海堂サーガ新章開幕！

救命 東日本大震災、医師たちの奮闘

〈監修〉

津波が全てを奪い去っても、彼らは患者と向き合い続けた。命の可能性を信じて——極限の現場で何が医師たちを突き動かしたのか。感動のドキュメント。

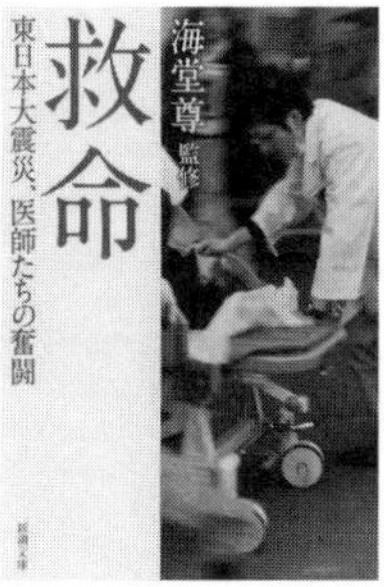